" 농사는 결코 선비가 해선 안 될 일은 아니다.
전에 어떤 사람에게서 학자가 연구하지 않고
어찌 땅이나 파는 천한 일을 하느냐는
핀잔을 들은 적이 있다.
그러나 나는 농사일이야말로
가장 좋은 수신의 길이라고 생각한다.
나는 매주 이틀 이상 농사일을 하면서
잠념 없는 무의식의 시간을 가지기 때문에
나이에 비해 체력이 강하고,
밤에는 글쓰기에 몰두할 수 있었다. **"**

■최영준

홍천강변에서 주경야독 20년

역사지리학자 최영준의 농사일기

한길사

홍천강변에서 주경야독 20년
역사지리학자 최영준의 농사일기

지은이 · 최영준
사 진 · 최영준 김우선
펴낸이 · 김언호
펴낸곳 · (주)도서출판 한길사

등록 · 1976년 12월 24일 제74호
주소 · 413-756 경기도 파주시 교하읍 문발리 520-11
　　　www.hangilsa.co.kr
　　　E-mail: hangilsa@hangilsa.co.kr
전화 · 031-955-2000~3　　팩스 · 031-955-2005

상무이사 · 박관순
영업이사 · 곽명호
기획편집 · 배경진 박희진 안민재 이지은 김지희 임소정 김세희
전산 · 한향림
마케팅 및 제작 · 이경호 박유진 | 경영기획 · 김관영
관리 · 이중환 문주상 장비연 김선희

CTP 출력 · 알래스카 커뮤니케이션 | 인쇄 · 현문인쇄 | 제본 · 성문제책사

제1판 제1쇄 2010년 7월 20일
제1판 제3쇄 2010년 11월 30일

값 18,000원

ISBN 978-89-356-6223-4 03810

● 잘못 만들어진 책은 구입하신 서점에서 바꿔드립니다.

이 도서의 국립중앙도서관 출판시도서목록(CIP)은
e-CIP 홈페이지(http://www.nl.go.kr/cip.php)에서 이용하실 수 있습니다.
(CIP제어번호: CIP2010002492)

입출협기 入出峽記

🍃 책머리에 부치는 말

홍천강(洪川江) 중류의 협곡을 드나들기 시작한 지 서너 해가 지나자 많은 지인이 내 기행(奇行)에 호기심을 가지게 되었다. 어떤 이는 궁벽한 산골에 대한 호기심만으로 따라나섰다가 하도 불편한 점이 많아 발길을 끊었고, 또 어떤 이는 도로지도만 믿고 길을 나섰다가 험한 골짜기 속에 숨은 내 집을 찾지 못하고 되돌아갔다. 최근에는 신작로가 뚫린데다가 GPS 장치를 단 차를 타면 서울에서 두 시간 이내에 찾아올 수 있는 곳이 되었다. 하지만 넓은 국도에서 굴곡이 심한 지방 도로를 두세 번 바꿔 타는데다가 비포장길까지 통과해야 하는 복잡한 여정 때문에 내 집을 찾아오자면 여간한 용기를 내지 않으면 쉬운 일이 아니다.

열악하고 복잡한 길 사정에도 불구하고 우리 집에 호감이 있는 이들은 불편한 잠자리를 마다하지 않고 즐겨 찾아온다. 이런 분들의 입소문으로 나의 농촌생활이 널리 퍼지자 몇 해 전부터 글을 배운 자답게 소식을 전하는 것이 도리가 아니냐는 성화에 시달리게 되었다. 그러나 30년 이상 학생을 가르친 서생(書生)에 불과하며 문재(文才)를 타고나지 못한 내가 20년간 주말을 보냈다는 단조로운 신변잡기를 써서 남을 번거롭게 하지 않을까 두려운 생각이 앞서 망설여왔다. 물론 서재에는 그동안 써온 일기책이 꽂혀 있으며 대부분은 산골 농가에서 씌어졌으므로 어떤 이들은 나의 시골 생활 체험기에 호기심을 가진다. 그러나 일기는 나 자신을 위한 글이기 때문에 가족들조차 들여다볼 엄두를 내지 않았다.

작년 봄에 대학 후배인 류모 교수가 보내준 라모트(A.H. de la Motte)의 『글쓰기 수업』에서 "좋은 글쓰기는 진실을 말하는 것"이라는 구절을 발견하고 일기책을 살피게 되었다. 공교롭게도 1993년 일기책 첫 쪽에 "계유년(癸酉年) 정월 아내가 준 이 공책에 매일 이야기를 쓰겠다. 그러나 사실이 아닌 것은 한 줄도 적지 않을 것이다"라고 적은 글이 보였다.

내가 시골에서 단조로운 생활에 빠져 있는 동안 옛 친구들 중에는 고관으로, 경제계 · 문화계의 저명인사로 이름을 낸 인물들이 적지 않다. 동료 교수들 중에서도 대학에서 높은 보직을 맡거나 학회의 대표로 활약한 인재들이 많다. 그들 중 상당수는 폭넓은 사회생활을 즐겨왔다. 그런데 이제 모두들 은퇴하여 활동을 접게 되자 오랫동안 눈에 띄지 않았던 서생의 존재가 부러움의 대상이 되니 기이한 일이다.

시골 생활을 처음 시작하였을 때 주변에서는 "정년을 보장받은 지 10년도 안 된 사람이 벌써 안주하려 든다. 결국은 공부를 포기하는 것이 아니냐"라고 우려하거나 "너무 일찍 은퇴 준비를 한다"라고 충고하였다. 학계의 선후배들로부터 "학회 참여를 기피한다"는 비판도 받았다. 심지어 학생들 중에는 연구실까지 찾아와 "저서도 한 권 출간하지 못하면서 왜 이 방을 차지하고 있는가"라고 당돌하게 비난하는 녀석도 있었다.

나는 내 나름대로 구실이 있었다. 만 49세 생일날 조상님들 중에 49세 이상 사신 분이 없다고 초조해하던 선친의 모습이 떠오르며 내가 벌써 그 나이에 도달하였다는 사실을 깨닫게 되었다. '마(魔)의 마흔아홉 고비를 넘겼으니 앞으로 내 생애는 덤으로 사는 것이다. 욕심을 버리고 좋은 글을 읽으며 공부한 내용을 다듬어 글을 쓰는 것이 바람직하리라'는 생각을 굳혔다. 1990년에 학생들을 데리고 전남 장흥군 방촌의 위씨(魏氏) 종택을 방문했을 때 종손이, 5대에 걸쳐 문집을 남겨주신 조상님을 모신다는 점을 명예롭게 여기던 모습을 잊을 수가 없다. 가까운 조상님들 중에 높은 벼슬을 지낸 분이 없고 나 또한 일개 무명 서생에 불과하니 부지런히 공부하여 좋은 글을 남기면 내 자식들이 제 애비보다 앞서는 좋은 전통을 수립할 수 있지 않겠는가. 다행히 이 협곡은 궁벽한 적막강산이라 일주일에 2~3일이나마 서울 생활의 때를 씻고 깨끗하고 맑은 마음으로 책상머리에 앉을 수 있다.

가족들에게도 보여주지 않았던 일기를 세상에 공개하기가 거북하고 두려워 망설이던 차에 한길사 무크지 『담론과 성찰』(2009. 8)에 농촌생활을 체험기 형식으로 발표했는데 기대하지 않았던 반응이 있었다. 출판사의 권고와 격려를 받아 그동안의 일기를 정리하기로 결심하였으나 공개하기 곤란한 내용은 삭제하고 인명은 모두 익명으로 처리할 수밖에 없었다.

내가 둥지를 튼 강원도 춘천시 남산면 통곡리(현재는 산수리) 논골마을은 홍천강 감입곡류(嵌入曲流)가 S자형으로 굽이치는 협곡 안에 자리 잡고 있다. 강을 경계로 우리 마을은 춘천시이지만 건너편은 홍천군 서면이다. 이러한 구분은 행정관료들에게나 통할 뿐이고 사람들은 강의 양쪽을 오가며 농사를 짓고 있으며 대부분 친인척간이다. 홍수가 일어나면 강의 양쪽이 딴 세상처럼 보이지만 평상시에는 물이 줄어 여울목을 걸어서도 건널 수 있다. 특히 고라니와 멧돼지들에게 홍천강은 아무런 장애가 되지 못한다.

팔봉산(八峰山) 기암절벽을 휘돌아 남쪽으로 내려온 홍천 강물이 원의 반 바퀴를 돌아 반곡교에 도달하면 강폭이 넓어져 망상류(網狀流)를 이룬다. 강물은 병풍산지 앞을 지나고 쉼바위를 만나 흩어졌던 물길과 합치면서 방향을 남으로 돌려 뒷들을 스친 후 황새여울을 통과하고 밭베루산 자락 앞에서 둥글게 유로를 바꾼다. 여기서 홍천강 유로는 북으로 방향을 틀었다가 강변까지 바싹 다가선 절터산 줄기의 벼랑을 만나 다시 큰 포물선을 그리면서 모곡(茅谷)으로 흘러간다.

우리 집 건너편의 가파른 언덕(홍천군 서면 개야리의 자갓산 산록)에서 내려다보면 멀리 북쪽에 동서로 버티고 선 병풍산지에서 갈라진 산자락이 남쪽으로 길게 뻗어 내려오다가 논골 앞 밭베루

산에서 그치는데, 우리 마을인 논골의 북쪽은 높은 병풍산에 막히고 동·남·서쪽은 홍천강으로 둘러싸여 마치 소의 혓바닥처럼 긴 U자형의 반도로 보인다. 이 반도의 동쪽은 산지가 강변까지 밀어닥쳐 급경사를 이루었고 서쪽은 비교적 경사가 완만하여 작은 계곡에 계단식 논들이 들어앉아 논골이라 부른다.

우리 집은 이 U자형 반도의 서북쪽 '작은오리나무구렁골' 안에 숨어 있다. 일제시대에 이 반도형 땅의 남쪽 끝부분인 첫째골과 샘구렁골 사이 강변에서 사금(砂金) 채취가 성했다고 하는데, 노다지를 거두던 인간들이 남겨놓은 콘크리트 구조물의 잔해와 웅덩이들이 1990년대 초끼지 남아 있었다.

20년 전 나는 아내와 함께 경춘국도로 김유정의 고향인 신남면까지 와서 비포장도로를 타고 홍천군 서면 자갓산 기슭, 전망이 좋은 언덕에 올라 개발의 여파를 탈 가능성이 가장 없는 장소로 보이는 논골을 점찍었다. 몇 주일 후 현장 답사를 목적으로 홍천군 서면사무소 소재지인 반곡에서 하차한 후 농로를 약 2km 걸어 홍천강변에 도착하였다. 늦가을의 갈수기(渴水期)여서 강은 깊지 않았으나 강변의 마을 배를 타고 삿대로 강바닥을 찍으며 건넜다. 약 1km의 꽃님이고개를 넘어섰더니 멀리 홍천강이 내려다보이고, 고개 밑에 삼태기처럼 오목한 터에 납작 엎드린 집 세 채가 앉아 있었다. 그중 규모가 가장 큰 것이 내가 구입한 집이고 중간 것은 빈집이며 끄트머리 집은 노부부가 사는 집이었다.

길은 거기서 끝나기 때문에 들어온 산길로 되돌아가든지 아니면 서쪽 여울을 건너 10여 리를 내려가야 바깥세상과 통할 수 있었다. 그런 막다른 곳이라 낚시 안내지도에도 이곳은 '외딴집'으로 표시되어 있었다.

우리 내외가 이 궁벽한 골짜기에 농토가 딸린 농가를 구입하자 친인척들과 친구들 중에 우리를 조롱하는 이가 있었다. "장래성도 없는 오지에 아까운 돈을 쓸어넣지 말고 차라리 이재(理財)에 밝은 아무개에게 맡기지 그러느냐"는 핀잔도 들었다. 그러나 우리는 언덕 위에서 보이는 수려한 경관에 도취하여 희망이 생겼고 이곳을 이상향으로 여겼다. 중국의 어떤 현자(賢者)는 좋은 이웃을 얻기 위해 비싼 가격으로 집을 샀다고 하는데 우리는 마음에 드는 터를 얻기 위해 수십 년 동안 저축한 돈을 사용했던 것이다.

신혼 초 우리 내외에게는 꿈이 있었다. 서울 도심에서 20~30km 떨어진 곳에 터를 잡아 아내의 작업실과 내 서재, 그리고 침실 하나를 갖춘 집 한 채를 짓고, 작은 텃밭을 일궈 채소를 가꾸며, 마당 주위에는 아내가 좋아하는 화초를 심고 한두 그루의 감나무와 모과나무를 키우며 살리라. 그 소망을 실천하려면 대지 면적이 적어도 100평은 되어야 하는데 서울시 안에서 그 정도의 집터를 소유하겠다는 꿈은 지나친 욕심이었다.

강남시가지 개발의 초기인 1970년대 초 양재천(良才川) 건너편은 전답과 과수원이 잘 보존된 시골이어서 몇 년간 불편을 감수하면 작은 소망을 이룰 수 있을 듯하였다. 그래서 아끼며 모은 돈으로 땅을 샀다. 다만 동대문구인 집에서 그곳까지 가려면 천호동을 경유하고, 다시 하루에 네 번 천호동과 세곡동 사이를 왕복 운행하는 소형 버스를 타고 가서, 또 도보로 30분을 걸어야 하는 번거로움이 문제였다. 한 번 다녀오는 데 꼬박 한나절이 소요되었지만 머지않은 장래에 도심에서 뻗는 직선도로가 그곳까지 도달할 것이라는 희망을 품고 느긋하게 기다리기로 하였다.

그러나 불행하게도 나는 도시계획 입안자들의 깊은 속마음을 간파할 능력이 없었다. 결국 양재천 유역을 생산녹지로 묶어 개발제한 조치를 시행한 서울시의 정책에 걸려 미래의 우리 집터는 원형을 유지하게 되었다. 그런데 강남의 신시가지가 양재천 북안(北岸)까지 도달한 1989년 여름 어느 날, 정부는 갑자기 생산녹지를 해제함과 동시에 임대아파트 단지로 모든 토지를 수용하였다. 이로써 우리는 전원주택의 꿈을 접게 되었으며 새로운 장소를 탐색할 수밖에 없었다. 홍천강 중류의 협곡은 이러한 사정에서 찾아낸 이상향이었다.

세상이 혼란스럽고 삶이 번거로울 때 사람들은 흔히 이상향을 떠올린다. 이상향은 신이 특정한 인간을 위해 마련해주는 땅은 아니다. 사람마다 이상향에 대한 기준이 다르니 신인들 그 많은 이상향 탐색자들의 욕구를 만족시킬 수는 없을 것이다. 그러므로 서양 사람들의 이상향은 세상에 존재하지도 않는 곳일 수밖에 없고, 우리 선조들의 이상향은 이중환(李重煥)의 『택리지』(擇里志)에서 언급한 바와 같이 지리(地理)·생리(生利)·인심(人心)·산수(山水)라는 네 가지 요소를 참조하여 설정한 복지(福地)·길지(吉地)

등으로 판단할 수밖에 없었다.

결국 동서양 모두 인간을 완전하게 만족시킬 만한 이상향은 없다는 결론에 도달하게 된다. 다만 전자는 인간 스스로 자연을 개조해서라도 이상향을 창조하겠다는 의지를 보이는 반면에 후자는 가능한 한 자연을 훼손하지 않으면서 기(氣)가 허한 곳에는 나무를 심거나 못을 파거나 작은 동산을 만들거나 탑을 쌓아서 스스로 구상한 이상향을 창조한다. 우리나라 시골 어느 곳에서나 쉽게 볼 수 있는 작은 숲(sacred grove) · 인공못 · 조산(造山) · 돌탑 등은 한국의 이상향적 요소인 비보문화경관(裨補文化景觀)이다. 우리 내외의 새 보금자리는 인공못과 주변을 둘러싼 벚나무와 철쭉 숲이 비보하여 집 안에서는 밖을 살필 수 있으나 밖으로는 집이 노출되지 않는 지리적 특성을 지니고 있다.

비록 산자수명(山紫水明)한 이상향을 찾았다고는 하나 출입이 자유롭지 못한 궁지(窮地)임에 틀림없었다. 그러나 민주화의 열풍이 휘몰아친 1980년대 초부터 1990년대 초까지의 대학가의 혼란상에서 벗어나고 싶은 열망을 억제할 수 없었다. 당시 교내 어느 곳이나 최루 가스에 찌들어 숨을 쉬기가 불편하였고 학교에 머무는 동안 눈물과 콧물을 주체하지 못하는 일이 잦아 교문을 나서야 비로소 안도감을 느낄 수 있었다. 화염병에 그을린 철쭉과 회양목, 교정에 널린 깨진 시멘트 블록을 볼 때마다 서글픈 심정을 다스리기가 쉽지 않았다.

더욱 씁쓸한 일은 학업은 뒷전으로 미루고 투사인 체하며 좋은 성적을 구걸하던 운동권 학생들을 가르쳐야 하는 것이었다. 나는 군부독재를 혐오하였으나 사이비 투사들에게까지 좋은 성적을 줄 만큼 너그럽지 못했다. 어느 해에는 단 두 명을 제외한 모든 수강 생에게 D학점을 주고 재수강을 금한 적도 있었다.

늦은 나이에 유학을 마치고 돌아와 교수직을 얻었을 때, 최선을 다하여 제자를 기를 것이며 공부할 의욕이 없는 학생은 용납하지 않으리라 다짐하였다. 그런데 당시 대학 질서가 흔들려 일부 학생 들은 학교 재단과 교수들을 헐뜯는 일에는 용감하면서, 학업을 팽 개치고 학생의 본분을 망각한 자신들의 허물에는 관대하였다. 교 직에 대한 회의를 느낄 때마다 나는 하디(T. Hardy)의 『광란의 속 세를 떠나서』(*Far from the madding crowd*)라는 소설 제목을 떠 올렸다. 마침 내 건강검진을 했던 의사가 여러 검사결과가 음성으 로 나왔으나 질병에 대한 저항력이 약하기 때문에 예방주사를 맞 아야 한다고 권한 바도 있어 적어도 매주 한 번 정도 물과 공기가 깨끗한 곳에서 쉴 필요성을 느끼게 되었다.

그러나 대도시에서 평생을 살아온 내가 도시를 완전히 탈출하 기는 어려웠다. 때문에 월요일부터 목요일까지는 서울에 남아 학 생들을 가르치고 스스로 공부하되 금요일부터 일요일까지는 주경 야독을 하기로 하였다. 간혹 시골을 찾지 못하는 주말이 있었고 초창기에는 시골 방문 기회를 놓친 적 있으나 방학과 연휴에는 체류일이 길었기 때문에 연평균 120일 정도는 시골 생활을 하였 다. 따라서 이제까지 시골에서 보낸 날짜를 합산하면 충분히 6년

이 넘는다. 더구나 최근에는 우리 내외가 강원도민이 되었으니 내 생활이 아무리 단조로웠다 할지라도 결코 시골에서 겪고 느낀 일이 적다고 할 수 없다.

재작년 어느 날 우연히 다산(茶山)의 여유당시집(與猶堂詩集)『천우기행권』(穿牛紀行卷)에서 「협곡을 나오며」(出峽)라는 시를 찾아 읽게 되었다. 이 시는 다산이 춘천 여행을 마치고 북한강(옛 이름은 신연강新淵江이었다) 협곡을 내려와서 쓴 것으로 보이는데, 내가 드나드는 홍천강은 북한강의 큰 지류로, 두 물길의 지세가 비슷하기 때문에 다산의 시에서 느끼는 바가 적지 않았다.

협곡을 나오니 하늘과 땅은 웅대하고
배를 비끄러매니 초목은 고요하다.
먼 산봉우리에 솔방울은 검고
맑은 물가에는 인동초 잎이 푸르다.
물위로 갔다가 다시 돌아가니
속세에 취해 깨지를 못한다.
시절을 슬퍼한들 어찌할 것인가
머리 희도록 경전이나 파련다.

出峽乾坤大　　維舟草木停

遠峯松點黑　　晴渚鷺絲靑

水上來還去　　人間醉不醒

恨時竟何補　　頭白且窮經

『택리지』에서 이중환은 영서지방은 산세가 수려하고 웅장하나 넓은 평야가 적고 협소하기 때문에 사람들이 순박하지만 답답하고 어리석다고 평한 바 있다. 실제로 북한강과 홍천강 골짜기들은 경승지가 많은 반면에 해가 늦게 뜨고 일찍 진다. 번잡한 속세를 벗어나 아늑한 자연의 품에 안겨 심신의 피로를 풀고자 자주 북한강 유역을 찾았던 다산도 결국은 고향인 마재(현 남양주시 조안면 능내리)로 돌아가서야 비로소 넓게 열린 들과 드높은 하늘을 바라보며 가슴이 확 트이는 느낌을 받았을 것이다. 다산과 같은 현능(賢能)에게도 협곡의 경승은 나들이 공간에 지나지 않았으며 영원한 삶의 터전은 될 수 없었던 것 같다. 송구스럽게도 나는 다산의 시 「협곡을 나오며」를 따서 나의 주말 나들이 기록을 '입출협기'(入出峽記)라 부르기로 하였다.

2010년 6월
최영준

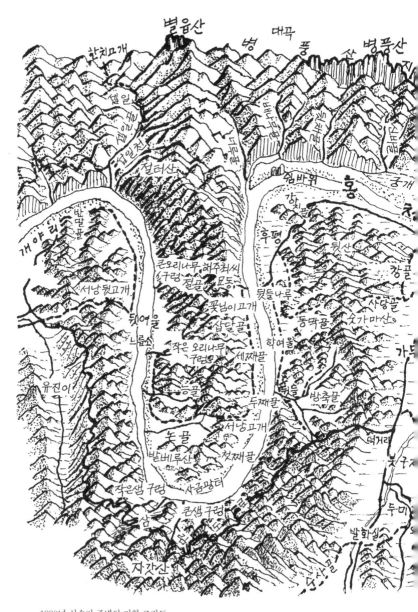

1990년 산수리 주변의 지형 조감도.
우리 집은 U자형으로 흐르는 홍천강 유로 왼쪽의 '작은오리나무구렁' 안에 있다.

1990~1992년
이상향을 찾아서

"밭 아래 넓게 퍼진 모래밭, 넓고 잔잔한 강.
그리고 앞에 병풍처럼 우뚝 서 있는 짙은 녹색의 산은
마치 안동 풍산의 병산서원 주변과 흡사하다.
내가 감히 서애(西厓) 류성룡 흉내를 내볼 엄두가 나지 않으나
주위 풍광에 어울릴 만한 글방 하나 짓고 들어앉아
낮에는 논밭을 다듬고 밤에는 글을 읽으며 살고 싶다."

작년 11월에 농지와 집을 구했으나 서류수속을 대리인에게 맡겼기 때문에 집과 농토를 면밀하게 살펴보는 것은 오늘이 처음이다. 대리인의 차를 타고 소설가 김유정의 고향인 춘천 남교(南郊)의 신남까지는 편하게 왔으나 여기서부터는 자갈이 깔린 비포장 도로여서 그 지프조차 좌우로 흔들리고 상하로 뜀뛰기를 하여 홍천군 서면 소재지 반곡리에 이르렀을 때는 혼이 다 빠져나간 것같이 어지러웠다. 차를 반곡리에 두고 농로 2km를 걷고, 마을 나룻배의 삿대를 저어 홍천강을 건넜다. 다시 1km 정도 꽃님이고개를 넘어가니 엷은 분홍색 벚꽃 물결 사이로 납작하게 숨은 붉은 양철 지붕이 보인다. 이것이 바로 내가 구입한 집이라고 한다.

집은 ㄱ자형 안채와 一자형 사랑채, 그리고 규모가 큰 우사(牛舍) 한 채로 구성되었다. 안채는 오랫동안 수리를 하지 않아 붕괴 직전이고 우사 역시 일부분이 파괴되었기 때문에 주인 Y 씨는 그나마 비바람을 피할 수 있는 사랑채에서 살고 있었다. 사랑채의 툇마루에서 주인과 첫 대면을 하게 되었는데 70대 초반이라는 이분은 색안경과 마스크를 착용하고 있는데다가 오른손도 없는 상태라 눈을 마주보고 대화를 나누기가 어려웠다. 음성도 마스크 때문인지 또는 다친 턱 때문인지는 모르지만 주의해서 듣지 않으면 의미를 파악하기가 쉽지 않았다.

이 집은 1900년대 초 대한제국 시대에 경복궁에서 참봉을 지냈던 Y 씨의 선친이 이곳으로 은퇴하신 후 지었다 한다. 안채는 ㄱ자형으로 안방·건넌방·대청·부엌으로 구성되었는데 안방은 중간에 미닫이를 달아 두 칸으로 나누었다. 사랑채는 방·부엌·광·나뭇간으로 나누어 간을 배치하였는데 눈에 띄는 것은 방 바깥쪽으로 낸 반 간 너비의 툇마루이다. 마루의 앞쪽은 박달나무를 깎아 다듬은 난간이 설치되었으며 마루의 오른쪽 끝에 다락을 만들었다. 이 다락은 방 아랫목 벽에 붙은 벽장과 함께 부엌으로 돌출하였기 때문에 아궁이에 불을 때고 일어서다가 다락 모서리에 이마를 찧을 수도 있겠다. 그래서인지 아궁이 앞을 깊게 팠다. 집의 좌향(座向)을 보건대 서향이니 사랑채 부엌은 볕이 들지 않아 토굴처럼 어두워서 불편할 것 같다.

낡고 불필요한 축사 등을 철거하고 안채와 사랑채를 수리하려면 중장비와 건축자재를 들여와야 하는데 차가 들어올 길이 없으니 난감하기 그지없다. 그나마 위안이 되는 것은 사랑채 마루에 앉아서 내려다보는 홍천강의 웅장하고 아름다운 경치이다. 다만 아내를 데리고 와 보여주면 혹시 실망하지 않을까 염려스럽다.

Y 씨의 안내로 집 주위와 논밭을 살펴보았다. 사랑채 바로 밑은 50~60평 정도의 연못이다. 연못은 벚나무·버드나무·철쭉의 고목들로 둘러싸였는데 벚꽃은 만개하였고 연못의 둑과 오른쪽 수문 주위를 ㄴ자형으로 둘러싸고 있는 2~3m의 철쭉은 살찐 꽃망울을 달고 있다. 이 연못 오른쪽에 상추·부추·달래 등 어린싹들이 자라는 작은 텃밭이 있고 왼쪽 구석의 철쭉 그루 속에 옹달샘이 숨어 있다. 놀라운 사실은 이 작은 샘이 토해내는 수량이 풍부

하여 연못을 채우고 수문 구멍을 통해 밑으로 흘러 그 아래에 크고 작은 아홉 배미의 다락논을 적시도록 설계되어 있다는 점이다. 가장 위쪽의 논은 규모가 아주 작고 밑으로 내려올수록 논배미가 넓고 길게 퍼지는 다락논인데 논둑은 지형조건을 참작하여 구불구불하다.

무넘기식 관개가 가능할 만큼 물은 충분하나 윗논과 아랫논의 비고차가 1~3m씩이나 되어 폭우시에는 논둑이 자주 터진다고 한다. 논의 곳곳에 세로로 박혀 있는 기둥에 의지하듯이 가로로 쌓여 있는 썩은 나무들이 논둑 붕괴의 증거인 듯하다. 논은 몇 년째 농사를 짓지 않았는지 잡초와 잡목들로 가득 찼다. 논바닥에는 물이 전혀 고여 있지 않은데도 내 키보다 큰 버드나무들이 도처에 뿌리를 박고 있다.

논 옆의 잣나무 숲을 지나 상류 쪽으로 약 200m 위에 제법 넓게 열린 밭이 보인다. 세 필지로 나뉘기는 했으나 하나로 붙어 있는 이 밭은 경사가 완만하여 논에 비해 볕이 잘 드는 방향으로 자리 잡고 있다. 땅 모양은 부등형 사각형으로 위쪽은 잣나무 숲에 접하고 아래쪽은 홍천강변 모래밭과 접하였다. 강변의 모래가 불려와 쌓인 것인지 혹은 강물이 불 때 퇴적된 것인지는 알 수 없으나 점토질인 위쪽과 달리 밭의 아래쪽 토양은 사질(砂質)이다. 밭의 위쪽에서 내려다보니 정리가 잘된 고랑과 이랑이 한 폭의 그림같이 아름답다. 밭 아래로 넓게 퍼진 강변의 모래밭, 넓고 잔잔한 강, 그리고 앞에 병풍처럼 우뚝 서 있는 짙은 녹색 산은 마치 안동

풍산의 병산서원(屛山書院) 주변과 흡사한 경치라는 느낌이 든다. 감히 서애(西厓) 유성룡의 흉내를 내볼 엄두가 나지는 않으나 주위 풍광에 어울릴 만한 글방을 하나 짓고 들어앉아 낮에는 논밭을 다듬고 밤에는 글을 읽으며 살고 싶다.

Y 씨는 선친이 사랑채에 서숙(書塾)을 열어 10~20리 인근의 학동들을 가르치셨다는 데 자부심이 강하다. 지금은 논골이라 불리는 이 협곡에 단 세 집이 남아 있으나 2~3km를 돌아보니 최근에 폐가가 된 집이 5~6채, 붕괴되어 흔적만 남은 집이 20여 채나 된다. 여기에서만 10여 명의 학동은 구할 수 있었을 것이며 강 건너의 홍천군 서면 뒷들과 아래쪽의 개야리에도 아이들이 꽤 있었을 것이다. Y 씨에 의하면 인근의 60대 후반에서 80대 초반 노인들 중에 선친의 제자가 아닌 사람이 드물 것이라 한다.

Y 씨는 내년 봄 C시로 나가서 사는 아들이 집을 구할 때까지 이사를 늦출 예정이니 이해하여주기를 희망하니 당장 짐을 옮길 수 없는 나로서는 오히려 다행이다.

7월 18일 수 맑음

아내와 함께 시골로 왔다. 식품과 취사도구를 넣은 배낭을 하나씩 짊어지고 왔더니 땀이 비 오듯 흐른다. 오늘은 산 고개를 넘는 좁은 길 대신 거리가 다소 멀지만 강을 따라서 걸었다. 집이 가까워질수록 잡초가 우거져 도깨비라도 튀어나올 듯한 논이며 반쯤 무너져버린 우사를 보면 아내가 기절하지 않을까 염려했는데, 아내는 잣나무 숲을 돌아서자마자 나타난 연못 주변의 철쭉과 벚나무를 보더니 탄성을 질렀다. 아마도 철쭉이 만개했던 4월 말에서 5월 초에 왔더라면 입을 다물지 못했을 것이다. 아내는 서울에서 나고 자란 순 도시인이지만 식물 가꾸기에 관심이 많은 터라 오히려 허름한 시골집과 집 주변의 잡초들에 호감이 가는 모양이다. 앞으로 한동안 우리는 집 안 구석구석 박힌 술병과 폐비닐, 깨진 그릇 들을 치우기 위해 땀을 흘려야 할 것 같다. 지붕에 올라가 페인트칠을 하자면 이 또한 2~3일 일거리가 될 것 같다.

8월 18일 토 맑음

어제 마을 반장과 농지위원 겸 이장들을 만나 인사를 나누었다. 반장 댁은 우리 집에서 약 1km 거리에 있고 농지위원 댁은 강을 따라 5km쯤 상류로 올라가야 한다. 단 두 가구뿐인 마을의 반장인 C 씨는 나와 동성동본이라 반가워하며 주민등록을 옮겨 함께 살자고 권하지만 당장 이사할 형편도 못 되고 위장전입을 할 생각도 없다. 보유한 농지는 반드시 경작을 해야 한다니 몇백 평 정도는 가능하겠지만 논밭 전체를 관리하기는 쉽지 않을 것 같다.

몇 해 전부터 우리 밭을 경작해온 사람은 뜻밖에도 바로 이웃에 사는 K 노인이다. 그는 본래 강 건너 하류 쪽으로 약 4km 떨어진 홍천군 서면 개야리 주민인데 이곳의 빈집에서 여러 사람의 땅을 빌려 내외가 농사를 짓고 산다. 칠십이 가까운 나이임에도 체격이 건장해 보이는 K 노인에게 내가 Y 씨 집과 토지를 구입한 사람이라고 하니 방으로 불러들인다.

그는 도지(賭地, 소작료)로 콩이나 들깨 등의 곡식 한 포 정도를 생각하는 모양이지만 나는 이 마을의 도지관행을 전혀 모르기 때문에 부재시에 집을 보살펴줄 것과 내년 봄부터 농로 위쪽에 200～300평 되는 땅을 갈아주는 조건을 제시하니 만족스러운 표정을 짓는다. 그의 집을 나서면서 전화번호와 주소 및 존함을 알고 싶다하니 "한문은 좀 읽을 줄 아슈?"라고 묻는다. 아마도 자기 이름 석자를 해득하지 못할까 염려스러웠던 모양이라 "예, 조금은 읽을 줄 압니다"라고 대답하였다.

나는 마을에 올 때면 항상 작업복을 입고 마을에서는 밀짚모자를 쓰며 고무장화를 신으니 외관상으로는 이곳 사람처럼 보였으리라 믿는다. 내 학력과 직업을 내세워 순박한 주민들에게 거부감을 갖게 하고 싶지 않다. 나는 사교성이 모자라고 세상살이에도 능숙하지 못한 서생이니 남의 눈에 덜 띄고 말도 아끼는 것이 현명할 것이다.

어느 사이에 내가 이 마을 주민들의 관심 대상이 된 모양이다. 주민 가운데 말을 걸어오는 사람은 없으나 나는 벌써 '서울에서 온 젊은 사람'으로 알려져 있다. 내 나이가 50세인데 젊은이로 보였다니 신기하다. 하기야 이 산골 마을에는 이촌향도의 영향이 미쳐 20～30대의 젊은이는 거의 없고 40～50대조차 드문 모양이다. 한여름 땡볕 아래에서 강도 높은 농사일을 하는 시골 사람들은 볕에 그을은 검은 피부와 주름진 얼굴 때문에 겉늙어 보이니 그들에게 나 같은 서생은 나이에 비해 젊게 보일 수도 있을 것이다. 그러나 불행히도 나는 마을에 활력을 불어넣어줄 만한 일꾼이 못 되니 젊은 사람의 전입에 기대가 큰 마을 사람들이 실망할까 두렵다.

1991년 3월 29일 금 맑음

어머니의 건강 악화로 도저히 시골 나들이를 할 형편이 못 되었다. 강남 C병원 호스피스 병동에 모신 후 약 10개월간 우리 내외는 어머니의 병상을 교대로 지키며 출근하였으므로 시골집을 돌볼 여유가 없었다. 다행히도 Y 씨가 도시로 나간 아들이 정착할 때까지 그 집에 살고 싶다고 하였으므로 3월까지는 그에게 맡겼다. 이제 모친상을 치렀으니 시골의 농지관리에도 관심을 두어야 할 것 같다.

작년 연말, 마을 반장의 안내로 이장을 만나 어머니의 우환으로 농지관리에 전념할 수 없는 사정을 이야기하고 양해를 구하였다. 이 마을 주변 5km 범위 내에서 관찰한 바에 의하면 폐·공가가 수십 채이고 잡초와 잡목이 우거진 논밭 또한 적지 않으니 이장도 이 문제로 골머리를 앓을 수밖에 없을 것 같다. 농촌의 과소화현상이 심각함을 알겠다.

드디어 Y 씨가 C시로 이사를 하였다. 아내와 서둘러 내려와보니 급히 떠난 집처럼 어수선하다. Y 씨가 거주하는 동안에는 집 안을 면밀하게 살피기가 미안하여 외관만 돌아보았다. 오늘은 안채의 안방·부엌·마루·사랑채·헛간·우사 등을 만지고 두드

사랑채 모습이다. 서당으로 쓰던 이 건물에 주인 Y 씨가 살고 있었다.

리며 관찰하였다. 안채의 벽은 수년 동안 보수를 하지 않아 벽을 가볍게 미는데도 흙이 우수수 떨어진다. 방 안은 여러 겹으로 바른 벽지에 수수깡이 감춰졌으나 바깥쪽은 앙상하게 드러난 데가 많다. 방고래도 두어 군데 꺼진 상태이다. 마루의 두꺼운 판자는 발자국을 뗄 때마다 삐거덕거리고 툇마루를 받치는 기둥은 썩었다. 안채 부엌의 솥을 걸었던 자리도 무너져 방고래가 들여다 보인다. 천장에 얼룩이 진 것은 아마도 비가 샜거나 쥐들이 오줌을 싼 흔적일 것이다. 함석지붕도 몇 군데 녹이 슬고 삭았다. Y 씨가 사랑채에 거주했던 이유가 짐작된다.

사랑채의 다락과 벽장을 청소하면서 뽀얗게 먼지를 뒤집어쓴 채 뒹구는 크고 작은 소주병 수십 개를 찾아내었다. 술병은 광, 안채의 건넌방, 그리고 우사와 뒷마당에도 널려 있는데 마당으로 옮겨다 쌓았더니 200여 개나 된다. 불구가 된 Y 씨가 괴로운 심정을 술로 다스렸던 증거물일 것이다. 아마 뒷산에도 유리병들이 묻혀 있을 것이다. 재활용이 가능한 자원이지만 이 병들을 면사무소까지 운반하자면 등짐으로 수십 번은 왕복해야 할 것 같다.

쓰레기는 유리병에 그치지 않았다. 광과 수돗간에는 깨진 항아리들이 널렸고 뒤꼍에는 연탄재가 쌓여 있다. 뒷마당과 우사 위쪽의 완경사면을 돌아보니 흙 속에 반쯤 묻혀 있는 비닐 뭉치들이 보인다. 그중 한 무더기를 잡아당겼더니 약 10m 이상 늘어나는데 밑은 아직도 얼어붙어 빠지질 않는다. 아마도 4월 말은 되어야 비닐들을 캐낼 수 있을 텐데 비닐 수거장이 있는 면사무소까지 운반할 일이 걱정스럽다.

5월 4일 토 맑음

3월 말부터는 매주 거르지 않고 시골집 나들이를 한다. 어제 접는 사다리, 철솔 두 개, 페인트, 그리고 못을 가지고 왔다. 함석 두 장을 사서 반으로 절단하여 승용차 뒷좌석에 실었다. 이 물건들을 등에 지고 물 건너, 그리고 산 넘어 왔더니 봄철인데도 온몸이 땀으로 젖었다.

어제는 도착 즉시 지붕에 올라가 지붕의 삭은 함석을 양철가위로 잘라내고 새것으로 갈았다. 녹슨 부분은 철솔로 긁어내었으며 들떠 있는 곳은 새 못으로 박았다. 아내는 내 만류를 무릅쓰고 지붕에 올라와 나를 돕는데 높고 가파른 지붕 위의 작업이 쉽지 않을 텐데도 즐거운 모양이다.

아침부터 지붕에 페인트 칠을 할 계획이었으나 밤새 끼었던 짙은 강안개로 지붕에 습기가 생겨 마를 때까지 작업시간을 늦출 수밖에 없다. 아궁이의 재와 두엄간의 거름, 그리고 뒤꼍의 연탄재를 텃밭에 붓고 삽으로 밭갈이를 하였다. 거름이 충분한지는 모르겠으나 상추·쑥갓·케일·애호박 등을 심었다. 11시경 지붕의 습기가 모두 증발하였다. 아내가 붉은 페인트와 검은 페인트를 배합하여 적갈색 페인트를 만들었다. 나는 오른쪽, 아내는 왼쪽을 맡아 칠을 하여 두 시간 만에 안채의 도색작업을 마쳤고 오후에는 사랑채 도색을 완료하였다. 내일은 제2차 도색작업을 하기로 하였다.

6월 14일 금 맑음

며칠 전 봄장마답지 않게 이틀 동안 많은 비가 내렸다. 춘천 일대의 강수량이 100mm를 훨씬 넘었다니 시골집이 무사할지 염려가 돼 안절부절 애를 태우다가 오늘 시골에 왔다.

법정(法頂) 스님이 말한 '무소유의 행복'이란 가지지 않음으로써 마음이 편할 수 있다는 의미겠지만 너무도 가진 것이 없으면 불안하고 남의 도움을 받는 부끄러운 경우도 있을 것이다. 나는 오십 평생 남에게 빚을 져본 적이 없으며 은행 대출도 받은 적이 없다. 항상 저금통장에 적은 금액이나마 저축해야 마음이 편하다. 그리고 몸을 움직여야 하는 육체적 피로나 마음을 써야 하는 심리적 고통은 세상살이에서 마땅히 감수해야 한다고 생각해 시골에 농가와 농토를 마련하게 된 것이 아닌가 싶다.

홍천강에 이르자마자 며칠 전 내린 폭우의 위력이 감지되었다. 수량은 많이 줄었으나 물살이 빠르고 물이 거세게 흐르는데 마을 배는 강 건너편 나무에 묶여 있으니 부득이 헤엄을 쳐서 건너가 배를 끌어와야 할 형편이다. 학생 때부터 수영을 해왔기 때문에 별로 걱정은 되지 않지만 급류를 고려하여 약 20m 올라가 강을 건넜더니 배가 있는 곳에 도달하였다. 아내를 태운 후 짐을 옮겨 싣고 삿대로 강바닥을 찍으며 상류 쪽으로 올라갔다가 뱃머리를 앞으로 돌려 강을 건넜다.

집 앞에 이르러 보니 진입로에서 연못 둑에 이르기까지 깊은 골이 파였고 그 위로 나뭇가지, 비닐 조각 등의 쓰레기가 수북하게 쌓였다. 전의 주인이 수박과 호박을 재배하기 위해 산 경사면의 나무를 베어 밭을 조성했는데 집중호우가 쏟아지면서 토사가 쏟아져 한 줄기의 물은 연못으로, 또 한 줄기는 진입로로 흘러든 것이다. 산골 물이 파놓은 도랑들을 메우자면 적지 않은 토석이 필요할 텐데 어떻게 복구할지 걱정이다. 우선 집 주변에서 나무토막·돌·쓰레기 등을 운반하여 도랑에 집어넣고 연못 가장자리에 쌓인 흙을 파서 올렸다. 연못에서 둑까지의 높이가 2m는 되니 흙을 파서 위로 던지는 작업은 중노동이다.

6월 16일 일 맑음

며칠 작업이 과했던 탓인지 온몸이 천근같이 무겁다. 본격적인 우기가 닥쳐오기 때문에 주변정리를 제대로 하지 않으면 집 전체가 골짜기의 토사로 덮일 판이라 아침부터 괭이와 삽을 들고 나섰다. 우선 집 뒤에서 옆의 개울로 이어지는 배수로를 50cm 깊이로 파서 도랑도 내고 개울에 쌓인 흙도 긁어내었다. 지난번 비에 토사가 뒷마당으로 쏟아져 안채 아궁이까지 잠겼던 모양인지 솥은 부엌 바닥의 젖은 진흙에 뒹굴고 시멘트로 바른 부엌의 벽에는 흙탕물 수위를 나타내는 누런 선이 옆으로 그어져 있다. 그 비로 수도관까지 막혀 물이 나오지 않기 때문에 양동이로 샘물을 날라다 사용하였다.

7월 5일 금 맑음

홍천강 나루를 건너기 전에 지나는 마을인 뒷들에는 나의 고교 후배이자 시골집 구입 당시 중개인이었던 K 씨의 직원인 C 씨가 살고 있다. 마침 그의 집수리 공사가 거의 끝나가기에 공사를 진행하는 사람에게 막혀버린 수도공사를 맡기려 했더니 수도관 위치를 모르기 때문에 안채 전체를 수리해야만 수도공사가 가능하다고 한다. 마침 작년에 출간한 저서 『영남대로』로 학술상을 받았는데 이 산골의 기후조건을 보건대 집수리는 불가피한 것 같아 그 상금의 일부를 수리비로 사용하기로 하였다.

이곳은 서울보다 기온이 현저하게 낮아 아마도 6~8월을 제외하면 밤에는 난방도 필요하고, 집터도 높여야 골짜기 물의 침수를 피할 수 있을 것 같다.

11월 5일 화 맑음

집을 수리하기 시작한 7월 초부터 사랑채는 목수와 미장이 등 세명의 일꾼이 차지하여 우리는 2~3주에 한 번씩 그것도 당일로 다녀올 수밖에 없었다. 따라서 작물을 돌보는 시간이 모자라 200여 평에 심은 콩밭에는 잡초가 우거져 작물과 잡초를 구별하기조차 어렵게 되었다. 그래도 기대 이상으로 콩이 잘 자라 줄기에 매달린 콩꼬투리에 알이 가득 차서 제법 통통하다. 2주일 전에 뽑아서 대여섯 포기씩 묶어 거꾸로 세워놓았더니 콩꼬투리가 잘 말랐다.

콩단을 쌓아놓고 잘 다듬은 몽둥이로 반나절 동안 두드렸더니 통통하고 동그란 흰콩들이 수북하게 쌓였다. 그러나 콩깍지나 마른 잎들이 섞여 있어 콩알만 골라내야 하기 때문에 키를 빌려다가 까부르는 작업을 하였다. 처음 해보는 키질이어서 이웃 할머니에게 배웠는데 처음에는 여러 차례 실수를 했으나 점차 익숙해졌다. 반나절 만에 콩 타작을 마치고 두 말 가량의 콩을 수확하였다.

11월 27일 수 맑음

빠르면 3주, 늦어도 한 달이면 끝날 것으로 생각했던 집수리가 거의 다섯 달 만에, 그것도 엉성한 상태로 끝났다. 집의 반 이상을 수리했으니 준공 검사에 준하는 기념행사라도 치러야 할 테지만 공사를 맡은 목수의 농간으로 하도 애를 먹어 진저리가 난데다가 내게 통보도 없이 작업자들이 모두 철수해버렸다.

처음 일을 맡길 때 계약서를 작성하려 했으나 목수는 서로 믿고 일을 하는 것이 좋으니 까다로운 절차를 생략하자 하고, C 씨도 자재구입과 운반 등을 책임지고 같이 일할 것이라고 하여 그를 믿고 맡겼다. 그런데 C 씨는 문중의 종손이지만 마을 사람들로부터 신뢰를 받지 못하는 사람이란 것을 뒤늦게 알게 되었고 남도 출신인 목수는 불량한 자재를 사용하지 못하도록 막으면 술을 퍼마시고 행패를 부렸다. 그러고는 어디론가 사라져 일을 하지 않고 빈둥거렸다. 석고보드로 마감한 외벽을 보여주며 매끈하고 예쁘게 작업했다기에 한겨울 영하 20°C까지 내려가는 곳에 이런 자재를 쓰면 외풍이 심하여 살 수 없으니 벽돌로 쌓으라 했더니 한쪽 벽만 쌓고는 또 태업했다. 타이르고 나무라기를 반복하여 뒷벽만은 겨우 흙벽 위에 시멘트로 마감하였다.

목수가 사라진 뒤 행방을 알아보니 우리 집을 근거지로 삼고 여러 마을을 다니며 집수리를 하다가 내가 나타나는 주말인 이틀 동안만 작업을 했던 것이었다. 하도 괘씸하여 작업을 중단하고 나가라 하고 싶었으나 차도가 없는 곳에 길을 닦으며 자재를 실어다가 일한 점을 감안하여 공사를 마무리하도록 하자는 아내의 의견을 받아들인 것이 여러 차례였다.

난방문제가 심각하여 목수의 의견대로 경유보일러를 설치하였다. 시운전을 해야 한다기에 기름통을 가득 채웠는데 마음껏 난방을 했던 모양이라 기름통이 거의 바닥났다. 더욱 괘씸한 것은 겨울 가뭄으로 간이수도가 마른 상태에서 보일러를 가동하여 온수 파이프가 터졌고, 그것 때문에 갑자기 닥친 추위에 보일러가 얼었다. 끔찍한 광경에 치가 떨려 혹시 이 자가 근처 마을에서 일을 하는지 찾아보니 여러 집의 수리를 맡아 부실하게 뒤처리를 하고 달아난 탓으로 단단히 벼르고 있는 사람들이 많았다. 그의 고향이 이곳에서 천 리도 넘으니 무슨 재주로 그를 찾아낼 것인가. 뜨내기에게 일을 맡긴 내가 어리석었을 뿐이다.

1992년 3월 2일 월 맑음

망가진 보일러 때문에 금년 겨울을 시골에서 보내려던 계획을 취소하였다. 우리 내외는 이곳에서 낮에는 눈 덮인 강변의 모래밭과 뒷산의 소나무 숲을 거닐고 밤에는 책을 읽고 글을 쓰며 한적한 시간을 보내고 싶었다. TV 시청이 불가능하고 라디오도 잡음이 심하여 청취를 포기하였으니 책 읽기나 글쓰기 아니면 아내와 이야기를 나누는 것 외에 달리 할 일이 없다. 물론 전화도 없으니 이곳에 머무는 동안 바깥세상과의 인연은 끊어지는 것이다. 사랑채에 불을 때고 몇 번 잠을 자보았는데 방바닥은 장판이 탈 정도로 뜨겁지만 코끝은 냉기에 얼어붙을 지경이다. 윗목에 놓인 대접의 물이 얼 정도여서 새벽이면 코가 막히고 머리가 띵하다.

아궁이에 들어가는 땔감의 양도 무시할 수 없어 시간이 있을 때마다 강변에 뒹구는 나무토막들을 주워다가 쌓아두었는데 그것마저 거의 다 땠다. 별도리가 없어 집을 비웠다가 3월 들어서야 금년 처음 시골에 왔다. 온기가 끊어진 지 오래된 집이라 냉기가 뼛속까지 스며든다. 신을 벗고서는 도저히 견딜 수 없어 신을 신은 채 방으로 들어가서 보일러실 문을 열어보니 고드름 끝에서 물방울이 떨어지고 있다. 아무리 춥다 해도 봄이 다가왔으니 두어 주일 후면 물탱크의 얼음이 녹을 것이다. 그러면 보일러 수리를 할 수 있을 것이다.

3월 9일 월 맑음

엉터리 목수에게 기만당하여 지난겨울에는 주로 사랑채에 불을 때고 지냈다. 안채의 보일러 수리를 맡기고, 승용차 트렁크와 뒷좌석 바닥에 시멘트 벽돌 100여 장씩을 운반해와 400여 장을 쌓아놓았다. 3~5cm 두께의 스티로폼과 시멘트, 그리고 흙손도 구입하였다. 3일 예정으로 주방과 안채의 목욕실 벽 작업을 직접 하기로 마음먹었다. 다행히 3월 하순으로 들어서니 날씨가 따듯해졌고 아직 농사철이 아니어서 하루에 대여섯 시간 작업이 가능하다.

힘든 일은 모래와 물 운반이지 벽돌쌓기가 아니다. 우선 얇은 벽에 접착제를 발라놓고 스티로폼을 붙였다. 모래와 시멘트를 4 대 1로 배합하고 물을 섞어 반죽을 마쳤다. 벽돌쌓기는 군 복무시절에 해본 후 처음이지만 어제 주방의 긴 벽과 전면의 출입문 옆 작업을 마쳤다. 저녁에는 기온이 내려가 벽돌 사이에 넣은 시멘트가 결빙할 우려가 있기 때문에 오후 3시에 작업을 마쳤다.

두 마리의 소가 끄는 쟁기질. K 노인은 소를 몰면서 노래하듯
소리를 내는데 비록 뜻이 없는 의성어이긴 하나 음의 고저와 장단을 보니 노동요 같다.
두 마리 소를 몰고 쟁기질하는 방법은 강원도에서만 볼 수 있다.

4월 4일 토 맑음

지난 1년 동안 만들어둔 퇴비를 밭으로 내었다. 광판리의 정미소에서 얻어온 왕겨, 집 주위에서 긁어모은 낙엽, 집에서 가져온 음식물 찌꺼기, 아궁이의 재와 잡초, 그리고 분뇨를 섞어 만든 퇴비는 잘 썩어서 거의 검은색으로 변하였다. 때때로 퇴비에 물을 뿌려주고 꼭꼭 밟기도 하였으며, 겨울에는 속속들이 뒤집어 골고루 발효를 시켰다. 뒤집을 때는 뜨거운 김이 나며 냄새는 메주 뜨는 것과 비슷하다.

한 해 동안 만든 퇴비는 외바퀴 수레로 약 30회 정도 운반할 양이라 이틀에 걸쳐 나른다. 외바퀴 수레는 허리를 펴고 양손에 힘을 주고 밀어야 앞으로 구르고, 균형을 잘 잡지 않으면 근육이 긴장되어 뻣뻣해지니 운동량이 만만치 않다.

어제부터 오늘까지 퇴비운반을 마친 후 밭에 고르게 폈더니 K 노인이 소를 몰며 갈아주었다. 그는 소를 몰면서 노래하듯 소리를 내는데 비록 뜻이 없는 의성어이긴 하나 음의 고저와 장단은 노동요 같다. 쟁기질이 끝난 후 나는 바로 괭이와 쇠스랑을 이용하여 흙덩이를 부드럽게 부숴 고추이랑을 만들었다. 고추이랑은 다른 작물에 비해 고랑을 높고 넓게 해야 익은 고추를 따기 쉽다. 검은색 중간에 흰 띠가 있는 비닐을 이랑 위에 씌우고 가장자리에 흙을 덮으니 이랑이 미끈하다.

5월 30일 토 맑음

학위논문 심사를 받기 위해 파리로 떠난 아내를 배웅하고 빙부(聘父)님과 두 아들 지한(志翰)·보한(甫翰)이와 함께 시골로 왔다. 1985년에 아내가 학교를 휴직하고 파리로 유학을 간 적이 있는데, 이 일로 초등학생이었던 두 아들이 심리적으로 심한 충격을 받았던 모양이다. 특히 둘째는 아내가 귀국하기 전까지 상당한 방황을 했다. 이제 큰아이는 고교생, 둘째는 중학생으로 성장했으니 몇 달간 외국을 다녀온다고 해서 충격을 받지는 않을 테지만 오늘 같은 날은 모두 함께 있는 것이 좋을 듯하다.

지난주에 정리해둔 다섯 이랑에 고추 모 250주를 심었다. 큰아이는 물통에 물을 가득 담아 나르고, 둘째는 나와 함께 고추 모를 운반하여 밭둑에 올려놓았다. 내가 꽃삽으로 비닐을 뚫고 흙을 파내면 큰아들은 구멍에 물을 붓고, 작은아들은 고추 모를 넣고, 나는 흙으로 구멍을 메운 후 꼭꼭 눌러주었다. 빙부께서는 밭둑에 앉아 우리 삼부자가 작업하는 모습을 흐뭇한 표정으로 지켜보셨다.

1993년
너희는 결코 가난뱅이 자식이 아니다

"거의 만월에 가까운 달이 떠올라
눈으로 덮인 대지를 환하게 비춘다.
많은 오리 떼가 왁자하게 부르는 노랫소리가
협곡에 울려퍼진다. 사냥총을 든 자들의
출입만 제한하면 이곳도 철새들의
작은 천국이 될 수 있을 것이다.
애들의 노래가 그치기를 기다리기보단
차라리 새벽까지 글을 쓰는 것이 나을 것 같다."

1월 27일 수 맑음

추녀 밑에 걸어놓은 온도계가 영하 19°C까지 내려갔다. 라디오의 일기예보는 서울의 기온이 영하 14°C라고 보도하였는데 이곳은 강변을 낀 산골이라서 더 춥다. 털모자를 쓰고 두꺼운 외투를 걸쳤는데도 밖으로 나왔더니 싸늘한 공기가 폐 속까지 스며들어 몸서리를 치게 한다. 이웃과 인사를 나누는데 볼의 살갗이 오그라드는지 입이 뻣뻣하여 한 마디의 말조차 발음이 제대로 되지 않는다.

볼이 두툼한 낫을 들고 산으로 올라가 지난여름 동안 멋대로 자란 칡덩굴과 잡목들을 쳐냈다. 칡은 지난봄에 심은 주목과 단풍나무의 목을 조르듯이 친친 감기 때문에 뿌리부터 자르지 않으면 나무들이 제대로 클 수 없다. 낫은 자루를 꼭 쥐고 휘둘러야만 잡목의 줄기가 단 한 번에 잘리지만 조금만 빗나가면 몇 차례나 내려쳐야 한다. 며칠째 이런 작업을 하는 동안 정확하게 힘을 쓰는 요령을 터득하게 되었는데, 이는 유도 4단인 J군으로부터 지도를 받은 덕이다. 서너 시간 작업 후에 잡목가지들을 단으로 묶어 나뭇간에 쌓았다.

빙부께서 추위 때문에 힘들어하시니 서울로 돌아가야 할 것 같다. 아궁이에 아무리 불을 때도 방바닥만 뜨거울 뿐 방 안 공기는 냉하여 새벽에는 윗목에 놓아둔 대접의 물에 살얼음이 얼 정도로 외풍이 심하다.

2월 9일 화 맑음

계속되는 추위로 홍천강이 완전히 얼었다. 조금 염려가 되었으나 얼음판 위로 자동차를 몰고 강을 건너는데 얼음이 갈라지는 소리가 들려 모골이 송연하다. 매서운 강바람이 메마른 먼지를 일으키며 차창을 훑고 지나가자 앙상한 밤나무 가지에 쌓였던 눈이 안개처럼 날린다. 아내의 요청으로 잠시 강변에 차를 세우고 나와보니 가냘픈 버드나무 가지가 초록빛으로 생기를 띠고 버들강아지에는 물이 올라 솜털같이 뽀얗다. 이 나약한 식물은 땅속 깊은 곳에서 물기와 영양분을 흡수하면서 무서운 동장군도 눈치채지 못하게 은근히 힘을 기르고 있다.

석천(石泉) 선생님의 고희(古稀) 논문집에 수록할 글을 쓰다가 잠시 나와 보니 비록 이지러지기는 했으나 달빛이 영롱하다. 갑자기 다락논 아래쪽 강에서 '퉁' 하는 묵직한 파열음이 생기더니 깊은 골짜기 속으로 오랫동안 울려 퍼진다. 대지와 그 위에 자라는 식물들을 얼음 속에 가두어놓고 천년만년 위세를 부릴 것 같았지만 그 두껍고 단단한 동장군의 갑옷도 봄기운을 못 이기고 둔탁한 소리를 내며 찢어지고 있다. 이 소리는 봄을 알리는 신호이다.

3월 13일 토 맑음

우리 가족이 함께 시골집에 왔다. 둘째는 전에도 한 번 데리고 왔으나 첫째 아이는 그간 대학입시 때문에 미루었다가 올해에는 처음 온 것이다.

오늘 우리 나들이에는 두 가지 의미가 있다. 하나는 둘째가 집에서 키워온 비단잉어 십여 마리를 연못에 풀어주는 일이고 또 하나는 두 아들에게 우리가 미래에 살 터전을 보여주는 일이다. 지난봄 둘째 아들이 홍천강에서 어항을 놓아 잡았던 작은 토종 물고기 서너 마리를 집으로 가져다가 유리 어항에 넣고 한 달여 키우더니 그것을 비단잉어 십여 마리와 바꿔 왔다. 늦가을부터 겨울 내내 고기들이 너무 자라서 부득이 옮겨오게 되었다. 고기들은 넓은 물속에 넣자마자 힘차게 지느러미를 흔들며 물속으로 들어갔다. 좁은 유리 어항 속에 갇혀 살아온 물고기들이 넓은 세상을 만났으니 마음껏 헤엄치고 크게 자랄 것이다.

　　꼭 10년 전 우리 아이들이 초등학교 2학년, 5학년 때의 일이다. 친구 집에 놀러갔다 돌아온 아이들은 "친구들 집에는 피아노와 비디오가 있고 자동차도 큼직한데 왜 우리 집에는 조그마한 포니 자동차밖에 없는가? 엄마 아빠가 모두 대학교수라면서 왜 우리는 이렇게 가난한가?" 하고 불만을 터뜨렸다. 그때 나는 두 아들을 개포동 벌판으로 데리고 가서 "이곳이 모두 우리 땅이다. 너희들은 결코 가난뱅이 자식이 아니다. 그러나 공부하는 사람은 물질을 너무 탐내면 안 된다. 때문에 너희들은 값싼 국산 운동화를 신고 사촌형들이 물려주는 옷을 입어도 부끄러워하지 않았다. 지금도 피아노와 비디오가 탐나고 좋은 운동화를 신고 싶으냐?" 하였더니 어린 아들들은 무엇인가를 깨달았는지 고개를 좌우로 저었다.

　　홍천강에 덮였던 얼음은 모두 녹았다. 남쪽으로 갔던 오리들이 돌아와 강물 위에서 놀고 있다. 어떤 녀석은 자맥질하고 또 십여 마리는 꽥꽥거리며 물에서 경주를 한다. 밭을 돌아보며 10년 전 아들들에게 개포동에서 했던 옛 이야기를 떠올려본다. 아들들은 미래에 이곳을 아름답게 가꾸어 명소를 만들고 싶어한다.

4월 24일 토 맑음

홍(洪) · 김(金) 두 명의 제자를 데리고 왔다. 두 젊은이는 연못가에 만개한 벚꽃을 보고 입을 다물지 못한다. 빙부께서 이 경치를 보고 싶어하셨으나 산에 심을 묘목이 많고 제자들을 동행하였기에 모시지 못하였다. 그러나 이곳은 서울보다 벚꽃이 2주나 늦게 피기 때문에 비바람만 없으면 다음주까지 꽃이 지지 않을 것이며 연못가에 철쭉도 피기 시작하기 때문에 그때 빙부를 모셔와도 될 것 같다.

집 뒷산 아래쪽은 전에 살던 집주인이 나무를 모두 베었기 때문에 민둥산이 되어 비가 오면 토사가 쏟아져 내려온다. 식목 계획을 세워 어제는 주목 20주, 메타세쿼이아 10주, 대추나무 10주를 심었다. 오늘은 텃밭을 갈아엎은 후 상추 · 오이 · 토마토를 심었다. 그리고 긴 나뭇가지를 다듬어놓고 새끼줄을 꼬았다. 이 장대를 새끼줄로 엮어 발처럼 만든 후 추녀에 걸쳐놓고 그 밑에 조롱박 씨를 심었다. 다소 조잡해 보이지만 조롱박의 싹이 터서 이 장대와 새끼줄을 타고 오르면 그늘이 질 것이고 그 밑으로 박이 매달리면 볼 만할 것이다.

옆의 빈집에 최근에 이사 온 사람이 친구를 몰고 와서 고기를 굽고 술을 마시며 고성방가를 하는데 음향기기까지 틀어놓으니 골짜기가 떠나갈 듯하다. 강에서 놀던 오리 떼까지 어디론가 쫓겨 갔으니 아마 초목도 진저리를 칠 것이다. 아랫집 영감님의 표정이 심상치 않은 것을 보니 어지간히 언짢으신 모양이다.

5월 2일 월 비 온 후 맑음

미리 사둔 묘목이 고사할까 염려되어 비가 내리는데도 어제 시골로 갔다가 오늘 새벽에 돌아왔다. 강물의 힘을 가볍게 생각하였다가 호된 경험을 하였기에 몇 자 적는다.

반곡에 도착해보니 3일 전부터 내린 폭우로 홍천강물이 불어 임시 교량이 유실되어 있었다. 반곡교는 작년 가을 태풍 때 완전히 붕괴되었는데 아직 복구할 생각도 하지 않으니 당분간 불편을 겪게 생겼다. 문득 최근 강변에 골재 채취 차량들이 강을 따라 출입하는 것을 목격했던 생각이 들어 모래밭을 따라가보니, 강물이 불어 대형 트럭이 물에 잠겼다. 그러나 물은 별로 깊어 보이지 않기에 차를 몰고 들어섰는데 그것은 착오였다. 자동차 안으로 물이 스며들고 바퀴 밑의 모래들이 쓸려나가 차는 꼼짝도 할 수 없었다. 자동차의 시동을 끄면 배기통으로 물이 스며들어 고장을 일으킬 것이 자명한 일이라 아내를 1km도 넘는 L 씨 집으로 보냈다. 급히 큰 돌을 차 밑에 고여놓고 돌 위에 잭(Jack)을 받쳐 차체를 들어올려 침수를 방지하였다. 약 한 시간 만에 L 씨가 경운기를 몰고 와 끌어내준 덕에 겨우 위기를 벗어났다. 그러나 찬물 속에서 한 시간 동안 악전고투하는 동안 양손에 상처를 입었다. 옷이 흠뻑 젖었으며 오한이 나서 윗니와 아랫니가 덜그럭거릴 정도로 떨린다. 집에 도착하자마자 뜨거운 차를 마시니 이제야 견딜 만하다.

원기를 회복하자마자 백목련 한 그루는 사랑채 옆, 황철쭉 10주는 연못 주변, 꽃사과 5주는 집으로 들어가는 길 옆, 그리고 백송 10주와 구상나무 4주는 산에 심었다. 날이 어두워서야 작업을 마치고 방으로 들어섰더니 아내가 화로까지 준비해놓았다. 아내의 보살핌으로 감기 몸살도 걸리지 않고 깊게 잠을 잤다. 그러나 새벽에 양철지붕을 두드리는 빗소리에 잠을 깨었다. 강물에 혼난 어제의 경험이 잊히지 않아 서둘러 집을 나섰다. 다행히도 물은 벼랑길까지 올라오지는 않아 무사히 협곡을 탈출하였다. 집에 도착한 즉시 신문지를 자동차 바닥에 깔아 종일 물기를 뺐다.

5월 6일 목 맑음

어린이날이 끼었으니 목요일에서 일요일까지 일할 시간이 생겼다. 마침 시골 출신으로 농사일에 능한 K 군이 동행하여 그로부터 많은 공부를 할 수 있게 되었으니 기쁘다.

어제는 묘목을 심은 산 아래쪽에 구덩이 20여 개를 파서 거름을 넣고 흙을 덮은 후 수박 씨와 호박 씨를 넣었다. 각 구덩이에는 30cm 정도의 버드나무 가지를 구부려 X자형으로 꽂고 그 위에 비닐을 씌웠다. 5월이지만 산골은 아직 밤 기온이 낮아 어린싹이 돋을 때 냉해를 입지 않도록 보호할 필요가 있다.

오늘 아침에는 강 안개가 짙어 차가운 습기에 옷이 축축하게 젖고 몸에 소름이 돋았는데 9시가 지나면서 안개가 걷히고 강물이 보이기 시작했다. 솜같이 부드러운 안개는 숲을 어루만지듯 천천히 하늘로 올라가면서 흩어져 푸른 하늘 속에 녹아버린다. 찬 기운이 사라지자 따스한 볕이 쪼인다. K군과 함께 밭으로 나가 윗옷을 벗어 나무에 걸어놓고 작업을 시작하였다. 우선 퇴비 세 자루를 넓은 밭에 고르게 뿌렸다. K군은 비료 뿌리는 손놀림이 능숙하여 마치 춤추는 자세처럼 우아하다.

쟁기로 거칠게 갈아놓은 흙을 고무래로 잘게 부수면서 보니 전에 농사짓던 사람이 수거하지 않고 땅에 묻은 폐비닐 조각이 도처에 널려 있다. 우선 이것을 주워 자루에 담았는데 무척 번거롭다. 이어서 괭이로 흙을 긁어 이랑과 고랑을 만들었다. 나는 고랑의 넓이와 깊이, 이랑의 높이를 조절하는 데 익숙지 않아 지난해에는 작물의 간격이 너무 촘촘했다. 그런데 K군을 따라 하면서 비로소 감을 잡게 되었다. K군은 이랑과 고랑을 일정한 간격으로 매끄럽게 다듬는 데 비해 내가 만든 것은 비뚤비뚤하고 높낮이도 고르지 못하다. 그래도 오전 중에 옥수수 여섯 이랑을 심을 수 있었다.

점심 후 스무 이랑을 다듬어놓고 여덟 이랑에 참깨를 심었다. 이웃의 K노인이 가르쳐준 대로 이랑에 30cm 간격으로 홈을 파낸 후 씨앗을 심고, 그 위에 투명 필름을 씌운 후 바람에 날아가지 않도록 필름 양쪽을 흙으로 덮었다. 필름은 토양의 습기 증발을 막

밭고르기. 쟁기로 거칠게 갈아놓은 흙을 고무래로 잘게 부수고 괭이로 흙을 긁어
이랑과 고랑을 만든다. 갈아놓은 이랑은 가래로 다듬어야 한다.

고 보온작용을 하여 발아를 도울 뿐 아니라 어린싹이 냉해를 입지 않도록 도와준다. 싹이 돋은 후 2주일쯤 지나면 필름에 구멍을 뚫어주고 10cm 정도 자란 서너 포기만 남기고 나머지는 솎아낸 후 흙으로 북돋운다. 감자는 시기가 지났으나 한 이랑을 심었다. 예정했던 작업량을 마쳤기에 7시경 귀로에 올랐다. K 군에게서 배운 바가 많아 푸짐한 저녁을 대접하였다.

5월 29일 토 맑음

한총련 집회가 우리 학교에서 열리는데다가 석가탄신일이 겹쳐 27일부터 30일까지 4일간 연휴를 얻었다. 오늘 날씨는 늦봄답지 않게 기온이 올라가 31°C에 달하였다. 27일 오후에 도착해보니 며칠 전의 강풍에 사랑채에서 수돗간까지 연결했던 담장이 무너져 있었다. 구덩이를 파서 기둥을 세우고 가로로 각목을 박아 울타리를 만들었다. 망치로 못을 박다가 실수하여 왼손 검지를 때렸더니 금방 손가락이 붓고 시퍼렇게 멍이 들었다. 비 오듯 땀을 흘리며 만든 울타리지만 튼튼하지 못하기 때문에 싸리나무나 개나리를 촘촘하게 심어 생울타리를 만들어야 할 것 같다.

텃밭에 들깨·무·배추를 심었다. 2주 전에 심은 채소밭에는 벌써 잡초가 무성하여 오전 내내 김을 매었다. 뽑은 잡초는 고무통에 넣어 뚜껑을 덮어두고 2주 정도 지나면 거의 썩기 때문에 두엄 간으로 옮겼다. 아내는 서울에서 키우던 감나무를 화분째 들고 와서 집 뒤에 심었다. 나무를 심기에는 철이 좀 지났지만 아내의 손을 거쳐 싹이 트지 않거나 죽는 식물을 본 일이 없으니 잘 살려낼 것이라고 믿는다. 그동안 나는 밭에 서리태(검은콩)를 심었다.

2~3주 전에 심은 작물들 대부분이 발아하였다. 그런데 옥수수의 어린싹 일부를 무엇인가가 파먹었다. 빈자리에 다시 씨앗을 넣었다. 오이와 애호박 덩굴이 올라가도록 2~3m 길이의 나뭇가지를 세웠다. 토마토 옆에는 1.5m 높이의 튼튼한 장대를 지주로 박았다. 고추가 꽤 자랐다. 아래쪽 잎과 잔가지는 잘라주어야 고추모가 크고 튼튼하게 자라 익은 열매를 따기도 편하다기에 잘 다듬고 지주 사이를 비닐 끈으로 묶었다.

6월 21일 월 맑음

2주일 만에 와보니 안마당과 바깥마당은 가히 잡초밭이라 할 만큼 온갖 풀들이 우거졌다. 밭 역시 잡초가 어린 작물들을 뒤덮어버렸다. 아내는 마당 구석구석에 뿌리를 박은 잡초를 뽑고 나는 참깨밭과 고추밭의 잡초를 맡았다.

참깨는 본래 비닐에 작은 구멍을 뚫어 참깨싹만 대기 중으로 나오게 하고 잡초는 비닐 속에 가둔 다음 작물 주위를 흙으로 덮어 잡초가 볕을 보지 못해 질식하도록 해야 한다. 그런데 나는 아직 농사경험이 부족하여 비닐을 너무 크게 찢었고 흙도 충분히 덮지 못했기 때문에 풀이 작물을 뒤덮어버린 것이다. 참깨싹이 하도 어려서 자칫하면 줄기가 끊어지니 한 이랑 작업을 마치는 데 한 시간이 걸리고 온몸은 땀으로 흠뻑 젖는다.

고추 이랑은 참깨보다 다소 작업이 수월하다. 심을 때부터 북을 돋았기 때문에 고춧대 옆에 돋은 잡초 한두 개를 뽑는 일은 그리 어렵지 않다. 뙤약볕 아래에서 땀을 흘리며 일하는 내 모습이 딱했는지 지나가던 Y 씨가 쓰다 남은 제초액이 든 분무기를 빌려주고 사용법까지 가르쳐준다. 그러나 나는 작물을 심을 밭에는 결코 이 맹독성 농약을 쓰고 싶지 않아 밭둑에만 뿌렸다. 물병을 들고 나온 아내가 냄새를 맡고는 무엇인가 낌새를 채고 절대로 제초제를 사용하지 말라고 당부를 한다.

시골 사람들 대부분은 제초제의 위험성을 인식하지 못하고 있다. 심지어 호미로 잡초를 캐는 우리 부부를 비웃으며 "약을 치면 잡초가 깨끗하게 없어짐은 물론 삭아서 거름이 되는데 왜 저리 어리석은 짓을 할까"라고 말하는 사람도 있었다. 그러나 오랫동안 이 약을 사용해온 사람들은 몸의 통증을 견디기 위해 낮에도 술을 마셔야 한단다. 그들 중 상당수는 코끝이 빨갛다. 제초제의 성분 가운데 중금속인 크롬이 섞여 있으니 1960년대 중반 미군이 베트콩의 은신처를 찾아내기 위해 월남의 정글지대에 비행기로 뿌렸던 고엽제와 별로 다르지 않은 것이다.

7월 2일 금 맑음

장맛비만 내리고 나면 잡초가 무성해져 참깨가 잡초에 가려버렸다. 김매기를 포기하고 전지가위로 잡초의 밑둥을 잘라낸 후 흙을 듬뿍 퍼서 북을 돋았다. 그러나 콩밭은 어쩔 도리가 없어 김을 맸는데 뽑아낸 잡초가 퇴비 자루 서너 개를 채우고도 넘쳤다.

몇 주 전부터 강가에 나가 자갈을 다섯 무더기나 쌓아놓았는데 마침 Y 씨가 경운기로 운반해주겠다기에 여섯 차례 강 언덕을 오르내리며 돌과 모래를 옮겨다가 축사 옆 공터에 쌓았다. 이것으로 사랑채 밑의 축대, 샘으로 내려가는 계단, 뒷마당의 축대를 만들 예정이다. Y 씨에게 사례를 하려 해도 극구 사양하기에 지갑에 넣어두었던 구두상품권을 선물로 내놓으니 고맙게 받았다.

7월 20일 화 맑음

장마전선이 남쪽으로 물러난 후 땡볕이 맹위를 떨치기 시작한다. K 노인 댁에 전화를 했더니 홍천강 수위가 많이 낮아졌다기에 작은아들을 데리고 시골 나들이에 나섰다. 짐을 꾸리는 내 옆에서 아내는 염려스러운 눈길로 바라보는데 아무래도 한 달여나 시골을 가지 못하여 심술이 난 것 같기도 하다. 아내는 며칠 기다렸다가 빙부님을 모시고 가자고 하지만 아무래도 이번 나들이는 보통 험로가 아닐 듯하여 빙부님 동행을 다음 기회로 미루었다. 며칠 전 폭우에 통곡리 계곡의 임시 교량이 또 유실되었다는 전갈을 받았으니 부득이 설악면의 가파른 널미재를 넘고 또 개야리의 서낭뒷고개(K 노인이 가르쳐준 샛길로 오늘 처음 지나게 된다)를 지나야 하니 구십 먹은 노인을 모시고 가기에는 모험이 아닐 수 없다.

설악면 널미재는 한 달 전까지도 비포장이었는데 다행히 포장을 끝내고 마무리 공사를 하고 있었다. 그러나 모곡에서 개야리 간의 벼랑길은 큰 돌들이 드러나 노면이 거칠고 개야리 뒷고개는 상상을 초월하는 험로였다. 자동차 통행이 불가능하여 개야리에 차를 맡겨놓고 모든 짐을 등에 지고 양손에 든 채 강변길 3km를 걸었다.

수위가 낮아졌다더니 홍천강은 탁류가 넘실대는 대하(大河) 자체였다. 1990년 이래 강물이 이처럼 불어난 것을 처음 목격하였다. 다행히 우리를 발견한 Y 씨가 급류를 무릅쓰고 배를 몰고 와서 우리 부자를 건네주었다.

작은아들은 집에 도착하여 짐을 풀자마자 강으로 내려가 고기를 잡고 싶다며 허락해달라고 한다. 물고기를 속여 바늘로 꿰는 잔인한 짓을 용납하지 않는 제 아비의 심정을 헤아려 벌써 유리어항을 준비해놓은 모양이라 허락하고 말았다. 내가 들깨 모종을 심고 토마토와 오이에 지주를 세우는 작업을 끝내고 들어왔더니 아이는 70여 마리의 고기를 잡아다가 민물고기 매운탕을 끓여놓았다.

손전등을 들고 강변으로 내려가보니 몇 시간 사이에 강물이 많이 줄었다. 한밤중인데도 제 집을 찾지 못한 새들이 물 위를 난다. 문득 밤하늘을 쳐다보니 검푸른 하늘에 우윳빛 은하수가 선명하다. 나는 지방으로 답사를 가면 제자들을 강변으로 인솔하여 은하수를 보게 하였는데 서울에서 자란 학생들 중 반 이상이 은하수를 책으로만 배웠고 실체를 보기는 처음이라는 사실을 확인하였다. 내 아들 역시 오늘 처음으로 이 별자리를 보는 셈인데 이는 아이의 시력이 나빠서이다. 그런데 오늘은 뿌옇게 지나는 은하수의 존재를 확인하니 기쁘다. 이곳의 공기가 맑기 때문이다.

8월 21일 토 비

그저께부터 내린 비가 오늘도 계속되었다. 때때로 비가 소강상태를 보이는 틈을 타서 어제는 참깨를 베고 빨갛게 익은 고추를 땄다. 아내와 아들은 옥수수와 토마토를 땄다. 수박은 모두 썩었는데 아마도 들쥐가 익은 열매에 상처를 내면 그 틈으로 빗물이 스며들어 썩는 것 같다. 애호박은 겨우 한 개가 무사할 뿐이다. 6월 초부터 비가 잦더니 일사량이 모자라고 기온이 낮아 작황이 신통치 못하리라 예상했는데, 이웃집 K 노인도 금년 농사를 망쳤다고 탄식하였다. 밤나무와 대추나무에도 열매가 성글게 맺혔으니 참으로 별스런 해이다.

참깨는 다소 습기를 머금고 있어 걱정스러웠으나 볕이 나기만 하면 꼬투리가 볕을 받아 씨앗을 모두 쏟아버리기 때문에 어제 툇마루에 널었다가 오늘 짚으로 단을 묶어 세웠다. 날이 개지 않으면 곰팡이가 피거나 씨앗이 발아할지도 모른다. 고추를 바구니에 담아가지고 서울로 귀가하였다. 아파트 베란다에 신문지를 깔고 널었으나 이 역시 곰팡이가 피고 썩을 가능성이 높다.

8월 26일 목 맑음

방문을 열자마자 습기를 머금은 퀴퀴한 곰팡내에 섞인 악취가 코를 찌른다. 이 집은 서향으로 앉은데다가 오목한 골짜기에 위치하여 봄부터 초가을까지는 항상 습하다. 게다가 일주일에 4~5일은 항상 밀폐되어 있어 집에 도착하자마자 모든 문을 활짝 열어 환기를 시키고 맑은 날은 침구를 볕에 말려야 한다.

악취의 진원지는 냉장고 옆의 좁은 틈새이다. 지난주에 놓아둔 끈끈이에 쥐가 죽어 있어 이것을 집어다가 소각한 후 살충제를 뿌리고 청소를 하는 등 법석을 떨었다.

지난주 참깨를 베어낸 밭에는 일주일 사이에 잡초가 1m 높이로 자랐다. 고무장화를 신고 장갑을 끼어도 선뜻 이 잡초밭에 들어설 용기를 내기가 쉽지 않다. 그래도 기계에 발동을 걸어 풀을 걷기 시작하였다. 베어낸 잡초를 쌓으니 작은 동산만하다.

땀냄새를 맡고 온 온갖 벌레들이 나를 공격한다. 모기는 주로 귀와 목을 공격하고 말벌은 밀짚모자 주변을 돌며 겁을 준다. 벌보다 더 큰 '쇠등에'라는 파리는 등·팔·어깨·다리 등 땀에 젖은 피부는 가리지 않고 침을 박는데, 이놈들의 침은 웬만한 옷을 관통할 수 있어 공포의 대상이다. 보통 서너 마리가 집중적으로 달려들기에 모자로 몸에 붙은 놈을 때려 기절시킨 후 땅에 떨어지면 발로 밟아 죽여야 한다. 이놈을 손으로 잡다가 손가락을 쏘인 적이 있는데 사포처럼 굳은 내 살갗을 뚫을 정도이니 그 위력은 놀랍다. 쇠등에에게 쏘인 피부는 지름 1cm 정도로 부어오른다. 그러나 이러한 곤충들보다 더 무서운 것은 잡초에 붙어 있으나 눈에 보이지 않는 미세한 진드기들이다. 해마다 눈에 보이지 않는 진드기에 쏘여 4~5일간 시달리고 있다. 우연히 터득한 나의 치료법은 찬물 목욕과 얼음찜질이다.

8월 27일 금 맑음

양철지붕을 두드리는 빗소리에 잠이 깨었다. 처음에는 타악기 소리처럼 들리더니 점차 폭포처럼 울려 다시 잠들지 못하였다. 비는 다행히도 새벽에 그쳤다.

강에서 피어오르는 안개로 우리 집은 완전히 잿빛 장막에 갇혔다. 9시경부터 조금씩 장막이 찢기면서 그 조각들이 하늘로 올라가기 시작하더니 드디어 저 아래쪽 강물이 보인다. 이런 날은 틀림없이 뙤약볕이 강하게 내리쬔다.

오전에는 고추 세 바구니와 옥수수를 땄다. 오후에는 파종 시기가 다소 늦었지만 무·알타리무·파·쪽파를 파종하였다. 배추는 2주 전쯤 심어야 하는데 계속 비가 왔기 때문에 심지 못하고 있다. 이미 시기가 너무 늦어 포기해야 할 것 같다. 더위에 식욕이 없어 물만 마셨더니 기력이 많이 떨어진 모양이다. 귀로에는 오른쪽 다리에 쥐가 나서 자동차의 액셀을 밟을 때 통증이 따랐다.

9월 26일 일 맑음

툇마루에 쌓아놓은 들깨 단을 산에 사는 다람쥐들이 떼를 지어 몰려와 먹어대기에 처음에는 귀여워서 그대로 두었는데 이틀 후에 보니 위에 놓인 들깨 단이 완전히 껍질만 남았다. 도리 없이 마

56

당에 옮겨놓고 타작하였는데 털어낸 들깨에 노린재를 비롯한 10여 종의 벌레가 우글거린다. 이웃집 밭은 하도 농약을 쳐대니까 요놈들이 모두 내 밭의 작물로 피신했던 모양이다. 잔디밭에 자리를 펴고 그 위에 널었더니 벌레들이 뜨거운 볕을 견디지 못하고 모두 달아나버린다.

사랑채 아래의 돌축대는 아마도 전 주인의 아들들이 쌓았던 것 같다. 이것은 크고 작은 돌들을 적당히 올려놓은 데 불과하여 금년 여름 폭우 때 많은 수분을 머금은 흙의 압력을 견디지 못하고 중간 부분이 무너지기 시작하였다. 축대를 쌓기 전에 먼저 옛 축대의 해체 작업을 하였다. 작은 돌과 큰 돌을 구분하여 두 무더기로 모은 후 축대 안쪽의 흙을 삽으로 파냈더니 젖은 흙이라 물기가 줄줄 흘러나온다. 시멘트와 모래를 배합하여 물을 붓고 잘 섞어놓았다. 지렛대를 이용하여 큰 돌을 굴려 축대 밑부분에 쌓았다. 돌의 아래와 안쪽에 시멘트 배합물을 넣고 돌과 돌 사이의 이를 맞추면서 하는 작업이라 시간이 많이 걸렸다. 아내는 축대가 잘 쌓였다고 덕담을 한다.

10월 16일 토 맑음

홍(洪)·장(張) 두 학생의 논문의 마지막 점검을 시골집에서 하기로 하였다. 청평에서 시멘트 세 포를 구입하여 트렁크에 실었더니 뒷바퀴가 찌그러진다. 통곡리와 논골 간 도로가 여름의 집중호우로 많이 파여 승용차 밑이 긁힐까 염려했는데 다행히도 강변 벼랑길이 말끔히 정돈되어 있었다. 고추밭에서 일하던 마을 반장을 만났는데 3~4명의 인부를 고용하여 도로를 정비하였다 한다. 보조비로 20만 원을 전하였다.

저녁 후 논문 점검. 세 부를 복사해왔으므로 한 부씩 나누어 서론부터 단계적으로 읽으며 문장을 검토하고 필요한 부분을 수정하였다. 잠시 휴식한 후 다섯 시간 만에 수정작업을 마쳤다. 지적 활동은 잡념 없이 집중할 경우에 성과가 높다는 사실을 학생들도 인식한 모양이다. 90세가 넘으셨음에도 가방에 책과 원고지를 가득 넣어 오시는 나의 빙부님께서 이 집의 분위기를 사랑하시는데 그 이유를 알 만하다.

10월 17일 일 맑음

새벽에 방문을 열었더니 안개가 우리 집을 완전히 가둬놓았다. 비록 손에도 잡히지 않는, 세상에서 가장 부드러운 것에 포위되었다고는 하나 이 부드러운 것이 지닌 힘을 무시해서는 안 된다. 축축한 공기에 함석지붕 위로 젖은 낙엽과 함께 이슬비가 후드득 떨어지면서 내 옷깃을 적셔 몸이 으스스 떨린다. 산곡풍이 불어오자 참빗처럼 총총히 서 있는 침엽수에 걸린 안개가 하늘로 오른다. 이것을 보니 틀림없이 하늘이 맑을 것이다.

돌·시멘트·모래·물을 운반해놓고 축대 작업을 시작하였다. 세 시간의 작업으로 창고 뒤쪽에 폭 2m, 높이 1.5m의 석벽이 완공되었다. 이런 일을 처음 해보는 두 학생은 무척 힘들어한다.

11월 7일 일 흐리다가 가랑비

아내는 집안일로 남고 대신 큰아들이 나의 시골길에 동행하였다. 금요일 저녁에 넌지시 시골 얘기를 꺼내보니 예측했던 대로 아들은 핑계를 대었지만 어제 아침 짐을 꾸리는 동안 아내의 설득에 마음을 바꿨는지 따라나섰다. 내가 퉁명스럽게 "집에 있거라" 하고 목청을 높였더니 아내가 이번에는 나를 설득한다. 젊은 애들이 시골에서 힘든 일을 하려 들지 않는 것은 사실이니 내 아들놈인들 별도리가 있겠나. 어찌되었든 억지로나마 아들놈과 함께 가니 마음은 즐겁다.

아들과 함께 무를 뽑았다. 좀 굵은 것은 뒷마당에 묻은 두 개의 항아리에 넣고 작은 것은 10여 단으로 묶었다. 무를 뽑은 자리에 계분·발효퇴비 들을 뿌리고 밭을 갈았다. 농기구는 삽 두 자루와 호미뿐이다. 아들에게 땅을 파게 해보니 삽날을 비스듬히 눕혀 긁적거리는 수준이라 삽질하는 교육부터 시켜야 했다. 삽을 곧게 세운 후 날 위에 발을 올려놓고 꽉 밟으면 삽날이 땅속 깊이 박히니 이때 흙을 뒤집어야 한다. 그런데 아들은 이 작업이 힘에 겨워 쩔쩔맨다. 그럭저럭 밭갈이를 마치고 흙을 잘게 다듬은 후 마늘을 심었다.

무의 양이 너무 많아 R 교수와 K 교수에게 서너 단씩 나누어주었다. R 교수는 동치밋감으로 적당한 크기이고 무가 달고 수분이 많다면서 내가 수준급 농사꾼이 되었다고 치켜세운다.

12월 20일 월 흐림

논골에 단 두 집뿐인 원주민 가운데 하나인 L 씨 부부가 서울의 아들네로 이사한 후 집이 기울기 시작하더니 드디어 지붕이 주저앉아버렸다. 이 집 옆을 지나자니 왠지 가슴이 쓰리다. 6·25전란 당시에는 반장인 C 씨 집이 있는 고래실에 5호, 능골에 4호, 우리 집 주위에 5호, 학여울 나루 부근에 2~3호가 있었다고 하는데 이제는 달랑 C 씨네 집 하나만 남았다. L 씨네가 이사한 후 C 씨 부인은 내 아내에게 빨리 이사 와서 정답게 살자고 부탁했다고 한다. C 씨에게도 1남 3녀의 자손이 있는 모양이지만 모두 도시로 나가서 살고 있으니 무척 외로울 것이다. 오늘날 우리 시골의 과소화 현상은 참으로 심각한 문제이다.

툇마루에 쌓아두었던 팥을 타작하였다. 깍지를 까부르고 나니 약 다섯 되의 팥이 나왔다. 다람쥐가 까먹은 것도 두어 되는 충분히 넘었을 테지만 흉년에 이 정도를 거둔 것만도 다행이다. 금년처럼 도토리와 밤이 흉년인 해에 귀여운 다람쥐들에게 보시를 했으니 다행이다.

귀로에 강변으로 내려와보니 얼음이 녹은 강에 오리 떼 수백 마리가 모여 있다. 사냥총을 든 자들의 출입만 제한하면 이곳도 철새들의 작은 천국이 될 수 있을 것이다.

12월 28일 화 맑음

연말이라 반장댁과 K 노인, 서울에서 홀로 와 염소를 키우는

Y 씨 등에게 작은 선물을 하나씩 전하였다.

보일러 기름 탱크를 경유로 채웠다. 금년 10월부터 3개월 동안 벌써 20리터짜리 아홉 통을 부었으니(실제로는 여섯 통을 사용) 주말에만 난방하는 비용으로는 너무 과하다는 생각이 든다.

두엄간에 왕겨 다섯 자루를 붓고 뒤집었다.

음력 동짓달 14일. 만월에 가까운 달이 떠올라 눈으로 덮인 대지를 환하게 비춘다. 많은 오리 떼들이 왁자하게 부르는 노랫소리가 협곡에 울려 퍼진다. 애들의 노래가 그치려면 달이 이지러져야만 하니 차라리 새벽까지 글을 쓰는 것이 나을 것 같다.

1994년
자연을 받들어야 한다

"혼인 서약을 하자마자
'이제 두 분은 부부가 되었습니다' 라고
선언하는 주례사를 종종 듣게 된다.
그런데 진정한 부부란 형식과
법적 절차만으로 이루어지는 것은 아니다.
어른다운 어른이 됨으로써 비로소
진정한 부부가 될 수 있기 때문에
나는 주례를 할 때 '이제 두 분은 부부가 되는
첫걸음을 떼셨습니다' 라고 말한다."

1월 30일 일 맑음

홍천군 양덕원에서 우리 시골집으로 통하는 길을 찾는 모험을 해보기로 하였다. 양덕원에서 화전(花田)으로 통하는 골짜기를 지나 약 10km 지점부터는 포장이 안 된 협로인데 고갯길의 경사를 완화시키기 위해 굴곡이 심한 도로를 만들어놓았다. 게다가 고갯마루에는 눈이 쌓여 있어 운전하기가 매우 조심스러워 이 길로 들어선 것을 몇 차례나 후회하였다. 그래도 고개 밑에서 중부 내륙지방의 전형적인 짚가리 사진 몇 장을 촬영한 것은 큰 소득이었다. 1981년부터 전국 각지의 짚가리 자료를 수집 중인데 이곳의 것은 높이가 약 3m나 되는 대형 통가리이다.

4월 10일 일 맑음

어제 시골로 왔다. 메타세쿼이아 50주, 은행나무 20주, 구상나무 20주, 산수유 5주, 층층나무 3주를 구입하여 자동차 뒷좌석에 실었다. 양계장을 하는, 아들의 친구가 보내준 계분 여섯 상자는 트렁크에 넣었다. 비닐로 잘 포장했다는 계분에서 풍기는 악취 때문에 시골집에 도착할 때까지 고통을 겪었다. 이 냄새는 어제와 오늘 트렁크 뚜껑은 물론 차 문을 모두 열었어도 빠지지 않는다.

봄 가뭄이 심하여 나무 심는 게 보통 일이 아니다. 메타세쿼이아와 은행나무는 키가 약 1m이고 뿌리도 길기 때문에 구덩이는 지름 50cm, 깊이 50cm 정도로 파야 하고 물도 충분히 주어야 한다. 구상나무는 키가 작은 대신 뿌리는 무성하여 구덩이를 크게 할 필요가 있다. 나무에 줄 20리터짜리 물통을 양손에 하나씩 들고 수십 차례 산을 오르내렸다. 바싹 마른 대지가 한두 바가지의 물쯤은 마치 스펀지처럼 빨아들여 내 마음을 아리게 한다.

식목을 끝내고 피로에 지쳐 일찍 자리에 누웠다. 오늘은 새벽부터 30여 회 퇴비 수레를 끌었다. 전에는 퇴비를 한곳에 높이 쌓았다가 다시 뿌리느라 이중 작업을 하였다. 오늘은 약 5m 간격으로 한 수레씩 뿌려놓은 후 괭이로 펴니 작업이 훨씬 수월하였다.

감자와 상추 파종. K 노인과 C 씨네는 씨감자를 배급받으나 나는 두 이랑이면 충분하므로 가락동시장에서 평창산 감자 10여 알을 사다가 씨눈을 기준으로 토막낸 후 아궁이의 재를 묻혀 심었다.

4월 24일 일 맑음

주말의 날씨를 예보하는 TV 기상 캐스터의 예쁜 얼굴에 시꺼먼 먹을 찍어 발라주고 싶다. 시골에서는 심한 봄 가뭄으로 농부들이 밭작물 파종을 못해 애를 태우는데 그녀들은 주말 나들이하기에 좋은 쾌청하고 따뜻한 봄날을 찬미한다. 국민의 85%가 도시에 살고, 농촌에도 비농민이 적지 않아 실제로 농사짓는 인구는 국민의 10%밖에 안 되니 아나운서의 날씨예보는 주말을 즐겁게 보내고자 하는 대다수 도시인을 위한 것이어야 하겠지만 농부들은 섭섭하다. 우리나라도 농민만을 위한 방송국이 설립되어야 하지 않을까.

1990년, 내가 서울에 거주하기에 민둥산이 되어버린 3,000평 임야를 관리하지 못하리라 짐작하고 춘천시청에서 나무를 심어

가꾸자는 제의를 해왔다. 그래서 이를 거부하고 1991~92년에 많은 묘목을 심고 틈틈이 잡초를 베어 나무를 가꿔왔는데 작년 가을에 이웃의 염소들이 전부 먹어버렸다.

금년 봄에 다시 심은 묘목은 약 400주, 손가락 길이에 불과한 어린 것에서 1m 정도의 큰 묘목에 이르기까지 종류도 10여 가지에 이른다. 그런데 봄 가뭄이 심하여 어린나무들이 노랗게 말라가고 있다. 은청가문비나무들은 이미 거의 다 죽었고 메타세쿼이아도 일부는 싹이 돋지 않는다. 물통으로 여섯 차례 물을 운반하여 묘목에 뿌렸다. 재작년 산에 심었던 더덕을 몇 개 캐어 맛을 보았더니 그 향기가 산더덕과 결코 다르지 않다. 두껍게 쌓인 부엽토 속에서 제 마음대로 자라, 재배 더덕과 달리 껍질이 우글쭈글 주름이 많고 못생겼으나 맛은 일품이다.

5월 4일 수 흐린 후 비

참으로 오랜만에 단비가 내렸다. 강수량은 20~30mm라 충분하지는 않으나 그간 먼지가 풀풀 일던 산야에 생기가 돌 것이다. 양재동 화훼단지에서 한국의 야생식물 전시를 한다기에 들렀다가 할미꽃 한 그루에 2,500원을 받고 파는 데 놀라지 않을 수 없었다. 최근까지도 강변과 밭둑, 그리고 우리 산에는 달맞이꽃·붓꽃·할미꽃 등 각종 야생화가 봄부터 가을까지 서로 맵시를 뽐냈는데 기이하게도 최근에는 이러한 야생화들이 자취를 감추었다. 어느 날 우리 밭둑에서 수십 그루로 뭉쳐 자라는 붓꽃을 캐는 사람이 있어 만류했더니 남자 한 명과 여자 세 명으로 팀을 이룬 그들은 야생화에 임자가 따로 있느냐며 대들었다. 그래서 이 밭둑은 내 소유이니 붓꽃은 당연히 내 것이고, 만물은 조물주가 창조하였으니 또한 조물주의 것이 아니겠느냐고 말했더니 군말 없이 사라졌다. 그들의 승용차 트렁크에 각종 식물들이 가득 들어 있는 것을 보니 전문적인 야생식물 사냥꾼인 것 같았다. 아내에게 말했더니 멸종하기 전에 우리 밭 한 모퉁이를 야생화로 채우자고 한다.

5월 18일 수 맑음

오늘은 부처님 오신 날이다. 지난 주말 많은 비가 내리고 나서 하늘은 맑고 높아졌다. 아침 8시에 학교 정문에서 수아와 현진이 두 학생을 태우고 떠났다. 하지만 모처럼 맞은 휴일에 날씨까지 기가 막히니 도시 사람들이 어찌 공기 탁하고 시끄러운 서울에 남아 있으려 하겠는가. 중랑교 부근부터 교통체증에 걸려 오후 1시 30분에야 겨우 시골집에 도착하였다. 지난 주말에는 강물이 벼랑길까지 올라와 이틀 동안 마을이 고립되었다고 하는데 오늘은 강변 자갈 위로 차를 운전할 수 있다.

찬거리가 부족함에도 수아가 솜씨를 발휘하여 맛있는 점심상을 차렸다. 성격도 밝고 재주도 좋은 이런 딸 하나 있으면 좋겠다는 생각이 든다. 학생들은 이제 서서히 지기 시작하는 철쭉꽃을 보고도 감탄한다.

참깨밭의 투명 필름이 강풍에 날려 벗겨졌기에 학생들의 도움

홍천강변의 숲. 절벽에서 내려다보는 홍천강 양장구곡의 절경은
탄성이 나올 만큼 아름답다. 작은샘구렁 앞의 밭베루산이 보인다.

을 받으며 다시 씌웠다. 싹이 돋은 참깨는 구멍을 뚫고 숨음질하였다. 바람이 얼마나 강했던지 고추도 일부는 가지가 부러지거나 옆으로 누웠다. 산에서 나무를 잘라 막대기로 다듬어서 지주를 세우고 끈으로 연결해주었다.

저녁 무렵에는 우리 집이 내려다보이는 협곡 남쪽의 산을 올라갔다. 절벽에서 보이는 홍천강 양장구곡(羊腸九曲)의 절경에 반한 두 제자는 탄성을 지른다. 몇 해 후 내 아들들이 장가들면 이곳을 사랑하는 며느리에게 물려줄 것이라 하니 둘이 모두 후보가 되겠다고 나선다. 이들은 내 큰아이보다도 몇 년 연상이다.

6월 4일 토 맑음

제자 전 군과 김 양의 결혼식 주례를 맡게 되어 시골 나들이를 포기하였다. 전 군은 C도의 명문가 후손이고, 김 양은 내가 석사 논문을 지도한 학생이다. 김 양은 음성이 아름답고 얼굴선이 고운 규수라 많은 청년들이 호감을 가졌으나 일찌감치 전 군에게 마음을 주고 있었다. 내 주례사는 4년간의 농촌생활을 바탕으로 썼다.

일찍이 우리 조상님들은 대지를 여성에 비유하고 하늘을 남성에 비유하셨습니다. 하늘과 땅이 하나를 이룰 때 비로소 완전한 우주가 탄생합니다. 천지의 조화라는 거창한 논리를 말씀드리는 것이 아니라 다만 대지 위에서도 우리가 먹는 양식을 키워내는 밭과 그 밭에서 곡식이 자라도록 도와주는 물에 관하여 말씀드리겠습니다.

곡식이 잘되는 밭의 토양은 항상 적절한 습기를 머금습니다. 습기가 모자라면 토양은 메말라 강한 바람을 만나면 먼지가 되어 흩어집니다. 반대로 너무 습하면 씨앗의 싹이 터도 뿌리가 썩고 그 대신 잡초만 무성하게 우거집니다.

우리 속담에 "단단한 땅에 물이 고인다"라는 말이 있습니다. 생활력과 의지력이 강한 사람을 칭송할 때 쓰이지만 저는 다른 뜻으로 이해하고 있습니다. 단단한 땅은 하늘이 내려준 귀한 물을 받아들이지 못하고 모두 하늘로 되돌려 보냅니다. 따라서 이러한 땅은, 표면은 질지만 속은 메말라 곡식이 뿌리를 내리지 못합니다. 좋은 흙은 알갱이가 곱고 부드럽기 때문에 우리가 심는 씨앗을 포근하게 감싸며, 그 씨앗이 싹터서 튼튼한 뿌리를 내리게 하고, 줄기의 잎이 건강하게 자라 아름다운 열매를 키워냅니다. 이 부드러운 흙에 내리는 비는 절대로 지표면에 고이지 않고 모두 흡수되어 일부는 식물이 자라는 데 쓰이고 남는 물은 강으로 흘러갑니다.

신부에게 당부합니다. 항상 부드러운 흙과 같은 여유와 아름다움을 간직하시기 바랍니다. 신랑에게도 한마디 합니다. 항상 대지를 어루만지듯 부드럽게 내리는 비처럼 신부를 사랑하시기 바랍니다. 비는 생명수이지만 폭우는 토양을 황폐하게 만들고 그 위에 자라는 작물을 해칩니다.

결혼은 사람이 세상에 태어나서 경험하는 가장 중요한 일입니다. 그래서 집안 어른들은 혼례를 치르는 자녀들에게 엄숙한 예식을 통하여 평생을 존경하고 사랑할 것을 다짐받고자 하십니다. 다른 가풍과 문화적 배경에서 성장한 남편과 아내는 모름지기 포용하고 이해하며 인내하고 사랑함으로써 새로운 문화를 창조하고 가문과 사회에 기여할 수 있습니다. 그런데 만일 부부가 굳은 땅과 그 위에 고인 물처럼 화합하지 못하면 결코 튼실한 작물을 키울 수 없으며 아름다운 열매를 거둘 수 없습니다. 부디 두 분은 부드러운 토양을 적시는 가랑비의 의미가 이상적인 가정을 이루는 작은 진리임을 잊지 마시기 바랍니다.

혼인 서약을 하자마자 "이제 두 분은 부부가 되었다"라고 선언하는 주례사를 종종 듣게 됩니다. 그런데 진정한 부부란 형식과 법적절차만으로 이루어지는 것이 아닙니다. 어른다운 어른이 됨으로써 비로소 진정한 부부가 될 수 있기 때문에 저는 "이제 두 분은 부부가 되는 첫걸음을 떼셨습니다"라고 말합니다.

부디 세상을 보게 하시고 키워주신 부모님들을 극진히 모시고, 가르침을 베푼 사회와 나라에 봉사하고 공헌하여 가문을 빛내며, 태어나는 자식들을 잘 키우는 책임을 다하시기 바랍니다.

6월 13일 월 맑음

계속되는 가뭄으로 대지는 메마르다 못해 타들어간다고 함이 적절한 것 같다. 농부들은 홍천강에 호스를 넣고 경운기로 강물을 끌어올려 논에 물을 대느라 안간힘을 쓰고 있다. 밭의 상태는 더욱 심각하다. 적어도 30cm 이상 자랐어야 할 고추가 20cm에도 못미치는 난쟁이 상태이고 잎이 비실비실하다. 2주일 전에 심은 참깨가 아직도 발아하지 않았다. 외바퀴 수레에 물통 다섯 개를 싣고 밭으로 운반하여 밭고랑에 부어보지만 순식간에 스며들고 만다. 산의 묘목은 가뭄 피해가 더욱 심하다. 양손에 20리터짜리 물통을 들고 몇 차례 산으로 운반하여 급수를 하였다.

다섯 번째로 산을 오르던 중 갑자기 누가 오른쪽 종아리를 몽둥이로 치는 듯한 느낌을 받으며 쓰러졌다. 물통은 넘어져서 물이 쏟아지고 나는 바닥에 주저앉아 한동안 운신을 하지 못하였다. 나뭇가지를 꺾어 지팡이를 만들어 짚고 산을 내려왔다. 뜨거운 물로 찜질하며 장딴지를 만져보니 근육의 중간부분이 없어지고 위와 아래로 뭉쳤다.

6월 14일 화 맑음

압박붕대로 다리를 동여매고 병원에 가서 엑스레이 촬영과 초음파 검사를 받은 결과 장딴지 근육이 파열되면서 내출혈이 있었다는 진단이 나왔다. 근육의 3분의 2가 끊어져 심줄의 위와 아래로 근육들이 뭉쳤다는 것이다. 수술하여 근육을 붙이거나, 압박붕대를 매고 6개월에서 1년을 지내되 절대로 무거운 것을 들지도 말고 힘이 드는 운동도 하지 않으면 원상회복이 된다고 한다. 후자를 택하기로 하였다.

6월 20일 월 맑음

6월에 들어서자마자 북한의 핵폭탄 개발로 국내외가 시끄럽다. 미국의 시사 주간지 『타임』과 『뉴스위크』는 북한의 핵개발 기사를 상세히 보도하면서 김일성 사진을 표지에 싣는가 하면 CNN은 한반도에서 당장 전쟁이 터질 것처럼 호들갑이다. 초단파 라디오를 들었더니 영국의 BBC도 그러한데 아내는 프랑스 방송도 마찬가지라 한다. 외국에 나가서 사는 동포들 중에 가족의 안부를 묻는 전화를 하는 사람이 많은 모양이다. 유학생활을 마치고 그곳에서 일자리를 얻은 어떤 자는 미국에 남지 못한 나를 측은히 여기는 동정 어린 투의 전화를 걸어오기도 하였다.

그런데 일부 재외동포들 중에는 고국에 거주하는 사람들이 모두 정력제나 미용식을 탐하고 주말이면 유원지나 골프장으로 달려가느라 정신이 빠진 인간들처럼 보이는 모양이다. 물론 주말마다 밭에서 일하는 내 입장에서는 놀이패들이 탄 자동차가 경춘국도를 꽉 매우는 날을 어떻게 하면 피할 수 있는지 궁리하지 않을 수 없다. 특히 현충일 연휴가 끼었던 6월 5~7일은 행락인파가 도를 넘어 뜻 있는 사람들이 개탄하지 않을 수 없는 분위기였다. C신문의 어느 칼럼니스트와 서울시 부시장은 우리나라가 비상시국에 처하였으니 국민들이 자제하고 비상식량이라도 준비하며 근검절약하자고 권고하였다.

영향력 있는 분들의 경고성 발언 한 마디가 때로는 예상도 못한 반응을 나타낸다. 더욱이 산업화 이후 우리 사회는 작은 일에도 흥분을 잘하는 분위기에 젖어 위기설 한마디에 세상인심이 뜨거운 냄비 속의 팝콘처럼 달아오른다. 강남 모든 백화점의 라면ㆍ통조림ㆍ쌀, 심지어 과자까지 동이 나고 휴대용 부탄가스도 매장에서 모두 사라졌단다. 매주 수요일에 장을 보는 우리 부부는 물품을 구입하지 못하고 돌아 나오면서 쓴웃음을 짓고 말았다. 정부가 비상 각료회의를 열어 국민들에게 비상시 지급할 비축 식량이 충분하므로 사재기를 자제해달라고 호소하였으나 별 효과는 없었다.

사실 전쟁이 나면 라면 몇 박스를 사두었다고 해서 얼마나 버틸 것인가. 수년 전부터 나는 학생들에게 이렇게 가르쳤다. "전쟁이 일어나면 가장 심각한 문제는 전력공급이다. 수도권 인구의 60% 정도가 아파트에 거주하는데 이 건물들은 전기가 끊어지면 급수가 중단되고 승강기 운행도 중단된다. 취사와 배설물, 생활오폐수 처리도 불가능하다. 지금처럼 음용수를 사서 마시는 세상에서 상수도조차 끊기면 한강까지 걸어가서 물을 길어야 한다. 거의 모든 가정이 자동차를 보유하고 있으니 너도나도 물통을 싣고 약수터와 한강으로 몰려들면 그 혼잡은 어찌 감당할 것인가. 우리 모두가 서로 양보하고 질서를 지키며 나라를 올바르게 이끌어나가야 한다."

나는 재작년부터 다섯 사람이 10일 정도 먹을 수 있는 비상식량을 시골에 준비해놓았다. 이것은 전쟁 비축물자라기보다 수해로 고립될 경우를 대비하는 물품인데 유효기간이 짧은 것은 소비하고 다시 구입한다. 갑자기 손님이 몰려올 경우에도 이 비상식량은 유용하다. 이것을 본 아들들이 어느 날 "어머니 아버지께서 시골에 계실 때 전쟁이 나면 우리는 어떻게 하면 좋을까요" 하고 묻기에 "너희도 이미 고등학생·대학생이니 주저하지 말고 가까운 부대를 찾아가 입대하거라. 전쟁이 끝나면 시골집에서 만나자"라고 당부하였다.

7월 9일 토 흐리고 이따금 소나기

장마철이라 많은 비가 내리더니 오늘은 빗줄기가 약해졌다. 지난주에는 홍천강물이 불어 길이 잠겼다는 전화를 받았기 때문에 오지 못했다. 비포장도로는 오늘도 물을 흠뻑 머금어 자동차 바퀴가 진흙탕에 빠져 헛바퀴를 돌아 어렵게 집에 도착하였다. 아내와 홍성 할머니와 함께 밭으로 나가니 콩밭을 제외하고는 작물밭이 온통 잡초에 덮여 있다. 오후 2시경부터 김매기를 시작하였다. 도라지밭을 매던 아내가 일사병 증세를 보여 들어가 쉬게 하고 고추·참깨·고구마밭의 김매기를 완료했다.

이웃 K 노인이 지나가면서 "선상님, 김일성이가 뒈졌대요. 이제 우리나라에도 평화가 올까요" 하고 묻는다. 이 K 노인은 6·25전란 중 양구전투에 참전하였다가 포탄 파편이 몸에 박혀 제대하였으므로 공산집단에 대한 감정이 좋을 수가 없다. 홍성 할머니는 옹진에서 사시다가 공산군의 침공으로 허둥지둥 남하하여 충청도 홍성에서 홀로 시아버지 모시고 어린 아들을 키우며 수절하신 분이다. 난 중에 헤어진 남편이 구월산에서 특수부대원으로 근무하다 사망하였다는 소식을 당시 부대장이었던 분으로부터 20년 후에야 전해 들었다는 전쟁미망인이다. 김일성 사망 소식이 이 두 분에게 준 충격은 상당히 클 것이다. 낮부터 비행기가 유난히 많이 다닌다고 생각했더니…….

집으로 들어와 라디오를 켰는데 저녁 뉴스는 온통 김일성 사망 소식이다. 심한 잡음 때문에 라디오를 들고 방송이 잘 들리는 방향으로 안테나를 움직이면서 청취했다. 홍성 할머니는 라디오를 들으며 눈물을 닦을 생각도 하지 않는다.

7월 23일 토 맑음

해거름이 시작된 오후 3시 30분. 밀짚모자를 쓰고 긴팔 셔츠와 긴 바지를 입고 코팅된 장갑을 끼고 고무장화를 신은 채 밭으로 나갔다. 이러한 차림새는 무더위에 전혀 어울리지 않으나 땀냄새의 유혹에 쇠등에나 모기 등 무서운 해충들이 공격하기 때문에 방비를 철저히 할 필요가 있다.

강낭콩 수확. 흰색에 검은 줄무늬가 있는 것과 짙은 갈색 두 가지를 심었다. 생김새가 콩팥 같다 하여 미국인들은 이 콩을 콩팥콩(kidney bean)이라 부르는데 특히 후자는 색깔까지 비슷하다. 콩 한 알을 심으면 보통 10~15개의 꼬투리가 달리고 한 꼬투리에 대여섯 알의 콩이 들어 있으니 수확량이 50~80배나 되는 셈이라 재배할 만하다. 대부분의 콩이 가을에 영그는데 이 종자는 한여름에 수확하여 연중 구수한 맛을 즐길 수 있어 좋고 말려서 유리단지 안에 넣어두면 일 년 내내 즐길 수 있다. 가난했던 유학시절에도 나는 값싼 강낭콩 통조림을 많이 먹었다.

7월 30일 토 한차례 소나기

여름 가뭄이 심상치 않다. 북한강 유역 댐들의 수위가 크게 낮아져 방류량을 줄이니 의암댐 밑으로 물놀이 온 사람들이 도보로 강을 건너가는 진풍경이 나타나고 있다. 강촌 · 광판리 · 어유포리 일대의 들판에서는 고추밭에 물을 뿌리는 농부들이 자주 보인다.

오후 2시경 밭으로 나가니 밭작물들이 가뭄과 $30 \sim 40°C$의 고온이 한 달이나 계속되어 모두 열병에 걸린 것이 보인다. 더위에 지친 고추는 제대로 크지 못해 쪼그라들었고 꽃도 별로 피지 못하였으며 열매도 손가락 길이에 못 미친다. 고추는 짙은 녹색에서 검은 초록을 거쳐 점차 붉은색으로 바뀌자마자 떨어지며 어떤 것은 열매의 끝이 썩었다. 수박은 아직도 제대로 크지 못하여 작은 것은 테니스공, 큰 것이라야 겨우 수구공만하다. 호박은 거의 열리지 않았다. 꽃이 별로 피지도 않았지만 더위에 지친 벌들이 그늘로 숨어버렸으니 모처럼 핀 꽃조차 꽃가루받이를 못하여 열매를 맺지 못하고 있다. 금년에는 김도 열심히 매서 잡초도 별로 없는데 하늘이 내 정성을 알아주시지 않는다.

갑자기 먹구름이 다가오더니 장막 같은 소나기가 쏟아지기 시작한다. 하도 반가워서 옷이 젖는 것도 개의치 않고 환성을 질렀더니 옆의 밭에서 일하다가 나무 그늘로 비를 피한 K 노인이 빙그레 웃는다. 그러나 비는 잠시 내리다가 그쳐 애타게 비를 기다리던 농부 마음을 감질나게 한다. 그렇게 기세 좋게 퍼붓다가 갑자기 그치니, 여우비 수준은 넘는다지만 흙을 헤쳐보니 표면만 적셨을 뿐 0.5cm 속의 토양은 메마르다.

한밤중에 둘째 아들이 흠뻑 젖은 옷을 입고 들어선다. 캄캄한 밤에 손전등도 없이 그것도 시력이 나빠 두꺼운 안경을 낀 녀석이 험한 길을 찾아오느라고 고생깨나 한 모양이다. 여기저기 찢기고 멍이 들었다. 신남면에서 팔봉산까지 버스를 타고 와서 팔봉산에서 휴대용 고무보트를 타고 출발한 시각이 저녁 7시인데 어두운 밤에 홀로 급류를 타고 내려오다가 몇 차례나 여울과 급류를 만나 보트가 뒤집히는 사고를 당했다고 한다. 그래도 포기하지 않고 고무포트와 노를 짊어지고 왔으니 대견하다.

7월 31일 일 맑고 소나기

아들은 아침 일찍부터 큰 물통 두 개를 길어다가 밭에 뿌렸다. 10시까지 주었는데 메마른 땅은 아무리 물을 부어도 걸신들린 듯 모두 빨아들여 끝이 없다. 가지 · 오이 · 옥수수 · 풋고추 등을 따 가지고 들어와 점심 식탁을 차렸다. 수분이 모자라 제대로 자라지 못한 작물들은 제맛이 아니다. 가지는 떫고 풋고추는 맵기만 하고 단맛이 전혀 없으며 ㄱ자로 꼬부라진 오이는 쓰다. 옥수수 껍질을 벗겨보니 이 빠진 늙은이처럼 알이 듬성듬성 맺혔을 뿐이다.

가뭄에 애를 태우는 전업농부들의 심정을 아랑곳하지 않는 놀이꾼들이 강변 모래밭에 화려한 천막을 쳐놓고 고성능 확성기가 달린 음향기기를 틀고 요란한 음악에 맞춰 온몸을 흔들어댄다. 이들의 몸은 땀으로 흥건히 젖어 있을 테지만 그 땀은 농부의 것과는 냄새도 다르고 맛도 다를 것이다.

귀로에 강동대교 부근에서 소나기를 만났다. 그런데 단순한 소나기가 아니라 태풍의 예고였다. 무카디마 논문 원고를 완성하느라 새벽까지 책상에 앉아 있었는데, 라디오에서 태풍경보를 발령하고 수시로 기상특보를 내보냈다. 대관령의 강수량은 130mm, 홍천은 100mm였다.

8월 7일 일 맑음

지난 주말에 태풍은 비교적 얌전하게 영서지방을 지나면서 100~150mm의 비를 뿌렸다. 큰비가 지난 후 이 협곡지대의 날씨는 마치 미국 남부 평원의 아열대기후를 연상시킨다. 하늘로 높이 솟은 뭉게구름은 위쪽이 햇빛을 받아 고산빙하처럼 반짝인다. 홍천강 주변의 산이 마치 흰 눈을 뒤집어쓰고 갑자기 수천 미터 높아진 것 같은 착각을 일으킨다. 그러나 35°C가 넘는 찌는 듯한 더위가 잠시 동안의 혼돈에서 나를 깨운다.

갑자기 협곡 아래쪽에서 잿빛 벽이 불쑥 나타나더니 주변을 완전히 감싸면서 서서히 다가온다. 수백만 마리의 벌 떼가 웅웅거리며 달려드는 듯한 소리가 대지를 울리기 시작하더니 강한 바람을 타고 빗줄기가 쏟아진다. 밭둑에 세워놓은 비치파라솔 밑으로 몸을 숨기고 30여 분을 기다렸더니 비구름이 모두 상류 쪽으로 올라가고 볕이 나타났다. 이러한 기상현상은 본래 아열대지방에서나 볼 수 있는 것인데 최근에는 자주 나타난다. 최근 우리나라의 기후가 많이 바뀐 것 같다.

고추 세 바구니, 수박 한 통을 차에 싣고 귀로에 올랐다. 그런데 서울에서 놀러온 사람들이 마을에서 바깥세상으로 나가는 유일한 외통길을 자동차 4대로 막고 있다. 모래밭과 물속에서 와글거리는 피서객들 중에 이 차의 임자를 찾아낸다는 것은 보통 어려운 일이 아니다. 한 시간여를 기다린 끝에 겨우 길을 열 수 있었다. 최근 이 골짜기가 외부에 알려지면서 서울 · 경기 · 춘천시는 물론 때로는 남부지방 번호판을 단 차량들도 적잖이 찾아온다.

8월 17일 수 비

광복절이 낀 지난주 연휴에는 40여만 대의 차량이 서울을 빠져나갔다고 하여 시골 나들이를 하지 않았다. 통곡 2리부터 우리 집이 있는 논골 입구까지 도로를 개발하기 시작하였으니 이제 나도 자동차를 덜 망가뜨리며 안전하게 출입할 수 있을 것 같다. 통곡 1리의 신비골에서 흘러내려 홍천강으로 유입하는 개천에 콘크리트 다리를 놓았고 강변 우안(右岸)의 둑방길도 콘크리트로 포장하였다.

100여 년 전 지도를 살펴보면 둑방길 안쪽은 홍천강의 구하도(舊河道)였음이 틀림없다. 홍수기에는 강물이 들어찼다가 갈수기에는 잡초가 우거진 황무지로 남아 있었다. 가난한 농부들은 미국 정부에서 제공한 잉여농산물을 노임으로 받으면서 구하도의 저습지(궁개늪)에 제방을 막았다. 이 땅에 논을 만들어 2~3년간 벼농사를 지었으나 둑이 붕괴되어 다시 황무지로 환원되었다고 한다. 이제 둑방길이 완공되었으니 언젠가는 쓸모 있는 토지로 용도가 바뀔 것이다.

9월 25일 일 맑음

추석이 지나자 공기가 싸늘해졌다. 우리 집 주위에는 밤나무 세 그루가 있고 밭 가장자리에도 두 그루의 밤나무 고목이 있는데, 밭의 것은 시골을 다니며 전문적으로 밤을 줍는 사람들의 차지가 되었고 우리 집의 것도 외부인의 손을 탄다. 그런데 금년에는 운이 좋은 모양이다. 새벽 5시에 잠이 깨어 글을 쓰다보면 몇 분 간격으로 빈 축사 지붕에 떨어지는 밤톨이 내는 툭 소리, 데구루루하고 구르는 소리가 들린다. 몇 분 간격으로 들리는 것으로 보아 상당량의 밤이 떨어진 것 같다.

동이 트자 아내와 밤을 줍기 시작하였다. 아내는 집 뒤로 가라 하고 나는 축사를 수색(!)하였다. 축사에는 가끔 독사가 드나드는데 지금은 뱀들이 겨울잠 준비를 하는 시기라서 독이 많이 올라 있다. 한 말 정도의 밤을 거두었는데 토종이라 알이 작지만 맛은 좋다. 대추나무 한 그루에서 한 되의 대추도 거두었다.

무와 배추밭 김을 매고 벌레도 잡았다. 농약을 치지 않으니 온갖 벌레가 잎을 갉아먹기 때문에 한 장 한 장을 들추며 벌레를 잡아 통 속에 넣었다. 이것들도 살려고 세상에 나왔고 내년에는 아름다운 나비가 될 생명들이지만 하필 내가 가꾼 채소밭에 찾아와 미운 짓을 하는가.

고구마를 캤더니 수레 하나 가득 찬다. 어떤 것은 어린아이 머리만한데 생김새가 털을 뽑은 닭처럼 보인다. 너무 큰 고구마는 오히려 값이 떨어진다던데 퇴비를 많이 넣었던 것 같다.

10월 9일 일 맑음

본격적인 수확 철에 접어들었다. 엊그제 첫서리가 내려 늦게 달린 호박들은 영글어보지도 못한 채 갑자기 찾아온 추위에 곯았고 영근 것 일부는 들쥐가 파먹었다. 어떤 호박은 큼직하고 색깔이 고와서 탐스럽게 보였는데 막상 들어보니 너무 가볍고 상처 난 데가 있어 심상치 않다. 낫으로 갈라보니 속이 완전히 썩었고 속에는 징그럽게 생긴 벌레들이 우글거린다. 이렇게 의심스러운 것 십여 덩이를 깨뜨려 두엄간에 버리고도 20여 통의 늙은 호박을 거두었다. 일부는 마루에 쌓아놓고 일부는 차에 실었다.

1m 이상의 크기로 자라 여름 내내 그 넓고 탐스런 잎으로 마을 사람들의 눈길을 끌어온 토란도 수확하였다. 지나던 마을 사람들은 이 작물이 몸에 좋은 알칼리성식품인 줄 모르고 내가 화초로 심은 것으로 이해하고 있었기에 그 예쁜 식물을 왜 잘라버리느냐고 묻는다. K 노인이 자기에게도 종자를 나눠달라기에 한 바가지

를 담아주었다. 한 뿌리에 20여 개의 토란 알이 달렸는데 큰 것은 작은 계란 정도로 굵다. 토란 한 바구니와 줄기 세 단을 묶어 차에 실었다. 빙부께서 토란국을 즐기시기 때문에 겨울에는 자주 해드린다. 토란 줄기는 겉껍질을 벗기고 20cm 길이로 잘라 볕에 말렸다가 여름까지 육개장을 끓여 먹는다. 진액에 약간의 독소가 있어 껍질 벗기는 작업을 하면 피부가 가렵고, 까만 얼룩이 손가락과 손마디에 껴서 잘 닦이지 않아 다소 번거롭다.

끝물 고추 한 자루를 따고 나머지는 모두 훑어서 자루에 담았다. 아내가 파란 고추를 소금물에 삭혀 장아찌를 만들겠다고 한다.

11월 11일 금 흐린 후 가랑비

찌푸린 날씨에 하늘이 음산하다. 홍천강은 수량이 줄어 강바닥이 시커멓게 드러났고 강변에는 도처에 행락객들이 버리고 간 쓰레기가 널려 있다. 강변에 늘어선 나뭇가지에는 홍수 때 떠내려오다가 걸린 비닐 조각들이 누더기처럼 매달려 지저분하다.

지난달까지 자유롭게 떠다니며 자맥질하고 목청껏 노래하던 수백 마리의 오리가 흔적도 없이 사라졌다. 강변과 우리 밭 도처에 산탄총 탄피가 널려 있는 것을 보니 사냥꾼들이 새들을 모두 쫓아버린 모양이다. 나는 환경파괴의 주범은 인간이라고 생각한다. 인간은 깨끗한 곳을 골라 다니며 배설하고 쓰레기를 버리고, 또 동식물에 위해를 가한다. 물과 공기를 더럽히는 것도 인간이다.

서리가 잦아 무와 배추를 뽑기로 하였다. 가랑비가 오락가락하는데 비가 그치면 한파가 몰려올 것이 틀림없다. 밭에 가로 60cm, 세로 1.2m, 깊이 1.2m의 구덩이를 파는 동안 아내는 무를 다듬었다. 좀 굵은 무 80여 개를 골라 구덩이에 넣고 그 위를 나뭇가지·짚·흙으로 덮고 비가 스며들지 않도록 비닐을 씌웠다. 우리 배추는 Y 씨네 염소가 다 망가뜨렸는데 Y 씨가 미안했던지 배추 열 포기를 가지고 왔다. 비싼 나무를 망가뜨린 것에 비하면 하찮은 값이지만 미안해하는 그의 입장도 생각해주지 않을 수 없을 것 같다.

가랑비에 옷이 젖어 집에 들어오는 즉시 갈아입고 따뜻한 방에 누웠다.

11월 28일 월 맑음

드디어 겨울이 찾아왔다. 어젯밤 기온이 급강하여 보일러 온도를 30°C로 높였으나 외풍이 심해 실내공기는 차다. 어제 저녁 구덩이에서 꺼내온 배추를 아내가 소금에 절이는 동안 뒷마당에 구덩이를 파서 김칫독 세 개를 묻었다.

새벽에 일어나 밖으로 나와보니 자동차뿐 아니라 온 세상이 하얀 성에를 뒤집어썼다. 아내는 무채를 썰고 마늘을 다져 김장 양념을 만들고 나는 절인 배추를 썻었다. 배추김치 한 항아리, 동치미 한 항아리, 깍두기 한 항아리를 담고 얼지 않도록 뚜껑 위에 짚방석을 두툼하게 씌웠다.

마늘밭에 왕겨와 짚을 덮었다. 밭의 흙을 밟으면 서릿발이 내 몸무게의 압력을 받아 바스락거리며 부서진다.

1995년
수확의 기쁨을 어디에 비할꼬

"대관령과 한계령에 대설경보가 발령되었는데
아내가 출발하였다고 한다. 반가운 마음에 달려가
두 손을 덥석 잡았더니 '내가 없이도 혼자
살 수 있을 것 같더냐'고 묻는다.
주변머리 없게도 '혼자 살 수는 있겠지만
외롭고 쓸쓸해서 재미는 없을 것 같다'고 대답했더니
아내는 섭섭해한다. 나는 빈말이라도
'당신 없이는 못 산다'고 할 줄 모르는 요령 없는 위인이다."

1월 16일 월 맑음

토지실명제에 관한 정부 보도가 자주 발표되어 나를 우울하게 한다. 내가 시골집을 살 때는 도시 거주자도 자경(自耕)을 하는 경우에는 문제 삼지 않는다고 하더니 이제 와서 현지 거주자만 농지를 소유하게 한다니 어처구니없다. 여섯 해 전 텃밭과 잔디밭이 딸린 전원주택을 꾸미겠다는 우리 부부의 꿈을 서울시가 무참하게 깨뜨리더니 이번에는 이 시골마저 빼앗으려 하는가.

1970년대 초 우리 내외는 저축을 미덕으로 알고 외식하기, 새 옷 사기를 자제하면서 모은 돈을 투자하여 도시화의 영향이 미치지 않는 변두리에 작은 땅을 마련하였다. 탄천과 양재천의 합류지점과 가까워 여름철에 자주 침수되었으나 지적도상에는 미래의 신시가지로 개발할 도로계획선이 질서정연하게 나 있어 10여 년만 참으면 텃밭과 잔디밭은 물론 아내의 작업실과 내 서재도 꾸미리라는 희망에 젖어 있었다. 그런데 서울시에서 갑자기 이 지역 전체를 생산녹지로 묶어놓고 내가 유학을 다녀온 후에도 규제를 풀지 않다가 25년이 지난 후 아파트를 짓겠다고 발표하였다. 토지수용비는 기대에 못 미치는 액수였으나 그대로 받아들였다.

나는 넓은 농토에는 관심이 없었으나 전 주인은 농토를 포함시키지 않으면 절대로 농가를 팔지 않겠다고 하여 농가·임야·논밭을 모두 구입했던 것이 지금의 시골집이다. 부동산에 관한 지식도 전혀 없는 문외한이라 구입을 망설였는데 이 분야 전문가인 후배가 모든 문제를 자신이 책임지고 해결해주겠다고 하여 토지를 구입했다. 또 여러 해 동안 농사짓는 법을 익혔더니 마을 농지위원들도 이 점을 감안하여 위장전입이란 방법을 쓰지 않고도 토지 등기를 마치도록 도와주었다. 내 스스로 낙엽을 긁어모으고 잡초를 베어 썩혀서 퇴비를 만들었다. 씨 뿌리고 김을 매고, 산에는 수백 그루의 나무도 심었다. 허물어져가는 집을 고치고 지붕에 올라가 페인트칠도 했다. 이런 가운데 이제는 시골집과 깊은 정이 들어 한 주라도 거르면 마음이 불안하다.

새로 바뀔 토지법 때문에 걱정하는 나를 아내가 위로한다. 아내는 정부 시책을 지켜보다가 여차하면 공공기관에 기증하던가 하자고 했다. 토지를 매입한다지만 이러한 궁벽한 곳의 땅을 국가가 어찌 관리할지 궁금하다.

지난주에는 서울에서 춘천, 설악산 간 고속도로를 민자로 건설한다는 발표가 있었는데 노선도 잠정적으로 정해진 것 같다. 하남시부터 화도읍, 가평군 설악면, 춘천시 남산면의 가정(柯亭)·광판(光板), 홍천군 부사원으로 이어질 것 같다. 광판에서 우리 집과는 약 9km이니 완공되면 나의 나들이 길이 한 시간 정도는 단축될 것 같다.

1월 24일 화 맑음

시골로 가려고 집을 나섰다가 차에서 냉각수가 새는 것을 발견하였다. 정비소에 들러 정비도 하고 엔진오일도 갈았다. 시골길이 험하기 때문에 출발 전 항상 차를 살피는 게 습관이 되었기에 큰 사고를 방지할 수 있었다.

어유포리, 팔봉산 부근의 공터는 최근 아내가 운전 연습을 하는 곳이다. 나는 50대 초반의 아내가 운전면허를 얻겠다는 데 두려운 생각이 들었으나 아내는 기계를 다루는 솜씨가 있어 이제는 3단 기어까지 넣고 제법 속도를 올린다.

홍천강변에 군 차량들이 줄지어 서 있다. 흰 두건을 쓰고 눈·코·입만 노출시킨 군인들이 도처에 있으니 아들 녀석은 표정이 굳었다. 거대한 대포 십여 문이 길고 미끈한 포신을 북쪽 하늘로 뻗고 굉음을 울리고, 질주하는 전차를 따라 뽀얀 모래먼지가 일어나니 아들 녀석은 전쟁이라도 날까봐 겁이 나는 모양이다.

무장을 갖춘 병사가 손을 들기에 춘천까지 태워주었다. 노고를 위로했더니 새벽녘의 추위가 견디기 어렵다고 한다. 나의 군 생활 때와 비교하면 요새는 보급이 좋고 많이 편해졌다지만 상대적인 일에 지나지 않은 것이다. 따라서 젊은이들에게 군 생활은 역시 어렵고 괴로울 것이다. 가까운 장래에 내 아들들도 군 복무를 마쳐야 하니 이 젊은이의 모습이 예사롭게 보이지 않는다.

1월 30일 월 맑음

강추위가 일주일 이상 지속되고 눈도 거의 내리지 않는다. 작년 강수량이 평년의 60% 수준에 그쳤기 때문에 전국적으로 겨울 가뭄이 극심하다. 남부지방에서는 밭작물이 자라지 못하고 저수량이 20%까지 떨어져 상수도 공급이 중단된 곳도 많다. 급수선이 남해안의 도서와 해안지방을 다니며 물을 공급하는 모양이다. 게다가 유출량(流出量) 부족으로 하천의 오수(汚水) 함량이 높아져 낙동강 하류와 영산강은 거의 하수도 수준으로 오탁이 심한 모양이다. 우리 홍천강도 1990년대 초에는 맑고 깨끗하더니 요새는 거품이 떠내려오고 물 냄새도 그리 향기롭지 못하다. 마을의 누구 말에 의하면 상류 쪽의 스키 리조트와 지하 암반수로 만들었다는 맥주의 공장에서 나오는 폐수 때문이란다.

우리의 겨울 가뭄과 반대로 서부 유럽에서는 라인(Rhein) 강·센(Seine) 강·베저(Weser) 강 등이 범람하여 독일의 본(Bonn), 쾰른(Köln), 네덜란드의 저지대, 벨기에의 저지대, 파리 분지 등이 침수되어 수십만 명의 이재민이 발생하였다고 한다. 특히 해수면보다 낮은 땅이 많은 네덜란드는 라인 강·마스(Maas) 강·베저 강 등의 제방이 붕괴될지도 몰라 긴장한 모양이다. 한겨울의 대홍수는 대체로 이상기온으로 알프스의 눈이 녹을 때 발생하지만 겨울 강우 때문인 경우도 있다.

근래 전 세계적인 이상기온은 엘니뇨 때문에 발생하는 것으로 추측된다. 이는 인간이 방출한 각종 화학물질, 특히 이산화탄소 방출량 증가로 하늘의 오존층 파괴, CO_2에 의한 온실작용, 열대 태평양의 수온 변화와 밀접한 관계가 있다. 산업혁명 이래 인간은 땅속에 묻혀 있던 석탄과 석유를 파내어 난방연료·공업용연료·자동차연료·선박연료 등으로 아낌없이 사용해왔다. 또 지상에 무성했던 양치식물들이 매몰되었다. 수억 년간 오랜 세월 압력과 지열을 받아 탄화된 석탄과 신생대 제3기에 유기물질들이 지하에서 분해되어 이루어진 석유가 17~18세기 이래 다량 채굴되어 생태계의 균형을 깨뜨렸다. 그래서 자연이 몸살을 앓다가 급기야 그 후유증이 우리 인간에게 돌아오게 되었다.

3월 5일 일 맑음

홍천강을 두껍게 덮었던 얼음이 거의 녹아 없어지고 강 건너편 그늘진 곳에 듬성듬성 깨진 사기조각처럼 얼음 덩어리들이 박혀 있다. 봄의 훈기는 대기에 충만하고 땅속에서도 느껴지며 식물의 가지에서도 보인다. 긴 겨울 동안 죽은 듯이 움츠러들어 앙상한 모습을 드러냈던 나뭇가지들이 실상은 은밀하게 봄을 준비하고 있었음이 틀림없다.

대관령·한계령에는 대설경보가 발령되었는데 아내가 버스를 타고 춘천으로 출발하였다고 한다. 사랑채 빗물받이 작업을 하고 있는데 아내가 도착하였다. 반곡다리로부터 약 6km를 걸어왔다고 한다. 반가운 마음에 사다리에서 뛰어내려 두 손을 덥석 잡았더니 "내가 없어도 혼자 살 수 있을 것 같더냐"고 묻는다. 주변머리 없게도 "혼자 살 수는 있겠지만 외롭고 쓸쓸해서 재미는 없을 것 같다"고 대답했더니 아내는 무척 섭섭해한다. 나는 빈말이라도 "당신 없이는 못 산다"고 할 줄 모르는 요령 없는 위인이다.

4월 1일 토 맑음

하늘이 말끔하게 개었다. 밭에 퇴비를 내느라 오전 내내 땀을 흘렸다. 작년까지 꾸준히 나무를 사다가 심었으나 염소 배를 채워 준 결과가 되어 오늘은 배를 타고 강을 건너서 큰 전나무 밑에 자란 어린 묘목 30여 그루를 캐왔다. 옛 우리 선조들은 나무를 베더라도 잘생기고 튼튼한 나무들을 표목(標木, 소나무는 標松)으로 남겨두었는데 이 협곡에도 소나무와 전나무 표목들이 눈에 띈다. 주변의 나무들을 압도하듯 우뚝 솟은 이들 거수(巨樹) 주위에는 다른 나무들이 자라지 못하는데 이는 아마도 제 몸에서 떨어진 씨앗들이 발아하여 자라는 동안 보호하기 위함일 것이다.

오후에도 퇴비를 밭으로 운반하였다. 그런데 오늘 난생 처음으로 화마(火魔)의 공포에 휩싸여보았으니 이 짧은 경험을 오래 잊지 못할 것 같다. 낫을 들고 마른 풀을 베다가 문득 잡초를 태우는 방법이 편할 것이라는 유혹을 받았다. 한편으로는 불티가 옮겨붙으면 위험하리라는 생각이 들기도 하였으나 태우라는 유혹이 더 강했다. 처음에는 모서리만을 태워 별 문제가 없었으나 갑자기 마른 억새에 붙은 불씨가 오솔길로 옮겨붙더니 산으로 튀었다. 손에 든 도구는 낫 한 자루뿐, 숨이 턱에 닿도록 뛰어 Y 씨와 K 노인에게 연락했더니 갈퀴와 고무래를 들고 나왔고 연락을 받은 반장까지 삽을 들고 왔다. 나는 산으로 올라가는 불길을 잡기 위해 괭이를 들고 산 위로 먼저 가 낙엽을 긁어 불이 번지지 못하도록 차단하였다. 매운 연기에 숨이 막히고 열기 때문에 온몸이 땀으로 흠뻑 젖었으나 피로나 두려움도 느끼지 못하였다. 다행히 진화작업은 무사히 끝났다. 도와준 분들에게 제대로 인사를 했는지 기억도 나지 않는다.

집으로 들어와 누우니 비로소 산불의 무서움이 느껴졌다. 그들의 민첩한 진화작업 덕에 200여 평 이내에서 끝났으며, 큰 나무는 무사하고 바닥에 깔렸던 낙엽만 탔으니 다행이었다. 혹시 잔불이 일지 않을까 염려되어 밤에 두 번이나 괭이를 들고 산을 샅샅이 뒤졌으나 불씨는 보이지 않아 비로소 안심하고 잠이 들었다. 서울에 있는 아내에게 전화로 내 실화(失火) 얘기를 했더니 가슴을 쓸어내리며 다시는 나 홀로 시골로 보내지 않겠다고 한다.

4월 7일 금 맑음

아내가 청주 골동품상에서 구입한 물품을 실은 트럭이 도착하였다. 장롱 한 쌍·뒤주·옷장·떡을 치는 안반·다듬잇돌·빨랫방망이·장승·장군·쌀독·항아리 등으로 매우 다양하다. 모든 가구들의 먼지를 털고 깨끗이 닦았다.

장롱은 안방에, 뒤주는 마루에, 옷장은 작은 방에 넣었다. 안반은 삭은 데가 있어 사포로 닦고 대패로 깎은 후 마루에 놓았더니 책상처럼 쓸 수 있게 되었다. 다듬잇돌은 문 앞에 놓아 댓돌처럼 사용하기로 하였다. 항아리는 잔디밭 가장자리에 세워놓았다.

4월 21일 금 비

아내의 작품사진을 촬영한 후 오후 2시경 시골집으로 출발했다. 빙부께서 시골집 벚꽃을 꼭 보고 싶다고 하셔서 우중(雨中)임에도 집을 나섰다. 빙부님은 3월 말에 진해와 쌍계사를 다녀오시고 4월 초에는 계룡산을 다녀오셨으며, 지난주까지는 여의도와 수유리 벚꽃을 구경하셨는데 이제 우리 시골 연못가에서 마지막 봄꽃을 보시겠다고 며칠 전부터 기다리셨다. 그런데 모처럼의 빙부님 꽃 구경 나들이가 비 때문에 망칠까봐 걱정이다.

예상대로 강변길에서 집으로 올라가는 밭 가장자리는 미끄러웠다. 보통 때는 전혀 문제되지 않지만 눈이 쌓이거나 비에 젖을 때는 차가 쉽게 오르지 못하는 경우가 종종 있다. 더구나 지금 내 자동차의 타이어는 너무 닳아 있다. 밭 옆에 쌓아놓았던 들깨 단을 길에 깔아보고 강에서 모래를 퍼다가 깔아보기도 하였으나 타이어에서 고무 타는 냄새가 난다. 결국 십여 차례 언덕배기 오르기를 시도하다가 포기하였다. 타이어에서 고무섬유까지 빠져나오니 터지기 쉽겠다.

자동차를 강변 밤나무 옆에 세워놓고 짐을 꺼내 들고 집으로 향했다. 아내는 빙부님을 모시고 우산을 받쳐 들었으나 바람이 심한 데다가 장대비가 쏟아져 우산을 써도 별 효과가 없을 듯하다. 나는 배낭을 지고 양손에도 짐을 들었더니 집에 들어섰을 때는 흠뻑 젖어 있었다.

4월 23일 일 맑음

억세게 퍼붓던 비는 어제 아침에야 그쳤다. 상류에 내린 비의 양이 많았기 때문인지 강물이 꾸역꾸역 불어나기 시작하더니 강변길이 물에 잠겨 자동차를 집 앞에 세워두었다. 아내는 아이들만 집에 두고 왔는데 길이 막히면 이곳에 며칠간 갇히게 될까봐 걱정이었다. 다행히도 오후에는 강물이 줄어들기 시작하였다.

밤새 우리 연못에서 은밀한 하룻밤을 보낸 오리 한 쌍이 우리의 인기척에 놀라 안개 속으로 사라진다. 이들의 날갯짓에 자욱하던 안개가 흩어지고 이들의 외침에 밤새 골짜기를 잠재웠던 깊은 침묵이 깨진다. 해가 뜨면서 짙은 안개 사이에 틈을 만들어 강한 빛을 쏘자 한 줄기 밝은 선이 하늘에서 강바닥까지 곧게 죽 뻗는다. 그 빛 아래, 빛이 닿는 부분이 부옇게 트이더니 한 무리 오리 떼가 눈에 들어온다. 안개는 부드러운 솜처럼 찢겨 하늘로 오르더니, 그 안개 협곡은 곧 푸른 하늘 아래 놓이게 되었다. 한 쌍의 왜가리가 날개를 펴고 날아오더니 강 위에 내려앉았으나 나를 거들떠보지도 않는다.

토양이 물기를 잔뜩 머금어 밭일을 하지 못하고 산의 묘목 일부를 캐서 밭으로 옮겨 심었다. 내가 작업하는 모습을 지켜보던 Y 씨가 자기의 염소 때문에 수년간 키운 나무들이 모두 사라져 내가 대책을 세우는 줄 알고 어디에서 구했는지 3m 정도는 됨직한 전나무 한 그루를 구해다가 주었다. 이 나무를 산에 심으면서 Y 씨에게 품었던 섭섭한 마음을 땅속에 묻어버렸다. 지난겨울부터 그는 염소를 처분하기 시작했다고 한다.

갑자기 내린 비에 놀란 꽃망울들이 움츠러들어 빙부께서는 모처럼 벚꽃구경에 실패하셨으나 그저께 밤, 어제 하루 동안 내가 미국에서 사온 레비-스트로스(Lévi-Strauss) 연구서를 백여 장이나 읽으셨고 오늘 오전에는 지팡이를 짚고 산책을 즐기셨다. 92세의 고령이시라 아내가 옆에서 부축하려 하지만 꼭 혼자 걸으신다. "조석(朝夕)으로 보살펴줄 사람만 있으면 홀로 이곳에 머물고 싶다"고 하실 정도로 이 시골집을 좋아하신다. 오래 전부터 내 아호(雅號)를 짓는다 하시더니 여천(如泉)과 요천(樂泉) 중에 고르라 하시는데 전자에 더 호감을 가지신 듯하기에 여천을 택하였다. 우리 사랑채 아래 돌계단을 내려가면 작은 옹달샘이 있다. 암반에서 솟는 이 샘은 물레방아를 돌릴 정도로 수량이 풍부해 이 집을 지으신 훈장님께서 약 70평의 연못을 만들어 물을 가두고, 이 물로 1,000여 평의 다락논에 관개(灌漑)하였다. 빙부께서는 어떤 가뭄에도 마르지 않고 물맛이 달며 계절변화에 관계없이 수온이 변하지 않고 샘물의 양도 한결같은 이 샘을 보고 여천이란 아호를 생각하신 것 같다.

4월 29일 토 맑음

두 제자의 도움을 받으며 사랑채 축대 쌓기 작업을 시작하였다. 사랑채 축대는 Y 씨의 선친인 훈장님이 학동들과 함께 쌓았다는데 그 자손들이 90여 년간 보수를 하지 않았고 근래에는 Y 씨의 자손들이 춘천으로 떠나 집이 낡아도 보수하지 못한 모양이다. 사랑채 함석지붕의 빗물받이가 삭아 떨어져나갔다. 사랑채 지붕에서 떨어진 낙숫물이 축대 위의 흙 속으로 스며들어 겨울 동안 얼어 팽창하였다가 봄이 되니 녹으면서 축대도 무너져내렸다. 그런데 막상 작업을 시작해보니 축대 아래쪽 돌들은 나 혼자 옮기기에 너무 무거워 공사를 포기한 적이 있었다.

모래·시멘트·자갈을 준비해놓고 축대 밑바닥 기초공사를 위해 50cm 정도 깊이로 땅을 판 후 모래·자갈·시멘트를 섞어 물로 갠 후 구덩이에 넣었다. 이 콘크리트 위에 크고 무거운 돌을 올려놓는데 두 제자와 내가 힘을 합쳐 겨우 옮겼다. 어떤 돌은 철장(鐵杖)으로 모서리를 들어올린 후 굴렸다. 두 청년도 몹시 힘이 든 모양이다. 아침부터 12시까지 4시간 동안 계속된 작업으로 길이 5m, 높이 50cm 정도의 작업을 마쳤다.

오후 1시부터 두 시간 동안은 축대 안쪽의 빈 공간에 흙을 파다가 넣고 다졌다. 본래 축대 안쪽에 들어 있던 흙은 어디로 빠진 것일까. 축대 옆에 자란 나무의 굵은 뿌리가 돌 틈을 벌려놓은 탓도 있겠고 쥐들이 빈틈에 궁궐을 만든 탓도 있을 것이다. 3시경 제자들을 배웅하고 돌아와 아내와 함께 6시까지 작업을 계속하여 1m 높이까지 쌓았다. 지름 2cm의 플라스틱 파이프를 50cm 길이로 잘라 50cm 간격으로 축대에 끼웠다. 이 파이프를 통하여 안쪽의 물기는 모두 밖으로 흘러나올 것이므로 앞으로는 축대가 붕괴되지 않을 것이다.

4월 30일 일 맑음

K 노인이 10여 년간 방치되었던 논을 개간하여 벼농사를 하고 싶다기에 허락했더니 개간 후 3년간은 도지(賭地)를 면제해달라는 단서를 달았다. 나도 역시 그에게 조건을 제시하였다. 10년간 보장을 해주되 나에게 벼농사 짓는 법을 가르쳐주고 내년부터 상단부의 작은 다랑이 세 개는 내가 경작할 것이며 도지는 전혀 받지 않겠다는 조건을 제시하니 K 노인 내외가 무척 흡족해하였다. 이제 우리는 공동체의 동지가 되었으며, 그는 나의 농사선생님이 되었다.

4월 한 달 동안 K 노인의 두 아들과 사위가 잡목을 제거하고 논둑을 보수하고 도랑을 정비하더니 오늘은 논갈이를 완료하였다. 연못 아래부터 강변까지 아홉 다락논이 아름다운 모습을 드러냈다. 가장 위쪽의 것은 20여 평에 불과하고 둘째 논은 100여 평, 셋째 다랑이는 120~130평쯤 되는데 밑으로 내려갈수록 넓어져서 제일 아래 다랑이는 300여 평에 달한다. 내가 농사짓기로 한 상단부의 다랑이들은 오전 10~11시나 되어야 볕이 들고 차가운 연못물을 바로 받기 때문에 농사가 그리 잘될 것 같지는 않지만 내년부터 벼농사를 하게 된다는 생각을 하면 즐겁다.

5월 5일 금 맑음

건조주의보가 발령될 정도로 봄 가뭄이 극심하니 맑은 하늘을 보아도 즐겁지 않다. 도시에 사는 사람들은 계절의 변화를 제대로 느끼지도 못하고 가뭄의 괴로움도 모른다. 비가 오면 우산을 들어야 하는 일이나 습한 대기가 짜증나고 질퍽한 도로를 다닐 때 바짓가랑이와 신이 젖어 끈적거리는 일도 귀찮을 것이다. 그래서 그들은 맑은 날을 축복하는 모양이다. 수도꼭지만 틀면 물이 쏟아지고 돈 몇 푼만 있으면 얼마든지 샘물이 든 물병을 구할 수 있으니 물의 귀함을 알려 하지 않는다.

오늘은 어린이날이라 다른 때보다 일찍 집을 나섰다. 그러나 경춘국도는 벌써 나들이 자동차로 가득하니 서두른 보람도 없다. 4시간 30분 만에 겨우 팔봉산 모퉁이를 돌았다. 아직 30분을 더 가야 집에 도착하는데 강변에서 모진 광풍이 불어 차창을 모두 닫았다. 가뭄 탓으로 대지가 바싹 말랐기 때문에 흙먼지를 담은 광풍이 후려칠 때마다 모래알과 흙이 차창을 요란하게 할퀴고 때때로 바람에 희거나 검은 비닐조각들이 부연 먼지 위로 날아다닌다. 못된 인간들이 강변에서 놀고 갈 때 쓰레기가 담긴 비닐봉지를 모래 속에 파묻거나 자갈 틈에 끼워둔 것이 이처럼 바람을 타고 새처럼 하늘을 나는 것이다.

5월 6일 토 맑음

지긋지긋한 쾌청한 날씨. 어제의 미친바람은 어디로 사라졌는지 사방이 적막강산이다. 새벽 기온은 5°C 내외로 떨어져 서리가 내릴 정도로 싸늘하더니 한낮에는 25°C나 기온이 올라 무덥다. 건조한 날씨에 서리까지 내려 3월 말에서 4월 초에 심었던 나무들이 말라 죽었고 지난주에 심은 호박과 토마토 모종도 모두 얼어 죽었다. 심난함을 잊기 위해 지난주에 쌓던 축대작업을 시작하였다.

축대 높이가 1m 이상 올라가면서 작업이 어려워졌다. 큰 돌은 Y 씨 도움으로 수레를 끌고 가서 주워왔다. 그런데 무거운 돌을 들어 올리는 데 힘이 들고 콘크리트를 돌 틈에 부어 넣고 해머로 두드리는 일도 수월하지 않았다. 아내는 신음소리까지 내면서 마무리 작업으로 흙을 넣고 다지며 거들었다. 축대작업을 마치고 보니 전과 달리 축대가 거의 수직으로 쌓였기 때문에 마당이 한결 넓어졌다. 아내는 축대 위에 진달래나무를 심었고 나는 잔디를 심었다. 우리 내외는 중노동으로 기력이 떨어져 휘청거리며 집으로 들어가 저녁도 굶은 채 잠을 잤다.

5월 7일 일 맑음

땅콩 파종. 지난달에 갈아놓은 밭의 흙이 라테라이트(laterite)처럼 굳어 흙덩이를 고무래로 두드려 부순 후에야 두 이랑을 합쳐 흙을 편편하게 다듬을 수 있었다. 그 위에 약 20cm 간격으로 구멍이 뚫린 멀칭용 비닐을 깔고 바람에 날아가지 않도록 가장자리를 덮었다. 땅콩은 처음 심어보는 것이라 K 노인의 지시대로 한 구멍에 세 알씩을 넣고 흙을 덮었다. 만일 비가 내리지 않으면 발아하지 않고 씨앗이 썩기 때문에 걱정이다. 또한 산비둘기들이 어린싹의 떡잎을 쪼아 먹는 것도 방지해야 하기 때문에 K 노인에게서 짚을 얻어다가 덮었다. 일종의 위장술이다.

5월 13일 토 비

지난 10일에 약간의 비가 내렸고 오늘도 감질나는 양이지만 비가 조금 내렸다. 그 덕에 말라 죽은 것처럼 보이던 대추나무와 은행나무 가지에 연두색 싹이 돋기 시작하였는데 그 모습이 꼭 영양실조에 걸린 아기 같아 애처롭다. 그러나 생명수가 내리니 분명 생기를 얻을 것이다.

아내를 따라 뒷산에 올라 풀숲에서 고사리를 뜯었다. 큰 소나무 밑의 풀숲에 연한 고사리들이 피었는데 어떤 것은 벌써 잎이 났다. 아내가 가르쳐주는 대로 줄기가 연하고 잎이 동글게 말려 있는 것을 골라 손가락 끝에 힘을 주었더니 부드러운 부분이 떨어졌다. 꽤 많은 양을 뜯었다고 생각했으나 데친 후 말렸더니 실망스러울 정도로 줄어버렸다.

6월 6일 화 맑음

현충일이다. 8시에 집을 나섰는데도 경춘국도 상에는 행락 차량이 꼬리를 이어, 미금시에 도착하니 벌써 10시가 되었다. 10시에 순국선열에 대한 묵념을 하는 신호음이 울리기에 차를 길가에 세웠으나 그대로 움직이는 차들이 대부분이다. 불과 40여 년 전 참혹한 전쟁을 겪었음에도 우리는 순국하신 어른들에 대한 존경심이 너무도 부족하다. 강의시간 중 학생들에게 "왜 우리나라의 중고교와 대학에는 시위 도중 사망한 자의 위령비는 있는데 입대하여 전사한 선배들의 위령비가 없는가"라고 물어본 적이 있다. 학생들 대부분은 "그런 것이 왜 학교에 있어야 하는가"라는 태도였다. 미국의 학교에는 제2차 세계대전·한국전쟁·월남전쟁에서 사망한 사람들의 위령비가 있으며 유럽에서도 그런 것을 본 일이 있다.

4시간 만에 시골집에 도착하였다. 아침에는 서늘하던 날씨가 한낮이 되니 뜨겁다. 안마당 가장자리에는 아내가 씨를 뿌려 가꾸는 돌나물밭이 연두색 담요를 덮은 듯 탐스럽게 자라고 있다. 아내는 수시로 이 나물을 뜯어 올리브유·식초·후춧가루 등을 섞어 만든 드레싱을 뿌려 샐러드를 만들어 식탁에 올린다. 밭에 심은 오이가 영글 때면 오이와 같이 싱싱한 열매를 얇게 썰어 물김치를 만들기도 한다. 나는 특히 이 김치를 좋아하여 땀을 많이 흘린 날에는 밥 한 그릇을 김치 국물 한 대접으로 해치우곤 한다. 그래서 아내는 돌나물밭을 성역처럼 정성들여 가꾼다.

잠시 쉬러 집에 들렀더니 이 돌나물밭 속에서 뭔가가 움직이며 물결을 일으키고 있다. 마당가에 세워둔 장대를 넣었더니 그 속에서 머리통이 세모꼴인 약 50cm 정도의 살모사 한 마리가 길고 끝이 갈라진 혀를 내밀며 머리를 세운다. 우선 세상에 나온 놈이니 내가 이 녀석의 생명을 빼앗을 수는 없으되 우리의 성역에 독을 남기도록 방치할 수도 없어 산속으로 옮겨주었다.

6월 17일 토 맑음

강변의 비포장길을 달리니 뽀얀 흙먼지가 계속 자동차 뒤를 쫓아온다. 사흘 전 서울에는 20mm나 되는 소나기가 내렸기에 시골에도 혹시 비가 좀 왔으려니 했지만 3주간 하늘은 한 방울의 물기도 흘려보내지 않았다. 강가의 논들은 메말라 바닥이 거북이 등처럼 갈라졌다. 농부들은 200~300m나 되는 긴 비닐호스를 강에서 논까지 연결해놓고 경운기 모터를 이용하여 퍼올리고 있다. 모터 소리가 웽 하고 울리자마자 납작한 노란색 비닐호스가 강물을 빨아들이며 둥근 기둥처럼 빳빳하게 일어서는 모습은 신기하다.

연못에 미꾸라지 1kg을 넣었다. 지난겨울 어떤 사람들이 배터리를 가지고 와서 연못을 휘젓고 다니며 작년까지 잘 자라던 미꾸라지를 흙 속에 숨었던 것까지 기절시켜 잡아갔다고 이웃이 전해주었다. 겨울 농한기가 되면 시골 사람들은 강은 물론 인근 마을 둠벙마다 쑤시고 다니며 남이 키우는 고기까지 잡아가는데 바로 이웃 사람이 그들을 만류하지 않았다니 섭섭하다.

밭의 토양은 돌덩이처럼 굳어 있어 호미가 튕겨나갈 정도이다. 심어놓은 씨앗들은 싹이 트지 못하고 마르거나 산비둘기의 먹이가 되고 말았다.

오늘은 우리의 결혼기념일이다. 아내와 함께 밖으로 나와 별빛이 찬란한 강변을 산책하였다. 강안개가 피어오르기 시작하더니 하늘을 조금씩 가린다. 벼 포기 사이에서 춤추던 반딧불도 안개 속으로 숨는다.

6월 25일 일 흐림

가평읍에서 가슴에 훈장을 단 여러 분의 노인을 만났다. 단 하나의 훈장조차 무거운지 노인들 모두가 구부정한 자세로 걷는데 어떤 분은 다리를 절고 또 어떤 분은 팔이 없다. 오늘은 6·25사변 45돌이다. 이런 어른들 덕에 오늘날 우리가 살아 있고 세계의 최빈국에 태어난 것을 불행으로 여기던 젊은 세대들이 이제는 어깨를 펴고 세계를 누비게 되었다.

북녘의 무리들은 백성들이 굶주리는데도 외부세계에 자신들의 치부가 드러날까 두려워 저희 국민들을 속이고 또 온 세계 사람들을 기만하고 있다. 1984년에 우리가 수해를 입었을 때 북한이 구호물자를 보내겠다고 제의했는데 우리나라는 이를 거부하지 않고 5만 톤의 쌀을 받아들였다. 그러나 쌀의 질이 좋지 못하여 별로 환영을 받지 못하였는데 북한은 쌀 원조로 인하여 백성들이 심한 고통을 받았다는 후문이다. 쌀을 준다 해도 남쪽이 거절할 것이라고 짐작을 하고 남을 도와줄 능력이 부족하면서도 허세를 부려본 것인데, 북쪽의 제안을 기꺼이 받겠다고 하니 입장이 곤란했을 것이다.

11년이 지난 오늘 우리 정부는 30만 톤의 쌀을 주기로 하고 첫 수송선이 동해항을 출발하였다. 굶주린 북한 동포를 돕는 일이 좋기는 하나 우리 부모님 세대들은 북한 인민군의 침입으로 고난을 겪으셨기 때문에 이러한 대규모 원조는 국회의 동의를 얻어 결정할 일이지 대통령이 독단할 사항은 아니라고 생각하는 분이 많다.

나도 북한 동포를 돕는 일을 반대하지는 않으나 시민의 자발적인 구호물자 수집과 모금을 바탕으로 적십자사가 이 일을 추진하는 것이 바람직하다고 생각한다. 괭이를 메고 밭으로 나가다가 K 노인을 만났다. 6·25전란 중 양구전투에서 전상을 입은 이분은 정부가 북한에 귀한 쌀을 준다고 무척 섭섭해하신다.

6월 29일 목 맑음

극심한 가뭄에도 손가락만큼 자란 고추들이 똑바로 선다. 포기 밑에는 꽃삽으로 북을 주는 동시에 아래쪽의 잔가지와 새순들을 따서 줄기가 굵고 높게 자라도록 다듬었다.

아내가 밭으로 나와 '박쥐박사' 일행의 내방을 알려주기에 서둘러 집으로 들어가 손님을 맞았다. 아내와 같은 대학에 근무한다는 P 씨는 독일에서 박쥐연구로 박사학위를 받은 분이란다. 이분이 우리 집에 박쥐가 서식한다는 소식을 우연히 접하고 모 방송국 촬영팀을 데리고 예고 없이 찾아온 것이다. 폐허가 된 우사와 광 안에 다수의 박쥐들이 찾아와 봄부터 늦가을까지 살다가 겨울에는 어디론가 사라진다. 일행은 카메라와 초음파장비를 설치하고 몇 시간 동안 작업을 하더니 우리 집에 두 종류의 박쥐가 있으며 그중 하나는 매우 희귀한 종이라고 한다.

나는 이 징그러운 짐승들의 찍찍거리는 소리와 쌓이는 배설물들이 싫어 몇 차례나 쫓아내려 했으나 아내는 박쥐〔蝙蝠〕의 한자음이 복(福)과 같기에 조상들은 다산과 행복을 상징한다고 상서로운 동물로 여겼다고 하며 보호론을 내세웠다. 하기야 숲과 물로 둘러싸인 우리 집에 모기가 드문 것도 이 짐승들 덕이 아닌가 여겨진다.

P 씨 일행은 땅거미가 질 때까지 돌아갈 생각이 없는 것 같았다. 나는 내일 서울에 중요한 모임이 있어 귀가 준비를 끝내고 이들이 떠나기만 기다리고 있는데 사전 통보도 없이 찾아온 이 손님들은 갑자기 먹을 것을 청한다. 하지만 전력 사정이 시원찮아 냉장고도 없고 비상식량조차 없는 처지다. 손님 접대할 것이 전혀 없는 내 입장이 난처했으나 예고 없이, 그것도 늦은 시각에 찾아온 손님에게 잘못이 있다고 자위할 수밖에. 우리 집에서 가장 가까운 점방은 7km가 넘는다.

나는 방송국 사람들의 태도를 다소 안다. 그들은 어디를 가나 대체로 환대받기 때문에 그런 생활에 익숙하다. 그러나 매주 1박 2일로 식량을 싸가지고 와서 일만 하는 나는 그들을 접대할 준비가 전혀 되어 있지 않았다. 게다가 인근에는 이들을 접대할 식당조차 없으니 난감하기 그지없다. 결국 이들은 초대받지 않은 손님 신세가 될 수밖에 없다.

집을 나서면서 문득 사랑채 앞의 벗나무 고목을 올려다보니 큼직한 몸집에 이마 위로 뿔처럼 솟은 깃털을 가진 수리부엉이가 의젓하게 앉아 있다. 이 녀석이 노리는 것이 바로 물을 뺀 연못의 수문 부근에서 퍼덕이는 비단잉어들인 것 같은 느낌이 든다. 어제부터 연못 위의 하늘을 맴도는 물수리 역시 같은 생각을 가지고 있을 것이다. 아무래도 속히 비가 내리고 연못에 물이 가득 차지 않으면 비단잉어들이 수난을 당할 것만 같다.

강촌휴게소에 들러 집으로 전화를 했더니 작은아이가 삼풍백화점 붕괴사고 소식을 전한다. 이 백화점은 우리 집에서 그리 멀지 않고 큰아이가 다니는 학교와 도보로 10분 거리에 있으니 놀라지 않을 수 없다. 집에 도착할 때까지 라디오 방송에 귀를 기울였다. 가락동부터 바쁘게 오가는 구급차들이 자주 보이니 사태의 심각성을 짐작하겠다. 내가 시골에 머무는 동안 이러한 큰 사고가 너무 자주 발생하니 참으로 기이한 일이다.

7월 7일 금 맑음

마을 이장을 만났더니 춘천시의 지원으로 이 협곡의 강변을 유원지로 개발하기로 결정했다고 한다. 우선 1인당 1,000원의 유원지 입장료 수입금으로 개발기금을 마련하고 시의 협조를 받아 강변도로를 정비할 수 있다는 기대감에 젖어 있는 듯하다. 이러한 사업으로 나는 여러모로 편의를 볼 수 있을 것이다. 그러나 행락객이 증가하면 증가할수록 시끄럽고, 배터리를 이용하여 물고기의 씨를 말리는 사람들도 나타날 것이다. 특히 가장 두려운 것은 다슬기를 쓸어가는 인간의 손길이다.

그러나 이 골짜기는 원래가 마을 주민들의 고향인데 나 같은 신참 입주자가 간섭해서는 효과가 없으니 휴양지 개발을 원하는 주민들의 생각을 존중해주는 것이 옳을 것 같다.

7월 15일 토 흐리고 소나기

지난 10일부터 홍천강 유역에는 300mm 이상의 많은 비가 내렸다고 한다. 특히 상류의 내면에 쏟아진 폭우로 홍천강 물이 크게 불어 우리 밭 끝의 밤나무까지 잠겼다고 하니 내가 논골을 찾아온 이래 최고 수위를 기록했던 것 같다.

통곡리 유원지 입구에 차를 세워놓고 집까지 5km를 걸어서 들어갈까 하는데 어느 부인이 오늘 몇 대의 자동차가 들어갔다고 하기에 나도 차를 운전하기로 하였다. 그러나 1km도 채 못 가서 후회하고 말았다. 둑방길은 저속으로 겨우 통과했으나 강변의 벼랑길을 덮었던 토사가 모두 유실되어 차체가 들쭉날쭉 솟은 바위에 걸려 요동을 친다. 홍수의 상처는 강변 어디에서나 눈에 띈다. 작은 나무들은 험한 물살에 버티지 못하고 흙바닥에 쓰러져 누웠고, 큰 나무의 높은 가지에는 흙탕으로 덮여 얼룩진 흰색·검은색 비닐 조각들이 찢어진 걸레처럼 흉하게 걸려 있다. 강변에 가까운 밭의 농작물들은 흔적도 없이 사라졌다. 그러나 강물은 언제 광기를 부렸냐는 듯이 천연덕스럽고 맑게 흐른다.

마을 사람들은 내가 차를 몰고 들어서자 놀란 얼굴로 인사를 한다. 짐을 푸는 즉시 밭으로 나가보니 고랑에 토사가 쌓여 이랑과 고랑의 구분이 되지 않는다. 대부분의 작물이 쓰러졌고 일부는 흙 속에 파묻혀 썩고 있다. 아내와 함께 넘어진 작물을 세우고 맑은 물로 흙을 닦아주었다. 흙장난을 하고 들어온 아이들을 씻겨주던 생각이 난다.

7월 17일 월 맑음

최근 이곳에 귀농하여 사슴을 사육하는 P 씨가 가평을 다녀오겠다고 출발하더니 30여 분 만에 되돌아왔다. 상류에 내린 빗물이 밀려와 벼랑길이 또 침수되었다고 한다. 제헌절 연휴를 즐기고 귀경하는 차량들이 몰리면 집에 가기도 힘들 테니 차라리 하루를 더 묵으며 밭 정리를 끝낼 수 있으니 다행이 아닌가 싶다. 그러나 아내는 두 아들이 걱정되어 안절부절이다.

홍수피해를 입었던 작물들을 모두 세우고 김매기도 끝났다. 오후에는 텃밭을 갈고 상추 씨와 근대 씨를 뿌렸다. 상추는 폭우에 모두 녹아 썩었기 때문에 다시 심은 것이다. 열무가 억세지기 전 모두 뽑아 네 단을 묶었다. 마당의 잔디밭에서 독사 두 마리가 낮잠을 즐기다가 인기척을 느끼고는 슬슬 움직인다. 아내가 겁을 먹고 멈칫하기에 장대로 한 마리를 제압하여 산에 옮겨주었고 나무 밑으로 숨은 놈은 그대로 두었다. 다음 주에는 명반을 뿌려두어야 할 것 같다.

8월 12일 토 맑음

통곡리 주민들과 한 약속을 지키기 위해 홀로 집을 나섰다. 홍천강변으로 몰려드는 행락객들의 쓰레기 때문에 고통을 받아온 주민들은 금년 봄, 용단을 내려 행락객의 수가 급증하는 6월 초부터 마을 입구에 차단기를 설치하고 강변으로 들어가는 모든 차량은 승차인원 일인당 1,000원씩을 징수해왔다. 그런데 주민들이 임시로 닦아놓은 길은 강물이 불 때마다 유실되어 금년 여름에만도 여러 차례 보수해야 돼서 주민들의 고충이 이만저만 아니었다. 나는 매주 이 길로 다니면서도 보수작업을 돕지 못하여 늘 미안한 마음을 지니고 있었다. 그런데 마침 반장이 은근히 협조 요청을 해와 오늘 15만 원을 공사지원비로 내기로 한 것이다.

8월 16일 수 맑음

구입한 지 5년 8개월밖에 안 된 소나타 승용차를 폐기하고 대신 겉모양만 보아도 튼튼한 무쏘 지프를 구입하여 오늘 시승식을 가졌다. 소나타는 좋은 길에서는 10년 이상 타도 큰 문제가 없을 차였지만 길도 아닌 험한 길을 달렸기에 긁히고 찢겨 만신창이가 될 수밖에 없었을 것이다. 그런데 새로 산 차는 우선 몸집이 크고 바퀴도 넓고 튼튼하며 좌석이 높아서 시야가 넓은 장점이 있는 반면 다루기가 만만치 않아 운전하기가 다소 겁이 난다. 운전 경력이 20여 년이면서도 기어 변속에 자신이 없어 부끄러움을 무릅쓰고 '초보운전' 딱지를 큼직하게 붙였다.

참깨를 베어 단을 묶었다. 깻단이 너무 말라 살짝 건드려도 상당량의 깨가 쏟아졌다. 밭고랑에 자리를 깔고 깻단을 조심스럽게 옆으로 눕힌 후 낫으로 밑둥을 베니 비로소 손실을 방지할 수 있었다. 노르스름하고 작지만 통통하게 영근 깨알이 무척 예쁘게 보인다. 큰 자리를 깔아놓고 베어낸 깨의 줄기 밑을 작은 단으로 묶은 후 세 단의 윗부분을 다시 짚으로 묶어 삼발이처럼 세워놓으니

20여 개의 묶음이 밭이랑에 도열하였다. 아내의 제자 K 선생 가족이 경북 예천에서 찾아왔다. 오늘 수확한 참깨 종자는 참깨 명산지인 예천에서 K 선생이 구해 보내준 것이니 의미가 깊다.

8월 17일 목 맑음

지난주에는 습기가 너무 많아 파종을 못했던 무·순무·알타리무·배추 씨를 심었다. 토양이 젖었을 때 파종하면 씨앗이 썩어 발아율이 떨어짐을 몇 년간의 농사경험을 통해 알게 되었다.

K 선생이 알이 굵고 단단하여 저장이 잘되는 종자마늘을 세 접이나 가져왔다. 예천은 한때 양잠업과 연초(煙草) 재배가 성했던 곳인데 값싼 중국산 누에고치 수입 이후 양잠업이 쇠퇴했다. 뒤이어 WTO협정으로 연초 재배까지 타격을 입게 되자 뽕나무밭으로 이용되던 경사지에는 사과 과수원을 만들고 담배밭으로 이용되던 평지에는 마늘을 주로 재배하게 되었다.

고구마 수확을 마친 후 그 자리에 이 마늘을 심을 예정이다. 세 접이면 한 접당 50여 개의 씨마늘이 나올 테니 적어도 1,500여 쪽의 종자를 심을 수 있을 것이다.

8월 22일 화 흐림

지난주 토요일부터 어제까지 집중호우가 쏟아지더니 오늘은 잠시 비가 쉬고 있다. 마을 입구의 벼랑길이 어젯밤까지 물에 잠겼다더니 오후 3시에 도착했을 때는 둑방길이 열려 있었다. 설마 했으나 도도한 탁류가 넘실대고 노면은 온통 자갈밭이다. 길바닥에 깔았던 흙이 모두 쓸려 내려가고 그 대신 홍수에 떠내려온 쓰레기가 길바닥을 덮고 있어 삽으로 치우며 나아갔다. 일반 승용차로는 감히 엄두도 못낼 일이 튼튼한 지프여서 가능하였다.

지난주까지 탐스럽게 잘 자라던 고추들이 폭우와 고열에 못 견디고 3분의 1 정도가 탄저병에 걸렸다. 이웃 밭은 벌써 고추밭을 갈아엎은 모양이다. 고추 농사를 포기한 것이다. 고춧잎에 검은 반점이 생겼거나 시든 것은 모두 뽑아버리고 잘 익은 것만 따서 차에 실었다.

아내가 일러준 대로 묵은 김칫국에 물을 섞어 밭고랑에 뿌린 효과 덕분인지 우리 고추는 6년 동안 큰 피해를 입은 적이 없다. 이를 눈여겨본 반장 C 씨가 찾아와 거름을 어떻게 썼냐고 묻기에 왕겨·음식물찌꺼기·낙엽 등을 썩힌 퇴비를 주었고, 몇 해 동안 제초제를 전혀 쓰지 않아 흙 속에 지렁이와 미생물이 많이 살고 있기 때문일 것이라 하였다. 나같이 어설픈 취미 농사꾼에게는 탄저병이 별로 큰 타격은 아니지만 농사가 생업인 분에게는 타격이 클 것이다. 빨갛게 익어가던 예쁜 고추가 썩는 역한 냄새만큼이나 우리 마음은 우울하다.

9월 1일 금 맑음

8월 하순(19~28일)의 열흘 동안 이틀을 빼고 꾸준히 지속되었던 집중호우는 중부지방에 끔찍한 재앙을 가져왔다. 특히 25일 충남 보령(600mm 이상)·서산·홍성에 폭우가 쏟아져 대홍수가 일어났고 안성·평택 일대에도 홍수경보가 발령되었다. 중앙선의 선로가 유실되어 상경 중이던 열차가 제천에서 청주로 방향을 돌렸으나 교량이 붕괴되어 많은 사상자가 발생하였다. 한강·안성천·삽교천·금강 일대가 물난리를 겪고 있는데 특히 여주·평택·공주·보령 일대의 피해가 크다. 설상가상으로 태풍 제니스(Janis)가 서해안을 스치며 또 한 차례 비를 퍼부었다.

한강 수위는 홍수경계치인 10m를 넘어섰다. 소양댐·화천댐·춘천댐·팔당댐·충주댐 등 한강 수계의 모든 다목적댐은 수문을 개방하여 다량의 물을 방류하고 있다. 김포평야는 마치 호수 같고 한남대교는 물 위에 떠 있는 것처럼 보인다. 25일에는 내가 시골로 갈 때 지나는 남양주의 마차터널 입구가 붕괴되었다. 그러나 기이하게도 남부지방은 오랜 가뭄으로 저수지가 마르고 식수난까지 겪고 있다니 하늘의 조화는 헤아리기 힘들다.

물난리 때문에 거의 열흘간 시골을 찾지 못했으니 수확을 앞둔 밭작물들이 염려되어 길을 나섰다. 홍천강은 아직도 수량이 별로 줄지 않았다. 온 대지가 오랜 폭우로 흠뻑 젖어 밟는 곳마다 발이 푹푹 빠지고 지나온 발자국에는 금시에 물이 흥건하게 고인다. 강물이 옮겨다 쌓아놓은 흙이나 산에서 흘러내린 흙 모두 표면은 꾸덕꾸덕하지만 밟기만 하면 물이 쏟아질 정도의 진흙탕이라 자동차를 마을 입구에 세워놓고 5km를 걸어서 집으로 들어왔다.

농작물의 피해는 예상보다 심하다. 고추밭에는 꼭지가 빠진 고

들깨 수확. 가을에 맡을 수 있는 들깨 향은 노동의 피로를
잊게 한다. 단에 무수한 벌레들이 숨어 있는 것으로 보아
그들도 들깨 향을 좋아하는 것 같다.

추들이 수북하게 쌓여 썩는 중이다. 진흙에 반쯤 묻힌 고추를 세우면서 익은 것을 땄더니 두 바구니나 된다. 물로 깨끗이 씻어 양지 쪽에 널었다. 열흘 전에 베어서 세워두었던 참깨는 다행히 쓰러지지는 않았으나 안쪽으로는 아직도 습기가 남아 있어 묵직하다. 묶음을 풀어보니 곰팡이가 슬었고 일부는 싹이 돋았다. 잠시 볕에 말렸다가 털었더니 겨우 두어 되 정도의 깨가 나왔다.

9월 3일 금 오전은 흐리고 오후는 맑음

토양이 다소 마른 듯하기에 삽으로 채소밭을 다시 일구었다. 2주 전에 파종했던 김장배추·무·순무의 어린싹들이 무참히 쓸려나갔다. 파종기는 지났으나 땅을 놀리고 싶지 않아 씨를 다시 심고 고랑을 정비하였다. 반장인 C 씨와 Y 씨, P 씨가 경운기로 자갈과 모래를 운반하여 유실된 농로를 고치고 있기에 나도 힘을 합쳤다. 이 길을 고치지 않으면 당분간 차를 몰고 들어올 수 없게 된다.

10월 1일 일 맑음

수학능력시험이 가까워진 둘째 아들을 보살피기 위해 아내는 집에 남기로 하여 홀로 시골에 왔다. 출발이 일렀고 소통이 잘되어 오전에 시골집에 도착하였다.

집 주위를 돌아보니 침입자의 흔적이 눈에 띈다. 떨어진 밤을 깡그리 주워갔고 주렁주렁 매달렸던 붉은 대추도 거의 보이지 않는다. 요즘 시골 사람들이 논밭일이 바빠 집을 비우는 사이 승합

차 또는 승용차에 네댓 명이 타고 와서 자루를 하나씩 들고 산으로 오르는 모습이 보인다. 대부분 서울 아니면 경기도 번호판을 단 차들이다.

오늘의 작업 우선순위를 땅콩 캐기, 고구마 캐기, 토란·도라지 캐기로 정하였다. 9월까지도 잎과 줄기가 싱싱하고 퍼렇던 작물들이 조금씩 시들면서 잎도 변색하고 맥이 없어 보인다. 2세를 키우기 위해 여름의 뜨거운 볕을 받으며 버텨온 식물들도 이제는 스스로의 생명을 포기하는 것이다.

시든 땅콩줄기를 조심스럽게 잡아당기니 주렁주렁 매달린 미색의 꼬투리들이 탐스러운 모습을 드러낸다. 흙 속에 묻혔던 꼬투리들인데 물로 씻은 듯이 깔끔하니 신기하다. 한여름 뜨거운 땡볕 아래서 땀을 쏟으며 김을 맨 보람이 있다. 수확의 기쁨을 아내가 누리지 못하게 되어 유감이다. 내년에는 아내가 캐도록 해야겠다. 80kg들이 마대 두 개를 가득 채운 수확물을 거두어 안마당에 자리를 펴서 널었다. 3~4일 정도 볕에 말려야 부패를 막을 수 있다.

고구마 농사는 완전히 실패하였다. 잦은 비 때문에 잘 영근 고구마들이 썩었고 일부는 구근이 갈라졌다. 또 알이 둥글게 자라지 못하고 길고 가늘게 뻗었다. 겨우 두 바구니를 수확했다. 그러나 토란은 열여덟 그루에서 세 바구니를 캤으니 대풍이다. 이 식물은 다소 습한 토양에서 잘 자라 금년처럼 비가 많이 내린 경우에는 최적의 기회를 맞는 모양이다.

오늘의 화물 적재량은 내가 농사를 짓기 시작한 이래 가장 많다. 땅콩 두 포대, 고구마 한 자루, 마른 고추 한 포, 물고추 네 상자, 토란 세 바구니, 토란 줄거리 세 묶음, 도라지 한 바구니, 늙은 호박 두 개, 솎음무 두 단이다.

10월 22일 일 맑음

10월 말이 되면 우리 내외는 항상 집을 손본다. 아내와 함께 기둥에 낀 먼지를 털어내고, 툇마루를 쓸고 닦은 후 도색을 하였다. 이때 추녀 밑, 마루 밑 등 은밀한 곳에 매달린 말벌집을 발견하면 모기향을 놓아 벌들을 쫓아낸 후 벌집을 떼어낸다. 청소 도중 몇 차례 벌의 습격을 받았는데 머리나 얼굴을 쏘이면 위험하기 때문에 즉시 가까운 보건소로 달려가 치료를 받았다. 안채와 사랑채 지붕에 올라가 철솔로 녹을 벗겨낸 후 부드러운 비로 깨끗이 쓸어내었다. 우리는 2년마다 지붕 도색을 해왔는데 경사가 급한 사랑채 지붕의 작업은 쉽지 않다. 연못 쪽은 지붕에서 축대 밑까지 높이가 3m에 달하기 때문에 아내는 오르지 못하게 하였다. 적어도 두 번은 도색하기 위해 다음 주에도 한 차례 작업을 해야 한다.

콩을 베어 단을 묶어 세우고 들깨를 털었다. 수확량이 반 말 정도에 불과하기 때문에 기름을 짜기는 틀렸다. 멍석을 깔고 들깨를 펴놓았더니 노린재를 비롯한 여러 종류의 벌레들이 따가운 가을볕을 피해 사방으로 흩어진다. 기온이 갑자기 낮아진 탓일까. 고추를 따가지고 들어온 아내가 자리에 눕더니 밤새도록 고열에 시달리며 신음을 내었다. 감기몸살에 걸린 모양이다.

10월 23일 월 맑음

밤나무잎과 밤송이가 떨어져 잔디밭 위에 수북하게 쌓였다. 갈퀴로 집 안팎의 가랑잎을 긁어 자루에 넣고 꼭꼭 밟아 체적을 줄인 후 두엄간에 쌓았다. 이 작업을 봄까지 계속하면 적어도 100여 평의 밭에 줄 거름이 마련된다. 내가 처음 왔을 때는 전 주인이 화학비료를 많이 사용한 탓으로 땅심이 없어 토양이 딱딱하며 흙 속에 지렁이가 하나도 없었다. 아마도 미생물도 전혀 없었을 것이다. 전에는 여성들이 얼굴에 갖가지 화장품을 바르면서 피부에 영양공급을 한다는 말을 할 때 전혀 이해가 되지 않았다. 그런데 퇴비의 효과를 확인하면서 이제야 올바른 영양공급은 단기간 효력을 나타내는 화학비료가 아니라 효과가 더딘 유기질비료임을 깨닫게 되었다. 전자는 깔끔하여 뿌리기 수월하고 적은 양만 사용해도 작물들이 쑥쑥 잘 자란다. 후자는 준비과정이 번거롭고 겨울철에는 자주 뒤집어주어야 고르게 잘 썩는데 아래쪽 퇴비를 파내면 퀴퀴한 냄새를 풍기며 열기가 난다. 그런데 언제부터인가 퇴비가 썩는 냄새를 구수하다고 느끼게 되었고 봄에 퇴비를 낼 때는 삼태기에 든 퇴비를 손으로 집어 밭에 뿌리게 되었다.

가랑잎을 긁는 소리에 놀란 오리 한 쌍이 연못에서 날아오르더니 강으로 내닫는다. 오리를 따라 강으로 내려가보니 백여 마리가 넘는 오리가 놀고 있다. 어느 녀석은 물속으로 자맥질하고 어느 녀석들은 주둥이를 맞대고 서로 희롱한다. 그런데 갑자기 가까운 데서 귀청을 때리는 굉음이 들리면서 오리들이 자지러드는 비명이 골짜기를 울린다. 황망히 퍼드덕거리는 오리의 날개짓소리와 꽥꽥거리는 비명으로 좁은 협곡의 평화가 무너진다. 몇 가닥의 깃털이 하늘에서 맴을 그리며 강물 위로 떨어진다. 숲 속에서 꺼벙한 늙은이 하나가 총을 들고 어슬렁거리며 나타나는데 이자가 오리에게 총질한 인간임이 분명하다. 나를 농촌 무지렁이로 여기고 거드름을 피우며 작물이 있는 우리 밭으로 사냥개 두 마리까지 끌고 들어간다. 불러 세워 나무랐더니 긴장하는데 그 꼴이 우습다. 우리는 계절마다 찾아오는 진객들과 친해지려고 꾸준히 노력해왔건만 이러한 인간들이 나타나 함부로 총질을 해대니 슬픈 일이다. 수렵 허가를 내준 행정당국 인간들이 밉다.

1996년
농사도 창작이다

"파종작업을 완료하고 나니
아내가 잘 정리된 이랑과 고랑이
하나의 예술작품처럼 아름답다고 칭찬한다.
그렇다. 농사도 하나의 창작이고
땅 위에 만드는 하나의 예술이다."

보름 만에 아내와 시골집에 왔다. 아내는 한 달 만에 온 것이다. 추위가 풀려 노면에 두껍게 붙어 있던 얼음덩이도 사라져 운전 중 겁먹을 일도 없어 즐거운 마음으로 시골까지 올 수 있었다.

집 안팎을 돌아보던 아내는 장독 뚜껑 두 개가 깨져 있는 것을 보고 무단침입자가 있었던 것 같다고 한다. 자물통을 잠가놓았던 광문이 열려 있는 것을 보니 아내의 말이 맞는 것 같다. 늘 집을 비워놓고 다니기 때문에 도둑이 든다 해도 어쩔 도리가 없으니 중요한 물건을 두지 못한다.

물통 네 개에 샘물을 길어 차에 싣고 귀로에 올랐다. 아내에게 새로 개통된 길의 경치를 보여주기 위하여 가평군 설악면 방향으로 나섰다. 널미재 오르막길에서 스키장을 다녀오는 젊은 패들을 만났는데 어쩌나 험하게 운전을 하는지 위험한 순간을 세 번이나 겪었다. 내리막길을 거의 다 내려와보니 그들 중 하나가 사고를 저질러 고급 외제차 한 대가 논둑 밑으로 떨어져 있고 시골 농부의 소유인 듯한 소형 화물차는 앞부분이 찌그러진 채 길 옆에 서 있다. 스키복을 입은 젊은 자와 중늙은이가 멱살잡이를 하고 있는 모습은 보기가 민망스러운데 아무래도 잘못은 경망한 젊은이에게 있는 것 같다. 지난해 말 둘째 아들을 태우고 넘었던 중미산고갯길의 경치가 아내에게는 별로 감흥을 주지 못하는 것 같아 다소 실망스러운데 아마도 사고 현장에서 본 광경 때문인 듯하다.

양수리 방향 대로는 귀경차량으로 꽉 막혀 있다. 아내에게 남한

강 좌안(左岸)의 경치도 보여줄 겸 강하면(江下面) 쪽으로 길을 바꾸었다. 이 길은 조선시대에도 유명했던 벼랑길인데 팔당댐 공사로 수몰된 곳이 많아 거리상으로는 양수리 쪽보다 멀고 길 폭도 좁다. 그러나 차량통행이 적어 정체가 되지는 않는다.

어두운 길을 조심스럽게 운전하던 중 맞은편에서 자동차가 갑자기 정면으로 달려들어 급히 옆으로 비켜섰다. 그 순간 아내는 비명을 질렀고 내 몸은 식은땀으로 푹 젖었다. 0.1초의 순발력으로 위기를 모면했는데 자세히 보니 개 한 마리가 길 가운데에 천연덕스럽게 앉아 있다. 내게 위협을 가한 그자는 이 개를 피한답시고 내 앞으로 질주해온 것이었다. 개 한 마리 목숨만도 못한 신세가 될 뻔한 것을 생각하니 기계문명으로 인하여 우리 생명의 가치가 이토록 추락하였다는 사실에 기가 찼다. 만일 정면충돌을 했더라면 나는 큼직하고 튼튼한 차에 앉아 있고 그는 작은 승용차에 있으니 누가 더 많이 다칠지는 불 보듯 뻔한 일이 아니겠는가. 자동차를 타는 자는 마땅히 교통예절부터 지켜야 할 것이다.

4월 20일 토 맑음

성곡재단 연구비를 받은 지 꼭 1년 만인 엊그제 「천수만 간척과 어업환경의 변화」라는 논문을 완성하여 제출하고 나니 마음이 홀가분하면서도 허전하다. 공동연구 논문이기는 하나 분량이 100페이지나 되니 보통 논문의 3~4배나 되는 분량이어서 차라리 작은 책이라 해도 좋을 것이며 70% 이상을 내가 집필하였다. 어젯밤

잠결에 들으니 아내는 내 이마를 쓰다듬으며 "흰 터럭이 왜 이렇게 많이 늘었나! 이 양반이 글 쓰느라 고생을 많이 해서 그런가" 하며 중얼거렸다.

어제 하루를 얼빠진 등신처럼 보내자 아내가 시골집에 가서 피로를 풀고 오자고 권하기에 집을 나섰다. 맑고 밝은 자연 속에 묻히면 찌든 심신이 쉽게 치유되는 것은 사실이다.

4월 27일 토 맑음

마을 반장 C 씨의 안내로 이장 겸 농지위원인 S 씨 집을 방문하였다. 토지는 1989년 초겨울에 구입했지만 주소 이전을 하지 않아 가등기 상태로 남아 있었는데 이 점은 심리적으로 상당히 부담스러웠다. 어떤 사람들은 위장전입을 하여 등기를 마쳤다지만 고지식하고 어리석은 나는 합법적인 절차를 밟겠다고 5년 이상의 세월을 보낸 것이다.

S 씨와 또 한 명의 농지위원, 그리고 몇 명의 반장을 비롯한 마을 사람들은 오랜 기간 동안 은밀하게 내가 농지를 어떻게 관리하는지 지켜본 모양이다. 드디어 마을 회의에서 나를 용납하기로 하고 정식으로 토지 소유 등기를 해주기로 결정하였다고 한다. 면사무소·법원·등기소 등을 분주하게 오가는 일이 번거롭게 느껴졌으나 주민들이 나를 농부 지망생이자 마을의 일원으로 받아들인다는 사실은 영광스러운 일이다. 지금까지 나는 학교 이외의 사회와 접촉을 가져본 일이 거의 없었다. 웬만한 행정업무는 행정직원

들이 모두 해결해주었고, 학교 밖의 일도 대행해주는 사람들에게 맡기면 수월하게 처리되었다. 공부하는 사람들 외에 어쩌다가 접하는 사람들은 고급관료나 경제계·문화계 인물들이라 세속적인 사항을 취급하는 경우는 극히 드물었다. 때문에 실제적인 세상살이에는 지극히 서툴 수밖에 없다.

면사무소는 물론 등기소·법원·사법서사 사무소의 위치를 몰라 당황해하는 나를 딱하게 여긴 이장 한 명이 시간을 내어 도와주겠다는 제의를 하니 고맙기 그지없다.

지난 11월 중순에 심은 마늘에 싹이 돋기 시작한 것은 2주 전부터라 멀칭용 투명 필름을 살피며 작은 구멍을 뚫고 싹을 끄집어내고 주위를 흙으로 덮어 꼭꼭 눌러 주물러주었다. 이제는 짙은 초록색 잎들이 칼날처럼 빳빳하게 섰다. 그런데 오늘 돌아보니 발아되지 않을 것으로 여겼던 약 10%의 마늘 중 상당수가 필름 밑에서 노란색을 띤 채 질식사 직전의 상태로 깔려 있다. 구멍을 뚫어 새순을 꺼내놓았더니 마치 암흑 속에 갇혔다가 갑자기 광명천지로 나와 눈을 제대로 못 뜨는 사람처럼 모로 누워버린다. 이 연약한 잎들이 과연 따가운 4월 말 오후의 볕을 견뎌낼 수 있을까.

4월 28일 일 맑음

내게 전답과 집을 매도한 Y 씨의 장남이 찾아왔다. 춘천 시내에서 동생과 함께 건축업과 건축자재상을 운영하는 그는 I공대를 졸업한 인텔리이다. 토지등기 절차상 가까운 시일 내에 그의 집을

122

방문해야 할 입장에서 나를 찾아주었으니 다행이다. 그의 방문 목적은 조부의 묘역이 있는 밭을 되찾을 수 있을지 가능성을 타진하려는 것이었다.

그는 이미 반장 C 씨를 만나고 오는 길이라는데 6년 전보다 지가가 상승하여 긴장된 표정을 지었다. 묘지 주변의 100~200평 정도를 원한다고 하기에 아내와 나는 우리가 구입한 가격으로 돌려주겠다고 제의하였다. 그런데 지적도를 꺼내놓고 그와 지번을 대조해보니 그의 조부 산소는 우리 소유지 내에 없었다. 참으로 유감이었다.

그에게 토지등기상 그의 집을 방문할 것이며 준비서류를 부탁하니 선뜻 받아들인다. 필요 경비는 우리가 부담할 것을 제의했더니 점잖게 사양한다. 일반적으로 이런 경우에는 전 소유주가 일정 금액을 요구한다기에 사례금까지 생각해두었는데 역시 선비 가문의 후예답다.

어제부터 기온이 급상승하여 자두꽃이 만개하고 벚꽃도 피기 시작하였다. 하루 이틀 사이에 우리 집 주변의 식물들이 꽃잔치를 벌일 판이다. 꽃의 개화에 뒤질세라 연못 속에서는 화려한 비단잉어들이 율동을 펼치는데, 참 볼 만하다. 지난주까지 깊은 물속에 숨어 있던 놈들이 제 세상을 만난 듯 수면 위로 뛰어오르며 화려한 비늘을 번쩍인다.

5월 5일 일 맑음

아침부터 아들을 데리고 파·오이·가지 모종을 모두 심었다. 체구는 크면서도 노동에 익숙지 않은 아들 녀석은 삽으로 땅을 파는 것부터 힘겨워한다. 퇴비를 밭에 뿌린 후 삽날을 직각으로 세우고 발로 힘을 주어 꽉 밟아야 날이 깊숙이 땅속으로 박히며, 삽자루를 몸 쪽으로 당기며 날을 뒤집어야 한다고 가르쳐주었다. 아들은 앞에서 땅을 파고 나는 뒤에서 고무래로 흙덩이를 잘게 부수는 모습을 아내가 흐뭇한 표정으로 바라보며 행복해한다.

꽃삽으로 20cm 깊이의 구덩이를 파고 물을 준 후 포기당 40cm 간격으로 가지와 오이 모종을 심었다. 가지는 약 60cm 높이로 자라고 오이 덩굴은 사람 키 정도까지 뻗는다. 가지는 포기마다 1m 정도의 지주를 박고 오이는 2m 이상의 긴 막대기를 세운 후 그물을 쳐주면 덩굴이 그물을 타고 올라간다. 아들에게 설명하니 2주 후에는 자기가 지주 세우기와 그물작업을 꼭 하고 싶다 한다.

파는 거름을 많이 주어야 잘 자라기 때문에 퇴비를 듬뿍 뿌린 후 김을 매었다. 약 10cm 간격으로 세 포기를 한 구멍에 심었다. 모종하는 실파는 실처럼 가늘고 연약하여 부러지기 쉽다. 땅이 메마르면 모종 후에 말라죽기 쉽다. 다행히 볕이 강하지 않아 심고 난 후 서너 시간이 지나자 땅바닥에 축 늘어져 누웠던 여린 잎들이 생기를 찾아 곧게 일어선다. 참으로 생명력이란 신비하다.

파종작업을 완료하고 나니 아내가 잘 정리된 이랑과 고랑이 하나의 예술작품처럼 아름답다고 칭찬한다. 그렇다. 농사도 하나의 창작이고 땅 위에 만드는 하나의 행위예술이다. 이 예술작품을 아들과 함께 완성했다는 사실이 흐뭇하다. 어린이대공원에 데려다 달라고 떼쓰던 것이 엊그제 같은데 이제 청년이 되어 내 일을 거들어주니 기쁘다.

5월 9일 목 맑음

오후 늦은 시각에 집을 나서 저녁에야 홍천강변에 도착하였다. 마을 아낙네가 가르쳐준 고사리가 많다는 골짜기를 아내와 함께 찾아내었다. 강변 언덕 위에 큰 소나무 두 그루가 서 있는데 그 옆에 큼직한 봉분 두 기가 상하로 자리 잡고 있다. 유택의 주인공은 호조참판을 지낸 가선대부 해주 최공(海州 崔公) ○○의 묘이고 하단은 동지중추부사(同知中樞府使)를 지낸 해주 최씨 묘이다. 나와 동성동본인 분들의 묘지라 반갑다. 고사리밭은 바로 이 두 기의 묘 왼쪽 언덕에 있어 우리는 짧은 시간 내에 봉지를 가득 채울 정도의 고사리를 채취하였다.

5월 17일 금 맑음

아내가 구해온 목화 씨를 오줌·쇠똥·재로 만든 거름과 함께 섞어 밭에 심었다. 인간과 소의 배설물과 재의 혼합물이 풍기는 냄새는 참으로 얄궂은 것이다.

밤 10시경 작은 아들이 찾아와 오랜만에 우리 가족이 모두 시골집에서 지내게 되었다.

5월 18일 토 맑음

　지속된 가뭄으로 홍천강물은 시커먼 기반암까지 드러낼 정도로 줄었다. 밭이랑에서는 미풍에도 먼지가 일어날 정도로 토양이 메 말랐고 잘 자라던 마늘잎의 끝이 노랗게 말려든다. 30°C까지 오른 무더위에 작물들은 시드는데 땅속 깊숙이 뿌리를 내린 잡초들은 땅속의 수분뿐 아니라 자양분까지 빨아먹으며 억세게 자라 여린 농작물들을 위협한다. 지난주에 김을 매면서 뽑은 잡초를 고랑에 쌓고 미처 치우지 못했더니 잡초더미 밑에 깔린 것은 죽었지만 위에 놓인 것들은 제 동료의 시신 속으로 뿌리를 내려 더욱 억세게 고개를 쳐들고 있다. 이것들을 모두 거두어 땅속에 묻은 후 볕을 보지 못하게 흙을 덮고 꼭꼭 밟았다.

　참깨와 토란은 심한 가뭄 때문에 발아하지 못하고 있다. 일주일만 더 비가 오지 않으면 씨앗이 말라 다른 작물을 파종해야 할 판이다. 다행히 땅콩밭은 생명이 움트는지 얇게 덮인 흙의 표면이 마치 병아리가 알을 깨고 나오는 모습처럼 갈라지고 있다. 조심스럽게 흙을 걷어내고 살펴보니 2~3cm 아래에서 땅콩의 노란 떡잎이 올라오고 있다.

　집 뒤의 산언덕에는 작년에 파종한 더덕에 듬성듬성 싹이 텄다. 약초 캐는 사람들이 수시로 몰려와 더덕을 캐가기 때문에 어린 더덕을 모두 캐어 줄 맞추어 심어야 남의 손을 타지 않는다. 긴 줄기들이 타고 올라갈 수 있도록 말뚝을 박고 줄을 매주면 관리하기도 쉽다. 또한 주변의 어린나무들을 덩굴로 휘감아 고사시키는 피해도 방지할 수 있다. 비료를 주지 않고 부엽토 속에서 자란 더덕들은 산더덕에 손색이 없을 정도로 향취가 뛰어나다.

말뚝을 박으려고 땅을 파헤치는 도중에 주먹만한 개구리와 두꺼비들이 시커먼 흙 속에서 엉금엉금 기어나온다. 삽으로 땅을 파다가 혹시나 이 생물들에게 상처를 입힐까 싶어 호미로 흙을 걷어내니 작업이 더디다.

5월 23일 목 맑음

여름이 너무 일찍 찾아온 것 같다. 한낮의 기온은 30°C. 대지는 더욱 메마르고 지난 6년간 마른 적이 없었던 연못도 수위가 1m 이상 낮아졌다. 간이상수도도 끊겨 이웃 세 집이 모두 우리 샘에서 물을 길어다 쓰고 있다. 앞으로 온 세계가 물부족으로 고통을 받게 될 것이며 우리나라도 심각한 물부족 국가가 될 것이라는 미래학자들의 경고는 가볍게 생각할 일이 아니다. 이러한 관점에서 볼 때 우리 샘은 보물 같은 존재이다.

강변에 전차·야포 등을 끌고 군인들이 몰려들었다. 굉음을 내며 달리는 전차나 장갑차를 뿌얀 모래 먼지가 따라가면 강변에서 놀던 청둥오리와 왜가리들이 놀라 달아난다. 9시 뉴스에 북한 공군장교가 미그 19기를 몰고 귀순했다는 놀라운 보도와 이어서 북한 해군 함대의 무장시위 소식도 있었다. 그런데 서울에서는 적기의 출현에 대한 경보도 없어 책임자 문책이 거론되었다.

5월 24일 금 맑음

라디오에서는 주말 날씨가 맑아 나들이하기에 좋겠다는 보도가 나오는데 농촌에서는 하늘만 쳐다보며 애태우고 있다. 학생들에게 우리나라의 식량 자급률이 얼마나 되는가를 물으면 대부분이 자급자족하고도 남는다고 대답한다. 북한은 어떠할 것 같으냐 물으면 매우 부족하므로 우리의 남는 미곡으로 굶주리는 북한 사람들을 도와야 한다고 한다. 그러나 우리의 식량 자급률은 25% 내외에 불과하고 북한은 70%를 상회한다. 물론 쌀 자급률은 100%를 넘지만 이는 밥을 덜 먹고 빵·국수·고기·과일 등을 많이 소비하기 때문이다. 콩·밀·옥수수 등 식용 곡물과 사료용 곡물, 육류·과일 등 우리가 먹는 농산물의 양이 얼마나 많은지를 지식층에서도 제대로 파악하지 못한다. 우리는 무역을 통해 버는 외화로 외국 농산물을 수입하지만 북한은 식량을 수입할 외화가 없다는 사실을 다수의 대학생들은 이해하지 못한다.

마을의 어떤 농부는 선생들이 아이들에게 벼를 쌀나무라고 가르친다고 개탄한다. 상당수의 도시 사람들이 쌀이 어디에서 나오는지 모르는 사실을 나도 경험한 바 있다. 학생들을 인솔한 남도 답사 중 휴게소에서 싸가지고 간 도시락을 꺼내어 점심을 먹을 때였다. 한 학생이 아름다운 잔디밭을 옆에 두고 왜 콘크리트 바닥에서 밥을 먹느냐고 물었는데 그 학생이 가리킨 곳은 길옆의 논이었다. 여의도에서 나고 자란 그 학생은 부모를 따라 여러 곳을 여행해보았으나 논에 모내기를 하여 벼를 키우고 추수를 하여 탈곡하고 벼를 정미하는 것을 본 적이 없었을 것이다. 우리 부모들은 자녀를 차에 태우고 시골길을 질주할 뿐 농사를 누가 어떻게 짓는지를 자녀에게 보여주지 않는다. 야외에서 고기를 구워먹고 편히 놀다가 돌아올 줄은 알아도 어떤 사료로 소와 돼지를 키우는지는 알려주지 않는다.

식량자급률이 극히 낮았던 영국은 제1차, 제2차 세계대전 중 독일 잠수함의 해상봉쇄작전 때문에 식량 수송길이 막혀 고통을 겪었다. 그 결과 유사시에 대비하여 골프장과 공원, 심지어 학교 운동장까지도 경작지로 이용할 수 있는 정책을 마련하고 도시 부근의 한계농지를 도시 주민들이 경지로 활용하도록 하는 '도시 및 농촌 개발법령'(Town and countryside planning act)을 제정하였다. 온 국민이 누구나 농사일을 할 줄 아는 체제를 수립한 것이다. 그 결과 런던을 비롯한 영국의 도시 근교에는 도시 주민이 수십 평에서 2,000~3,000평 규모의 작은 농토와 소박한 농막, 제2의 집(Second home)들이 분포하게 되었다. 금요일 오후가 되면 시외로 나가는 도로에는 온 가족을 태운 승용차들이 줄을 잇고 주말에는 수확물을 싣고 도시로 돌아가는 차량들이 줄을 잇는다. 이러한 모습은 독일과 프랑스 등 서구는 물론 동구권에서도 목격된다. 영국의 세컨드 홈, 독일의 츠바이테 보눙(Zweite Wohnung), 러시아의 다차(dacha) 등이 모두 도시 중산층이 소유하고 직접 가꾸는 전원 농지의 주택들이다.

이 때문인지 서양의 학생들은 우리 학생들에 비해 농작물은 물론 각종 식물에 대한 지식이 풍부하다. 그들 대부분은 육체노동을 즐기며 원예를 바람직한 취미로 높이 평가한다. 그들은 야외로 가족소풍이나 산책을 나가 자연관찰을 즐긴다. 아이들은 길가의 잡초로부터 나무에 이르기까지 모르는 식물의 이름과 특징 따위를 부모들에게 끊임없이 묻기 때문에 부모들은 대부분 자연을 알고, 보호하는 자연애호가가 될 수밖에 없다.

나는 학생들을 인솔하고 들판에 가면 길에 서서 학생들에게 밭에서 자라는 농작물의 이름을 묻는다. 이를 눈치챈 학생들은 나를 피해 다른 길로 빠지는 일이 흔하다. 들깨를 깻잎이라 하는 학생은 그중 나은 편이고 감자를 고추라 하고, 보리를 쌀나무라 하는 한심한 녀석도 있다. 부모의 일손을 거든 경험이 있는 학생 중에 이따금 호밀까지 구분할 줄 아는 경우도 있었으나 시골 출신 중에도 입시공부만 한 학생들은 도시 출신과 별로 다를 바 없다. 문익점 선생이 목화 씨를 가지고 귀국하여 우리나라 최초의 목화재배지가 된 단성의 배양동에서 목화밭을 본 학생들이 화려한 목화꽃의 아름다움과 터지기 직전의 목화송이를 보고 경탄하던 모습을 잊을 수 없다.

남부지방은 제법 비가 내려 모내기를 끝냈다니 다행이지만 중부지방은 수리시설이 갖춰진 넓은 들을 제외하면 모내기 진척률이 극히 낮다. 우리 논도 연못물을 모두 빼서 물을 조달했다. 물이 모자란 K 노인은 긴 호스를 강까지 연결하여 강물을 끌어다가 겨우 모를 심었다. 다락논은 물이 잘 빠져 계속 물을 퍼 올려야 하기 때문에 전기요금이 만만치 않다.

말라 들어가는 작물을 보기가 안타까워 플라스틱 통에 물을 담아 수레로 운반하여 밭에 뿌렸다. 이웃 사람들이 이를 보고 충분한 급수가 아니면 오히려 작물에 좋지 않다고 만류한다. 그러나 목마르다고 보채는 자식에게 물을 안 먹일 부모가 어디 있겠는가.

이장 댁에서 토지등기문서를 찾아왔다. 토지를 구입한 지 6년 만에 검증을 받아 소유권을 인정받았으니 어찌 기쁘지 않겠는가. 수고해준 분에게 감사의 뜻으로 작은 선물을 전하였다. 이제 나도 반쪽짜리 주민이 되었으니 영광스럽다. 이 마을에 대한 애정이 더욱 깊어질 것이다.

6월 13일 목 흐리다가 맑음

며칠 전에 내린 비로 비들비들하던 식물들이 어느 정도 생기를 되찾았다. 그런데 전 주인이 가꿔온 집 뒤꼍의 옥매화와 내가 몇 해 동안 생울타리로 심은 개나리들은 진딧물의 피해를 입어 잎에 구멍이 숭숭 뚫리거나 아예 앙상한 줄기만 남았다. 살구나무와 오얏나무 역시 육안으로는 잘 보이지도 않는 작은 벌레들 때문에 명줄이 경각에 달렸다. 이웃들은 우리 집에서 번창한 해충들이 자기네 밭까지 해친다며 농약으로 잡으라고 권하면서 약병까지 건네주니 거부하기도 어렵게 되었다. 마스크로 코와 입을 가리고 분무기로 농약을 뿌려보니 독한 냄새 때문에 가슴이 답답하다. 밭에서 들어오며 이 냄새를 맡은 아내가 퍼붓는 잔소리를 들으면서도 한

마디 변명조차 하지 못하고 다시는 농약을 살포하지 않겠노라고 약속을 했다.

독한 농약 때문에, 연못가를 날아다니는 별처럼 사랑스러운 반딧불이가 사라질 것이고 나비·벌·청둥오리도 우리 집을 찾지 않을 것이다. 사실 우리 집은 이러한 곤충과 새들의 도피처이자 낙원이었다. 우리 이웃 사람들은 늘 제초제나 농약을 담은 분무기를 지고 다니며 뿌려대기 때문에 그들의 밭이나 집 마당에는 잡초가 거의 자라지 않아 깨끗하다. K대학에 근무하는 후배가 어느 날 내 밭을 보고 "엉성하군요" 하며 흉본 것은 바로 잡초를 처리하지 못했던 데서 연유한다. 그러나 우리 밭은 내가 농사를 짓기 시작하니 3년 만에 지렁이와 굼벵이가 살기 시작하였으며, 내가 파놓은 둠벙은 개구리·두꺼비·도롱뇽의 산란장이 되었다. 그러므로 우리 집 주위에서는 다람쥐·산토끼·족제비·뱀·수리부엉이·청둥오리·원앙 등이 자주 목격된다. 또한 봄부터 가을까지는 박새 몇 쌍이 추녀에 집을 짓고 산다.

6년 전 처음 이 협곡을 찾았을 때는 된장을 바른 유리 어항을 강물에 넣고 몇 분만 기다리면 좁은 어항 속에 십여 마리의 고기가 들어찼다. 우리 둘째 아들은 한두 시간 사이에 작은 양동이에 고기를 가득 담아 가지고 들어와 매운탕을 끓인다고 법석을 떨었다. 물고기가 노는 모습을 보기는 하되 잡지는 말라고 당부했더니 아들은 자연스럽게 자연보호론자가 되었다.

고운 모래로 덮인 강바닥에는 천천히 움직이는 다슬기가 모래

만큼이나 많았다. 그 때문인지 봄부터 가을까지 강에는 청둥오리·원앙·기러기·왜가리, 그리고 초겨울에는 이따금 왜가리보다 두세 배 몸집이 크고 미끈한 두루미들이 보였다. 늦가을과 강의 얼음이 녹는 봄에는 수백 마리의 오리 떼가 강에 모여들었다. 특히 둥근 보름달이 팔봉산 자락을 넘어 높이 걸릴 때면 오리들이 요란하게 날개를 퍼덕이거나 꽥꽥거리며 합창을 하는 통에 잠을 깨는 일이 많았다. 새벽녘에 잠을 깨어 대문 밖으로 나오다보면 무리에서 벗어나 우리 연못에서 은밀히 밀애를 즐기던 한두 쌍의 오리가 발자국소리에 놀라 호들갑을 떨며 높은 하늘로 날아갔다. 그래서 우리 내외는 오리들이 놀라지 않게 발소리를 죽이고 살금살금 걷는 습관이 들었다.

최근 오리는 물론 왜가리 수효가 급격히 줄었다. 집 주변을 뛰어다니던 토끼와 너구리는 완전히 사라졌다. 마당의 잔디밭까지 들어와 똬리를 틀고 혀를 날름거리며 응시하는 통에 크게 놀라게 했던 뱀도 없어졌다. 연못가의 썩은 고목에 둥지를 틀고 새끼를 키우던 수리부엉이가 금년에는 찾아오지 않았고 비 오는 날 마루 위까지 올라와 엉금엉금 기던 못생긴 두꺼비도 보이지 않는다. 이들을 생각하면 오늘 농약을 뿌린 것은 실수였고, 그들에게 죄를 지은 것이기도 하다.

3년 전 이 협곡에는 지프 또는 화물차를 타고 와서 한밤중에 전조등을 켜고 총을 쏘는 인간들이 많았다. 한낮에는 오리 떼를 향해 산탄총을 쏘는 자들이 있었는데 사격 후 이 사나이들을 따라온 미끈한 체구의 개들이 차가운 물속으로 들어가, 죽거나 다친 오리들을 물어다가 주인 앞에 내려놓는 모습이 보였다. 서울·경기·강원도 각처에서 엽총을 가진 자들이 몰려와 밤낮으로 불을 뿜는 쇠막대기를 휘둘러대니 들짐승·날짐승들이 이곳을 더 이상 낙원이라 여기지 않게 되었다. 어리석은 관리들이 수렵허가를 내주어 이러한 결과를 초래한 것이다.

지난해부터는 해빙기가 되자마자 모터보트가 몇 시간씩 강을 오르내렸다. 어느 날 유심히 살펴보니 어떤 사람은 쇠망태를 보트에 매달아 강바닥을 훑으며 다슬기를 쓸어 담고 또 어떤 사람은 강의 양안에 그물을 걸어놓고 하류에서 상류 쪽으로 이동하며 고기를 잡았다.

한여름 홍천강변으로 들어오는 승용차 트렁크에는 거의 대부분 투망이 실려 있다. 그물을 들고 강변을 어슬렁거리는 자들이 그리도 밉더니 이제는 어업허가를 얻어 강 양쪽에 긴 그물을 걸어놓고 고기를 걸러대는 자와 배터리를 이용하여 기절한 물고기를 건지는 자까지 나타났다. 언젠가 우리 집에 놀러온 시골 출신의 제자에게 투망 사용을 금지해야 한다고 했더니 "고기 잡는 재미도 없이 어떻게 시골에서 삽니까" 하고 항변하였다.

홍천강은 우리나라에서 비교적 큰 하천이다. 이 정도 규모의 강이면 외국에서는 적어도 몇십 센티미터의 큰 물고기들이 산다. 외국인들은 반드시 낚시면허증을 구입하여 고기를 잡으며 잡은 것을 거의 도로 놓아준다. 즉 잡는 재미만 보고 먹는 경우는 드물다.

만일 30cm 미만의 고기를 잡아 통에 넣었다가 적발되면 1cm당 일정액의 벌금을 내야 하는데 10cm짜리 고기를 잡았다면 20cm에 해당하는 벌금이 부과된다. 우리의 하천도 몇 해만 보호조치를 취한다면 다슬기가 강바닥을 뒤덮고 팔뚝만큼 큰 물고기들이 아름다운 몸매를 뽐내며 물장구를 치게 될 것이다.

6월 27일 목 비

지난주 폭우가 쏟아진 후 마을의 농로가 유실된 곳이 많다. 깎이고 파인 곳은 흙을 퍼다가 묻고, 노면에는 강에서 자갈을 퍼다가 깔았다. 6km나 되는 비포장길을 다듬느라 중장비가 동원되고 10여 명의 인력이 3일간 땀을 흘렸다니 이 길을 오가는 나도 협조하지 않을 수 없게 되었다. 마을 대표에게 30만 원을 전했더니 고맙다고 한다.

금년에 처음 심은 토마토가 비가 온 후 급성장하여 곁가지가 무성하다. 제법 굵은 지주를 박았어도 웃자란 토마토 줄기의 무게를 이기지 못하여 비스듬히 기울었고 지면에 닿은 줄기는 부분적으로 썩고 있다. 나들이 나왔던 P 씨가 이 꼴을 보더니 곁가지를 과감하게 자르고 지주도 더 긴 것으로 바꾸라고 권했다. 1.5m 길이의 굵은 막대를 골라 땅속 깊숙이 박고 밑에서부터 위쪽까지 세 군데를 끈으로 묶어 가지가 늘어지지 않게 고정시켰다. 그런데 열매들이 주렁주렁 달린 가지를 잘라내기가 여간 아까운 것이 아니어서 망설였더니 P 씨는 내 전지가위를 빌려 50cm 아래쪽의 모든 잔가지를 과감하게 쳐낸다.

토마토는 원래 멕시코 고원의 태평양 쪽 남사면인 나우아 (Nahua) 지방에서 농작물화한 1년생 식물이다. 원주민은 토마테 (Tomate)·토마틀(tomatle) 등의 이름으로 부르고 있다. 그 종류 도 10여 가지가 넘는다. 인디언들은 토마토를 생식하기도 하였으 며 고추·호박 등과 함께 요리재료로 사용하였다. 콜럼버스의 대 항해 이후 16세기에 유럽으로 전래되어 지중해지역에서 재배되기 시작하였고 서남아시아·인도로 확산되었으며 품종개량 후 유럽 의 서부 및 중부지방에서도 재배되었다.

우리나라에 토마토가 전래된 시기는 분명치 않으나 감자·옥수 수·고추의 도입 시기와 비슷할 것이다. 초기에 '일년감'으로 불 린 이 과일은 별로 인기가 없어 돼지 먹이로 쓰이기도 하였고 1980년대까지도 설탕을 뿌려 먹는 풍습이 있었다. 우리나라는 서 양이나 중국과 달리 토마토를 요리재료로 사용하지 않아 재배하 는 농가가 드물었다.

나는 월남에서 군 복무시절 주월 연합군 식당(미군·호주군· 뉴질랜드군 등)의 밥을 먹고 지냈기 때문에 토마토가 들어 있는 각종 음식을 즐길 수 있었다. 낮에는 미군의 카페테리아에서 토마 토 조각이 든 햄버거로 점심을 때웠다. 유학시절에는 토마토와 고 추를 많이 쓰는 스페인 음식과 프랑스식 음식에 어느 정도 길이 들었기 때문에 이 작물을 직접 재배하여 조리용으로 사용하고 싶 은 욕망이 생겼다.

토마토가 들어 있는 각종 음식을 즐기기에 매년 심지만
주말에만 시골에 머물기 때문에 익은 것의 절반 이상은 떨어져 썩는다.

아내는 알타리무와 얼갈이 배추를 뽑아 밭에서 다듬는다. 토머스 모어(Thomas More)는 저서 『유토피아』(*Utopia*)에서 이렇게 썼다. "농촌으로부터 도시로 반입되는 모든 농산물을 생산지에서 깨끗이 다듬으면 농산물 찌꺼기를 토양으로 되돌려 비옥하게 하고 도시에서는 쓰레기를 줄일 수 있게 된다." 서울 가락동시장에서는 산더미처럼 쌓인 채소 쓰레기가 썩어 악취를 풍기는 광경을 종종 보게 된다. 아내의 노력으로 우리 집은 음식물 찌꺼기 배출량이 극히 적으며 그 대부분을 밀폐된 용기에 담아 시골로 운반하여 두엄간에 붓고 있다.

늦게야 싹이 튼 농작물을 보호하기 위해 어제부터 모든 밭의 김을 맸더니 밭이 깔끔하게 정돈되었다. 6월 30일부터 7월 11일까지 호주의 시드니 대학에서 열리는 국제학회에 참석하여 논문을 발표한 후 뉴질랜드 오클랜드 대학의 Y 교수를 방문하고 귀국할 예정이니 약 2주간 농작물을 돌볼 수 없게 된다. 그래서 정성을 다하여 밭을 다듬었다.

7월 27일 토 맑음

집중호우로 엊그제까지 우리 시골집은 고립되어 있었다. 폭우가 그친 지 4일이 지났으므로 시골집을 돌아보기 위해 아내와 함께 집을 나섰다. 청평댐 수문이 모두 개방되어 싯누런 황톳물을 폭포처럼 토해내고 있는 광경을 보니 시골집의 고립은 아직도 풀리지 않았을 듯하다. 과연 홍천강물은 둑의 턱밑까지 올라와 넘실

거린다. 자동차를 마을 입구에 세워두고 도보로 출발하였다. 벼랑
길부터 약 1km 정도가 물에 잠겨 있어 바지를 벗어 배낭에 넣고
신을 벗어 끈으로 묶은 후 목에 걸었다. 돌과 쓰레기가 발바닥에
찔렸지만 아내 손을 잡고 물길을 조심스럽게 건넜다.

집은 큰 피해를 입지 않았다. 미리 집 주위의 도랑을 정비해두었
던 것이 천만다행이다. 그러나 집 안에서 곰팡내가 심하게 풍겨 창
문과 방문을 모두 열어 환기를 하지 않을 수가 없다.

7월 28일 일 맑음

밭으로 큰물이 지나간 듯 고랑과 이랑의 구분이 없어졌다. 폭우
에 시달렸던 참깨들이 이제는 땡볕에 시달리고 있다. 토마토 역시
가지가 부러진 채 흙탕물 위에 늘어져 있다. 잘 익은 토마토가 썩
어가고 감자 줄기도 이미 까맣게 말랐으며 빗물에 씻긴 자리에는
썩은 감자들이 뒹군다. 고무장화를 신고 들어가 조심스럽게 젖은
흙을 헤치며 상하지 않은 감자를 캐보니 그래도 두 바구니나 된
다. 맑은 물로 감자를 깨끗이 씻어 그늘에 말렸다. 토양이 질어 밭
일을 포기하였다.

9월 21일 토 맑음

땅콩 두 가마를 수확하였다. 이렇게 많은 땅콩을 말리려면 적어
도 일주일은 볕에 널어야 한다. 땅콩은 선물로도 인기가 많다. 형
제들, 그리고 세배를 오는 제자들에게 나누어줘도 좋고 1년 동안

우리 가족의 좋은 군것질 감도 된다.

땅콩은 고구마와 함께 농경지의 단위 면적당 칼로리가 가장 높은 작물인데 주식이 되지 못하는 것이 유감이다. 대학시절에 읽은 메리메(P. Mérimée)의 희곡 「타망고」(Tamango)에 따르면 유럽의 노예상들은 아프리카에서 흑인 노예들을 신대륙으로 데려갈 때 주로 땅콩을 식량으로 먹였다. 영양가가 높기 때문이었다.

짚가리를 주제로 한 수필을 써보기로 하고 내용을 요약해보았다. 벼의 열매인 쌀은 우리의 주식이 되고 겉껍질인 왕겨는 땔감 · 베갯속 · 사과저장용으로 쓰였으며 나는 퇴비로 사용하고 있다. 속껍질인 등겨는 고급사료로 쓰이는데 식량 사정이 나빴던 6·25전쟁 직후에는 개떡을 만들어 허기를 채우는 데 썼다. 개떡은 쌉쌀하고 거칠기 때문에 보릿가루 · 밀가루를 섞고 인공감미료까지 넣어 먹었으나 맛이 없어 어린 우리들은 먹기가 싫어 투정을 부리곤 하였다. 오죽하면 마음에 들지 않는 일을 "개떡 같다"고 하겠는가.

볏짚은 가옥의 지붕이 되어 인간에게 아늑한 보금자리를 제공하였다. 이것을 썰어 흙과 섞어서 흙벽돌을 찍거나 벽에 바르기도 하였다. 볏짚으로 엮는 '도롱이'는 비 올 때 걸치는 우의로 쓰였다. 그 밖에도 볏짚으로 새끼 · 멍석 · 가마니를 짜서 사용하였다. 그뿐인가. 짚으로는 닭의 보금자리인 둥지를 엮었으며 주저리 · 김치광도 지었다. 그리고 짚을 썰어 소에게 먹이면 소가 살쪄 우리에게 귀한 쇠고기를 제공한다.

오늘날에는 시골에도 짚으로 새끼줄을 꼬고 가마니를 짜는 사람이 없다. 멍석은 손이 더 많이 가는 것이라 더욱 짜지 않는다. 닭도 좁다란 칸에 갇혀 그 안에서 살을 찌우고 알만 낳도록 하니 둥지까지 날아오를 수가 없다. 옛날의 닭들은 재빠르게 뛰는 것은 물론 몇 미터쯤 날아오를 줄도 알았으나 요새 닭들은 아마도 몸이 둔하고 나는 연습을 못하여 두 발 달린 돼지나 다름없을 것이다. 이제 짚은 소먹이로 쓰이거나 버섯 재배용으로 일부가 쓰일 뿐 별다른 용도가 없다.

10월 4일 금 맑음

개천절이 끼어 시골집에 왔다. 이틀 전 가을비가 내리더니 기온이 많이 낮아져 새벽에는 한기가 느껴지지만 한낮에는 $27 \sim 28\degree C$까지 올라 볕이 따갑다. 반장댁이 2층 양옥을 지어 이사를 했기에 주방기구와 세탁비누를 선물하였다.

고구마 수확. 지난 5월 초 고구마 순을 심을 때 퇴비를 많이 넣었고 여름철 김을 매면서 북을 두둑이 하였기 때문인지 고구마들이 땅속 깊이 박혀 있어 삽으로 깊숙이 파냈다. 간혹 날카로운 삽날에 잘려 반 토막이 된 고구마가 나올 때에는 노란 속살의 표면에 삐져나오는 뽀얀 진액이 마치 피 같은 느낌을 주어 마음이 쓰리다. 외바퀴 수레에 가득할 정도로 고구마를 수확했는데 털을 벗긴 닭만큼 큰 것들이 적지 않고 갸름하고 예쁜 것들은 반 정도에 불과하다. 고구마는 너무 크면 상품가치가 떨어지지만 시장에 출하하는 것이 아니니 관계없다. 마당에 널어 볕에 말리면서 크기에 따라 세 종류로 분류하였다.

금년에 처음 심어본 래디시(radish)를 뽑았다. 심은 지 3주 만에 왕사탕 크기의 진홍색 무를 한 바구니나 뽑았는데 앞으로 매주 3~4회 정도로 수확할 수 있을 것 같다. 아내는 프랑스 유학시절 이 래디시 샐러드 맛에 익숙해져 이번 수확을 무척 기뻐한다.

10월 18일 금 흐림

후배교수 N 씨와 S 씨가 우리 시골집을 방문하였다. 귀한 손님들이 왔으나 이 궁벽한 산골에는 이들을 대접할 만한 좋은 먹을거리가 없어 염려스럽다. 그러나 두 분 모두 공부하는 분야가 자연, 그리고 인간의 생활인지라 농촌생활에 대한 이해가 깊어 그리 염려할 필요는 없을 것 같다.

손님들은 나의 밭일을 거들었다. 순무·알타리무·파를 뽑아 다듬고 배추밭과 무밭에 비닐을 덮어 씌웠다. 새벽에는 서리가 내려 무·배추가 얼기 때문에 예방하는 것이다.

순무는 강화의 상징처럼 인식되고 있는 농작물이라 이곳 사람들은 이 무에 대해서 잘 모른다. N 씨와 S 씨도 강원도에서 이 무가 재배된다는 사실이 놀라운 모양인데 특히 N 교수는 군것질거리가 적었던 1960년대에 맛보았던 배추꼬리를 생각하며 순무를 안주 삼아 맥주를 마셨다. 귀가하는 손님들에게 순무·파·토란·알타리무 등을 선물하였다. 완벽한 유기농 농산물이라며 모두들 귀하게 여겨주니 고맙다.

10월 25일 금 맑음

어제는 대낮에 날이 어두워지더니 밤까지 세찬 비가 쏟아졌다. 50mm나 되는 강우기록을 세웠으니 겨울을 재촉하는 비 치고는 꽤 많이 내린 것이다. 오늘은 하늘이 맑게 개어 짙푸르고 싸늘한 공기도 상쾌하게 느껴졌다. 이렇게 날씨가 좋으면 우리 내외는 좀이 쑤셔 서울을 탈출하지 않고는 못 배긴다.

겨울채비를 할 시기가 되었다. 산에 심은 어린나무들이 동사하지 않도록 부엽토를 나무 둘레에 쌓았다. 여름 동안 키가 큰 나뭇가지로 기어올라가, 줄기를 친친 감아 목을 졸랐던 칡 같은 덩굴식물들의 뿌리를 캐고 감긴 줄기를 끊어 나무의 숨통을 틔웠다. 침엽수들은 한 해 동안 씩씩하게 자라, 멀리서 보면 검푸르게 솟은 빗살 같다. 활엽수들은 풍성하던 잎을 모두 떨구고 앙상한 모습을 드러내고 있어 대조적이다. 나무 밑에 쌓인 낙엽을 긁어 큰 자루에 담고 꼭꼭 밟아놓았다. 몇 해 전 지방여행을 갔다가 벼락을 맞은 나무에 붙은 불이 떨어진 낙엽으로 옮겨져 큰 산불로 발생하는 것을 본 적이 있다. 그래서 해마다 늦가을 또는 이른 봄 낙엽을 모아 썩혀서 퇴비를 만들어왔다.

10월 26일 토 맑음

새벽 공기가 무척 싸늘하다. 바깥마당의 돌확에 고였던 빗물에 살얼음이 얼었으니 이제 산곡에 겨울이 다가온 것이다.

김장거리 관리가 가장 어려운 시기이다. 배추는 윗부분을 짚으로 단단히 묶어 속이 꽉 차서 동해(凍害)를 어느 정도 견딜 수 있으나 추위가 갑자기 찾아오면 겉부분이 언다. 그래서 신문지를 여러 겹으로 싸서 고깔을 씌웠다. 여러 해 실패 끝에 금년 처음으로 배추농사에 성공하였으니 정성을 쏟을 수밖에 없다. 무는 머리가 노출되지 않도록 흙으로 덮고 짚을 씌웠다.

작은 밭에 퇴비를 뿌린 후 삽으로 김을 매어 흙을 곱게 다듬었다. 마늘 파종을 끝마쳤다. 작업을 끝내고 나니 손가락이 시리고 아프다.

귀로에 은사 L선생님 댁에 들러 토란 한 바구니를 드렸다. 사모님께서 토란을 좋아하셔서 기쁘다. 주차장까지 나와 배웅해주시니 송구스럽다. 내 농산물을 사랑해주는 분이 한 분 또 늘었다.

11월 8일 금 비

텃밭에 깊이 1m, 가로 1m, 세로 1.5m의 구덩이를 파고 항아리 세 개를 묻었다. 항아리 둘레에 짚을 넣고 흙을 덮었다. 두 항아리에는 저장용 무를 넣고 나머지 하나에는 김장을 담기로 하였다. 항아리를 묻은 둘레에는 기둥 여러 개를 박고 끝을 한데 모아 원뿔처럼 묶은 후 짚으로 엮은 뜸을 씌웠다. 시골을 오가며 눈여겨본 얼룻가리를 흉내내본 것이지만 서툰 솜씨 탓으로 볼품이 없다. 아내는 나를 위로해주느라 잘 만들었다고 칭찬한다.

무를 뽑았다. 추위에 대비하느라 비닐을 씌웠던 관계로 무잎은 거의 노랗게 시들어 시래기로 말릴 수 없게 되었으나 무는 모두 적당한 크기이다. 윗부분은 연녹색을 띠고 아랫부분은 아름다운 미색인데 통통한 모습은 젖살이 오른 애기의 다리처럼 예쁘다. 아내는 화학비료로 키운 징그럽게 큰 무에 비해 이처럼 아름다운 무는 하늘의 선물이라고 감격한다.

무 두 수레와 배추 40포기를 다듬어 집으로 운반해왔다. 날이 어두워 아내는 손전등을 밝히며 나를 안내하였다. 무는 항아리에 머리가 위를 향하도록 세워 집어넣고 그 위에 짚을 덮은 후 또 무를 쌓는 방법으로 하였다. 지표면 30cm의 공간을 남겨놓아야 동해를 입지 않는다기에 짚을 두툼히 넣었다. 그리고 항아리 뚜껑에 씌울 덮개를 짚으로 엮었다. 배추도 일부는 신문지로 싸서 항아리에 넣고 나머지는 차에 실었다.

귀로에 동서 댁과 친구 Y 교수 댁에 들러 무 한 자루씩을 나눠주었다. Y 교수는 지난해에 내가 준 무가 단단하고 수분이 많으며 무척 달다고 칭찬해준 적이 있다.

9시에 귀가하여 피로를 푼답시고 거실의 긴 의자에 누워 금년 농사를 마무리하기까지의 과정을 되새겨보았다.

200명 남짓한 내 고교 동창 가운데 대학교수가 된 친구들이 10%를 조금 넘으니 적은 수는 아니다. 그 가운데 내가 본받을 만한 학자로 꼽는 인물이 바로 Y 교수이다. 그는 5~6개국의 문헌을 불편 없이 소화해내는 능력이 있으며 철저하게 공부하는 기초가 대단한 학자이다. 그는 공부에 필요하면 몇 개월에서 1년씩 외국에 나가 그곳의 학자들과 교류하고 자료를 수집하기 때문에 50대에 들어서도 외국어 실력이 느는 것 같다. 그는 언젠가 선물받은 난초 한 그루를 제대로 관리하지 못하여 죽인 일이 있어 그 후로는 화초선물을 받으면 모두 남에게 주어버린다고 하였다. Y 교수는 필요한 것만 취하고 자기에게 긴하지 않지만 남에게는 도움이 될 물건은 아예 가지려 하지 않으니 학교에서나 학계에서 남과 다투지 않고 오로지 학문에만 정진할 수 있을 것이다. 그가 자유롭게 외국에 나가 연구할 수 있는 이유는 그의 무소유 의식과 무관하지 않을 것이다. 법정 스님의 『무소유』를 Y 교수가 읽지는 않았어도 제대로 실천하고 있는 셈이다.

나는 시골집과 밭이 잡초 속에 파묻힐까 안타깝고, 폭우가 쏟아지면 산사태로 연못이 망가질까 두려우며, 겨울철 혹한으로 보일러가 터질까 걱정되어 거의 매주 시골에 간다. 내가 뿌리고 키운 작물을 제대로 돌보지 않아 죽게 한다면 그것이 비록 말 못하는 식물에 지나지 않을지라도 가슴이 저리는 고통을 느낀다. 나는 부실한 싹을 솎을 때도 과감히 뽑아내지 못해 이웃의 전문적인 농사꾼들로부터 여러 차례 핀잔을 들었다. 그러나 초중등학교 동창생을 보거나 선생이 되어 가르친 제자들의 경우를 보면 어려서는 어눌하고 둔해 보였던 사람 중에 훌륭한 인재로 성공하는 사례를 적지 않게 보아왔기 때문에 함부로 뽑지 못한다.

나도 Y 교수의 무소유의 행복을 부러워한 나머지 사는 집을 제외한 모든 것을 정리하고 홀가분하게 살고자 시도한 적이 있었다. 그러나 무엇인가를 가꾸느라 땀을 흘리고, 손톱이 거칠게 닳아 손

무 수확한 아내. 김장용으로 쓰고 남은 무는 움속에 저장한다.
항아리에 무의 머리가 위로 향하도록 세워놓고 그 위에 짚을 덮은 후 무를 쌓는다.

끝이 시리며, 힘든 작업 중에 손바닥에 박힌 굳은살이 뜯겨 아린 고통을 느끼며, 팔다리에 알이 배겨 땅기는 이 힘든 생활도 무소유에 못지않은 의미가 있다고 느끼기도 한다. 밭 갈고 씨 뿌리고 김매고 거두면서 나는 수시로 무의식에 빠진다. 이 무의식의 순간이 무소유에 비해 가치가 없을까.

근래에 나는 교수·학자라는 직업에 집착하지 않게 되었다. 한 때 운 좋게 교수직에 오른 선배나 외국에서 박사학위를 취득하고 귀국한 분들이 보여주었던 도도한 태도를 보면서 부러움과 오기를 느껴 결국 나도 뒤늦게 외국에 나가 5년을 수도승처럼 지내고 돌아왔다. 그런데 이제 열다섯 해 이상 대학에서 학생들을 가르치고 또 좋은 평을 얻은 글도 몇 편 써내고 나니 만사가 부질없게 느껴진다. 그래서 어느 때이건 교수직을 지키는 의미가 약해지는 날 망설임 없이 떠나려고 시작한 일이 이 농사짓기이다.

11월 30일 토 눈

대설주의보를 무릅쓰고 어제 시골에 왔다. 지난주에는 보일러 고장으로 새우잠을 잤기 때문에 감기에 걸리지 않을까 크게 염려했으나 다행히 무사하였는데 오늘은 보일러 수리를 해야 한다. 다행히 보일러 수리공과 약속을 잡았다.

오후 5시에 수리기술자가 찾아와 보일러의 부속을 교체하고 노즐을 조인 후 재를 털어내었다. 20여 분의 작업 후에 작동을 해보니 붕 하는 시원스러운 소리가 들리더니 방 안 공기가 따뜻하게 데워진다. 용모가 깔끔한 기술공은 멋쟁이 애인을 동반하고 왔는데 작업이 끝날 때까지 냉한 방 안에서 오들오들 떨면서 기다리는 그녀의 모습이 무척 안쓰러웠다. 뜨거운 커피를 대접한 후 두 젊은이를 배웅하였다.

새벽부터 내린 눈이 20cm 정도 쌓여 그들이 별 탈 없이 C시로 돌아가기를 빌었다. 집에서 강촌까지 가려면 두 개의 고개를 넘어야 하는데 고개 마루는 기온이 낮은 탓인지 내린 눈이 다져져 빙판을 이루었기 때문에 사륜구동 장치를 작동해도 잘 도착할지 여간 근심스럽지가 않았다.

12월 29일 일 맑음

직업이 선생이다보니 가르치는 일 외에 달리 할 일이 없고 대하는 사람도 제자들뿐이다. 게다가 주말은 시골에서 보내니 세상살이에 능할 수가 없다. 3주 전 한길사에서 『혼불』의 저자인 최명희 선생을 소개받았을 때 그녀는 내가 무척 순수해 보인다고 했다. 아내의 친구인 어떤 화가가 나와 내 가족을 '무균질인간'이라고 평했던 경우와 어쩌면 의미가 통할 수도 있을 것 같다.

그러나 나는 옹졸하고 편협한 인간일 뿐이며 도덕적으로도 오염된 인간이라 그분들의 과분한 평을 감당하기 어렵다. 차라리 사회성이 부족한 인간이라고 말해주었더라면 마음이 편했을 것이다.

나에게 석사논문 지도를 받은 제자의 결혼식 주례를 맡았다. 신랑과 신부가 모두 고등학교 교사이기에 주례사는 자연히 그들의 직업과 관련시키되 나의 농촌생활을 토대로 준비하게 되었다.

오늘날 우리 부모님은 자녀들을 모두 큰사람으로 키우고자 하며, 딸을 가진 부모는 대부분 큰사람을 사윗감으로 선호합니다. 그런데 불행하게도 큰사람이 덕망이 있는 군자를 뜻하는 것이 아니라 권력을 행사할 수 있는 높은 지위에 오른 자이거나 그런 집안의 자식을 의미합니다. 지난 반세기 동안 우리는 너도 나도 출세의 대로에 올라 다른 사람의 발에 딴죽을 걸어 넘어뜨리거나 남을 추월하면서 앞서나가는 자만을 칭송하는 풍조 속에 살아왔습니다. 따라서 한 발자국을 뗄 때마다 앞뒤와 옆을 살피는 조심스러운 사람들을 촌스럽고 박력 없는 인간으로 낮춰 보게 되었습니다. 지금 제 앞에 서 있는 두 분은 후자의 부류에 속하는 대표적인 인물들, 즉 교사들입니다.

제 유학시절 세상살이에 능한 어떤 사람이 "동서양을 막론하고 선생이란 자들은 하나같이 좀스럽고 쩨쩨한 자들"이라 하는 말을 들었습니다. 그때 "선생들이 통이 작고 소갈머리가 좁은 것은 사실이다. 따라서 그들은 대부분 세상 사람들을 괴롭히는 큰 잘못을 저지르기를 두려워하며 정직하다"고 말한 고려 말의 학자 이규보 선생의 말을 들려주었더니 그 사람은 자신의 실언을 매우 부끄러워하였습니다.

우리는 때때로 산야에서 하늘을 찌를 듯이 키가 크고 긴 가지들을 옆으로 뻗어 넓은 그늘을 만드는, 수백 년의 나이를 먹은 거목을 바라보며 경외심을 느낍니다. 이러한 큰 나무는 홀로 넓은 공간을 독점하고 자기 그늘 밑에 다른 나무가 자라지 못하게 합니다. 사람들은 감히 이 나무를 목재로 사용할 엄두를 내지 못하기 때문에 늙어 죽으면 썩어서 토양으로 돌아가버립니다.

우리 사회에서 필요한 인재들은 하나의 거목과 같은 위인이 아니라 이웃과 함께 성장하여 기둥·서까래·널판자로 쓰일 보통의 인간입니다. 신랑과 신부는 그러한 인재를 키우는 숭고한 임무를 수행하는 분들입니다.

1997년
제초제를 쓰지 않으니 땅심이 살아난다

"억세게 자라는 잡초를 바라보며
인간세상사를 생각하게 된다.
과잉보호로 자란 인간은 험한 세상에
제대로 적응을 못하는 경우가 많다.
바람직하지 못한 환경에서 크는 아이들,
가난한 집 아이들, 품성이 나쁜 아이들은
함께 자라는 가운데 분별력 · 인내력 · 체력 · 지혜를
키우며 적응력을 높일 수 있다."

1월 12일 일 맑음

K 노인댁 할머니가 팥 반 말을 가지고 찾아왔다. 아마도 연말에 선물한 배의 답례가 아닌가 생각된다. 비록 그 댁이 내 밭에 농사를 짓지만 도지를 요구하지 않았더니 연말에 콩과 들깨기름 등을 가지고 와서 큰 은혜를 입었노라고 인사를 하였다. 이 노인들은 4남 1녀의 자식을 두었는데 아들들은 모두 도시에 나가 살고 딸은 부근에 거주하는 모양이다. 논밭갈이는 사위가 도와주고 모내기와 벼 수확기에는 한두 명의 아들이 와서 거드는 모습이 보기 좋다고 느꼈다. 그런데 어느 날 K 노인은 "도시에 살자면 돈이 많이 드느냐" "선상님은 한 달 수입이 얼마나 되느냐"라며 여러 가지를 물었다. 아마도 해마다 자식들에게 수확물을 나눠주는 데 그치지 않고 사업자금과 아파트 부금 등을 주는 모양이다. 70대 노인들이 남의 농토를 빌려 농사지어서 40~50대 아들들을 도와야 한다니 얼마나 힘겹겠는가. 더구나 손자 하나는 수도권의 모 고등학교에서 축구선수 생활을 하는데 이 아이에게 들어가는 비용도 만만치 않아 여름에는 옥수수를 팔아 돕는다고 한다.

내가 이분들에게 무상으로 빌려준 농토는 약 2,000평이다. K 노인은 나의 농사선생님이고 내가 경작하는 땅을 갈아주니 약간의 도지를 받아 챙기지 않아도 만족한다. 조만간 이분으로부터 배운 경험이 내 스스로 농사를 짓는 데 밑거름이 될 테니까.

3월 7일 금 맑음

어제 새벽부터 종일 내린 비가 오늘 새벽에 그쳤다. 봄 가뭄 해소에 큰 도움이 되고 2월에 빈발했던 산불발생을 억제하는 효과도 있을 것이다. 2월 말에는 거의 3일 간격으로 비가 내렸으니 땅속 깊은 곳까지 뿌리를 박았던 얼음도 많이 녹았을 것이다.

홍천강변 입구에 다듬어진 석재 무더기들이 많이 쌓여 있다. 아마도 누군가가 집을 지을 작정인 듯한데 들어설 집들이 강변의 경치와 조화를 이룰지, 또 건물의 용도는 무엇인지가 궁금하다. 6년 전 강변에는 길이 전혀 없고 도처에 발이 푹푹 빠지는 습지들이 분포했는데 지난해부터 민박집들이 한두 채씩 들어서더니 여름철에는 놀이꾼들이 떼를 지어 몰려왔다. 이곳보다 6~8km 상류 쪽에는 펜션이라는 민박집이 들어서기 시작하였다. 때때로 낯선 자들이 찾아와 영양가 없는 농사를 짓지 말고 토지를 자기들에게 맡기면 매달 적지 않은 이익을 나눠 가질 수 있게 해주겠다고 장담하곤 하였다. 참기름을 바른 듯 혀가 잘 돌아가는 이런 자들의 감언이설에 시간을 빼앗기고 싶지 않아 쫓아버렸으나 앞으로도 귀찮은 일이 잦을 것 같다.

나는 과거에 지방으로 답사를 떠나면 여인숙에 머무는 경우가 적지 않았다. 상 하나가 덩그러니 놓여 있고 방구석에는 깨끗한 이부자리가 놓여 있을 뿐인 여인숙은 대부분 두 사람이 겨우 누울 수 있는 넓이이다. 밥때가 되면 둥근 밥상을 방 안에서 받을 수 있어 좋았다. 저녁에 뜨끈뜨끈하게 불을 땐 구들목이 새벽이면 싸늘하게 식어 잠을 깨게 된다. 물론 재래식 변소도 불편하고 세숫대야에 물을 바가지로 떠 수돗가에서 세수를 하는 불편도 감수해야 하는 싸구려 숙박시설이었으나 정다운 곳으로 기억된다.

1985년 여름, 배낭을 지고 아내와 함께 유럽을 여행하면서 알프스 산중에 분포하는 여인숙을 몇 군데 보았다. 대부분 성자(聖者)가 된 중세의 수사(修士)들이 운영했던 여행자 숙박소 겸 요양소를 개조한 것들로서 성지순례자와 일반 여행자에게 숙식을 제공하고 행려병자를 돌보았으며 조난자를 구조하였다. 동시에 험난한 산길의 보수작업도 수행하는 등 길 보시(普施)를 하였다. 우리나라의 불자들도 서양의 수사들 못지않게 험준하고 인적이 드문 고갯길을 닦고 원(院)집을 지어 오가는 나그네를 돌본 예가 적지 않다. 『여지승람』「문경현 역원조(驛院條)」를 보면 문경읍 남쪽 견탄(犬灘) 부근에 화엄대사(華嚴大師)가 나그네들이 쉬어갈 수 있는 집과 정자를 지었다는 기록이 있다.

그런데 최근 우리나라에서는 펜션이 휴양지의 고급 숙박시설로 둔갑하여 경치 좋은 해변·계곡·강변 등지에 우후죽순처럼 들어서고 있다. 특히 강원도 홍천군은 10km 상류 쪽의 노일강변과 2km 하류 쪽의 모곡 일대 강변에 미국식 건축양식으로 지어진 날아갈 듯한 모습의 건물들이 강을 향해 앉았다. 물론 우리 동네에도 몇 채가 들어섰고 지금도 펜션이 늘어가고 있다. 결국 이들은 이 협곡 안에서 그나마 쓸 만한 단구(段丘)의 농경지를 감소시키고 있는 것이다.

나의 제자나 아내의 제자들은 5～6km 떨어진 마을 입구에서부터 길을 물어 우리 집을 찾아오면서 세 번 놀란다고 한다. 우선 험한 길에 놀라고, 아름다운 경치에 놀라며, 마지막으로 너무 허름한 우리 집을 보고 놀란다는 것이다. 자동차가 망가질까 조심하여 오다가 산뜻한 강변의 집들을 보고 우리 집도 최소한 그런 수준이 되리라고 기대하지만 그들이 상상했던 멋들어진 아무개 별장 같은 건물을 찾을 수가 없어 주변을 헤매다가 마을 사람에게 물으면 이 동네에서 가장 허름한 집 또는 도깨비 집 같은 곳을 찾으면 된다고 했다 한다. 사실 그 정도의 길 안내로도 우리 집을 쉽게 찾을 수 없다. 겨울이면 나뭇잎이 져서 그나마 붉은 양철지붕이 보이지만 봄이면 벚꽃·목련꽃·오얏꽃·철쭉꽃에 가려 집의 모습이 드러나지 않고 한여름에는 녹음이 우거져 집 앞을 지나는 농로에서도 발견하기 어렵다.

최근 투기꾼들이 내 집터와 논밭 일대를 배회하는 일이 잦다더니 오늘 만난 펜션업자들도 그 무리들 중 하나인 모양이다. 언젠가는 어떤 사람이 마을 반장에게 내 집터에 호텔을 짓고 싶으니 매각 의사가 있는지 알아봐달라고 했다 하고, 또 논이나 밭의 일부를 사고 싶다고 전화를 거는 자도 있다. 소월이 '엄마야 누나야 강변 살자'고 노래했는데 이자들 모두가 강변에 살고 싶어 한다면 그 심성이 갸륵하다 하겠지만 대부분은 돈벌이를 목적으로 나를 귀찮게 하는 것이다.

안마당에서 본 대문. 산속에 깊이 박힌 우리 집은
지도에서도 '외딴 집'으로 표시된다.

4월 4일 금 흐림

삼림조합에서 살구나무·가문비나무·메타세쿼이아·황금측백 등을 사고 묘목 값으로 8만 원을 지불하였다. Y 씨에게 담배 한 보루와 바나나, K 노인에게 명란젓 한 통과 소주를 선물하였다. Y 씨에게 오늘 나무를 심을 예정이니 염소가 우리 산으로 들어오지 않게 해달라고 부탁했더니 이 순박한 사람은 몸둘 바를 모른다. K 노인은 놓아 기른 토종닭의 계란 한 꾸러미를 가지고 찾아왔다.

우리 마을에서 가까운 한덕리 쪽에 관광단지가 조성되고 위쪽으로 고속도로가 건설될 예정이라는 소문이 들린다. 언제 공사가 시작될지는 모르지만 이 골짜기도 어지간히 시끄러워질 것 같다.

4월 19일 토 맑음

옹달샘 수리작업을 했다. 지난가을에는 낙엽이 떨어져 쌓였고 금년 봄에는 흙먼지가 수면을 덮어, 샘물을 마시려면 우물 청소부터 해야 하는 번거로움이 따랐다. 한때 나무 뚜껑을 덮어보았으나 나무가 썩자 노래기들이 들끓어 치워버렸다.

어제 석물공장에서 화강암 석판 몇 장을 얻어왔고 오늘은 강에서 자갈을 운반해놓았다. 우선 샘의 좌우에 돌벽을 쌓고 그 위에 석판을 얹었으며 가장 넓은 석판은 입구에 세워 문으로 삼았다. 물을 뜨려면 손잡이가 긴 조롱박을 사용해야 하는 불편함이 따르지만 외관은 '마농의 샘'보다 우아하다. 오가는 사람들이 사용하도록 예쁜 물바가지 하나를 매달아놓았다.

오후부터 금년 봄 농사를 시작하였다. 감자와 고구마 순을 심었고 옥수수 씨앗을 한 이랑 심었다. 이웃 농부는 산비둘기가 씨앗을 파먹지 못하게 한다고 종자를 청산가리 용액에 담갔다가 심었다고 하는데 소름 끼치는 얘기이다.

4월 25일 금 맑음

새로 만든 잔디밭 면적이 적어도 50평은 될 것 같다. 산 밑으로 배수로를 파고 잔디밭의 돌을 골라내다가 제자 다섯 명의 방문으로 작업을 중단하였다. 학생들과 함께 땅콩·토란 등을 심고 돌아와 잔디밭에서 바비큐 파티를 하였다. 아궁이에 군불 때는 방법을 가르쳐주었더니 제자들이 모두 부엌으로 모여든다.

학생들은 우리 사랑방을 역사지리학의 요람으로 만들자고 제안한다. 한국사와 한문 공부도 병행하라는 요구 때문인지 이 분야를 공부하겠다는 학생들이 적은 점이 염려된다. C 군은 국제무대에 나가서 활동하는 것도 좋지만 외국 학자들이 제 발로 찾아와 우리말과 글을 배우고 또 우리의 학문을 연구하도록 노력하자고 덧붙인다.

4월 26일 토 맑음

풍수(風水)를 연구하는 C 군의 주재하에 장승제(長丞祭)를 지냈다. 그가 준비한 제문은 "먼 충청도 땅에서 산자수명(山紫水明)한 강원도 땅으로 이주하였으니 이곳을 새로운 고향이라 생각하시고

장승제를 준비하는 제자들. 아내가 충청도에서 구해온 장승들이므로
우리 부부가 제주(祭主)가 되었다.

정을 붙이소서. 그리고 부디 이 터에 축복을 내려주소서"였다. 장승은 아내가 충청도 청주에서 구해온 것이므로 당연히 우리 부부가 제주(祭主)가 되었다.

5월 3일 토 맑음

아내가 뗏장 열두 판을 여러 조각으로 나누어 심는 동안 창고 앞에 줄로 엮은 망을 쳐놓고 그 밑에 조롱박 씨를 심었다. 조롱박 줄기가 줄을 타고 올라가면 그물망 밑으로 조롱박들이 주렁주렁 열릴 것이다.

10cm 이상 자란 옥수수 옆에 집에서 키워온 울타리콩 모와 고구마 순을 심었다. 밭에서 김을 매고 있는 나를 어떤 낯선 사람이 찾는다. 중장비를 동원하여 내가 애써서 파놓은 배수로를 메운 장본인인데, 이 골짜기가 관광지로 개발된다는 정보를 시의 고위층으로부터 얻었다며 자신의 부와 능력을 은근히 과시하였다. 나는 그가 전문적인 부동산업자이며 부업으로 숙박업을 하는 사람임을 간파하였다. 그의 장광설을 듣고 싶지 않아 집으로 들어가 산에서 내려오는 물길에 물 저장고를 만들었다.

5월 4일 일 소나기 후 맑음

잿빛 하늘에 섬광이 번쩍이더니 요란한 천둥소리가 좁은 골짜기를 뒤흔들었다. 이어서 굵은 빗방울이 쏟아지기에 목이 타던 대지가 촉촉이 젖으리라 기대를 했더니 한 시간 만에 비가 그쳐 실망하고 말았다.

어제 오후에 만났던 사내가 10시경 낯선 부부를 동반하고 찾아왔다. 초대면인 부부는 강원대학교 교수와 그의 부인이다. 나와 비슷한 시기에 우리 집 옆의 낮은 구릉 너머 골짜기 안에 있는 약 300평의 토지를 구입하고 주말에 채전을 가꾸려고 컨테이너까지 설치하였다고 한다. 농군 차림의 내 모습을 경이로운 눈으로 바라보는 그는 직접 땅을 갈 사람으로 보이지 않는다. 그래도 그는 내가 근무하는 대학 출신이라니 이웃이 된다면 얼마나 좋을까 하는 기대를 해본다.

5월 9일 금 맑음

참깨 세 이랑의 파종을 마치고 들어와 두 시간 정도 쉬었다. 오후에 두 아들이 도착하여 오랜만에 우리 가족이 함께 밭일을 하게 되었다. 나는 고추 모를 심을 구멍을 파고 아내는 고추 모를 구멍에 넣고 아들들은 물을 부은 후 북을 주었다. 우리 가족의 정성으로 금년에는 120주의 고추들이 건강하게 잘 자랄 것이다.

땅콩의 발아 상태는 양호하나 마늘은 시원치 않다. 마늘농사를 제대로 하려면 공부를 더 해야 할 것 같다. 내가 오이와 참외 모를 심는 동안 아들들은 엊그제 매몰된 밭고랑을 다시 파놓았다.

5월 16일 금 맑음

지난가을 이래 바닥을 드러냈던 홍천강이 주초에 많은 비가 내려 제 모습을 회복하여 물 흐름이 제법 힘차다. 강변의 수목들도 노란 옷을 진초록으로 갈아입기 시작하면서 싱그러운 향을 뿜어내고 있다. 역시 경치는 물이 풍부해야 제격이다.

뒤뜰 나루 오른편, 노송(老松)이 서 있는 언덕으로 올라갔다. 해주 최씨 묘역 왼쪽에는 1993년 봄까지 우리가 걸어 다니던 꽃님이 고개의 지름길이 있으며 이 길 초입에 고사리밭이 있다. 며칠 전 비가 내려 고사리 순이 많이 돋았다.

5월 23일 금 흐리다가 저녁 때 비가 내림

근래 수도권 사람들이 야생식물을 닥치는 대로 캐가기 때문에 강변 언덕이나 밭둑에 무성하던 할미꽃·은방울꽃·붓꽃 들이 수난을 당하고 있다. 길을 가다보면 삽으로 야생화를 떠간 우묵한 자리들이 종종 눈에 띈다. 아내는 이를 우려하여 할미꽃과 붓꽃의 씨를 받아 집 주변과 산에 뿌렸는데 이것까지 캐가는 사람들이 있어 오늘은 강변에서 자생하는 붓꽃 무리 두 덩어리를 삽으로 떠와 정원에 심었다.

2주일 전에 심은 모종들은 대부분 건강하게 자라고 있다. 그러나 참외와 호박 몇 그루는 강한 비에 녹아서 없어졌다. 김매기를 하던 중 비가 쏟아져 작업을 그쳤다.

6월 8일 일 맑음

비를 맞은 것처럼 식은땀이 흘러 김매기를 포기하고 말았다. 내

꼴이 처참해 보였던지 이웃의 Y 씨가 생고생하지 말고 오늘만이라도 제초제를 뿌리라고 권하지만 선뜻 응하지 못하였다. 아무리 열심히 김을 매도 늘 잡초가 무성하다. K 노인은 우리 밭의 잡초 씨앗이 자기 밭으로 날아들어 피해가 크니 제발 제초제를 쓰라고 윽박지르지만 나는 용케도 버텨왔다. 내 고집이 효과가 있어 땅심을 잃었던 토양을 지렁이와 미생물이 득실거리는 땅으로 되살려놓았다. 그런데 어떻게 잠시 편하자고 다시 독성이 강한 약을 뿌려 몇 해 동안 일궈놓은 성과를 녹여버릴 수 있겠는가.

제초제에 크롬이라는 중금속 성분이 들어 있는데 이것이 작물의 뿌리에서 줄기를 통하여 잎과 열매 등에 축적된다. 우리가 제초제로 깨끗하게 관리된 농토에서 생산된 농작물을 먹으면 중금속 성분이 영양분과 함께 섭취되어 몸속에 쌓인다. 우리 마을의 P 씨는 월남전에 참전했던 고엽제 피해자인데 그 사람조차 처음에는 제초제가 고엽제보다 더 맹독성이 강하다는 사실을 이해하지 못하고 있었다.

퇴비는 시비 후 몇 주 또는 몇 달이 지나야 비로소 효과가 나타나지만 화학비료는 뿌려준 후 며칠만 지나도 작물들을 싱싱하고 크게 변화시킨다. 한마디로 화학비료는 농업사적으로 볼 때 현대의 화학공학이 일궈낸 경이적인 마술임에 분명하다. 그러나 이 마술은 지속적으로 쓸 경우 토양을 노화시켜 불모의 땅으로 만들어버린다. 젊은 여성이 지나치게 화장을 하는 경우, 남보다 먼저 피부 노화현상을 경험하게 된다고 한다. 게다가 속성효과를 본다는 특수 화장품을 사용한 여성들이 피부질환에 걸려 고생한다는 소식을 접하기도 하는데, 바로 제초제가 토양을 황폐시키는 독한 화장품과 같다.

잡초 하나 보이지 않는 깔끔한 밭의 주인은 부지런한 농부로 칭찬을 받을 것이다. 그러나 매일 밭에서 산다 해도 제초제를 사용하지 않는 한 농작물만 자라는 밭으로 꾸밀 수는 없다.

조물주가 만물을 창조하셨던 태초에는 농작물이 존재하지 않았고 가축이라는 동물도 없었다. 인간의 조상들 가운데 지혜로운 사람들이 야생 동식물을 길들여 농작물과 가축을 만들어내기 시작한 것이다. 학자들은 이 시기를 1만 년 전후로 보고 있으며, 그 이후 인간은 먹을 것을 찾아 짐승들처럼 떠돌던 생활을 청산하고 일정한 곳에 살 자리를 마련하여 스스로 식량을 생산하기 시작하였다. 이 경이로운 삶의 방식 전환을 학자들은 신석기혁명(新石器革命, Neolithic Revolution)이라고 부른다. 『구약성서』를 보면 아담과 이브의 아들 중 카인은 인류 최초의 농민이고 아벨은 최초의 목동임을 암시한다. 중국에서는 신농씨(神農氏)와 후직씨(后稷氏)가 인간을 정착문명으로 인도한 인물로 추앙되고 우리나라에서는 단군(檀君)을 농경문화를 창시한 문화적 영웅으로 받든다. 그런데 이분들이 어떻게 농작물을 만들어냈는지는 밝혀내기 쉽지 않다.

신석기 사람들은 거주지 주변 쓰레기더미에서 싹이 튼 잡초 중에서 특이하게 잎이 무성하거나 뿌리가 살찌거나 열매가 큰 것들을 골라 별도로 가꾸기 시작하였고 드디어 잡종교배종과 돌연변이종을 발견하여 농작물로 만들었다. 이 과정에서 인간에 의해 길들여진 작물들은 유전인자가 바뀌어 원조(元祖)인 잡초와 다른 식물이 되었다. 이러한 작물들은 잡초의 입장에서 보면 기형적이고 못생긴데다가 인간의 보호를 받지 않고는 살 수 없는 못난 존재에 불과할 것이다.

내 밭에서 억세게 자라는 잡초를 바라보며 인간세상사를 생각하게 된다. 과잉보호 속에서 자란 인간은 성인이 되어도 험한 세상에 제대로 적응하지 못하는 경우가 많다. 바람직하지 못한 환경에서 크는 아이들, 가난한 집 아이들, 품성이 나쁜 아이들은 함께 자라는 가운데 분별력·인내력·체력·지혜를 키우며 적응력을 높일 수 있을 것이다. 식물의 세계에서도 유사한 점이 있다고 생각된다. 즉 잡초가 적당히 섞인 밭에서 자란 농작물이, 제초제를 사용하여 잡초를 몰살시킨 밭에서 농부의 과잉보호를 받으며 자란 농작물보다 더 건강하고 맛이 있을 것이다.

아내는 기력이 빠지고 입맛을 잃은 나를 위하여 밭고랑에 무성하게 자라는 참비름·민들레·쑥·씀바귀 등을 뜯고 달래를 캐다가 국을 끓이고 나물을 무쳐 점심상을 차렸다. 들나물 성찬의 향을 즐기니 기운을 되찾은 것 같다.

6월 14일 토 맑음

10여 일 가물더니 홍천강물이 많이 줄었다. 물 색깔도 전과 다르고 수면에는 구정물에서나 볼 수 있는 거품이 떠다닌다. 물 냄새도 전과 달리 약간 퀴퀴하다. 강돌을 차에 실으면서 돌에 묻은 흙을 털어내다가 이 흙에도 오염물질이 붙어 있음을 확인하였다. 지난봄에 환경운동가들이 찾아와 상류에 설치된 스키장·온천·맥주공장을 성토하는 서류에 서명을 받아간 이유를 알 만하다.

지난주에 심은 콩밭에 큼직한 꿩 한 쌍이 앉아 열심히 콩알을 파먹고 있다. 땅콩밭에는 서너 마리의 후투티까지 보인다. 산비둘기와 까치 대신 등장한 이 새들은 겁이 많아 인기척을 느끼자마자 달아나는데 우리 밭에 처음 나타난 후투티는 뒤통수의 깃이 아름다워 더 머물러주었으면 싶다.

참깨 이랑을 덮었던 투명한 비닐이 무성하게 자란 잡초에 밀려 약 2cm 높이로 들렸다. 이 잡초들을 없애지 않으면 금년 참깨농사는 완전히 망치는 것이다. 비닐 한쪽을 들춰 잡초를 훑었더니 밀폐된 공간에서 싹이 튼 것이라서 쉽게 뽑힌다. 두어 시간에 걸쳐 잡초를 걷어내고 흙으로 비닐 가장자리를 덮어 공기가 통하지 않게 눌렀다.

6월 21일 토 맑음

농무(濃霧)가 끼어 5m 앞이 보이지 않는다. 그러나 뙤약볕이 쪼이기 전에 김매기를 마쳐야 하기 때문에 이른 아침에 밭으로 나갔다. 나는 고구마밭, 아내는 땅콩밭, 그리고 아들은 참깨밭을 맡아 잡초를 캤다. 점심 때가 지나 뒷마당에 열린 앵두를 땄다. 서양

의 체리보다 알이 작고 씨가 크지만 나는 순홍(純紅)빛의 토종앵
두가 시커먼 서양의 체리보다 더 맛이 좋다고 생각한다.

젊은 부인 두 사람이 어린 여아를 데리고 우리 집을 찾아왔다.
전에 이 집에 살던 Y 씨의 여동생이라는 이 부인들은 소녀시절
을 회상하며 눈물을 글썽거렸다. 돌아가면서 그들은 자기들이 자
란 옛집을 헐지 않고 잘 보존해주어 고맙다며 아내에게 몇 차례나
고개를 숙였다.

6월 27일 금 흐린 후 비

이틀 동안 내린 집중호우로 한 달 이상 계속된 가뭄이 다소 해
소되었다. 남부지방은 수해가 났으나 이곳은 강수량이 20mm 정
도에 그쳤으므로 비 피해는 전혀 없다. 그러나 강풍이 지난 흔적
이 도처에 남아 있다. 우선 헛간 뒤의 밤나무 고목에서 큰 가지 하
나가 부러져 길을 막고 버티고 있으며 잔디밭 위에는 더 큰 등걸
이 쓰러졌다. 전기톱으로 큰 가지를 자르고 잔가지는 볼이 두꺼운
조선낫으로 쳐냈다.

일을 거의 마칠 즈음 낫이 미끄러지면서 오른쪽 무릎을 찍었다.
두꺼운 작업복이 찢기고 피가 배어나와 즉시 독주로 상처를 씻은
후 살펴보았다. 약 1.5cm의 상처가 났는데 다행히 피부가 얇은 부
위라 상처는 그리 깊지 않으며 다리가 저린 느낌만 들었다. 가장
가까운 보건소가 10km 거리에 있어 집에서 응급 처치를 하였다.
밤에는 다리의 통증이 심하고 무릎을 펴거나 구부리기가 쉽지 않

았다. 몸을 움직이기가 불편하여 누워서도 잠을 이루지 못했다.

6월 28일 토 맑음

새벽에 눈을 떴으나 다리가 굳어 바로 일어서지 못하고 몸을 옆으로 굴린 후 팔로 방바닥을 짚고 겨우 일어섰다. 다시 방바닥에 앉으면 일어설 수 없을 것 같아 아침밥도 선 채로 먹었다.

아내에게 집안 정리를 맡기고 차에 앉아 잠시 눈을 붙였다가 출발하여 가평읍에 도착하였다. 다행히 정형외과 진찰실까지 들어설 수 있었다. 의사는 날카로운 낫에 신경이 상했다며 항생제와 파상풍균 예방약 등을 주사하고 치료를 하더니 이삼 일 약을 복용하면 회복될 것이라고 하였다. 의료보험증을 지참하지 않아 2만 5,000원의 진료비를 지불했으나 비싸다는 생각은 들지 않았다.

집에 도착해서 아내의 부축 없이 짐까지 옮겼으니 의사에게 감사하지 않을 수 없다.

7월 24일 목 맑음

3주간의 중국여행을 마치고 이틀 전 귀국하였다. 실크로드(Silk Road)가 지나는 사막지방을 다니느라 피로가 누적되어 충분한 휴식을 취하고 오늘에야 시골집을 찾아왔으니 거의 한 달간 방치된 밭이 과연 무사할지 걱정스럽다. 그러나 뜻밖에도 밭은 잘 정돈되어 있다. 아내가 보살핀 덕이다.

8월 3일 일 소나기 내린 후 맑음

새벽부터 찌는 듯 무덥다가 아침 한나절 미친바람이 불고 소나기가 무섭게 쏟아졌다. 비가 그치자 순식간에 골짜기의 흙탕물이 마당으로 밀려들기에 집 뒤쪽의 배수로를 정비하려고 삽을 들고 나섰다가 놀라지 않을 수 없었다. 뒷마당의 생울타리 밖에 서 있던 밤나무 고목이 반으로 갈라져 일부가 측백나무 울타리를 무너뜨리고 앵두나무까지 덮친 채 누워 있다. 강한 바람소리, 천둥소리 그리고 양철지붕을 때리는 소리와 함께 쿵 하는 소리를 듣긴 했으나 천둥소리려니 여겼지 고목이 쓰러지는 것이라고는 짐작도 못했다. 결국 이 쓰러진 나무 때문에 오늘 하루는 바쁘게 되었다.

톱과 도끼를 들고 비지땀을 흘려가며 밤나무 가지를 쳐냈다. 그러나 나무가 굵은데다가 너무 단단해서 등걸을 자를 엄두도 못 냈다. 아마도 모터가 달린 톱을 구입해야 할 것 같다.

내가 부재중일 때 강변에 놀러왔던 사람들 상당수가 우리 샘물을 길어갔고 어떤 사람들은 잔디밭에서 야영했던 것 같다. 천막을 쳤던 흔적이 남았고 연못가에 많은 사람이 밟은 발자국이 새로운 통로를 만들어놓았다. 바로 옆에 내가 정성들여 만든 돌계단이 있는데 몇 미터를 돌기 싫어 비탈을 오르내리다니.

오후 5시. 선들바람이 불기에 중국에서 구해온 제초 기구를 들고 밭으로 나왔다. 앞부분을 삼각형 모양으로 날카롭게 다듬은 손바닥만한 크기의 강철판을 긴 장대 끝에 끼워 만든 도구이다. 이 도구를 손에 쥐고 일어선 자세로 땅에 박힌 잡초의 뿌리를 끊어버리면 한결 수월하게 일할 수 있다. 연암(燕巖) 박지원(朴趾源)의 『열하일기』(熱河日記)에 보면 중국 농부들은 서서 일을 하기 때문에 자세가 곧바른데 우리 농부들은 쪼그린 자세로 호미를 들고 일을 하기 때문에 자세가 나빠진다고 지적한 바 있다. 그런데 이 기구를 사용해보니 편리하기는 하나 숙련이 되어야 한다. 또한 충적토(沖積土)가 두꺼운 중국의 토양은 돌이 적고 부드러워 작업이 용이하나 풍화토(風化土)가 많은 우리나라의 토양은 돌이 많고 건조한 상태에서는 땅이 굳어 화북평야에서처럼 편하게 사용할 수 없음을 확인할 수 있다.

잘 영근 옥수수 한 바구니를 따가지고 들어와 몇 개를 삶았다. 옥수수·수박·미숫가루로 저녁을 대신했다.

8월 13일 수 맑음

아침부터 참깨를 베었다. 지름 1mm에 불과한 씨앗 하나를 심으면 여린 싹이 돋아 1m 크기의 식물로 자란다. 한 그루를 베어 말리면 연노란색 깨알 수백 개가 쏟아지는데 다만 유감스러운 점은 50여 평에서 나오는 소출량이 작은 자루 하나도 채울 수 없다는 사실이다. 그러니 참깨는 농부들에게 고귀한 작물이다.

인도가 원산지인 참깨는 아마도 기원전 1000~2000년 전 서남아시아가 원산인 밀·보리와 함께 실크로드를 통해 중국을 경유하여 우리나라에 도입되었을 것이다.

8월 14일 목 맑음

열흘 전에 뒷마당으로 넘어진 밤나무를 잘랐다. 휘발유 모터가 달린 톱이어서 굵고 단단한 거목도 수월하게 자를 수 있으니 다행이다. 밑둥부분은 30cm 길이로 자르고 중간부분은 50cm, 윗부분은 70cm 길이로 잘랐다. 주렁주렁 매달렸던 밤송이들이 영글지도 못하고 떨어지게 되었으니 섭섭하다. 작업을 마친 후 땀을 씻고 옷을 갈아입으려다가 가슴과 옆구리, 그리고 어깨에 붉은 반점이 생기고 피부가 부풀어오른 것을 보았다. 아마도 밤나무를 벨 때 진드기가 옷 속으로 들어간 것 같다.

묘목밭의 잡초를 베다가 다급한 아내의 목소리를 듣고 달려갔다. 아내는 말벌에게 귀를 쏘여 얼굴까지 퉁퉁 부었다. 황급히 옷을 갈아입고 보건소로 달려갔으나 직원들은 퇴근을 하였다. 춘천까지 나가 I병원에서 치료를 받고 약을 처방받았다. 만일 가슴이 답답한 느낌이 들면 즉시 병원으로 다시 오라고 하니 말벌이 무섭기는 한 모양이다. 나는 밤새 피부가 가려워 잠을 설쳤다.

8월 21일 목 비

지난주에 파종한 채소들의 씨앗이 손톱만큼 발아해 귀여운 모습을 뽐내고 있다. 그런데 참깨를 벨 때 부주의하여 흘린 깨알들까지 발아하여 채소싹들과 뒤섞였다. 이제는 채소와 참깨의 싹을 구분할 수 있어 별 문제가 없으나 처음 농사를 시작했을 때는 잡초와 작물을 분간하지 못했으니 7~8년 사이에 나도 많이 발전했다.

9월 6일 토 맑음

연못 주위, 잔디밭 주위, 그리고 뒷마당에는 잡초가 무성하여 발을 들여놓기가 겁난다. 풀 속에 뱀이 숨어 있을 수도 있고 벌집도 있다. 무엇보다 가장 무서운 것은 눈에 보이지 않는 진드기나 독초의 덩굴(poison ivy)이다. 예초기로 세 시간에 걸쳐 말끔하게 풀을 베었다.

저녁 뉴스에 명지휘자 솔티(G. Solti)의 사망소식이 있었다. 세계 음악계의 큰 별이 하나 떨어졌으니 안타깝다.

9월 20일 토 비 내리고 흐림

산골의 밤공기는 무척 차다. 낮에는 25°C의 땡볕이 내리쪼이다가도 밤이면 10°C 밑으로 기온이 떨어진다. 오후의 서남향 볕을 받으며 밭일을 할 때는 속옷이 땀에 젖지만 저녁 5시만 되면 몸이 으스스 떨릴 정도이다. 기온변화가 심하여 억세게 자라던 잡초들도 성장을 중단하고 움츠러들기 시작하였다.

출판사로부터 나의 두 번째 저서인 『국토와 민족생활사』 출간 소식을 들었다. 작년 가을부터 금년 여름까지 시골집에서 밤마다 원고를 정리한 보람이 있다.

9월 21일 일 맑음

어제 저녁 소나기가 쏟아지자 밤새도록 밤송이들이 우박처럼 떨어져 헛간의 양철지붕을 두들겨댔다. 아내는 잔디밭, 나는 헛간 주위를 돌며 거의 한 말이나 되는 토종밤을 주웠다. 우리 밤나무는 외지의 밤 사냥꾼 것이나 다름없어 정작 주인인 우리 차례로 남겨진 밤은 별로 없었는데 오늘은 운이 좋다고 할 수밖에 없다.

어제 캔 땅콩은 비에 씻겨 깨끗하다. 모두 털어서 자루에 담았더니 80kg 자루와 40kg 자루에 가득하다. 땅콩 · 토란 · 동부콩 등을 싣고 귀가하였다.

9월 28일 일 맑음

평소에 말수가 적던 아들이 학창시절에 어려웠던 일과 군 생활에 대한 두려움을 털어놓기에 젊은 시절에 누구나 겪는 과정이며 능히 견뎌낼 능력이 있으니 걱정할 필요가 없다고 격려하였다.

10월 15일 수 맑음

이틀 전 내가 쓴 책의 초판이 매진되어 제2쇄를 낼 계획이라니 오자와 탈자를 수정할 기회가 예상 밖으로 빨리 찾아왔다. 아마도 여러 주요 일간신문과 방송에 보도된 효과를 본 모양이다. 낮에 시골에 도착하여 채전을 살핀 후 두 시간 동안 책의 교정원고를 작성하였다.

10월 18일 토 맑음

또 우리 집에 불청객이 다녀간 모양이다. 지름 20~30cm의 주황색 · 빨간색의 예쁜 약호박들 여러 개가 영글었는데 한 개도 눈에 보이지 않는다. 아내는 장독대와 뽕나무 앞 은밀한 곳에 심었던 삼들도 모두 없어졌다고 한다. 남이 애써 키워놓은 것을 가져가는 사람들의 딱한 인생살이에 동정이 간다.

채소밭을 살피던 중 두 명의 낯선 방문객을 맞았다. 그들은 앞뒤가 맞지 않는 말을 횡설수설하며 내 일을 방해하다 슬그머니 사라지는데 얼핏 보니 엽총을 메고 있다. 그들이 숲으로 사라진 후 얼마 되지 않아 몇 차례 총성이 울리기에 어떤 애꿎은 생물이 목숨을 잃었을까 걱정하였다. 그러나 얼마 후 그들이 빈손으로 나타난 것을 보고 야생동물들이 밀렵꾼들의 흉기를 용케도 잘 피했다고 안도하였다.

10월 24일 금 맑음

아내의 학교 연구실에 두었던 도자기 가마를 분해하여 시골로 옮겨놓았다. 이 가마는 내가 미국에서 선물로 사온 것으로 17년이나 사용해 낡았다. 그러나 아내가 성능이 좋은 가마라며 애지중지하니 고맙게 생각된다.

10월 25일 토 흐리다가 비

새벽 기온이 $0°C$ 이하로 떨어졌다. 살얼음이 언 것을 보면 아마도 영하 $2\sim4°C$ 정도는 되었던 것 같다. 어제 노출된 무에 흙을 덮어주기를 잘했다.

무와 알타리무를 솎아 단을 묶고 쪽파도 뽑았다. 콩을 뽑아 사

제초제 쓰지 않으니 땅심이 살아난다 **175**

랑채 툇마루로 옮겨다 쌓았다. 갑자기 강풍이 불더니 차가운 가을 비를 몰고 왔다. 강물에 앉아 놀던 오리들도 비바람에 놀라 요란 하게 수다를 떨며 숲으로 사라졌다.

11월 8일 토 맑음

서울로 돌아가는 제자들에게 무 두 단씩을 나눠주었다. 농약을 전혀 사용하지 않은 유기농 채소라 두 사람 모두 기쁜 마음으로 받아갔다.

농사일에 쫓겨 미루었던 주방 벽공사를 시작하였다. 지프 트렁크에 실어온(친구들은 귀한 자동차가 험한 주인을 만나 골병이 든다고 농을 한다) 벽돌로 주방의 전면과 측면을 쌓았다. 앞으로는 수도의 동파사고를 당하지 않을 것이다.

지난 9월 이후 계속된 가뭄으로 남부지방의 밭농사가 큰 타격을 입은 모양이다. 하천의 수량이 감소하여 큰 강도 개울처럼 얕고 폭이 좁아졌으며 저수지도 30~40%의 저수량으로 떨어졌다. 김장용 무·배추가 제대로 자라지 못해 올 김장 채소 가격이 크게 오를 것이라고 한다. 가을보리는 아직 싹도 나지 않았을 정도이다. 내 비록 아마추어 농부에 지나지 않지만 남의 일같이 여겨지지 않는다.

11월 16일 일 흐림

어제는 강에서 큰 자갈과 모래를 여러 번 집으로 옮겨왔다. 지프 화물칸에 모래 네댓 자루와 강돌 수십 개를 실을 수 있다. 한곳에 쌓아놓았더니 제법 분량이 많았다. 아침부터 저녁까지 돌벽을 쌓았더니 가슴께까지 올라왔다. 벽의 중간에 문짝으로 쓸 나무틀을 만들어 끼웠기 때문에 작업량이 많이 줄었다.

11월 28일 금 흐림

강촌유원지와 남산면사무소를 지나고 높은 고개를 넘으면 추곡(湫谷)이라는 골짜기 마을이 있다. 지난달 우연히 이곳에 가톨릭교의 공소가 있음을 알게 되었다. 주말에 시골을 다니느라 바쁘다는 핑계로 교회를 거르다보니 이제는 신앙심도 거의 사라졌는데 오늘 아내와 함께 공소 안에 들어가 기도를 하고 나왔다.

11월 29일 토 비

양철지붕을 가볍게 두드리는 지속적인 음향을 듣고 새벽 3시에 잠이 깼다. 추녀 끝에서 떨어지는 낙숫물소리가 마치 음악소리처럼 들린다. 낙숫물에 파인 구멍의 깊이에 따라 소리가 다른데 깊은 구멍에서는 맑고 높은 소리, 얕은 구멍에서는 둔하고 낮은 소리가 난다. 이런 여러 가지 소리가 이 구멍, 저 구멍에서 번갈아 들린다.

빗줄기가 약해진 후 집 주위에 쌓인 낙엽을 긁고, 잡목 가지를 잘라내다가 문득 이웃집 염소들의 배설물에서 풍기는 악취를 맡게 되었다. 검은콩처럼 생긴 염소똥과 오줌 냄새가 강하게 풍기기에 자세히 살펴보았더니 작년에 심은 목련과 살구나무 줄기에 상처가 났고 낮은 가지가 대부분 사라졌다.

지난 9월 어느 날 늙은 대장 숫염소가 억센 뿔을 앞세우고 나무를 향해 돌진하며 나무를 받았다. 염소가 앞발로 나무를 부러뜨리거나, 뒷발을 땅바닥에 버티고 앞발에 체중을 실어 나무를 구부려 나뭇잎과 잔가지를 뜯어먹는 것을 목격했던 것이다. 이놈이 다 먹으면 어린 염소들이 달려들어 나무를 거의 망가뜨렸다. 과수와 고급 묘목만을 골라 먹으니 내가 아무리 나무를 심은들 무슨 소용이 있겠는가. 어떤 학자들은 고대 그리스·로마 문명의 쇠퇴원인을 야만족의 침입에서 찾으려 하는데, 일부 학자들은 지중해 지방의 기후변화(건조화)에서, 그리고 또 다른 학자들은 염소의 과다한 방목에서 찾으려 한다.

이 억센 짐승들은 지중해지방에 무성했던 상수리과 식물의 잎과 연한 가지들을 먹어치웠다. 결국 생장점을 강탈당한 상수리나무들은 제대로 성장하지 못하여 왜소한 관목림(maquis)을 형성하게 되었다. 나중에는 이러한 숲마저 소멸되고 바위틈에 고인 토양에 뿌리를 박고 버티던 풀마저 염소의 뱃속으로 들어가 지중해의 해안 및 도서들은 식물피복이 거의 없는 황무지가 되었으며, 이것은 농토까지 황폐화시키는 원인이 되었다. 염소는 그러한 짐승이다.

오후 3시경 집주변 수목을 다듬던 아내가 비명을 지르기에 달려가보니 언덕에서 미끄러져 온몸이 흙투성이다. 급히 부축하여 흙

묻은 얼굴과 손발을 씻겨주며 살피니 왼쪽 손목이 많이 부어올랐다. 서둘러 춘천의 I병원에 가서 진찰을 받아보니 엑스레이 필름 상에 골절 흔적이 나타났다. 뼈를 맞춘 후 압박붕대를 감고 귀로에 올랐다. 이것도 응급처치에 불과하여 서울의 정형외과에서 정식으로 깁스를 해야 한다. 다친 팔을 ㄱ자 붕대로 고정시켜놓았기 때문에 아내는 당분간 옷 입는 것도 홀로 할 수 없고 자동차운전이나 작품 제작도 불가능하게 되었다.

12월 12일 금 맑음

H출판사 직원 두 사람이 우리 시골집 구경을 하고 싶다기에 그들을 태우고 왔다. 9일에 내린 눈이 결빙하지 않았을까 염려스러웠으나 다행히 경춘국도는 눈이 거의 녹아 운전하기에 큰 불편이 없었다. 홍천강변의 자갈길 6km는 눈이 녹지 않아 설경이 볼 만하였기에 손님들은 경탄하였다. 우리 집은 서향이라서 입구부터 발목이 잠길 정도로 눈이 쌓여 있었다. 누구의 발자국도 없는 눈 덮인 길을 웬만한 도시 사람들은 보기가 쉽지 않다. 그래서 손님들에게 첫 발자국을 남길 기회를 주었다.

옹달샘 물을 떠서 손님들에게 권했더니 물맛이 좋고 물이 따뜻하다고 감탄한다. 이 샘물은 여름에는 시원하고 겨울에는 따뜻한 느낌을 주지만 사실 깊은 땅속에서 솟기 때문에 수온 변화가 적은 것이다. 집 안으로 들어가서 보일러를 켰으나 뼛속까지 스며드는 냉기가 쉽게 가시지 않는다. 사랑채 아궁이에 불을 지피고 손님들에게 불을 쬐게 하는 동시에 고구마 몇 알을 재 속에 묻었다.

껍질은 까맣게 탔으나 속살은 주황색을 띤 고구마를 먹고 뜨거운 커피를 마시며 추위를 다스렸다.

12월 22일 월 흐림

수년 동안 우리 부부는 거의 매주 시골로 주말 나들이를 해왔다. 좁은 차 안에서 우리는 참으로 많은 이야기를 나누는데 대화 내용은 매우 다양하다. 주요 내용은 지난 한 주 동안 겪고 느끼고 생각한 일, 불만스러웠던 일과 즐거웠던 일, 미래의 우리 계획 등이었다. 평소 말수가 적은 아내는 차 안에서 왕복 다섯 시간 동안 행복한 대화를 즐긴다. 우리는 주말 대화의 소재를 찾기 위하여 꾸준히 글을 읽는다. 아내는 작품을 제작하고 나는 글을 써왔기 때문에 얘기 소재는 마르지 않는다.

오늘 아내와 나는 앞으로는 남과 다투지 말고 지나치게 부를 축적하는 데 집착하지 말자고 했다. 또 내가 가진 것은 현명하게 지키고 부당하게 내 것을 빼앗으려는 자에게는 단호하게 지키되, 도움을 구하는 선한 이들에게는 망설임 없이 주자고 다짐하였다. 아내는 내가 운전 중 졸거나 피로를 느끼지 않도록 부드럽게 말하기 때문에 내 옆자리에 아내가 없으면 허전하고 때로는 졸음을 느끼기도 한다.

집에 도착해보니 사랑채 앞이 어수선하다. 마루에 쌓아두었던 콩단이 모두 사라지고 콩꼬투리와 서리태 몇 알이 굴러다닐 뿐이다. 그리고 댓돌 밑 여기저기에 염소똥이 수북하게 쌓였다. 지난 여름 우리 부부는 산비둘기 떼의 습격을 막으려고 두세 차례나 거듭 씨를 심으며 새들이 어린 떡잎을 뜯어먹지 못하게 하여왔다. 어린 콩잎을 질식시키는 억세고 무성하게 자라는 잡초들을 뽑느라 땡볕을 맞으며 구슬땀을 흘린 결과 굵은 콩알을 주렁주렁 매단 묵직한 콩단을 거두어 마루에 쌓았던 것이다.

1998년
사람이 부른다고 봄이 오나

"예년보다 봄소식이 보름 정도 빠를 것이라는
기상청 예보가 우리 시골에는 전혀 맞지 않는다.
사람이 부른다고 봄이 찾아오는가.
그리고 봄이 인간에게 자기를 맞을 환영연을
베풀어달라고 미리 통보하는가.
봄은 우리가 모르는 사이에 슬그머니 나타나
문득 봄의 향취와 훈훈한 느낌을 갖게 하는 것이다."

1월 3일 토 맑음

새해 첫 시골 나들이. 이제 시골 마을에 이웃이라고는 반장댁과 K 노인댁뿐이라 인사를 하면 두 집 모두 하던 일을 멈추고 반가워한다. 사람이 그리운 것이다. 우리는 두 집에 과일 한 보따리씩을 전하였다.

1월 11일 일 흐리다가 맑음

평소 건강 걱정을 모르고 살아왔으나 오늘은 몸 때문에 두려움을 느낀 하루였다.

보일러의 기름 탱크가 비어 여섯 통을 구입하여 탱크에 부었다. 음식물 찌꺼기를 쏟아놓고 밑의 것과 위의 것을 섞는 작업을 하던 중 갑자기 허리께에서 우두둑 하는 소리가 나더니 끊어질 것 같은 통증을 느껴 주저앉고 말았다. 몸을 ㄱ자로 굽힌 채 기다시피 하여 겨우 방으로 들어서 따뜻한 구들에 누워 한 시간여를 보냈지만 통증은 진정되지 않았다.

물통을 싣고 출발하였으나 과연 무사히 서울까지 갈 수 있을까 염려스러웠다. 평소보다 느린 속도로 운전을 하여 가평임업조합 부근의 휴게소에 도착하여 식당에 들어서는데 도저히 허리를 펼 수가 없었다. 팔십 먹은 늙은이처럼 어기적거리며 걷는 모습을 본 식당 아주머니가 허리병이 난 것을 알아보고 의자를 빼내주었다.

4시가 넘어 겨우 집에 도착하여 몇 시간 동안 찜질을 하였더니 긴장했던 근육이 다소 풀리는 것 같다.

1월 13일 화 맑음

어제와 오늘은 제자들의 도움으로 겨우 출퇴근을 할 수 있었다. 어제 정형외과에 들러 여러 가지 검사를 받았으나 척추에는 이상이 없고 근육만 뭉쳤다고 한다. 처방해준 약을 열심히 복용해도 전혀 효과가 없어 한의원에 들러 침을 맞고 뜸을 뜨고 물리 치료를 받았다. 그러나 4시간 이상 의자에 앉아 대학원생 지도를 하고 나니 다시 일어서기가 어렵다.

2월 9일 월 눈

구덩이에서 무를 꺼내며 하늘을 보니 눈발이 날리기 시작한다. 싸락눈 정도라서 대수롭지 않게 여겼는데 길에 눈이 쌓여 흙을 완전히 덮었다. 논바닥에는 벼 그루터기만이 검은 얼룩점처럼 보일 뿐 논밭이 온통 은세계가 되었다. 서둘러 귀로에 올랐다.

경춘국도는 차량통행이 많으니 눈이 쌓이지 않고 녹으려니 했으나 내리는 눈의 양이 많다보니 오히려 차바퀴에 눌린 눈이 다져져서 미끄럽다. 청평휴게소에서 타이어에 체인을 건 후 도로에 나서보니 자동차들이 낮은 고개를 넘지 못하고 길옆으로 빠지거나 미끄러져 옆으로 기울고 아니면 아예 앞뒤 방향이 바뀐 채 놓여 있다. 나는 다행히 월동 장구를 항상 갖추고 다니기에 수월하게 위기를 넘겼다.

빙판 위의 혼란은 강남의 낮은 언덕에서도 일어나고 있었다. 여덟 시간 만에 집에 도착해보니 허기지고 어깨가 결린다. 일기예보상의 3cm의 적설량보다 실제로는 거의 열 배가 내렸으니 이런 혼란이 벌어지는 것이다. 자동차 지붕에 쌓인 눈만 20cm가 넘었다.

2월 25일 수 맑음

예년보다 봄소식이 보름 정도 빠를 것이라는 기상청 예보가 우리 시골에는 전혀 맞지 않는다. 사람이 부른다고 봄이 찾아오는가. 그리고 봄이 인간에게 자기를 맞을 환영연을 베풀어달라고 미리 통보하는가. 봄은 우리가 모르는 사이에 슬그머니 나타나 문득 봄의 향취와 훈훈한 느낌을 갖게 하는 것이다.

산골의 바람은 아직 차다. 마당의 돌확에는 아직도 꽁꽁 언 얼음덩어리가 자리를 잡고 버틴다. 세수를 하려고 대야에 담긴 물에 손을 담갔다가 뼛속까지 시린 냉기에 질겁을 하고 말았다. 해가 뜨고 볕이 마당으로 비스듬히 들어오자 유리처럼 반들거리던 지면이 녹으면서 끈적끈적하게 바뀐다. 한 걸음을 옮길 때마다 젖은 땅 위에 2~3cm의 발자국이 생긴다. 뒤를 돌아보니 발자국마다 물이 고여 먼저 찍힌 것은 벌써 물이 가득하고 방금 찍힌 자국의 가장자리에서 습기가 흘러나온다. 토양 속에 갇혔던 습기가 태양의 부드러운 쓰다듬음에 감격하여 흘리는 눈물인가.

우리 부부는 갈퀴로 연못 주위와 잔디밭, 진입로에 쌓여 있는 낙엽과 밤송이를 긁어 소각로에 넣고 불을 붙였다. 아직도 덜 말라 뽀얀 연기만 뿜어 재채기를 유발하더니 금세 활활 타오른다.

밤송이에 찔린 손바닥이 따끔따끔하다.

3월 6일 금 맑음

저녁 뉴스를 들어보니 충북 옥천군에서 두꺼비 서식지가 발견되었다고 한다. 우리 정원이야말로 알려지지 않은 두꺼비와 도롱뇽의 서식지이다. 농약과 제초제를 쓰지 않으니 미물들이 모두 이리로 모여들어 겨울을 나고 이른 봄이면 알을 까며 4~5월이 되면 어린 두꺼비들이 산으로 올라간다.

3월 21일 토 맑음

밭에 수북하게 쌓였던 눈이 녹아 맨땅이 드러나자 지난해에 제대로 치우지 못했던 옥수숫대·콩줄기·들깨줄기 등이 마른 잡초와 함께 여기저기에 널려 있는 모습이 심란하다. 갈퀴로 이런 잡동사니들을 긁어 대여섯 무더기로 쌓고 태웠다. 초목이 건조하여 산불이 날 염려가 있기 때문에 물통을 옆에 준비해놓고 한 무더기씩 차례로 태우고, 소각이 끝난 것은 반드시 흙으로 덮었다.

문득 강변에서 꽥꽥거리는 오리 떼의 합창소리가 들리더니 긴 골짜기를 타고 상류 쪽으로 울려 퍼진다. 봄이 왔음을 오리들이 나보다 먼저 감지한 모양이다.

4월 3일 금 맑음

그저께 종일 비가 내렸으니 땅속까지 빗물이 스며들었을 것이다. 지난주에는 삽으로 땅을 팠더니 표면은 메말랐으나 10cm 밑은 습기가 느껴졌고 30cm 이하는 아직도 얼어 있어 삽날이 튕겼다. 그러나 이번 비에 땅속까지 녹았을 것이다.

양재동 묘목시장에서 두릅나무 여덟 그루, 살구나무 세 그루, 소나무 열 그루, 적단풍 네 그루를 샀다. 그리고 아내는 분홍색·노란색 튤립 십여 포기를 골랐다. 오후 1시 30분 시골집 도착. 아내가 연못 모서리의 장승 옆에 튤립을 심는 동안에 나는 잔디밭 가장자리에 살구나무를, 그리고 우사 헌 자리에 두릅나무를 심었다. 단풍나무와 소나무는 이웃집 염소가 드나들지 않는 밭 가장자리에 심었다.

밭의 아래쪽, 즉 길 옆의 땅에 퇴비를 붓고 삽으로 갈아엎었다. 흙 한 삽을 뜰 때마다 나오는 한 뼘쯤 되는 지렁이들이 봄볕이 따가운지 몸부림을 친다. 겨울잠을 자느라 어둡고 차가운 땅속에 웅크리고 있었으니 밝은 하늘도 따뜻한 볕도 생소할지 모른다. 어떤 녀석들은 날카로운 삽날에 몸이 두 동강 나서 괴로워하여 애처롭게 느껴진다. 흙을 잘게 부수고 이랑 두 개를 만든 후 감자를 심었다. 6월 말이면 두어 자루의 감자를 수확할 수 있을 것이다.

상추를 좋아하는 아내의 성화에 못 이겨 제철이 아닌데도 사랑채 앞 빈터에 상추 씨를 뿌렸다. 이곳은 십여 마리나 되는 이웃집 개가 찾아와 자주 배설을 하는 곳이라 땅이 걸어서 별도로 거름을 줄 필요도 없다. 다만 개들이 들어오지 못하도록 울타리를 쳐야 하고 봄부터 가을까지 지면을 뒤덮는 한삼이 자라기 전에 수시로 뽑아내야 하는 번거로움이 따른다. 상추를 심고도 남는 면적에 호박 씨를 심고 나뭇가지를 X자로 구부려 끝을 땅에 묻은 후 투명 비닐을 씌웠다. 산골은 아직도 새벽에 찬 서리가 내리기 때문에 5월 중순까지는 보온을 해야 어린싹이 살 수 있다.

4월 10일 금 맑음

강변에 자라는 잡목에서 고추밭 지주로 쓸 막대기 20여 개를 잘라 1.5m의 길이로 다듬었다. 그리고 축대를 고쳐 쌓기 위해 자갈네 통을 실었다. 오가는 길에 사용하기도 하고 험한 길에서 자동차가 사고를 당할 경우를 대비하여 자동차 트렁크에 삽·낫·침목·견인용 로프 등을 항상 싣고 다니기 때문에 동료교수 N 씨는 주인을 잘못 만나 고생하는 내 자동차에게 우스갯소리로 위로를 건넨다. 작업 중 마침 반장 C 씨를 만났기에 과일을 건넸다. 여름 호우기에 대비하여 길에 자갈을 깔고 다듬는 공사에 중장비를 3~4일 빌려 사용했다고 한다. 5~6km 거리에 불과 서너 집 밖에 없으니 비용을 마련하기가 쉽지 않은데 그래도 내 형편이 가장 나은 편이라 40만 원을 내겠다고 하니 크게 만족스러워한다. 이곳은 해마다 두세 차례씩 길을 다듬지 않으면 차량 출입이 불가능한데 우리나라에 아직도 이런 길이 있다는 게 신기하다고 찾아오는 사람마다 한마디씩 던진다.

지난해 늦가을부터 최근까지 만들어온 퇴비를 밭으로 내야 하는데 외바퀴 손수레로는 40여 차례 왕복해야 끝낼 수 있다. 두어 차례 운반하다가 꾀가 나서 큼직한 고무통 두 개와 양동이 세 개에 퇴비를 담아 차 뒷칸에 싣고 밭으로 날랐더니 네 번만에 작업이 끝났다. 자동차 트렁크 바닥에 자리를 깔고 통의 덮개까지 씌웠으나 냄새가 남아 작업을 완료한 후 차를 쓸고 닦느라 법석을 떨었다.

지난주에 아내가 심은 튤립이 꽃을 탐스럽게 터뜨렸다. 선홍색 꽃을 내려다보는 장승도 오늘은 활짝 웃고 있다. 꽃사과·개나리꽃·진달래꽃도 만개하여 장승을 둘러싸고 있으니 아무리 험상궂은 표정을 짓는다 해도 이런 분위기에서는 어울리지 않음을 나무 조각상들도 아는 모양이다. 장승이라면 으레 음산한 분위기를 자아내는 장소에 서 있는 것으로 인식하는 사람들조차 우리 집에 오면 생각이 달라진다.

4월 22일 수 흐린 후 비

황사의 영향으로 어제까지는 하늘이 누렇게 보이고 기온도 25°C를 넘어 상쾌하지 못하더니 오늘은 짙은 안개까지 끼어 더욱 음습하다. 끈끈한 느낌이 드는 공기에 황사까지 섞여 있으니 호흡기 질환에 걸리기 쉽다고 아내는 밭에 나가지 말고 책이나 읽으라 권한다. 그러나 일주일에 하루 또는 이틀 밖에 일을 할 수 없는 나 같은 얼치기 농부는 쉴 틈이 없다. 작물은 파종시기를 놓쳐서는 안 되기 때문이다.

우리 밭 옆에 서울에서 온 노인 C 씨가 집을 지으려고 터를 닦고 있어 그와 인사를 나누었다. 6·25전쟁 때 참전했던 국가유공자인 분이니 나보다 10년 이상 연상이다. 인상이 좋으셔서 앞으로

충청도에서 모셔온 장승. 장승이라면 으레 음산한 분위기를 풍긴다고
인식하는 사람들조차 우리 집에 오면 생각이 달라진다.

좋은 이웃이 될 것 같다. 우리 밭 한가운데에 박혀 있는 큼직한 암석 몇 개를 본 C 씨가 터닦기 공사 중인 굴삭기로 이 돌들을 파서 밭의 가장자리로 밀어주니 고맙기 그지없다. 전에 내가 곡괭이로 파다가 포기한 것들이다.

땅콩 세 이랑을 심었다. 저녁때부터 비가 내리기 시작하여 작업을 중단하였다. 먼 골짜기 아래쪽에서 은은하게 들려오던 소리가 점점 커지더니 광풍이 다가오며 머리에 쓴 밀짚모자를 빼앗아간다. 후두둑거리며 굵은 빗방울이 떨어져 순식간에 옷을 적신다. 갑자기 주변 공기에서 흙먼지 냄새가 나는 듯하다. 머리에서 얼굴을 타고 흘러내린 빗물이 입으로 들어오는데 모래가 씹히는 느낌이 든다. 흙비가 내리는 것이다. 집으로 달려가 젖은 옷을 벗고 따듯한 물로 몸을 닦은 후 마루에 앉았다.

함석지붕을 두드리는 빗소리, 낙숫물에 파인 구멍으로 빗방울이 떨어지며 내는 소리는 자연이 만드는 오케스트라 하모니이다.

5월 3일 일 맑음

어제 90mm나 되는 많은 비가 내렸으나 저녁에는 그쳤다. 아침에 밭으로 나가보니 땅이 질어서 들어갈 수가 없다. 밭 가장자리에 서서 살펴보니 땅콩 이랑의 일부가 비어 있다. 싹이 돋아나면 새들이 떡잎을 따먹는데, 근래 인디언 추장처럼 머리에 화려한 벼슬을 단 예쁜 새들이 무리를 지어 놀고 있다. 열대지방에서 겨울을 난 후 봄에 우리나라를 찾는 이 아름다운 새는 후투티라고 부른다. 생김새는 우아하지만 요놈들은 긴 주둥이로 땅콩을 비롯한 알이 굵은 씨앗들을 파먹는 괘씸한 짓을 한다고 한다. 나는 땅콩밭을 망친 범인으로 산비둘기를 지목하는데 K 영감님은 후투티와 까치가 미운 짓을 한다고 주장한다. 근래 우리 동네에 까치의 개체수가 부쩍 늘더니 봄가을에 농작물 피해가 커진 것은 사실이다.

어제와 같은 폭우가 쏟아지면 밭의 배수가 불량해져 작물이 썩기 쉽다. 오후에는 흙이 어느 정도 말랐기에 밭 가장자리에 배수로를 팠다. 그리고 비 온 후 드러난 돌을 캐서 삼태기에 담아 농로에 깔았다. 여러 해에 걸쳐 봄마다 돌을 골라냈더니 이제는 쟁기질할 때 돌이 별로 걸리지 않게 되었으나 그래도 두 삼태기나 운반하였다. K 노인에게 빌려준 밭에는 과장하여 흙이 반, 돌이 반이다. 새로 이사 온 C 노인이 돌을 좀 골라내는 것이 어떠냐고 권했더니 돌이 많은 밭이 농사가 잘된다고 했다 하니 이해하기 어렵다.

5월 5일 화 맑음

아침부터 무덥다. 엘니뇨 현상으로 북반구의 기온이 올라가고 자외선이 강할 것이라는 보도와 함께 직사광선을 오래 쪼이면 피부암에 걸리기 쉬우니 자외선 차단 연고를 바르라는 피부과 의사의 권고가 방송에 나온다. 그렇다면 들에서 일을 해야 하는 농부들은 어찌해야 하는가. 아내의 성화에 못 이겨 나도 몇 번 자외선 차단제를 바른 적이 있으나 얼굴에 땀이 흐르면 10분도 못 되어 끈끈해서 견디기 어려워지고, 수건으로 닦을 수밖에 없으니 차단제를 바르는 일이 번거롭기만 하다. 우리나라의 4,500만 인구 중 85% 이상이 도시에 거주하고 15%의 농촌 거주자 중에도 농업에 종사하지 않는 사람들이 상당수이니 자외선 차단제 사용을 권하는 의사들은 도시 사람들에게 간접적으로 광고를 하는 것이지 농민을 염두에 두고 말하는 것은 아니다.

나는 긴팔 셔츠를 입고 장갑을 끼며 밀짚모자를 써서 피부가 볕에 노출되지 않도록 하고 있다. 이런 차림은 무더운 여름에는 견디기 어렵지만 차단제를 바르는 것보다 나은 것 같다.

오후 6시에 작업을 마치고 집으로 돌아오다보니 큼직한 새 한 마리가 날아와 늙은 벚나무가지에 앉는다. 해마다 썩은 벚나무 구멍에 알을 낳고 새끼를 키우는 수리부엉이다.

5월 16일 수 맑음

아내의 친구 H 화백이 우리의 길동무가 되어 함께 시골로 왔다. 그녀는 우리 잔디밭 모퉁이에 자라는 엉겅퀴를 그리기 위해 왔다. 우리나라 산야에 널렸던 이 야생식물이 요즘은 귀한데 우리 집에 있다는 게 신기하다고 한다. 몇 해 전까지 우리 집 주위에는 엉겅퀴 외에도 할미꽃·꽈리·잔대·은방울꽃 등이 군락을 이루고 있었는데 언제부터인지 이런 식물들이 하나둘씩 사라졌다. 우리 연못에 만개했던 수련(水蓮)들이 모두 사라진 것도 못된 사람들 짓이리라. 그래서 아내는 야생식물을 모아 집 안과 뒤에 화단을 만들었다.

참깨의 발아상태가 좋지 않다. 싹이 나지 않은 참깨 구멍마다 잡초가 그득하여 이것을 뽑아내고 다시 씨앗을 넣었다. 쪼그린 자세로 두어 시간 작업을 했더니 오금이 저린다. 그러나 할 일이 태산같이 쌓여 쉴 틈이 없다. 싱싱하게 자란 고추가 곧게 자라도록 세 그루 간격으로 지주를 박고 팽팽하게 끈을 맸다. 그런데 밭고랑마다 명아주·바랭이·쇠비름·개비름 등의 잡초가 가득 차서 이것들을 호미로 캐내자면 손목이 저리다. 아내가 참비름은 맛있는 들나물이니 캐버리지 말라고 하여 한바탕 입씨름을 하였으나 결국 내 의견에 따르기로 하였다. 다만 단단하게 굳은 땅에 깊은 뿌리를 내린 이 잡초들을 캐내는 작업이 문제이다.

잡초는 밭고랑을 융단처럼 덮는 데 그치지 않고 작물을 심은 비닐 구멍 속에도 들어차 있다. 작물보다 두세 배 키가 큰 잡초에 갇힌 작물들은 내 손길이 닿지 않으면 시들었다가 녹아버린다. 식물도 영혼을 가지고 있다면 아마도 자신을 해하려 드는 적들 때문에 겪는 정신적인 공포감이 충격적일 것이다. 불자들은 한 마리의 벌레나 징그러운 뱀도 존재 이유를 가지고 있다고 하는데 잡초인들 없겠는가.

식물학자 중에는 세상의 모든 잡초들 중에 쓸모없는 것은 없다고 말하는 사람들이 있다. 사실 모든 농작물도 본래는 잡초를 조상으로 하고 있다. 원시시대 사람들은 잡초의 잎·열매·줄기·뿌리 등에서 식량이나 약재로 쓰기 위해 채집하다가 일부를 선별하여 농작물로 가꾸기 시작하였다. 수천 년 전 혹은 1만 년 전에 일어난 일을 직접 목격한 사람이 없으니 민속식물학자나 고고학자들의 말을 액면 그대로 믿기는 힘들 것이다. 그러나 앤더슨(E. Anderson)이란 식물학자는 과테말라의 인디오 농부로부터 농작물의 진화과정을 밝힐 수 있는 실마리를 찾아내었다.

미국이나 유럽의 기업농들의 관점에서 보면 인디오 농부들의 농지 관리는 지극히 불합리하고 원시적일 수밖에 없다. 기계화된 선진국의 농촌 풍경은 드넓은 벌판에 기하학적으로 반듯하게 정리되어 있으며 거의 단일 작물로 덮여 있다. 반면에 개발도상국의 농민들은 소유 농경지 면적이 협소한데도 여러 가지 작물들을 무질서하게 뒤섞어 재배한다. 그러므로 농지관리에 불편하고 경관상으로도 조잡하고 아름답지 못하게 보일 수 있다. 그러나 앤더슨은 여기에서 진리를 찾았다.

인디오 농부들은 농토의 구석에 띄엄띄엄 과일나무를 심었다. 옥수수를 농지의 가장자리에 울타리처럼 심고 콩과 호박을 함께 파종하였다. 옥수수는 소출이 많고 열매가 굵은 곡식이지만 양분 흡수력이 강하고 단일 경작을 할 경우 빗물에 의한 토양유실의 위험이 따른다. 옥수수 사이에 콩을 재배하면 뿌리혹박테리아(legumine)의 작용으로 지력이 강화된다. 또 호박은 옥수숫대에 의지하여 자라면서 넓은 잎을 펼쳐 빠른 속도로 떨어지는 빗방울에 의한 토양의 파괴를 막아준다. 그러므로 이 세 식물은 서로 공생관계를 유지한다.

앤더슨은 한 작물 다음에 다른 작물을, 또 다른 작물을 심는 것이 비록 관리상으로는 불편할지 모르나 단일작물을 한 군데에 집중적으로 재배하는 것보다 많은 이점이 있음을 확인하였다. 어떤 식물들은 서로 상극이어서 피해를 주지만 많은 식물들이 서로 다른 식물과 이웃함으로써 도움을 주고받는다. 만일 한 이랑이 병충해를 입기 시작했을 때 현대의 농민들은 맹독성 농약으로 방제를 시도할 것이다. 그러나 농약이 없는 인디오들은 고추 포기 사이에 고추의 병충해를 막아줄 다른 작물들을 재배함으로써 생물학적 방제벽을 만드는 지혜를 터득하였다.

인디오 농부들은 농토 중간중간에 각종 농작물의 잎·줄기·뿌리와 잡초 등 폐기물을 쌓아놓은 쓰레기더미를 만들었다. 이 쓰레기장은 볕이 잘 드는 공간이며, 비옥하고 습기가 많다. 이곳에 떨어진 씨앗들은 자신들의 부모 세대보다 건강하고 열매·줄기·잎 등이 더 크며 맛도 뛰어난 식물로 자란다. 초기 농경민들은 이러한 식물들로부터 종자를 채집하는 가운데 종(種)의 개량에 성공할 수 있었다. 쓰레기더미에서 여러 가지의 유사한 야생식물들이 서식하면서 잡종교배와 돌연변이가 일어나 농작물의 진화와 돌연변이종이 출현하였다. 수천 년에 걸쳐 진화 및 돌연변이 과정을 거치면서 오늘날의 작물들은 야생식물과 다른 유전인자를 가진 식물이 되었다. 따라서 농작물은 외형상 야생의 원종과 비슷하나 잎·줄기·열매·뿌리 등이 전혀 다른 기형식물이라 할 수 있다.

현대의 농학에서는 이 점을 고려하여 '야생식물 길들이기' (domestication of wild plants) 연구를 꾸준히 진행하고 있다. 그러므로 잡초는 농부들에게 괴로움을 주는 존재이긴 하지만 결코 불필요하거나 전멸시켜야 할 대상은 아니다.

6월 24일 수 맑음

감자 잎과 줄기가 말라 죽어가기에 자세히 살펴보니 진딧물이 까맣게 붙어 있다. 감자 이랑에 개미들이 집을 짓더니 이것들이 진딧물을 옮겨다놓은 모양이다. 약을 뿌리려다가 생각해보니 엊그제 하지(夏至)가 지났다. 감자를 캘 시기가 된 것이니 진딧물 때문에 애를 태울 필요가 없는 것이다. 두 이랑을 캐어 큰 바구니를 가득 채우고도 남으니 심은 것의 20배 이상의 수확을 올린 셈이다. 불과 두 달 안에 이처럼 많은 수확량을 올릴 수 있는 작물은 아마도 없을 것이다.

영국의 탐험가 롤리(Raleigh, Sir Walter)의 탐사대가 남아메리카 서해안에서 채집하여 유럽으로 도입한 감자는 '포타토'라는 원주민 처녀의 이름에서 유래하였다고 한다. 프랑스에서는 땅사과(Pomme de terre), 독일에서는 땅의 구근(Kartoffel)이라는 다른 이름으로 불린다. 땅속에서 제멋대로 크기 때문인지 감자는 따듯한 볕과 맑은 공기의 보살핌 속에서 자라는 사과·복숭아 등의 과일만큼 모양과 색깔이 아름답지 못하다. 그러나 감자는 독일·폴란드·러시아·아일랜드 등 토양과 기후조건이 곡물농업에 불리한 나라들의 가난한 백성들을 먹여 살리는 중요한 농산물이 되었다.

우리나라에서도 이 인디언 아가씨는 강원도와 함경도의 화전민들에게 고마운 천사가 되었으며 투박한 강원도 사람의 상징으로 승화하였다. 큼직한 감자 몇 알을 골라 솥에 넣어 쪘더니 구수한 냄새를 풍긴다. 잘 익은 감자는 껍질이 터져 종잇장처럼 잘 벗겨지는데 남부지방산 물감자와 달리 뽀얀 분이 일어난다. 과연 강원도 감자는 다르다.

7월 12일 일 맑음

지난 금·토요일 중부지방에 호우주의보가 발령되어 한강 상류 지역에 약 100mm의 많은 비가 쏟아졌다. 큰비가 지나간 다음이라 논밭을 정리해야겠기에 집을 나섰다. 아내와 미국에서 온 작은 처남이 동행하게 되었다.

엊그제의 비가 어느 정도 심했는지는 홍천강변의 벼랑길에서 실감할 수 있었다. 지난봄에 마을에서 잘 닦아놓았던 비포장 농로의 토양이 모두 홍수에 씻겨나가고 거친 자갈이 드러나 자동차가 요동을 친다. 홍수에 떠내려온 통나무와 쓰레기들이 쌓였고 쓰러진 나무 등걸이 앞을 막고 있어 삽으로 쓰레기를 치우고 볼이 두꺼운 조선낫으로 나뭇가지를 쳐내면서 전진하였다.

지난 열흘 동안 목수 두 사람을 고용하여 시작했던 아내의 작업실이 완성되었다. 안채와 사랑채 사이에 이 건물이 들어앉음으로써 우리 집은 이제 튼 ㅁ자 형태를 갖추게 되었고 안마당은 직사각형의 폐쇄형 공간을 이루었다. 창문이 다소 작고 출입문도 좁은 것이 아내는 불만이지만 목수들이 일을 열심히 해준 것도 고맙고 대체로 만족할 만한 수준이다. 이 작업실 안에 아내의 도자기 가마 · 물레 · 작업대 등을 들여놓았다.

8월 3일 월 맑다가 흐림

3일간 지속적으로 쏟아지던 비가 오늘 잠시 소강상태를 보이기에 집을 나섰는데 북한강변 도로는 온통 피서차량으로 가득하다. 다섯 시간이나 걸려 반곡에 도착했는데 불어난 강물이 둑방길 밑까지 넘실대어 집까지 들어가는 5km의 농로를 무사히 통과할 수 있을지 걱정스러웠다. 강에서 연기처럼 피어오르는 수증기가 안개처럼 언덕 위로 퍼져 앞길까지 덮었기 때문에 물구덩이로 차를 몰고 들어가지 않도록 조심해야 한다. 더구나 뽀얀 물안개 위로 머리를 내밀고 서 있는 강 건너의 잣나무 숲은 아름답기 그지없어 경치에 마음을 빼앗겨 사고를 내기 십상이다.

학교 일로 열흘이나 집을 비운 탓에 집 · 연못 주변 · 잔디밭 어디나 어수선하기 그지없어 무엇부터 손을 대야 할지 막막하다. 마당에는 골짜기의 물이 고였다가 빠진 듯 진흙이 덮여 있어 키가 작은 잔디들은 많이 상했는데 잡초들은 오히려 난쟁이 잔디를 조롱하듯 크게 자랐다. 안마당과 뒷마당의 잡초를 뽑아내고 흙을 긁어낸 후 배수로를 팠다. 연못 주변의 잡초는 예초기로 베어낸 후 갈퀴로 긁어 두엄간으로 옮겼다. 기상청의 호우주의보대로 밤부터 비가 또 쏟아졌다. 엊그제까지 200mm의 비가 내린데다가 또 많은 비가 오면 우리는 며칠간 갇히게 된다.

8월 4일 화 비

오늘 아침 서울을 비롯한 중부지방에 홍수경보가 발령되었다. 서울에는 하루 만에 350mm의 비가 쏟아졌다고 하니 이변이다. 청량리와 서울 간 지하철이 끊기고 강동구와 중랑구에서는 가옥 수백 채가 침수되었다는 보도가 있었는데 다행히도 홍천강 물은 범람하지 않았다. 이곳 지형이 다소 고도가 높은 하안단구(河岸段丘)를 이루고 있어 다행이다. 그러나 밭은 가장자리에 파놓은 배수로가 토사로 매몰되고 고랑과 이랑은 구분이 안 될 정도이다.

8월 5일 수 가랑비

7일과 8일에 많은 비가 올 것이라는 기상청 예보를 믿기로 하고 오늘은 산에서 내려오는 배수로의 맨홀과 잔디밭 옆의 축대를 쌓기로 하였다. 본래 비 오는 날에는 시멘트 작업을 하지 않는 게 상식이지만 가랑비는 별 문제가 되지 않아 벽돌과 돌을 운반하고 구덩이를 판 후 시멘트와 모래를 섞어 작업을 시작하였다. 맨홀은 벽돌로 50×50×100cm 크기로 만들었다. 축대 쌓기는 큼직한 돌을 아귀가 맞도록 놓고 시멘트로 돌 사이를 메우는 방식이기 때문에 축대가 높아질수록 무거운 돌을 얹어놓기가 힘들다.

8월 6일 목 비

자정부터 퍼붓기 시작한 비는 낮에 그쳤지만 강수량은 강화 620mm, 파주 502mm, 서울 180mm를 기록하였으며 영서지방에도 100~200mm가 내렸다. 지난 8월 1일 140mm로 시간당 강수량 신기록을 세우더니 오늘은 하루 강수량 신기록을 세운 것이다. 오늘 폭우로 경기도 북부에서는 수해와 산사태가 일어나 200여 명이 사망했고 복구 작업과 인명구조에 나섰던 군인과 소방대원들이 귀중한 목숨을 잃었다. 침수된 가옥이 수천 동에 달하고 마을 자체가 형체를 알아볼 수 없을 정도로 쓸려나갔으며 토사로 매몰된 곳도 적지 않다. 농경지 침수면적이 2만 ha가 넘는다고 하는데 이는 전국 농경지 면적의 약 1.5%에 달한다. 특히 강화도는 농경지 130ha가 피해를 입었다고 하는데 이는 내가 수년간 연구해온 간척평야의 면적과 거의 일치한다. 경기만의 만조(滿潮)와 폭우시간이 일치하여 이러한 재난이 발생한 것이다. 우리가 흔히 말하는 "하늘이 무섭지 않느냐"는 말을 되새겨보게 된다.

지금도 하늘에서는 천둥소리가 폭탄 투하시 발생하는 굉음처럼 들리고 이어서 집이 흔들린다. 검은 하늘이 갈라지며 쏟아지는 섬광에 언뜻 드러나는 큰 나무들이 유령처럼 보인다. 억수로 퍼붓는 비에 농경지가 침수되고 산사태가 나며 집이 무너지는 것도 무섭지만 천둥과 번개는 그보다 더욱 사람들을 두렵게 한다. 우리 연못 주위의 고목 세 그루와 집 뒤의 밤나무 한 그루도 이전에 벼락을 맞아 일부는 불타고 일부는 부러진 적이 있어 벼락의 무서움이 짐작된다.

8월 11일 화 맑음

장마전선이 남쪽으로 내려가 오랜만에 맑은 하늘을 볼 수 있게 되었다. 청명한 날씨의 유혹에 견디지 못하고 집을 나섰다. 그러나 변덕이 심한 날씨를 만나 애를 먹고 적잖게 후회하였다. 강촌 부근에서 폭포수처럼 퍼붓는 비를 만났는데 소나기라고 보기 어려운 국지성호우로 도로는 순식간에 토사로 덮였다. 지난 2주일 동안 2~3일 간격으로 쏟아진 비로 땅속 깊은 곳까지 습기가 스며들어 표토(表土)의 미세한 토양은 죽처럼 줄줄 흘러 낮은 곳을 덮고 있다. 인간이 왕래하는 길은 이러한 젖은 흙이 고이기 좋은 장소인데 특히 인적이 드문 비포장길은 중량이 무거운 자동차를 감당하지 못한다.

조심스럽게 운전을 했는데도 C 씨네 밭모퉁이의 진흙길에 자동차가 빠졌다. 아무리 애써도 탈출할 방도가 없다. 돌을 주워다가 메우고 풀을 베어 깔아도 진구렁은 더욱 깊어져 차 밑바닥이 걸리고 말았다. 세 시간이 지나 Y 씨가 트랙터를 몰고 와서 끌어낼 때까지 진흙탕 속에서 악전고투하느라 기력이 쇠진하였다. 자동차는 물론이고 내 신과 옷이 온통 진흙을 뒤집어썼다.

8월 19일 수 맑다가 저녁에 비

큰 마을의 어떤 사람이 논을 묵혔다고 제보하여 내가 부재중인 날 C시의 공무원들이 실사를 나왔다더니 오늘 농지를 처분하라는 공문이 왔다. 1,000평 중 300평은 내가 농사를 짓고 나머지는

K 노인에게 빌려주었을 뿐이며 10월이면 추수를 하게 되어 있는 논을 보고도 이러한 공문을 받게 되니 어이가 없다. 이 마을에 주민등록이 되어 있는 사람들 중에는 나보다 더 넓은 논을 잡초가 무성한 상태로 방치하고 있어도 아무런 문제가 없으니 이러한 불합리한 처사는 반드시 시정하도록 해야겠다.

귀로에 반장과 이장으로부터 내가 경작하고 있다는 보증서를 받아 C시를 찾았다. 다행히 이해심이 깊은 담당 공무원을 만나 번거로운 문제를 해결하였다. 그들도 내가 벼농사를 직접 한다는 사실을 알고 있으니 어쩔 수 없었을 것이다.

8월 28일 금 흐림

8월 중에는 2~3일 간격으로 폭우가 쏟아져 작물을 제대로 보살피지 못하였다. 허둥지둥하는 사이에 잡초는 거침없이 자라 이것들과 싸우느라 물에 쓸려나간 집 주변의 도랑도 정비하지 못한 채 방치해왔다.

면사무소 앞에서 시멘트 한 포를 구입하고 강변에서 모래 여섯 자루를 싣고 왔다. 오늘부터 2~3일간은 사태로 무너진 축대를 보수하고 도랑을 정비하여 진입로와 주차장에 비로 깎여나간 부문을 메우는 작업에 전념하기로 하였다. 삽·곡괭이·흙손·호미·망치 등의 도구를 준비한 후 윗옷을 벗어 나뭇가지에 걸어놓고 본격적인 작업에 착수하였다.

산에서 쏟아져내린 토사를 수레로 운반하여 파이고 쓸려나간 자리에 쏟아 붓기를 십여 차례 했더니 진입로와 주차장이 어느 정도 정돈되었다. 흙을 고르게 편 후 삽으로 지면을 다지고 잔디를 심었다. 토사를 파낸 자리에는 큼직한 돌을 운반해다가 쌓고 모르타르를 발랐다. 약 70cm 높이로 10m 길이의 축대를 완성하는 데 꼬박 반나절이 걸렸다. 진입로와 주차장을 가득 덮었던 잡초는 아내가 호미로 말끔하게 제거하였다. 우리 부부가 힘을 합친 결과 예정보다 빠르게 작업을 마쳤다.

늦은 밤까지 빙부께서 1960~61년에 쓰신 서부유럽 4개국 기행문 원고를 교정하였다. 봉함엽서에 깨알 같은 글씨로 빈틈없이 써놓은 이 기행문은 본래 내 아내와 작은 처남에게 쓰신 편지이다. 글의 반이 한자용어이며 일부는 흔히 쓰이지 않는 것이다. 아내는 옥편을 찾아가며 타자를 쳤다. 독자들이 쉽게 읽을 수 있도록 약간의 윤문작업이 필요하다고 생각해 손질을 가하였다. 빙부께서는 프랑스 문학을 하신 분이지만 어떤 지리학자보다도 외국의 자연과 문화 경관에 대한 안목이 높으신 데 감탄을 금할 수 없다.

9월 26일 토 맑음

우리 집 주변 산에는 토종 밤나무 고목이 두 그루, 큰 밭 가장자리에는 세 그루가 있다. 그리고 산 위에는 내가 심은 개량종 밤나무 다섯 그루가 자라 작년부터 밤이 달리기 시작하였다.

토종 밤은 알이 잘아 도토리보다 약간 큰 정도이지만 약용으로 쓰인다고 해서 가을이면 외지에서 많은 사람들이 몰려와 주워간다. 그들은 큰 밭은 물론 잔디밭, 심지어 뒷마당 안까지 들어와 휘젓고 다니기 때문에 정작 밤나무 주인인 나는 한 되나 두 되 밖에 거두지 못하며, 그나마도 벌레가 파 먹은 밤이 대부분이다. 밤 사냥꾼들은 우리가 부재중인 날을 알고 찾아오는 모양인데 지난주에는 주중에 잠깐 들렀다가 내 눈에 띄게 되었다. 그들은 우리 주차장에 차를 세워놓고 집 안팎을 헤집어 큰 자루를 가득 채울 정도의 밤을 수확하였다가 집주인을 만나자 당황한 표정을 지었다. 그 후로 이들이 다녀가지 않은 듯하다. 어제는 강한 바람까지 불어 잔디밭과 그 위의 언덕에 떨어진 알밤들이 제법 많았다. 이번에는 나도 한 바구니의 밤을 거두었다. 아내는 이 밤을 깨끗이 씻어 끓인 소금물에 담갔다가 볕에 말렸다.

오늘은 빙부를 모시고 왔다. 4년 전까지는 자주 오셨으나 이제 연세가 90대 중반으로 접어들어 홀로 거동하시기가 불편하다. 그리도 이 협곡의 경치를 사랑하시더니 오늘은 대문간의 계단 서너 개와 울퉁불퉁한 시골길을 오르내릴 자신이 없으신 모양이라 사랑채에 앉아 책만 보신다.

지난주에 벌레를 잡아주었더니 무와 배추가 싱싱하게 자란다. 그런데 양배추 포기 밑에서는 손가락마디만한 벌레들이 잎을 갉아먹고 있다. 토란을 캤으나 지나친 비에 작황이 신통치 않다.

둥글넓적한 호박들이 여러 개 달렸기에 기쁜 마음에 몇 개를 따보니 의외로 가벼운 게 느낌이 이상하다. 그리고 호박 표면에 이상한 돌기와 구멍이 눈에 띈다. 낫으로 갈라보니 지네처럼 생긴 징그러운 벌레들이 우글거린다. 사과·배·자두 등 과일은 물론이고 호박도 꽃이 피기 직전에 농약을 살포해야 하는데 파종기에 너무 바빠서 방치했더니 벌레들이 꽃 속에 알을 깐 모양이다. 이 알에서 부화한 애벌레들은 호박 속에서 영양분을 섭취하면서 5cm 이상이나 자랐다. 호박을 모두 깨뜨려 땅속에 묻었다.

10월 9일 금 맑음

9월 말 남부지방을 통과했던 태풍 예니(Yanni)가 강원도 산골에서도 위력을 발휘하여 연못가의 버드나무를 뿌리까지 뽑아놓았다. 큰 나무가 쓰러지면서 연못 둘레에 서 있던 철쭉 몇 그루를 꺾어놓았다. 이 나무가 살아서 하늘로 솟아 있을 때는 크기를 짐작하기가 어렵더니 연못 위에 누운 모습이 거대하다. 넓게 벌어진 곁가지들은 연못 수면을 거의 덮다시피 할 정도이고 나무 등걸은 내 허리통보다도 굵어 이것을 어떻게 끌어내야 할지 모르겠다.

청계천 공구상가에서 구입한 전기톱과 조선낫을 가지고 허리까지 잠기는 연못 속으로 들어갔다. 조선낫으로 우선 곁가지부터 쳐내기 시작하였다. 그런데 넓게 벌어진 가지들끼리, 또는 옆의 벚나무와 철쭉가지와 서로 엉켜, 잘라낸 가지를 끌어내기도 결코 용이하지가 않다. 게다가 연못에 무성하게 자란 부들까지 끌려올라오기 때문에 진땀이 난다.

전기톱으로 나무를 자르는 소리를 듣고 Y 씨가 트랙터를 몰고와 도와주었다. 그가 던져준 체인으로 내가 토막 난 나무 등걸을 묶으면 그는 사랑채 앞 공터로 들어올렸다.

나무 등걸의 중간 윗부분에는 해마다 수리부엉이가 둥지를 틀었던 큼직한 구멍이 있는데 그 속에 십여 마리의 생쥐가 들어 있었다. 이 나무 등걸을 체인에 감아 들어올리자 쥐들이 모두 연못으로 떨어져 허우적거린다. 이때 연못가에 앉아 있던 Y 씨네 검둥이가 재빠르게 뛰어들더니 순식간에 쥐들을 삼켜버렸다. 개가 쥐를 잡아먹는다는 말을 들어본 적이 없었는데 목격하니 놀라지 않을 수 없었다.

몇 시간 동안 차가운 물속에서 작업을 한 탓으로 일을 마치고 나오자 온몸이 떨렸다. 즉시 따뜻한 물로 목욕하고 옷을 갈아입었다. Y 씨에게 사례하려 해도 극구 사양하기에 억지로 구두상품권 한 장을 선물로 전했다.

10월 10일 토 맑음

옥수수밭에 심었던 덩굴콩(울타리콩)이 영글었다. 한여름에는 굵고 단단한 옥수숫대가 이 콩의 덩굴을 잘 받쳐주더니 가을이 되니 줄기가 삭아 영근 콩의 무게에 버티지 못하고 쓰러지기 시작한다. 콩을 딸 시기가 된 것이다.

덩굴콩 종자는 작년 가을 충북 연풍 답사 때에 장터에서 구입한 것이다. 자주색·검정색·노란색 콩알을 각각 열 개씩 골라 작은 화분에서 싹을 낸 후 옥수수가 영글기 전에 모종했다. 한 그루에서 대여섯 알씩 든 콩깍지 20여 개씩을 거두었으니 수확량이 만만치 않다. 고대 중앙아메리카 인디언들은 옥수수·콩·호박을 같이 심었다. 콩은 옥수수에 의지하여 자라면서 토양에 질소화합물을 공급하여 지력을 높여주고 호박은 하늘에서 낙하하는 빗물의 충격을 완화시켜 토양 침식을 방지함으로써 세 가지 작물이 공생하게 하는 지혜로운 농법을 써왔다. 나도 이 방법을 써보았더니 옥수수와 콩은 비료를 적게 써도 잘 영글었다.

완전히 익은 울타리콩은 검정빛·노란빛·자줏빛을 띠지만 다소 덜 영근 것은 푸른색·보라색·분홍색 등으로 다양하여 오히려 잘 영근 것보다 색깔이 아름답다. 그리고 당도가 높고 부드러워 먹기에도 더 좋다.

10월 16일 금 맑음

대형 태풍 제비(Chebi)가 대만과 오키나와 사이를 통과 중인데 그 규모가 반경 650km나 된다고 한다. 만일 태풍이 한반도에 상륙한다면 가항반원(可航半圓)에 들어간다 할지라도 폭우와 폭풍으로 인한 피해는 엄청날 것이다. 게다가 큰비가 오고 나면 기온도 떨어질 것이라 김장채소 외의 밭작물들은 모두 걷어야 한다.

고구마 캐는 일은 즐겁다. 1월부터 4월까지 아파트 거실에서 고구마 순을 키우면 지저분하다고 불평하는 아내의 잔소리를 자주 듣게 된다. 그러나 길게 자란 순이 뿌리를 내리도록 아내가 늘 배려하기에 오늘은 함께 수확의 기쁨을 누리고자 한다.

작년까지는 물고구마라고 하는 재래종 고구마를 심었으나 금년에는 껍질이 주황색이고 속살은 노란 종자를 구하여 두 종류를 심었다. 재래종 고구마는 땅속으로 깊이 들어가 영그는데, 크기가 일정하지 않고 모양도 제멋대로여서 호미로 캐기가 쉽지 않다. 일단 낫으로 무성하게 자란 줄기를 뿌리와 연결되는 부분만 10cm 정도 남기고 모두 베어 밭고랑에 깔아놓았다. 아내가 고구마 순을 뜯는 동안 나는 물고구마를 캤다. 삽날이 모두 땅속에 묻힐 정도로 깊이 파서 고구마를 찾아 바구니에 담는데 간혹 엉뚱한 방향으로 자리잡은 것은 삽날에 잘린다. 계란만한 것부터 큰오리만한 것까지 세 바구니 이상을 수확하였다.

주황색 고구마는 길쭉한 모양의 구근 네댓 개가 줄기 밑에서부터 땅속으로 박혀 있어 줄기를 당기면 뽑혀 올라온다. 캐는 작업이 비교적 쉽기 때문에 이 일을 아내에게 맡겼더니 소녀처럼 즐거워한다. 이 고구마는 재래종과 달리 크기가 비슷하고 색깔이 고우며 당도가 높다. 잘 영근 고구마 줄기는 섬유질이 억세기 때문에 줄기를 낫으로 잘라내야 캘 수 있다.

수확물을 실었더니 수레에 가득 찬다. 혼자 힘으로 수레를 밀기가 힘에 겨워 몇 차례 쉬면서 운반하였다. 3~4일 정도 볕에 말린 후 상자에 넣어 보관하면서 겨울철 간식으로도 먹고 이웃에 선물도 할 것이다.

고구마는 감자와 함께 신대륙에서 도입된 작물이며 단위 면적당 수확량을 무게로 산출한다면 단연 수위(首位)를 차지한다. 식품의 열량 면에서도 땅콩과 함께 가장 높은 수위를 점유하지만 유감스럽게도 감자에 비해 식품으로의 비중은 낮은 편이다. 고구마는 1763년에 조엄(趙曮)이 통신사로 일본에 가던 중 대마도에서 종자를 구해 동래와 제주도에서 시험재배하도록 한 것이 성공하여 이후 남부지방을 중심으로 널리 보급되었다고 한다. 고구마는 개마고원을 비롯한 고지대를 제외하면 우리나라 어느 지방에서나 재배가 가능하지만 기후조건상 남부지방이 적지(適地)인지라 중북부에서는 감자만큼은 인기가 없다.

남해도 출신의 한 지인은 나에게 고구마와 관련된 흥미로운 얘기를 들려주었다. 20세까지 남해도에서 자란 그는 청소년시절 주로 고구마를 썰어 넣고 지은 보리밥만 먹고 자랐으며 쌀밥은 명절과 생일에만 맛볼 수 있는 고급 음식이었다고 하였다. 껄끄러운 보리밥에 들큼한 고구마가 섞이지 않았다면 아마도 씹어 삼키기가 어려웠을 것이라고 회상했다.

1960년대 초 제주도 여행 중에 비슷한 경험을 하였다. 당시 육지의 여행자들이 쌀을 배낭에 넣고 가면 제주도의 여관에서 환대를 받았다. 제주도에서 쌀밥은 곰밥(고은 밥)이라 하고 좁쌀로 지은 밥을 쌀밥이라고 불렀는데, 껄끄러운 메조에 고구마를 썰어 넣고 지은 밥은 순수한 좁쌀밥보다 먹기가 수월하였다. 그 당시 중산간(中山間) 지역의 어린 소녀가 등에 업힌 동생을 어르며 부르던 "아강 아강 우지마랑, 육지 가서 곰밥 줄랑"이라는 자장가가 지금도 잊히지 않는다.

우리는 고구마를 군것질거리로 여길 뿐 주식으로 취급하지 않는다. 그 이유 중의 하나로 고구마는 소화가 잘 안 되기 때문이라는 것이다. 그런데 미국의 어느 인류학자 말로는 인디언들이 고구마 껍질로 소화제를 만들어 복용하였다 하니 껍질째 먹으면 고구마도 훌륭한 식품이 될 수 있다는 말이다.

10월 30일 금 맑음

빙부의 간병인으로 고용한 부인이 외국으로 이민 가는 딸을 만나러 간다기에 빙부를 모시고 시골에 왔다. 연로하셔서 기력이 쇠잔한 어른이라 항상 곁에서 보살펴드려야 한다.

아내가 수집한 물품들이 도착하였다. 중대형 옹기 여섯 개, 맷돌 두 개, 석탑이 하나인데 항아리는 잔디밭 가장자리에 놓고 석탑은 잔디밭 밑의 계단 옆에 세웠다. 맷돌 역시 석탑 옆에 놓았다. 석탑은 무거운 기단석 위에 3층을 올린 것으로 한 층씩 분리되는 것이기 때문에 내 힘으로 조립할 수는 있었으나 균형을 맞추는 데는 아내의 도움이 필요하였다. 마치 골동품처럼 손질한 이 탑은 세련미는 없으나 그런대로 우리 집에 어울린다.

저녁을 먹은 후 전등을 켜놓고 아내의 작업실 페인트 작업을 시작하였다. 흰색 도료에 희석제를 섞은 후 롤러와 붓으로 벽과 천장을 칠하는 작업은 그리 수월하지 않다. 특히 휘발성이 강한 희석액은 냄새가 독해 창문을 모두 열어놓았음에도 호흡하기가 곤란하다. 게다가 환각작용까지 유발하기 때문에 수시로 밖에 나와 심호흡을 하며 휴식을 취하였다.

11월 4일 수 맑음

갑자기 기온이 떨어져 영서산지에는 살얼음이 얼었다고 한다. 우리 시골에도 지난주에 서리가 내렸기 때문에 무·배추가 동해(凍害)를 입지 않도록 대비해야 한다.

오늘은 처리해야 할 자질구레한 일이 많다. 아내는 쑥갓·시금치·상추 등을 뜯어 다듬은 후 내가 뽑아 놓은 알타리무 잎을 깨끗하게 손질하여 바구니에 담는다. 우리는 가능한 한 모든 농산물을 밭에서 정리하여 채소잎·콩깍지 등은 모두 밭에 남겨놓는다.

배추 위에는 신문지를 두 겹으로 접은 고깔을 씌우고 무가 얼지 않도록 잎사귀 밑에 볏짚을 넣어주었다. 이 작업을 하는 동안 아내는 잘 자란 무와 순무 몇 개를 뽑아 무청을 잘라내었다. 싱싱한 무청을 데쳐 그늘에 말렸다가 된장국을 끓일 때 넣겠다고 한다. C 씨가 지나다가 우리 무를 보더니 자기네 것보다 작다고 한다. 그러나 칼로 자른 무맛을 보더니 무척 달다며 씨앗의 종자는 무엇이고 어떤 비료를 주었느냐고 묻는다.

그와 나는 같은 채종을 심었다. 나는 왕겨·음식물 찌꺼기·풀 등을 썩힌 퇴비만으로 무를 재배하였으나 그는 두엄 외에도 많은 양의 화학비료를 주었다. 그의 무는 거의 어른의 머리만큼 크지만 우리 것은 보통 20cm 정도에 불과하다. 대신 색깔이 아름답고 깨끗하며 단단하고 맛이 달다.

우리 산에서 총성이 울린다. 좁은 골짜기라서 총성은 긴 메아리를 남긴다. 잠시 후 엽총을 멘 늙은이 둘이 산에서 내려오며 혹시 멧돼지가 나타나지 않느냐고 묻는다. 설사 내가 보았다 할지라도 이자들에게 가르쳐줄 리가 없다. 오히려 묘목을 심어놓은 사유림을 허가 없이 돌아다니는 것은 잘못된 행동이며 더구나 인가 옆에서 총을 쏘는 것은 위험하다고 나무랐더니 무척 당황해한다. 아마도 촌놈이 제법 조리 있게 쏘아붙인다고 여겼을지 모르겠다.

4~5년 전에도 강원도에 수렵허가가 나서 홍천강을 찾던 수백 마리의 오리 떼가 총을 들고 나타난 인간들로부터 수난을 당하더니 금년에 또 다시 수렵허가가 나서 이제는 멧돼지·고라니·너구리·꿩 등이 이들에게 쫓겨다닌다. 지난주에는 큰 밭에서 세 마리의 너구리 사체를 발견하여 파출소에 신고했는데 어미는 밭에 묻은 핏자국으로 보아 총상을 입고 도망다니다가 죽은 것 같고 새끼 두 마리는 굶어 죽은 것으로 보였다. 조물주로부터 생명을 부여받아 자유롭게 산야에서 살던 야생 조류와 짐승들이 몸보신에 혈안이 된 자들의 몰지각한 행동으로 생명의 위협을 느끼게 되었으니 참으로 안타까운 일이다.

우리 국민들은 이제 경제적인 여유를 갖게 되었음은 물론 교육 수준도 높아 21세기 문명인답게 살아야 할 때가 되었다. 원시사회에서는 모든 인간들이 스스로 먹을 것을 구해야 했기 때문에 남자들은 모두 짐승을 사냥하거나 물고기를 잡았다. 그러나 오늘날에는 직업이 세분화하여 농민은 곡물을 재배하고, 목축업자는 소를 키우며, 양계업자는 닭을 키운다. 또 어부는 물고기를 잡고 도축업자는 육류를 다룬다. 그러므로 생선은 물고기 잡는 일을 업으로

우리 집으로 올라가는 길의 가을풍경. 대학원 남학생 셋과 여학생 둘이
우리 시골의 마지막 단풍을 구경하고 싶다며 놀러왔다.

삼는 어부에게, 쇠고기와 돼지고기 취급은 도축 업자에게 맡길 일이지 모든 사람이 그물과 낚시를, 또는 도끼와 칼을 들 필요가 없다. 정 물고기를 낚고 싶은 사람은 물고기를 잡되 다시 놓아주고 들짐승을 쫓고 싶은 사람은 그물이나 로프를 사용하여 생포했다가 풀어줄 일이지 총포를 사용하여 피를 볼 필요는 없는 것이다. 이런 점에서 우리는 성직자가 축성을 한 후 도살한 고기만 먹는 무슬림이나 낚시를 즐기되 잡은 물고기를 반드시 물속으로 돌려보내는 선진사회의 강태공들을 다시 보아야 할 것이다.

칼을 잘 다루는 자는 저보다 뛰어난 검객의 칼을 맞게 되고 총을 잘 쏘는 자는 저보다 뛰어난 명사수에게 목숨을 잃기 쉽다. 그러므로 우리는 남의 피를 보는 일을 삼가야 할 것이다.

11월 13일 금 맑음

대학원 남학생 셋과 여학생 둘이 우리 시골의 마지막 단풍을 구경하고 싶다기에 산수가 수려한 설악면과 널미재를 거쳐 왔다. 그러나 지난주까지 주황색·노란색·진홍색의 아름다움을 뽐내던 나무들이 화려한 옷을 털어버리고 앙상한 뼈대를 드러냈다. 그나마 낙엽송은 아직 붉은 치마를 두르고 있어 다행이다.

젊은 시절에는 이러한 늦가을 풍경을 보아도 별 느낌이 없었으나 육십 고개를 바라보는 나이가 되자 생을 마감하는 길목으로 접어들고 있음을 절감하게 된다. 반면 젊은 학생들은 웅장한 경치에 취하고, 차창으로 들어오는 공기도 신선하며 달콤하다고 말한다.

짐을 내려놓는 즉시 모두들 밭으로 나가 무와 배추를 뽑았다. 항아리 세 개를 땅에 묻었다. 큰 무와 작은 무, 그리고 순무를 두 항아리에 나누어 넣고, 배추는 또 다른 항아리에 넣은 후 뚜껑을 닫았다. 그리고 그 위에 짚을 씌우고 다시 흙을 덮었다. 여학생들은 배춧국을 끓이고 무채 나물을 만들어 저녁상을 차렸다. 상추·쑥갓·순무 등 신선한 채소와 돼지고기 볶음으로 맛있는 만찬을 즐겼다.

12월 5일 토 맑음

아내의 제자 K 선생 가족이 멀리 경북 예천에서 찾아왔다. 그가 주물로 부어 만든 재래식 난로와 소각로를 싣고 왔기에 소각로는 바깥마당에 놓고 난로는 아내의 작업실 안에 설치한 후 연통을 끼워 장작불을 피워보았다. 불을 피운 지 5분도 되기 전에 작업실 안이 훈훈해졌다.

12월 31일 목 맑음

시골집에 쥐가 드나들기 시작하여 주방 싱크대의 배수관을 갉아놓고 냉장고 윗벽에 구멍을 뚫고 드나드는 모양이다. 저희들 먹잇감이 전혀 없는 사랑채에도 쥐의 배설물이 쌓였고 광에 쌓아놓은 볏자루에도 구멍을 뚫었다. 밤에는 방의 천장 위에서 몇 놈이 줄달음을 쳐서 도저히 깊은 잠을 이룰 수 없다. 쥐구멍을 시멘트로 막으면 또 다른 곳에 새로운 구멍을 만들어놓아 전략을 바꾸기로 하였다. 주방의 싱크대 밑과 냉장고 옆, 그리고 광 앞에 쥐 끈끈이를 놓고 멸치 한 마리씩을 붙였다.

바깥마당 한가운데를 가로막고 서 있던 큰 전봇대 두 개를 한전에서 뽑아갔기 때문에 답답해 보이던 바깥마당이 한결 넓어졌다. 전봇대 자리에 생긴 구멍에 돌을 넣고 흙을 긁어모아 메웠다.

1999년
노동은 과연 신성한가

"많은 사람들이 노동을 신성하다고 말하면서
땀 흘려 일하기를 꺼린다. 상당수의 도시 사람들은
체육관에서 흘리는 땀은 귀하고 고급스럽지만
노동으로 흘리는 땀은 천한 것으로 여긴다.
그러나 노동을 하는 동안에는
미움과 욕망과 고뇌를 잊을 수 있다.
노동을 통해 무아의 경지에
도달할 수 있으므로 노동은 신성하다."

1월 10일 일 맑음

겨울 가뭄이 심각한 수준이다. 시골 마을의 이웃들은 간이수도가 말라 우리 샘에서 물을 길어다가 사용한다는데 연로하신 K 노인 내외의 고생이 이만저만이 아닌 모양이다. 화재 위험도 있어 보일러와 가스밸브를 점검하고 마당의 낙엽을 긁으면 반드시 소각로에 넣고 태우되 집으로 돌아올 때는 소각로에 물을 부어 잔불을 완전히 끈다.

3월 5일 금 맑음

2월 8일부터 25일까지는 프랑스 여행을 하였고 귀국 후에는 학교 일 때문에 집을 비웠으니 거의 한 달 만에야 시골집에 온 셈이다. 집안 청소, 집 주변의 가랑잎 태우기, 산의 간벌작업 등 할 일이 널려 있어 며칠간은 바쁘게 움직여야 할 것 같다.

낮에 볕이 따듯하여 지면의 흙은 거의 녹았다. 낙엽을 긁어모으고 화단을 정리하려 땅을 파보니 땅속은 삽날이 들어가지 않을 만큼 단단하다. 곡괭이로 찍어 겨우 흙 한 덩이를 파헤쳤는데 토양 속에는 하얀 성에가 서릿발처럼 박혀 있다. 적어도 2~3주는 기다려야 화단을 손볼 수 있을 것 같다.

3월 6일 토 맑음

새벽 공기가 차기 때문에 두툼한 외투를 걸치고 나와 잔디밭에서 심호흡을 했더니 가슴속이 서늘하다. 발길을 옮길 때마다 밤새도록 서리를 맞아 얼어버린 마른 잔디들이 서걱서걱 소리를 낸다. 적막한 골짜기라서 그런지 내 발자국소리가 커서 요란하게 합창을 하던 개구리들이 갑자기 노래를 뚝 그친다. 아래 정원의 연못에 얼음이 녹은 곳에는 벌써 산개구리와 도롱뇽이 알을 낳았으니 합창의 주인공들은 이들인 모양이다. 오늘이 경칩이니 이 미물들도 춘정(春情)이 발동할 시기이지만 겨울잠을 자는 동안 먹지를 못해 홀쭉하게 빠진 몸으로 종족번식을 하겠다고 고래고래 악을 쓰며 짝을 부르는 모습은 가련하게 보인다. 차가운 돌의자에 마른 볏짚을 깔고 앉아 숨을 죽이고 기다렸더니 개구리들의 합창이 다시 시작되었다. 수놈들은 목에 공기를 가득 넣어 고무풍선처럼 부풀렸다가 숨을 토해내며 목청을 돋운다.

산책을 나온 K 노인에게 인사를 했더니 "개구리를 잡아줄 테니 맛을 보시겠습니까? 그게 겨울철 별미랍니다"라고 한다. 그는 이따금 내가 땅을 빌려주어 살아간다고 감사의 인사를 하는데 이 개구리구이 얘기도 그의 소박한 마음의 표현일 것이다. 나는 유학시절 미시시피 강 하류 저습지에 서식하는 황소개구리의 다리 요리를 맛본 일이 있는데 우리 연못의 개구리보다 몇 배나 커서 먹을 만하였다. 그러나 연못의 개구리들은 내 터전에 사는 친구나 다름없는데다가 애처로울 만큼 작고 여린 몸을 가지고 있으니 어찌 잡아먹을 수 있겠는가.

오후에는 다시 따듯한 볕이 들어 얼어붙었던 밭의 토양이 녹았다. 아내의 도움을 받으며 밭에 묻힌 비닐을 걷었다. 호미로 비닐을 캐던 아내가 비닐을 들추자 볕에 노출된 큼직한 지렁이가 몸부림을 친다. 아내는 즉시 흙을 파서 덮어주며 "미안하다, 애야" 하며 위로한다. 밭 아래쪽에는 지난가을에 뜯어먹고 남겨둔 시금치의 어린싹이 다시 파릇파릇 자라고 있으니 봄은 어김없이 찾아온 것이다. 봄은 예고 없이 찾아오기 때문에 도시에서만 생활하는 사람은 계절의 변화를 느끼지 못한다.

밭 아래로 내려가보니 홍천강물은 거의 녹았고 응달진 곳에만 얼음이 남아 있는데 그것조차 흐르는 물을 버티지 못하고 녹는 모습을 육안으로도 볼 수 있다. 이 차가운 물 위에 남쪽으로 피한했던 오리들이 돌아와 20~30여 마리씩 떼를 지어 놀고 있다. 다행히도 우리를 두려워하지 않고 잘 놀고 있으니 방해가 되지 않게 피하는 것이 좋을 듯하다.

아내가 울타리 안팎을 정리하는 동안 나는 작업실 옆에서 잔디밭까지 연결되는 긴 도랑에 쌓인 낙엽을 긁어 두엄간에 쌓았다. 산에서 거둔 마른 나뭇가지들을 모아 소각로에 태우니 그 열기에 땀이 흐른다. 아내는 고구마를 소각로 밑에 떨어진 재 속에 묻었다. 고구마가 익으면서 구수한 냄새를 풍긴다.

3월 12일 금 맑음

꽃샘추위가 물러가자 쌀쌀하던 날씨가 많이 풀렸다. 그러나 이상건조현상으로 대지는 메말라 있다. 가평군 설악면을 지날 때 소방차들이 날카로운 경적을 울리면서 계곡 안으로 달려가는 모습을 보았는데 과연 먼 산에서 연기가 솟고 있었다.

밭의 여기저기에 흩어진 옥수숫대·고춧대·콩줄기 등 지난해의 농작물 잔해를 거둬 산에서 멀리 떨어진 곳까지 운반하여 쌓고 물도 한 통 준비해놓은 후 태웠다. 불씨가 튀어 산으로 올라가면 산불로 번질 위험이 크기 때문에 삽·갈퀴까지 들고 불이 꺼질 때까지 지켜보았다.

3월 19일 금 맑음

노동은 과연 신성한가. 몸을 움직여 일을 하다보면 땀이 흘러 옷이 젖는다. 팔과 다리, 어깨와 등 근육까지 반복되는 움직임에 팽팽하게 긴장한다. 심지어 다리·손가락·발가락까지도 힘든 운동의 영향을 받는다. 한겨울 동안 쉬다가 봄에 밭일을 시작하면 한동안 온몸이 뻐근하여 몸에 파스를 붙이느라 소동을 부리고 퉁퉁 부은 손을 뜨거운 물에 담그고 찜질을 한다.

내가 사는 아파트의 어느 졸부가 작업복 차림으로 나서는 우리 부부를 보자 "또 노동하러 가는구먼!" 하고 비웃었단다. 이웃이 전하는 그 말을 듣고 빙긋이 웃고 말았다. 많은 사람들이 노동을 신성하다고 말하면서도 땀 흘려 일하기를 꺼린다. 상당수의 도시 사람들은 많은 돈을 내고 체육관에 가서 흘리는 땀은 귀하고 고급스러운 땀이지만 노동으로 흘리는 땀은 천한 것으로 여기는 것이다. 나 자신도 땀으로 젖은 옷이 몸에 들러붙으면 때때로 끔찍한 생각이 들 때가 있다. 더구나 여름에는 땀냄새를 맡고 모기와 등에가 공격하기 때문에 더욱 그러하다.

노동을 하는 동안에는 미움과 욕망과 고뇌를 잊을 수 있다. 아무런 생각도 하지 않는 무아의 경지에 도달할 시간을 가질 수 있으므로 노동은 신성하다. 노동으로 단련된 몸은 육체적인 위기를 이겨낼 수 있어 자신은 물론 가족과 타인에게도 도움을 준다. 오늘날 대다수의 젊은이들이 체구는 건장하면서도 힘을 쓰지 못하는데, 이런 사람들은 체력에 자신이 없으므로 위기 대처능력도 낮다. 그러므로 나는 많은 사람들이 땀 흘려 일하면서 몸과 마음을 단련하기를 권하고 싶다. 아버지는 아들에게, 어머니는 딸에게 일하는 습관을 갖도록 가르칠 필요가 있다.

3월 26일 금 가랑비

3월 초부터 봄기운이 느껴지더니 어쩐 일로 3월 말에는 다시 날씨가 쌀쌀하다. 우리 근처까지 다가왔던 봄 아가씨가 외출을 너무 서둘렀음을 깨닫고 다시 숨어버린 모양이다. 그러나 묘목 시장에는 벌써 어린 묘목들이 나왔다. 두 그루의 산수유와 체리나무, 그리고 감나무 한 그루를 샀다. 심어놓으면 이웃집 염소들이 포식할 것이 뻔하지만 꾸준히 나무를 심을 것이다.

영서지방에 5mm 내외의 적은 비가 내렸다는데 홍천강물은 지난주보다 많이 불어서 강변의 골재 운반 차량 통로 일부가 물에 잠겼다. 이 길로 물보라를 일으키며 달리는데도 불과 5m 거리 강물 위의 원앙 두 쌍이 아랑곳하지 않고 희롱을 한다. 봄이 되니 요놈들이 사랑놀이에 빠져 자동차의 출현에도 전혀 놀라지 않는다. 지금까지 여러 종류의 새들을 보았지만 원앙의 수놈만큼 깃털이 화려한 새는 드물다.

4월 4일 일 흐림

지난 3일 동안 학생들을 인솔하고 천수만(淺水灣)을 다녀왔기 때문에 시골 나들이를 하지 못했다. 아내도 시골집이 궁금하다니 여행의 피로는 덜 풀렸지만 집을 나섰다. 큰길로 나서자 바로 교통 체증에 걸려 청평까지는 거북이 걸음처럼 느리게 움직였다. 그러다 방향을 가평군 설악면 쪽으로 바꾸었더니 차가 밀리지 않았다.

마침 설악면 장날이라 잘게 쪼갠 대나무 한 묶음을 구입하였다. 해마다 콩을 심으면 까치와 산비둘기들이 떡잎을 파먹어 농사를 망쳤기에 대나무가지를 구부려 박고 그 위에 투명 비닐을 씌워 어느 정도 자라면 모종을 할 예정이다.

퇴비를 밭으로 내었다. 한 해 동안 만들어놓은 퇴비를 운반하자면 손수레로 30번 이상 날라야 한다. 퇴비를 내려놓은 후 밭에서 3~4년 키운 묘목을 산으로 옮겼으니 집과 밭 사이를 수십 차례 왕복한 셈이다. 더구나 캐온 나무를 산에 심는 데에 많은 물이 필요하기 때문에 오늘의 운동량은 만만치 않다. 옮겨온 나무는 산 밑 계단으로부터 산 위로 올라가는 방향으로 나란히 심어 통로를 만들고 이 길에서 오른쪽으로 또 하나의 길을 만들어 ⊢자가 되도록 하였다. 이 길은 주목(朱木)으로 조성하고 그 안쪽에는 소나무·단풍나무·전나무·메타세쿼이아·밤나무 등을 심었다.

4월 9일 금 흐린 후에 비

호우주의보가 발령되었으니 이번 주말에는 별로 일을 할 수 없을 듯하지만 사과나무·살구나무 등을 몇 그루 구입하였다. 오후 1시경에 시골집에 도착하였다.

지난여름 폭우 때 아내의 작업실 옆 언덕이 산사태로 무너졌으나 손을 대지 못한 채 방치해두었더니 보기가 흉하다. 그동안 자동차 타이어 교환소에서 얻어온 폐타이어가 20여 개 되고 강에서 옮겨다놓은 돌과 모래도 꽤 많이 쌓였기에 오늘은 작업을 시작하기로 하였다. 돌축대를 약 1m 높이로 쌓고 그 위에는 폐타이어를 놓기로 하였다.

돌축대를 쌓기 전 땅을 20cm 파서 기초를 다진 후 강돌을 올려 쌓는데 서툰 솜씨라 볼품은 없다. 그러나 튼튼하기만 하면 되니 모양은 필요없다. 돌축대 위에 흙을 넣어 다져놓고 타이어 네 개를 깔았다. 타이어 속에는 흙을 퍼넣은 후 두 번째 층의 타이어는 밑의 것의 3분의 2쯤에 걸치도록 놓았다. 이런 방법으로 다섯 층의 타이어를 쌓았더니 완만하게 이루어졌다. 축대의 빈 공간에는 개나리를 심어 토사가 쓸려나가지 않도록 대비하였다.

밤 11시까지 『시안』(詩眼)에 보낼 원고 「한강」을 썼다. 갑자기 함석지붕을 두드리는 소나기가 쏟아졌다.

4월 10일 토 비 온 후 갬

오전에는 비 때문에 밖으로 나가지 못하고 책을 읽었다. 다행히 오후에는 비가 그쳐 사랑채에 연기가 새는 곳을 때우는 작업을 하였다. 우선 아궁이에 장작을 넣고 군불을 때면서 살펴보니 굴뚝 주위, 굴뚝 밑, 방의 윗목, 툇마루 밑의 벽틈에서 연기가 뿜어나오는 것을 확인할 수 있었다. 시멘트와 진흙을 섞어 만든 반죽을 흙손으로 떠서 빈틈을 말끔하게 메웠다.

아내와 함께 쥐똥나무 묘목과 조팝나무를 바깥 울타리에 심었다. 쥐똥나무는 아내가 씨를 받아 키운 것이고, 조팝나무는 강변에 자생하던 것을 떠온 것이다. 나는 평소에 조팝나무를 예초기로 잘라버리곤 하여 아내를 실망시켰는데 자세히 살펴보니 이 관목도 잘 다듬으면 꽃이 아름다워 훌륭한 울타리감임을 알 수 있다.

작업을 마치고 화단을 살펴보니 목련이 하얀 꽃망울을 벌릴 준비를 하고 개나리는 벌써 만개하였다. 이곳의 봄소식은 서울보다 15~20일 늦기 때문에 나는 서울과 시골을 다니며 남보다 봄을 더 오래 즐길 수 있다.

4월 23일 금 맑다가 낮에 소나기 내림

오늘은 홀로 집을 나섰다. 묘목시장에서 대추나무 세 그루를 구입하고 설악면의 건재상에서 외바퀴 수레의 컨테이너와 보일러 연통을 구입하였다.

밭갈이 중인 K 노인을 만나 술과 안주를 권했더니 피로를 잊게 해주어 고맙다고 한다. 그가 앉은 자리에서 소주 한 병을 다 마시기에 연로하시니 주량을 좀 줄이라고 권했더니 술 힘이 없으면 몸의 통증 때문에 일을 할 수 없다고 한다. 나는 K 노인이 늘 약통을 지고 다니며 제초제나 살충제를 뿌리는 모습을 보아왔으므로 그의 몸의 통증도 농약과 무관하지 않을 것으로 생각한다. 큰 마을 사람들 중에도 대낮에 코끝이 빨간 상태로 나다니는 경우가 적지 않은데 농약 중독이 자신들의 음주와 무관하지 않다고 말하는 사람도 상당수이다.

갑자기 기온이 상승하더니 연못가의 벚꽃이 만발하였다. 이미 만개한 꽃잎들이 눈송이처럼 날리며 연못 수면으로 떨어지고 있으니 다음주에 아내가 오면 벚꽃구경을 못할지도 모르겠다.

K 노인이 갈아놓은 밭은 쟁기질이 너무 거칠게 되어 있어 삽으로 다시 파지 않으면 파종이 곤란한 데가 적지 않다. 칠십 먹은 노인이 늙은 소를 몰며 간 것이니 불평하지 말고 내가 땀을 좀더 흘리는 것이 마음 편할 것이다. 이랑 두 개를 하나로 붙이면서 고무래로 흙을 곱게 다듬었다.

하늘이 컴컴해지더니 먼 데서부터 천둥소리가 들렸다. 돌풍이 싣고 온 흙먼지가 나를 둘러싼다. 이어서 잣나무 숲 쪽에서 사르륵 소리가 들린다. 뿌연 연우(煙雨)의 장막이 서북쪽 골짜기를 따라 접근해오더니 밭이랑에 씌워놓은 검정 비닐 위에 얼룩점을 만든다. 빗줄기가 거세지기에 이웃집 추녀 밑으로 비를 피하며 망중한(忙中閑)을 즐기게 되었다.

비가 그친 후 멀칭용 비닐을 씌운 이랑에 집에서 키워온 고구마 순을 심었다. 적어도 2주일 정도는 더 키워야 할 것 같다. 토마토 모와 샐러리 모도 심었으나 샐러리는 처음 심는 것이라서 제대로 재배할 수 있을지 모르겠다.

중국 고대사 책을 읽느라 밤이 깊은 줄도 몰랐다.

4월 24일 토 맑음

창 밖이 환하기에 일어나보니 6시이다. 집은 온통 홍천강에서 올라온 안개에 갇혔다. 땅 위에는 솜사탕 같은 안개가 깔렸으나 키가 큰 나무들은 안개 위로 송곳처럼 솟아 있어 안개를 찢어 흩어놓는다. 벚꽃들이 새벽의 빛을 받아 엷은 분홍색 자태를 뽐내고 있다.

커피 한 잔을 마시고 밭으로 나가 땅콩을 심었다. 이웃 마을 사람이 지나다가 밭고랑이 너무 넓다는 둥, 콩을 너무 깊게 심는다는 둥 여러 가지로 참견을 한다. 다소 번거롭기는 하지만 나보다 경험이 많은 농사꾼이므로 그의 충고는 고맙게 받아들일 필요가 있다. 농사에 문외한이었던 내가 이 정도로나마 밭을 가꾸게 된 것은 나처럼 서툰 농군에게 참견하기를 즐겨하는 사람들의 가르침 덕이라고 믿는다. 나는 이러한 시골 인심을 고맙게 여긴다.

땅콩 세 이랑, 강낭콩 세 이랑, 옥수수 두 이랑을 심었다. 울타리콩과 완두콩은 작은 화분에 심었는데, 싹이 나고 떡잎이 지면 옥수수 포기 사이에 모종을 하기로 하였다. 지난해 봄, 연두색을

띤 귀여운 떡잎이 나오자마자 산비둘기들이 몰려와 콩밭을 쑥대
밭으로 만들었기 때문에 금년에는 대비책을 세운 것이다.

4월 30일 금 맑음

절기에 맞지 않게 일찍 찾아온 더위에 봄가뭄까지 겹쳐 대지는
극도로 메마르다. 논과 밭둑을 태우다가 불똥이 산으로 튀어 곳곳
에서 산불이 잦은 모양이다. 오후에는 골바람이 시원하게 불어오
기에 고구마 순을 가지고 밭으로 나갔다. 그런데 지난주에 심은
고구마 순 대부분이 심한 가뭄 때문에 말라 없어졌으니 5월 중순
까지는 계속하여 순을 키워야 할 것 같다. 두 주일 전에 심은 묘목
들도 아직 싹이 돋지 않았다. 식물을 키우기가 정말 어렵다.

5월 1일 토 맑음

새벽 공기가 시원하고 달콤하다. 참깨를 심기 위하여 밭으로 나
가 밭을 다듬었다. 작년까지는 이 마을에서 배운 방식으로 밭이랑
에 한 뼘 간격으로 호미날 반 정도의 깊이로 흙을 파내고 참깨 열
알 정도를 넣은 후 투명하고 얇은 필름을 씌웠다. 2~3주가 지나
면 싹이 돋는데 3~4주 후에는 구멍을 뚫어 어린싹들이 질식사하
지 않도록 하였다. 어린싹이 10cm 정도 자라면 한 구멍에서 건강
하게 자란 3~4개만 남기고 모두 흙으로 덮어 빈틈을 막았다. 이
후 참깨 줄기가 좀더 자라면 고랑의 흙을 파서 북을 주어 비바람
에도 작물이 쓰러지지 않도록 하였다.

그런데 오늘 내가 시도하는 방법은 20cm 간격으로 지름 3cm의 구멍이 두 줄로 뚫린 검정 비닐을 이랑 위에 덮은 후 구멍 안에 씨앗을 넣는 것이다. 경기도 김포로 성묘를 다녀오다가 그곳 농민에게서 배운 이 방법이 과연 효과가 있을지는 1~2개월을 기다려야 확인할 수 있을 것이다. 좁은 땅을 효과적으로 활용할 수 있을 것 같기에 세 이랑을 심었다.

참깨 이랑 옆에 고추 이랑 세 개를 만들었다. 이랑 깊숙이 묻은 발효퇴비가 땅속에서 어느 정도 열을 발산한 후 고추 모를 심는 것이 좋기 때문에 5월 중순경까지 기다려야 할 것 같다.

오후에는 두엄간 벽을 보수하였다. 흙을 이겨 돌로 쌓았던 두엄간 벽이 무너져 보기가 흉하기 때문에 돌은 모두 골라 축대용으로 쓰기로 하고 전에 우사를 허물 때 모아두었던 시멘트 벽돌을 사용하여 좌우 벽을 새로 완성하였다. 퇴비구덩이도 가로 2m, 세로 1m, 깊이 70cm 정도로 파낸 후 시멘트로 발라 완성하였다. 앞으로는 퇴비에서 생기는 오수가 땅속으로 스며들지 않을 것이다.

5월 7일 금 맑음

오랜만에 경춘국도를 달리면서 살펴보니 4개월 사이에 노변 경관이 많이 변하였다. 신축건물들이 많이 증가한 반면 음식점 상당수가 폐업 중이거나 개점 휴업상태이다. '뼈다귀 해장국' '소머리 국밥' 등 소름 끼치는 음식 이름을 끔찍하게 큰 간판 위에 써서 걸어놓았던 집들이 많이 줄어든 것은 다행이다. 도대체 이처럼 험상

궂은 음식 메뉴를 옥호(屋號)보다 더 큰 글씨로 써서 걸어놓은 나라가 우리나라 말고 어디에 있겠는가.

지난 월요일에 제법 많은 비가 내렸기 때문에 산야의 식물들은 짙푸른 녹색으로 변하고 있다. 아마도 우리 고사리밭에는 새순이 많이 돋았을 것이다. 그런데 막상 도착해보니 새순도 적지 않으나 이미 쇤 것이 더 많다. 고사리를 큰 주머니 하나에 가득 채웠으니 오늘 소득은 좋은 편이다.

지난주까지 만발했던 철쭉꽃이 시들고 있으나 그 대신 서너 그루의 꽃사과가 만개하여 우리 집 입구에 꽃 터널을 만들어놓았다. 이 꽃을 마지막으로 우리 집 주변은 짙은 녹색옷을 입을 것이다.

강에서 운반해온 모래자루와 강돌을 잔디밭 모서리로 옮겨놓았다. 시멘트 두 포는 큰 항아리 위에 올려놓고 습기가 차지 않도록 비닐로 싸두었다. 무거운 짐들을 운반했기 때문인지 왼쪽 허리근육이 욱신거리지만 아내가 일을 못하도록 말릴 것 같아 내색도 하지 못하였다.

5월 8일 토 맑음

어젯밤 빙부님 원고를 정리하느라 늦잠을 잤다. 아내는 새벽부터 잔디밭에 뿌리를 내린 잡초를 뽑았던 모양이다. 따듯한 커피두 잔을 들고 나가보니 뽑아놓은 잡초가 한 무더기 쌓여 있다.

오늘로 고구마 이랑 작업을 마쳤다. 참깨는 아직 싹이 트지 않았으나 땅콩 이랑에는 띄엄띄엄 떡잎이 고개를 들었고 어떤 것은 흙을 들추고 나올 준비 중이다. 씨앗 크기의 3배 정도로 두껍게 흙을 덮었는데도 어린싹이 무거운 흙을 들어올리며 일어서는 모습을 보면 경탄하지 않을 수 없다.

5월 14일 금 맑음

아내의 청으로 설악면의 원목가구 공장에 들러 주방용 찬장 하나를 주문하였다. 지금까지 우리는 쓸 만한 가구 하나 없이 시골생활 10년을 버텨왔기 때문에 이제는 살림살이를 갖춰야 할 때가되었다. 지금까지 사용하는 찬장과 부엌의 상은 판자를 주워다가내 서툰 솜씨로 만든 것이고 밥상은 집에서 쓰던 낡은 것이다. 그릇도 대부분 집에서 쓰지 않는 것들을 주워 모은 것들이어서 짝이맞는 그릇이 별로 없었다. 따라서 아내가 새 찬장을 들여놓고 좋은 그릇을 장만하고자 하는 것은 당연한 일이다.

5월 15일 토 비 온 후 맑음

새벽에 잠깐 소나기가 오더니 땅을 제대로 적시지도 못하고 그쳤다. 오늘은 잔디밭 주위에 배수로를 파고 축대를 완성해야 한다. 아내의 작업실 뒤쪽의 축대만 쌓고 미루었더니 산비탈의 토사가 흘러내려 잔디밭의 배수상태가 불량하였다. 오늘 마쳐야 할 작업량은 길이 5m, 높이 50~70m의 돌축대이다.

쇠스랑으로 땅을 찍은 후 삽으로 흙을 퍼내고 큰 돌을 밑에 깔았다. 시멘트와 모래를 섞어 비벼서 돌틈을 메우며 망치로 다지기를 다섯 시간 이상 계속하여 축대와 배수로 작업을 마쳤다. 아내가 "잔디밭은 내 작품, 돌축대는 당신 작품"이라고 한마디 했지만 우리 집 주변 어느 구석치고 우리 내외의 손길이 가지 않은 곳이 없다. 지난 10여 년간 순전히 우리 힘만으로 다듬어오느라 흘린 땀의 양도 적지 않을 뿐더러 들인 정성도 만만치 않으니 이 집과 주변 경관이 비록 거칠고 조잡할지라도 우리의 분신이나 다름없기에 애정을 갖게 되었다.

5월 21일 금 맑음

시골에 일이 산적해 일요일까지 머물 작정을 하고 홀로 집을 나섰다. 이장 집 앞에서 Y 씨를 만났기에 비누 한 상자를 선물로 주었다. 7년 동안 우리 집 맞은편의 빈집에 거주하면서 염소를 방목하여 우리 산의 묘목 수백 주에 손상을 입혔던 사람이지만 본래 품성이 좋기 때문에 그를 늘 딱하게 여겨왔다. 그런 그가 C 씨네 옛집으로 이사하는 동시에 임차농(賃借農) 생활을 하게 되었다니 축하할 일이다. 소형 트랙터까지 장만하였다니 그의 생활이 비누거품이 일 듯 좋아지기를 빈다.

5월 23일 일 맑은 후 흐림

새벽부터 K 노인은 아들들과 함께 모를 찌기 시작하였다. 나는 상단부터 세 다랑이 논둑의 잡초를 베고 삽으로 논의 배수로를 정리하였다. K 노인은 건넛마을에 사는 사위가 이앙기를 가지고 와서 모를 심지만 내가 관리하는 논은 배미가 작기 때문에 손으로 심기로 하였다. K 노인의 따님과 할머니의 도움을 받으며 정오까지 모심기를 마쳤다.

6월 4일 금 맑음

우사를 헐 때 나온 나무들이 잔디밭 아래쪽에 산더미처럼 쌓였는데 하도 양이 많아 처리할 엄두를 내지 못하고 있다. 나무의 일부는 겨울에 내렸던 눈과 봄비에 젖어 곰팡이가 피면서 썩어가고 있다. 나무 등걸 여기저기에 대못이 박혀 있어 자르다가 찔리면 파상풍균에 감염될 우려가 있는데다가 못에 걸리면 톱날이 고장 나기 쉽다. 앞으로 틈이 나면 조금씩 이 나무들을 자르기로 하고 오늘 처음으로 작업을 시작하였다.

전기톱의 날이 돌면서 톱밥이 날려 얼굴은 물론 옷과 장화 속으로 스며든다. 톱밥뿐만 아니라 눈에 보이지 않는 벌레까지 기어들어갔는지 몸이 가렵고 따갑다. 그래도 20여 개의 나무를 40cm 길이로 잘라 사랑채 벽에 쌓았다. 겨울철 사랑채 아궁이에 넣을 장작을 준비하는 것이다.

지난주에 김을 맨 참깨 이랑을 다시 다듬었다. 포기가름을 하여 싹이 너무 많은 구멍을 파내어 빈 구멍에 모종하는 것인데 미세한 뿌리가 상하지 않도록 주의해야 하고 물도 충분히 주어야 참깨 모가 살아난다.

6월 5일 토 맑음

홍천강 협곡은 짙은 강 안개에 묻혀 몇 미터 앞이 보이지 않는다. 서리태의 떡잎 위로 새잎이 돋았기 때문에 긴 이랑 세 줄에 모종을 끝냈다. 새벽 모종은 저녁때 하는 것보다 못하지만 콩은 줄기가 비교적 단단하기 때문에 다른 작물보다 생존율이 높다.

점심을 먹은 후 한 시간 가량 나무를 자르는 작업을 하였다. 썩지 않은 나무는 기둥감으로 보관하고 상태가 덜 좋은 것은 땔감용으로 굴뚝 옆에 쌓았다.

6월 18일 금 맑음

반곡교에서 논골 입구에 이르는 약 2km의 둑방길과 강변 벼랑길을 춘천시에서 콘크리트로 포장하기 때문에 당분간 자동차 출입이 어렵겠다고 하더니 공사가 일요일부터 시작된다고 한다. 이 길은 본래 구하도(舊河道)의 자연제방이었기 때문에 홍수 때는 물에 잠겼다. 그런데 춘천시에서 직선으로 인공 둑을 쌓고 둑 위에 길을 만들자 골재 운반 차량들이 드나들면서 다져져 안전한 도로가 된 것이다. 벼랑길은 산비탈의 암석을 깎아 넓힌 것인데 폭우가 쏟아질 때는 자주 큰 바위가 굴러 떨어지거나 토사가 쏟아져 길 위에 덮였다. 때로는 비탈에 뿌리를 박고 아슬아슬하게 서 있던 나무들이 쓰러져 길을 가로막기 때문에 여름 장마나 해빙기에는 매우 위험하였다. 그러므로 콘크리트 포장도로가 완공되면 한결 편리해질 것이다. 다만 해마다 1km 정도씩 포장한다니 좋은 길이 우리 집 앞까지 도달하려면 유감스럽게도 5년 이상을 기다려야 할 것 같다.

6월 19일 토 맑음

어제는 마당에 원탁을 내다놓고 늦은 저녁을 먹었다. 연못가의 풀숲에서 놀던 반딧불이들이 우리 식탁 주위를 돌며 재롱을 떠는데 아마도 요놈들은 숯불에서 튀는 불씨를 제 친구로 착각했던 것 같다. 밤늦도록 반딧불이와 놀다가 새벽에야 잠이 들었기 때문에 기상시간이 7시 30분으로 늦었다.

앵두가 무르익어 큰 바가지로 하나 가득 땄다. 아내는 앵두를 깨끗이 씻고 물기를 뺀 다음 설탕에 재웠다가 술을 담갔다. 작년에 담은 술병은 투명한 술 원액에 과일즙이 우러나 빨간색으로 변해 아름답다.

아내는 연못 옆의 옹달샘을 우리 집에서 가장 신성한 장소로 여겨 이곳을 깨끗하게 유지시키고 싶어한다. 그러나 홍천강변의 캠핑객들이 물을 구하러 왔다가 샘물을 길어 그릇을 씻고 세탁을 하는가 하면 개를 잡아먹은 흔적을 남기기도 한다. 사람들이 강변에 마땅한 식수원이 없어 헤매다가 용케도 아늑한 곳에 자리 잡은 우리 샘을 발견하여 널리 알려지게 된 모양이다.

자연 속에 놓일 때 성소(聖所)는 그 자체가 신비로워 인간이 경외심을 갖는다. 하지만 대체로 인간에 의해 조작 또는 보완된 경관이 대부분이다. 즉 성소란 인간이 꾸미기에 따라 그 앞에 선 인

옹달샘을 지키는 성모자상. 강돌을 쌓아 만든 돌집 안에
모자상을 모시자 이곳을 더럽히는 사람이 줄었다.

간이 조심스러운 행동을 하도록 유도하는 기능을 갖는다. 1998년에 우리 내외가 방문했던 가톨릭 성지 중 하나인 프랑스 남부의 루르드(Lourdes)도 우리나라 도처에서 볼 수 있는 샘과 별로 다를 바 없는데도 세계 각국에서 오는 방문자가 줄을 잇는다.

몇 주 전 아내가 흰 대리석으로 만든 성모자상을 구해왔는데 이분을 모실 적당한 장소를 결정하지 못하고 있었다. 이제 비록 거칠기는 하나 샘터의 공사를 마쳤기에 아내가 정해주는 장소(샘과 축대 사이)에 약 80cm 높이의 단을 쌓아 그 위에 오석판(烏石板)을 깔고 모셨다. 모자상이 눈비를 맞지 않도록 강돌을 궁륭형으로 쌓아올리니 그럴듯하다. 아내가 샘 주변에 붓꽃·꽃창포 등을 심어 아름답게 꾸밈으로써 우리 샘의 성지화 작업은 완료되었다. 앞으로는 어느 누구도 감히 샘 주변을 더럽힐 생각을 못 할 것으로 우리는 확신한다.

우리는 샘의 이름을 무엇이라고 지을까 궁리해보았다. 아내는 '성천'(聖泉) '모자의 샘골', 나는 '마리(아내의 애칭)의 샘'과 '여천'(麗泉)을 생각해내었으나 확정짓지 못하였다.

6월 29일 화 맑음

K 교수의 지도를 받는 대학원생 4명과 내 지도학생 2명을 인솔하고 양평 일대의 전원주택 답사길에 나섰다. 답사는 양수리·옥천면·중미산고개·설악면 등지를 경유하여 우리 시골집에 들렀다가 청평호반의 서종면 일대를 돌아보는 코스로 정하였다.

최근 3~4년 사이에 양평군의 남북한강변은 물론 깊은 계류(溪流)를 따라 전원주택과 별장들이 급격히 증가하는 추세인데 이는 자동차 보급과 도로개발, 재택근무자와 전문직 종사자의 증가와 밀접한 관계가 있다. 그런데 우리가 살펴본 바로는 대부분의 전원주택이 대지 100여 평 내외의 좁은 땅에 들어앉았고 건물들 대부분이 부동산업자에 의해 획일적으로 건설되어 개성이 없으며 주변 경관과 조화를 이루지 못하고 있다. 진정한 전원생활을 하자면 적어도 200~500평의 경지를 확보하여 흙을 만지고 작물을 가꾸며 땀을 흘려야 한다고 생각하는데 100여 평의 대지조차 콘크리트와 잔디로 덮여 있어 대도시의 일반주택과 별로 다를 바가 없어 보인다.

　한낮의 기온이 32~33°C나 올라가 낮 시간 동안 우리 시골집에서 쉬기로 하였다. 화려한 전원주택 수십 채를 보고 온 학생들이 신기하게도 숲 속에 납작 엎드린 우리 시골집에 상당한 매력을 느낀 모양이다. 넓은 잔디밭, 연못 속에서 유영하는 비단잉어들, 강이 내려다보이는 사랑채 등에 특히 호감을 가지고 있다. 특히 여름에는 차고 겨울에는 따듯한, 수량이 풍부한 샘물을 보고는 생수회사를 차려도 되겠다고 한다. 샘에 담가두었던 수박과 막걸리는 냉장고에 보관한 것에 전혀 손색이 없을 정도로 시원하여 학생들에게 인기가 있다.

　학생들이 사랑채 청소를 하는 동안 K 교수와, 지도교수인 K 교수보다 연상인 대학원생 K를 밭으로 안내하여 알타리무와 열무를

한 단씩 나눠주었다. 손님용으로 비치해둔 밀짚모자를 씌워주었
더니 두 사람 모두 영락없는 촌부들 모습이다.

더위가 한풀 꺾인 오후 5시에 집을 나서다가 P 군이 우리 집 추
녀를 차지한 말벌에 쏘였다. 아마도 처음으로 벌침을 맞아본 듯
고통스러워하기에 보건소에서 받아온 약을 나눠주었다. K 교수와
학생들을 서종면까지 안내해주고 홀로 시골집으로 되돌아왔다.
그들에게 다시 찾아오면 4월 말의 철쭉꽃, 한여름의 반딧불이, 초
겨울의 청둥오리 등을 구경시켜주겠다고 약속하였다.

7월 2일 금 맑음

어제 친구 내외와 함께 먼저 온 아내가 어린 소녀처럼 나를 맞
이하였다. 친구 내외가 없었다면 아마도 포옹이라도 했을 것이다.

오늘은 연못에 울타리를 치는 공사를 하였다. 구입해온 시멘트
를 모래와 섞어 개어놓았다. 틈틈이 운반해놓은 강돌을 쌓아
50cm 정도의 기둥을 일정한 간격으로 여러 개 만들고 지름 10cm
정도의 강철관을 기둥과 기둥 사이에 놓은 후 다시 10cm 정도의
기둥을 높였다. 이런 튼튼한 울타리를 치게 된 이유는 불법침입자
들의 횡포 때문이다.

내 둘째 아들 보한이는 학교 공부에 관심이 적으나 음악·글쓰
기·만들기·애완동물 기르기 등에는 취미가 있으며, 특히 물고
기 기르기에 소질이 있다. 초등학생 때 보한이는 홍천강에 어항을
놓고 잡은 토종 민물고기를 서울로 가져와서 비단잉어 치어와 교

환하여 아파트 어항에서 키웠다. 한 해가 지나 물고기들이 너무 자라 어항이 비좁게 느껴져 이들에게 산소를 공급해주며 시골집까지 운반해다가 연못에 풀어넣었다. 어항에서는 제대로 크지 못했던 잉어들이 넓은 연못에서 마음껏 헤엄치며 살았기 때문인지 전혀 먹이를 주지 않았는데도 수년 사이에 팔뚝만큼 자랐다. 노란색·붉은색, 또는 흰색 잉어들이 부들 사이로 헤엄치며 화려하고 미끈한 몸을 자랑하는 모습은 참으로 볼 만하다.

그런데 때때로 이곳을 찾아오는 불청객들 중에는 연못에서 낚시질을 하는가 하면 큰 돌을 던져 고기를 놀라게끔 한다. 왜 그들은 조용히 앉아서 보고 즐기려 하지 않고 물고기를 잡아먹으려 드는가. 지난해 어느 날, 낯선 청년이 캠핑용 의자를 수문 옆에 놓고 낚시를 연못에 담근 채 비스듬히 앉아 있기에 나무랐더니 "안 잡으면 될 텐데 왜 소리를 지르느냐"고 대들었다. 사유지에 들어와 큰소리치는 그 젊은 녀석의 꼴이 가히 적반하장이라 정색을 하고 "사유지 무단침입은 경범죄에 해당한다. 비록 아직 한 마리의 고기도 잡지 못했으나 젊은이가 소지한 장비와 취하고 있는 행동을 보건대 비단잉어를 낚을 마음으로 생각되니 나가라" 하고 쫓아버렸다.

아내의 친구 내외는 예정보다 하루를 앞당겨 돌아갔다. 그녀의 남편인 H 씨는 온갖 벌레가 출입하는 시골집의 딱딱한 온돌바닥에서 잠을 자기를 불편해했고 더구나 몸을 움직여 땀을 흘리는 일을 질색으로 여기는 사람이라 분당의 최신식 아파트가 그리웠을 것이다. 그는 전형적인 도시형 인간이다.

문득 15년 전의 답사 여행의 기억이 되살아난다. 2학년 학생을 인솔하고 경북 하회마을을 방문했을 때의 일이다. 당시 그 마을에는 마땅한 숙박시설이 없어 답사가 끝나면 안동이나 점촌에 숙소를 정하는 것이 일반화되어 있었다. 그런데 평소 안면이 있는 류모 씨가 자기 집을 빌려줄 테니 묵어가라고 제안하기에 고맙게 받아들이고 싶었다. 학생들이 두 편으로 나뉘더니 투표를 하였다. 표결 결과 하회마을 1박이 한 표 차로 부결되었다고 하였다. 부결의 이유는 재래식 측간에서 용변을 보기가 어렵고, 집안에 파리가 많으며, 세숫대야에 물을 받아 몸을 씻기가 싫다는 것이었다. 나는 즉시 학생들을 모아놓고 말했다. "우리의 전통문화가 시골에서 싹이 터서 완성되었고 1960년대까지 우리나라 사람의 80%가 시골 생활을 하였으며, 하회 류씨의 웅장한 고옥(古屋)은 한국의 전통문화를 대표하는 건축물이다. 이 유서 깊은 마을을 방문하여 웅장한 고택에서 묵어간다면 그 추억은 영원히 남을 것이며 하룻밤의 불편은 곧 잊게 될 것이다. 오늘 밤 꿈에 이 마을이 배출한 류성룡(柳成龍) 선생을 뵙는 영광을 가질 생각은 없는가." 학생들은 기꺼이 하회에서의 민박에 동의하였다.

오늘날 우리나라의 주거문화는 너무도 빠르게 변하고 있다. 많은 사람들이 편리한 생활만을 추구하여 힘들고 땀이 나는 일은 남에게 맡기려 드니 참으로 딱한 일이다.

7월 15일 목 비 온 후 흐림

새벽부터 시작된 비가 낮에 그쳤다. 땅이 젖어 밭일을 미루고 사랑채의 도배작업을 하고 있던 중 최근 강변에서 민박업을 시작한 P씨가 아내의 후배이자 프랑스 유학생활을 같이한 S선생을 데리고 왔다. S선생의 자동차가 강변길에서 미끄러져 운행이 불가능하기 때문에 데려다준 것이다. 고마운 분이다.

S선생의 차는 강변의 잡목 속에 빠졌는데 폭이 4m나 되는 포장길에서 진행방향도 아닌 왼쪽으로 들어간 것은 전혀 이해가 되지 않는다. 견인용 로프를 걸어 차를 끌어내기는 했으나 범퍼가 뜯겼고 운전석 쪽은 앞에서 뒤까지 찌그러지거나 상처가 났다. 그는 대전에서부터 여기까지 낯선 길을 찾아오느라 피곤했던 모양이다.

S선생은 상처투성이인 차를 몰고 굳이 대전으로 가겠다고 한다. 아내가 극구 만류해도 나서는 것을 보니 안심이 안 되어 큰길까지 배웅하였다. 무사히 대전까지 돌아가기를 간절히 빌었다.

강낭콩·알타리무를 수확하고 가을오이 씨를 파종하였다.

저녁 뉴스 시간. 경기도 지사 임모 씨가 구속되었다고 한다. 지난 목요일 저녁에는 그의 처가 경기은행장으로부터 퇴출 합병을 막아달라는 청탁으로 4억 원을 받아 구속되었다는 보도가 있었지만 우리는 몰랐다. YS정권 때에 상공부장관을 지내고 말기에는 경제부총리로 IMF사태의 수습책임을 맡았던 그가 김대중 정권이 들어서자 정치노선을 바꾸어 그 편에 가담하는 동시에 경기도지사가 되었다. 임모 씨뿐 아니라 이모 씨를 비롯하여 또 다른 이모 씨, 고모 씨 등 전 정권의 고관들이 변절하여 평통의 수장·주미 대사·서울시장직을 맡았다. 수도권의 I시 시장 이모 씨는 젊은 시절 YS의 충복이었는데 정권이 바뀌자 푸른 옷을 황색으로 바꿔 입고 시장에 재선되었다.

머리 좋고 학벌 좋은 자들이 지조 없이 양심을 버리고 권세를 탐하면 우리의 젊은 세대들은 과연 누구를 본받아야 할 것인가. 정치에 뜻을 둔 자는 모름지기 뚜렷한 정치철학으로 국민들의 모범이 되어야 할 것이며 하나의 정당에 몸을 담을 때는 그 정당의 정책과 정치철학을 따를 일이지 정당의 우두머리를 맹종해서는 안 될 것이다. 그러므로 정권이 교체되면 자신이 받들었던 인물과 함께 물러나 자신의 과거를 반성하는 시간을 가지는 것이 마땅하다. 우리나라의 정객 중에는 정권 교체와 상관없이 권좌에 연연하는 자들이 너무 많다. 그중 하나인 임모 씨가 구속되자 그의 소속 당에서는 즉시 그를 제명했다고 하니 이는 곧 교토사주구팽(狡兎死走狗烹)이라 하겠다.

오늘 비로소 전화를 설치했다. 시골 생활하는 동안만이라도 외부와 연락을 끊고 어느 누구의 방해도 받지 않으며 살리라 다짐했으나 연로하신 빙부님과 군 복무 중인 두 아들 때문에 마음을 바꾸지 않을 수 없었다.

7월 21일 수 맑음

대지가 이글이글 타듯이 뜨거워 밖에 나갈 엄두도 못 내고 마루 그늘에 앉아 선풍기를 강하게 틀어놓고 늘어졌다. 땀이 비 오듯 흘러내려 윗옷을 벗고 차가운 바닥에 누워보지만 몇 분도 지나지 않아 방바닥도 뜨겁게 달궈지고 흘린 땀으로 번들거린다. 몸의 살과 뼈를 분리했다가 서늘할 때 다시 결합시킬 수 있다면 얼마나 편리할까 하는 망상에 빠졌다. 라디오 방송에서 춘천의 기온이 전국 최고치인 35.7°C를 기록하였으니 옥외활동을 삼가라는 보도가 나온다. 오후 4시가 지나자 앞산의 그림자가 길게 뻗쳐 강변을 덮었고 바람까지 불어오기에 강낭콩줄기를 뽑기 시작하였다. 그러나 땀이 비 오듯 흘러 눈을 뜨기 어려울 정도로 쓰려 포기하고 말았다.

7월 22일 목 비

간밤에는 너무 더워서 완전히 잠을 설쳤다. 그런데 새벽녘에 양철지붕을 두드리는 소리가 들려 문을 열었더니 흙냄새를 풍기며 강한 비바람이 들이친다. 잠시 내리다 그칠 것으로 여겼던 비는 종일 쉬지 않고 쏟아졌다. 엊그제 기상청에서 금년 장마가 끝났다는 보도를 내보냈음에도 제대로 된 해명 한마디 없이 오늘은 영서지방에 호우주의보를 발령하니 어이가 없다. 그러나 금년의 장마는 비다운 비도 없는 마른 장마였기 때문에 강수량이 예년의 3분의 1 수준에 불과하여 대지가 극도로 메말라 있었던 터라 비가 오는 것은 다행한 일이다.

강수 패턴과 쑥쑥 올라오는 홍천강의 탁류를 보건대 틀림없이

며칠간 고립될 가능성이 높아 서둘러 귀로에 올랐다. 널미재와 중미산고개에서는 몇 차례나 전방 5m 앞이 보이지 않는 폭우를 만나 운행을 멈추었다.

저녁 뉴스에 양평 강수량이 158mm를 기록하였으며 비는 내일 오전까지 계속될 것이라고 하였다. 수해가 일어나지 않기를 빈다.

7월 30일 금 비

7월 27일 전남지방에 상륙했던 태풍이 태안반도를 경유하여 황해도 쪽으로 북상하였다. 다행히 태풍의 피해는 크지 않았다고 하나 시골집이 궁금하여 오전 11시경 집을 나섰다. 홍천강 물은 상당히 불었으나 보기 좋을 정도이고 홍수의 위험은 없어 보였다.

오늘 밤에 많은 비가 내릴 것이라는 일기예보가 있었으므로 서둘러 남겨두었던 강낭콩을 모두 따고 참깨도 베어서 툇마루에 세워놓았다. 옥수수도 한 바구니를 땄다. 열흘 전에 심은 가을오이의 싹이 제법 자랐기에 덩굴이 타고 올라가도록 지주를 세웠다.

중부지방에 홍수경보가 발령되었다는 보도가 나왔기 때문에 서둘러 일을 하지 않을 수 없게 되었다. 잔디밭의 풀은 습기에 젖은데다가 너무 길게 자라 기계로도 잘 깎이지 않아 애를 먹었다. 밭의 잡초도 너무 무성하게 자라 도저히 김을 맬 수가 없기 때문에 낫으로 베었다.

저녁을 먹던 중 아내의 전화를 받았다. 호우경보가 발령되었으니 속히 귀가하라고 권하지만 누적된 피로 때문에 자동차 운전을 할 자신이 없어 내일로 귀가를 미루기로 하였다. 밤 10시경 먼 하늘로부터 은은하면서도 대지를 누르는 듯한 묵직한 소리가 다가왔다. 갑자기 암흑세계를 환하게 밝힐 정도로 눈부신 빛이 칼날이 되어 먹장구름을 찢고 그 틈새로 쏟아지는가 했더니 고막을 찢을 듯한 폭음이 골짜기를 때렸다. 기둥이 흔들리고 천장의 흙이 우수수 떨어지는 소리가 들리면서 전깃불이 꺼졌다. 가까운 곳에 벼락이 떨어진 모양이다. 촛불을 켜놓고 바깥벽에 달린 두꺼비집을 살펴보니 차단기가 내려갔다. 이어서 폭포처럼 비가 쏟아지기 시작하여 순식간에 마당의 잔디밭이 물에 잠겼다.

8월 7일 토 맑음

대형 태풍 올가(Olga)는 8월 2일부터 4일까지 온 나라를 공포로 몰아넣었다. 단 3일간의 강수량이 최고 900mm에 달하여 농경지 침수, 인명피해, 건물파괴 등으로 인한 피해가 극심하다. 수해의 후유증은 거의 전국에서 앓고 있어, 수재민을 돕기 위한 의연금이 모이고는 있으나 이는 바람직한 대책으로 볼 수 없다.

수해지역 주민들은 정부의 구호대책에 대하여 크게 반발하고 있다. 이런 일은 거의 연례행사가 되었다. 우리 학생들은 "왜 우리나라는 일 년 내내 땅을 파헤치는 공사를 합니까"라고 묻는다. 물론 선진국에서도 토목공사를 꾸준히 하고 있다. 다만 그들은 재해를 예방하기 위한 공사를 하는 데 비해 우리나라에서는 재해 복구공사를 하는 점에서 차이가 있다.

큰비가 그쳤기 때문에 우리도 열흘 만에 시골 나들이에 나섰다. 팔당호의 물은 아직도 흙 앙금이 덜 가라앉아 황토색을 띠며 옥천면 부근의 취수장 앞길은 수해 때 밀려온 쓰레기가 쌓여 있다. 수해의 흔적이 도처에 남아 있음에도 도시 사람들은 이를 아랑곳하지 않고 피서길에 몰려나온 모양이라 교통체증이 심하다. 노는 데 허발하는 서울 사람들에게 제발 농촌 사람들의 고충을 마음으로나마 헤아려달라고 외치고 싶다.

나는 여름방학 때 농촌활동을 떠나는 제자들에게 세 가지를 당부한다. 첫째, 6월 말에서 7월 초는 농촌이 비교적 한가한 시기라 일손이 별로 달리지 않으니 차라리 수해복구나 추수기에 농활을 하는 것이 바람직하다. 둘째, 농민들을 계몽하려 들지 말라. 농민들은 계몽대상으로 삼을 만큼 어리석거나 무지한 사람들이 아니다. 셋째, 농활은 대학생활 중 가치 있는 경험이다. 그러므로 장차 우리 사회의 지도층 인물로 성장하게 되면 농촌과 농업의 중요성을 망각하지 말라. 우리나라의 농업인구는 15% 정도에 불과하고 국민 총생산액에서 농업이 차지하는 비중도 매우 낮으나 국토의 대부분이 농림업과 관련이 있으며 전란이 발생하면 우리 스스로 식량을 자급해야 한다는 점을 명심하라.

홍천강변길은 수해복구가 전혀 이루어지지 않았다. 벼랑길은 강변의 토석이 유실되어 콘크리트 포장 아래쪽에 허공이 생겨 붕괴할 가능성이 높다. 안쪽 노면에는 각종 쓰레기와 산에서 굴러 떨어진 돌들이 놓여 있어 위험하기 짝이 없다. 토사가 유실된 비포장길은 온통 바위투성이라 자동차가 좌우상하로 미친 듯이 흔들린다. 강변의 민박집 옆의 밭은 흔적도 없이 홍수에 씻겨나갔고 밭둑의 소나무들도 뿌리가 뽑혔거나 물이 흐른 방향으로 심하게 기울었다. 나뭇가지마다 비닐 조각들이 걸려 있어 홍수가 얼마나 극심했는지 짐작이 간다.

방문을 열자마자 퀴퀴한 곰팡내가 코를 찌른다. 아내는 모든 문을 활짝 열어 환기를 시키고 선풍기까지 틀어 습기를 몰아냈다. 습기를 머금은 장판지가 들떠 발바닥에 쩍쩍 들러붙으니 오늘 밤 편히 잠을 자기는 그른 것 같다. 서둘러 침구를 모두 꺼내어 볕에 널었다. 농작물의 피해는 더욱 심하다. 7월 말에 베어서 사랑채 툇마루에 세워놓았던 참깨 단들이 광풍이 불어 앞마당으로 떨어져 모두 비를 맞아 썩어버렸다. 금년 작황이 좋아 기대 이상의 참깨를 수확할 것으로 예상했는데 물거품이 되고 마니 문득 춘추시대 진(晉)나라 어느 왕의 고사(古事)가 떠오른다.

왕의 건강이 좋지 않아 용하다고 소문이 난 점쟁이를 불러 자신의 신수(身手)를 말해보라 하였다. 점쟁이는 망설임이 없이 "왕께서는 금년에 추수할 햇보리 맛을 보지 못할 것 같습니다"라고 하였다. 분기충천한 왕은 점쟁이를 당장에 참수하라고 호령하였으나 신하들의 간청을 받아들여 햇보리 수확 때까지 살려두기로 하였다. 햇보리가 수확되자 왕은 보리죽 한 그릇을 앞에 놓고 다시 점쟁이를 불러들여 "지금도 내가 보리죽 맛을 보

지 못하고 죽을 것 같으냐"고 호령하였다. 그럼에도 점쟁이가
"아직도 더 기다려보아야 합니다"라고 주장을 굽히지 않아 왕은
점쟁이를 처형시켰다. 그런데 왕은 갑자기 견디기 어려운 복통
때문에 죽을 맛보지 못하고 측간에 갔다가 분뇨 속으로 떨어져
오물 속에서 숨을 거두고 말았다고 한다.

농사짓는 일은 씨앗 고르기에서부터 거름 주기, 파종, 김매기,
탈곡에 이르는 전 과정에 정성이 들어가야만 좋은 결과를 얻는다.
내 경우에도 탈곡을 앞두고 부주의하여 실패를 본 것이다.

8월 13일 금 맑음

계속되는 무더위 때문인지 홍천강에는 오늘도 피서객이 모여들
었다. 피서 차량들이 물가는 물론 좁다란 벼랑길까지 점유하여 여
간 조심하지 않고는 차를 운전하기가 쉽지 않다.

아내가 익은 고추를 따는 동안 나는 무·순무·알타리무·배추
등의 씨를 심었다. 땅거미가 지니 모기와 등에들이 땀 냄새를 맡
고 달려들기 시작한다. 모기는 주로 노출된 피부 중에도 가장 피
부가 약한 귓바퀴를 물어뜯고 등에는 전신을 공격한다. 몇차례 모
기의 침을 맞은 귓불은 퉁퉁 부어 두툼해졌다. 등에는 대여섯 마
리가 제2차 세계대전 당시 전투기의 프로펠러 소리를 내며 앞뒤로
공격해온다. 면직물 셔츠를 뚫고 등·팔·가슴부위를 가리지 않
고 침을 박는데, 찔릴 때의 통증은 벌침에 뒤지지 않는다. 한 마리

를 장갑 낀 손으로 잡았다가 요놈의 침에 손바닥을 찔렸는데 화끈한 통증에 놀라 놓아주고 말았다. 찬물로 땀을 씻으며 살펴보니 등에가 피를 빤 흔적이 네 군데나 되고 벌겋게 부어올랐다.

8월 24일 화 맑음

한낮에 30°C까지 올라가는 더위도 오후가 되면 기세가 꺾여 저녁에는 시원할 정도로 낮아진다. 기승을 부리던 잡초들도 갑자기 성장을 멈춘 듯 일주일 전에 비해 키가 더 자라지 않았다. 그러나 줄기는 더 억세고 모든 풀의 씨앗이 영글어간다. 이때는 잡초를 베어 한곳에 쌓았다가 구덩이에 넣고 두 해 동안 썩히든지 아니면 말려서 태우는 것이 바람직하다. 만일 이 풀들의 씨가 밭에 떨어지면 내년에는 잡초 때문에 더 심한 고생을 하게 될 것이다.

무·배추·순무·래디시·쪽파 등의 채소에서 싹이 돋았다. 3주 전에 심은 오이덩굴에는 손톱만한 열매가 달렸다. 이 어린싹이나 열매는 귀엽고 예쁘기 때문에 밭둑에 앉아 바라보는 기쁨은 세상의 무엇과도 바꾸고 싶지 않다. 그런데 웬일인지 금년에는 진딧물이 창궐하여 여린 싹들이 상하고 있다. 개미가 진딧물을 데려왔기 때문이다. 개미들이 진딧물의 꽁무니에서 분비되는 액체를 빨아 먹기 때문에 진딧물을 개미의 맥주공장에 비유한다고 한다.

어린 작물을 보호하기 위하여 세탁비누와 담배꽁초를 물에 풀어 분무기로 뿌렸다. 이것이 효과가 있을지는 모르겠으나 중학생 때 생물 선생님께서 하신 말씀이 생각나 시도해본 것이다.

9월 4일 토 맑음

며칠 전부터 벼랑길 앞 홍천강 여울에 섶다리 공사를 하기에 이상하다 싶더니 그 이유를 알게 되었다. 피로한 몸으로 벼랑길 앞에 이르렀는데 지프·승용차·버스, 그리고 MBC의 대형 촬영차가 길을 막고 있어 30여 분 이상 기다려야 했다. 수십 명의 배우와 촬영팀이 드라마를 찍고 있으니 마땅한 구경거리조차 없는 시골은 농번기라 할지라도 사람들이 모여들 수밖에 없다. 「국희」(菊姬)라는 드라마의 전반부 촬영을 이 마을에서 한다는데 현대문명의 때가 묻지 않은 장소로서 이만한 데는 별로 없을 것이다.

9월 11일 토 비 내린 후 맑음

새벽녘 굵은 빗줄기가 몇 분간 양철지붕을 두드리더니 갑자기 뚝 그쳤다. 비가 그친 후 밖을 내다보던 아내가 이상한 불빛이 마당을 가로질러갔다고 한다. 몇십 분 동안 어둠에 싸인 마당을 응시해보니 파란 불빛이 움직인다. 검은 물체와 함께 이동하는 것으로 보아 박쥐임에 틀림없다.

오전 중에는 산으로 올라가 잡초와 덩굴을 걷었다. 주목·단풍나무·호두나무·두릅나무 등에는 덩굴식물들이 타고 올라가 나무를 완전히 덮어버렸기에 밑줄기를 잘라 잎을 말려 죽일 수밖에 없다. 잡초 중에는 억새가 가장 두렵다. 이 풀은 키가 1m 이상 자라고 지름 30~50cm의 범위로 둥글게 퍼지기 때문에 밑둥을 완전히 잘라버렸다. 이제야 나무들이 제 모습을 드러내 숲처럼 보인다.

9월 12일 일 흐린 후 맑음

그저께 모종했던 배추가 어제 새벽에 쏟아진 굵은 빗방울을 맞아 모두 흙바닥에 눌어붙었다. 제자리에 싹이 터서 자란 것들은 끄떡없는데 자리를 옮겨 심은 것들은 낯선 토양에서 몸살을 앓다가 모진 비를 이기지 못한 것이다.

이런 일은 식물에게만 생기는 것이 아니다. 미국과 우리나라에서 입양아들의 성장과정을 살펴볼 기회가 있었다. 양부모들이 깊은 사랑으로 아이들을 지성껏 돌봐주는데도 반 이상은 탈선하거나 정서적으로 안정을 찾지 못하고 있었다. 미국인 교수 부부가 입양한 금발머리의 예쁜 소녀가 고등학교도 마치기 전에 탈선하고 가출하는 것을 보면 인종문제로 발생하는 일은 아닌 듯하다.

9월 17일 금 흐림

늦여름부터 한 주도 거르지 않고 2~3일씩 비가 내린 통에 결실기의 작물들이 제대로 영글지 못하고 있다. 땅콩은 벌써 줄기가 말라붙어 수확하기 어렵게 되었다. 정상적인 수확 방법은 줄기를 모아 잡고 뽑으면 연한 미색의 콩꼬투리 20여 개가 주렁주렁 딸려 나오는데, 그러면 일단 모두 뽑아 볕에 말린 후 털면 된다. 그러나 줄기가 대부분 삭아버려 일일이 호미로 캐야 하기 때문에 작업이 더뎠다. 게다가 흙이 젖어 있어 잘 마르지도 않는다.

일곱 이랑의 땅콩을 캐는 데 하루 꼬박 걸렸다. 그래도 아내는 수확의 기쁨을 즐기고 있으니 다행이다.

10월 1일 금 비

9월 20일과 21일에는 태풍 앤(Anne)이 황해를 통과하더니 24~25일에는 태풍 바트(Batt)가 일본 열도를 습격하였다. 두 개의 태풍이 모두 한반도에 상륙하지는 않았으나 많은 비를 몰고 와 전자는 충남과 경기도, 후자는 영남지방에 큰 피해를 입혔다. 추석(9월 25일) 후에도 비가 오더니 오늘도 궂은 날씨이다.

잦은 비 때문인지 가을이면 붉은색과 노란색으로 물드는 나무들이 곱게 변색하지도 못한 채 우중충한 모습을 보이더니 비바람을 맞으며 우수수 떨어져버렸다. 곡식이 제대로 영글지도 않았고 강한 토종밤조차 쭉정이가 많다. 그나마도 외지인들이 모두 주워 갔기 때문에 우리는 한 톨의 밤도 거두지 못했다.

지난번 태풍 때에 연못가의 가장 큰 가지가 부러져 연못 안으로 쓰러졌다. 봄에는 사랑채 툇마루에 앉아 흐드러지게 핀 벚꽃을 즐길 수 있으나 꽃이 진 후에는 우거진 녹음이 앞을 가려 강물을 볼 수 없었기 때문에 베어버리고 싶은 생각이 없던 것은 아니다. 아내는 모든 나무들이 자연사할 때까지 절대로 베어서는 안 된다고 주장한다. 부러지고 남은 나무 등걸도 베지 말라고 당부하였으나 나는 과감하게 밑동부터 베어버렸다. 잔가지까지 모두 잘라 한쪽으로 모았더니 앞이 확 트여 멀리 홍천강이 내려다보인다.

10월 15일 금 맑음

조간신문에 난 수자원개발공사의 댐 건설계획 보도를 보고 가슴이 철렁 내려앉았다. 보도내용은 미래의 물부족 문제를 해결하기 위해 전국에 20여 개의 댐을 건설할 예정인데 그중 홍천강 댐의 규모가 가장 크다고 한다. 지인을 통하여 확인한 바에 따르면 댐이 건설될 경우 우리 땅은 뒷산의 봉우리 100여 평만 남겨놓고 모두 수몰될 것이라니 기가 막히다.

머지않아 우리나라도 물부족 국가가 될 것이라는 미래학자들의 주장은 우리가 주목해야 할 사항이다. 그런데 물부족 문제를 해결하기 위해 무조건 물을 가두려고만 할 일이 아니라 우선 물관리부터 제대로 해야 할 것이다. 현명한 물관리란 수질오염을 방지하고 물의 오용과 남용을 방지하는 것을 의미한다. 불과 30여 년 전만해도 우리 국민들은 물을 무한정 공급이 가능한 천연재로 인식하였다. 그래서 '물 쓰듯 한다'는 속담이 생겼다.

우리 국민들은 전 세계에서 우리나라가 가장 깨끗하고 질이 좋은 물을 가지고 있다는 자부심이 대단했다. 35년 전 모 기관 직원들의 연수교육 강사로 임명되어 환경교육을 하던 중 수강생들에게 우리나라도 이제 수질오염·대기오염·토양오염에 대한 대비책을 세워야 할 때가 되었다고 하자 상당수가 내 의견에 반박하였다. 그들은 "우리나라보다 물 좋고 공기 좋은 나라가 있다면 한번 나와보라"고 주장했다. 그들 가운데 외국여행을 해본 사람이 몇 명이나 되고 또 환경오염에 관심을 가져본 사람이 얼마나 되는지는 알 수 없었으나 산업화 및 도시화가 가져오는 환경오염의 폐해에 대하여 무지한 수강생들을 깨우치기가 결코 쉽지 않았다.

학생들을 인솔하고 주요 다목적댐 또는 수자원공사를 방문하면 공사 직원들은 한결같이 댐건설의 필요성을 강조한다. 물론 수자원 확보가 중요한 문제이기는 하나 대형 댐에 집착하는 그들의 주장은 맹랑하기까지 하다. 한때 우리나라 굴지의 대기업인 S사가 팔당댐으로 흘러 들어가는 경안천 상류에 대규모 양돈단지를 조성하여 막대한 양의 돼지분뇨를 방출함으로써 수도권 상수원이 3급수로 떨어져 사회문제가 된 바 있다. 낙동강의 경우 구미·대구 일대의 공업단지가 건설된 후 공장폐수 배출로 인한 수질오염으로 대구·부산 등지의 상수원이 오염되고 있다. 이러한 현상은 금강·영산강의 경우에도 예외가 아니다. 그러므로 정부는 하나의 댐이 오염되면 새로운 상수원을 건설하는 것으로 대안을 삼지 말아야 한다. 오염물질을 배출하는 모든 촌락과 도회에 정수시설을 마련하는 데 노력을 기울여야 할 것이며, 그 다음으로 인구가 적은 상류에 소형 댐을 많이 건설하여야 할 것이다. 또한 대도시에서는 지하에 빗물 저장시설을 확보하여 생활용수 및 공업용수로 활용하는 방안도 세워봄 직하다.

유학시절 제1차 세계대전 후에 발생한 미국의 대공황을 극복하기 위해 건설되었다는 TVA댐 몇 곳을 방문한 적이 있다. 30여 개가 넘는 댐 가운데 상당수는 인적이 드문 애팔래치아 산지의 협곡에 들어앉은 소형 댐들이고 테네시 강 본류의 댐들도 중형 이상인 것은 거의 없었다. 수몰 예정지의 토지수용 과정에서 정부와 주민들 사이에 상당한 마찰이 있었다고 한다. 1960년대에 상영된 영화

「거친 강」(Wild River)은 수몰 예정지에 거주하는 노파와 토지수용을 담당한 관리가 벌이는 갈등을 잘 묘사하고 있다.

홍천강은 북한강에서 가장 큰 지류로서 본류에 못지 않은 수량과 유역면적을 가지고 있다. 따라서 만일 이곳에 댐이 건설된다면 홍천분지를 비롯한 영서지방의 주요 농업지대가 수몰될 것이다. 강원도는 1960년대 이래 소양강댐 · 춘천댐 · 의암댐 등의 건설로 광대한 농토와 주거지가 수몰되었다. 당시 정부가 수몰민에게 지급한 토지보상비는 정부 고시가를 기준으로 산정되었다. 인근 지역의 지가는 이미 고시가보다 몇십 배로 앙등되었으므로 대다수의 농민들이 고향을 등지고 상경을 시도하였다. 하지만 고향을 빼앗겼다는 자괴감에 빠져 보상비를 탕진하였기 때문에 서울에 입성하지 못하고 서울 동쪽의 구리에 주저앉고 말았다는 이야기도 들렸다.

어떤 학생은 내게 "왜 수자원공사는 많은 사람들을 몰아내고 댐을 만드느냐"고 물었다. 나는 차마 "제 식구를 먹여 살리기 위해 일을 벌이지 않을 수 없을 것이다"라고 답해줄 수가 없었다. 팔당호가 오염되어 상수원으로 부적합하니 더 상류 쪽에 새로운 댐을 건설해야 한다고 주장하는데, 새로운 댐이 오염되면 상류에 또 댐을 쌓을 것인가. 이들은 시화호 · 아산만방조제 · 금강하구언 공사로 썩은 호수를 만들었으면서 또다시 새만금 간척지에도 담수호를 만들려 한다. 이들은 온 나라를 썩은 물로 가득 채워야만 직성이 풀리는 모양이다.

10월 16일 토 흐린 후 비

끝물 고추를 딴 후 무밭과 배추밭을 살폈다. 농약을 뿌리지 않은 탓으로 배춧잎에는 구멍이 숭숭 뚫렸으니 김장을 담기는 그른 것 같다. 그래도 아내는 배춧잎 속에 숨은 징그러운 벌레들을 잡아내고 있어 나도 거들지 않을 수 없다.

이웃 C 씨네는 흰색 농약을 뿌렸기 때문인지 배추가 싱싱하게 자라는데 불과 10여 미터 떨어진 우리 밭 채소들은 잎맥을 훤하게 드러내고 있다. 이는 아마도 모든 벌레들이 우리 밭을 피난처로 삼은 탓일 것이다.

10월 29일 금 맑음

지붕에 올라가 페인트 작업을 하고 있는데 대학원생 세 명이 찾아왔다. 내 일을 거들어주기 위해 찾아왔지만 놀러왔다 할지라도 반가운 손님들이다.

염소를 키우던 Y 씨가 지난달 이사를 했기 때문에 4년 동안 밭에서 키웠던 나무들을 산으로 옮겨도 무방하겠기에 작업을 시작하였다. 우선 크게 자란 나무부터 캐는데 가능한 한 뿌리에 붙은 흙이 떨어지지 않게 감싸야 하므로 나무 캐기는 물론 물을 운반하는 작업도 용이하지가 않다. 힘이 장사인 손 군은 나무를 실은 수레를 산 위까지 밀고 올라온다.

나는 산 중턱에서 아래쪽으로 일정한 간격을 유지하며 구덩이를 파고 나무들을 심었는데 한 구덩이에 반 통의 물을 부어야 하기 때문에 나와 이 군은 물을 길어 나르느라 많은 땀을 흘렸다. 소나무는 산의 위쪽에, 주목은 중앙 통로를 따라 두 줄로 심고 볕이 드는 왼쪽에는 단풍나무와 은행나무를 심었다. 오후의 다섯 시간 작업으로 나무 심기를 마쳤다.

아내가 준비한 돼지갈비구이를 안주로 제자들과 막걸리 파티를 즐겼다. 순무·레드비트(red beet)잎 쌈이 남부지방 출신인 이 학생들에게는 별미인 것 같다. 밤늦도록 많은 얘기를 나누었다. 젊은 사람들과 나누는 대화는 신선하고 기발하여 취할 것이 많기 때문에 좀더 많은 학생들이 방문해주기를 바라고 있다.

11월 5일 금 맑음

관(官)에서 부재 지주의 농지소유를 규제하는 데 밭은 대상에서 제외되고 논만을 문제 삼는 것이 이해되지 않는다. 나는 논의 3분의 1은 자경하고 3분의 2는 사정이 딱한 K 노인에게 무상으로 빌려주었는데 번거로운 일이 생기니 차라리 매각처분하는 것이 편할 듯하다. 이장과 반장에게 내 생각을 비쳤더니 오늘 구매 희망자가 나타났다고 하는데 K 노인이 갑자기 찾아와 극구 만류한다. K 노인의 말이, 주초에 측량기사들이 우리 논의 중앙부를 측량하였는데, 그들 말로는 몇 해 안에 이곳에 다리를 건설하고 2차선 대로를 닦는다고 했다는 것이다. 그때까지 참으면 오지인 이곳의 교통이 편해지고 지가도 상승할 것이니 몇 년만 더 자신이 농사를 짓도록 해달라기에 승낙하였다.

11월 12일 금 맑음

예년 같으면 입동이 지나면 김장 채소를 모두 걷었지만 오늘처럼 날씨가 좋으면 배추가 냉해를 입을 염려는 없을 것 같기에 무만 뽑기로 하였다. 무를 뽑아놓고 보니 10% 정도는 밑둥이 썩어버렸는데 이는 아마도 가을비가 너무 잦았기 때문일 것이다. 그러나 금년의 무농사는 잘된 편이다.

수확물을 수레에 싣고 우리 부부는 기념사진을 찍었다. 잔디밭 가장자리에 구덩이 세 개를 파놓고 항아리를 묻은 후 무 110개, 순무 20여 개를 넣었다. 무의 꼬리부분은 아래쪽으로 향하도록 놓고 한 층이 채워지면 그 위에 짚을 덮는 방식으로 여러 층을 쌓았다. 항아리 아가리의 30cm 정도는 짚으로 채웠다. 항아리 위에는 방수용 비닐을 씌운 후 흙을 두껍게 덮었다. 물론 항아리의 한쪽 구석에 단단하게 묶은 짚단을 박아 무를 꺼낼 때는 이것을 뽑았다가 다시 끼워넣기로 하였다. 겨울철 눈이 쌓이면 무를 꺼내기가 불편할 듯하여 긴 나뭇가지들을 세우고 짚을 엮어 덮었다. 아내는 훌륭하다고 칭찬하였으나 아무리 보아도 내가 만든 것은 제대로 된 얼룩가리가 아니다.

11월 21일 일 맑음

오늘은 두 가지 기쁜 일이 있는 날이다. 하나는 L 씨를 알게 된 일이고 또 하나는 L 씨의 도움으로 비닐하우스를 갖게 된 일이다. L 씨는 내 제자인 C 선생의 죽마고우인데 농사일뿐 아니라 비닐하우스 짓기, 목공일, 농기구 정비 등 여러 분야에 뛰어난 재주가 있는 사람이다.

어제 L 씨와 C 선생과 함께 춘천으로 나가 비닐하우스용 자재를 12만 원어치 구입하였다. 지난주에 닦아놓은 터가 다소 좁고 지면이 고르지 않아 삽과 괭이로 작업을 시작하였는데 벌써 땅이 얼어 곡괭이도 튕겨나갈 정도로 단단하다. 반면에 오른쪽 부분에서는 지하수가 솟아 발이 빠질 정도로 질척거리니 아무래도 터를 잘못 택한 것 같다. 어느 정도 터 고르기와 배수로 작업을 마쳤을 때 L 씨가 각종 공구를 싣고 왔다.

L 씨는 쇠파이프를 잘라 U자형으로 구부리고 이것들을 50cm 간격으로 땅에 박아 길이 8m, 폭 4.5m인 비닐하우스의 궁륭형 골격을 만들었다. 천장 중앙에는 길이 8m의 파이프를 끼우고 좌우의 벽면에는 대각선으로 파이프를 대었다. 파이프와 파이프가 교차하는 곳은 알루미늄제 테를 두르고 연결부분마다 강한 철사의 조임쇠를 끼우고 나사못을 박으니 가느다란 파이프 골격도 생각했던 것보다 견고하다. 비닐하우스의 앞과 뒤에는 출입문을 달았다. 이 골격 위에 투명한 비닐을 씌우니 그럴듯한 온실의 모습이 나타나 신기하기 그지없다. 좌우 벽면의 끝에는 8m 길이의 쇠파이프를 끼우고 단단하게 묶었는데 전면 벽 좌우 끝에 박은 지주의 손잡이를 오른쪽으로 돌리면 벽면의 비닐이 감겨 올라가고 왼쪽으로 돌리면 내려오도록 설치하였다. 여름에는 통풍과 환기를 위해 감아올리고 늦가을부터 봄까지는 내려놓으면 될 것이다.

작업이 끝났는가 했더니 L씨는 좌우 지면에 쇠고리를 깊게 박고 이들 고리에 질긴 끈을 끼운 후 궁륭형 파이프와 파이프 사이를 단단히 조였다. 이는 강풍이 불어도 비닐하우스가 찢어지거나 바람에 날아가는 것을 방지하는 데 도움이 된다고 한다.

L씨가 일하는 모습이 하도 철저하여 감탄을 금할 수 없었다. 그는 흡연도 음주도 모르는 순박한 노총각이다. 그를 위해 준비했던 술·담배·과일 등이 쓸모없는 물건이 되는가 하였으나 다행히도 과일은 그의 모친, 술과 담배는 그의 형님에게 좋은 선물이 될 것이라 한다.

비닐하우스 작업은 오후 5시에 마쳤다. 극구 사양하는 L씨에게 사례비를 전하였다. 이제 비닐하우스를 이용하여 채소·감자 등을 조기에 재배할 수 있으며 여름에는 고추와 땅콩 건조장으로도 쓸 수 있을 것이다.

11월 27일 토 맑음

엊그제 겨울을 재촉하는 비가 내리더니 기온이 뚝 떨어졌다. 마당에 놓인 돌확의 빗물이 꽁꽁 얼어붙었다. 바람이 강하게 불어 마당에 박아놓은 오지굴뚝 위에 얹어놓았던 아내의 작품이 떨어져 박살이 났다.

낯선 사람들이 우리 산 위에서 오락가락하기에 어린나무라도 밟을까 염려되어 무엇을 하는지 물었더니 도로예정선 측량을 하는 중이라 한다. 그들이 보여주는 도면을 보았더니 노선은 이미 확정된 것 같다. 토지보상만 완결되면 바로 공사에 착수한단다. 아마도 우리 집터와 10여 년간 나무를 키워온 산의 반 정도가 잘려나갈 것 같다.

12월 17일 금 맑음

어떤 지인이 나를 땅에 얽매여 사는 사람이라고 말한 적이 있다. 그의 말투에는 다소 빈정거리는 느낌이 배어 있었지만 나는 개의치 않았다. 어차피 우리가 죽으면 갈 곳이 땅속인데 남보다 좀더 빨리 땅의 부름에 응하고 땅에 이끌리며, 땅에 의지하는 것은 부끄러운 일이 아니라 떳떳한 일이 아니겠는가.

아내는 학생들이 작품을 준비하는 과정에서 흙을 개는 작업이 힘에 겹다고 기피하면 "흙은 만물을 살리는 신성한 것이다. 흙은 마른 상태에서는 부드러운 가루이지만 물을 섞어 반죽을 하면 우리가 원하는 형상을 만들 수 있으며, 불에 구우면 단단한 그릇이 된다. 우리는 이 그릇에 물건도 담을 수 있고, 조리도 할 수 있다. 도예가에게 흙보다 더 귀한 것이 이 세상에 있겠는가"라며 격려한다고 한다. 우리 내외가 생각하는 흙의 의미는 다소 차이가 있다. 아내는 예술적 관점에서 보고 나는 농부 겸 지리학자의 시각에서 본다. 그러나 시골집에서는 나는 농작물과 나무에 관심을 갖고 아내는 야생화를 사랑하니 땅에 대한 우리의 인식 차이는 거의 일치하게 된다.

12월 26일 일 맑음

당일로 시골에 다녀왔다. 겨울철에는 마음이 바쁘지 않고 오가는 길을 서두를 필요가 없어 노선을 바꾸고 카페를 찾기도 한다.

양평군 옥천면에서 중미산고개로 들어서기 직전 도로의 오른쪽을 보면 '워더링'이라는 카페가 있다. 아내는 카페 이름이 브론테(E. Bronte)의 소설인 『폭풍의 언덕』(*Wuthering Heights*)을 차용한 것이 분명하니 한번 분위기를 살펴보는 게 어떻겠냐고 하였다. 오늘은 시간 여유가 있기에 골짜기로 통하는 외통길을 약 200m쯤 올라가 보기 좋은 양식건물 앞에 정차하였다. 마침 건물 안에서 들려오는 감미로운 음률이 우리를 유혹한다. 문을 열고 들어서니 따뜻한 온기가 느껴지고 우아한 실내장식이 한눈에 들어오며 제법 품격이 느껴진다. 이 집의 분위기에 어울리는 여주인이 우리를 반갑게 맞았다. 아내가 카페의 이름이 브론테 소설의 제목이냐고 물으니 여주인은 개업 4년 만에 네 번째로 그것을 아는 손님을 만나 기쁘다고 호들갑이다. '하이츠'(Heights)를 빼고 한글로 '워더링'이라고만 써놓아 좀 어색하기는 하다.

커피 맛은 오늘처럼 골바람이 싸늘한 날에 잘 어울릴 정도로 향기롭다. 그러나 커피 값을 지불하면서 나는 놀라지 않을 수 없었다. 1만 원권 지폐를 내고 주인의 눈치를 살펴보았더니 그녀는 우리를 맞을 때의 부드럽던 태도와는 달리 영악한 표정으로 2,000원을 더 내라고 한다. 자장면 한 그릇 값이 2,000원인데 커피 한 잔마시고 푹신한 의자에 앉았던 대가로 6,000원을 지불하였으니 참으로 어처구니없다.

1960년대 중반의 신문기사가 기억난다. 산업화·도시화 초기였던 그 당시 영서지방 농촌의 어떤 청년이 고된 농사일에 염증을 느끼고 약간의 돈을 챙겨 무작정 상경하였다. 이 청년은 마땅한 일감도 얻지 못한 채 가져왔던 돈이 떨어지자 마지막으로 다방에 들러 커피 한 잔을 시켰다. 당시 다방의 커피 한 잔 값이 옥수수 알곡 한 말의 값과 같은 1,000원이란 말에 이 순진한 농촌 총각은 격분하여 소란을 피웠다. 이 청년을 연행했던 경찰은 사정을 파악한 후 차편까지 마련하여 그를 귀향시켰다고 한다.

2000년
자연이 차려주는 소박한 밥상

"이제 내 몸도 낡은 자동차처럼 수리와 정비가
필요할 정도에 이르렀음을 깨닫게 되었다.
그렇다고 해서 지나치게 건강문제에 연연하여
보약을 찾거나 죽음의 문턱이 가까워진다는
두려움에 빠지지는 않을 것이다.
50세가 넘었으니 이제 남은 생애는
조물주가 베푸시는 덤인 셈이다."

2월 21일 월 맑음

개학이 가까워져 바쁘지만 음력 정월대보름도 지났기에 봄에 파종할 씨앗을 골랐다. 상 위에 종자를 펴놓고 그중에 알이 굵고 모양과 색깔이 좋으며 속이 단단한 씨앗을 골라 종이봉투에 종류별로 담았다. 고구마는 그릇에 담아 물을 약간 부어서 마루 앞에 볕이 잘 드는 곳에 놓았다.

전에는 음력의 절기에 별로 관심이 없었으나 시골 나들이를 시작하면서 그 의미를 깨닫게 되었다. 물론 어떤 작물을 어느 시기에 파종하는지 정확히 파악하지는 못하지만 해마다 연말에는 농협에 가서 달력을 얻어다가 걸어놓고 퇴비낸 날, 밭갈이한 날, 무슨 작물을 파종한 날을 적어놓아 이듬해에 참고하는 습관을 들여왔다. 농협 달력은 디자인은 조잡하지만 글씨가 크고 기록할 여백이 넓은데다가 절기가 상세히 소개되어 있어 편하다.

때때로 학생들에게 정월대보름은 어떤 날인지를 묻고는 하였는데 대부분은 '오곡밥 먹는 날' '달구경 하는 날' '쥐불놀이 하는 날' '호두 · 잣 · 밤 · 땅콩 등 견과를 까먹는 날'(부럼이란 말을 아는 학생들이 거의 없다) 정도로만 알고 있다. 도시화 · 산업화의 영향으로 젊은 세대들은 우리 전통문화에 대한 관심이 박약하여 정월대보름의 상징성과 의미를 거의 모르는 것이다.

학생들에게 "오곡이란 무엇인가, 오곡밥은 맛이 있는가"라고 물으면 그들은 오곡은 찹쌀 · 팥 · 콩 · 수수 등이고 대추 · 잣 등을 섞어서 지은 오곡밥은 별미이며 오곡밥과 함께 먹는 시래기 · 취나물·고사리나물 등도 맛이 좋다고 말한다. 학생들에게 보름날 오곡밥을 먹는 이유를 물으면 이 질문에 대답하는 학생은 불행히도 매우 드물다.

중국 고고학자들의 연구결과에 의하면 오곡에 속하는 곡물은 조·수수·기장·피·콩이다. 신농씨와 복희씨(伏羲氏)가 다스렸던 중국은 오늘날의 황하 중상류 지방인데, 이곳은 오늘날에도 벼농사보다는 밭농사를 주로 하는 지역이다. 벼농사는 후직씨 대에 이르러 이른바 도광지야(都廣之野)라 일컫는 황하 중류의 하남성(河南省) 일대 평야에서 기원전 1100년경부터 시작되었다.

우리나라의 오곡도 중국과 별로 다를 바 없을 것이다. 우리 민족의 시조신(始祖神)으로 모시는 단군왕검은 단순히 고조선을 건국한 어른으로 인식하는 것보다 우리 민족에게 농사짓는 법을 가르쳐, 수렵채집 생활을 하던 우리 선조들을 정착시키고 문명생활로 인도한 분, 즉 문화적 영웅으로 받드는 것이 옳을 것이다. 그는 조·수수·기장·피·팥 등의 곡식을 재배하여 양식으로 삼고 마(麻)를 길러 삼베옷을 입도록 가르쳤을 것이다. 농기구로는 단군이라는 이름에서 유추할 수 있는 바와 같이 박달나무[檀木] 괭이가 사용되었을 것이다. 벼농사는 기원전 1500년경까지 그 기원이 소급된다 할지라도 단군시대보다 800~900년이나 늦을 뿐 아니라 벼농사가 널리 확산된 시기는 삼한시대이므로 쌀이 오곡에 포함된 시기는 삼국시대를 전후해서일 것으로 생각된다.

농민들에게 정월대보름은 새해의 농사를 준비하는 시기이다.

보관했던 곡물을 모두 꺼내어 알이 굵고 색깔이 좋은 씨앗을 우선 종자용으로 골라놓은 후 남은 곡식들을 모두 섞고 약간의 소금을 넣어 밥을 짓는다. 찬은 말려서 보관했던 나물로 준비한다. 준비된 음식을 우선 지신(地神)에게 바치며 풍년을 기원한다. 어린 시절 시골에서 이러한 오곡밥을 먹어본 일이 있는데, 찔찔하고 껄끄러우며 약간 쌉쌀한 맛까지 났기 때문에 별미라 생각되지 않았다. 일반적으로 제사음식은 양념을 쓰지 않고 조리하기 때문에 맛이 없다고 하는데 진정한 오곡밥 역시 일종의 제례음식이므로 맛을 논해서는 안 된다. 다시 말하면 우리 도시 사람들이 먹는 오곡밥은 기장·조·수수·팥 등을 넣는 흉내만 내었을 뿐 찹쌀·대추·잣·밤 등을 많이 섞은 비제례용 음식에 지나지 않는다.

3월 4일 토 맑음

날씨가 화창하여 자동차 유리문을 내리고 달리며 향긋한 봄 공기를 깊이 들이마셨다. 높은 중미산고개 위에 두껍게 쌓였던 눈이 녹아 길바닥 위로 흥건하게 흘러내린다.

농협에 들러 소석회와 배양토를 한 포대씩 구입하였다. 어유포리의 L 씨 댁에 들러 작년 11월에 비닐하우스를 지어준 사례로 돼지고기를 선물하였다. 그는 한우 십여 마리를 사육하며 벼농사와 비닐하우스 세 개동에서 채소농사를 짓는 부지런한 사람인지라 앞으로 내가 농사 스승으로 모셔도 좋겠다.

3월 20일 월 황사

황사가 끼었다. 발효퇴비 열두 포를 차에 실었더니 퀴퀴한 냄새가 코를 찌른다. 아마도 이 냄새를 제거하자면 차 안을 닦고 환기를 철저하게 해야 할 것 같다.

지난 2월 영하 20˚C 이하의 강추위가 며칠간 계속된 탓으로 수도가 모두 얼어 물이 나오지 않는다. 부득이 샘에서 물을 길어다가 밥을 짓고 설거지하고 집안 청소까지 하였다. 하루 종일 보일러를 가동해도 방바닥은 발이 시릴 정도로 냉골이라 아내는 전기장판을 깔고 온풍기까지 켜놓았다. 이런 날씨에는 차라리 밖에서 움직이는 것이 몸에도 좋을 듯하여 밭에 널린 콩줄기·옥수숫대·고구마줄기 등을 거두어 불을 지폈다. 작업을 끝내고 집으로 들어섰더니 아내는 담배를 피웠느냐고 묻는다. 연기 냄새가 옷은 물론 몸속까지 짙게 배어든 모양이다.

3월 31일 금 맑음

지난주까지 꽉 막혔던 수도가 뚫렸다. 보일러를 가동하자 윙 소리가 들리더니 방바닥이 따뜻해진다. 수도를 틀자 마치 해수병 걸린 자의 목구멍에서 나는 소리처럼 꾸르륵, 쉭 하는 비명이 몇 차례 반복되더니 드디어 가래로 막혔던 목구멍이 터지듯 퍽 하는 폭발음과 함께 벌건 물이 콸콸 쏟아진다. 비릿한 물비린내가 빠질 때까지 몇 분을 기다린 후에 맑은 물을 받았다. 방바닥 밑에 깐 수도와 난방용 파이프들이 겨울 추위에 얼었다가 이제 비로소 녹는 모양이다.

사과나무 네 그루와 배나무 열 그루를 비닐하우스 아래쪽에 심었다. 양지바른 장소라 땅속에 얼음이 없어 70cm 이상 깊이 팔 수 있었다. 퇴비를 30cm 두께로 넣은 후 그 위에 흙을 덮고 묘목을 심었다. 4년 후에는 내가 재배한 과일 맛을 볼 수 있을 것이다.

4월 7일 금 흐리고 황사

어제 오전 강의를 끝내고 일찍 귀가한 아내와 함께 청주로 출발한 시각은 오후 2시 반. 당일로 다녀와 오늘 다시 강원도로 왔다. 하루에 여섯 개 시도(市道)를 넘나든 아내는 무척 피곤해 보인다. 시골집에 도착하자마자 생기를 되찾은 아내는 산의 부엽토 속에 미삼을 심고 내려와서 화단에 꽃씨를 뿌렸다.

밭의 흙을 파서 수레에 담아 십여 차례 비닐하우스로 옮겼다. 비닐하우스 안의 흙은 진흙투성이인데 전 주인이 농사가 되지 않는다고 방치해두었던 곳이다. 옮겨온 흙에 퇴비와 소석회를 섞어 고르게 펴고 상추·파·알타리무·오이·토마토의 씨앗을 파종하였다. 그런데 염려스러운 일은 비닐하우스에 물이 없고 주말에만 작물을 돌보게 되므로 이런 작물들이 고사(枯死)할 가능성이 높다는 것이다. 비닐하우스 가까운 곳에서 수원(水源)을 찾는 일이 시급하기에 큰 고무통을 준비한 후 삽을 들고 주변을 답사하였다. 다행히 비닐하우스 위쪽에 작은 개울이 있어 개울 바닥을 깊게 파고, 파낸 흙으로 작은 둑을 쌓았다. 일종의 천방(川防)을 만든 것이다. 이 둑은 비닐하우스보다 약 2m 정도 높은 곳에 위치하며, 거리도 약 15m에 불과하여 수량이 많을 때에는 호스로 물을 끌어올 수 있을 것 같다.

더욱 기쁜 일은 찰벼 씨를 얻으러 이장댁에 들렀다가 비닐하우스 작물의 고사를 방지할 수 있는 방법을 터득한 것이다. 이장은 비닐하우스 안에 철사를 반원형으로 구부려 땅에 박은 후 그 위에 투명 필름을 씌워 소형의 비닐온상을 만들어놓았다. 이는 5월 말까지 서리가 내리는 이 협곡에서 어린싹의 상해(霜害)를 방지할 수 있는 좋은 방법이라고 한다. 나는 이 방법으로 상해방지 외에 작물의 고사도 막을 수 있음을 간파하였다. 매주 한 번 충분하게 물을 주면 증발한 습기가 투명 비닐 막에 맺혔다가 다시 떨어져 토양의 습기를 어느 정도 유지시켜줄 것으로 보였다.

조루에 물을 담아 넉넉하게 뿌리고 철사를 굽혀 땅에 박은 후 투명 비닐을 씌웠더니 금세 이슬이 맺힌다. 작물의 싹들이 잘 자랄 것으로 기대되지만 매주 비닐을 걷고 물을 준 후 다시 씌우는 일은 다소 번거로울 것 같다.

비닐 온실을 나서자마자 놀라운 대기변화 현상을 목격하였다. 갑자기 광풍이 불어오더니 하류 쪽 협곡에서 누런 장막이 무서운 속도로 다가오는 것이 보였다. 수년 전 신강성의 타클라마칸 사막에서 만났던 모래폭풍처럼 강한 바람이 강변의 모래까지 빨아올리며 달려들기에 비닐하우스 안으로 피하여 앞뒤 문을 단단히 잠가놓았다. 단단하게 지은 비닐하우스가 한동안 몸부림을 치고 투명한 온실은 온통 황색으로 물이 든 듯했다. 비단 폭을 찢는 것 같은 비명소리와 함께 날카로운 발톱으로 긁어대는 듯한 소리가 몇 분간 계속되다가 그쳤다. 비닐 온실에서 바라본 하늘은 마치 이집트의 고대문명 유적지를 배경으로 한 영화 「미이라」(The Mummy)에 나오는 사막의 모래폭풍 장면 같았다. 빠르게 지나가는 먼지구름 속에 온갖 악마와 괴물들의 형상이 들어 있는 듯하였다.

황사폭풍이 가라앉은 후 밖으로 나와 얼굴을 문질러보니 먼지가 묻어나고 입속에는 모래가 씹힌다. 공기 중에서 강한 흙냄새가 느껴진다. 내가 이 골짜기를 드나든 10년 동안 이처럼 강한 황사는 처음 겪어보았다.

4월 14일 금 맑음

일찍 투표를 마쳤기 때문에 이번 주에는 3~4일의 여유를 얻었다. 바쁜 파종기에 이 정도의 자유 시간을 얻은 것은 행운이다.

홍천강변 고사리밭에 들렀다가 큰 전나무 밑에서 싹이 튼 어린 전나무 십여 그루를 발견하여 뿌리가 상하지 않도록 조심스럽게 떠서 그릇에 담았다. 울창한 숲에서 이 어린나무들이 살아날 가능성은 무척 낮기 때문에 양지바른 곳으로 옮겨주는 것이 나을 듯싶어 윗산에 심었다.

봄가뭄이 심한데도 지난주에 아내가 사랑채 앞에 심은 진달래가 맑고 깨끗한 꽃망울을 터뜨렸다. 내일은 아마 목련꽃도 구경할 수 있을 것 같다.

비닐하우스를 지어준 L 씨가 트랙터를 몰고와 밭을 갈았다. 10여 년간 이 밭을 갈아온 K 노인이 연로하여 더 이상 농사를 지을 수 없겠다고 하여 L 씨에게 맡기고자 했더니 기쁜 마음으로 달려온 것이다. 사실 80세 가까운 노인이 황소로 쟁기질하는 모습을 지켜보는 것은 나로서도 안쓰러운 일이었다. 쟁기질로는 밭이 고르게 갈리지도 않았는데 묵직한 트랙터가 한 번 지나가면 넓은 폭으로 땅이 깊게 갈리고 땅속에 숨어 있던 큼직한 돌까지 표면으로 솟아 밭이 미끈하게 다듬어진다. 여기저기 널려 있는 돌들을 밭 가장자리로 옮겨놓게 되었으니 유기질 비료를 투입하면 토양은 더욱 비옥해질 것이다.

4월 18일 화 맑음

어제 윗옷을 벗어놓고 종일 괭이와 고무래로 땅을 팠기 때문인지 온몸의 근육이 긴장했던 모양이다. 평소에는 어느 정도 일을 하다가 물 한 잔 마시고 휴식을 취하면 피로가 가시고 일종의 쾌감까지 느낄 수 있어 별로 걱정하지 않고 살아왔다. 그러나 어젯밤에는 피로가 누적되었기 때문인지 잠결에 몸을 심하게 뒤척이고 신음소리까지 냈던 모양이라 아내가 걱정스럽게 바라본다.

젊은 시절 나는 건강을 염려하는 것은 우스꽝스러운 일로 여길 만큼 아무것을 먹어도 잘 삭였고, 누우면 바로 잠이 들었으며, 한번 잠이 들면 주변에서 어떤 일이 생겨도 모를 정도였다. 잠이 들면 악인이 나를 노린다든가, 끝 모를 나락으로 떨어질 것이라는 두려움도 없었다. 아침에 일어나보면 간밤에 누운 그 자리에서 조금도 벗어나지 않았고, 밤새 편하게 잠들어 즐거운 꿈을 꾸었다.

신혼 초 아내는 그러한 내 모습이 신기했던 모양이다. 잠든 후의 숨소리조차 리듬이 한결같다고 했다. 이러한 모습이 50세 때까지 유지되더니 최근 많이 뒤척이고 코를 골기도 하며 때로는 풀무질하는 소리를 낸다고도 한다. 특히 어젯밤에는 신음소리를 내어 많이 걱정스러웠던 모양이다.

아내에게 실토를 하지는 않았으나 몇 해 전 학생들과 운동을 하다가 오른쪽 어깨에 근육파열상을 입은 후 완치가 되었어도 노동의 강도가 깊은 날은 팔이 저려 불편을 겪어왔다. 이제 내 몸도 낡은 자동차처럼 수리와 정비가 필요할 정도에 이르렀음을 깨닫게 되었다. 그렇다고 해서 지나치게 건강문제에 연연하여 보약을 찾거나 죽음의 문턱이 가까워진다는 두려움에 빠지지는 않을 것이다. 50세가 넘었으니 이제 남은 생애는 조물주가 베푸시는 덤인 셈이다. 비록 학자로서 뚜렷하게 내세울 업적은 이루지 못했으나 내 능력과 자질에 비해 분에 넘치는 수준에 도달하였다고 생각하니 아쉽거나 두려움에 빠지지는 않을 것이다. 현숙한 아내를 만나 항상 같이하고 두 아들이 장성할 때까지 키우고 교육도 시켰으니 애비로서의 도리도 어느 정도까지는 했다고 본다.

후배교수가 들려준 말이 때때로 생각난다. 일본의 농부들 중에는 늙어서 밭고랑을 베고 죽는 것을 최고의 복으로 여긴다고 한다. 평생 갈아엎고 주무르고 씨 뿌리고 수확하던 땅에서 죽어 그 자리에 묻히는 것보다 더한 행복은 없다는 말이다.

4월 22일 토 비 온 후 오후에 맑음

K 노인의 못자리 만드는 작업을 거들었다. 흙을 체질하여 고운 흙을 모판에 고르게 담은 후 볍씨를 뿌리고 다시 흙을 얇게 덮고 논으로 운반하였다. K 노인은 이미 논갈이를 해놓았고 말뚝을 박고 줄을 매놓았다. 이 줄 안에 모판 두 개씩을 나란히 놓았다. 지난주 가평군 설악면에서 사온 대나무가지를 반원형으로 구부려 논바닥에 박아놓고 그 위에 투명 비닐을 씌웠다.

밤에 보일러가 작동하지 않아 한 시간가량 살펴보았더니 물탱크에 찌꺼기가 끼어 온수관을 막고 있었다. 더러운 이물질을 모두 걷어낸 후 철사로 관을 후볐더니 보일러가 윙 소리를 내며 돌기 시작하였다. 하마터면 냉골에서 떨며 밤을 새울 뻔하였다. 아파트 생활에 익숙해지다 보면 작은 일에도 당황하기 쉬워 모든 것을 남에게 맡기게 된다. 이런 의미에서 나의 시골 생활은 만사를 스스로 해결할 수 있는 귀중한 체험의 기회를 제공한다.

5월 5일 금 흐린 후 저녁에 비가 내림

어린이날이라 시 외곽도로는 차량으로 넘쳤다. 간밤에 비행기를 조종하는 꿈을 꾸었기에 언짢은 일이 생길 것만 같아 조심스럽게 운전을 하였다. 하남시와 강동구의 경계지점에서 교통체증에 걸려 정지 상태로 있는데 갑자기 내 뒤를 따라오던 승용차가 돌진하더니 큰 충격을 가해왔다. 고개가 뒤로 확 젖혀질 정도로 충격을 받았으므로 잠시 멍한 상태에 빠졌다. 차에서 내려보니 내 차를 받은 승용차는 거의 신차라 할 정도로 깨끗한데 범퍼와 라디에이터가 부서져 물이 새고 있었으며 뒤의 차량 네 대 모두 앞뒤가 파손되었다. 살펴보니 다섯 번째 자동차가 교통정체를 무시하고 질주하다가 앞차에 충격을 가함으로써 다섯 대의 차량이 연쇄적으로 충돌한 것이었다. 그런데 맨 앞에 정지상태에 있던 내 차는 차체가 크고 단단한 무쏘인지라 범퍼의 페인트만 벗겨졌을 뿐이다. 다만 아내가 자주 목과 어깨를 만지는 것이 염려스러웠다.

경찰이 출동하여 가해자와 피해자를 조사하는 중 사고를 낸 청년은 자동차 보험도 들지 않았음이 밝혀졌다. 기름쟁이처럼 빤질거리는 젊은 애도 그렇고 동승했던 처녀 역시 얌전한 구석이 전혀 없어 보이는지라 경찰관 둘은 고소를 금치 못했다. 한 시간 이상 현장조사를 마친 경찰은 가해자와 피해자들을 모두 경찰서로 인도하겠다고 했다. 할 일이 태산 같은데 하루를 허비할 수 없어 사유를 말했더니 신분을 확인하고 전화번호를 묻더니 보내주었다. 이것으로 꿈땜은 한 셈이다. 피해자 하나가 줄었으니 사고를 낸 젊은이의 부담은 그만큼 가벼워졌을 것이다.

서울을 출발한 지 다섯 시간 만에 시골집에 도착했더니 경찰서에서 전화가 왔다. 나중에라도 피해가 발견되면 즉시 알려달라고 하는데 아내가 별 이상이 없으니 이 사건을 잊기로 하였다. 매주

먼 길을 오가는 일에는 항상 위험이 따르기 쉬운지라 매사에 조심하여 남에게 피해를 입히지 않아야겠다고 다짐하였다.

5월 21일 일 흐렸다가 갬

어린 배나무 잎에 호랑이털처럼 얼룩덜룩한 벌레들이 달라붙어 잎줄기가 앙상하게 드러날 정도로 갉아먹었다. 집게로 잡다가 팔을 쏘였는데 금세 피부가 벌겋게 부어오르더니 쓰리고 가렵기 시작한다. 홧김에 Y 씨 집에 가서 살충제 희석액이 든 분무기를 빌려다가 살포했더니 벌레들이 우수수 떨어진다. 역한 약냄새 때문에 머리가 띵하다. 앞으로는 절대로 약을 뿌리지 않겠다고 마음속으로 다짐해본다.

5월 26일 금 가랑비

제자 C 군이 약속시간보다 한 시간이나 늦게 나타났기 때문에 오후 1시에야 집을 나섰다. 마흔이 넘은 사람이 늦은 사유에 대한 해명 한 마디 없으니 참으로 한심한 위인이다. 전에도 두어 차례 동반한 적이 있는데 C 군은 내가 지은 밥을 얻어먹으면 바로 강으로 나가 고기잡이를 하다가 밥때가 되면 찾아들어 별로 환영받는 사람은 아니지만 위인이 딱해서 모질게 대하지는 않는다.

가랑비가 끊임없이 내려 지난주와 다르게 식물들이 생기를 얻었다. 땅콩과 강낭콩이 녹색잎을 활짝 폈으니 이제 산비둘기와 까치의 침입은 면하게 되었다. 참깨도 연두색의 여린 잎을 내밀었다. 그런데 놀라운 것은 전혀 소생할 기미를 보이지 않던 사과나무에도 엷은 연두색 잎이 돋고 있다는 사실이다. 역시 비는 생명의 근원이다.

비닐하우스의 묘포에 물을 주고 있는데 이 군 · 손 군 · 김 군이 찾아왔다. 손 군은 농군의 자제답게 능숙한 솜씨로 비닐하우스 주위에 도랑을 파더니 호박 모종을 심고 이 군과 김 군은 나를 도와 토마토와 오이를 모종하였다.

5월 28일 일 맑음

3일간 비가 내리더니 오늘은 날씨가 쾌청하다. 볕은 뜨겁지 않고 약간 서늘하기까지 하니 모내기에 썩 좋은 날이다. K 노인 내외, 그의 아들과 사위, 그리고 딸과 함께 일찍부터 모내기를 시작하였다. 손모를 냈던 작년과 달리 오늘은 소형 이앙기를 사용하게 되어 나와 K 노인 아들들은 모판을 나르고, 그의 사위는 이앙기를 운전하였으며, K 노인은 작업을 지휘하였다. 그런데 문제는 아홉 개 다랑이의 고도차가 큰데다가 형태가 불규칙하여 작업이 수월치 않은 점이었다. 논둑이 좁아 모판을 들고 위아래로 다니는 것도 힘들지만 논의 모서리는 이앙기가 들어가지 못하기 때문에 어쩔 도리 없이 손으로 모를 심어야 하니 기계의 편리함은 한정적이다. 그래도 오후 4시에 모내기를 마쳤다. 작년 봄 나는 세 다랑이에 모를 심는 데 제자 네 명의 도움을 받았음에도 꼬박 하루가 걸렸다. 그때 K 노인댁은 다랑이가 좀 큰 탓인지 이틀이 걸렸는데 오

아홉 배미의 다락논. 계곡에 자리 잡은 논들은 모양이 불규칙하여
작업하기가 불편하지만 경관은 아름답다.

늘은 이앙기 덕에 일찍 작업을 마쳤다.

　과거에는 마르지 않은 수원을 가진 이러한 산골의 다랑이 논들이 선호되었다. 이른바 아미답(蛾眉畓)들은 형태가 불규칙하고 다랑이 사이의 비고 차가 크며 다랑이 규모도 협소하여 농업의 기계화가 어렵다. 그러므로 1970년을 전후한 시기부터 합배미 작업을 통하여 다랑이의 면적을 넓힘과 동시에 형태 역시 기계작업이 수월하도록 방형(方形)으로 다듬었다. 그러나 이 마을에는 아직도 모든 논이 옛 모습을 지니고 있으며 그나마 폐농이 안 된 논은 우리 것과 반장인 C 씨의 것뿐이다.

　아내에게 우리 논을 두세 개 정도의 큰 배미로 정리하면 어떻겠냐고 물었다. 아내는 현 상태가 전통미를 지니고 있으니 그대로 두는 게 바람직하다고 한다. '논골'이라는 이 마을의 지명에 걸맞는 논배미의 형태를 중요시하는 예술가의 미적 감각은 나와 다른 것 같다.

6월 4일 일 맑음

　청계천 공구상에서 잔디 깎는 기계를 40만 원에 구입하고 예초기와 전기톱을 수리하였다. 수리공은 내가 기계를 너무 위험한 상태로 사용하였으며 부상을 입지 않은 게 신기하다고 하였다. 그는 친절하게 조작 및 응급수리방법까지 가르쳐주었다. 내 생각에도 나는 기계 및 기구를 다루는 솜씨가 시원치 않다. 기계를 다루기가 겁나서 100여 평이나 되는 잔디밭을 낫과 가위로 다듬다가 이제야 비로소 휘발유 모터가 달린 잔디 깎는 기계를 구입하였다. 다소 무거워 아내가 사용하기에는 불편할 듯하다.

6월 7일 수 맑음

일주일 동안 참깨밭을 보살피지 못했더니 어린 참깨싹이 억센 잡초 속에 파묻혀 애처롭게 겨우 고개를 내밀고 있다. 지난주에는 보이지도 않던 잡초들이 어느 사이에 이처럼 굵고 크게 자란 것인지 놀라울 뿐이다. 만물을 태워죽일 듯이 대지를 달구는 땡볕도 아랑곳하지 않고 잡초들이 밭고랑은 물론 작물 포기마다 점거한 것이다. 참깨싹이 하도 여러 잡초에 딸려 뽑히거나 가녀린 목을 가누지 못하여 쓰러지기 때문에 잡초를 가위로 잘라낸 후 주위를 흙으로 덮어버렸다. 이 번거로운 작업을 하면서 나는 우리 민족의 현대사를 돌이켜본다.

우리 민족은 20세기 전반에 36년간 일제의 식민지 백성으로 전락하는 수모를 겪었다. 다행히 독립을 하였으나 자력으로 나라를 되찾지 못하고 열강의 도움을 받아 국권을 되찾았다. 독립 후에도 정치·경제·군사적으로 자립하지 못하여 고난을 겪었다. 다행히 박정희라는 독하지만 걸출한 인물이 등장하여 몸부림치며 노력한 결과 경제적으로 다소 형편이 나아졌으나 정치·군사적으로는 아직도 우리의 의지대로 행동하는 데 제약을 받고 있다. 마치 억센 잡초 속에 갇힌 참깨의 처지 같다.

어제 아침 신문에 나일 강 하구의 해저에서 기원전 4~5세기 톨

레미(Ptolemy) 왕조시대의 여신상이 인양되었다는 보도가 있었다. 이 여신상은 풍요의 여신 이시스(Isis)인데 머리 부분은 떨어져 나가고 없었다. 팔·다리·허리 등이 굵직하고 튼튼하여 전율할 만큼 건강한 곡선미를 느끼게 하였다. 요즈음 우리의 젊은 세대들은 비썩 마른 여성을 아름답다 여기고 심지어 사내애들조차 여성스런 몸매와 용모를 선호하여 '꽃미남'이란 소리를 듣고 싶어 하니 한심스럽다. 비만을 두려워하여 영양가 높은 음식물을 기피할 것이 아니라 잘 먹고 부지런히 움직여 몸을 키우기를 젊은이들에게 권하고 싶다. 대가 굵고 크게 자란 참깨가 많은 깨알을 키울 수 있으니 말이다.

열흘 이상 비가 오지 않아 연못물은 더 줄었고 연못 바닥은 장화를 신고 돌아다닐 수 있을 정도이다. 연못의 퇴적물을 삽으로 파내면서 나는 강에서 사라진 지 오래된 커다란 말조개 몇 개와 주먹만한 우렁을 발견하였고 아내는 연못 바닥에 쌓인 나무들을 거두다가 오리알 하나를 주웠다. 나는 우리 연못이 홍천강변 생태의 보고라는 사실을 확인하게 되어 흥분한 반면 아내는 갑자기 비라도 내리면 오리알이 물에 잠기지 않을까 걱정이 되는 모양이다. 물론 저녁때가 되면 오리가 돌아오겠지만 ……

아내가 연못가의 잡초를 베다가 질경이 속에 감춰진 오리알 하나를 건드려 깨고 말았다. 부주의로 생명체 하나가 빛을 보지 못하고 사라졌다고 아내는 안타까워하지만 이는 아무 데나 알을 낳은 어미 오리의 탓이지 내 아내의 잘못은 아닐 것이다.

6월 22일 목 흐리다가 오후에 가랑비

장마전선이 북상 중이라더니 겨우 2~3mm의 가랑비가 내리고 그쳤다. 요새 같으면 기상청 사람들은 일기예보를 내기가 두려울 것이다. 장마전선이 남부지방에 묶여 좀처럼 중부까지 올라올 생각을 못하니 장맛비를 기대하고 모를 심었던 농부들의 불만 섞인 전화에 기상예보관들은 몸 둘 바를 모른다고 한다.

천수답의 논바닥은 쩍쩍 갈라져 오각형 또는 육각형의 문양을 그려놓았고 밭작물들은 학질에 걸린 아이처럼 노랗게 말라가고 있는데 바랭이나 비름 등의 잡초는 억세게 자라고 있다. 호미로 잡초를 긁다가 지쳐 낫으로 베었다.

7월 3일 월 맑음

4일 전에 발표된 기상청 예보는 장마전선이 중부지방까지 올라와 80mm의 비가 내릴 것이라고 하였으나 실제 강수량은 20mm에도 못 미쳐 홍천강 수위는 지난주와 별로 차이가 없다. 그러나 비가 내린 효과는 뚜렷하여 팔뚝만큼 긴 오이들이 주렁주렁 열렸고 토마토도 탐스럽게 익었다. 오이 한 바구니와 토마토 한 바구니를 땄지만 오이의 일부는 너무 늙어 껍질이 거칠고 색깔도 갈색을 띠고 있다. 토마토 역시 너무 익어 떨어진 것이 적지 않다. 오이와 토마토를 각각 10주씩 심었지만 제때에 수확하지 못하니 먹지 못하고 버리는 것이 많다. 오늘 수확한 것도 반 이상은 이웃에게 나누어주어야 하는데 직접 가져다주면 몰라도 집에 와서 가져가라면 오지 않으니 이것도 아내에게는 번거로운 일거리이다.

예초기로 논둑과 연못주변의 잡초를 깎는 데 두 시간이 걸렸다. 옷은 이미 땀으로 젖었고 얼굴의 땀이 눈으로 들어가 쓰리다. 예초기 모터가 뿜어대는 매연도 눈과 코를 자극할 뿐 아니라 요란한 기계음은 귀를 먹먹하게 한다.

비가 왔어도 세 집이 쓰는 간이수도의 수원이 고갈되어 물이 잘 나오지 않는다. 샘물을 여러 차례 양동이로 길어다가 겨우 땀에 전 몸을 씻었다. 우리 집 주위에 좋은 수원이 있으므로 자가 수도를 설치해야 할 것 같다.

7월 8일 토 맑음

계속되는 가뭄으로 수도가 완전히 말랐다. K 노인 · P 씨 · Y 씨, 그리고 낯모를 사람들까지 물통을 가지고 우리 샘을 찾아온다. 자가 수도의 필요성이 더욱 절실해지고 있다.

K 노인댁은 우리 샘에서 물을 길어 열심히 밭으로 날라다가 큰 통에 부었고 K 노인은 이 물을 고추밭에 주고 있다. 70대 노부부의 노고를 위로할 말이 없어 물통 여러 개를 채워 자동차에 싣고 가서 전해주었다.

7월 12일 수 비

필리핀 군도(群島)를 강타한 태풍이 양자강 하류지방을 경유하여 제주도에 상륙하였다는 기상청 예보를 듣고 곧 가뭄이 해소될 것으로 기대하였다. 이 태풍은 황해를 지나 황해도 남쪽을 스친 후 진로를 동북방향으로 바꿔 원산만(元山灣)으로 빠져나갈 것이며 태풍의 제1 및 3 상한에 들어가는 경기 · 영서지방에는 100~200mm의 비가 내릴 것이라고 한다. 바람의 피해가 다소 있을지라도 하늘이 내리는 막대한 양의 물이 가져다주는 효과와는 비할 바가 못 될 것이다.

그러나 비는 감질나게 내리다가 그쳤다. 새벽에 강풍이 불고 굵은 빗방울이 콩 볶듯이 양철지붕을 두드리기에 드디어 '비님'이 오시는가 했으나 곧 그치고 말았다. 라디오의 일기 해설자는 큰 피해 없이 많은 비를 가져다준 태풍에 감사한다고 말했으나 영서지방에서는 비다운 비 구경을 해보지 못하였다.

아침에 밭으로 나가보니 옥수수들이 대부분 옆으로 누웠다. 새벽 강풍에 키가 큰 이 작물들이 집중적으로 공략을 당한 것이다.

7월 19일 수 흐림

정원의 연못에는 지난달부터 수련꽃이 피기 시작하여 지난주에는 한꺼번에 네댓 송이 연꽃이 제각기 아름다운 자태를 뽐낸다. 흰색 · 보라색 · 파란색 꽃들이 낮에는 활짝 피어 은은한 향을 풍기고 해가 지면 얌전히 오므리기를 며칠간 반복하다가 꽃을 떨구면서 원추형 씨주머니에 씨앗을 품는 모습은 참으로 신비롭다.

그런데 오늘 도착해보니 연의 흔적이 사라지고 그 자리에는 흙탕물만 고였다. 아내는 여러 차례 실패한 끝에 성공하여 한 뿌리의 연이 작은 연못을 채울 수 있게 되었다고 좋아하였는데 어떤 자가 한두 개도 아니고 연 전체를 훑어갔으니 참으로 괘씸하다.

보한이가 30개월 군복무를 마치고 귀가하였다고 전화하였다. 서울 도착 즉시 조부모님 유택에 성묘부터 하였다니 신통하다.

7월 20일 목 흐린 후 비

작년보다 2주일 늦게 강낭콩을 수확하였더니 콩알 대부분이 꼬투리 안에서 말라 콩알을 까서 건조할 필요가 없게 되었다. 콩꼬투리를 따서 양지 쪽에 널어놓고 줄기는 모두 밭 가장자리에 쌓았다. 이러한 찌꺼기들이 썩으면서 토양을 비옥하게 만든다.

앤더슨의 '쓰레기더미 이론'(dump heap theory)을 보면 인류 문명사 해석에 기여한 중요한 학설도 지극히 단순한 사실을 바탕으로 정립되었음을 알 수 있다. 앤더슨은 장기간에 걸쳐 멕시코 고원과 과테말라 고원의 농촌을 답사하면서 재배식물을 연구해오던 중 밭의 여기저기에 쌓여 있는 쓰레기더미를 목격할 수 있었다. 처음에는 이 쓰레기더미들을 게으른 농부들이 작물의 잎·줄기·뿌리·잡초 등을 성의 없이 방치해둔 것으로 인식했다. 그는 어느 날 문득 농부들이 쓰레기더미를 정성스럽게 관리하고 있음을 파악하게 되었다. 이들 쓰레기더미는 규모가 크고 넓은 면적을 차지하므로 주변의 숲이나 과수에 가려지지 않아 햇볕에 노출되는 시간이 길다. 습하며 어느 정도 부식된 쓰레기는 영양분이 풍부하다. 그러므로 이 쓰레기더미에 떨어진 식물의 씨앗은 제 부모보다 크고 건강하게 자란다.

또한 500~2,000m의 고원지방은 기후변화가 적은, 거의 상춘 (常春) 기후이기 때문에 다양한 종(種)과 목(目)의 식물들이 섞여 서식하는 유전인자의 저장소(gene pool) 역할을 함으로써 유사한 식물 간의 잡종교배가 이루어질 가능성이 높다. 또한 구름 끼는 날이 적어 식물들이 적외선과 자외선에 노출되는 기회가 잦으므로 돌연변이가 발생할 가능성도 높다.

인간들은 일찍이 이러한 식물들 가운데에서 쓸모 있는 것을 선별하여 농작물로 재배하기 시작하였다. 수세대에 걸친 재배과정에서 작물화한 식물들은 유전인자가 변형되어 야생상태의 조상과 다른 기형을 이루게 되었다. 특히 쓰레기더미 위에서 자란 작물들은 인간의 필요에 따라 형태, 열매의 크기와 맛, 잎모양 등이 달라지게 되었다. 오늘날과 같이 정부가 농작물의 종자를 관리·보급하지 않았던 과거에 쓰레기더미는 유기질비료의 공급원인 동시에 종자개량의 기원지였다고 할 수 있다.

나는 중앙아메리카 농부들처럼 새로운 작물의 종자를 만들 능력은 없다. 그저 잡초와 농작물 폐기물 등을 쌓아 썩힌 후 이것을 퇴비로 사용한다. 그러나 8월 이후에는 잡초의 씨가 영글어 자칫하면 이듬해에 밭이 모두 잡초로 뒤덮일 수 있으므로 초가을 이후에 깎는 풀은 한 해를 더 묵혀 완전히 썩은 다음에 사용한다.

7월 26일 수 맑음

며칠 전 장맛비가 내린 덕에 홍천강물이 보기 좋을 정도로 불었다. 강에서 우렁찬 함성이 들리기에 괭이를 내려놓고 내려다보았더니 원색의 고무보트에 요란한 복장을 한 사람 10여 명이 타고 노를 저으며 내려오고 있다. 이러한 행렬은 몇 시간 동안 계속되었다. 한탄강·정선 가수리·인제 내린천 등지에서나 볼 수 있었던 래프팅(rafting)이 홍천강에도 나타났으니(아마도 튜빙[tubing]이라 함이 맞을 것이다) 이곳도 이제는 본격적인 놀이터가 된 모양이다.

한국의 대표적인 오지 중에 하나로 꼽혔던 홍천강이 수도권에 널리 알려지기 시작한 지는 벌써 5~6년이 지난 모양이지만 이 사실을 모르고 지냈다. 어떤 지인이 우리 시골집의 위치를 묻기에 팔봉산에서 하류 쪽으로 7~8km 내려가는 협곡이라고 가르쳐주었더니 우리 집에서 약 2km 아래쪽의 모곡리와 개야리 일대는 서울에도 널리 알려진 유원지라고 하였다.

사람이 세상에 이름이 알려지면 마음이 들떠 경박해지기 쉬운 것처럼 자연도 바깥 세상에 알려지면 더럽혀지기 쉽다. 내가 이 협곡으로 들어온 지 두 해 만에 리조트가 개장하였고 상류 쪽에 맥주공장과 온천이 들어섰다. 이러한 시설들이 입지한 후 갈수기에는 강물에 거품이 일고 물빛도 붉은색을 띠기 시작하였다. 홍수가 일어나면 리조트와 맥주공장에서 폐수를 방출한다는 소문이 들리더니 어느 날 주민대표들이 탄원서를 작성하였다.

리조트에서 폐수 정화시설을 가동한다지만 실제로 답사해본 결과 전에는 물고기가 놀던 개울이 지금은 먹물처럼 검고 심한 악취를 풍기고 있다. 몇백 미터 지하의 암반수로 만든 깨끗한 맥주라고 자랑하는 맥주회사 역시 홍천강 오염의 책임을 완전히 면할 수는 없을 것이다.

8월 3일 목 흐림

한 달 전에 산의 잡초를 베었지만 다시 잡초밭이 되었다. 몇 해 전 심은 나무들은 잡초와의 싸움에 버틸 만큼 자랐으나 금년에 심은 어린 묘목들은 잡풀 속에 갇혀버렸다.

가녀린 어린나무를 찾아내면 조심스럽게 억센 잡초들을 낫으로 베어 넘겼다. 둘째 아들은 내 뒤를 따라오며 나머지 잡초들을 예초기로 깎았다. 그러나 아무리 조심을 해도 멀쩡한 나무들이 낫에 걸려 잘린다. 아내가 3년간 정성을 들인 감나무 한 그루와 작년에 심은 단풍나무 두 그루를 베고 말았다.

8월 7일 월 흐리고 두 차례 소나기

지난주 수요일에는 아내가 계절학기 강의를 하기 때문에 아들과 둘이만 나섰더니 몹시 서운했던 모양이다. 아내는 며칠간 침묵시위를 하였다. 오늘도 아침부터 짐을 꾸리기에 따라나섰더니 비로소 미소를 짓는다.

엊그제 많은 비가 내렸기 때문에 토양이 물기를 머금어 밭에는 들어갈 수 없어 목욕탕의 전면과 뒷벽에 벽돌을 쌓기로 하였다. 아내의 도움을 받으며 벽 쌓기 작업을 마쳤다.

8월 15일 화 맑음

광복 55주년인 오늘은 미국으로 이민한 내 둘째 아우의 생일이다. 선친께서 1942년 인공조미료공장 설립차 평양으로 이사하셨는데 해방되던 날 아침 내 아우가 출생하였다. 광복의 아침에 낳은 아이라 하여 마을 사람들이 모두 축복하였는데 특히 존경을 받던 어느 목사님이 아우의 이름에 아침 조(朝) 자를 붙여주셨다고 한다.

아들과 함께 시골로 가던 중 북한에서 이산가족을 만나러온 100여 명을 태운 버스를 보았다. 10여 대의 버스 앞에 경찰 선도차가 달리고 후미에도 경호차가 따르고 있었다. 이들을 보며 문득 아우 생각을 하였다. 우리는 서울에서 평양으로 이사하여 4년 정도를 살다가 돌아왔기 때문에 북녘에 친척은 없다. 그러나 아우는 자기의 출생지역에 대한 호기심이 없지 않은 것 같다.

피서객이 모두 떠난 강변은 다시 평온을 되찾았다. 호미로 밭이랑에 깔았던 비닐을 걷다가 잠시 일을 멈추었다. 마지막 햇살이 강 건너 능선 너머로 숨자 아득히 먼 곳으로부터 많은 사람들이 외치는 소리 같기도 하고 대평원의 끝에서부터 먹구름 장막이 몰고 오는 빗소리 같기도 한 것이 들려온다. 오늘 먼 나라에서 사는 아우 생각을 하다 보니 심란한 탓이려니 생각해보지만 전에 들어

보지 못했던 소리가 들리는 것은 분명하다.

힘껏 발을 구르며 동시에 호미로 밭둑의 돌을 쳐보았더니 가까운 데서 들리던 소리는 뚝 그쳤으나 좀 먼 데의 소리는 계속된다. 그리고 잠시 후 가까운 데의 소리도 다시 울린다. 가만히 귀를 기울여보니 이 소리는 단순한 소음이 아니라 약간 높은 소리, 낮은 소리, 긴 소리, 짧은 소리 등이 어우러져 조화를 이루는 화음이다. 아마도 땅콩·콩·고구마·옥수수 등 농작물의 뿌리 아래에서 살고 있는 지렁이와 굼벵이, 그리고 밭 위를 나는 모기·벌·나비·무당벌레·메뚜기 등이 함께 연주하는 합창곡일 것이다. 나는 그들의 노래가 '일몰 이후 이 공간은 우리들의 무대이니 당신은 집으로 돌아가 쉬시오'라는 의미를 담고 있다고 생각한다.

이 협곡 일대의 전답 대부분이 농약과 제초제에 찌들어 이제는 벌레들조차 갈 곳이 별로 없던 차에 이 게으르고 서툰 농부를 만나 자기들만의 성역을 확보하였을 것이다. 기왕에 이들에게 살 곳을 제공했으니 편히 쉴 시간을 주는 것이 옳다.

9월 1일 금 맑음

어제까지 온 나라가 대형 태풍의 공포에 떨었다. 그저께 흑산도에서는 초속 58m 이상의 바람이 불었는데 이는 1959년 사라호 태풍시 울산에서 기록되었던 광풍보다 10m 이상 더 빠른 것이었다고 한다.

반곡의 단골 종묘상에 들렀더니 오늘 새벽 광풍이 불어 이 마을에서도 비닐하우스 수개 동이 무너지고 잘 자라던 벼들이 많이 쓰러졌다고 귀띔해준다. 홍천강 물이 크게 불어나지 않은 것으로 보아 비는 별로 많이 내리지 않은 것 같다.

태풍은 우리 마을 논골도 휩쓴 모양이지만 우려했던 것보다는 피해가 적다. 다만 논의 여러 군데가 폭삭 주저앉아버렸다. 논으로 들어가 쓰러진 벼를 일으켜 세우고 짚으로 함께 묶었다.

비닐하우스의 문이 모두 열렸고 세워놓았던 깻단이 넘어졌다. 깨의 일부가 흙바닥에 쏟아졌으나 조심스럽게 털었더니 5리터 정도가 나왔다. 넘어진 고추와 콩은 흙을 뒤집어써서 이미 곰팡이가 슬어 수확을 포기해야 할 것 같다.

9월 9일 토 가랑비

어제 오후에 무와 배추 모종을 심었을 때는 한 시간 후에 돌아보아도 축 늘어져 살지 못할 것 같더니 밤사이에 꼿꼿하게 고개를 쳐들었다. 새벽부터 내린 가랑비가 어린 채소들에게 생기를 불어넣어준 모양이다.

주방과 목욕탕의 출입구에 설치했던 문은 우리가 집을 비운 사이에 무단침입자가 미닫이의 레일을 뜯어낸데다가 틈새가 점점 벌어져 지난겨울에는 차가운 외기가 스며들어 수도관이 얼었다. 이 문들을 떼어낸 후 어제 구입해온 여닫이문을 달았더니 문짝이 문틀보다 다소 커서 꼭 들어맞지 않는다. 문짝의 모서리를 칼로 깎고 대패로 밀어낸 후 망치로 두드려 겨우 문틀에 끼워넣었다.

고정시킨 문짝과 기둥에 경첩을 붙이고 나사못을 박은 다음 몇 차례 여닫기를 반복했더니 뻑뻑하던 문이 부드럽게 열린다. 문짝에 유리를 끼우지 않아 주방과 욕실이 다소 어둡기는 하나 한 겨울 냉기는 막을 수 있을 것 같다. 작업을 끝내고 손을 씻다가 손바닥에서 쓰리고 아린 통증을 느꼈다. 맨손으로 드라이버를 돌릴 때에 굳은살이 박혔던 부분이 콩알만큼 떨어져나간 모양이다. 역시 나는 서툰 일꾼이다.

9월 16일 토 비

낯선 전화 한 통이 내 마음을 흔들어놓았다. 모 신문사 기자라는 사람이 전화로 고려대 최영준 교수를 찾는다기에 내가 바로 당신이 찾는 사람이라고 대답했다. 그는 "정수일 박사와 친하지 않느냐. 지금 정 박사는 어디에 거주하며 또 어떻게 지내고 있느냐"하고 물었다. 일방적으로 자기 말만 먼저 쏟아내는 이 기자의 말투도 마음에 들지 않았지만 전혀 생소한 이름을 대고 내 친구라 단정 짓는 태도 역시 언짢았다. 그를 전혀 만나본 적이 없으며 누구인지도 모른다고 했더니 그 기자는 "정 박사는 무하마드 깐수라 불렸던 학자인데 8·15 특사로 출옥하였으며 정 박사를 특별 취재하고자 하니 그의 소재를 알려달라"고 채근하였다. 일면식도 없는 사람이라고 아무리 말해도 믿지 않는 기자는 모대학의 아무개 교수가 내 이름을 거론하였으니 도와달라고 조르기에 버럭 화를 내고 전화를 끊었다. 어처구니없는 전화에 기분이 상해 동양사를 전공하는 S대학의 Y교수에게 하소연을 했더니 농담이지만 "간첩과 친구하는 사람과는 연을 맺고 싶지 않다"고 나를 놀려댄다. 아마도 이슬람 학자 이븐 할둔(Ibn Khaldūn)에 관한 글과 실크로드와 동서문명교류사 관련 논문 한 편을 쓴 인연으로 황당무계한 전화를 받게 된 것 같다.

아내가 기분도 우울하니 시골 나들이를 가자고 제안하기에 우중에 집을 나섰다. 간간이 뿌리는 비로 포장도로가 미끄럽다. 그래서인지 두 차례나 교통사고 현장을 목격하였다. 팔당호수는 누런 흙탕물이 넘실거리고 중미산고갯길은 골짜기마다 허연 거품을 토하는 급류가 넘쳐흐른다. 지난번 태풍에 이어 이번에도 아래와 위, 두 논배미의 여기저기가 폭격을 맞은 것처럼 벼가 꺼졌다.

9월 17일 일 맑음

6시 기상. 밤새 내리던 비가 그치고 뭉게구름 조각들이 여기저기 흩어져 동북 쪽으로 바쁘게 달아나고 있다. 서녘 하늘의 구름 사이로 말간 달이 모습을 보였다가 산 그림자 너머로 사라졌다.

무릎 위까지 올라오는 고무장화를 신고 손목에는 토시, 손에는 장갑까지 끼고 논으로 들어갔다. 거머리 따위야 전혀 걱정이 되지 않으나 의사인 친구가 쥐오줌에 섞인 바이러스로 감염된다는 츠츠가무시증의 위험성으로 나를 겁나게 하였기 때문에 우스꽝스러운 중무장을 한 것이다.

물이 질퍽거리는 논의 벼 포기 여기저기에 짚으로 엮인 동그란

주머니들이 달려 있기에 나는 이것들이 새집인 줄 알았다. 농촌 출신 제자가 그것은 들쥐의 집이며, 쥐들은 벼 포기를 옮겨다니며 마음 놓고 벼 이삭을 먹어치울 뿐 아니라 츠츠가무시증도 옮긴다고 말했다. 그러니 조심하는 것이 나쁠 리는 없다. 네 시간에 걸쳐 세 다랑이의 쓰러진 벼를 모두 세웠다. 논 바닥에 쓰러졌던 벼는 깨끗이 씻어 서너 포기씩 묶었으니 다시 넘어질 염려는 없을 테지만 수확량은 다소 줄 것 같다.

9월 23일 토 맑음

새벽 3시까지 책을 읽고 늦게야 잠이 들었는데도 7시에 눈을 떴다. 공기가 깨끗하고 주위가 고요하여 짧은 시간이라도 숙면하기 때문에 서울보다 덜 자도 피로를 느끼지 않는다.

아내는 넓은 잔디밭에 내놓은 원탁에 하얀 테이블 보를 깐 후 비치파라솔을 세웠다. 식탁 중앙에는 자신이 만든 화병을 놓고 들국화 몇 송이를 꽂아놓았다. 그리고 햅쌀밥·갈비찜·전·샐러드 등을 차렸는데 음식을 담은 그릇은 모두 전에 보지 못하던 것들이다. 붉은 포도주까지 준비하여 나를 놀라게 하였다.

오늘이 내 생일이라 아내는 새벽부터 정성을 들여 준비하였고 내가 밤을 줍는 사이에 상차림을 끝낸 것이다. 우리가 이 집을 소유한 이래 십여 년간 땀 흘려 일하는 데만 골몰하였지 제대로 된 식탁 한 번 꾸며보지 못하였다. 우리는 천천히, 그리고 즐겁게 음식을 먹으며 지난 세월의 경험을 이야기하였다. 앞으로도 우리가 해야 할 일은 많지만 이제는 주변이 어느 정도 정돈되었으므로 마음의 여유를 갖고 즐겁게 살자고 하니 아내는 평생의 꿈이 이루어진 것 같다고 감격스러워 한다.

이곳을 가꾸는 동안 겪은 육체적인 노역쯤이야 가볍게 잊을 수 있으나 가까운 사람들이 보여준 몰이해와 질시는 참으로 견디기 어려웠다. 그러나 우리 내외는 10년 이상 잘 견디면서 우리만의 아늑한 휴식처를 가꾸어왔다.

10월 7일 토 맑음

어제부터 시작한 벼 베기 작업을 오후 5시에 마쳤다. 지난주에 논의 물을 뺐더니 위쪽은 바닥이 잘 말라 벼포기를 바닥에 깔 수 있었으나 아래쪽은 너무 질어서 논둑으로 옮겼다. 음료수를 가지고 나왔던 아내가 벼를 논둑에 X자형으로 펴놓았다. 기계로 베면 낟알만 볕에 건조시켜 편리하지만 나는 낫으로 베기 때문에 논바닥과 논둑에 널 수밖에 없다. 3~4일 건조시키며 두어 차례 뒤집어주면 탈곡할 수 있지만 중간에 비라도 내리면 벼가 젖어 애를 먹는다. 오늘 한 다랑이의 벼를 베었다.

논바닥에서 말린 벼를 도정한 쌀밥이 건조기를 거친 것보다 맛이 좋다고들 하니 지모(地母)는 자신이 키운 곡동(穀童), 즉 낟알들을 끝까지 돌보아 최상의 쌀을 만들어주는 모양이다.

벼를 베면서 관찰해보니 우리 논에서는 메뚜기와 사마귀가 나오는데 K 노인이 재배한 아래 다랑이에는 곤충이 보이지 않는다.

8시부터 시작한 벼 베기는 오후 1시에나 마무리되었다.

베어낸 벼는 마른 논바닥에 펴서 사나흘 말린 후에 단으로 묶는다.

K 노인은 여름에 서너 차례 농약을 치며 내 다랑이에도 뿌려주겠다고 했으나 사양했더니 곤충들이 모두 내 논으로 피난을 온 모양이다. 물론 농약이 바람을 타고 올라왔겠지만.

10월 15일 일 맑음

8시부터 벼 베기를 시작하였다. 보한이는 작은 다랑이의 찰벼를 베고 나는 어제 남겨놓은 큰 다랑이 작업을 마쳤다. 허리와 다리가 모두 뻐근하여 논둑에 눕고 싶지만 서툰 솜씨로 열심히 일하는 아들을 생각하여 참았다. 오후 1시경 벼 베기를 마쳤다.

아내는 잔디밭에 원탁을 놓고 토란국·갈비구이·참나물무침 등으로 성찬을 차리고 화병에 국화꽃 몇 송이를 꽂아놓았다. 모내기나 벼 베기를 할 때 논둑에 앉아 새참을 먹지만 우리는 화려한 식탁에 앉았다. 문득 춘추시대 진(晉)나라의 극결(郤缺)에 관한 고사가 떠오른다.

진문공(晉文公)은 오랜 망명생활을 마치고 귀국하여 60세가 다 된 나이에 즉위하였다. 훌륭한 신하들이 보좌하였음에도 그는 널리 인재를 구하였다. 어느 날 신하 한 명이 사람을 추천하면서 그 이유를 설명하였다.

"지난날 제가 길을 가다가 기(冀)라는 들에서 잠시 쉬게 되었습니다. 한 농부가 가래로 밭을 갈고 있었는데 마침 농부의 아내가 점심밥을 가지고 나왔습니다. 그 아낙은 밥과 반찬을 하나씩 꺼내 두 손으로 들어서 공손하게 남편에게 바쳤습니다. 남편은 옷깃을 여미고 기도를 한 후 조용히 음식을 먹었습니다. 아내는 남편이 식사를 마칠 때까지 그 곁에서 모시고 서 있었습니다. 식사를 마친 남편은 그릇을 챙겨 바구니에 넣고 아내의 머리에 얹어주었습니다. 그리고 남편은 아내가 보이지 않을 때까지 눈으로 배웅한 후에 다시 밭을 갈기 시작하였습니다. 그들 부부는 서로를 대하는 태도가 꼭 귀한 손님을 대하듯 기품이 있었습니다. 그러하니 다른 사람을 대하는 태도는 어떠하겠습니까. 신은 공경할 줄 아는 사람이라야 덕이 있다고 들었습니다."

그 농부는 과거 반란을 일으켜 진문공을 시해하려 했던 역적의 자식이었기 때문에 용납되기 어려웠다. 그럼에도 신하는 적극적으로 극결을 추천하여 그는 진나라의 동량이 되었다.

우리 부자는 몸을 깨끗이 씻고 식탁에 앉아 아내가 정성껏 준비한 음식을 맛있게 먹었다. 극결에 비해 우리는 호화로운 점심상을 받았으니 아내에게 감사해야 할 것이다.

지난주에 묶어서 세웠던 볏단의 이삭들이 모두 아래로 늘어져 마치 광인의 봉두난발 같다. 바르게 펴서 묶지 않으면 탈곡 작업이 어려울 듯하여 풀어서 다시 묶고 있으려니 K 노인이 다가와 볏단 묶는 방법을 가르쳐준다. 매사에 서툰 나를 가르치는 데서 보람을 느끼는지 그는 나를 어린 생도 다루듯이 한다. 그가 가르쳐주는 대로 한쪽은 조금 길게, 그리고 다른 쪽은 짧게 X자형으로 잡고 긴 쪽을 안으로 접은 후 한 바퀴 돌려 꼬아 이삭을 나란히 모았더니 볏단이 단단하게 묶인다.

10월 27일 금 맑음

잘 마른 볏단을 걷어 네발가리로 쌓았다. 나락에 습기가 차지 않도록 바닥에 비닐을 깐 후 이삭을 가운데로 모으고 타래는 바깥쪽으로 7~8단씩 포개놓으면 이른바 발가리가 완성되는데, 발가리 위에는 다시 비닐을 씌워 나락이 젖지 않도록 한다. 그러나 발가리는 탈곡하기까지 며칠간만 논둑에 남겨둘 뿐이다.

어제 대학원생들을 데리고 교동을 다녀왔고 오늘은 시골에 와서 볏단을 쌓았더니 피로가 몰려온다. 지인들은 나를 지칠 줄 모르는 철인이라고들 하지만 나는 결코 강한 인간이 아니다. 오히려 나약한 서생일 뿐이다.

10월 28일 토 흐림

아침에 논으로 내려가보니 발가리 두 개가 쓰러져 있다. 역시 솜씨가 서툰 탓이라 어쩔 도리가 없다. 벼를 베던 K 영감님이 찾아와 지주를 박은 후 Y자형(세발가리)으로 고쳐 쌓으라고 충고하기에 그의 말을 따라 볏가리를 모두 헐고 다시 작업하는 데 두 시간을 허비하였다. 오늘 밤 비바람이 불 것이라는 일기예보가 있었으니 필요한 일을 하였다고 생각한다.

느릅소〔楡沼〕의 오리 수가 어제보다 더 늘어 눈대중으로 100에서 200마리는 됨 직하다. 논에서 내려다보면 강물 위에 검은 점들이 물속에 박힌 돌처럼 조용한데, 몇 녀석들이 장난을 시작하자 갑자기 수십 마리가 힘차게 날개를 퍼득이며 물을 차고 하늘로 날아오른다. 이어서 좁은 골짜기의 정적을 깨는 오리들의 합창이 들려온다. 하늘 높이 솟았던 몇 마리는 논 위를 맴돌다가 미끄러지듯이 논으로 내려와 앉더니 뒤뚱거리며 논바닥을 뒤진다. 아내가 논에 떨어진 벼 이삭을 줍지 말라고 당부한 것은 아마도 철새들의 먹잇감을 염두에 둔 것 같다.

밭으로 나가 고춧대를 모두 뽑아 붉은 고추와 푸른 고추를 나누어 자루에 담았다. 된서리가 내리기 전에 고추를 따야 푸른 것은 소금물에 담가 절이고 붉은 것은 말릴 수 있다. 파는 모조리 뽑아 비닐하우스 안으로 옮겨 심었다. 울타리콩도 모두 따고 나니 여름 내내 여러 가지 작물들로 가득했던 밭이 황량하게 비었다.

11월 3일 금 맑음

제자 K 군이 나를 따라 시골에 왔다. K 노인은 내가 오기를 고대했던지 벼를 모두 강변의 큰 다랑이로 운반하라고 재촉한다. 외바퀴 수레에 볏단을 가득 싣고, 좁고 구불구불한 논둑을 따라 운반하기가 쉽지 않다. K 군은 비틀거리다가 볏단을 쏟아놓고 만다. 아무래도 이 작업은 외바퀴 수레를 많이 사용한 내가 하는 것이 마땅하여 K 군에게 강의 오리 구경을 하라고 권했다. 그때 갑자기 강변에서 두세 차례 날카로운 폭음이 들리더니 긴 메아리가 이어지고 놀란 오리들이 사방으로 흩어지면서 비명을 지른다. 어떤 몰지각한 인간이 일으킨 소란은 협곡의 평화를 완전히 파괴하였다.

오리들은 우리가 볏단을 모두 운반할 때까지 한 마리도 돌아오지 않았다. 저녁을 마치고 강으로 나가보아도 오리들로 북적이던 느릅소는 텅 비었다. 얼마나 놀랐으면 모두 사라졌겠는가. 간절한 마음으로 그들이 돌아오기를 빈다.

11월 4일 토 맑음

간밤에는 K 군과 새벽 1시까지 우리의 공동 관심사를 주제로 얘기를 나누었다. K 군은 내가 마지막으로 양성할 제자로 생각하기 때문에 각별하게 여기고 있다. 어떤 분은 내게 땅 농사보다 글 농사에 관심을 가지라고 권하지만 타고난 글재주가 없음을 잘 알기 때문에 아직까지는 제자 농사를 가장 중요하게 여기고 있다.

강 건넛마을에 사는, K 노인의 사위가 탈곡기를 싣고 와서 나도 그의 신세를 지기로 하였다. 직선거리로 2km 남짓하지만 그는 무거운 장비를 싣고 무려 20km를 돌아 한 시간이나 걸려 8시에 도착하였다. 그가 경운기 모터에 벨트를 걸고 탈곡기를 돌리기 시작하였다. 이 기계에 볏단을 펴서 넣으면 짚은 옆으로 빠지고 낟알은 자루 속에 담기니 편하기는 하다. 그런데 환기통에서 쏟아지는 먼지와 검불 때문에 숨이 막히니 이 작업은 고역이 아닐 수 없다.

우리 벼의 탈곡은 두 시간 만에 끝났다. 찰벼는 50kg짜리 포대로 세 자루, 메벼는 여섯 자루다. 우리 것이 끝났다고 자리를 털고 일어설 수가 없어 K 노인댁 일을 거들기로 하였다. 나와 K 군은 볏단을 운반해주었다. 작업은 오후 4시경 끝났는데 K 노인댁 벼 포대는 내 것의 3배 정도이다.

우리 벼 포대를 K 노인의 아들이 경운기로 운반해주어 툇마루에 쌓았다. 먼지는 잔뜩 뒤집어썼으나 공동작업의 덕은 많이 보았다. 농촌 사람들이 모내기와 수확기에 서로 돕는 이유를 알겠다.

11월 11일 토 맑음

최근 양평군 단월면과 홍천군 서면 사이의 도로가 포장되어 경춘국도 쪽으로 다니는 것보다 여행거리가 단축되었다. 더욱 반가운 일은 단월면과 서면의 경계를 이루는 대곡고개 입구에 청주의 H대학에 근무하는 후배 R 교수의 동서 내외가 경영하는 카페를 알게 된 사실이다. 여러 해 전 상영되었던 미국 영화 「구름 속의 산책」을 옥호로 삼은 이 집에 들러 원두커피의 향을 즐길 수 있게 되었으니 우리의 시골 나들이길에 작은 즐거움 하나가 첨가된 것이다.

무가 잘 자라서 모양이 미끈하고 둥글다. 공기 중에 노출되었던 머리부분은 연두색을 띠고 땅속에 묻혔던 부분은 엷은 미색이다. 너무 크지도 않고 그렇다고 작지도 않아 이웃들이 모두 잘생겼다고 덕담을 한다. 순무 역시 어릴 때 가지고 놀던 팽이를 닮았는데 보라색 색조가 아름답다. 이 마을 사람들은 순무를 처음 보기 때문에 궁금해하기에 깎아서 시식을 시켰더니 옛날에 먹었던 배추

꼬랑지 맛이라고 반가워한다. 군것질감이 적었던 그 시절 배추꼬
랑지는 아이들에게 훌륭한 먹을거리였다.

11월 12일 일 흐림

새벽 기온이 뚝 떨어져 마당의 돌확에 고인 물이 꽁꽁 얼었다.
어제 무를 땅에 묻기를 잘한 것 같다.

벼 네 자루를 싣고 어유포리 방앗간을 찾았더니 정미작업은 내
일부터 시작한단다. L 씨에게 도정을 부탁하고 집으로 돌아왔다.
햅쌀밥 맛을 보려면 일주일을 더 기다려야 한다.

짚을 가지러 아랫논으로 내려가보니 K 노인이 모두 가져가버렸
다. 소를 키우는 그에게 좋은 사료가 되겠지만 내게도 필요하여
나눠달랬더니 대여섯 묶음만 내주려 한다. 겨우 열 묶음을 얻어와
서 반은 무 구덩이를 씌울 얼룽가리를 만드는 데 사용하고 나머지
는 배나무와 사과나무의 보온용으로 썼다.

11월 17일 금 비 내린 후 오후에 맑음

아내는 노환으로 고생하시는 빙부를 보살펴야 하기에 오늘은
홀로 시골 나들이를 했다. 꾸물거리다가 11시에야 집을 나섰다.
늘 옆 좌석에서 도란도란 얘기해주던 아내가 자리를 비웠기에 마
음이 허전하다.

중미산고개 500m 고지부터 흰 눈이 보이더니 고갯마루의 포장
도로에 내린 눈이 얼어붙어 빙판이 져 미끄럽다. 평지에서는 비가

오고 고지에서는 눈이 내리는 것이다. 잠시 차를 세우고 첫눈을 맞으며 보온병에 담아온 따듯한 커피를 따라 마셨다. 여름철에는 짙은 녹음이 풍기는 초목의 향 때문에 커피향을 느끼기 어려웠는데 오늘은 대부분의 식물들이 가사상태에 들어갔기 때문인지 유난히 향이 강하다.

비가 그치고 해가 뜨자 날씨가 따듯해졌다. 시멘트 작업을 해도 무방할 듯하여 시멘트와 모래를 섞어 비벼놓고 벽돌 60장을 작업장으로 옮겨놓았다. 주방 벽에 벽돌을 쌓으려면 우선 두꺼운 스티로폼을 벽에 붙여야 하는데 접착제나 실리콘을 발라도 떨어져 애를 먹다가 못을 박아 고정시킬 수 있었다. 밤 기온이 내려가면 시멘트가 얼어붙을 위험이 있어 서둘러 벽돌 쌓기를 마치고 그 위에 모포를 씌웠다.

밤에 L 씨가 정미소에 맡겨놓았던 벼를 도정해서 가져왔다. 이 노총각이 어떤 여성을 동반했기에 방으로 안내하여 차를 대접하였다. 아마도 애인인가 보다. 나이 마흔이 넘어서도 장가를 못 간 이 순박한 노총각이 배우자를 맞는다면 축하할 일이다. 오늘날 시골에는 20~40대는 줄어들고 노인은 늘어나서 아이들의 모습을 보기 어렵다. 10여 년 전 강 건너 반곡의 초등학교 재학생 수가 400여 명이라고 했는데 지금은 50여 명에 불과하다고 하니 이 추세로 나간다면 우리 시골은 머지않아 노인만 남게 될 것이다.

20여 년 전 강원 북부의 시골로 농촌활동을 간 학생들을 찾아간 적이 있다. 학생들 가운데 너무 똑똑해서 당차다는 느낌을 주는 여학생이 있었는데 "시골에는 30~40대 노총각이 너무 많아 불쌍해요. 이 문제를 해결할 수 있는 방안을 제시해보세요"라고 흥분한 어조로 나를 다그쳤다. 나는 농촌문제 전문가가 아니고 중매쟁이도 아니어서 갑자기 받은 질문에 어리둥절할 수밖에 없었다. 하지만 바로 마음의 여유를 되찾아 "아주 좋은 방안이 있지만 학생이 이해하고 받아들일 수 있을지 모르겠네. 바로 학생 같은 사람들이 평생 농활을 하면 해결이 되지"라고 대답하였다. 그 학생은 처음에 내 말의 의미를 파악하지 못했다가 몇 분 후에야 깨달은 듯 강한 톤으로 "저를 어떻게 보고 그런 말씀을 하세요"라고 외치면서 얼굴을 붉히고 사라졌다.

　나는 농촌 실정을 알아보겠다고 여름방학 때 시골을 찾는 학생들을 기특하게 여긴다. 20여 년 후 우리 사회의 지도층이 될 오늘의 젊은 세대가 농촌사회에 관심을 가진다면 농촌은 결코 소외되지는 않을 것이기 때문이다. 그러나 농활에 참여하는 학생들 중 상당수가 봉사를 앞세우면서도 부모 또는 조부모 세대의 농촌 사람들을 계몽의 대상으로 삼고 있다. 최근 우리 시골에 찾아온 모 대학의 농활단 학생들이 밭에서 김을 매고 있는 나를 상대로 정신교육(?)을 시키려고 열변을 토했다. 다 듣고 난 후 그 말에서 오류를 잡아주고 나서 진정으로 농촌의 일손을 돕고 싶다면 수해복구나 수확기를 택하는 것이 바람직할 것이라고 일러주었더니 적잖이 놀라 슬금슬금 달아나버렸다. 누구로부터 내 신분을 확인하였는지 며칠 후에 길에서 한 학생을 만났더니 꾸벅 인사를 하기에 빙그레 웃어주었다. 아마도 처음에는 꺼벙한 농부쯤으로 생각했다가 많이 놀랐던 모양이다.

농촌 활동을 하는 학생들에게 바라는 것은 촌로들을 가르치겠다는 생각을 버리고 오히려 자연 속에서 꾸밈없이 살아온 그들의 지혜를 본받고자 노력하라는 것이다. 일반적으로 고등교육을 받은 사람들, 특히 명문대학 출신들은 학벌에 대한 자부심에서 벗어나기 어렵기 때문에 교육수준이 낮은 사람들을 어리석다고 생각하기 쉽다. 시골 노총각들을 긍휼히 여겼던 여학생 역시 시골 총각과 결혼하여 평생 농활을 할 생각이 없느냐고 했던 내 말을 모욕으로 생각했음이 틀림없다.

시골은 한국 민속문화의 요람이다. 불과 반세기 전까지 우리나라 사람의 8~9할이 시골에 살았고, 농촌은 우리나라 살림살이를 지탱시켜준 근본이었다. 그런데 급격한 도시화 및 산업화 결과 농촌인구는 15% 정도로 줄어들고 농촌의 경제적 비중도 인구비율 수준으로 낮아졌다. 앞으로 농촌인구는 5% 수준까지 낮아질 것이 자명하니 우려하지 않을 수 없다.

우리 국토 면적에서 도시부분이 차지하는 비율은 극히 낮아 도시에서는 집 밖에 나서면 사람들끼리 부딪치고 차량은 차량들끼리 충돌하는 일이 잦아 사람들의 신경이 날카롭다. 반면에 시골에는 인구 감소로 빈집이 늘어나고 초·중등학교들은 학생이 줄어 폐교되거나 수십 개의 교실을 비워놓고 한두 개만 사용할 만큼 공간적 여유가 많다. 바야흐로 국가적인 인구 재배치 정책과 인구

증가 대책을 시급히 수립할 때가 되었다.

L 씨를 배웅하고 돌아와 자리에 누웠다가 아내에게 전화를 하여 L 씨의 기쁜 소식을 전하였다. 아내 역시 그의 배우자가 어떤 사람인지 궁금해하였다.

12월 3일 일 맑음

아내와 함께 마루의 앞뒤, 욕실과 안방 및 건넌방의 창문에 비닐을 두 겹으로 대고 스테이플러로 박아 외풍을 차단했다. 이어서 커튼을 달았더니 실내가 훈훈하다. 단열효과는 있으나 환기가 순조롭지 않아 자주 문을 열어야 하는 단점이 있다. 게다가 해마다 봄이면 비닐을 떼어냈다가 가을에는 다시 붙여야 하는 번거로운 작업을 반복하는 것도 문제이다.

12월 15일 금 낮에는 맑고 밤에 비

학장 후보로 내 이름이 자주 거론되더니 오늘은 학과장회의에 참석해달라는 전갈까지 받았다. 퇴임을 5~6년 앞두고 행정직을 맡고 싶은 생각이 없어 피해왔다. 주변의 권유가 집요하여 조용한 곳으로 가서 맑은 공기로 귀를 씻고 싶어 아들에게 내가 전화 연락이 되지 않는 시골로 떠났다고 대답하도록 이르고 집을 나섰다. 다행히도 나는 남들이 대부분 가지고 다니는 휴대전화도 없어 남의 방해를 받지 않고 은거할 수 있다.

시골에 도착하여 이장·반장·I 씨·K 노인 댁에 새 달력을 하나씩 전하였다. 아름다운 그림 달력은 이분들에게 인기가 있어 해마다 기다린다고 하니 보람을 느낀다.

12월 16일 토 가랑비 내린 후 맑음

밤부터 내린 비가 오전에는 가랑비로 바뀌었다가 오후부터 날씨가 청명하다. 비가 그친 후 공기가 싸늘하지만 상쾌하다.

문득 강을 내려다보니 얼기 시작했던 강물이 다시 녹았고 그 차가운 물을 타고 두 무리의 오리 떼가 내려온다. 벼를 벨 때 누군가의 총질에 놀라 흩어졌던 오리들이 모두 사라진 후 오랜만에 수십 마리의 오리가 다시 나타난 것이다. 한 무리는 마치 원형의 진(陣)을 친 듯하고 또 한 무리는 V자형 공격대형을 이룬 것처럼 보이는데, 그 진형에는 마치 리더가 있는 듯 질서정연하다.

12월 22일 금 흐리고 때때로 가랑비

어제 내렸던 눈이 녹았다가 다시 얼어 강변에서 우리 집으로 들어가는 진입로는 완전 빙판을 이루었다. 특히 논 옆을 지나 대문에 이르는 길은 음지여서 오후 늦게야 겨우 볕이 비스듬히 들기 때문에 길에 모래를 뿌려야 미끄러지지 않고 들어갈 수 있다.

조선낫과 톱을 들고 산으로 올라가 봄부터 여름까지 자란 잡목과 덩굴을 걷거나 뿌리를 잘라내었다. 몇 년 사이에 손가락만했던 나무들이 이제는 2m 이상 자랐다. 척박했던 토양에 낙엽이 쌓이기 시작한 후 칡을 비롯한 덩굴들이 뿌리를 내렸고 바람에 날려온 잡초와 잡목들도 나무 주위에 자리를 잡아 한여름이면 내가 심은 나무들을 덮어버린다. 그러므로 겨울에는 나무 위를 뒤덮은 덩굴을 걷고 칡뿌리를 잘라내며 봄에는 나뭇가지에 전지를 한다.

12월 23일 토 눈 그친 후 오후에 맑음

새벽부터 내린 눈이 잔디밭에 소복하게 쌓였다. 눈 밟히는 소리에 우리 연못에서 밤을 보낸 오리들이 놀라 꽥꽥거리며 달아난다. 오리들이 남긴 연못 위의 파문에 비단잉어들이 놀라서 물속으로 자맥질한다. 예년 같으면 깊은 물속에 숨어 겨울잠을 잘 잉어들이 따듯한 날씨 탓에 계절변화도 느끼지 못하는 모양이다.

2001년
농사의 길, 수신修身의 길

"농토를 가꾸는 사람은 남에게 보이기 위해
땀을 흘리는 것이 아니라 자신의 마음속에 들어앉아 있는
지모에 대한 애정과 조물주에 대한 감사의 마음 때문에
땀 흘리며 일하는 것이다. 그러므로 농부들에게는
땀에 절은 옷 냄새도 건강한 식물들이 발산하는
싱그러운 냄새와 별로 다르지 않다."

1월 6일 토 맑음

지난밤에는 잠이 오지 않아 새벽 4시까지 집 안팎을 서성거렸다. 추녀 밑에 걸어놓은 온도계의 수은주가 영하 18°C를 가리키고 있다. 반달보다 배가 조금 더 나온 열흘 달이 얼어붙은 대지를 환하게 비추고 있다. 달빛의 유혹에 못 이겨 슬리퍼를 끌고 마당으로 나섰더니 신 바닥이 땅에 붙어 잘 떨어지지 않는다. 눈을 만졌던 손을 사랑채 문고리에 댔다가 딱 들러붙어 살점을 뜯길 뻔했으니 지독한 추위이다.

1월 12일 금 맑음

오늘 새벽 강원도 내륙지방이 한파의 피해를 입었다는 보도가 나왔으나 실내온도 유지가 잘되는 아파트에 거주하면 기후변화를 느끼기 힘들다. 그러므로 아파트 생활을 오래한 사람들 중에는 극한적인 기후에 적응하지 못하는 경우가 많다. 나도 20년 이상 아파트에 거주해왔지만 10년 이상 시골 생활을 해왔기 때문에 다행히도 추위를 잘 견딘다.

닷새 전 전국적인 폭설이 쏟아져 대관령 90cm, 추풍령 40cm, 서울 20cm를 기록하였다. 그날 경부고속도로의 기능이 마비되어 며칠 동안 수십만 대의 자동차가 도로 위에 방치되었다는 보도가 3일이나 계속되었던 터라 나도 시골집이 궁금하지 않을 수 없었다. 전국 여러 곳에서 폭설로 인한 비닐하우스 및 주택의 붕괴사고가 있었으니 우리 집과 비닐하우스는 무사한지 염려스럽다.

중미산고개 · 널미재 · 대곡고개 등의 빙판길을 어렵사리 넘고 날이 어두워진 후에야 홍천강변에 이르렀다. 여기서부터 우리 집으로 이어지는 강변 벼랑길은 며칠간 지나간 차량이 거의 없었는지 쌓인 눈 위에 자동차의 궤적이 전혀 없다. 하얀 눈길을 처음으로 지나간다는 사실에 다소 흥분했으나 이 낭만적인 꿈은 몇 분도 되지 않아 두려움으로 바뀌었다. 내 자동차는 차체가 일반 승용차보다 높고 힘이 좋기 때문에 별로 걱정하지 않았는데 두껍게 쌓인 눈이 지난 3~4일간 지속된 강추위에 얼면서 단단하게 굳어, 자동차 밑부분에 걸려 진행을 방해했다. 변속기를 1단으로 바꾸고 사륜구동 장치까지 이용하면서 거북이걸음의 속도로 움직여 5km를 한 시간 만에 통과했다. 7시가 넘어서 겨우 집에 도착하였다.

잔디밭에는 무려 40cm나 되는 눈이 쌓였으니 만일 이 눈이 다져지지 않았다면 50cm 정도는 되었을 것이다. 지붕 역시 무거운 눈을 지고 있어 불안해 보인다. 내가 10년 이상 이 협곡을 드나들었지만 이번처럼 춥고 눈이 많이 쌓인 날은 없었다. 다행히도 보일러와 수도는 동파를 면했다.

늦은 시각이지만 지붕 아래쪽의 눈을 긁어내었다. 먼저 긁어낸 쪽은 다행히 위쪽의 눈이 조금씩 미끄러져 내려오기 때문에 날씨가 풀리면 저절로 녹을 것이다. 안마당과 바깥마당에 쌓인 눈은 제설도구를 이용하여 퍼내면서 길을 열었다.

1월 16일 화 맑음

오늘 새벽 수은주는 영하 25°C까지 떨어졌다. 바람까지 불어 체 감온도가 실제온도보다 10°C 정도는 더 낮을 것 같다. 영하 20°C 이하의 강추위가 일주일 이상 계속되어 땅에 묻은 무가 돌덩이처 럼 굳어버렸다.

러시아제 털모자를 쓰고 밭으로 나갔다가 반장을 만났는데 그 는 처음에 이상한 모자를 쓴 나를 알아보지 못했다. 모자를 벗고 인사를 드리자 추운 날 눈길을 어떻게 뚫고 들어왔냐고 놀란다. 아마도 C시에 사는 그의 자녀들은 혹한과 눈 때문에 2주일째 찾아 오지 못한 모양이다. 큰 밭 여기저기에 야생동물 발자국이 남아 있고 그들이 파헤쳐 맨 흙이 시커멓게 드러난 구덩이도 보인다. 쌓인 눈 때문에 동물들이 많이 굶주릴 것 같다.

1월 27일 토 눈 내리다 저녁에 맑아짐

눈 내리는 날은 마음이 설레어 밖으로 나가고 싶지만 금년 겨울 에는 유난히 폭설이 잦은데다가 혹한과 강풍까지 기습했기 때문 에 이제는 눈도 반갑지 않다. 새벽에 쏟아지던 눈이 그쳤기에 안 심하고 집을 나섰는데 중미산고개에서 또 눈보라를 만났다. 운전 하는 나는 미끄러운 길을 조심스럽게 가느라 신경이 날카로운데 아내는 느티나무 고목의 사진을 찍기 위해 세 번이나 차에서 내렸 다. 흰 눈으로 덮인 쪽은 밝게 빛나고 반대쪽은 검은색을 띠는 오 묘한 실루엣을 이루고 있어 독특한 아름다움이 느껴진다. 아내는 이러한 풍경을 도자기 작품에 그리기를 좋아한다.

우리 논에서 갑자기 몸집이 큰 십여 마리의 새가 날개를 퍼덕이며 날아오르는데 그중 두어 마리는 퉁소 소리 비슷한 음향을 토한다. 오리들인가 했더니 벼이삭을 주워 먹던 꿩 가족이다.

1월 28일 일 맑음

날씨가 풀리기 시작하여 오전부터 수은주가 0°C를 가리킨다. 연못 가장자리를 흐르는 개울의 얼음장 밑에서 어린 강아지가 옹알이하듯 물 흐르는 소리가 들린다. 양지 쪽의 개나리와 버드나무 줄기에 물이 오르기 시작하여 메말랐던 가지에 녹색의 생기가 돈다. 그러나 골짜기 안의 우리 집을 나서면 홍천강 협곡의 골바람이 날카로운 소리를 내며 지나가고 그 소리를 따라 모래먼지가 누런 띠를 길게 긋는다. 때때로 강의 얼음장 깨지는 소리가 깊은 골짜기의 적막을 깨며 쩡 하고 울리고 그 소리는 길게 이어진다.

지난주까지는 느릅소의 얼음이 두껍고도 반반하여 사람들과 고라니가 눈 덮인 얼음 위를 걸어서 건넜다. 심지어 기동훈련을 나왔던 군용 차량들도 얼음 위로 지나갔다. 그런데 오늘은 금이 간 큼직한 얼음덩어리들이 상류로부터 하류 방향으로 압력을 가하여 표면이 매우 거칠다.

강변 벼랑 밑에서 해바라기를 하던 어린 고라니가 얼음장 깨지는 굉음에 놀라 펄쩍 뛰며 달아나다가 미끄러져 넘어진다. 귀여운 짐승이 다치지 않았을까 염려했는데 팔딱 일어나 쏜살같이 숲 속으로 들어간다.

2월 7일 수 맑음

늦가을부터 초겨울까지 수확을 하느라고 바빠 밭을 정리하지 못하여 늘 지모(地母)에게 죄를 짓는 마음으로 지내다가 눈이 내려 잡동사니로 덮어버리면 그 생각조차 잊게 된다. 이제 눈이 녹아 고추·옥수수·참깨·콩 등의 잔해와 여름 내 베어서 쌓아두었던 잡초들이 모습을 드러냈기 때문에 이것들을 거두어 밭을 꾸밀 준비를 해야 한다.

2월 19일 월 맑음

지난주 초부터 오른손 엄지손가락이 가렵기 시작하더니 손톱의 뿌리 밑이 욱신거려 주말에는 잠을 설쳤다. 토요일에는 손톱에 노란색 반점이 나타나더니 그것이 오늘 아침에는 반달무늬까지 덮었다. 손톱 밑은 지각변동이 일어난 것처럼 융기하더니 손가락이 벌겋게 부어올랐다. 가려운 증세는 견디기 힘들 정도가 되었다. 이런 조짐은 작년 봄부터 시작되었으나 별로 관심을 두지 않고 지낸 탓으로 이처럼 병을 키운 것이다.

처음에는 손톱 밑이 들뜨고 그 틈에서 하얀 가루가 나오기 시작하였다. 두어 차례 손톱이 빠지더니 새 손톱이 나왔는데 표면이 울퉁불퉁한데다가 세로로 거친 줄이 생겼다.

피부과 의사는 곰팡이균에 감염되어 손톱을 빼내고 살 속에 침투한 균을 제거해야 하는데 마취주사를 맞더라도 수술시에는 물론 몇 차례 치료를 받을 때 심한 통증을 겪을 것이라 하였다. 오후 4시에 수술을 받기로 하고 연구실로 돌아가 책을 읽었다.

집도의(執刀醫)는 손가락 하나에 무려 다섯 가지 주사를 놓았다. 웬만한 근육주사는 전혀 통증을 느끼지 않는데 손가락에 놓은 주사는 비명이 터져나올 정도로 아렸다. 통증이 완화되더니 드디어 의사가 만져도 전혀 감촉이 느껴지지 않았다. 나를 수술대에 눕혀놓고 오른팔을 가죽 벨트로 묶어놓고도 젊은 의사 둘이 들어와 하나는 어깨를 잡고 또 하나는 왼팔을 잡았다. 집도의는 여러 차례 째고, 자르고, 있는 힘을 다해 당기는 일을 반복하더니 수술이 끝났다고 하였다. 비교적 통증을 잘 참는 편인데도 아마도 서너 차례 비명을 지른 것 같다. 집도의는 땀에 젖은 이마를 수건으로 닦으며 손톱을 뽑아내고 화농을 제거하는 것이 피부과에서 가장 힘드는 수술이라고 하였다. 그리고 앞으로 절대 맨손으로 흙을 만지지 말고 반드시 장갑을 끼라고 당부하였다. 시골 마을의 P 씨가 말했던 이른바 흙좀이 이처럼 무서운 줄을 이제야 깨닫게 되었다.

의사는 아예 오른손을 사용할 수 없을 정도로 손가락을 솜방망이처럼 붕대로 감아 올렸다. 그리고 세 차례 더 치료를 받을 날을 지정해주고 치료 역시 고통이 심할 것이라고 하였다.

2월 20일 화 안개비

짙은 안개가 협곡을 덮었다. 아침 9시까지도 3~4m 앞이 보이지 않아 아내는 혹시나 밖에 나갔다가 넘어져 어제 수술받은 손이 덧날까 걱정되는지 문 밖에도 못 나가게 한다. 이곳이 초행인 사람이라면 어디가 둔덕이고 허당인지 알 도리가 없어 안개가 걷힐 때까지 옴짝달싹 못할 것이다. 안개가 나무·물·돌 등 그 어느 것도 햇볕에 노출시킬 생각이 없는 것 같다. 새들조차 숨을 죽이고 안개 속에 숨어 있다. 앞이 보이지 않는 좁은 골짜기를 날다가 높은 나뭇가지나 암벽에 부딪쳐 다칠까봐 두려운 모양이다.

온 천지가 적막강산이다. 툇마루에 앉아 강 쪽을 내려다보니 대지는 살아서 움직이고 있다. 강에서 꾸준히 피어오르는 새로운 안개가 먼저 핀 안개를 위로 밀어올리고, 밀린 안개는 골짜기 밖으로 밀려나고 있어 언뜻 앙상한 나뭇가지가 보이고 푸른 하늘도 드러났다가 사라진다. 두꺼운 외투에 습기가 끼어 눅눅하고 머리카락도 젖어 오한이 나기에 따듯한 방으로 들어오고 말았다.

2월 21일 수 맑음

수술한 손가락을 치료받았다. 상처에서 흐른 진물이 굳어 거즈와 솜이 수술받은 부위에 붙어버렸다. 젊은 의사가 아무리 소독약을 발라도 떨어지지 않자 날카로운 가위와 수술칼로 잘라냈다. 그 고통은 수술받을 때보다 더 견디기가 어려웠다. 상처를 소독하고 연고를 바르는 과정도 견디기 어려워 치료 후 잠시 현기증과 구토

춘설로 덮인 집 앞. 30cm의 많은 눈이 내려
벚나무·자동차·항아리가 흰 눈을 쓰고 있다.

증세를 느꼈다.

내가 공부하는 지리학이란 학문이 땅과 땅 위에 인간이 창조해 놓은 문화유산을 연구하는 것이기에 손으로 흙을 만질 때 느껴지는 감촉을 즐겨왔으며, 또한 밭갈이를 할 때 풍기는 흙의 향기를 사랑해왔다. 그러므로 이랑과 고랑을 만들고 흰색·검은색의 비닐을 씌우고 씨앗을 심어 작물의 어린싹들이 돋는 모습을 보면서 나는 대지를 캔버스 삼아 대형 작품을 만들었다는 자부심을 가져왔다. 이 손가락의 상처는 그러한 예술작업 중에 생긴 일종의 직업병(?)이라고 보고 대수롭지 않게 여기기로 하였다.

3월 10일 토 맑음

창밖을 내다보았더니 지붕 위에 눈이 쌓였다. 우리가 깊이 잠든 사이에 또 눈이 내렸던 모양이다. 금년 2월부터 거의 3일 간격으로 눈이 내렸으니 파종기에는 가뭄 걱정을 덜 수 있을 것 같다.

3월 22일 목 심한 황사

어제부터 기온이 높아져 봄기운이 완연하다. 낮에는 소매를 걷어붙여도 땀이 나지만 저녁부터 새벽까지는 한기가 느껴진다. 최근 황사가 짙어 하늘이 누렇고, 깊은 숨을 쉬면 먼지 냄새가 느껴지며, 눈은 잡티가 낀 것처럼 뻑뻑하다.

오전 강의를 마치는 즉시 청주로 내려가 지한이가 사용했던 냉장고·책장·의자·책 등을 차에 실었다. 4년 만에 제대하는 아들의 짐이 예상외로 많다. 오후 4시가 넘어 시골집으로 떠났다. 어젯 밤에 수면이 충분치 않았고 황사 때문에 자동차 창문도 열 수 없 기 때문에 늦은 시각에 먼 길을 가기가 쉽지 않을 것 같다. 다행히 옆자리에 앉은 아내는 부드러운 음성으로 내가 지루하지 않도록 얘기를 해주기 때문에 이천 · 이포 · 곡수 · 지평 · 용문을 경유하 는 시골의 밤길 운전이 안전했다.

3월 23일 금 맑음

딱딱하게 얼어붙었던 밭고랑의 흙이 완전히 녹아 지난봄 밭이 랑에 덮었던 비닐을 걷기로 하였다. 한겨울 강풍에 찢긴 비닐 조 각들이 봄바람에 펄럭이는 꼴이 볼썽사나워 속히 걷어버리고 싶 다. 이웃집 밭에서는 벌써 비닐을 걷어 태우고 있어 독한 냄새가 풍겨와 숨이 막힌다. 비닐을 태우면 인체에 해로운 다이옥신이 발 생한다고 말려보았으나 노인들은 내 말을 듣지 않는다. 걷은 비닐 을 밭 가장자리에 묻는 것보다 태우는 것이 깨끗하고 보기 좋다고 여기는 것이다. 한때 농촌에서는 엄청나게 나오는 폐비닐 처리로 애를 먹어 많은 농부들이 소각 또는 매립하는 방법을 써왔다. 최 근에는 마을마다 폐비닐 수집처를 설치하였고 이러한 폐비닐을 녹여 농촌에서 많이 사용하는 용기를 만드는 등 재활용하게 되었 으니 다행이다.

3월 30일 금 맑음

새벽의 기온은 싸늘하지만 낮에는 10°C를 오르며 나무를 심어도 얼어 죽지 않기 때문에 묘목시장에 들러 측백나무 묘목 20주, 고로쇠나무 묘목 5주를 샀고 아내는 튤립 열 송이와 달리아 한 송이를 구입하였다. 또 홍천강변의 숲에서 소나무와 전나무 묘목 10여 주를 구하였으므로 오늘 할 일이 제법 많아졌다.

낙엽송과 소나무는 산의 오른쪽인 북쪽 사면에, 그리고 고로쇠나무는 왼쪽인 서쪽 사면에 심었다. 모두 어린 묘목이어서 잡초에 가려 질식하기 쉽기 때문에 묘목 주위를 넓게 파서 생흙을 덮었다. 앞으로 2년 이상은 묘목을 잘 보살펴야 할 것 같다. 튤립과 달리아는 잔디밭 옆의 화단에 심었다.

3월 31일 토 맑음

우리가 봄맞이를 너무 서두른 것 같다. 새벽 기온이 영하 5°C까지 떨어져 어제 심은 꽃들이 추위에 얼어 고개를 숙였다. 따듯한 온실에서 자란 식물들이라 일교차가 큰 산골의 가혹한 환경에 적응하기 힘들 것 같다.

배나무 열 그루의 가지에 모두 물이 올랐다. 나무 등걸을 중심으로 반지름 약 50cm 거리를 두고 흙을 파서 고랑을 친 후 계분을 주고 흙을 덮었다. 배나무 옆 비닐하우스의 문을 열고 들어가보니 감자에 띄엄띄엄 싹들이 돋았다. 멀칭용 비닐에 가려 볕을 보지 못한 것들도 있어 따듯한 볕을 쪼일 수 있도록 하였다.

강변에 살면서도 강을 바라보기만 했을 뿐이지 강물에 들어가 물놀이를 해본 것은 고작 한두 차례에 불과하다. 마침 오랫동안 이곳을 떠났던 백로가 보이기에 강변까지 내려갔더니 백로 외에도 수십 마리의 청둥오리, 십여 마리의 원앙, 깃털 색이 다른 십여 마리의 왜가리가 조용히 물 위에 떠 있다. 짙은 잿빛 깃털 옷을 입은 큼직한 새도 보인다. 깃털이 화려한 원앙은 홀로 자맥질을 하고, 수수한 깃털 옷을 입은 몸집이 큰 원앙은 앞장서서 물길을 가르는데, 그 뒤로 어린것들이 줄을 지어 따른다.

갑자기 한 무리의 오리 떼가 무엇에 놀랐는지 소리를 지르며 날아오른다. 덩달아 왜가리들도 자리를 뜨는데 잿빛 깃털의 큰 새는 긴 목을 곧추세우고 초연하게 먼 하늘만 응시하고 있다. 전에는 볼 수 없었던 이 새는 아마도 무리에서 낙오했거나 길을 잘못 든 재두루미인 듯하다. 혹시나 동료들이 지나가는지를 살피는 것 같다.

4월 5일 목 맑음

도시는 하루가 다르게 빠른 속도로 변하고 있다. 그런데 이 급변하는 사회에 사는 도시 사람들은 그 변화를 별로 감지하지 못한다. 그러면서도 시골의 변화에는 민감하여 시골은 과거의 전통을 지켜야 마땅하며 변화를 받아들여서는 안 된다고 주장한다. 마치 온 가족이 타락해도 고명딸만은 성(聖) 처녀로 남아 있어야 한다고 고집하는 것과 크게 다를 바 없다.

어제 학생들을 인솔하고 안동의 하회마을을 다녀왔다. 답사 중에 다수의 학생들이 흥분해 물었다. "왜 시골 사람들이 전통적인 한옥(와가[瓦家]와 초가[草家]를 포함)을 버리고 국적불명의 양옥을 짓고 사는가. 입식 부엌에 보일러 난방이 웬 말이냐." 그런데 막상 하회의 고가에서 민박을 하자고 했더니 역시 재래식 측간이 무섭고 더러우며 펌프로 물을 길어 대야에 세수하는 것이 불편하다면서 불평을 털어놓았다. 나는 학생들을 훈계하지 않을 수 없었다. "서양식 생활에 익숙하다고 자만하며, 전통적 생활양식을 비교적 많이 지니고 사는 사람들을 촌스럽다고 능멸하는 태도는 전통문화 자체를 야만시하는 것과 다를 바 없다. 시골 사람들은 보호구역에 갇힌 야만인도 아니고 상업적 민속촌의 종업원도 아니다."

오늘은 대학원생 네 명이 동행하였다. 묘목시장에서 주목·오엽송·메타세쿼이아·회양목·사과나무 등의 묘목을 구입하였다. 식목일 연휴가 끼어 나들이 차량들이 많아 여섯 시간이나 걸려 시골집에 도착하였다.

날씨가 화창하여 나무를 심기에는 더없이 좋은 날이다. 우선 회양목 40주를 잔디밭 가장자리에 촘촘히 심었다. 비록 어린나무이고 관목이지만 4~5년만 키우면 잔디밭 가장자리를 둘러싸는 생울타리가 될 것이다. 오엽송은 산의 오른쪽에 3m 간격으로 심었다. 이 나무들은 10여 년 후 산으로 올라가는 오솔길의 표지가 될 것이다. 메타세쿼이아는 칡뿌리를 캐낸 자리에 심었는데 성장속도가 빠르고 수령(樹齡)이 길어 거수(巨樹)로 자란다. 20여 년 전 미국의 캘리포니아 북부지방에서 성인 7~8명이 팔을 벌려야 굵기를 잴 수 있는 거목을 보고 감탄했던 기억을 잊을 수 없다. 세쿼이아가 500~1,000년을 사는 나무이니 나는 이 나무가 유년기를 벗어나기도 전에 저세상으로 가겠지만 언젠가는 많은 사람들의 주목을 끌 것이기 때문에 심는 즐거움만으로도 만족할 수 있다.

사과나무는 배나무 옆에 심었다. 과연 사과가 열리기는 할까.

학생들이 묵을 사랑채 아궁이에 장작불을 지폈다. 무쇠솥에 물을 가득 부었으나 학생들이 나무를 너무 많이 넣어 물이 졸아들었다. 보름 전날 둥근달이 떠올라 골짜기가 낮처럼 환하기에 학생들과 함께 강가로 산책을 나갔다가 들어왔다.

4월 6일 금 맑음

재작년 아내가 구입한 장승을 연못가의 맨땅에 꽂았더니 토양이 습하여 밑부분이 썩으면서 그 틈으로 흰개미들이 집을 짓고 들어앉았다. 장승을 밭으로 운반하여 개미들을 털어낸 후 삭은 부분을 깨끗이 긁어냈더니 지하여장군은 약 3분의 1, 그리고 천하대장군은 4분의 1 정도로 키가 작아졌다. 나무의 부식을 막는 방부제를 뿌리고 강돌로 쌓은 대 위에 장승 내외를 모셨더니 줄어든 만큼 신장이 복구되었다. 우리 집을 찾아오는 분 중 신앙심이 깊은 기독교 신자들은 이 장승을 못마땅하게 보지만 나는 이들을 전통문화의 일부인 노방장승(路傍長丞)으로 인식하기 때문에 우리 집 입구에 문화적 상징을 세우는 데 별 문제가 없다고 생각한다.

김 군을 데리고 모곡에 가서 시멘트 두 포와 퇴비 여섯 포를 구입하고 오다가 홍천강 협곡이 한눈에 조망되는 고갯마루에 정차하여 경치구경을 시켜주었다. 이미 영월의 동강과 주천강, 낙동강 상류 등지를 답사해본 그는 이곳의 지형이 전형적인 피병피세지(避兵避世地)임을 간파하였다. 또 내가 이 깊은 오지를 찾는 심정을 어느 정도 이해할 것 같다고 하였다.

90여 분간의 외출에서 돌아와보니 박 군·손 군·이 군 들은 쓸모없이 자란 잡목 네댓 그루를 베어내고 40~50cm 길이로 잘라 헛간 옆에 쌓아놓았다. 지난겨울 홀로 작업을 하다가 힘에 겨워 남겨두었던 일을 이들은 짧은 시간에 거뜬히 해치운 것이다.

손님들을 위해 오전 내내 음식을 장만하느라 바빴던 아내는 오후에 간장을 달이고 된장을 담았다. 내가 항아리를 씻어 소독을 하는 동안 제자들은 설거지, 식탁 정리 등을 마쳤다.

4월 13일 금 맑음

어제부터 기온이 높아져 28°C까지 올랐다. 갑자기 더워진 날씨 탓에 꽃들조차 제정신이 아닌 모양인지 서둘러 꽃망울을 터뜨렸다. 정상적인 개화라면 우선 매화꽃이 피고 뒤를 이어 산수유, 개나리와 진달래, 목련 등이 차례를 지키며 핀다. 벚꽃은 4월 25일경, 그리고 철쭉은 5월 초에 이르러 자태를 뽐내는 것이 우리 집 주변의 봄 풍경이다. 그런데 금년에는 늦도록 꽃샘추위가 기승을 부려 꽃들이 모두 움츠러들었다가 갑자기 변한 날씨의 영향으로 모든 꽃이 신들린 듯이 한꺼번에 핀 것이다.

4월 18일 수 맑음

1960년 오늘 고려대 학생들의 부정선거 규탄 시위가 다음 날 일어난 4·19로 확대되어 결국 자유당 정권은 붕괴되었다. 그러므로 오늘은 고려대 학생들이 선배의 의거를 기념할 만한 날이다. 대학 신입생이었던 나는 4월 19일의 시위에 참여했으므로 4·18의 의미를 어느 정도 알고 있다. 출근하여 4·19묘역을 왕복하는 단축 마라톤에 참여하는 학생들을 격려하고 시골로 왔다.

밭둑에 앉아 강물을 내려다보던 중 문득 몇 해 전 한 방문객과 나누던 대화가 떠올랐다. 그가 "여가는 어떻게 보내십니까"라고 묻기에 나는 "내게는 여가라는 게 없습니다"라고 대답해주었다. 그는 내 말을 이해하지 못하여 "주말에도 강의를 하십니까"라고 되묻기에 금·토·일 3일은 내 일을 한다고 대답하였다.

주중에는 학생들을 가르치고 주말에도 일을 한다니 아마도 그는 내가 융통성 없이 공부만 하는 골샌님으로 짐작했던 것 같다. 나에게 연구는 적당히 하고 골프·테니스 등의 고급 스포츠를 즐기며 살라고 권고하였다. 내가 주말에는 시골에 가서 농사를 짓는다고 구체적으로 설명을 했더니 다소 실망한 표정으로 "명문 대학의 교수가 어떻게 그리 무미건조하고 고된 일을 하느냐"고 되물었다. 나는 300여 평의 논에 벼농사를 짓고 300여 평의 밭에는 감자·고구마·땅콩·고추·토란 등 10여 가지의 작물을 가꾼다고 했더니 묘한 표정을 지었다. 그는 부유한 집안에서 태어나 화려한 취미생활을 하는 사람인지라 아마도 촌놈이 공부 좀 하여 제법 출세했으나 주말에는 연로하신 부모님을 도우러 시골을 찾는 모양이라고 지레 짐작을 하는 눈치였다. 나는 서울에서 출생하여 부모님을 따라 여러 지역을 옮겨 다니며 성장했으나 농사일은 홍천강변에서 처음 배웠다.

농사는 결코 선비가 해선 안 될 일은 아니다. 전에도 어떤 사람에게서 "학자가 연구하지 않고 어찌 땅이나 파는 천한 일을 하느냐"는 핀잔을 들은 적이 있다. 그러나 농사일이야말로 가장 좋은 수신(修身)의 길이라고 생각한다. 매주 이틀 이상 농사일을 하는 동안 나는 잡념 없는 무의식의 시간을 가지기 때문에 나이에 비해 체력이 강하다는 말을 많이 듣는다.

예로부터 선비가 공부를 해서 벼슬[職]을 얻지 못하면 할 수 있는 유일한 업(業)이 농사였다. 그러므로 춘추시대 진(秦)의 목공(穆公)을 보좌하여 나라를 강하게 키운 건숙도 본래는 농사를 지었고 삼국시대에 촉(蜀)을 건국한 유비(劉備)도 조조의 보호를 받을 때 채전을 가꾸며 큰 뜻을 드러내지 않았다. 우리나라의 퇴계(退溪)와 반계(磻溪) 역시 농사를 지었다. 옛 선비들은, 체면치레를 하느라 굶주리는 자를 진정한 선비로 여기지 않았다.

혹자는 정년을 맞으며 "이제 많은 자유시간을 갖게 되었으므로 개인 연구소를 차려 재직 중에 못다한 연구를 계속하겠다"고 호언하지만 젊어서도 못한 공부를 다 늙어서 하겠다는 말은 어쩐지 공허하게 들린다. 차라리 틈틈이 하던 농사에 전념하겠다고 하면 후배들도 믿어줄 것이라고 생각된다.

4월 28일 토 흐림

제자가 안동에서 구해온 흑임자(검정깨)를 심었다. 참깨보다 약간 큰 이 씨앗은 윤기가 전혀 없어 진품인지가 의심되어 파종을 망설였다. 어떤 사람이 최근 보따리상들이 타르 색소로 물들인 가짜 흑임자를 중국에서 들여온다며 주의를 주었다. 그러나 믿을 만한 제자가 가져다준 것이므로 믿고 심었다. 가을에 검은깨가 나오기를 기대해본다.

5월 1일 화 흐림

석가탄신일이고 내일은 강의가 없다. 야외로 나갈 사람들은 이미 목적지에 도달했을 것이라 여기고 정오에 집을 나섰으나 미사리 입구에서부터 교통체증에 걸렸다. 차량 통행이 적은 샛길로 들어가 비닐하우스 온실이 많은 골목을 달려 어지간히 왔으리라 여겨 큰길로 들어섰지만 조정경기장 앞이었다. 30분 이상을 헤매고 겨우 500여 미터를 왔을 뿐이다.

우리 인생에서도 지름길을 찾다가 오히려 미로에 빠지는 수가 있다. 이러한 시행착오를 겪으면서 인내력을 기르고 지혜를 쌓는다. 꽉 막힌 도로에 갇혀 짜증을 내기 쉬울 때에 다행히도 옆에서 아내가 재미있는 얘기로 지루함을 덜어주었다.

설악면에서 가랑비를 만났는데 이 비는 널미재까지 계속되었다. 골이 깊은 우리 동네에는 좀더 많은 비가 왔으려니 했더니 한방울의 비도 내리지 않았다. 지난 토요일의 예보도 오보였고 널미재의 비는 나를 약 올린 여우비였다. 강변길에서는 뽀얀 먼지가 구름처럼 일어나고 홍천강물은 눈에 띄게 줄어 물줄기가 강의 한쪽 구석으로 숨듯이 밀려 흐른다.

비닐하우스의 화분들은 바싹 말라 있다. 살아 있는 것도 물을 준다고 살아날 수 있을지 모르겠다. 샘에서 길어온 시원한 물을 화분에 뿌리고 고구마 순도 새로 심었다.

5월 11일 금 맑음

남부지방에는 비가 다소 내렸으나 경기·영서지방은 금년 봄 총 강수량이 10mm도 못 되어 뿌린 씨앗이 발아하지 않음은 물론 싹이 튼 어린 작물들도 말라 죽고 있다. 임진강 중·상류지방은 저수지가 완전히 말라 모내기를 못한 농부들이 애를 태우고 있다.

최근 나라 살림이 어려운데도 정치지도자들은 정쟁(政爭)을 일삼는다. 또 틈만 생기면 골프장에서 거들먹거린다. 대학생들 중 몇몇은 깊이 생각하는 일을 기피하고 쉬운 일만 찾는다. 경제적 여유가 있는 사람들 중 몇몇은 우리나라 교육이 마음에 들지 않는다고 자식들을 무작정 외국으로 유학을 보낸다. 이러한 사회상은 강대국뿐 아니라 심지어 이웃의 가난하고 작은 나라 사람들에게까지 조롱거리가 되고 있다. 지난 30여 년간 경제 사정이 좋아졌다고 우쭐대며 이웃나라 사람들을 가볍게 여기며 설쳐댄 결과가 바로 이것이다. 뉴스 보도를 보다가 우울해진 마음을 진정시키려면 적막한 시골로 가서 땀을 흘리며 일하는 것이 최선이다.

중미산고개에서 아내가 준비한 도시락으로 점심을 먹었다. 최근에는 음료수와 커피까지 가져오기 때문에 오가는 길에 돈을 쓸 일이 별로 없다.

K 노인에게서 고추 모 100여 주를 얻었다. 미리 뚫어놓은 구멍에 아내는 물을 충분히 부어주고 나는 고추 모를 넣은 후 흙을 덮고 꼭꼭 눌러주었다. 우리 집에서는 매운 음식을 즐기지 않기 때문에 100여 주만 심어도 충분한 양의 고추를 얻을 수 있다.

5월 12일 토 맑음

처음 농사일을 시작했을 때 수확량에는 관심이 적고 오로지 작업을 통하여 심신을 단련하는 데만 목적을 두었다. 어린싹이 나오면 적당하게 솎아주어야 건강하게 잘 자라는데도 한 개의 싹도 상하지 않도록 보호하느라 제대로 수확을 하지 못했다. 때로는 씨앗을 너무 많이 뿌려 어린싹들이 좁은 공간에서 부대끼다가 모두 말라 죽었다.

점차 요령을 터득하게 되어 한 구멍에 한두 개의 씨앗을 심었으며 이로써 종자도 절약하고 새싹들도 충분한 영양분을 토양에서 흡수하고 여유롭게 태양 볕을 받아 쑥쑥 잘 자랐다. 촘촘히 나온 어린싹들이 아깝다고 모두 보호하려 할 때는 오히려 그 모든 싹들이 제대로 크지 못하여 줄기는 가늘고 잎은 노란색을 띠다가 강한 볕을 받아 시들어 죽어버렸다. 그러나 일정한 간격으로 하나씩 자라는 싹은 애정을 듬뿍 받아 건강하게 자랐다.

농작물 하나하나에 매이다보니 나는 작물들로부터 자유롭지 못하여 몸과 마음이 더욱 바빠진다. 학교와 집만을 오가며 글을 읽고 또 글을 쓰는 데 몰두해야 할 내가 시골로 달려와 땅과 작물을 들여다보며 체력을 소모하고 마음을 쏟고 있으니 내 본업인 가르치기와 공부하기에 소홀하지 않을까 두려워진다. 그러나 어쩌랴. 소득도 올리지 못하지만 이 일이 즐겁기만 하니.

5월 25일 금 흐리다 맑음

지난 화요일 서울에는 약간의 비가 내렸으나 우리 시골에는 아직도 비가 오지 않았다. 지난주까지는 논바닥이 말라 쩍쩍 금이 간 것을 보았는데 오늘 와보니 이상하게 논에 물이 흥건하고 어린 모들이 가지런하다. 내주쯤 제자들이 찾아와 모내기를 도와주겠다고 했는데 이미 모심기가 끝나 있다.

K 노인이 도와준 것이었다. 찾아가 고맙다고 인사를 했더니 연못물을 모두 빼서 썼는데도 물이 모자라 홍천강물을 양수하였다고 한다. 도지도 받지 않고 논밭을 빌려주니 이 정도의 일은 당연히 해야 한다는 K 노인의 배려가 고맙지만 가뭄으로 오염된 강물을 관개용수로 쓴 데는 꺼림칙한 생각이 든다. 앞으로 비가 내릴 때까지는 일주일에 두세 번 강물을 끌어 써야 하며 우리 집의 농업용 전기를 써야 한단다. 물론 전기료는 내가 물어야 한다. 어찌되었든 다음주에는 K 노인이 좋아하는 소주 한 상자를 선물할 생각이다.

5월 26일 토 맑음

기상이변인가. 금년 봄 우리나라 날씨가 지중해성 기후와 너무도 흡사하다. 비가 올 듯 말 듯하고 요즘 기온은 한여름과 다름없다. 강수량이 부족해 억센 잔디조차 제대로 자라지 못하고 있다.

아내는 지난주부터 집 주위에 널려 있는 폐비닐 쓰레기를 걷었다. 옛 주인이 뒷마당, 잔디밭 위, 그리고 진입로 옆 등 도처에 폐비닐을 묻었던 것이 드러나 모두 걷었더니 발효퇴비 포대로 10여 개나 나왔다.

6월 1일 금 맑다가 저녁에 소나기

20mm 정도의 단비가 전국적으로 내릴 것이라던 기상청예보는 완전히 빗나가, 온종일 후덥지근했으나 비는 한 방울도 내리지 않았다. 이제 우리의 산야에는 더 이상 증발할 습기조차 남아 있는 것 같지 않다. 그러나 우리 집에서 불과 20km 떨어진 춘천 시내와 가평군 설악면에는 국지성 소나기가 쏟아졌다니 하늘의 조화는 알 수가 없다.

비닐하우스에 심었던 상추에 큰 구멍이 생겨 더 이상 뜯어 먹을 수 없게 되었고, 들깨 역시 잎에 얼룩반점이 생겼기에 모두 뽑아내었다. 다른 작물을 파종하기 위해 땅을 갈기로 하였다. 그런데 점성이 강한 토양이라 3월부터 3개월 동안 조루로 뿌린 물에 다져져서 삽으로는 도저히 갈아엎을 수가 없었다. 찰떡처럼 단단한 토양을 묵직한 쇠스랑으로 찍어냈더니 큼직한 덩어리로 떨어질 뿐

잘게 부서지지 않아 파종을 해도 작물이 뿌리를 내릴 수 없을 것 같다. 퇴비를 듬뿍 뿌린 후 그 위에 조루로 물을 주고 내일까지 기다려보기로 하였다. 혹시나 습기와 유기질이 흡수되면 토양이 좀 부드러워지지 않을까 기대해보는 것이다.

물통은 물론 빈 석유통까지 꺼내 십여 개에 물을 채워 자동차 트렁크와 좌석에 실어다가 밭에 뿌리고 잠시 나무 그늘에 앉아 쉬고 있었다. 서남쪽 어디선가 은은하나 묵직한 소리가 들려온다. 6·25동란이 일어났을 때 적군이 쏘아대던 탱크포의 포성이 이 소리와 비슷했던 것 같다. 10여 분이 지나자 그 소리는 점점 가까워지고 한두 차례 마른하늘에 섬광이 보이더니 뒤를 이어 귀청을 찢는 듯한 폭음이 터졌다. 대지가 흔들리고 밭의 뒤에 있는 키 큰 잣나무들이 진저리치듯이 떠는 모습이 보였다.

홍천강 골짜기가 깊어 먹구름이 앞산 위에 드러나야 그 모습을 확인할 수 있지만 10여 년의 경험으로 곧 비가 내릴 것을 직감하였다. 과연 개야리 쪽 골짝을 타고 검은 장막이 다가오더니 거세게 비를 쏟아부었다. 굵은 빗방울이 메마른 밭에 떨어지기 시작하자 처음에는 먼지가 풀썩 일어나면서 검은 얼룩점들이 보이더니 얼룩은 온 대지로 넓게 번졌다.

옷이 젖는 것도 아랑곳하지 않고 하늘을 바라보다가 비닐하우스 안으로 들어가 겉옷을 벗었다. 뽀얀 먼지를 뒤집어써 얼룩덜룩했던 비닐하우스가 말끔하게 씻겨 투명한 막을 되찾았다. 약 20분 동안 나는 얇은 막의 보호를 받으며 무수하게 떨어지는 빗방울들이 비닐막에 흘러내리며 그리는 그림을 구경하고 그것들이 연주하는 리듬을 즐겼다.

짧은 시간에 쏟아진 비는 순식간에 밭고랑을 쓸어내어 깊게 파인 밭고랑 위로 흙탕물이 넘쳤다. 바싹 말랐던 토양이 갑자기 퍼부은 비를 제대로 흡수할 여유를 갖지 못한 것이다. 소나기는 서서히 내리는 비에 비하여 토양침식이 심한 반면 토양에 수분을 공급하는 데에는 크게 기여하지 못한다.

비가 그치자 동쪽 하늘에 상현달이 말간 얼굴을 드러내었다. 뜨겁던 열기가 식어 메말랐던 초목들이 생기를 되찾았다. 한동안 모습을 감췄던 반딧불이들이 나타나 밭을 맴돈다. 내가 물고 있는 담뱃불을 제 동료로 착각한 모양이다.

6월 8일 금 맑음

오늘 춘천의 낮 더위는 삼복과 다를 바 없다. 어쩌다가 소나기가 한두 번 내리기는 했으나 가뭄은 4개월째로 접어들었으며 추녀 밑의 수은주는 36°C까지 올라갔다. 그래도 습도가 높지 않아 견딜 만하다.

사하라에서 열풍인 시로코(sirocco)가 내습할 때 이탈리아 남부지방은 요즈음의 우리나라처럼 뜨겁고 건조하며 하늘이 높고 푸르다. 여행자들은 지중해의 푸른 하늘과 그것을 닮은 푸른 바다, 그리고 강렬한 태양에 매료된다. 알프스 산지를 경계로 그 북쪽지방은 겨울이 길고 날씨가 음습한 반면 남부는 화창하고 짧다.

문화적으로도 북쪽은 그로테스크한 데 반해 남쪽은 아라베스크하다. 옛적부터 북부지방의 지식인과 예술가들은 알프스 남부의 지중해를 동경하였다. 그러나 나는 메마른 지중해지역보다는 다소 음침하면서도 짙푸른 북부지방에 더 매력을 느낀다. 다시 말하면 근래 지중해지역의 기후와 비슷한 봄 날씨에 혐오감을 느낀다.

홍천강은 물이 줄어 이제는 작은 시궁창처럼 보인다. 군데군데 고여 누렇게 변한 웅덩이물은 썩어 악취를 풍기고 물이끼가 두껍게 끼었으며 하루살이 떼가 새까맣게 둥지를 틀었다. 물고기들조차 숨을 곳이 모자라 약간 깊은 소(沼)로 몰려들었기 때문에 영악한 사람들은 이런 장소를 찾아다니며 투망으로 고기를 잡아 올린다. 그들에게 잡힌 물고기들에게서는 싱싱한 생명체의 냄새가 아니라 메스꺼운 물비린내가 풍긴다.

콩 모종과 파 모종에 물을 뿌려주었으나 메마른 토양은 습기를 모두 빨아들이고 또 목마르다고 보챈다. 심은 지 3주나 된 서리태는 대여섯 개의 싹이 돋았을 뿐이고 무와 알타리무 등은 시들어 마치 밭이랑에 시래기를 널어놓은 듯하다. 거의 한 달 전에 심은 고추 모 역시 별로 키가 자라지 않았음은 물론 낙엽까지 져 한 그루에 서너 개의 노란잎이 대롱대롱 매달려 있다.

10여 마리의 제비가 안마당에 매놓은 빨랫줄에 앉았다. 홍천강 협곡에 들어와 처음으로 보는 제비인지라 반갑기 그지없어 아내는 뛸 듯이 기뻐한다. 이들 가운데 한 쌍만이라도 우리 집 지붕에 집을 짓기를 간절히 바란다.

6월 10일 일 맑음

온 나라가 극심한 갈증으로 목말라하는데 이제야 정부와 여당의 권력층은 가뭄대책을 세운답시고 법석이다. 애초에 가뭄이 한 달을 넘기던 시점에서 대비했어야 마땅한데 이제야 관정(管井)을 파준다느니 양수기를 보낸다느니 호들갑이니 한심하기 그지없다. 깊은 땅속에 숨어 있는 물을 찾겠다지만 얼마나 많은 물이 발견될 것인가. 정부는 장기적인 한발(旱魃)대책으로 댐 건설 계획을 수립하겠다고 나섰으나 이 일도 환경단체의 아우성으로 여의치 않을 것이다.

대형 댐보다는 소형 댐을 많이 만들고 전국의 대하천을 연결하는 대간선수로망(大幹線水路網)을 건설해야 한다. 우리나라는 비록 면적은 좁으나 한강 상류에 홍수가 일어날 때 낙동강 유역은 강수량이 적어 대구·부산 등 대도시에 제한 급수를 하는 사태가 벌어지는 일이 빈번하다. 만일 주요 하천들이 모두 간선수로로 연결된다면 한 지역의 수해를 방지하면서 타 지역의 한재(旱災)를 예방할 수 있을 것이다.

물을 저장하는 일은 각 가정과 공공시설, 그리고 지방자치단체에서도 할 수 있다. 유학시절 미시시피 강 델타 지역을 답사하면서 각 가정에서 시스턴(cistern, 물 탱크)을 설치하여 빗물을 저장함으로써 용수문제를 해결하는 것을 보았다. 연강수량이 500mm 내외에 불과한 중국의 황토고원에는 요동(窯洞)이라는 굴집이 수백만 개나 분포한다. 요동 가운데 고원면을 파낸 후 옆으로 굴방을 만든 집을 하침식(下沈式) 요동이라고 한다. 요동 중에는 오목한 마당으로 고이는 모든 빗물을 삼정(滲井)을 통해 땅속 약 10m에 설치한 수교(水窖)에 저장하였다가 비상시에 사용하고 있다.

중세 유럽의 큰 건물들은 지하에 빗물저장고가 있었으며 일본은 도시의 지하에 이러한 시설을 갖추고 있다 하니 우리나라도 영구적인 가뭄대책을 세워야 할 것이다. 우리나라 시골의 논들이 물저장고 역할을 어느 정도 수행하고 있으나 대하천의 유출률(流出率)이 거의 1 대 400에 달한다는 사실은 우리의 가뭄대책이 아직 원시적 수준에서 크게 벗어나지 못하고 있음을 증명한다.

6월 25일 월 맑음

오키나와 제도 부근에 진을 치고 버티면서 장마전선의 북상을 방해하던 북태평양 고기압(오가사와라 기단)을 열대성 저기압이 밀어내 드디어 북진하기 시작했다. 보도가 나오자 뻔질나게 가뭄 피해지역을 드나들던 정치인들이 다시 여의도로 돌아가 쌈박질을 재개하였다. 한발문제 해결을 위한 캠페인을 벌이던 방송들도 농촌돕기 방송을 그치고 저질 오락 프로그램으로 되돌아섰다. 그들이 과연 "정부의 대북한 햇볕정책이 하도 뜨거워 한반도의 비구름들이 모두 도망갔다"는 시골 사람들의 우스갯소리를 들어보기는 했을까.

100여 일 만에 비다운 비가 내리기 시작하였는데 중부지방의 강수량은 10~50mm에 그쳐 아직 해갈에 충분하지 않다. 그러나 남부지방은 100∼200mm의 집중호우가 쏟아져 전남·경남 일대가 수해를 입었다. 오랜 가뭄 끝에 내린 폭우가 태풍 제비(Chebi)까지 동반하여 막대한 피해를 준 것이다. 그런데 기가 막히는 일은 가뭄에 늑장대처를 한 정부가 준비한 양수기가 지금에야 농촌에 도착하여 지방 공무원들은 이것을 처리하느라고 골머리를 앓는다고 한다는 사실이다.

6월 27일 수 흐림과 맑음이 반복됨

장마기라지만 구름만 오락가락할 뿐이다. 그러나 습도는 높아 조금만 움직여도 땀이 비 오듯 흐른다. 도시 사람들은 아마도 땀으로 흠뻑 젖은 옷에서 풍기는 시큼한 냄새를 경험해보지 못했을 것이다.

밤늦게 아내가 사랑채의 문짝을 떼어 종이를 바르자고 한다. 원래는 볕이 좋은 가을에 창호지를 바꿨는데 금년에는 벌레들이 종이에 구멍을 숭숭 뚫어놓아 문을 바라볼 때마다 도깨비가 나올 듯한 느낌이 들기도 했다.

6월 28일 목 흐리다가 맑음

비닐하우스에 심은 콩 모종까지 산비둘기와 까치들이 들어와 반 이상 파먹고 달아났다. 콩 모종을 다시 심고 철사를 궁륭형으로 굽혀 땅에 박고 그 위에 그물을 씌웠다. 콩 모종을 옮겨 심으려면 다시 열흘은 기다려야 한다.

TV 코미디 프로그램에 자주 출연하는 모 대학 교수인 어떤 조류학자가 방송에 나와 "농민 여러분, 제발 까치를 잡지 마세요"라고 말했다가 시골 사람들로부터 정신 나간 사람 취급을 받은 일이 있다. 나 자신도 까치가 울면 반가운 손님이 찾아온다거나 까치는 해로운 벌레를 잡아먹는 유익한 새로 알고 있었다. 그런데 농사를 짓기 시작하면서 비로소 요것들이 벌레보다는 콩을 비롯한 농작물의 떡잎을 따먹고, 가을에 영근 땅콩이나 참깨 등을 캐먹는 것은 물론 봉지를 씌운 과일이 익을 때는 잘 익은 것만 골라 구멍을 뚫고 파먹는다는 사실을 알게 되었다.

그저께 내린 비로 밭고랑이 아직 질퍽거리지만 잡초가 융단처럼 덮은 밭을 그대로 둘 수는 없다. 손으로 뽑기에는 풀의 길이가 좀 짧고 호미로 긁기에는 땅이 너무 질다. 세 시간을 쪼그린 자세로 김을 매어 밭을 말끔하게 정리하였다.

밭에서 집으로 들어오다가 집 앞의 나무들이 심상치 않음을 발견하였다. 3주 전까지 윤기가 날 정도로 싱싱하고 파랗던 개나리·벚나무·꽃사과 등의 잎이 변색되거나 앙상한 그물맥만 남은 것을 보게 된 것이다. Y 씨가 지나다가 살충제를 뿌리지 않으면 나무뿐 아니라 텃밭의 채소까지 전멸할 것이라고 경고하였다. 그러고는 자기 집에서 살충제와 제초제를 가져다주었다. 나는 또다시 농약의 유혹에 걸려든 것이다. 마침 아내가 보이지 않기에 나무에만 살충제를 뿌리기로 하였다.

7월 17일 화 맑음

2주일 동안 실크로드 여행을 다녀왔기 때문에 거의 3주 만에 시골집을 찾았다. 내가 없는 동안 한 차례 많은 비가 내렸다지만 홍천강물은 약간 불었을 뿐이다. 통곡 1리에서 내려오는 개울의 콘크리트 다리가 무너진 것을 보니 비 피해가 꽤 심했던 것 같다.

강변에서 우리 집으로 올라가는 언덕길도 깊이 파여 돌을 주워다가 메운 후에야 오를 수 있었다. 두엄간 옆에 쌓아놓은 통나무 더미가 무너져 진입로 입구가 완전히 막혀 있어 차를 길에 세울 수밖에 없었다. 길이가 4m나 되는 통나무들이 모두 습기를 머금고 있어 혼자 힘으로 옮겨 쌓기가 쉽지 않았다. 다 옮기고 나니 온몸이 땀으로 젖고 현기증이 날 정도로 몸이 나른하였다.

오후 3시부터 집 주위와 논밭을 둘러보았지만 무엇부터 어떻게 정돈해야 할지 엄두가 나질 않는다. 우선 험상궂게 자란 잔디밭부터 다듬고 밭으로 나갔다. 참깨밭은 위에서 흘러내린 토사에 반 이상이 매몰된 상태이고 보한이가 모종했다는 콩은 너무 촘촘히 심어 가는 줄기가 진흙탕에 반쯤 묻혀 있다. 그러나 고추 · 참외 · 수박 · 오이 등은 그 사이에 잘 자랐다. 고추 포기에 북을 주고 곁가지를 정리한 후 지주 사이의 줄을 팽팽하게 당겨놓았다. 아내가 배나무 밑에 자란 잡초를 뽑는 동안 나는 잘 익은 오이 20여 개를 땄다. 금년 처음으로 수확한 오이는 달고 향기로웠다.

7월 18일 수 맑음

K 노인이 아침부터 얼마나 많은 농약을 뿌렸는지 독한 냄새가 우리 집까지 올라온다. 텃새가 되어버린 청둥오리는 물론 오랜만에 찾아와 우리 부부의 마음을 설레게 했던 제비들이 사라진 이유는 아마도 K 노인이 농약을 심하게 뿌린 탓인 것 같다. 그 많던 반딧불이가 사라진 이유도 농약과 무관하지 않을 것이다.

집 주위와 산의 잡초, 그리고 논과 밭둑의 잡초만 없다면 나의 시골 생활은 한결 수월할 것 같다. 간밤에 낫 세 개를 열심히 갈아 두었기에 새벽부터 작업을 시작하면 풀베기를 수월하게 끝낼 수 있을 것으로 여겼다. 그러나 쪼그린 자세로 장시간 풀을 베자니 오금이 저리고, 면장갑을 낀 손을 축축하게 적시는 새벽이슬의 느낌은 그리 좋은 편이 아니다.

가솔린에 약간의 엔진오일을 섞은 연료로 작동시키는 예초기는 풀을 자르는 속도가 빠를 뿐더러 명아주·돼지풀·왕갈대·가는버드나무 등 굵고 단단한 식물의 줄기도 쉽게 베어 넘길 수 있어 편리하다. 하지만 모터의 소리가 요란한데다가 뿜어내는 배기가스 냄새 때문에 귀가 먹먹하고 눈과 코가 매워 작업 중에는 심히 괴롭다. 더구나 칼날에 맞아 튀는 돌조각이나 단단한 나뭇조각에 맞으면 부상을 입기 쉬운데, 특히 눈에 맞으면 더욱 위험하기 때문에 보안경을 끼게 된다. 그나마 그것도 1분이 못 되어 보안경에 습기가 끼어 앞이 보이지 않는다. 세 시간에 걸친 작업으로 잡초를 모두 제거하였으나 작업 중 눈으로 흘러들어간 땀과 이물질 때문에 오후 내내 고통을 겪었다.

말끔하게 정돈된 전답은 한 폭의 그림처럼 아름다워 보는 이들을 즐겁게 할 것이다. 우리 시골 동네에서도 방치되어 잡초가 우거진 밭을 심심치 않게 볼 수 있다. 강으로 놀러온 도시 사람들 중에 끌끌 혀를 차며 누구인지도 모를 밭주인을 욕하는 경우를 보게 된다. 봄철에 잠깐 와서 씨를 뿌린 후에는 거의 얼굴을 보이지 않는 그 사람들은 비난받아 마땅할 것이지만 과연 도시 사람들 자신이 농토를 가질 경우에 제대로 가꿀 성의가 있을지 의문이다.

농토를 가꾸는 사람은 남에게 보이기 위해 땀을 흘리는 것이 아니라 자신의 마음속에 들어앉아 있는 지모(地母)에 대한 애정과 조물주에 대한 감사의 마음 때문에 땀 흘리며 일하는 것이다. 그러므로 농부들에게는 땀에 전 옷 냄새도 건강한 식물들이 발산하는 싱그러운 냄새와 별로 다르지 않다.

7월 24일 화 맑음

7월 19일부터 21일 사이에 영서지방 북부에 많은 비가 내렸으며 인제군과 홍천군이 심한 수해를 입었다는 보도가 있었다. 나는 지난주에 제초작업 후 급성 결막염에 걸려 책도 읽지 못하고 무료하게 보냈다. 다행히 오늘은 눈의 상태가 좋아져서 시골에 왔다.

홍천강 수위가 조금 낮아졌다지만 강물은 둑방길에서 불과 1m 밑에 걸려 있다. 강변의 잡목들이 모두 하류 방향으로 고개를 숙였고 가지마다 찢어진 비닐조각들을 깃발처럼 매달고 있다. 강가에는 스티로폼 조각·페트병·라면 봉지·헌 신, 그리고 죽은 짐승의 시신 등이 도처에 쌓였다. 지난봄에 포장된 벼랑길에는 진흙앙금이 두껍게 쌓였는데 작은 승용차 한 대가 그 속에 빠져 발버둥질을 치고 있다. 지난주까지 멀쩡하던 벼랑길 밑의 암벽이 유실되어 두꺼운 콘크리트 노반(路盤)의 일부가 허공에 떠 있다. 만일무거운 자동차가 그쪽으로 쏠리면 포장도로가 밑으로 꺼질 것 같다. 진흙탕에 빠졌던 차가 안전한 곳으로 올라올 때까지 기다렸다가 조심스럽게 그곳을 벗어났다.

포장도로가 끝나는 지점의 길옆에서 노부부가 급류에 휩쓸렸던 콩밭과 참깨밭을 정리하며 땀을 흘리고 있다. 이 밭은 좀처럼 물이 들어오지 않던 곳이기에 그들은 애써 키운 작물을 휩쓸고 지나간 강물을 원망한다. 그러나 법적으로는 이 노부부의 소유지인 밭도 자연법칙을 따른다면 홍천강 유로에 속하는 땅이다.

1994년 중국 산동성의 황하 하류부터 상류의 감숙성 일대에 이르기까지 대여섯 번 황하유로를 탐사하면서 하천과 인류문명의 관계를 생각해본 적이 있다.

고대 중국의 지식인들은 "지자(知者)는 요수(樂水)하고 인자(仁者)는 요산(樂山)한다"고 하였다. 이 말을 빌려 산을 찾는 사람들은 자신들이 어진 사람이라 하고 강을 찾는 사람들은 자신들을 현명한 사람이라고 아전인수(我田引水) 격으로 생각하지만 이는 잘못된 해석이다.

인류의 초기 농경문화는 산간의 작은 계류에서 싹트기 시작하였다. 서남아시아의 자그로스 산맥, 중국의 황토고원, 이집트 나일 강의 중·상류지방, 멕시코 고원 등 농경문명 발상지들은 한결같이 높은 산에서 흘러내리는 수량이 풍부한 계곡을 끼고 있다. 이러한 환경 속에서 인류는 곡물·채소·과일·섬유작물 등을 재배하고 가축을 기르며 정착생활을 시작하였다.

그런데 하천변의 충적평야는 본래 대하천의 활동무대였다. 다시 말하면 큰 강은 넓은 평야 안에서 스스로 물길을 찾아 자유롭게 흐르며 수량의 변화에 따라 물길을 바꾸기도 하였다. 큰 강의 물길은 수백, 수천, 수만 년 동안 어느 정도의 넓은 범위 안에서 구불구불한 물길을 유지하며 흘렀다. 산간지역에서는 물줄기가 좁은 골짜기에 갇힌 상태로 흐르지만 넓은 평야에 이르면 물길이 여러 갈래로 갈리거나 심한 굴곡을 이루며 흐르기 때문에 유로(流路)의 폭이 매우 넓다. 홍수 때에는 강폭이 넓어지지만 갈수기에 유로가 좁아지기 때문에 강변에 넓은 평야가 드러난다.

화북평야를 서쪽에서 동쪽으로 가로지르는 황하는 저평한 들판을 자유롭게 뱀처럼 구불구불 흐르기 때문에 유로의 폭이 20~30km에 이른다. 그러나 정작 평상시의 유로 폭은 1~2km에 불과하기 때문에 고대로부터 중국인들은 하천 퇴적물이 두껍게 쌓인 비옥한 강변의 토양을 탐내게 되었다.

우리나라의 경우에도 한강·낙동강 등 대하천 중하류지방 주민들은 강변의 저습지를 개간하여 농토를 조성해왔다. 다시 말하면 좁고 높은 둑을 쌓아 강물을 그 안에 가둔 것이다. 강변의 저습지들은 마치 4개의 되새김위를 가진 소처럼 강물이 갑자기 불어날 때는 넘치는 물을 받아 저장하였다가 갈수기에는 그 물을 서서히 토하여 강의 수량을 유지시키는 역할을 해왔다. 인간이 그러한 토지를 점유함으로써 강이 분노하는 것이다. 우리는 그것을 홍수라 하고 수재(水災)라고 부른다.

고대 농경사회의 지배자들은 홍수를 조절하고 강물을 관개용수로 이용하는 데 성공한 사람들이 많다. 특히 유자(儒者)들은 치수(治水)를 정치의 가장 큰 덕목으로 여겼던 바 인간이 물을 다스릴 수 있다고 생각했다. 도가(道家)에서는 이를 인간의 오만한 생각으로 보았다. 그러므로 도가는 홍수를 수재로 보지 않고 인간의 무단점유로 혹사당했던 하천변 토양을 잠시 쉬게 하려는 자연의 뜻으로 여겼다.

유자들이 지식을 동원하여 높은 제방을 쌓는다 해도 인간에 의해 좁아진 강폭 위로 넘치는 물을 막을 수는 없다. 상류에서 흘러내린 도도한 탁류는 막대한 토사를 운반하는데, 인간에게 넓은 유로를 빼앗긴 하천은 토사를 하류까지 용이하게 싣고 가지 못하고 강바닥에 내려놓고 만다. 따라서 하상(河床)은 평야면보다 높은 현하(懸河)가 되고 결국에는 둑을 터뜨려 농경지와 마을을 침수시킨다.

역사적으로 이러한 홍수피해가 컸던 예로는 10회의 대규모 유로변경을 일으킨 황하와 기원전 1950~1790년 사이에 5~6회의 유로변경으로 메소포타미아의 고대도시들을 몰락시킨 유프라테

스와 티그리스 강의 대홍수를 들 수 있다.

근래 강변의 집터를 찾는 사람들이 늘고 있다. 1960년대 초까지 한강변에는 거의 집이 없었는데 이는 한강이 범람할 경우에 큰물이 어디까지 들어오는지를 서울 사람들은 잘 알고 있었기 때문이다. 그런데 급격한 도시화로 서울 인구가 급증함에 따라 건축업자들은 큰물을 고려하지 않고 강변에 집을 지었다. 또 한강 홍수에 대한 지식이 없는 지방 출신 전입자들은 그러한 집을 구입하여 살다가 변을 당하였다. 1990년대에는 한강 중·상류의 풍치 좋은 강변에 서양풍의 건축물들이 증가했는데, 이들 역시 갑자기 불어나는 협곡의 물이 무서운 줄을 모르고 강에 바싹 붙어 들어앉아 있다. 요수와 요산을 동시에 누리고자 하는 사람들은 마땅히 왜 우리 조상들은 강가를 멀리하고 멀리 강이 보이는 언덕 위에 집을 짓고 살았는지 생각해볼 일이다.

7월 25일 수 맑음

K 군의 논문을 교정하느라 새벽 2시에 잠들었으나 6시에 깼었다. 강 안개가 짙게 끼었다. 콩밭과 더덕밭의 김을 매다보니 안개가 걷히고 뜨거운 볕이 내리쪼인다. 두 켤레의 장갑이 새벽이슬에 푹 젖었고 겉옷은 습한 안개에, 속옷은 땀에 젖었다. 시장기가 돌아 작업을 중단하고 집으로 들어와 아침밥을 먹었다.

아침에 벗어놓은 옷을 모두 세탁하여 널어놓고 오후 3시 반에 다시 밭으로 나갔다. 아침에 김을 매어 쌓아놓았던 잡초들이 땡볕에 시들어 모두 밭고랑에 깔았다. 다시 체력과 인내력을 시험하는 것도 좋겠지만 물병 두 개가 모두 비었고 땀 냄새를 맡고 피 맛을 보겠다고 달려드는 십여 마리 등에의 공격에도 질려 5시경 집으로 들어오고 말았다.

7월 26일 목 맑음

제자의 친구이자 내 농사선생인 L 씨가 새집을 완공하였다기에 축하 인사차 찾았다. 신접살림을 시작한 그는 융자를 받아 집을 지었다는데 들판 한가운데에 들어앉은 그의 집 거실에 앉으면 팔봉산 전경이 한눈에 들어온다.

간단한 선물을 전하면서 새집을 갖게 되었음을 축하하였으나 L 씨의 표정이 매우 어두웠다. 그의 안내로 집 주위의 논밭을 살펴보았더니 침수 피해의 흔적이 뚜렷했다. 지난주 홍천강 상류지방에 300mm가 넘는 폭우가 쏟아졌으며 팔봉산 앞의 강물이 구만천으로 역류하여 L 씨가 사는 어유포리 일대의 넓은 논들이 하루 동안 침수되었기 때문에 200평짜리 비닐하우스 세 동에 키웠던 오이 모종이 모두 죽었다니 얼마나 상심이 크겠는가.

8월 3일 금 맑음

7월 29일부터 8월 1일까지 중부지방에 또 집중호우가 쏟아졌다. 장마가 끝났다고 장담했던 기상청 사람들은 쏟아지는 비난을 면하기 어렵게 되었다. 수도권에서만 2,000여 호의 가옥이 침수되고 하천변 고수부지나 유원지에 주차했던 많은 차량이 침수 및 유실되었다. 곳에 따라 폭우 외에도 낙뢰와 돌풍의 피해도 있었는데 장마전선이 곱게 물러나고 싶지 않아 심술을 부린 것 같다. 특히 임진강 상류와 영서 북부에 많은 피해를 입혔기 때문에 우리 시골집 걱정으로 마음을 졸이지 않을 수 없었다. Y 씨에게 전화를 했더니 홍천강 물이 빠져 출입이 가능하다고 전해주기에 서둘러 집을 나섰다.

그러나 긴 장마 기간 동안 후덥지근한 도성에 갇혀 지내던 수백만 인파가 떼를 지어 피서길에 나섰으므로 외방도로치고 붐비지 않는 곳이 없다. 팔당대교에 이르기까지 세 시간 이상 걸렸으니 거의 게걸음과 다를 바 없었다.

오후 1시에 폭염 및 오존주의보가 발령되었다. 추녀 밑의 온도계가 38°C를 가리키고 있으니 지열은 40°C를 훨씬 넘을 것이다. 바람 한 점 없는 날씨라 선풍기 앞을 떠나지 못하다 3시 30분에 예초기를 지고 논둑의 잡초를 베기 시작하였다. K 노인이 지나다가 이런 날은 아무도 일하지 않으니 집에 들어가 쉬라고 권하였다.

기승을 부리던 한낮의 더위도 밤이 되자 많이 수그러들었다. 강변은 달빛을 받아 환한데 동남쪽이 막힌 우리 집에서는 자정이 넘어야 달을 볼 수 있다. 아내가 달구경을 나가고 싶다고 하여 산책하다가 돌아와 잔디밭에 의자를 놓고 앉았다. 밤이슬로 잔디밭은 촉촉하게 젖고 밤나무잎에 맺힌 이슬이 비처럼 흘러내려 머리카락을 적시니 몸이 으스스 떨렸다.

낮에 부지런히 먹이를 찾아 날던 새들은 모두 둥지 속으로 숨어든 대신 낮 동안 숨을 죽였던 개구리·맹꽁이·여치·지렁이 들의 노랫소리가 좁은 골짜기에 은은하게 퍼졌다. 수리부엉이가 날아와 나무에 앉으며 굵직한 울음소리를 내자 미물들이 노래를 그치고 집 주변이 적막에 잠겼다.

방으로 들어와 등불을 끄고 누웠으나 쉽게 잠이 들지 않는다. 집의 오른쪽에 있는 도랑이 그저께까지 쏟아진 비 때문에 지금도 졸졸 소리를 내며 흐른다. 물소리 때문에 나는 잠을 이룰 수 없는데 아내에게는 그것이 자장가의 멜로디처럼 들렸던 모양이다. 살그머니 밖으로 나와보니 양철지붕이 달빛을 받아 번쩍이고 마당에서는 반딧불이 서너 마리가 춤추듯이 가로세로로 날아다닌다. 밤은 만물이 잠드는 정적의 시간이라지만 어둠 속에서도 부지런히 활동하는 것들이 있다.

8월 9일 목 맑음

저녁에 시골집에 도착하였다. 해가 길어 익은 고추를 두 시간 동안 딸 수 있었다. 잘 큰 고추는 곧게 자라 길이가 15cm 내외이며 통통하게 살이 쪄 광택이 난다. 얼핏 보니 C 씨네 고추밭에는 앙상하게 마른 가지만 남은 것들이 보인다. 긴 장마 동안 탄저병에 걸렸기 때문이란다. C 씨는 우리 밭의 고추가 말짱한 이유가 심은 양이 적기 때문이라지만 작물의 양이 적다고 질병이 비켜 간 것으로 생각되지는 않는다.

8월 10일 금 맑음

엊그제 처서(處暑)가 지나자 아침저녁으로 기온이 뚝 떨어져 한밤에는 따뜻한 구들목이 그리워진다. 그러나 한낮의 기온은 30°C에 육박한다. 기후변화는 잡초가 우거진 밭둑에서도 느낄 수 있다. 이때부터 잡초들은 광택을 잃기 시작하고 성장속도도 더디다. 그러나 씨앗이 영글기 시작하기 때문에 가능하면 8월 초순에 잡초를 깨끗이 깎아야 이듬해에 고생을 덜하게 된다. 참깨를 심었던 자리에 퇴비를 준 후 삽으로 밭을 갈아엎었다. 비록 세 이랑에 불과하지만 땡볕 아래에서 땅을 파는 일은 수월하지 않다. 가래로 흙을 곱게 다듬은 후 무·순무·배추·알타리무, 그리고 중국 신장성 서쪽 끝의 이닝(梨寧)에서 구해온 보라색 무의 씨를 심었다. 이닝의 무는 한(漢) 무제가 탐을 냈던 천마(天馬)의 산지인 이리하(河) 유역에서 재배하는 것으로 속살이 화려한 보라색이다. 현지에서 맛을 보니 수분이 많아 시원하고 달았다.

8월 11일 토 맑다가 흐림

두엄간 옆에 쌓아둔 통나무 더미가 무너져 다시 쌓다가 손가락을 못에 찔렸다. 상처는 깊지 않으나 파상풍균에 감염될까 두려워 피를 짜낸 후 소독약을 바르고 붕대를 감았다. 삽으로 땅을 깊이 파서 굵은 기둥 세 개를 박아놓고 그 사이에 통나무들을 쌓았더니 안정감이 느껴진다.

아내의 동창 열두 명이 찾아왔다. 미리 식탁과 의자들을 잔디밭에 꺼내놓았고 바비큐 틀에 숯불도 피워놓았으니 손님맞이 준비는 끝났다. 대부분이 이름 있는 조각가나 화가들이지만 기업가와 가정주부도 섞여 있다. 미술대학 출신들답게 유머 감각이 뛰어난데 그중에는 걸쭉한 내용의 대화로 남을 잘 웃기는 재사(才士)도 있다. 환갑이 되니 남녀의 구분도 없어지는 것 같다.

8월 22일 수 맑음

세 명의 제자가 오래 전부터 우리 시골집을 방문하고 싶다고 해서 대학원생 J군과 학부생 J양, S양을 데리고 왔다. 아내에게는 귀띔하지 않았지만 나는 내 제자 중에서 혹시 며느릿감을 찾을 수 있지 않을까 하는 기대를 가지고 제자들 방문을 환영해왔다. 학교에서는 늘 수줍은 미소를 짓던 두 여학생이 차 안에서는 맑은 소리를 내며 잘도 웃었다.

J군은 두어 차례 자고 간 경험이 있어 우리 집을 잘 알고 있으나 여학생들은 우리 집이 화려한 별장일 것이라고 생각했던 것 같다. 안채와 사랑채의 문을 열면 우선 심한 곰팡이 냄새가 일주일간 집을 비웠던 우리를 꾸짖듯이 풍겨나오기 때문에 방문뿐 아니라 창문과 마루 분합문 등을 모두 열어 환기를 시켜야 한다. 이불 · 베개 · 요 등 모든 침구를 꺼내어 볕에 소독을 하는 일도 중요하다.

잠시 집안의 곰팡이 냄새에 질렸던 학생들의 표정은 밭에서 말끔히 사라진 것 같았다. 그들에게 익은 옥수수를 고르는 방법을 가르쳐주었더니 순식간에 한 바구니를 채웠고 깻잎 · 풋고추 · 고구마 순·오이 들을 따서 담았다. 빨갛게 익은 고추를 처음 보는 두 여학생은 통통하고 곧게 뻗은 고추열매의 아름다움에 경탄하였다. 그런데 고추밭에서 벌레에 물려 흰 팔에 붉은 반점이 생기더니 큰 동전 크기로 부어올랐다. 아무래도 얼음찜질을 해주어야 할 것 같다.

여학생들이 아내를 도와 저녁상을 차리는 동안 나는 J군과 식탁을 놓았다. 아들만 둘을 둔 우리 내외는 두 여학생을 마치 우리 딸처럼 착각을 하였던 것 같다. 아내는 여학생들과 안방에서 잠이 들고, J군과 나는 새벽 2시까지 책을 읽었다. 플라톤의 『공화국』과 『실크로드의 악마들』이었다.

8월 31일 금 맑음

보한이가 친구 열 명을 초대하였다. 남학생 여섯에 여학생 넷이다. 성악을 전공하는 그들은 모두 체구가 크고 먹성이 좋다. 고기·과일·기타 식품 들을 넉넉하게 준비하기는 했으나 막상 그들을 대면하고 보니 대부분 80~100kg의 거구들이라 음식이 모자랄까 걱정이 되었다. 손님들이 도착하기 전 넓은 잔디밭을 말끔히 다듬어놓고 원형 탁자와 사각형 상에 의자들을 배열해놓았다. 그들이 강에서 놀다가 젖은 몸으로 올라와 의자에 앉으니 넓은 잔디밭이 좁게 느껴졌다. 잔디밭 여기저기에 두더지가 지렁이를 잡아먹으며 쑤셔놓은 흔적이 울퉁불퉁하게 남아 있었는데 십여 명의 거구가 밟아주니 롤러로 다지는 것과 다를 바 없어 빙그레 웃음을 짓게 된다.

파티 중에 음력 7월 13일 달이 앞동산 위로 두둥실 떠올랐다. 반딧불이도 잔디밭 위를 부지런히 날아다니며 재롱을 부리고 있다. 아내는 아들 친구들에게 아름다운 달을 보라고 권하지만 그들은 먹고 마시는 일에만 몰두할 뿐 반딧불이에는 관심이 없다. 아내는 음악을 하는 이 젊은이들이 예술적 감성도 없이 노래만 부른다면 예능인으로는 성공할 수 있겠지만 훌륭한 예술가가 되기는 어렵지 않겠느냐고 하였다.

남녀학생들이 같이 왔기 때문에 아내는 여학생들의 잠자리에 신경이 쓰이는 모양이다. 남학생들은 모두 사랑채로, 여학생들은 안방으로 들게 하였다. 넌지시 "모두들 부모님의 허락을 받고 우리 집에 놀러 왔겠지?" 하고 물었더니 몇 명은 긴장하는 표정을 지었다. 내 아들은 이미 예술종합학교에서 부모 허락 없이는 절대로 외박하지 못하는 파파보이로 소문이 자자하다.

9월 1일 토 맑음

가을 가뭄이 너무 심하다. 봄부터 초여름까지 무려 100여 일이나 비다운 비가 내리지 않아 농민의 애간장을 태우던 하늘이 8월에는 물벼락을 내리듯 쏟아붓더니 이제는 또 대지를 뜨겁게 달구고 있다. 8월 중순에 심은 무와 배추의 잎이 말라죽을까 염려되어 물을 길어다가 뿌려주어 겨우 살려놓았다.

보한이가 예초기로 밭둑의 잡초를 베는 동안 나는 익은 고추 두 자루를 땄다. K 노인네와 C 씨네 고추밭은 탄저병에 걸려 앙상한 고춧대만 남았으니 하늘이 나를 돌보시는 것 같다. K 노인이 저녁때 반찬거리로 풋고추를 얻으러 왔기에 지난해에 중국 섬서성의 시장에서 사온 씨앗을 심어 키운 고추를 한 바가지 드렸더니 무척 신기하게 여긴다. 보통 고추보다 거의 배나 클 뿐 아니라 과육이 두꺼우며 매운 기도 덜하기 때문이다.

땀에 젖은 몸을 씻고 옷도 갈아입어야 하는데 아들의 손님인 처녀들이 욕실을 점거한 채 좀처럼 나올 생각을 하지 않는다. 종일 잔디밭에서 놀기만 한 사람들이 무슨 목욕을 그리 오래 하는지……. 땀 냄새도 지우지 못한 채 귀가하는 도중에 보한이가 내 심정을 알아채고는 "아버지, 여학생들이 우리 물이 하도 좋아서 머리 감느라 목욕탕을 오래 썼답니다. 죄송하대요"라고 나를 위로하였다.

9월 7일 금 맑음

춘천시청에 들러 농지(논) 일부의 용도전용(用途轉用) 허가서류를 제출하여 허가를 받았다. 최상단부의 논은 찬 연못물이 직접 흘러들며 오후가 되어야 볕을 받을 수 있기 때문에 벼가 잘 자라지 않아 밭으로 바꾸는 것이 더 효과적일 것 같다. 과거에는 우리 논처럼 산골짝에 있는 것들이 넓은 들판의 논보다 더 선호되었으나 오늘날에는 기계사용이 불편하고 합배미 작업도 여의치 않아 인기가 없는 한계농지로 전락하고 말았다. 강원도에는 이러한 논들이 많이 분포하며 상당 면적은 잡목이 우거진 폐농지가 되었다.

정부는 "쌀은 전략물자이기 때문에 농지보호를 철저히 하겠다"고 외쳐왔다. 현 정권도 예외는 아니었으나 대통령 취임 3년 만에 벼농사를 포기하는 농민에게 보상비를 줄 것이며 2005년부터는 추곡 수매를 하지 않겠다는 발표를 하여 농민들을 격분시켰다. 그럼에도 농토의 보존문제는 여전히 강조하고 있어 농지전용이나 재산권 행사를 인정하지 않는 한 정부의 시책에 승복할 수 없다는 농민들과 마찰을 빚고 있다. 그러나 농민들은 관(官)을 상대로 싸울 능력이 없다.

물론 정부의 애로사항도 깊이 헤아려야 한다. 상당수의 머리 좋고 재력 있는 도시 거주자들이 지도라는 종이 한 장을 보고 용도와 관계없이 토지를 구입하여 방치했다가 매각하여 불로소득을 얻기 때문에 정부는 이들을 감시하고 규제하는 데 어려움을 겪고 있다. 어떤 사람은 위장전입이라는 수단으로 토지를 매입하고 또 어떤 사람은 대리인에게 만사를 위임하고 있는데 상당수의 지주들이 자기 토지의 위치도 모르는 경우가 적지 않다.

9월 21일 금 맑음

다음주가 추석이라 이장·반장·K 노인·Y 씨에게 작은 선물을 하나씩 전해주었다. 하늘이 주는 결실 외에 선물을 받아보지 못하고 사는 분들이라 작은 것도 기쁘게 받아들이니 10만 원을 쓴 보람이 있다. 헛간 옆이나 잔디밭 위의 밤나무 고목에 매달렸던 그 많은 밤송이가 모두 떨어졌으나 바닥에는 가시가 날카로운 밤껍질만 수북할 뿐 밤톨은 아예 보이지 않는다. 무성하던 잡초들이 눌린 것을 보면 수십 명의 밤 사냥꾼이 다녀간 듯하다. 우리 집 뒤뜰에까지 발자국이 어수선하게 찍혀 있다.

10월 4일 목 맑음

추석 연휴 동안 적은 양이나마 비가 내려 잎을 떨굴 준비를 하던 초목들이 다시 생기를 찾았다. 얼빠진 개나리 몇 송이가 야국(野菊) 틈새에서 노란 꽃망울을 터뜨린 것을 보면 식물들이 날씨의 속임수에 속고 있는 것이 분명하다.

우리 내외가 수십 통의 물을 길어다가 부어주어도 자랄 줄 모르던 무와 배추들이 가을비를 맞은 후 풍성하게 자란 것을 보면 역시 생명의 근원은 하늘이 내려주는 빗물인 것 같다.

10월 5일 금 맑음

새벽 기온이 8°C까지 떨어져 겉옷을 껴입고 밭으로 나갔다. 고구마 캐기를 시작했더니 땀이 나서 거추장스러운 겉옷을 벗어버렸다. 봄가을의 가뭄 때문에 큰 수확을 기대하지 않았는데 의외로 큰 사과상자 넷을 가득 채웠다. 너무 크면 오히려 고구마의 맛도 덜한데 다행히 주먹만한 것이 반이고, 그보다 약간 적은 것이 반이니 고구마농사는 성공한 셈이다.

10월 20일 토 맑음

볕이 강하고 강바람까지 불어 벼 말리기에는 더 없이 좋은 날씨이다. 몇 차례 벼를 뒤집었더니 젖었던 나락들이 어지간히 말라 저녁에는 일부를 단으로 묶었다.

늦여름에 고추 포기마다 퇴비를 준 효과가 있어 기온이 $10^\circ C$ 내외로 뚝 떨어졌지만 지금도 꽃이 피고 열매가 맺힌다. 그러나 고추 열매는 잘 자라지 않는다. 푸른 고추와 잎을 모두 훑어서 자루에 담았다. 굵은 고추는 소금물에 삭혀 동치미에 넣고 작고 어린 것은 가루를 발라 쪄서 간장에 무쳐 먹고, 고춧잎은 데쳐 말린 후 무말랭이와 섞어 장아찌를 만든다.

10월 26일 금 맑음

호미와 낫을 구입하려고 모곡의 철물점에 들렀다가 놀라운 얘기를 들었다. 지난주 개야리의 아무개가 논골에서 대량의 산삼을 발견하여 횡재를 하였다고 한다. 그는 산삼이 있는 곳은 자기만 안다고 목에 힘을 주며 자랑했다는데 아내가 혹시 그곳이 우리 산이 아닐까 걱정이 된다기에 서둘러 집으로 향했다.

산으로 올라가 살펴보았더니 지난주까지 숲의 큰 나무들의 보호를 받으며 잘 자라던 삼들이 모두 사라졌다. 인삼 군락이 소복소복 자리 잡고 있던 그곳은 시커먼 부엽토가 드러난 채 사람의 자취가 어지럽게 남아 있었다. 강 건너의 운 좋은 사나이가 캐간 산삼(?)은 바로 우리의 것이었다. 1996년 봄에 아내가 학교의 조

마른 벼를 걷어 단으로 묶는 작업. 몇 차례 벼를 뒤집어 젖었던 나락들이
어느 정도 마른 것 같으면 단으로 묶는다.

경기술자에게서 묘삼(苗蔘) 한 봉지를 구해와 부엽토가 쌓인 산 중턱에 심은 것이었다.

우리는 수시로 산에 올라가 삼의 잎이 돋고, 빨간 열매가 맺는 것을 보며 기쁨을 감추지 못하였다. 어느 사이엔가 삼의 씨가 떨어지고 발아하여 그 숫자는 배 이상 늘었다. 심은 지 4년째의 어느 날 부엽토를 조심스럽게 걷었더니 실 같은 잔뿌리가 여러 갈래로 뻗은 모습이 보였다. 일곱 뿌리를 캐어 세 뿌리는 우리 가족이 씹어 먹고 나머지는 사고로 부상을 입어 고생하는 지인에게 전했다. 재배삼에 비해 작고 가늘고 볼품은 없었으나 우리 삼은 맛이 쓴 대신 향이 무척 강했다.

여러 해 동안 애정을 쏟아온 삼을 잃고 크게 상심했던 아내는 마음이 진정된 후 "아랫집 할머니 말씀이, 인삼은 영약이어서 마음이 바른 사람이 먹으면 보약이 되지만 나쁜 사람이 먹으면 독약이 된다던데 그 사람이 아무쪼록 무사하기를 빈다"는 의미 있는 말 한마디를 했다. 그가 어떤 사람인지는 모르지만 앞으로는 우리 산에 다시 찾아오지 말기를 바라고 또한 행운만을 찾아 떠도는 삶을 살지 않기를 기원하였다.

11월 9일 금 맑음

엊그제는 입동(立冬)답게 추위가 찾아와 싸늘했다. 몇 해 전에는 늦가을 추위에 무가 얼어 피해를 입은 경험이 있어 다소 걱정스러웠으나 다행히도 오늘 낮에는 날씨가 따뜻하여 채소의 동해

(凍害)는 없을 것 같다. 토종 무와 배추는 대체로 무사했으나 중앙 아시아의 이리 분지에서 사다가 심은 보랏빛 무는 추위에 약해서 모두 얼어 죽었다. 움 속에서 얼어 죽었기 때문에 봄에 이 무를 밭으로 옮겨 심었다가 종자를 받으려 했던 계획은 포기할 수밖에 없다.

가뭄 때문에 간이수도가 말라 보일러를 가동하지 못하였다. 냉골에서 덜덜 떨다가 사랑채에 장작을 때서 난방을 하니 겨우 잠을 잘 수 있었다.

11월 10일 토 맑음

간이수도가 마른 이유를 알게 되니 어이가 없다. 네 집이 사용하는 이 수도의 물탱크는 우리 집 뒤의 내 소유 임야에 있는데 물탱크에서 네 집으로 각각 별도의 수도관이 연결되므로 지형조건상 우리 집 급수사정이 가장 나쁘고 지대가 낮은 집이 유리하다. 그런데 가장 밑의 집에서 연못을 파고 물을 채워 오리를 풀어놓았기 때문에 물 부족 현상이 생긴 것이다. 자기밖에 모르는 사람 하나 때문에 공동생활의 균형이 깨지다니. 충분한 급수원을 찾지 못한다면 보일러를 제대로 사용하기는 어려울 것 같다.

11월 16일 금 맑음

가을걷이가 끝났기 때문에 시골에서 할 일은 그리 많지 않다. 그러나 일감을 찾으면 널린 것이 일거리이기 때문에 한겨울에도 우리는 시골을 방문한다. 집에서 사용할 물을 긷는 일 역시 중요한 일이다.

몇 해 전부터 빙부님께서 내 아호를 지어주시겠다고 하셨고 아내 역시 이 일에 몰두해왔다. 여러 가지 이름을 생각하시다가 빙부께서는 요천(樂泉)을, 그리고 아내는 여천(麗泉)을 제시하였는데, 두 분이 샘 천(泉) 자에 집착하시는 이유는 사랑채 아래의 샘물 때문이다. 100여 년 전 훈장님께서 이 샘을 발견하고 사방 50cm의 옹달우물을 만들었다고 한다. 바위틈에서 솟는 이 물은 여름에는 수량이 다소 증가하기는 하나 건기에도 물의 양이 별로 줄지 않는다. 아무리 수량이 많아도 옹달우물이 담을 수 있는 수량은 일정하며 남은 물은 샘 밖으로 흘러넘친다. 즉 새 물에게 헌 물이 자리를 양보하는 것이다.

빙부님과 아내는 이 샘으로부터 영감을 얻어 천(泉) 자는 정하셨으나 나머지 한자를 찾는 데 고심하시다가 여(如) 자로 짝을 맞추어 여천(如泉)이란 이름을 만들어주었다. 빙부님 말씀대로 과연 새로운 지혜가 한결같이 넘칠 수 있을지 모르겠다.

11월 23일 금 맑음

주문했던 정미기가 도착하였다. 기계의 부피가 크고 무거워 광 앞에 자리를 잡아 두꺼운 철판을 깔아놓고 그 위에 설치하였다. 대문 밖 전신주의 콘센트에 굵은 전선을 꽂은 후 이를 정미기와 연결하였더니 기계가 요란한 소음을 내며 힘차게 돌았다.

12월 1일 토 맑음

아침 8시에 굴삭기가 도착하였다. 해마다 가뭄이 들면 간이수도가 말라 물 때문에 고역을 치르기 때문에 이참에 수량이 많은 샘의 물을 끌어 불편을 덜어보기로 작정하였다. 공사는 우선 간이수도의 꼭지가 있는 자리로부터 옹달우물에 이르는 약 15m 거리를 깊이 1m로 파내어 관을 묻은 후 샘 옆에 묻은 물탱크 안으로 넣는 것이다. 그런데 수도에서 지하에 매설한 물탱크 사이에는 개나리 울타리·라일락·벚나무·단풍나무 들이 있어 이 나무들을 캐서 이식하는 문제가 있고, 또 땅속에 묻은 탱크가 땅속에서 솟는 물의 압력을 견디지 못하고 떠오르는 것은 더욱 풀기 어려운 문제이다.

나무들은 잔디밭 가장자리로 옮겨 심었으나 물탱크가 자리를 잡게 하려면 무거운 돌로 눌러놓는 도리밖에 없다. 매년 한 차례씩 탱크 청소를 하기 위해 무거운 돌을 옮겼다가 다시 놓아야 한다니 편하게 물을 쓴다는 것이 결코 쉬운 일은 아닌 것 같다.

어려운 문제는 또 있었다. 중장비로 땅을 파다가 난방용 온수 파이프를 깨뜨려 이것을 교체하느라 배관공은 두어 시간 동안 갈팡질팡하였다. 역시 시골에서는 이런 작업을 제대로 할 수 있는 기능인을 찾기가 쉽지 않으니 시골 사람들이 다투어 편하게 살 수 있는 도시로 떠나는 모양이다. 작업은 오후 8시, 해가 진 후에야 끝났다.

12월 2일 토 맑음

어제 종일 수도공사 작업을 거들며 차가운 물을 뒤집어쓴 탓인지 온몸이 뻐근하고 오한이 났다. 그러나 지난주에 설치한 정미기를 운전해봐야 하기 때문에 어젯밤에 방에서 건조시킨 벼 한 자루를 찧었다. 왕겨와 등겨를 받아내는 자루를 매달고 전기 스위치를 돌렸더니 윙 소리를 내며 거친 벼가 빨려 들어가고 한쪽에서는 하얀 쌀이 쏟아져 나온다. 겨와 돌이 따로 분리되기 때문에 무척 편리하다.

정미기를 갖게 됨으로써 이제는 방앗간에 가는 번거로움을 면할 수 있게 되었으며 필요할 때마다 조금씩 정미하여 늘 햅쌀로 지은 것 같은 맛 좋은 밥을 먹을 수 있게 되었다. 뿐만 아니라 겨를 발효시켜 퇴비를 만들면 밭의 토양을 비옥하게 할 수 있다. 볏짚은 밭고랑에 깔아 잡초를 예방할 수 있으며, 이 짚이 썩으면 역시 좋은 거름이 된다.

2002년
대지의 어머니

"우리 선조들은 물이 필요하면 강물이나
개울물을 길어다 썼고 옹달샘이 있는 곳은
복이 있는 취락으로 여겨 이를 약수 또는
영천이라 하였다. 샘이 지기가 통하는 혈맥과
관련이 있다고 인식한 것이다. 자연을
살아 있는 존재로 인식하면 외경심을 갖게 되므로
함부로 자연을 훼손시키는 일은 삼갈 것으로 생각된다."

1월 2일 수 맑음

혹한으로 수도가 또 얼었다. 모터가 전혀 움직이지 않으며, 보온용으로 덮어놓은 모포까지 돌덩이처럼 얼었다. 큰 마을로 나가 이장에게 하소연을 했더니 수도 동파 사고를 겪은 집이 많다고 하면서 빨간 고무로 코팅이 된 열선(熱線)을 한 개 주었다. 집으로 돌아와 이 선을 콘센트에 끼우고 모터에 감았더니 꽁꽁 얼었던 모터가 서서히 따듯해졌다.

나는 실생활에 지극히 어두운 무능력자이다. 특히 이곳처럼 겨울 날씨가 혹독한 곳에서는 내 스스로 해결하기에 벅찬 일이 적지 않기 때문에 마을 사람 누구에게나 도움을 청하고 그들의 가르침을 서슴지 않고 받아들이기로 마음을 정하였다.

1월 3일 목 맑음

온풍기와 전기장판을 사용하여 겨우 하룻밤을 지냈다. 아침 8시쯤 죽은 듯이 침묵을 지키던 모터에서 윙 소리가 들리기에 반가운 마음으로 수도꼭지를 돌렸으나 물이 나오지 않는다. 모터를 덮었던 모포와 헌 옷 등은 모두 푹 젖었고 모터 아래에는 흥건하게 물이 고여 있다. 수도관과 모터의 연결부위에서 물이 샌다. 모터 시공업자를 불러 파손된 고무 패킹을 갈고 볼트를 조였다. 그 순간 냉온수가 힘차게 쏟아져 나왔다.

2월 14일 목 맑음

10년 이상 주말마다 시골을 다니면서 노변경관의 변화를 목격해왔다. 주요 도로의 요지에는 건축물들이 꾸준히 증가해왔는데 그중 우리 눈길을 끈 건물 하나는 양편군 옥천면 아신역 부근 도로변에 신축된 삼각형 철물 구조인 '낙빈'(樂賓)이라는 식당이었다. 준공하기 전부터 우리 내외는 이 건물의 용도에 궁금증을 가지고 있었던 바, 지난주 독특한 옥호(屋號)를 가진 식당이 들어섰기에 점심을 먹으러 들어가보았다. 실내 장식은 단순하면서도 유치하지 않았고, 검은 정장 차림의 점주가 손님을 맞아 식탁으로 안내하였다. 음식물은 바퀴 달린 카트로 반듯하게 운반하여 손님 상에 올렸다. 우리나라의 대중음식점 중 이 정도 수준에 이르는 곳은 별로 없을 것 같다. 즐거운 마음으로 식사를 하고 신용카드로 식비를 결재하였는데 집에 돌아와 전표를 확인해보았더니 10배의 돈이 계산된 것을 확인하였다. 식당 주인에게 전화를 했더니 착오가 있었음을 시인하였다.

오늘 시골로 가는 길에 그 식당에 들렀더니 점주는 깨끗한 봉투 속에 10만 8,000원을 담아놓고 기다리고 있었으며 종업원의 실수를 거듭 사과하였다. 그러나 전표의 숫자를 그 자리에서 확인하지 않은 나에게도 일부 책임이 있는 것이다. 나는 건전한 상도덕을 지키는 모범적인 식당 주인과 종업원들을 알게 된 것이 기뻐 '즐겁게 손님을 접대한다'는 이 식당의 옥호를 지인들에게 널리 알리리라고 다짐하였다.

2월 24일 일 맑음

근래 양평군 단월면 부안리와 명성리를 가로막는 밭배고개 밑에 굴을 판 2차선 포장도로가 개통됨에 따라 양수리·용문·단월을 거쳐 서울에서 시골집까지 두 시간 만에 도착할 수 있게 되었다. 겨울에는 시골에 할 일도 적어 마음이 바쁘지 않기 때문에 오가는 길에 호기심을 자극할 만한 골짜기가 보이면 안으로 들어가 보곤 하였다. 오늘은 단월의 스키리조트를 배경으로 형성된 상가를 지나 스키장으로 들어가보기로 하였다. 70번 지방도에서 한치까지 가파른 고개를 올라가보니 제법 넓은 골짜기에 리조트타운이 들어앉았다. 동남쪽은 메마른 대지와 침엽수림이 차지한 반면 서북사면은 흰 눈으로 덮여 대조적이다. 이 눈은 천연이 아니라 기계에서 뿜어져 나오는 것이기 때문에 볼품이 없다.

스키장에서 팔봉리로 내려가는 길은 주변 풍광이 아주 매력적이다. 그러나 그 골짜기의 개울은 물색이 검고 겨울철인데도 심한 악취를 풍긴다. 한때 7~8개의 마을이 있었다고 하나 지금은 하천 오염 때문에 계곡 중상부의 마을들이 모두 사라지고 메마른 잡초 속에 묻힌 빈집들이 유령 소굴처럼 서 있을 뿐이다. 이 골짜기의 더러운 물이 홍천강에 섞여 약 10km 하류인 우리 마을까지 내려온다고 생각하니 몹시 언짢다. 환경을 거론할 때 흔히 오염원을 말하는데 진정한 오염원은 폐수·오물 등을 배출하는 업체이기 이전에 인간이라는 사실을 깨달아야 할 것이다.

3월 8일 금 맑음

적은 양의 비가 내렸으나 대기 중에 찌든 먼지가 말끔히 씻겨 하늘은 맑고 푸르며 햇살도 제법 따스하다. 제자들이 시골 나들이에 동행하겠다고 해서 세 명을 태우고 학교를 출발하였다.

양평군 국수리의 골동품상에 들러 3개월 전에 주문해두었던 석장승 한 쌍을 차에 실었다. 2주 전에 입은 손가락 부상 때문에 무거운 돌을 차에 싣는 일은 두 제자가 맡았다. 집에 도착하여 장승을 차에서 내려 잔디밭 입구까지 운반하는 일이 쉽지 않아 나도 손에 붕대를 더 감고 하역작업을 거들었다. 역시 다친 부위에 통증이 강하게 느껴졌다. 잔디밭 양쪽에 구덩이를 파서 장승을 세워놓았더니 남녀 모습이 우리 집과 잘 어울린다.

귀로에 이장댁에 들러 마을 주변이 한눈에 보이는 1 대 5,000 지형도 아홉 매를 주었더니 무척 기뻐하였다. 그의 집 넓은 거실 벽에 걸어놓으면 마을 행정 업무에 도움이 될 것 같다.

3월 15일 금 황사가 심함

어제는 비 같지도 않은 비가 찔끔 내리더니 오늘은 온 천지가 누렇다. 자동차가 누런 얼룩을 뒤집어썼으나 다친 손 때문에 닦을 생각도 못하였다. 시골로 오는 동안 창문을 닫고 왔는데도 차 안에까지 흙먼지 냄새가 나니 먼지의 농도가 어느 정도인지 짐작이 간다.

수년 전 중국 내륙지방을 여행하던 중 몇 차례 모래바람을 만난

눈 덮인 돌장승. 잔디밭으로 올라가는 계단 위 좌우에 세웠다.
남녀 모습이 우리 집과 잘 어울린다.

적이 있다. 자동차를 세우고 모든 차창을 꼭 닫은 채 20여 분을 기다렸다가 바람이 그친 후 밖으로 나와보니 자동차 창틈에 미세한 모래가 수북이 쌓였고 입에서는 모래가 씹혔다. 이러한 현상은 기후변화 때문에 발생하기도 하지만 오랜 세월에 걸친 인간의 간섭에 따른 환경파괴가 더 큰 영향을 준 것이다.

중국인은 고대로부터 관개기술을 개발하여 황하 중·상류의 스텝 지역을 농경지로 바꾸어왔다. 특히 청나라 때부터 공산주의 정권수립 이후까지 건조한 초원지대인 유목지역을 무리하게 농경지로 개간해온 결과, 이곳에서 밀려난 유목민들은 열악한 초원에서 지나치게 많은 가축을 풀어놓아 지역 전체를 황폐화시켰다. 식물 피복이 소멸된 토양은 빠른 속도로 사막화하여 해마다 봄철이면 온대성 저기압을 타고 동으로 이동한다.

황사는 여러 가지 광물질로 구성되어 있지만 석영질이 가장 많아 피부와 안구에 손상을 일으킨다. 최근에는 중국의 공업화 추세에 따라 화력발전소와 공장에서 배출되는 유해물질까지 섞여 사람들의 건강을 해치고 있다. 중국정부도 황사의 폐해를 줄이는 정책으로 퇴경환림(退耕還林)을 시행하고 있으나 100~200여 년이란 짧은 기간 내에 파괴된 환경을 복원하는 작업은 10배에서 20배의 시일과 노력이 필요할 것으로 보인다.

날씨가 풀려 수돗가의 시멘트 작업을 할 수 있을 것 같기에 강변에서 모래를 운반해왔다. 다행히 다쳤던 손의 상처가 어느 정도 치유되어 두꺼운 장갑을 끼고 수돗간의 쓰레기를 모두 걸어낸 후 작업을 시작하였다. 바닥에 철망을 깔고 시멘트와 모래를 섞어 갠 반죽을 두껍게 발랐다. 배수로는 벽돌로 쌓았고 수로 끝에 관을 묻어 오수가 잘 빠지도록 하였다.

3월 16일 토 맑음

황사가 걷히고 하늘이 맑게 개었다. 지난가을부터 준비해온 퇴비를 비닐하우스와 밭으로 모두 운반하였다. 수레에 가득 담은 퇴비를 아마도 30~40회 정도 나른 것 같다.

재작년에 비닐하우스를 만들었을 때에는 흙이 하도 단단해서 삽으로 땅을 팔 수가 없었다. 곡괭이로 찍어도 5cm 이상 날이 들어가지 않았는데 2년간 꾸준히 퇴비를 부었더니 이제는 삽날이 완전히 땅속까지 묻힐 정도로 부드러워졌다. 전에는 물까지 받아들이기를 거부하던 토양이 유기질의 기(氣)를 받아들여 땅심이 살아나고 지렁이와 미생물들을 포용하기에 이른 것이다. 드디어 이 땅에 들깨와 상춧잎이 오글오글하게 덮였으니 신기하다.

몇 해 전에 심은 배나무들이 어느 정도 자라 전지를 해주어야 하는데 방법을 몰라 강 건너 두미리 이장인 S 씨에게 문의했더니 하늘을 향해 죽 뻗은 가지들을 과감하게 자르라고 가르쳐주었다. 오른손 손가락이 아직도 완치되지는 않아 전지가위 사용에 불편이 따랐지만 무사히 작업을 마쳤다. 아내는 잘라놓은 가지들을 모아 과원 뒤쪽에 쌓아놓았다.

3월 22일 금 황사

화요일부터 시작된 황사는 점점 강도가 높아져 오늘은 이 협곡에도 누런 안개가 끼어 걷힐 줄 모른다. 숨을 쉬면 퀴퀴한 먼지 냄새가 느껴져 아내는 나의 외출도 막고 방에 앉아 책을 읽으라고 권하였다. 오후부터는 강풍이 몰려와 K 노인네 개 사육장 지붕이 날아갔고 큰 마을에서는 비닐하우스 지붕이 벗겨지기도 하였다.

메타세쿼이아·매실나무·감나무 등을 20여 주나 구입해왔기 때문에 아무리 바람이 분다 할지라도 심지 않을 수 없다. 메타세쿼이아는 뒷산에 심고 감나무 두 그루는 집 뒤뜰에, 그리고 매실나무는 배나무 아래쪽에 심었다.

우리 집 옆 완경사면의 소유자라는 J 씨가 중장비를 동원하여 산을 깎고 평탄하게 하더니 우리 집 옆에 관정(管井)을 팔 작정인 모양이다. 좁은 농로로 굴삭기·대형 트럭·관정기계 등 중장비들이 드나드니 약한 지반이 무거운 장비의 하중을 견디지 못하고 꺼졌다. 결국 관정기계가 우리 논 아래로 떨어지자 J 씨가 우리 논 일부를 매립하여 길을 넓힐 수 있도록 허락해달라고 청해왔다. 이 논은 음지라서 벼가 제대로 자라지 못하는 곳이라 작업차량이 다닐 수 있도록 허락하였다.

3월 23일 토 맑음

강풍이 불고 흙먼지가 쏟아지던 어제와 달리 오늘은 쾌청한 날씨다. 그러나 기온은 급강하하여 아내가 정성스럽게 심어놓은 꽃들이 밤사이에 모두 얼어 고개를 숙였다. 봄 마중을 너무 서둘렀던 모양이다. 서울에는 지난주에 이미 개나리와 진달래가 만발했으나 이 협곡은 봄 아가씨조차 쉽게 찾아오기 어려울 정도로 궁벽하기 때문에 진달래가 피려면 열흘 이상 더 기다려야 한다.

비닐하우스 땅을 모두 갈아엎고 산에서 파온 부엽토를 섞었다. 이 흙을 작은 화분에 담아 오이·토마토·호박·고추 씨를 한 알씩 넣고 물을 주었다. 4월 하순경까지 키워 5월에는 모종을 할 수 있을 것이다. 춘분이 지났으므로 마루의 분합문과 창문에 달았던 두꺼운 비닐을 모두 벗겼다. 외풍을 막는 효과는 있었으나 볼품없고 실내 환기에도 지장이 있어 봄이 오기만을 기다려왔다.

3월 29일 금 비

엊그제 달무리가 어른거리고 공기가 후덥지근하더니 낮부터 비가 내리기 시작하였다. 봄을 재촉하는 이 비가 그치면 땅속 깊이 심을 박았던 얼음이 모두 녹아 봄기운이 뚜렷해질 것이다.

내일은 고교 동창생들이 우리 집을 찾아오기로 한 날이라 낮부터 내 나름으로 손님 접대에 필요한 식료품을 준비하였다. 천성으로 사교성이 부족하여 손님을 초대해본 경험이 적었던 터라 10여 명의 손님을 맞이한다는 사실에 다소 두려움이 느껴진다. 더구나 그들 대부분은 술을 즐기고 잡기를 비롯한 세속적인 오락에도 능한 사람들인데 나는 입에 술도 대지 않고 바둑도 모르며 남들이 거의 다 즐기는 고스톱이란 화투놀이조차 모르고 살아왔다. 한 친구가 전하는 말에 의하면 그들이 자주 시골로 다니며 개를 잡아먹는다고 하였던 터라 미리 토종닭 여러 마리를 준비하였다.

친구들은 여러 해 전부터 내 시골집에 오고 싶어 은근히 압력을 가해왔으나 차일피일하다가 마침 아내가 학생들을 데리고 지방여행을 떠났기에 부른 것이다. 이들이 도착하기 전에 사랑채 아궁이에 통나무 장작을 충분히 넣어 난방을 해두었으며 집안을 털고 닦았다. 그런데 기이하게도 전에 없던 노래기가 들끓어 어느 방에서나 쓰레받기로 하나 가득 징그러운 벌레가 나왔다. 쓸고 나서 돌아보면 또 시커먼 벌레들이 기어 다니기 때문에 어쩔 도리 없이 개미 잡는 약을 뿌려놓고 밖으로 나와버렸다.

3월 30일 토 흐리다가 오후에 비가 내림

하룻밤 사이에 진달래 몇 송이가 피었다. 얼어 죽었다고 포기했던 노란색·빨간색·파란색 튤립 꽃봉오리도 개화를 준비하고 있다. 다음주에 아내가 오면 기뻐할 것이다. 튤립은 중앙아시아가 원산지인데 터키인들이 궁전 장식용으로 개량한 것을 유럽인들이 이식하여 오늘날 네덜란드를 상징하는 꽃이 되었다. 아내는 집안의 권고로 미술대학을 졸업하고 미술과 교수가 되었으나 식물학을 공부하고 싶어했으니 식물에 대한 관심은 변함이 없다. 지금도 열심히 야생화 씨앗을 받아 집 주변에 뿌려 꽃밭을 만들고 있다. 나는 아내가 튤립 이상의 신종 꽃을 개량해내기를 바란다.

12시 30분. 친구들이 홍천군 경내로 들어섰다는 연락을 받고 반곡파출소 앞까지 마중을 나갔다. 열 명이 올 예정이라더니 승용차 4대에 5명씩 승차하였다. 20여 명이 방문한 것이다. 안방과 사랑 방에 짐을 풀고 일부는 거실에 자리를 잡았다. 우리 집에 오늘처 럼 많은 수의 귀한 손님이 찾아온 적은 일찍이 없었다.

봄비가 내리는데도 몇 명은 큼직한 파라솔 밑에 앉아 바비큐를 먹으며 경치구경을 하고 일부는 바둑판까지 싣고 와 바둑을 즐기 고 나머지는 카드놀이를 하고 있었다.

예상보다 손님 수가 많아 벼 한 자루를 새로 정미하여 밥을 짓 고 뭇국과 쑥국을 끓여 저녁상을 차렸다. 두 명의 친구가 도와주 었으나 주방일과 상차림으로 무척 분주하였다.

식후에 오락 팀과 잡담 팀으로 패가 나뉘고 일부는 사랑채에 앉 아 조용히 책을 읽었다. 어떤 친구는 학교를 졸업한 지 거의 40년 만에 만났다. 긴긴 밤을 새워도 모자랄 만큼 얘깃거리가 많았다.

3월 31일 일 맑음

간밤에는 모두 잠을 설쳤다. 노는 재미에 밤을 새운 친구들이야 할 말이 없을 테지만 모처럼 뜨끈한 사랑방 구들에 등을 지지며 편하게 자고 싶었던 친구들에게 미안한 마음을 금할 길이 없다. 징 그러운 노래기 떼가 밤새도록 천장에서 떨어져 이불 속으로 기어 들어 몇 친구는 잠을 설친 모양이었다. 나 역시 안방에서 들리는 왁자그르르한 소리 때문에 잠자기를 포기하고 에코의 소설 『장미 의 이름』을 읽다가 새벽녘에 겨우 잠이 들었다. 그래도 6시에 일어나 손님들의 아침 준비를 하였다.

밤을 꼬박 새운 늙은이들답지 않게 친구들이 밥 한 그릇을 깨끗이 비워주니 고맙기 그지없다. 이처럼 맛있는 쌀밥을 처음 먹어본다면서 쌀을 사가겠다고 졸라대는 친구들에게 여분이 없으니 팔 수는 없고 찾아오면 언제든지 고봉으로 밥을 담아주겠다고 하였다.

십여 명의 친구를 산으로 안내하여 방문 기념으로 주목과 메타세쿼이아를 심게 하였다. 이들 중 두 명은 밭으로 따라와 감자 심는 일을 거들었다. 협곡을 덮던 강 안개가 앞산 허리를 타고 하늘로 올라가자 푸른 홍천강 물줄기가 모습을 드러내니 친구들은 경치에 매료되어 경탄하였다. 공직자로 고위직에 오른 친구가 촌 늙은이가 다 된 나를 부럽다고 하니 내가 이 산골에 와서 땀 흘린 보람이 있는 것 같다.

준비해온 토종닭에 엄나무가지 · 찹쌀 · 대추 · 마늘 등을 넣고 사랑채 부엌의 무쇠 솥에 넣고 고았다. 장작불로 푹 익힌 닭요리로 점심을 먹은 친구들은 오후 4시경 모두 돌아갔다. 이들이 떠난 후 집 안팎을 정리하고 귀로에 오른 시각은 저녁 7시였다.

4월 5일 금 맑음

묘목 시장에 들러 왕벚나무 4주와 고로쇠나무 4주를 구입하고 출발했는데 외방도로는 주차장을 방불케 하였다. 11시에 출발하여 오후 4시 30분에 겨우 시골집에 도착했더니 어제까지 학생들을 인솔하고 지방 답사를 하며 쌓였던 피로와 교통체증으로 인한 피로가 누적되어 눈꺼풀이 밑으로 처졌다.

갑자기 아내가 놀란 음성으로 부르기에 나가보았더니 지난주까지 물이 샘솟던 옹달샘이 완전히 말랐다. 연못물도 바닥에만 조금 남아 비단잉어들이 물이 남은 수문 앞에 모여 숨을 헐떡이고 있었다. 이것은 천지개벽이 아닐 수 없다. 그런데 샘이 마른 원인은 다행히도 즉시 확인되었다.

샘에서 10m도 안 되는 거리에 네댓 명이 관정에 시추 작업을 막 끝내고 마지막 정리를 하는데, 이들이 지하에 박은 파이프에서 지하수가 힘차게 솟구치고 있었다. 좁은 계곡의 물을 모두 빨아들인 원흉이 바로 이것임이 분명하다. 이 공사로 초목이 놀라고 자연의 살가죽인 토양이 찢겼을 것이며 뼈인 지하 암반이 깨졌을 것이다. 우리 집 수도가 마른 것은 물론 펌프의 모터가 불탔고 보일러 역시 고장이 났다. 시추를 하는 사람들에게 작업을 중단해야 하지 않겠냐고 말했더니 오히려 정당한 방법과 절차를 밟아 공사를 하는 것이라며 나를 구슬렸다. 이 분야에 문외한인 내가 취할 수 있는 방법은 전문가의 자문을 받는 길뿐이다.

4월 6일 토 비

밤부터 봄을 재촉하는 보슬비가 쉼없이 내렸다. 밭 가장자리에 나무를 심느라 땅을 파보았더니 30cm 밑까지 젖어 있다. 이것으로 보아 결코 적은 강수량은 아닌 것 같다. 진달래는 만개하였고 살구꽃과 앵두꽃도 반 이상 피었다. 기상청 예보대로라면 다음주부터는 벚꽃, 그리고 보름 후부터는 철쭉꽃을 볼 수 있을 것 같다.

오후 4시에 관정공사 업자와 땅 주인인 J 씨가 찾아왔다. 이들도 관정이 주변의 물을 모두 빨아들일 것이라는 예상을 전혀 못했던 모양이다. 우리 집 모터와 보일러 고장에 책임이 있음을 시인하고 고장 난 기기들을 수리해주겠다고 하였다. 그런데 우물을 판 J 씨는 관정을 이미 팠으니 자기와 물을 나눠 쓰자는 제안을 했다. 사업가인 그는 협상능력이 나보다 탁월하다. 합리적인 방법이라지만 우리의 옹달우물과 연못은 100년의 역사를 가지고 있으며 우리 집의 상징과 같기 때문에 동의할 수가 없다. 더구나 J 씨는 자기 땅에 집을 짓고 살 사람이 아니라 매각처분할 의사가 있기 때문에 미래의 소유자와 물분쟁이 발생할 가능성도 배제할 수가 없다.

다행히 지하수개발 전문업체를 운영하는 친구와 물리탐사 전문가인 친구들과 연락이 되어 자문을 구할 수 있게 되었다. 친구들은 관정업자 및 J 씨에게 춘천시의 허가를 받았는지를 확인하고 또 나와 P 씨의 동의 없이 시공한 이유를 따지라고 하였다. 특히 지하 100m 이상의 대공(大孔) 시공시에는 반드시 관할 행정기관의 공사허가가 있어야 한단다. J 씨는 전혀 대답을 하지 못하고 물을 나눠 쓰는 선에서 합의하자고 할 뿐이었다. 수백만 원의 비용을 들여 공사한 그들에게는 다소 미안한 일이지만 다음 주말까지 수십 톤짜리 물탱크 매설과 수도관 작업을 중단할 것을 당부한 후 귀로에 올랐다.

아내는 성천(聖泉)처럼 여겨온 샘이 골병들었다고 낙심하며 우리가 수년 전에 방영되었던 프랑스 영화 「마농의 샘」 주인공과 흡사한 피해자가 되었다고 탄식하였다. J 씨는 도시 사람답게 샘의 용도를 상수도로 단순하게 한정시키고 있으나, 이 샘은 마을을 대표하는 조경(造景)의 핵심이다. 그리고 샘물이 고여 형성된 연못은 강에서 이미 사라진 말조개·왕우렁이·기름종개 들의 서식처이며 여덟 다랑이의 관개용수원이기 때문에 반드시 보존되어야 한다. 그러므로 나는 합법적인 절차에 따라 J 씨의 무모한 계획을 포기시킬 생각이다.

시골은 인구가 적고 집들이 띄엄띄엄 들어서 있으며 사람들이 순박하여 감정적으로 부대낄 일도 없을 줄 알았다. 그런데 뜻밖에도 나와 가까운 곳(그와 나는 서로 이웃인 강남구에 거주하고 있다) 사람과 이해관계로 대립하게 되니 매우 우울하다. 더구나 가랑비를 맞으며 샘 옆에서 몇 시간 동안 갑론을박하느라 몸살에 걸렸는지 오금이 저리고 오한이 일었다. 정신적 충격은 능히 몸을 피로하게 할 수 있는 모양이다.

4월 10일 수 황사

어제부터 시작된 황사가 아직도 걷히지 않았다. 지난 주말의 몸살기가 아직 남아 있으나 샘과 연못의 고갈에 대한 확실한 대책을 세우지 않을 수 없어 춘천시청을 찾아가기로 하였다.

시청 지적과에 내 소유 토지 측량을 의뢰하였더니 무려 250만 원을 경비로 납부하라고 한다. 그러나 이웃과의 작은 분쟁을 피하려면 미리 대비를 하지 않을 수 없다.

이어서 공지천 변에 있다는 상하수도사업소를 방문하여 담당 직원에게 우리 이웃에서 사전 동의 없이 지하 130m의 관정을 팠기 때문에 옹달우물과 관개용 저수지가 완전히 말랐는데 좋은 대책이 무엇이냐고 물었다. 담당직원에게 지번(地番)을 알려주었더니 그곳에는 전혀 관정 허가가 나간 일이 없어 해당자는 '지하수 무단개발 및 환경파괴'라는 죄목으로 형사 처분을 받을 것이며 즉시 조사에 착수하겠다고 흥분하였다. 나는 그의 흥분을 가라앉힌 후 내가 잘 설득하여 폐공시키도록 하고 만일 불응하면 신고할 것이니 기다려달라고 부탁하였다. 귀로에 이장을 만나 협조요청을 하니 바로 어제 도청으로부터 '지하수 무단개발 규제'에 관한 공문이 내려와 반상회까지 열었다고 한다.

4월 12일 금 맑다가 오후에 비

관정업자가 약속을 지켜 수도 모터를 새것으로 바꿔놓았다. 그러나 손상된 지하수맥이 복원된 것은 아니어서 연못은 여전히 바닥을 드러내었고 수도도 말랐다.

이번 지하수 개발사건은 내게도 좋은 경험이 되었다. 한때 우리나라의 대표적인 약수로 이름이 났던 충북의 초정약수는 업자들의 무분별한 관정개발과 취수로 고갈되었다. 또 용도 폐기된 관정을 방치하여 다량의 오염물질이 지하로 유입됨에 따라 인근 주민들의 식수원이 오염되는 사고로 확대된 바 있다. 최근에는 수도권을 비롯한 대도시 근원교(近遠郊)와 경관이 수려한 내륙 및 해안 지방에 각종 위락시설과 별장, 전원주택 등이 들어서면서 너도나 도 지하수를 사용하게 되었다. 이러한 현상은 적절한 상수도 시설 이 없어 발생하는 문제이다. 하지만 과도한 지하수 사용은 지하수 층의 공동화로 인한 지반침하를 유발할 수 있으며 수질오염이 될 가능성도 높다. 때늦은 감은 있으나 지하수 개발을 법으로 규제하 게 된 것은 다행스러운 일이다.

말라버린 수원에 조금씩 물이 고이기 시작하였지만 샘에서 맑 은 물이 솟아나려면 우선 비가 내려야 할 것 같다. 모터를 돌렸더 니 우리 집 온수 탱크의 뜨거운 물이 역류하여 당장 오늘부터 사 용할 물이 없다. 지하에 매설한 물탱크 역시 물 공급이 차단되어 바람 빠진 공처럼 찌그러졌기 때문에 사용할 수가 없다.

지난 번 수도를 시공해준 업자가 찾아와 오후 3시부터 8시까지 비를 맞으며 함께 물탱크 보수공사를 하였다. 폐공 후 이틀이 지 나 파괴되었던 지하수맥이 어느 정도 원기를 회복하기 시작하였 다. 다행히 비까지 내리자 마른 헛기침만 하던 모터가 가동 30분 만에 굉음을 지르며 흙탕물을 토하기 시작하였다. 다시 30분을 기 다렸더니 맑은 물로 바뀌어 차단했던 냉온수관을 연결하였다.

오후 내내 수고해준 사람에게 사례를 하고 방에서 쉬다 가라고 권했으나 그는 흙투성이가 된 옷 때문에 안 된다며 사양하고 떠 났다. 그를 배웅하고 돌아오다가 문득 하늘을 보니 별이 총총하 다. 시원한 강바람이 비와 진흙에 젖은 옷 사이로 스며들어 한기가 느껴진다. 젖은 옷을 벗고 뜨거운 물로 목욕을 한 후 방안 온도를 25°C까지 높여놓고 잠이 들었다.

4월 13일 토 맑음

어제는 수도공사에 골몰하느라 전혀 몰랐는데 아침에 문을 열고 나와보니 우리 집이 꽃으로 둘러싸였다. 4월 초부터 피기 시작한 진달래와 개나리 외에도 목련꽃·살구꽃·꽃싸리가 만개하였고 벚꽃은 연못가를 연한 분홍빛으로 장식하고 있다. 아들과 내가 즐겨 부르는 가곡의 "봄이 오면 가지마다 꽃잔치 흥겨우리"라는 가사가 떠오른다.

잡초는 이제 겨우 움트기 시작하였다. 침엽수를 제외한 대부분의 나무들이 아직 푸른 옷을 입지 못하고 있으면서 화려하고 향기로운 꽃으로 먼저 치장을 하니 지금이 연중 가장 좋은 시기인 것 같다. 아내는 식물들이 다소 여리게 보이는 이 계절에는 잡초까지 향기롭지만 녹음이 짙은 한여름의 숲은 두렵다고 한다.

퇴비를 밭으로 내기 위해 수레를 몰고 서른다섯 번 두엄간과 밭을 왕복하였다. 음식물 찌꺼기·왕겨·낙엽 등이 썩어 발효된 퇴비의 냄새는 초목에서 나오는 향기와 섞여 묘한 냄새를 풍긴다. 그래도 이 냄새는 쇠똥 두엄이나 닭똥으로 만든 발효퇴비에 비하면 한결 양호한 편이다.

비닐하우스 안에 자주색 감자를 심고 들깨를 모종하였다. 온실 안의 상추는 이제야 비로소 싹이 텄고 호박과 오이도 앙증스러운 잎을 내밀기 시작하였다. 마침 관정공사를 한 업자와 J 씨가 도착하였으나 나를 만날 생각을 하지 않고 딴청만 피우기에 그들을 불러 어제 수리한 물탱크와 수도를 보여준 후 관정을 폐공하도록 부탁하였다. 그러나 업자는 지하수개발법을 모르고 시공하였으며 지금이라도 신고만 하면 만사가 끝난다고 주장하였다. 그의 태도로 보아 약간의 겁을 주지 않으면 포기할 것 같지 않아 몇 가지 사항을 언급하였다.

첫째, 사업자등록은 어느 지방에서 받았는가? 둘째, 지하수 개발 자격증 교육을 받았는가? 그렇다면 D엔지니어링 대표 K 씨가 내 친구인데 그를 아는가? 셋째, 내가 지난 수요일 춘천시 상하수도사업소에 들러 관정 시추에 관한 허가 절차를 모두 확인하였는데 사후 신고가 아니라 사전 허가를 받아야 한다고 하였다. 이래도 계속해서 작업을 할 것인가? 만일 무리하게 일을 추진한다면 행정기관에 보고할 것이며, 법적 대응을 하고자 한다면 우리도 변호사인 조카들을 부르겠다고 하고 집으로 들어왔다.

30여 분 후 J 씨가 찾아와 폐공하기로 결정하였음을 알려주었다. 우리 부부는 J 씨의 단안을 고맙게 생각하며 우리 샘의 의미와 용도를 잘 헤아려 이해하여달라고 부탁하였다. 그의 표정은 매우 어두워 보였다. J 씨나 관정업자는 지하수개발을 무단으로 할 수 없다는 법령을 모르지 않았을 것이며, 이러한 궁벽한 산골에서 설마 무슨 문제가 발생하겠느냐고 안이하게 생각했던 것 같다.

4월 20일 토 맑음

지난주에 물 분쟁을 해결하기는 했으나 별로 기쁘다는 생각이 들지 않는다. J 씨는 약속대로 관정의 파이프를 뽑아내고 그 자리를 시멘트로 막아 지형을 원상복구해놓았으나 불과 일주일 사이에 우리 집 맞은편 J 씨네 산 지형이 몰라보게 바뀌었다. 약간 기복이 있던 산사면을 깎아 평탄하게 밀어붙여놓고 가장자리에는 몇 톤은 됨직한 왕돌로 축대를 쌓아놓았다. 오늘은 몇 대의 트럭에 몇 년씩 키운 적송·금송·주목·단풍나무 등 10여 종의 나무 수백 주를 싣고 와 심었다. 식목할 때 쓸 물까지 싣고 온 것을 보고 인부들에게 물었더니 폐공시킨 관정의 용도 중 하나가 바로 이 나무들을 키우기 위함이었단다. 참 기가 막히다.

J 씨는 내가 근무하고 있는 K대학 출신이며 중국무역에 종사하고 있다고 자신을 소개한 바 있다. 내가 자신의 선배는 아니지만 자기 모교에서 후배들을 가르치고 있다는 점 때문에 관정 문제에서 내게 양보했다고 생각했다. 내가 세상살이를 하기에는 너무 단순하고 어수룩하다는 사실을 깨닫게 되었다. 그가 자기 땅에서 무슨 일을 하든 더 이상 관심을 두고 속을 태울 필요가 없겠다고 생각하니 마음이 편하다.

중장비로 다듬고 조경업자의 손을 빌려 5~6년생 나무로 숲(?)을 조성한 J 씨 쪽 임야와 우리 내외가 남의 손을 빌리지 않고 오밀조밀하게 심은 나무들이 자라는 우리 산은 마치 문명인과 야만인의 정원처럼 대조적인 경관을 이룬다. 내가 수년에 걸쳐 이루어놓은 숲을 그는 불과 며칠 사이에 완성하였으니 돈의 위력은 무시할 수 없다. 그러나 나는 적어도 천지를 창조하신 조물주에게 죄를 짓지 않았고 지모(地母)에게도 불경죄를 저지르지 않고 숲을 조성하였기에 남들이 조잡하다고 보는 이 숲에 자부심이 크다.

일찍이 우리 조상님들은 하늘은 남성에, 땅은 여성에 비유하였다. 조상님들은 토양은 지모의 살이고 암석은 뼈이며 식생(植生)은 체모(體毛)로 인식하였다. 지모는 하늘이 내려주는 빗물을 받아 모든 식물을 키워왔다. 인간들은 재목과 땔감을 얻기 위해 나무를 베어내고 농사를 짓기 위해 숲과 초원을 불태웠는데 이는 마치 지모를 발가벗겨 수모를 주는 불경한 행위로 보고 가능한 한 숲을 덜 파괴하고자 노력하였다.

새로운 개간지에 정착하는 사람들은 지모의 노여움을 무마하기 위해 좁은 공간에나마 원시상태의 식생을 남겨놓고 그 장소를 신성한 숲(神林, sacred grove)으로 보존하였다. 다시 말하면 최소한의 공간을 지모에게 양보하여 그 장소에서 해마다 제사를 모심으로써 지모를 회유하였는데, 이는 인간과 지모 사이에 이루어진 일종의 암묵적 협약과 같았다. 그런데 서양적 가치관이 전래된 이후 세상 만물은 하느님이 인간을 위해 베풀어준 선물이라는 인식과 토지는 인간이 편하게 살아갈 수 있도록 개발되어야 하는 공간인 동시에 경제재(經濟財)라는 인식이 강해지기 시작하였다.

과학과 기계문명의 발달로 인간의 능력이 극대화하는 가운데 인간의 자만심은 증대되었고, 이는 인간성의 황폐화를 촉진시켰다. 도시화 및 산업화 이전까지 우리나라에는 다행히도 대형 장비가 부족하여 산을 깎고 암반을 부수어 깊은 골을 메우면서 넓고 곧은길을 뚫지 못했다. 그저 자연이 허용하는 방향을 따라 구불구불한 길을 만들어 왕래해왔다.

그런데 1970년대에 이르러 해외의 건설현장에서 사용하던 중장비들이 반입되면서 불길한 조짐이 보이기 시작하였다. 이 중장비들이 굉음을 토하던 중동지방은 불모의 땅이기 때문에 기계들이 거침없이 파헤쳐도 무방하였으나 우리 국토는 산수가 아름답고 어느 곳이나 사람 사는 마을이 들어앉아 밀고 깎기가 쉽지 않았다. 그러므로 대부분의 토목공사는 민심을 무시한 관권(官權)에 의해 근대화 및 국토개발이라는 미명하에 이루어졌다.

개발의 혜택과 이익을 취한 것은 주로 도시 거주자였고 지방민은 대부분 피해자였다. 이때에 조성된 '하면 된다'는 풍조는 불행히도 오늘날까지 이어져 누구나 서슴지 않고 산을 깎아 골짜기를 메우며 아무 곳에나 구멍을 뚫어 깊은 땅속에 숨어 있는 물을 퍼 올릴 만큼 대담해졌다.

우리 선조들은 물이 필요하면 강물이나 개울물을 길어다 썼고 옹달샘이 있는 곳은 복이 있는 취락으로 여겨 이를 약수 또는 영천(靈泉)이라 하였다. 이러한 샘은 풍수에서 지기(地氣)가 통하는 혈맥과 관련이 있다고 인식한 것이다. 대지가 활물적(活物的) 존재라는 풍수적 개념에 전적으로 동의할 수는 없으나 자연을 살아 있는 존재로 인식하는 것은 적어도 인간이 자연을 대할 때 어느 정도의 외경심을 갖게 하므로 함부로 자연을 훼손시키는 일은 삼갈 것으로 생각된다.

4월 23일 화 맑음

중간시험 기간이라 강의가 없어 우리 시골집을 보고 싶어하는 L군을 데리고 어젯밤에 도착하였다.

아침 7시. L군은 나를 따라 밭으로 나왔다. L군은 높은 곳에서 낮은 곳으로 향한 밭이랑은 처음 본다고 하면서 집중호우시 토양 유실이 심할 것 같다고 말했다. 물론 그의 생각이 옳다. 그러나 지금까지 등고선식 고랑만 만들다보니 소가 끄는 쟁기가 해마다 같은 방향으로만 땅을 갈아 몇 해 동안 쟁기질이 되지 않은 부분이 있다. 더구나 밭 한가운데에는 큼직한 암석 몇 개가 박혀 있어 쟁기가 피해갔는데 얼마 전 옆집의 공사 중 이 돌들을 캐냈기 때문에 밭갈이도 세로 방향으로 한 것이다. 중세 영국에서는 가로와 세로로 밭갈이를 하여 수확량의 증대효과를 보았다는 연구결과가 발표된 바 있다. 물론 내 밭은 두 변은 길고 한 변은 짧은 삼각형이어서 밭이랑의 길이가 달라 관리상 불편한 점이 적지 않다.

4월 27일 토 맑음

오이 · 가지 · 피망을 모종하였다. 가지와 피망은 1.5m 길이의 지주만 박으면 되지만 오이는 2m 이상의 나뭇가지를 세우고 줄기가 타기 쉽게 줄을 엮어야 하기 때문에 작업이 다소 까다롭다.

두세 차례 강에서 큰 돌을 날라다가 연못 가장자리의 축대를 보수하였다. 우선 못 가장자리에 쌓인 흙을 파내고 큰 돌을 앉혀야 한다. 진흙 바닥이 하도 굳어서 무리하게 땅을 파다가 삽자루가 부러졌다. 괭이로 우선 파놓고 삽으로 퍼내는 방식으로 50cm의 도랑을 판 후 큼직한 돌을 깔고 그 위에 작은 돌을 쌓았다. 시멘트로 돌 사이를 붙이려 했으나 시멘트의 독성이 비단잉어에게 해로울 것 같다는 아내의 의견을 들어 연못에서 파낸 점성이 강한 흙으로 채웠다. 70~80cm 높이의 축대 3m를 쌓고 난 후 돌을 골라준 아내는 지쳐버렸다. 연못 가장자리를 다듬다가 진흙 덩어리 속에서 주먹만한 우렁이와 껍질이 시커먼 말조개를 발견하였다. 혹시 물 밖에서 말라죽지 않았을까 염려스러워 나뭇가지로 건드렸더니 조개는 벌렸던 껍질을 닫았고 우렁이는 껍질 밖으로 내밀었던 살을 오므렸다. 아직 살아 있다는 신호라 깊은 못 안으로 넣어주었다. 10여 년 전까지 홍천강의 느릅소에는 말조개와 우렁이가 많았으나 오늘날에는 멸종된 상태이다. 이런 생물들이 살고 있으니 우리 연못은 생태학적 보고(寶庫)라 할 수 있겠다.

5월 3일 금 비가 그치고 맑아짐

4월 말 이틀간 많은 비가 내렸고 어제와 오늘도 비가 왔다. 봄 가뭄이 해소되었으므로 농촌에서는 부지런히 움직여야 한다.

지난주에 모종한 애호박·오이·가지·피망·방울토마토 들은 비가 온 덕에 생기를 되찾았다. 옥수수·땅콩·강낭콩도 싹이 돋기 시작하였다. 산비둘기와 까치 들이 어린싹의 떡잎을 도둑질하지 않기를 바란다.

비닐하우스 작물들도 비교적 잘 크는데 유독 고추 모만은 제대로 크지 못하고 있다. 거의 매일 물을 주어야 하는데 주말에만 물을 주기 때문에 어린 작물들이 제대로 크지 못하는 것이다.

5월 4일 토 맑음

오늘은 어제 구해온 참외와 수박 모종, 비닐하우스에서 키운 토마토와 뉴질랜드에서 구해온 버터넛(butternut, 조롱박 모양의 단호박) 모종, 그리고 집에서 키운 고구마 순과 참깨를 심어야 한다. 물통을 밭으로 옮겨놓고 호미·꽃삽 등의 도구도 챙겼다.

토마토는 방울토마토 옆에, 버터넛은 애호박 옆에 심었고 참외와 수박은 배나무 옆에 볕이 잘 드는 곳에 심었다. 고구마는 덩굴이 무성하면 다른 작물을 덮기 때문에 옥수수이랑 옆에 고랑을 넓게 만들어 심었다. 내가 꽃삽으로 구멍을 뚫으면 아내는 고구마 순을 넣고 물을 준 후 꼭꼭 눌러주었다.

참깨와 검정깨는 각각 세 이랑과 한 이랑을 심었다. 이로써 고추를 제외한 금년 봄 파종 및 모종이 거의 끝났고 밭 아래쪽 10여 평의 자투리땅만 남았다. 이곳에 아욱과 근대 씨를 뿌렸다.

산나물을 뜯던 아내가 부르기에 산 중턱으로 올라가보니 작년까지도 아름다운 모습으로 자라던 느티나무가 말라 죽었다. 이 나무는 1990년 봄, 이 땅을 가지게 된 기쁨을 남기기 위해 내가 구덩이를 파고 아이들이 물을 길어오고 아내가 나무를 앉힌 기념수(紀念樹)이다. 묘목 뿌리가 마르지 않도록 젖은 흙을 묻히고 비닐로 싸서 배낭에 넣어가지고 왔다. 식수를 하면서, 이 나무가 크게 자란 후 손자 손녀가 태어나면 나무 그늘에 놀이터를 만들어주리라 마음먹고 널찍한 공간까지 남겨두었다. 10여 년 사이에 느티나무는 키가 2m 이상 크고 줄기는 30cm 정도로 굵어졌다. 많은 가지들이 사방으로 뻗쳐 잎이 무성한 여름이면 멋있는 원개(圓蓋)를 형성하곤 했다. 아쉬운 마음을 달랠 길 없어 삭아서 없어질 때까지 그대로 남겨두기로 하였다.

5월 10일 금 맑음

빙부님의 제자인 S대학 명예교수 J 박사님이 오래 전부터 우리 시골집을 방문하고 싶어하기에 하남시 고골에 들러 모시고 왔다. 팔십 고령이라 조심스럽게 운전을 하였다. 이분은 30여 년 전부터 남한산성 북문 밖에서 전원생활을 해오셨는데 최근 10여 년 사이에 서울시의 팽창으로 인하여 한적하던 마을 주변이 북새통으로 변하고 말았다. 차라리 도심에 가까웠다면 행정기관에서도 백제의 발상지로 추정되는 사적(史蹟) 또는 문화재 보호 차원에서 관심을 두었을 것이다. 서울의 변두리라서 매운탕집·갈비집·창고·소규모 공장 따위가 난립하여도 전혀 규제를 하지 않고 방치해왔다. 이러한 혼란상을 견디지 못한 노학자는 이곳을 탈출하여 좀더 한적한 곳을 찾고 싶다 하신다.

잔디밭에 식탁을 차려놓고 J 박사님과 나중에 도착한 그분의 제자, 그렇게 두 분의 시중을 들고 있던 중 어디에선가 생명체가 발버둥치는 소리가 들렸다. 간헐적으로 들려오는 이 소음은 결코 작지 않아서 우리 모두가 소리의 진원지가 굴뚝 밑임을 확인할 수 있었다. 처음에는 박쥐 떼가 들어 있는 것으로 생각하였는데 굴뚝 위를 맴돌며 꽥꽥거리는 오리를 보고 오리 한 마리가 빠졌음을 알게 되었다.

곡괭이를 들고 나와 지난달에 보수한 굴뚝 밑의 콘크리트 벽을 허물고 돌들을 빼냈더니 손을 넣을 수 있는 틈이 열렸다. 얼핏 들여다보니 물갈퀴가 달린 오리발이 드러나기에 재빠르게 잡았더니 겁에 질린 요놈이 내 손등을 쪼아대고는 컴컴한 고랑 쪽으로 숨는다. 차라리 그냥 두면 스스로 빛을 찾아 나올 듯하기에 손을 뺐더니 오리털이 한 움큼 따라나왔다. 뒤로 물러서서 5분 정도 기다리자 드디어 오리가 엉금엉금 기어 나온다. 그러고는 굴뚝에서 50cm 정도 낮은 잔디밭으로 굴러떨어져 허둥대며 일어서지도 못한다. 오리가 놀라지 않도록 조심스럽게 안고 연못물에 놓아주었다.

잠시 후 정신이 드는지 몇 차례 물속에 머리를 넣었다가 뺀 후 날갯짓을 해보고는 힘차게 날아오른다. 녀석은 연못 주위를 서너 차례 선회하며 꽥꽥 소리를 지른 다음 제 동료와 짝을 지어 날아갔다. 오리가 떠난 후 아름다운 깃털 하나가 맴을 돌며 잔디밭으로 떨어졌다. 독실한 불교신자인 J 박사님은 귀한 생명을 살려주었으니 복받을 것이라고 덕담을 하신다. 굴뚝은 다시 고치면 되는 것이고 오리가 내 머리 위를 맴돌며 지른 소리가 나름대로 감사 인사였다고 여기니 기쁘기 그지없다.

우리 내외가 오리들과 인연을 맺은 지는 10년에 가깝다. 90년대 초반부터 가을이 되면 수십 마리의 오리 떼가 나타나기 시작하더니 한때는 수백 마리에 달하였다. 이들은 초겨울까지 홍천강에서 놀다가 강이 얼어붙으면 남쪽으로 떠난다. 그러다 강이 녹기 시작하면 다시 찾아와 6월까지 머문다. 이들은 강변 숲 속에 둥지를 틀어 알을 낳고 새끼를 키운 후 새끼오리들이 먼 북녘까지 날아갈 수 있을 만큼 자라면 어디론가 떠난다. 그런데 이들 중 몇 마리는 홍천강의 무리들과 떨어져 우리 연못을 저희들의 집으로 삼았으며 한여름에도 북으로 가지 않는 텃새가 되었다.

우리가 잠든 밤은 물론 서울로 돌아와 부재중인 날은 온종일 연못을 중심으로 우리 집을 지키는 파수꾼 역할을 해준다. 아내는 서울로 돌아올 때 으레 옥수수·벼 등의 곡식을 연못가에 뿌려주며 "오리야, 잘 있거라" 하고 작별 인사를 한다. 그렇게 사귀어보려고 노력했으나 무정하게도 인기척만 나면 달아나버려 섭섭하다.

미국 유학시절 나는 미국 친구들과 함께 멕시코만 연안의 록펠러 야생동물보호구역(Rockefeller Wild Life Conservation Area)에서 3일간 머문 적이 있다. 그곳 늪지대는 경기도만큼 넓은 저습지였는데 수만 마리의 오리·기러기·고니 등의 철새가 날아와 겨울을 보낸다. 달 밝은 밤이면 수천 마리의 새가 하늘로 날아오르거나 늪으로 내려온다. 이때 들리는 날갯소리와 꽥꽥거리는 소리가 하도 웅장하여 매일 밤잠을 설칠 정도였기 때문에 짜증을 내는 친구들이 많았다. 그러나 날이 밝은 후 집 밖으로 나가 이 야생 조류들이 사람을 전혀 피하지 않고 우리가 손바닥에 올려놓은 먹이를 부리로 쪼아 먹는 것을 보고는 안면방해를 한 이 새들을 미워하지 않게 된다.

홍천강의 오리들, 아니 적어도 우리 연못을 찾아오는 오리들도 멕시코만의 새들처럼 우리를 따라주기를 간절히 바라고 있다. 내가 구해준 오리만이라도 나와 친해질 수 있으리라고 희망한다.

5월 11일 토 맑음

지난주까지 새벽 공기가 차서 새벽에 밭일을 나갈 때 몇 차례 진저리를 쳤다. 혹시 누가 보고 경망스럽다고 하지 않을까 염려스러웠다. 그런데 오늘은 공기가 시원하다는 느낌이 드니 연중 가장 지내기 편한 계절이 다가온 것 같다. 걸쳤던 겉옷을 벗어놓고 셔츠 바람으로 앞산 위에 스멀스멀 기어오르는 강안개를 바라보며 두 팔을 쭉 폈다.

비닐하우스에 물을 주기 위해 묻어놓은 깊이 60cm, 폭 50cm의 파이프 안에 작은 살모사 한 마리가 빠져 익사하지 않으려 허우적거리고 있다. 꺼내주려고 긴 막대기를 넣었더니 날카로운 이로 막대기를 물어버리니 참으로 은혜도 모르는 녀석이다. 틈 따리 사이로 막대기를 넣어 재빠르게 뱀을 끄집어낸 후 밭 뒤쪽 숲으로 넣어주니 풀 사이로 미끄러지듯 사라졌다. 파이프에 고인 물을 떠서 비닐하우스 안의 작물에 뿌려주었다. 일주일 사이에 작물들이 놀랄 만큼 자랐다. 옥수수와 강낭콩은 10cm 이상 컸고 땅콩도 떡잎이 떨어지고 어린잎들이 나오기 시작한다. 애호박·오이·버터넛의 잎은 연두색에서 짙은 녹색으로 바뀌었으며 고구마 순에는 새 잎이 돋았다. 감자는 벌써 잎이 무성하다.

5월 17일 금 가랑비

종일 비가 왔으나 강수량은 적은 편이다. 봄에는 작물들이 아직 어리기 때문에 호우가 쏟아지면 상하기 쉽다. 가랑비는 하늘의 깊은 배려라고 할 수 있다.

며칠 전부터 경기도 안성과 충청북도 진천 일대에 돼지 구제역이 발생하여 도살·매립된 돼지가 수십만 마리에 달한다는 보도가 있었다. 홍천군 경내로 들어섰더니 모든 차량을 세우고 독한 소독약을 퍼붓는 통에 한바탕 약물을 뒤집어썼다. 교통 발달로 전염병의 확산 속도가 빨라져 이러한 방법으로 대처하지 않을 수 없을 것이다.

비닐하우스에 심은 감자 줄기가 1m에 달할 정도로 자랐다. 너무 줄기가 무성하면 감자알이 굵어지지 않기 때문에 줄기 일부를 잘라 한쪽에 쌓았다. 고추와 토마토도 많이 자라 지주를 박고 지주 사이에 끈을 매어 강풍에도 작물이 쓰러지지 않도록 하였다.

5월 24일 금 맑음

4주 전에 예약했던 측량 작업을 오늘 9시에야 시작하였다. 측량 결과 현재 내가 사용 중인 토지와 실제 경계에 약간의 차이가 있음을 확인할 수 있었다. 우선 논을 보면 오른쪽 하단 일부가 타인의 소유지이며 강변은 하천부지로 방치되어 있었다. 연못의 왼쪽 모서리와 집터 진입로 일부가 방송기자 출신인 L 씨의 소유지였다. 게다가 밭은 상당한 면적을 상실한 상태였다. 강변의 잡목숲과 밤나무 밑의 200~300평을 정비하여 되찾아야 할 것이다. 왼쪽의 농로와 상단부에서도 적지 않은 면적을 상실한 상태였다. 특히 과수원 위쪽에 침범된 면적이 너무 넓었다. 산은 수목이 우거져 측량을 포기하였기 때문에 환불받기로 하였다. 이제야 비로소 내 토지의 윤곽을 알 수 있게 되었다.

측량을 마치고 기사들과 차를 마시면서 환담을 나누었다. 그들은 이 협곡을 처음 와보았으며 춘천 근교에 이처럼 훌륭한 경승지가 있는 줄 몰랐다고 하였다. 강변의 밤나무와 잡목들을 제거하고 정자를 짓고 강물을 바라보며 노후를 즐기라고 농담조로 권하였다.

오후부터 밭일을 시작하였다. 오이 덩굴과 애호박 덩굴을 지주목 위로 올려주었다. 지난주 춘천일대에 피해를 주었다는 우박이 7~8km 동쪽까지는 떨어졌으나 다행히도 우리 동네까지는 이르지 못했다. 매주 쉬지 않고 일을 해도 시골 일은 끝이 없다. 오후에 여섯 시간 동안 김을 매고 흙살림연구소에서 구입한 무공해 농약을 살포하였다. 그러나 목표의 절반밖에 못하고 오늘 일을 접었다.

음력 14일 달이 둥실 떠올랐다. 괭이를 둘러매고 집으로 들어가려는데 제자 J 군과 K 군이 탄 자동차가 도착하였다. 이어서 손 군·박 군·이 군도 찾아왔다. 잔디밭에 의자 여섯 개를 내놓고 숯불 바비큐를 시작하였다. 며칠 전 외국에서 돌아온 J 군은 우리 집이 많이 정돈되었다고 하였다.

5월 25일 토 맑음

9시부터 모내기를 시작하였다. 모를 심기 시작하자 작년에 수술한 엄지손가락과 연초에 부상으로 손톱이 빠진 중지가 역시 말썽이다. 손톱은 새로 돋았으나 아직 튼튼하지 못하여 모를 꽂을 때마다 손끝이 아리다. 어쩔 도리가 없어 왼손으로 모를 심어보니 손놀림이 더디고 서투르다. 다행히도 30~40분 지나자 익숙해졌다. 우리는 한 손만 사용하는 데도 익숙하니 만일 양손을 모두 쓸 수 있다면 우리 능력은 배가될 것이다. 이번 기회에 왼손의 능력을 키워야겠다. 오전에 두 다랑이 반의 모를 심었고 오후 3시 30분에 모심기를 끝냈다.

오후부터 이웃 J 씨가 고용한 조경업자들이 또 축대 쌓기를 시작하였다. 연못 옆을 흐르는 작은 도랑에 자기 쪽에만 1톤이 넘는 큰 돌을 쌓고 있다. 만일 큰비라도 내려 수량이 늘면 우리 쪽은 침식이 왕성하여 포락(浦落)이 일어날 가능성이 크다. 인부들을 설득했더니 어느 정도 이해하고 아래쪽에만 중간 크기의 돌로 축대를 쌓겠다고 하였다.

5월 31일 금 맑음

월드컵 축구경기 때문에 차량운행 2부제가 시행되고 있다. 내 차의 번호가 홀수이므로 아내의 승용차를 타고 시골로 향했다. 스키장의 꽃박람회장을 관람하고 싶어하는 아내를 데리고 가보았으나 스키슬로프와 연습장까지 넓은 면적을 꽃으로 덮었지만 볼 만한 것은 없었다. 차라리 아내가 시도하는 야생화 단지를 우리 집 주변에 조성하는 것이 더 나을 것 같다.

6월 13일 목 맑음

K 노인과 L 씨는 약통을 등에 지고 독한 제초제를 밭고랑은 물론 이랑의 작물 가장자리까지 뿌렸다. 그들의 밭은 한 주도 거르지 않고 퍼붓는 뽀얀 액체 덕에 늘 깨끗한 반면 내 밭은 작물과 잡초가 뒤섞여 고랑과 이랑을 구별하기 어렵다. 이틀간 아무리 부지런하게 움직여도 잡초를 말끔히 깎아내기 어렵기 때문에 제초제의 유혹을 견뎌내기 힘들다.

점심을 먹은 후 수북하게 자란 잔디를 깎고 다시 밭으로 나가려 했다. 아내는 수확물을 다 먹지도 못하고 남에게 나누어주려 해도 직접 가져다주어야 하는 번거로움이 따르니 아까운 시간을 빼앗기지 말고 책을 읽거나 글을 쓰며 남는 시간에는 정원을 가꾸자고 권하였다. 그러나 나는 농토에 잡초가 덮여 폐허가 되는 것을 보고 싶지 않으며 작물을 심고 가꾸는 데서 행복을 느끼고 있다. 뿐만 아니라 골프장이나 헬스클럽을 드나들며 체력단련을 하지 않

고도 건강을 지킨다는 자부심이 있다. 그리고 내가 거둔 농산물을
남에게 나눠주는 기쁨을 포기하고 싶지 않다.

6월 14일 금 맑음

심은 지 4년이 된 과일나무의 키가 3m를 훌쩍 넘어 높은 가지
에 붙어 있는 진딧물이나 큰 벌레를 퇴치하기가 어려워졌다. 수동
식 분무기로 배·사과·자두나무에 약을 칠 수가 없고 그것도 그
나마 토종 앵두나무 정도나 겨우 가능하다.

내게 유기농회원 가입을 권했던 두미리마을 이장 H 씨가 왔기
에 지나는 말로 동력식 분무기에 관해 문의했다. 그런데 그는 상
세한 정보도 주지 않고 105만 원이나 하는 고가의 기계를 주문해
버렸다. 평소에도 유기농 비료와 농약을 나눠준 사람이라 그의 성
의를 생각하여 받아놓기는 했으나 시골 사람들의 친절이 부담스
럽게 느껴진다.

H 씨는 오늘도 논에서 땀을 흘리는 내 모습이 딱해 보였던지
"교수님은 연구를 하셔야지 농토에 매여 지내시면 안 됩니다. 편
히 쉬시면서 농사는 즐기는 수준으로 하세요"라고 말했다. 아내는
그의 말에 반색을 하였으나 내 앞에는 해야 할 일이 쌓여 있다.

6월 21일 금 맑음

이틀 전 비가 온 후 새벽 공기가 싸늘하다. 강을 낀 협곡지대는
밤에 차가운 기류가 내려와 머물기 때문에 어린 농작물들이 냉해

를 입기 쉽다며 K 노인과 C 씨가 근심 어린 표정을 짓고 있다.

세 차례에 걸쳐 파종한 참깨들은 모두 발아하여 너무 많기 때문에 한 구멍에 서너 개씩만 남겨놓고 솎아내었다. 예쁘고 여린 싹들 중 어느 것을 남겨놓고 또 어느 것을 뽑아버릴지 결정하는 것은 쉬운 일이 아니다. 전업 농부들은 별로 망설임 없이 빠른 속도로 솎아내고 북을 주지만 내 손으로 뿌려 태어난 어린 생명이기에 과감하게 솎아내지 못하였다. 내 일하는 모습을 보기가 딱했던지 이웃집 할머니가 나서서 도와주어 반 시간도 안 되어 참깨이랑이 정리되었다.

6월 27일 목 맑음

얼마 전에 구입한 농약 분무기에 흙살림연구소에서 구입한 무공해 농약을 넣고 물을 탔다. 기계와 농약의 무게가 약 30kg에 가깝다. 엔진을 작동시키고 레버를 올리니 농약이 안개처럼 4∼5m까지 퍼져나간다. 배나무·사과나무·자두나무는 물론 앞마당의 개나리·앵두나무에도 충분하게 농약을 살포하였다.

알타리무를 뽑아낸 자리에 서리태를 모종하였다. 아내는 온실에 심은 감자를 캐면서 즐거워한다. 감자 포기를 뽑을 때마다 주먹만큼 크고 흰 감자들이 검붉은 땅속에서 나오는 것이 신기한 모양이다. 큰 바구니 둘을 가득 채울 만큼 수확량이 많았다.

땀에 젖은 몸을 닦으려고 수도를 틀었으나 온수가 전혀 나오지 않는다. 지난주에도 보일러에 이상이 있어 시공회사 직원을 불렀더니 출장비만 챙기고 돌아간 적이 있다. 오늘 또 온수공급이 되지 않아 시공업자에게 부탁했더니 2년간 별 탈 없이 사용했으면 충분하지 무슨 불만이냐고 핀잔을 주었다. 지방도시의 업자들은 시골 사람들을 상대로 영업을 하면서도 애프터서비스를 제대로 하지 않고 순박한 사람들을 기만하고 있음을 자주 보아왔다. 수도와 보일러 때문에 여러 차례 속은 후라 앞으로 신용 있는 회사가 아니면 절대로 거래를 하지 않아야겠다고 결심하게 되었다.

7월 4일 목 맑음

A급 태풍 라마순(Rammasun, 태국 말로 천둥의 신을 의미한다)이 금요일에는 제주도를 경유하여 충남 해안까지 올라오리라는 일기예보가 있었다. 태풍의 중심 시도(示度)가 955hPa이고 직경 800km가 넘는 구름의 소용돌이가 북상한다면 한반도 전역이 그 영향권에 들 것이다.

태풍이 다가오기 전 해야 할 일이 많아 부지런히 움직여야 한다. 노지에 심은 감자를 모두 캐어 차에 실었다. 붉은 고추를 한 바구니나 땄으나 날이 습하여 썩을 가능성이 높아 걱정스럽다. 상추·근대·쑥갓·참외 등도 수확하여 상자에 담았다.

밤 9시에 귀로에 올랐다. 낮에 많은 땀을 흘린데다가 이마의 땀이 눈으로 들어간 탓에 염증이 생겨 눈이 침침하여 운전을 하기가 무척 힘들었다. 졸음까지 몰려와 휴게소에서 몇 차례 쉬느라 자정이 넘어서야 서울에 도착하였다.

6시 기상. 간밤에는 서너 시간 밖에 잠을 자지 않았다. 많은 일을 하면서 수면이 부족하면 건강에 좋지 않다고들 하지만 최근 번거로운 일이 잦아져 숙면을 취할 수가 없다. 진한 커피 한 잔을 마시고 산으로 올라가 예초기로 잡초를 깎았다. 작업 중 두 차례나 예초기의 스프링이 빠져나가 애를 먹었다.

8시부터 김매기를 시작하였다. 아내가 개다리소반에 음료수와 간식을 차려와 함께 논둑에 앉아 휴식시간을 가졌다.

애호박·가지·근대·상추 등을 따서 바구니에 담았다. 비닐하우스 작물에 물을 주고 나와보니 땅거미가 지고 있다. 귀로에 E대학 총장이 국무총리 서리로 임명되었다는 라디오 뉴스를 듣고 실망하였다. 몇 해 전 군 위탁생으로 현역 육군 대위 두 사람이 우리 학과에서 석사과정을 밟고 있었다. 그들은 군 장성들이 국회의원이나 행정부의 고위직을 탐하는 것을 못마땅하게 여겼다. 군 사령관이나 참모총장 정도면 최고 지위에 올랐으므로 은퇴한 후에도 오로지 군인으로서 명예에 만족하는 것이 옳다는 말이었다. 나도 그들의 생각에 동의한다. 대학의 교수직 역시 마찬가지여서 정교수가 되면 더 이상 승진할 지위가 없다. 총장을 비롯한 대학의 보직은 행정직일 뿐인지라 학문 연구와 제자 양성에만 뜻을 둔 교수들 중에는 그러한 보직의 기회가 주어져도 사양하거나 피한다.

몇 해 전 정년을 앞둔 어느 원로교수와 같은 식탁에 앉아 점심을 할 기회가 있었다. 우리 일행 중 한 사람이 저희들을 위해 한말

쓸해주십사 하고 청했더니 그 분은 "교수생활 30여 년 중 가장 후회되는 일은 40대 초반에 지방의 모대학에서 4년간이나 보직을 맡았던 일이오"라고 다소 동문서답식의 말씀을 하셨다. 그는 부단히 노력해왔으나 4년의 학문적 공백을 메우는 이상의 성과를 올리지 못하였다고 한다.

교수도 하나의 직업임에는 틀림없으나 생활수단이 되는 업(業)보다는 가르치고 연구하는 직(職)에 더 비중이 높다. 그러므로 선거 때마다 정치권을 기웃거리는 일부 교수들을 학교에서는 '꾼'으로 여길지언정 학자로 존경하지 않는다. 하물며 수백 수천 명의 동료에 의해 추대된 총장이 임기 중에 총장직을 팽개치고 높은 자리에 허발한다면 이는 교수와 학생은 물론 사회를 기만하는 행동이 아닐 수 없다. 지난 반세기 동안 명문대학의 총장이나 교수 중에 임기 중 관계 또는 정계로 진출한 자가 얼마나 많았는가.

7월 17일 수 맑은 후 소나기

집 주변과 정원은 아내에게만 맡겨두기에는 너무 넓다. 대지 면적이 190평이고 우사를 헐고 조성한 잔디밭이 약 50평이며 연못과 그 둘레의 면적도 100여 평 정도이다. 게다가 타작마당과 작은 연못을 낀 꽃밭도 50평이 넘는다. 그러나 나는 며칠간 밭에만 드나들었다. 잔디밭에는 민들레·망초·엉겅퀴·오랑캐꽃 등 10여 가지 이상의 잡초가 잔디 틈에 뿌리를 내리고 땅바닥에 납작하게 퍼지는 잔디들을 압도하면서 20~30cm씩 자랐다. 연못을 둘러싼 오솔길은 제멋대로 뻗은 철쭉가지들이 뒤엉켜 터널처럼 되었고 잡초들이 40~50cm씩 자랐다. 연못 왼쪽의 작은 도랑은 산에서 내려온 토사가 쌓여 한쪽 모서리가 깎여나갔으니 아내가 짜증을 낼 만도 하다.

예초기를 메고 연못 주변의 잡초부터 깎았다. 동시에 철쭉의 잔가지도 훑어 통로를 열었다. 잡초와 나뭇가지의 잔해들은 수레에 담아 정원 옆에 옮겼다. 이어서 도랑의 흙을 파내고 가장자리에 돌축대를 쌓았다.

종일 무덥더니 저녁 때가 되자 검은 구름이 몰려와 골짜기를 덮어버렸다. 갑자기 사위가 소란스러워지더니 세찬 소나기가 쏟아진다. 서둘러 연장을 챙겨들고 집 안으로 들어서자 마치 수십만 관중의 함성 같은 소음이 다가온다. 양철지붕을 두드리는 빗방울 소리는 때때로 두려움을 느끼게 하는 반면 잔디밭으로 내리는 빗방울은 얌전히 내려앉는 작은 새들을 연상시킨다.

7월 18일 목 맑다가 비

고추 포기 사이에 구멍을 뚫고 퇴비를 주었다. 이 추가 거름은 고춧대의 노쇠현상을 방지하고 늦가을까지 꾸준히 고추가 열리는 효과가 있다. 고추·토란·고구마·콩밭에 차례로 김매기를 하면서 더위에 몇 차례나 호미를 던져버리고 싶은 충동을 느꼈으나 물을 마시며 견뎠다. 그러다 최근 몇 주간 끊었던 담배 생각이 하도 간절하여 5km 떨어진 큰 마을까지 가서 담배를 사고 말았다. 두 개비를 연달아 피웠더니 잡초를 뽑을 때 느꼈던 답답한 심경이 깨끗이 사라진다.

강변의 큰 바위에서 자라들이 해바라기를 하려고 기어올라와 있는 모습이 신기해서 구경을 하며 천천히 운전하다가 어린 새끼들을 데리고 산책 나온 원앙을 미처 못 보고 말았다. 덤불 속에서 갑자기 나타난 어린 새들은 자동차를 무서워하지 않고 제 어미의 뒤를 졸졸 따라갈 뿐이라 하마터면 한두 마리를 칠 뻔했다. 원앙 가족이 모두 사라질 때까지 기다리며 야생동물들이 안전하게 살게 하려면 인간도 걸어다니는 것이 마땅하다는 생각을 하지 않을 수 없었다.

오늘 오겠다던 제자 조 박사가 9시경 남양주를 지났다고 연락을 하였다. 칠흑같이 어두운 밤에 어린 두 딸을 데리고 낯선 길을 찾아오겠다니 걱정이 되어 반곡교까지 마중을 나가 기다렸다. 남편까지 함께한 조 박사의 네 가족은 11시 40분에 도착하였다. 덜컹거리는 비포장길에서 잠이 깬 아이들은 어수선한 시골집이 신기한 듯 두리번거리더니 맷돌·씨아·떡살 등을 만져보며 질문을 퍼붓기 시작하였다.

7월 27일 토 맑음

아침부터 찜통더위가 시작되었다. 조 박사의 네 살배기 큰아이는 내 손을 잡고 집 안팎을 돌아본 후 밭으로 따라나왔다. 아이가 잘 영근 옥수수를 가리키자 조 박사의 남편이 아이를 안아올려 직접 옥수수를 따게 해주는데, 그 모습이 아름다워 보였다. 이어서 가지 · 호박 · 토마토 · 오이 · 호박 · 고추 · 참외 등을 따게 하였다. 두 살짜리 아기는 나무 그늘에 앉아 엄마와 함께 쉬고 큰아이는 신기한 것을 하나도 놓치지 않고 살피며 밭에서 놀았다.

낮 기온이 34°C까지 올라 강으로 놀러나간 조 박사 가족을 불러들였다. 온 가족이 땡볕에 익어 빨갛게 달았고 옷은 땀으로 젖었다. 무더운 날 손님들이 더위를 먹을까 염려스러워 그늘에서 쉬게 하였다.

저녁이 되자 시원한 강바람이 불었다. 손님들이 딴 옥수수 · 토마토 등을 상자에 담아 실어주고 6시경 같이 귀로에 올랐다. 양평군 옥천면의 식당에서 함께 저녁을 하였는데 단 하루 동안 나와 사귄 네 살짜리 딸은 내 무릎에 앉아 밥을 먹을 정도로 정이 들었다. 작별할 때까지도 이 아이는 할아버지네 집에서 같이 살지 왜 서울로 돌아가느냐고 떼를 썼다. 홀로 귀가하면서 언제쯤 내 아들들이 이처럼 귀여운 손자 손녀를 안겨줄까 생각했다.

8월 1일 목 맑음

이틀 후 아내의 제자들이 우리 집에서 전시회를 겸한 도자기 굽기를 할 예정이므로 준비를 시작하였다. 마을 이장에게 전시회 팸플릿을 전했다. 이장은 이 마을에서 처음 열리는 문화행사라며 기뻐하였다.

8월 2일 금 맑음

아내가 잔디밭의 잡초를 뽑는 동안 나는 도랑을 가득 메운 잡초를 걷어내어 수레로 운반해 두엄간에 부었다. 이어서 잔디를 깎고 사각 테이블과 원탁을 내놓았다. 비치파라솔을 세워 내일 올 손님 맞이 준비를 마쳤다.

오후에는 참깨를 베고 토란밭에 김매기를 마쳤다. 강낭콩을 따고 있는데 제자 C 선생의 가족들이 찾아왔다. 우리 집에서 8~9km 떨어진 팔봉산 옆 마을 태생인 C 선생은 농촌출신답게 차를 세우자마자 온 가족을 동원하여 들깨 모종을 심고 고추를 땄다.

밭에서 거둔 가지·호박·풋고추·샐러리 등의 채소로 차린 소박한 저녁밥을 C 선생 가족과 우리 내외는 맛있게 먹었다. C 선생의 아들과 딸이 소찬도 마다하지 않는 것을 보니 신통하다. 오늘날 도시 사람들은 외국에서 수입하는 육류·과일·해산물·각종 가공식품 들을 모두 맛보며 살기 때문에 30~40년 전 조부모 및 부모 세대들이 열심히 일했던 사정을 전혀 짐작하지 못한다. 맛좋고 값비싼 음식을 골라 먹으면서도 몸을 움직여 일하려 들지 않기 때문에 몸집은 제 부모들보다 월등히 크지만 쌀 한 가마는 고사하고 반 가마니조차 옮길 힘이 없다. 몸이 게으르니 젊은 아이들 중에도 비만증·고혈압·당뇨병 등 사치성 질병환자가 생긴다.

사랑채에서 묵고 가기를 바랐지만 그들은 8시경 떠났다. 우리 내외만 남으니 이 적막강산을 지키며 반가운 손님을 기다릴 5~6년 후의 우리 모습이 상상된다.

8월 3일 토 비 내린 후 갬

일기예보에 없던 장대비가 새벽부터 쏟아졌다. 양철지붕을 두들겨대는 소리에 잠이 깨었다. 어제 베어놓은 참깨가 염려되어 모두 걷어서 비닐하우스에 넣었다. 이 모습을 본 아내는 영락없는 농사꾼이라고 평하는데 그 말이 싫지 않다. 오히려 얼치기 농군에게는 과도한 칭찬이라고 생각한다.

비가 그친 후 12시경부터 강원, 서울, 인천, 충·남북, 경남, 호남 등 전국 각지의 번호판을 단 자동차들이 우리 집으로 찾아왔다. 아내의 제자와 그들의 가족을 포함한 30명 이상이 모이니 이웃 사람들이 놀란다. 평상 두 개와 비치파라솔 하나를 더 내놓았더니 잔디밭이 좁아 보인다.

손님들의 작품을 아내의 작업실에 전시해놓고 일행은 모두 강으로 내려가 내가 구입해온 붉은 벽돌을 원통형으로 쌓고 틈새를 진흙으로 메워 임시 가마를 만들었다. 불구멍을 막은 후 흙으로 빚은 작품을 넣고 마른 장작을 지폈다. 마른 가랑잎과 볏짚이 활활 타기 시작하였다. 비가 온 후라 강바람이 시원하다.

곰곰이 생각해보니 수년째 밭에 매달려 사느라 여유가 없어 강물에 발을 담가보지도 못하였다. 너무 마음의 여유도 갖지 못한 채 살아온 것 같다.

8월 4일 일 비

작품 굽기를 마친 후 강변에 설치했던 가마를 해체하고 벽돌을 집으로 운반하였다. 손님들이 모두 떠난 후 각종 기구와 집기들을 치우고 나니 피로가 몰려와 오후에 서너 시간 단잠을 잤다.

8월 13일 화 흐림

며칠 전부터 시작된 장맛비는 두 차례에 걸쳐 반나절 정도의 짧은 소강상태를 보였으나 다시 줄기차게 쏟아졌다. 장마전선은 남북으로 오르내리며 장대비를 토해냈는데 특히 경기와 영서지방에 400mm 이상의 폭우가 쏟아져 임진강과 남한강 일대에 홍수경보가 발령되었다. 김해에서는 공장이 침수되고 밀양·양산·합천 등지에서는 낙동강 제방이 붕괴되어 넓은 농경지가 침수되었다.

거의 열흘간 계속되었던 비가 그쳤기에 아내와 보한이를 데리고 시골로 왔다. 강변 벼랑길 옆에, 벼랑의 습기를 머금은 토석이 무게를 견디지 못하고 쏟아져 길을 덮었다. 노면은 홍수에 유실되고 콘크리트가 허공에 들떠 있어 위험하기 그지없다. 삽으로 토석을 파내며 겨우 위험한 구간을 통과하였다.

많은 빗물이 휩쓸고 지나간 흔적은 처참하였다. J 씨가 자기 토지를 보호한답시고 거석으로 쌓았던 몇 톤짜리 축대가 무너져 연못 옆의 도랑을 막았다. 개울물이 넘쳐 우리 연못으로 흘러들면서 깊은 도랑을 만들어버렸다. 주방의 수도가 막혀 벽을 허물고 수도관을 교체하지 않을 수 없게 되었다. 무리하게 나사를 풀다가 수도관이 파열되어 솟구치는 물벼락을 뒤집어썼으나 보한이가 테이프로 감아 응급처리를 할 수 있었다. 밭작물들은 토사를 뒤집어써

반쯤 매몰되었다. 매몰된 고랑을 파고 작물의 흙을 물로 닦아내었다. 작물 하나하나를 씻고 닦으면서 온몸은 땀과 흙으로 범벅이 되었다.

중고교시절 우리의 교장선생님은 '땀 흘려 나라를 일으키자'(流汗興國)는 교훈을 만드셨으며 야외로 놀러갔다가 선생님 농장을 찾아간 제자들에게 일을 시키신 후에야 밥을 주셨다.

"과연 도시 사람들 가운데 나이를 먹으면 시골에 와서 살 수 있는 사람이 얼마나 될까" 하고 물으면 나는 부정적인 대답을 할 것 같다. 시골에 와서 잠시 머물며 즐길 수는 있어도 파묻혀 살기는 쉽지 않을 것이다. 우선 도시 사람들은 적막하고 단조로운 생활을 견디기 어려울 것이며 순박하지만 변화가 적은 생활에 익숙하여 작은 소식에도 호기심을 가지는 시골 사람들의 끈끈한 정을 번거롭게 여길 것이다. 또한 도시 사람들은 늙으면 규모가 크고 시설이 좋은 병원 가까이에서 살아야 한다고 주장한다. 의사의 도움과 약물의 힘으로 수명을 연장하고 싶은 것이다.

현대인은 왜 자연사를 두려워하는가. 병원 문턱이 높았던 시절에는 주어진 생명에 만족할 줄 알았다. 병에 걸렸다가 치유되면 다행이고 죽으면 천수(天壽)를 다한 것으로 여겼다. 사실 공기가 맑고 물이 좋은 곳에서 싱싱한 채소와 곡물을 먹고 몸을 움직이며 살면 체력이 강해지며 병에 대한 저항력도 높아진다. 또한 병균이 우글거리는 환경을 피할 수 있으며 번잡한 사건에 휘말리지 않고 심리적으로도 편하게 살 수 있으니 구태여 병원을 찾을 일도 적다.

8월 14일 수 맑음

『백범일지』(白凡逸志)를 읽느라 거의 밤을 새웠다. 먼동이 트기에 밖으로 나갔더니 연무(煙霧)가 짙어 옷이 축축하게 젖었다.

낫을 들고 밭으로 나가 검정깨를 베어 비닐하우스에 세워놓았다. 비닐하우스는 기온이 높아 잡초들이 노지보다 억세게 자라기 때문에 뿌리까지 캐내지 않으면 이른 봄부터 초겨울까지 거의 10개월간 애를 먹게 된다. 도라지와 더덕밭의 잡초도 솎아내고 나니 흉측하던 밭이 한결 깔끔해 보인다.

아침을 먹은 후 다시 밭일을 시작하였다. 아내와 보한이는 고추를 따고 나는 옥수숫대를 베어 밭둑에 쌓았다. 7월 초부터 40여 일간 탐스러운 열매를 주었던 옥수숫대는 썩어서 다시 토양을 비옥하게 할 것이다. 옥수수를 심었던 자리는 거름기가 적어 퇴비를 뿌린 후 삽으로 갈아엎고 무·배추·쪽파·갓·시금치 등을 파종하였다.

8월 21일 수 비

온 나라가 몇몇의 광적인 정치꾼들 때문에 소란스럽다. 병역비리 수사에 협조했던 한 전과 7범의 주장으로 정치 검사는 야당 대통령 후보 아들들의 병역면제 부정을 조사한다. 야당은 이를 정치적 음모라고 악을 쓰며 대들고 있다. 소도둑 같은 전과자의 말도 믿기지 않지만 아들 둘을 모두 군대에 보내지 않은 대통령 후보도 그리 떳떳할 수는 없을 것이다.

정치하는 자들은 자신들만이 애국하는 것처럼 자만하고 이 나라가 통째로 자기들 소유인 양 착각한다. 걸핏하면 국민을 팔지만 땀 흘려 일하지도 않는 그들이 호의호식하며 살고 선거만 끝나면 거드름을 피운다. 국민들이 이들을 어느 귀신이 잡아다가 눈에 띄지 않는 곳으로 데려가지 않는다고 원망할 만하다. 이들은 자기 자신에게는 관대하지만 남의 허물을 심판할 때는 매우 용감하다. 스스로 법을 만드는 사람들이란 자부심을 앞세우지만 법이란 것도 '물[水] 흐르는 대로 간다[去]'는 의미에 불과할 뿐이다. 그들은 자신들의 생각을 백성들이 따르기만 하면 된다는 오만의 산물에 지나지 않는다. 시골 나들이는 이러한 잡념에서 해방되는 기회라 가랑비를 무릅쓰고 왔다.

8월 22일 목 오전에 비 오후에 맑음

비가 그친 후 협곡 아래까지 두껍게 덮였던 농무(濃霧)가 솜사탕처럼 조각조각 찢어지면서 산등성이를 타고 하늘로 올라갔다. 볕이 난 지 서너 시간 후 질퍽했던 밭이 어느 정도 꾸득꾸득 말랐기에 목초액과 잎살림 약을 희석하여 과일나무·고추·무·배추에 뿌렸다. 지난주에 파종한 무·배추·갓은 싹이 돋자마자 진딧물의 피해를 입어 어린잎에 구멍이 숭숭 뚫렸다.

붉은 고추 한 바구니를 땄으나 비가 잦아 건조시키기 쉽지 않다. 8월에 들어서서 열흘에 여드레꼴로 비가 내려 영근 고추도 적을 뿐더러 널어놓은 고추도 썩었다. 벼 이삭이 패기 시작하였다.

그러나 8월 중 비가 잦았고 흐린 날이 많아 일조량이 부족했기 때문에 벼농사가 신통치 않을 것 같다. 벌써 저녁부터 새벽까지는 가을을 재촉하는 선들바람이 불고 있지 않은가.

강에서 돌을 날라다가 연못가에 쌓던 중, 작은 못 물이 흙탕으로 변한 것을 보게 되었다. 분명히 어제까지 십여 그루의 아름다운 수련꽃이 자태를 뽐냈는데 우리가 밭일을 하는 사이에 누군가가 뽑아간 것이다. 벌써 세 번째 연을 도둑맞았으니 정원 가꾸기를 포기해야 할 것 같다.

9월 1일 일 비가 온 후 맑음

태풍 루사(Rusa)는 금수강산에 큰 상처를 남기고 어제 사라졌다. 이 미친바람의 상처는 쉽게 치유되기 어려울 것 같다. 태풍은 전라남도에 상륙한 후 북상하여 김천과 영동을 거쳐 강릉으로 빠지면서 막대한 피해를 주었다. 강릉의 하루 강수량은 기상관측이 시작된 이래 최고 기록인 897mm에 달하였다고 한다. 우리 시골은 태풍의 가항반원(可航半圓)에 속하여 비교적 피해가 적었으나 억수로 퍼붓는 비와 강풍 때문에 잡음으로 직직거리는 라디오 앞에 앉아 꼬박 밤을 새웠다.

지난밤에는 암흑 속에서 천지가 바뀔 것 같더니 날이 새면서 빗줄기가 가늘어지기 시작하였다. 낮부터는 밝은 빛이 구름을 헤치며 모습을 드러냈다. 홍천강물이 불어 누런 탁류가 강변의 논밭까지 몰려와 농작물을 휩쓸었고 상류로부터 온갖 쓰레기를 옮겨다가 쌓아놓았다. 옥수수와 콩은 바람이 지나간 방향으로 누워버렸으나 다행히 벼들은 무사하다. 그러나 요소비료를 많이 준 이웃집 논의 벼는 군데군데 쓰러져 벼를 세우느라 애를 쓰고 있다. 나처럼 논갈이할 때 퇴비 밑거름만 준 게으름뱅이 농사꾼이 이런 기상 재해의 피해를 면할 수 있으니 신기할 뿐이다.

9월 6일 금 맑음

지난주에는 논밭만 살폈기 때문에 태풍의 피해가 어느 정도인지 제대로 파악하지 못했다. 오늘까지도 홍천강에는 탁류가 도도하게 흐르고 있다. 태풍의 피해가 얼마나 심했던지 5일 만에 보는 우리 마을의 풍경이 어쩐지 어설프고 낯설게 느껴진다.

연못가에 서 있는 벚나무와 목련 등 활엽수들이 풍성하던 잎을 모두 뜯긴 채 앙상한 가지만 남았고 소름이 끼치게 무성하던 잡초들조차 수재민처럼 초췌한 모습을 띠고 있다. 심지어 영글지 못한 밤송이들까지 잔디밭에 무수히 떨어져 뒹군다.

수도의 모터는 반쯤이나 물에 잠겼다. 다행히 전기 차단기가 내려가 모터가 타버리지 않았기에 고인 물을 모두 퍼냈다. 그 후 헤어드라이어로 건조시키고 모터를 작동시켰더니 수도관에서 맑은 물이 쏟아졌다.

10월 3일 목 흐린 후 비

중국에서 구해온 『중국의 민가』(中國的民居)를 새벽까지 읽느라 거의 밤을 새웠다. 5시경 잠깐 눈을 붙였다가 7시에 기상하였더니 아내는 벌써 마당의 잡초를 뽑고 있다. 커피 두 잔을 타가지고 나가 함께 마셨다.

먹장구름이 몰려와 아침 해를 가렸기 때문에 천지가 한밤중처럼 어두워지더니 으스스한 냉기를 몰고 온 바람이 강하게 분다. 이어서 콩알만한 우박이 떨어져 맨머리를 때리기에 서둘러 집으로 들어섰다. 천둥소리가 요란하게 골짜기를 뒤흔들고 번갯불이 깜깜한 하늘을 칼날처럼 가르기를 한 시간 정도 계속하더니 하늘이 맑아졌다. 채소가 걱정이 되어 밭으로 달려나가보았으나 다행히도 무사하였다. 덩굴을 걷어낸 후 고구마를 캤다. 둥글게 살이 오른 고구마가 외바퀴 수레에 가득 찼다.

10월 15일 화 맑음

지난 6월 한길사에 넘겼던 원고, 『한국의 짚가리』가 작고 아담한 책으로 엮이어 나왔다. 1981년부터 어느 지방을 여행하든지 사진을 찍거나 스케치를 하고 자료를 수집하였다가 시골집에 올 때마다 자료를 정리하고 글을 써왔다. 하지만 소재가 단순하여 남의 주목을 끌 수 있을 것으로 기대하지 않는다.

농사를 지으며 귀동냥으로 얻은 지식을 정리하는 가운데 짚가리가 우리나라 농촌의 전통적인 문화경관임에도 소멸 위기에 처했음을 알게 되었다. 또한 우리 국토의 면적이 협소한데도 짚가리의 형태와 규모가 지역에 따라 다양하다는 흥미로운 사실도 확인할 수 있었다.

본래 나의 60회 생일잔치를 성대하게 차려주었던 제자들에게 줄 선물로 이 책을 집필하였다. 그러나 게으름을 피우다가 출간이 늦어져 생일(9월 23일)을 넘긴 후에야 비로소 인세로 받은 책을 제자들과 친구들에게 우송하기로 하였다.

10월 19일 토 맑음

우리 동네에 신작로가 뚫릴 것이라는 소문이 돌더니 드디어 공사 관계자와 토지평가 전문가들이 찾아왔다. 재작년부터 측량기사들이 자주 나타나 우리 논과 산을 오르내리며 측량을 하였으나 막상 전문가들이 나타나자 가슴이 철렁 내려앉는 기분이다.

오랜 세월 길과 문화에 관한 연구를 하다보니 도로의 긍정적인 면보다 부정적인 면에 더 관심을 갖게 되었다. 특히 도로가 미풍양속을 해친다고 한 조상님들의 말씀이 맞다면 신작로가 개통되는 날부터 우리의 조용한 삶은 무너지기 시작할 것이다.

10월 24일 목 흐림

나의 책 『한국의 짚가리』 서평이 『동아일보』 『경향신문』 『문화일보』 등에 반 페이지 분량으로 실렸다. 『조선일보』와 『중앙일보』에는 신간서적으로 소개되었다. 그리고 KBS의 책읽기 프로그램에서도 방송되었다고 한다. 지인들이 신문기사를 보내줄 때까지는 전혀 모르고 지냈다. 어쨌든 책의 평이 나쁘지 않다니 책을 만들어준 출판사에 누를 끼치지 않게 되어 다행이다. 10여 년의 농촌체험이 없었다면 이 책은 빛을 볼 수 없었을 것이다.

10월 26일 토 새벽까지 비 내리다 맑음

겨울을 재촉하는 비가 이틀간 계속되더니 아침부터 구름이 걷혔다. 저녁부터 찬바람이 불 것이라는 일기예보가 있었기 때문인지 무를 뽑는 집들이 많다. 추위가 예년보다 3주 정도 빨리 찾아왔으므로 우리도 무·순무·당근·알타리무 등을 모두 뽑았다. 알타리무를 제외한 세 종류는 비닐하우스 안에 파놓은 구덩이 속에 묻었다.

차가운 비를 맞은 콩잎이 모두 맥없이 늘어졌다. 뽑은 콩의 뿌리를 짚으로 묶어 밭이랑에 거꾸로 세워놓았다. 꼬투리가 터져 굴러나온 콩알이 제법 굵은 것을 보니 작황이 좋을 것 같다.

11월 1일 금 맑음

S대 인류학과 J교수가 수필집 『똥도 자원이라니까』를 보냈다. 몇 쪽을 읽어보니 익살스럽지만 수긍이 가는 내용이 적지 않다. 일찍이 다산(茶山)도 "분뇨(糞尿) 한 말은 쌀 한 말과 같다"고 하였고, 옛날 농촌의 아버지들도 오줌이 마려우면 참았다가 자기의 논밭에 가서 누라고 아들에게 가르쳤다.

기동훈련을 나왔던 군인들이 우리 두엄간에서 며칠간 용변을 보고 갔다. 허술하지만 왕겨를 쌓아놓았더니 군인들이 뒤처리를 깔끔하게 해놓았기에 거름을 보태준 그들이 고마워 마음으로나마 인사를 하였다.

11월 3일 일 맑음

심야전기 보일러가 가동되기 시작하는 시각은 밤 11시이고 난방효과가 나타나는 시각은 새벽 1시경이라 늦은 밤까지 옷을 두툼하게 꺼입고도 덜덜 떨었다. 새벽 2시경 기온이 영하 5°C까지 내려가 안마당에 얼어붙은 잔디를 밟으면 서걱서걱 소리가 났다.

볕이 나고 벼이삭에 맺혔던 서리가 녹아 마를 때까지 기다렸다가 다시 볏단 묶기를 시작하였다. 네 시간 만에 작업을 마치고 보니 어제 쌓은 것을 포함하여 20개의 네발가리가 논둑에 늘어섰다. 벼가 젖지 않도록 투명 비닐을 잘라 가리 위에 씌웠다.

11월 8일 금 맑음

K 노인이 찾아와 일요일에 벼를 탈곡할 예정이라고 한다. 그날은 제자의 혼례식 주례를 맡기로 약속한 터라 난감하다. 내 사정을 들은 K 노인이 우리 벼까지 탈곡해준다니 고맙기 그지없다. 볏단을 탈곡장까지 옮겨야 하는 일이 남았으니, 이것도 반 나절 일거리이다.

오후부터 찬바람이 불기 시작하여 배추 포기마다 신문지로 고깔을 씌웠다. 그러나 배추의 겉잎은 이미 상해(霜害)를 입어 시들시들하다. 찬바람을 쐰 탓인지 콧물이 줄줄 흘렀지만 새벽 4시까

벼 말리기 작업. 논바닥에 나뭇가지를 엇세운 후 그 위에 장대를 얹어 볏단을 걸고 볕에 말린다.

지 책상에 앉아「중국황토고원(中國黃土高原)의 요동(窯洞)」이라는 논문을 완성하였다.

11월 17일 일 눈

새벽부터 진눈깨비가 쏟아졌다. 아내가 밤부터 강추위가 찾아올 것이라는 일기예보를 듣고 김장을 담그러 시골로 가자고 졸라 9시에 집을 나섰다. 팔당대교 부근에 이르자 함박눈이 내리고 길이 얼어붙어 자동차들이 속도를 줄여 움직였다. 양평읍 외곽의 낮은 고갯길에서는 자동차들이 대부분 비틀거리며 진로를 이탈하고 어떤 차들은 오르기를 포기하고 길옆에 멈춰 섰다. 반대편 차선에서는 서너 대의 자동차가 부딪쳐 길옆에 어지럽게 몰려 있다. 다행히도 우리 차는 사륜구동이라 힘이 좋은 놈이어서 어려움 없이 더 높은 고개 두 개도 무사히 넘었다. 여러 차례 자동차 사고를 목격한 아내는 걱정하면서도 설경을 즐겼다.

배추 위에 신문지로 만들어 씌운 고깔모자에 눈이 소복이 쌓였다. 눈을 털어내고 배추 밑둥을 칼로 베어냈더니 크기와 무게가 반으로 줄어버렸다.

아내가 배추를 절이는 동안 잔디밭 모퉁이에 김칫독 두 개를 묻고 그 위에 보광을 만들었다. 긴 장대 여러 개를 원뿔형으로 세우고 윗부분을 끈으로 동여맨 후 짚으로 원뿔 틀 위를 두툼하게 둘렀더니 엉성하고 볼품은 없으나 모진 눈바람을 막을 수 있는 저장고가 완성되었다.

11월 23일 토 맑음

옛 친구가 준 모과나무 묘목 두 개를 정원 가장자리에 심었다. 어린나무가 초겨울의 차가운 땅속에서 살아남을지, 그리고 이곳의 기후조건이 맞을지 모르지만 친구의 성의를 생각해서 정성껏 키워볼 생각이다.

12월 9일 월 진눈깨비가 내림

금년에 추수한 쌀로 떡을 쪘다. 떡이 식지 않도록 두툼한 가방에 넣어 학교로 가져갔다. 농사일을 거든 대학원생들을 모두 불러 맛을 보게 하는 일은 내게 큰 기쁨이다. 8kg이나 되는 떡을 자기들만 먹을 수 없다고 과 교수들은 물론 사무직원, 그리고 학부생들까지 불러 잔치를 벌였다.

12월 12일 목 맑음

면사무소에 들러 농지원부를 발급받았다. 원래 일주일이 지나야 처리가 끝난다고들 하는데 면장이 즉시 처리해주었다. 토지를 보유하기만 하고 관리하지 않는 사람에게는 발급되지 않는 증서를 받도록 도와준 이장 및 농지위원들의 배려가 고맙다.

홍천강이 완전히 결빙되었다. 강추위가 갑자기 찾아왔기에 수심이 깊고 강폭이 넓은 느릅소의 표면은 투명한 유리처럼 곱게 얼었다. 맑은 얼음장 밑의 모래 속에 숨어 있던 물고기들이 내 발그림자에 놀라 기겁을 하며 달아난다.

큼직한 떡메를 둘러맨 장정 대여섯이 나타나 얼음장을 두드려
대자 쾅 하는 떡메 소리에 협곡의 정적이 깨졌다. 그들은 긴 철장
으로 얼음을 깨더니 떡메 소리에 기절한 팔뚝만한 물고기를 찍어
올렸다. 그 고기는 누치(눈치라고도 한다)였다. 봄부터 늦가을까
지 인간에게 쫓기다가 겨울을 맞아 두꺼운 얼음의 보호를 받으며
휴식을 취하려던 고기들이 또 수난을 당하니 딱하기 그지없다.

2003년
뻐꾸기 노랫소리에 잠에서 깨었다

"젊은 세대들은 배우자를 택할 때
용모에 치우치는 경향이 있는데 우리 선조들은
전통적으로 본질을 중시하였다. 용모는 지속되지 않으며
싫증이 날 수도 있으나 심성은 나이가 들수록
넓고 깊어져 흩어지지 않는다. 혼례란 문화와 전통이
다른 두 사람의 결합으로 조상대보다 내용이 다양하고 깊은,
새로운 문화를 창조하는 의식이다."

1월 18일 토 눈

아내의 작업실의 처마 밑과 집 앞의 전봇대에 큼직한 등을 달았다. 가을철 야간작업시 유용할 것이며 봄에 벚꽃이 만발할 때는 더욱 볼 만할 것 같다.

1월 28일 화 눈

겨울은 농부들뿐만 아니라 봄부터 가을까지 혹사당했던 토양도 편히 쉴 수 있는 계절이다. 한겨울에도 시골을 찾아가는 나에게 마을 사람들은 "겨울에도 할 일이 있느냐"고 묻지만 한 주라도 시골 나들이를 거르면 허전하여 식수통 서너 개를 싣고 꼭 다녀온다. 이러한 모습을 보는 지인들은 "시골에 숨겨둔 애인이라도 있느냐"고 묻는데, 시골집과 논밭은 이미 내 마음의 일부를 차지한 크나큰 존재라 할 수 있다.

미사리에서부터 만난 눈이 양수리 부근에서는 함박눈으로 바뀌었다. 다져진 눈길은 광택이 날 정도로 미끄러운데 용문 부근에서 이 험한 길을 춤추듯 달리는 차를 만났다. 1차선을 달리던 화려한 색상의 승용차가 갑자기 내 앞으로 끼어들었다. 그러고는 앞의 화물차를 추월하기 위해 급히 차선을 바꾸다가 중앙분리대에 부딪쳐 도로 밖으로 튕겨 나갔다. 몇 대의 차들이 모두 급정거하느라 소름끼치는 소음을 토했다. 사고를 저지른 차의 젊은 운전자가 크게 다쳐 구급차를 부르지 않을 수 없었다.

3월 15일 토 맑음

지난가을에 쓰고 남은 시멘트가 다행히도 굳지 않아 연못물을 논으로 끌어들이는 수로 옆의 도랑을 쌓는 데 쓰기로 하였다. 작년 태풍 때 응급 복구했던 둑이 해빙기를 맞아 붕괴되기 시작하였으므로 모내기 전에 수로를 다듬는 게 좋을 것 같다.

물길을 돌려놓고 흙과 돌을 주워다가 공사 준비를 시작하자 K 노인이 나타나 돕겠다고 한다. 이 수로는 여덟 다랑이의 논에 물을 대는 입구이기 때문에 K 노인에게도 중요하다. K 노인이 건네주는 돌을 놓고 돌 틈을 시멘트로 메웠다. 영감님은 내 일솜씨가 마음에 들지 않는지 시멘트를 듬뿍 넣어라, 작은 돌을 끼우지 왜 큰 것으로 끼우느냐고 계속 잔소리를 하였다. 본래 말이 좀 많은 노인네인지라 그의 지시대로 작업을 하였는데 일을 끝낸 후 살펴보았더니 그의 의견이 옳았다는 생각이 든다.

아래 연못 옆의 나무를 캐어 둑 옆으로 옮겼더니 터가 조금 넓어진 것 같다. 아마도 조경(造景)이란 나무를 적절한 장소를 골라 심는 데서 시작되는 것 같다. 이참에 여기저기 흩어져 있는 진달래를 모두 뽑아 잔디밭 가장자리로 10여 주를 모아 심었다.

4월 24일 목 맑음

4월 4일부터 16일까지 오스트리아 빈에서 열린 학술회의에 참석하느라 오랫동안 시골집을 찾지 못했다. 서둘러 시골로 와서 밭갈이를 하였다. 4시부터 땅콩을 심을 이랑 다섯 개를 다듬었다.

기껏 비닐을 씌우자 휘몰아친 골바람에 얇은 비닐막이 날려 애를 먹었다.

늦은 저녁밥을 지어먹고 홀로 자리에 누웠더니 허전하다. 최인훈의 소설 『총독의 소리』를 읽다가 새벽에야 잠이 들었다.

4월 25일 금 비 오후에 맑음

우리 연못에 귀한 손님이 찾아왔다. 해마다 청둥오리 한 쌍이 찾아와 여름까지 묵고 갔는데 오늘은 백로가 날아와 물 위에 앉으며 우아하게 날개를 접었다.

5월 1일 목 맑음

3일 동안 줄기차게 쏟아지던 봄비가 그저께 그쳤다. 봄볕을 받은 토양이 어느 정도 말랐을 테니 파종이 가능할 것 같다.

수도의 모터박스에 또 물이 고였다. 물을 퍼내고 젖은 부분을 마른 수건으로 닦은 후 헤어드라이어로 건조시켰으나 접착제로 막은 호스 틈에서 지하수가 계속 스며들어 난감하기 그지없다. 두 시간 동안 고인 물을 퍼낸 후에야 더 이상 물이 스며들지 않기에 비닐 조각으로 틈을 메우고 모터를 가동시킬 수 있었다.

규장각 고문서인 『가호안』(家戶案)을 두 시간 동안 분석했다.

5월 2일 금 맑음

짙게 끼었던 안개가 걷히자 봄볕이 내려쪼인다. 챙이 넓은 밀짚

모자를 쓰고 밭으로 나가 참깨·고추·옥수수·울타리콩·강낭
콩 등을 파종하였다. 경사진 밭 아래쪽은 채소를 심기 위해 남겨
놓았다. L 씨 내외가 왔기에 오스트리아에서 구해온 씨앗을 나눠
주었다. 순박한 내외는 열심히 살아보려고 노력하나 농토가 적어
남의 땅을 빌려 농사를 짓고 있다니 딱하다.

5월 3일 토 맑음

벌써 한여름처럼 지열(地熱)이 뜨겁다. 두 병의 물을 다 마시고
도 목이 마르다. 상추·쑥갓·근대·아욱, 그리고 오스트리아에
서 구해온 채소의 씨앗을 파종하였다.

지난주에 배꽃이 지더니 사과나무 두 그루에 꽃이 피었다. 벌들
이 꽃 사이로 부지런히 움직이는 것을 보니 금년에는 과일 맛을
좀 볼 수 있을 것 같다.

귀로에 올랐다. 5월 1일 노동절부터 월요일 어린이날까지 연휴
가 겹쳐 수십만 대의 자동차가 서울을 벗어나 지방으로 향했다는
보도가 나왔다. 불경기에 국가안보상황이 불안한데도 오늘도 강
원도 방향으로 이동하는 차량행렬이 꼬리를 물고 있다.

운전 중 문득 "선상님도 이제 신농씨가 다 되셨습니다"라는 K 노
인의 말이 생각나서 혼자 미소 지었다. 내가 하는 일마다 간섭하는
노인네가 오늘은 웬일로 나를 신농씨와 비교했을까.

5월 8일 목 맑음

5월 4일부터 6일까지 홍천에 130mm의 호우가 내렸기 때문에 홍천강물은 오늘도 그득하게 흘러가고 있다. 아내는 "이 강이 늘 이 정도로 풍성했으면 좋겠다"고 하였는데 나도 동감이다. 우리나라의 강은 비가 많이 올 때는 넘칠 정도로 불었다가 가뭄에는 실개천처럼 말라 홍수기와 갈수기의 수량차이가 300~400배나 된다. 서부 유럽의 센 강이나 라인 강도 홍수를 일으키기는 하지만 계절적 수량변화가 그리 크지 않아서 항상 물이 풍족하게 흐른다.

오스트리아로 간 둘째 아들 보한이가 반가운 소식을 전해주었다. 빈 국립음대에 합격하였는데, 한국 대학의 학력을 인정해주어 4년 가운데 2년만 다니면 졸업이 가능하다고 한다.

5월 10일 토 맑음

L 씨가 찾아왔다. 어제 고추 모를 가져왔다가 모터 때문에 고생하는 내 모습이 딱했던 모양이다. 지혜롭고 재주가 많은 사람인지라 그는 모터박스의 위치가 잘못되었음을 발견하고 지하수가 스며들지 않는 곳으로 옮기자고 하였다. 새 모터박스 터는 거리가 불과 3m 밖에 안 되는데 과연 문제가 없을지 걱정했지만 1.5m 깊이로 구덩이를 파도 전혀 물이 나오지 않았다. 고무통을 묻고 모터와 파이프 사이를 청동제 조임쇠로 단단하게 연결하였다. 고무통 주위에 물이 고이지 않도록 바닥에 벽돌을 깔고 잔디를 심어 작업을 마감하였다.

지난번 수도 작업을 한 사람은 교육수준도 높은 간이수도공사 전문가라 하였음에도 작업을 부실하게 하여 몇 년간 나를 피곤하게 만들었다. L 씨가 나에게 시골 생활을 하는 데 필요한 교육을 철저하게 시켜주었다고 생각한다. 비록 중등교육조차 제대로 받지 못했으나 그는 지혜롭고 일처리가 치밀하다. 덕분에 앞으로 수도 때문에 고생하지 않을 것 같다. 그에게 넉넉하게 사례를 하고자 했으나 10만 원만 받고 떠났다.

5월 16일 금 맑음

뻐꾸기의 노랫소리에 잠에서 깨었다. 아래 연못을 돌다가 손바닥 크기의 붕어 두 마리가 죽어 물 위에 떠 있는 것을 발견하고 건져냈다. 한 마리는 아가미, 또 한 마리는 옆구리를 뜯겨 죽었는데 아마도 집 주위를 맴돌던 수리부엉이나 백로의 짓일 듯하다.

수도를 고쳐준 L 씨가 누전차단기를 다는 동안 배수관을 묻었다. 배수관은 빗물이 모터박스로 스며드는 것을 방지할 것이다.

화분에서 키운 버터넛과 터키시터번(turkish turban)을 밭에 심었다. 전자는 뉴질랜드에서 가져온, 조롱박 모양의 단호박이다. 후자는 오스트리아에서 구해온, 터번을 쓴 사람 모양의 호박이다. 참깨와 해바라기는 아직 싹이 트지 않았다. 봄비가 너무 쏟아져 씨앗이 썩은 것 같다. 그래도 흑임자는 8할 이상 발아하였다.

5월 17일 토 맑음

녹음이 짙어지기 시작하자 새벽 공기에서 싱그러운 초목의 향이 느껴진다. 두 팔을 벌리고 깊은 숨을 쉬어본다.

아침부터 사랑채 굴뚝 속에서 부스럭거리는 소리가 들렸지만 귀를 대보면 잠잠해지기에 그대로 지나쳤다. 그러나 지난여름 오리 한 마리를 구출한 적이 있어 오후에는 곡괭이로 굴뚝 밑을 찍었다. 깨진 콘크리트 틈새에 손을 넣었더니 새의 발이 잡혔다. 조심스럽게 꺼내보았다. 눈 가장자리에 둥글고 노란 털무늬가 있고 목둘레는 파란색이며 머리 뒷꼭지로는 뿔처럼 뻗은 멋진 털을 가진 원앙 수놈이었다. 이처럼 아름답고 귀여운 녀석이 어쩌자고 그 어두컴컴한 굴뚝 속으로 빠졌을까. 아내의 품에 안긴 녀석은 정신을 못 차렸다. 연못물에 앉혀주었으나 낮은 연못 둑으로도 기어오르지 못하고 두어 차례 물속으로 굴러 떨어졌다. 이 수놈이 굴뚝에 갇혀 있는 동안 아마도 암놈은 철쭉나무 그늘에 숨어 낭군을 기다린 것 같다. 수놈이 수문 위로 올라가자 두 마리 원앙은 주둥이를 맞비비고 서로의 깃털을 쓰다듬었다. 아마도 지옥 문턱까지 갔던 서방에게 암컷은 "너 없이 나 홀로 어찌 살라고" 했을 것이다.

5월 24일 토 맑음

아래 텃밭에 콩을 심다가 낯선 방문객 네 명을 맞았다. 자신들을 펜션개발회사의 이사와 부장이라고 소개했다. 우리 집과 논밭에 군침을 흘리는 이 사람들의 말솜씨는 놀랍기 그지없다. 그들은 이 전망 좋은 땅을 소득도 적은 농토로 이용하지 말고 자기들에게 맡기면 펜션을 지어 정기적으로 많은 돈을 주겠다고 하였다. 예비역 장성, 은퇴한 교수, 교장 들도 자신들의 도움으로 여유로운 생활을 즐기고 있다며 끈질기게 나를 설득하려 들었다. 촌늙은이 하나쯤 쉽게 구워삶을 수 있으리라고 여겼던 것 같다.

한 시간 정도 내 일을 방해하고도 갈 생각을 하지 않는 이 괘씸한 사람들을 쫓아버릴 궁리를 하지 않을 수 없었다. "내가 토지를 제공하면 당신들은 무엇을 투자하는가"라고 물었더니 펜션의 관리책임을 진다고 하였다. "펜션 건설비는 누가 투자하는가"라고 물었더니 내 토지 일부를 매각하여 해결한다고 하였다. "펜션 건물부지와 건물은 누구 소유가 되는가"라는 질문에는 우물쭈물하다가 내가 자기네 회사의 주주가 되는 것이라 하였다. 결과적으로 내 토지로 한몫 보겠다는 것이다.

설득작전에 성공하기 어렵다고 느꼈는지 자신들은 압구정동 주민이며(내가 서초동에 거주한다는 것까지 미리 조사했던 것 같다) 한번 자기네 회사를 찾아달라고 하였다. 일행 중 하나는 펜션이 호텔과 비교되는, 휴양지의 고급 숙박시설이며 선진국에서는 소득 수준 향상에 힘입어 크게 번창하고 있는 사업이라 역설했다. 또 한 명은 펜션의 역사적 배경까지 설명하려 들었다.

이제는 내가 그들을 교육시켜야 할 차례가 되었다. 영어의 펜션이란 프랑스어로 팡시옹(pension), 이탈리아어로 펜치오네(penzione)라 부르는 하숙집일 뿐인데 그것이 어떻게 우리나라에서는 최고급 숙박시설로 둔갑했는지 모르겠다고 했더니 이들은 다소 놀라는 표정을 지으며 슬금슬금 꽁무니를 뺐다. 옛날 어른들은 언짢은 얘기를 들으면 물로 귀를 씻었다지만 나는 차라리 흙으로 귀를 닦아내고 싶었다. 나더러 하숙집 주인이 되라니! 괘씸한 인간들 같으니라고. 토마토·가지·고추밭에 지주를 박으며 화풀이를 하는 통에 막대기들이 필요 이상 땅속에 깊이 박혔다.

6월 7일 토 맑음

새벽 공기가 서늘하여 밭일을 하기에 썩 좋다. 어젯밤 강풍이 불더니 고추 몇 포기가 쓰러졌기 때문에 북을 주어 바로 세웠는데 한 포기는 부주의로 부러뜨렸다. 부득이 고추가 넘어지지 않도록 지주 사이에 끈을 팽팽하게 매었다.

아내의 청에 따라 꽃창포와 붓꽃을 아래 연못 가장자리로 옮겨 심었다. 두 식물을 구별하기는 어려운데 아내가 노란색 꽃이 피는 것은 꽃창포이고 보라색 꽃이 피는 것은 붓꽃이라 가르쳐주었다.

6월 14일 토 오전에 비 내리다 맑음

새벽 4시에 잠이 깨어 커피 한 잔을 마시고 5시에 밭으로 나갔다. 옥수수잎에 맺혔던 이슬비가 후드득 떨어지며 옷을 적시자 몸이 으스스 떨린다. 왼손 엄지의 상처가 덜 아물어 고무장갑을 끼고 밭둑의 풀을 베었다.

밭고랑에 검은색 양탄자를 깔았다. 유기농 농사를 짓는 두미리 이장 Y 씨가 어제 사과와 배에 씌울 과일 봉지를 주면서 이 양탄자를 사용하면 잡초를 방지할 수 있다고 가르쳐주었기 때문이다.

배나무와 사과나무의 열매들이 탁구공만큼 자랐다. Y 씨가 가르쳐준 대로 과일 포장 봉지에 입으로 바람을 불어 어린 과일을 넣고 주둥이를 열십자형으로 닫은 후 봉지를 코팅된 철끈으로 단단하게 동여맸다. 과일 간격을 15cm 이상 띄어야 한다기에 상태나 모양이 나쁜 것은 모두 솎았다. 이 봉투를 살펴보니 겉은 엷은 황색 비닐로 만들었고 속에는 일본 신문지로 싼 이중구조이다. 왜 일본 신문지가 들어 있는지 이해하기 어렵다.

오후 3시경 채소와 과일나무에 목초액을 살포하였다. 지난주에 심은 배추 모는 벌레에 뜯겨 앙상한 잎그물만 남았다. 그러나 서양 채소인 앙티브는 전혀 벌레의 피해가 없으니 아마도 쌉싸름한 것은 벌레들의 입맛에 맞지 않는 모양이다. 수박과 참외 줄기들이 사방으로 퍼져 다른 작물들 사이로 덩굴을 뻗었으며 예상외로 열매가 많이 달렸다. 이웃에 사는 P 씨가 수박통을 크게 키우려면 줄기 수를 줄여야 한다고 하기에 덩굴을 다듬었다.

6월 21일 토 맑음

새벽부터 너무 가까운 데서 우는 새소리를 듣고 잠이 깼었다. 어제 오후에 환기를 시키느라 마루의 분합문을 모두 열어두었더니 박새 한 마리가 들어왔다가 저녁에 방충망을 닫으면서 집 안에 갇혔던 것 같다. 새벽의 새소리는 노래가 아니라 살려달라는 애원

손에 앉은 박새. 봄부터 가을까지 우리 집 추녀 밑에
둥지를 짓고 알을 낳아 새끼를 키운다.

이었다. 방충망을 모두 열어도 출구를 찾지 못하고 구석으로 숨기에 긴 막대기 위에 앉도록 유도하여 마당으로 내보냈다.

감자 세 바구니를 캤다. 이른 봄에 구한 강원도 평창산 감자 한 주머니에 싹이 나자 여러 조각으로 나누고 재를 묻혀 심었더니 3개월 만에 주먹만큼 크게 자랐다. 감자 캐는 것을 좋아하는 아내를 불러 줄기를 뽑게 했다. 시키면 토양 속에서 뽑혀나오는 흰 감자를 보며 아내는 소녀처럼 즐거워하였다. 오이·애호박·가지 등이 많이 열렸다. 큰 바구니 하나를 가득 채웠으니 귀로에 이웃 사람들에게 나눠줄 수 있겠다. 예쁜 버터넛도 십여 개가 달렸다.

6월 25일 수 맑음

6·25동란 53주년. 몇 해 전까지 시행했던 기념행사가 폐지된 탓인지 도로에는 행락차량이 넘쳤다. 우리 부부는 전쟁이 일어나던 해에 초등학교 3학년의 어린 나이였다. 피난살이와 굶주림의 고통을 겪었으며 고통스럽게 죽어간 군인들의 시신도 적지 않게 목격했다. 그러므로 어린 자식들을 지키기 위해 노심초사하셨던 어른들의 고난을 어느 정도는 파악하고 있다. 그런데 오늘날 위정자들은 치욕의 그날, 그리고 전쟁 후 겪은 10여 년의 어려움을 잊은 것 같다. 아니 일부러 잊으려 하는 것 같다.

춘천시청에 들러 도로건설용지로 수용되는 토지(임야 및 대지)의 토지대장·건물대장·지적도·인감증명·주민등록초본 등을 제출하였다. 한 뭉치나 되는 서류를 마련하느라 빼앗긴 시간이 아

깎고 10년 이상 나무를 심어 가꾼 넓은 임야가 사라지는 것이 마음이 아프고 고통스럽다. 서류를 받아 든 건설과 직원은 벌써 나에 대하여 상당한 정보를 파악하고 있으므로 토지대장·지적도·건물대장은 자신들이 마련할 일이었다며 미안해하였다. 우리 내외는 담당 직원들에게 작업기간 중은 물론 도로가 완공된 후에 발생할 소음과 진동에 대한 예방책을 세워달라고 요구하였다.

6월 26일 목 맑음

주초에 분 돌풍에 고추와 옥수수들이 쓰러졌다. 옥수수는 바로 세울 수 없어 방치했으나 고춧대는 줄을 매어 바로 세우고 북을 높였다.

간이 수돗물이 자주 탁해져 물탱크 청소가 불가피하다. 탱크 위를 덮었던 토석을 걷어낸 후 탱크에 고인 물을 퍼내고 걸레로 깨끗이 닦았다. 물탱크에 쌓인 흙속에 십여 마리나 되는 가재가 섞여 있어 모두 연못에 넣어주었다. 이웃에 사는 J 씨는 1급수에서만 사는 가재를 볼 수 있다는 점은 우리 샘물의 수질이 좋다는 증거라고 하였다.

7월 24일 목 맑다가 밤부터 비

장마기인데도 비가 찔끔거리더니 그저께는 호된 폭우가 쏟아졌다. 중부지방에 100~250mm의 호우가 내렸으니 마음 놓고 있던 농부들은 갑작스러운 비에 적잖이 놀랐을 것이다. 폭우가 휩쓸고 지나간 흔적은 밭의 여러 곳에 남아 있다. 콩·옥수수·참깨 들이 넘어져 일부는 흙을 뒤집어썼고 수박과 참외 줄기는 아예 녹아버렸다. 오이는 잎을 떨군 채 줄기만 앙상하다.

자정 무렵 천둥소리가 들리더니 멀리서 천군만마가 함성을 지르며 달려오는 듯한 소리가 정적을 깬다. 양철지붕을 부술 듯한 요란한 소리에 잠을 깬 아내가 겁먹은 표정으로 내 손을 꼭 잡는다.

7월 25일 금 맑음

좀도둑들이 모두 뽑아간 수련의 뿌리에서 작은 꽃 한 송이가 외롭게 피었다. 이웃집 Y 씨에게서 얻은 기름종개 한 마리를 연못에 넣어주었더니 재빠르게 연꽃 밑으로 숨었다.

8월 8일 금 맑음

강변 모래밭에 피서객들이 가득하다. 우리 밭 가장자리의 밤나무숲은 그들에게 인기 있는 장소여서 늘 몇 개의 천막이 자리를 잡고 있다. 피서객들이 떠난 후에는 음식물 찌꺼기, 술병, 각종 포장재, 심지어 옷과 신까지 버리고 간다. 피서객들이 다녀가면 몇 주 동안 쌓인 쓰레기 때문에 홍역을 치르게 된다. 큼직한 자루를 들고 나가 쓰레기를 주워 담으려니 짜증이 나는데, 놀러온 인간들은 나를 마치 청소부로 여기는 듯하다. 음식물 찌꺼기를 땅 속에 묻으며 그들에게 자기 쓰레기는 모두 가져가라고 당부하였으나 쇠귀에 경 읽기이다.

뙤약볕의 기세가 한풀 꺾인 오후 4시경 참깨를 베었다. 두 달 전까지는 이웃집 것보다 성장이 더뎌 거의 포기했으나 7월 중에 쑥쑥 잘 자랐고 이웃집 참깨들이 까맣게 병들어 말라죽어도 우리 밭의 것은 오히려 탐스럽게 영글었다. 석 단씩 묶어 열 무더기를 비닐하우스 안에 세워놓았다.

8월 15일 금 맑음

아내가 구해온 연을 심었다. 진흙 반죽을 연뿌리에 둥글게 뭉쳐 연못 바닥 구덩이에 넣고 주위에 돌을 깔아 연뿌리가 뜨지 않도록 하였다. 지난주에는 노란색 꽃이 피는 연 네 그루를 심었는데 오늘 심은 것은 보라색 꽃과 흰색 꽃이 핀단다. 삼색의 연꽃이 번갈아 피게 될 것이며 아침부터 저녁까지 논밭을 오가는 길에 우아한 꽃향기와 자태에 취할 수 있을 것이다. 다만 지난 3년간 잇달아 도둑맞았던 불쾌한 경험을 당하지 않기를 바랄 뿐이다.

연을 심으면서 30여 년 전 경남의 어느 산사에서 차를 달여주시며 노승이 하신 말씀을 생각하였다.

어느 양반 가문에서 며느리를 보게 되었다. 시아버지는 아들과 며느리를 앉혀놓고 손수 차를 달여 한 잔씩 마시게 한 후 며느리에게 맛이 어떠냐고 물었다. 어려운 시아버지 앞이라 며느리는 입을 다물고 대답 없이 시아버지의 말씀을 경청하였다. 시아버지는 차의 맛은 인생살이와 같아 행복할 때는 구수하고, 기쁠 때는 달며, 괴로울 때는 떫고, 슬플 때는 쓰고, 피곤할 때는 시다고 하였다.

몇 해 지나 시아버지는 돌아가시고 이 집안의 차문화 전통을 며느리가 이어받았다. 어느 날 아내가 달여준 차를 마셔본 남편은 문득 차의 향이 전보다 더 짙고 감미롭게 변한 것을 느끼게 되었다. 휘영청 밝은 달이 뜨는 저녁 뜰 밖의 연못으로 나갔다가 들어오고 이른 아침에도 연못을 다녀오는 아내의 모습을 발견한 남편은 아내의 거동을 지켜보고 차 맛의 비결을 간파하였다. 아내는 연꽃이 봉오리를 닫는 시각에 작은 차봉지를 꽃 속에 넣었다가 봉오리가 열리는 이른 아침에 꺼냄으로써 차에 연꽃향이 배도록 한 것이었다. 남편은 아내의 지혜에 크게 감동하여 그녀를 존경하고 더욱 사랑하게 되었다.

노스님의 말씀은 오랜 세월이 지나도 내 가슴속에서 지워지지 않아 사랑하는 제자의 혼례식 주례사로 쓴 적이 있다. 서양 문물의 영향을 많이 받은 젊은 세대들은 배우자를 택할 때 꼴(용모)에 치우치는 경향이 있는데 우리 선조들은 전통적으로 본질을 중요시하였다. 사람의 관계에서 용모는 영원히 지속되지 않으며 싫증이 날 수도 있으나 인간의 본질적인 심성은 나이가 들수록 넓고 깊어져 흩어지지 않는다. 혼례란 문화와 전통이 다른 가문에서 자란 두 사람의 결합으로 조상대보다 내용이 다양하고 깊은, 새로운 문화를 창조하는 의식이다.

8월 16일 토 맑음

토마토에 탐스런 열매들이 주렁주렁 달리자 줄기들이 힘겹게 늘어진다. 굵은 지주를 박아주었는데 갑자기 줄기가 시들고 잎이 말라버렸다. 열매들은 빨갛게 익었으나 병든 줄기를 보니 먹고 싶은 생각이 들지 않아 모두 땅에 묻었다. 사과나무와 배나무의 잎도 굵은 손가락만한 벌레들이 갉아 먹어 상처투성이가 되었다. 목초액과 잎살림약을 섞어 뿌려도 이 끔찍한 녹색벌레는 전혀 겁을 내지 않는다. 벌레가 많이 붙은 가지를 잘라내고 수십 마리나 되는 벌레를 잡아 통 속에 넣었다. 통 속에 마른 짚을 넣고 불을 지펴 태운 후 과일나무 밑에 묻었다.

밭둑에 파라솔을 세워놓고 고추 따기와 밭의 김매기 작업 틈틈이 그늘에서 휴식을 취하였더니 피로가 덜하다. 밭 가장자리에 정자목(亭子木)을 심지 않은 것이 후회된다.

8월 21일 목 맑음

K 노인과 P 씨가 식용 개 수십 마리씩을 사육하면서 C시로부터 사료용 음식찌꺼기를 수거해오게 되었다. 때로는 양계장에서 폐사한 닭을 트럭으로 실어와 개의 사료로 사용한다. 상한 음식물과 개의 분뇨냄새를 맡고 까치·까마귀·파리·모기 등 반갑지 않은 손님들이 골짜기로 모여들었다. 파리와 모기는 우리 집까지 들어와 주방과 거실에 파리 끈끈이를 매달아놓으면 일주일 내에 새까맣게 붙어 죽는다. 처음에는 까마귀가 주류를 이루더니 갑자기 수

백 마리의 까치 떼가 몰려와 저보다 몸집이 큰 까마귀를 여러 마리가 공격하여 쫓아버렸다. 이 하늘의 불량배들은 음식찌꺼기를 뺏어 먹는 데 그치지 않고 옥수수·참깨·콩·땅콩 등은 물론 과일까지 파먹기 시작하였다. 이중으로 싼 봉지 속에 배와 사과가 익은 것을 용케 알아채고 봉지를 찢고 파먹으면 그 틈을 말벌들이 차지한다. 이제 까치는 이 골짜기에 골치 아픈 말썽꾸러기가 되었다.

J씨가 공기총으로 까치들을 잡아 과일나무에 걸었더니 자기 집 근처에는 얼씬도 하지 않는다고 한다. 약아빠진 이 새들은 안전한 장소를 찾아 더 큰 피해를 준다.

개 사육은 적막했던 우리 협곡의 평화를 흔들고 있다. 원래 시골의 개들은 겨나 아기들의 대변, 음식찌꺼기 등 거친 사료를 얻어먹고, 들판을 마음 놓고 달리며 놀기 때문에 쥐와 산토끼를 잡을 수 있을 정도로 날렵하다. 그러나 우리 마을의 사육 개들은 반평도 못 되는 좁은 토굴에 갇혀 먹고, 자고, 살찌우기를 강요당하고 있어 사납기 그지없다. 심리적으로 억압을 받고 있는 이 짐승들은 때를 가리지 않고 울부짖는다. 한밤중 수십 마리의 개가 울부짖으면 좁은 골짜기가 떠나갈 듯하다. 그 통에 겁이 많은 고라니와 산토끼들은 이미 깊은 산속으로 들어가버렸다. 다만 날개가 달린 것에 자부심을 가진 건방진 까치들만이 우리에 갇힌 개들을 조롱하듯 그들의 밥을 훔치고 있다.

8월 29일 금 맑음

계속된 비로 밭에 들어갈 엄두가 나지 않아 책을 읽거나 글 쓰는 일 외에는 불어나는 물 구경을 하는 것이 전부이다. 누런 탁류가 굉음을 지르며 쏟아져 내려오는 광경은 장관이다. 뿌리까지 뽑힌 거대한 나무, 강변 유원지에 설치했던 간이 변소간 등 부피가 큰 것부터 스티로폼 상자, 비닐 조각 등 상류지방의 쓰레기들을 모두 훑어낸 누런 흙탕물이 내가 선 강둑 밑으로 쏜살같이 달려간다.

낮부터 모처럼 볕이 났다. 장화를 신고 연못으로 들어가 수초를 건져내었다. 머리카락처럼 가늘지만 연 줄기를 휘감는 이 식물 때문에 연잎이 까맣게 탈색되었다가 떨어지고 만다. 연못 바닥을 훑으며 수초를 건져 쌓았더니 봉분처럼 높아졌다.

9월 17일 수 맑음

추석 연휴 동안 온 나라 백성들, 특히 남부지방과 동해안에 사는 사람들은 중심시도 910hPa의 강력한 태풍 매미(Maemi)가 몰고 온 모진 비바람의 공포 속에서 지냈다. 나 역시 라디오 앞에 앉아 재난 상황을 듣느라 아무 일도 하지 못하며 애를 태웠다.

최대 풍속 55m의 강풍이 몰고 온 해일로 영남과 전남 해안에는 홍수가 발생하였고 낙동강 유역과 동해안에서는 홍수와 산사태가 일어났다. 특히 마산과 부산의 피해가 극심한데, 마산에서는 항구에 정박했던 배가 700m 떨어진 시가지 안쪽까지 떠밀려왔다. 해일로 솟구친 바닷물에 시가지가 침수되어 사망·실종된 사람이

130명을 넘었다고 한다. 부산항에서는 대형 크레인 여러 대가 파괴되고 수백 척의 소형 선박이 침몰되었으며 해운대의 시가지 건물까지 바닷물 침수가 있었다고 한다. 농경지 침수로 인한 피해는 집계조차 되지 않고 있다.

놀라운 사실은 이러한 엄청난 재해가 발생하였음에도 재해대책본부가 전혀 일을 하지 않았다는 것이다. 나는 대통령을 비롯한 중요 간부들이 모두 외국으로 출장을 떠난 것이 아닌가 생각하였다. 그런데 태풍이 지난 후 밝혀진 바 경제부총리 등 현 정권 실세들 몇 명은 제주도에서 골프를 즐겼고. 행자부 장관은 추석을 쇠러 고향으로 갔으며, 대통령은「수궁가」를 관람했다고 하니 기가 막히는 일이다. 나라를 책임진 사람들이 모두 개인적인 일로 자리를 비웠기 때문에 재난에 대비해야 할 공무원들 역시 자기 집에 숨어 책임을 회피하였다.

현 정권의 위정자들은 나라를 바로잡겠다는 의욕이 넘치지만 책임감과 사명감은 의욕을 따르지 못하고 있다. 또한 경험과 전문적인 지식도 부족하여 말이 실천을 앞서고 있다. 나는 이들이 천진난만한 생각을 버리고 하루 속히 성실한 국가경영자로 성숙하기를 바란다.

우리 시골도 태풍의 피해가 적지 않다. 밭작물들은 거두기도 전에 습한 땅에서 썩거나 싹이 돋았다.

9월 19일 금 맑음

양평군 용문면의 고물상에서 발로 밟아 돌리는 벼 탈곡기를 4만 원에 구입하였다. 이 기계를 사용하여 탈곡하기가 쉽지 않을 듯하여 어유포리의 L 씨에게 모터를 달 수 있는지 문의했더니 농기계 정비공장을 소개해주었다.

초가을의 따가운 볕에 습하던 밭의 토양이 건조해졌다. 땅콩의 잎과 줄기가 모두 비에 썩어 호미로 땅을 파서 콩꼬투리를 꺼냈다. 두더지와 굼벵이가 파먹고, 까치들이 까먹고, 또 일부는 썩었기 때문에 수확량은 작년의 30%도 못 된다. 겨우 두 바구니의 땅콩을 수확하여 물에 씻고 비닐하우스에 널어놓았다. 종자는 건졌으니 다행이라고 여겨야겠다.

9월 23일 화 맑음

농산물시장의 개방은 참으로 어려운 문제이다. 불과 한 세대 전까지도 우리나라는 농업을 중시하던 사회였기에 상공업에 밀려 홀대받는 시대가 이토록 빠르게 다가오리라고 예측한 사람은 그리 많지 않았다.

최근 농산물시장 개방 문제를 반대하기 위해 멕시코의 칸쿤까지 갔던 진북 장수 출신 농민 이모 씨가 스스로 목숨을 끊은 불행한 사고가 발생했다. 그의 장례식이 거행된 후 정부의 농업정책에 분개한 농민들이 대규모 시위를 벌여 또 크고 작은 불상사가 있었다. 순박한 농민들이 서울까지 올라와 도시 기능을 마비시킨다고 비난하는 사람들이 적지 않다. 하지만 불과 20~30년, 비난하는 사람들 중 대다수가 농촌에서 살았고, 그들의 부모들은 아직도 고향을 지키며 살고 있을 것이다. 오늘날 우리나라 GDP에서 농업 분야가 차지하는 비율이 10% 정도에 불과하고 농업인구 비율 역시 10%에 못 미치는 것은 사실이다. 철없는 학생들, 그리고 상당수의 지식인들은 식량이 남아돌기 때문에 농업문제에 연연할 필요가 없다고 주장하지만 실제로 우리나라의 식량자급률은 30%에도 미치지 못하고 있다. 쌀 생산량이 소비량을 상회하는 것을 식량자급능력과 동일시하는 것은 참으로 심각한 문제가 아닐 수 없다. 쌀이 남는 것은 밥을 덜 먹고 군것질을 많이 하는 탓이다. 우리가 소비하는 콩·밀·옥수수의 9할 이상이 수입품이며 참깨·과일·고추 등도 상당량이 외국산이다.

생각이 짧은 어느 경영학도는 부족한 식량을 무역으로 벌어들인 외화로 수입하면 되지 무슨 걱정이냐고 주장하였다. 그러나 미국·프랑스·캐나다·호주·뉴질랜드·러시아 등이 모두 농업강국이며 독일·오스트리아·네덜란드·덴마크·스위스 등의 선진국들도 농업의 비중이 높은 나라임을 간과해서는 안 된다는 말에는 그 사람도 할 말이 없는 듯하였다.

지난달 태풍이 내습했을 때 책임을 다하지 못했던 정부가 농민들을 배려하지 않는다면 농민들은 농업을 포기할 것이고, 이는 곧 국토의 황폐화를 초래할 것이다. 사람의 손길이 끊어진 농토와 시골 마을이 늘어나면 도시 사람들은 찾아갈 휴양지를 잃게 된다.

정부는 물론 국민 모두가, 잘 정돈된 농촌이야말로 국가의 자원이란 사실을 간과하지 말아야 한다.

강의 시간 중 농활 경험자가 얼마나 되는지 알아보았더니 40%가 넘었다. 그들에게 태풍피해지역의 복구사업에 참여할 뜻이 없느냐고 물었더니 학기 중이라 곤란하다고 하였다. 결석으로 인한 성적의 피해를 감수할 뜻이 없다는 것이었다. 결과적으로 그들은 가장 일손이 덜 필요한 여름철에 농촌을 찾아 봉사를 했다는 자기만족을 얻는 것이 목적일 뿐 진정으로 농촌을 돕고자 하는 생각은 부족하다고 볼 수밖에 없다.

10월 18일 토 맑음

대학원생 세 명이 벼 베기를 돕겠다고 찾아왔다. 어젯밤에 낫 세 개를 갈아놓았는데 어유포리 L 씨가 트럭에 벼 베는 기계와 탈곡기를 싣고 왔다. 허리를 구부리고 몇 시간 동안 낫질을 해야 하는 노동을 면하게 되었으니 학생들에게도 다행스러운 일이다.

벼 베는 기계는 우리 농촌에서도 거의 사라진 초창기의 소형 콤바인으로, 사람이 손잡이를 잡고 밀면 대 여섯 포기의 벼가 자동으로 묶인다. 그러나 우리 다랑이들은 불규칙한 눈썹형〔眉畓〕·사다리형〔梯畓〕·반고리형〔半環畓〕이기 때문에 모서리의 벼들은 낫으로 벤 후 논둑에 폈다.

원통형 탈곡기는 지난달 농기구 수리공장에 맡겼던 것인데 발판을 떼어내고 작은 전기 모터를 달아놓았다. 모터는 분리할 수 있게 하였다. 모터와 탈곡기에 붙인 바퀴에 고무 벨트를 감고 전선을 모터에 연결한 후 차단기를 올리면 바퀴가 돌아간다. 바퀴에는 많은 철사를 ∩형으로 박아 볏단을 대면 낟알들을 훑어낼 수 있다. 그러나 작업 중 부상을 입을 가능성이 있어 주의를 요한다.

이 탈곡기는 일제 강점기에 도입된 것이어서 마을 사람들 중 명칭을 정확하게 아는 사람이 없다. 민속학자 김광언 교수에게 문의했더니 일본식 명칭인 족답기(足踏機)와 우리식 명칭인 '갱갱이'라는 이름이 널리 쓰였다고 한다.

11월 7일 금 비

탈곡 작업을 도와주겠다는 대학원생 L 군을 데리고 어제 저녁에 도착하여 만반의 준비를 해두었는데 아침부터 비가 쏟아졌다. 결국 탈곡작업을 포기하였다.

오후 3시경 보일러 수리공이 찾아와 동파이프를 교체하였다. 물이 샌 온수 탱크에 2톤의 물을 채우는 데 일곱 시간이 걸린다고 한다. 전기 공급은 밤 10시부터 시작되지만 더운 물이 순환되려면 다시 3~4시간이 걸릴 것이므로 사랑채 아궁이에 장작을 지피고 따듯하게 자기로 하였다.

11월 8일 토 비

아침 8시경 보일러 수리공이 보일러가 제대로 작동되고 있는지 확인 전화를 하였다. 직업 정신이 제대로 박힌 젊은이라는 생각이

벼 탈곡. 처음 해보는 족답기 탈곡이라 쉽지 않았다.
일제시대에 도입된 족답기에 전기 모터를 달아 개조하였다.

들었다. 새벽 3시까지 보일러의 공기를 빼느라 애를 쓴 결과 난방이 잘되고 있다고 했더니 기분이 좋은 모양이다.

오전 10시경 어유포리의 L 씨가 문을 수리할 기술자 두 사람과 함께 왔다. 트럭에는 창문 다섯 개와 마루문, 방충망 등의 화물들이 가득 실려 있다. 지난 10여 년간 엉성하게 붙어 있던 문들이 모두 뜯기고 새로운 문틀들이 그 자리를 차지하였다. 기술자들은 두 겹으로 된 마루의 분합문과 창문들을 맞춰 세우더니 방충망을 씌웠다. 그러나 집의 기둥들이 반듯하지 않아 문짝 사이 여러 곳에 틈이 생기자 이들은 나무와 스티로폼으로 틈새를 막은 후 실리콘으로 깨끗하게 마감하였다. 외관상으로 집의 꼴이 달라진 것은 물론이고 외풍이 차단되어 아늑하다. 공사 전에는 보일러의 온도를 25°C로 설정해도 20°C까지 오르지 않았는데 이제는 21°C로 설정하면 쉽게 20°C로 올라간다.

그들은 집안 청소를 마친 후 폐기물을 모두 싣고 떠났다. 350만 원의 비용이 아깝지 않다. 귀가하여 아내에게 작업 과정을 알려주었더니 대학교수가 일꾼들의 밥까지 지어주어서야 되겠는가, 왜 음식을 주문해다가 주든가 이웃집에 부탁을 하든가 하지 않았느냐며 속상해했다. 그러나 나는 내 집을 손봐준 그들을 위해 즐거운 마음으로 음식을 만들어 대접하였다.

11월 15일 토 가랑비 내리다 오후에 맑음

대학원생 L 군 · S 군 · Y 군이 탈곡을 돕겠다고 찾아왔다. 지난주부터 몇 차례에 걸쳐 초가을 비가 추적추적 쏟아지더니 쌓아놓은 밑바닥의 볏단들이 습기를 머금었고 일부는 시커멓게 썩었다. 젖은 벼는 따로 거두어 볕에 말리기로 하고 탈곡을 시작하였다.

처음으로 해보는 개량 족답기 탈곡은 쉽지 않았다. 자칫하면 나락이 털리지도 않은 채 벼 포기가 단에서 뽑혀나간다. 몸이 앞으로 딸려가 회전하는 기계에 손을 다칠 위험도 있었다. 큰 볏단을 풀어 작게 묶었더니 작업이 수월해져 두 시간 뒤부터는 작업 속도가 빨라졌다. 제자들은 K 노인 댁에서 빌려온 나무풍구를 돌리며 검불과 쭉정이 벼를 까불려 선곡(選穀)한 벼를 자루에 담았다.

숯불을 피워 잔디밭에서 바비큐 파티. 일을 한 뒤라 모두들 식욕이 왕성하다.

11월 16일 일 맑음

새벽 3시에 잠이 깨어 6시까지 글을 쓰다가 다시 잠들었다. 일어나보니 제자들은 벌써 탈곡작업을 하고 있어 미안한 생각이 들었다. 서둘러 아침밥을 지어 먹고 나니 9시이다.

오전 중 탈곡을 완료하였다. 결실기에 비가 잦더니 역시 낟알이 제대로 영글지 못하여 벼는 겨우 아홉 포대에 불과하고 쭉정이만 수북하게 쌓였다. 벼농사를 지어온 이래 최악의 흉작이다.

2004년
어찌 하늘은 가난한 사람만 골라 재앙을 내리는가

"얼었던 토양을 한 삽 떴더니 싱그러운 봄 냄새가
진하게 풍긴다. 땅 속에서 잠을 자던 생명들이
기지개를 켜는 계절이 찾아온 것도 모르는 사람에게
들판으로 나가보라고 권하고 싶다. 땅의 기운이
몸과 마음을 깨끗하게 씻겨줄 것이다.
밟고 선 땅이 누구의 것인지는 생각할 필요가 없다.
밟고 선 그 순간은 자기 소유니까."

1월 4일 일 맑음

연말부터 신정까지 열흘간 집을 비웠다가 오늘 비로소 찾아왔다. 겨울답지 않게 날씨가 따듯하여 홍천강의 흐름을 정지시켰던 두꺼운 얼음이 모두 녹았다. 갑자기 풀린 날씨에 속은 서울의 개나리들이 성급하게 꽃망울을 터뜨린 것처럼 홍천강물도 이상기온에 속아 절기를 착각한 모양이다.

오후에나 볕이 드는 우리집 입구에는 아직도 연말에 쌓인 눈이 남아 있다. 눈삽으로 긁고 비로 쓸어 앞길과 마당의 눈을 치웠다. 오랜만에 몸을 움직였더니 더워 땀이 흘렀다.

자정에 잠에서 깨어 마당으로 나와보니 밝은 달빛 때문에 대낮 같다. 푸름이 감도는 은빛 광채에 유혹되어 강변까지 나갔다가 들어왔다. 다시 잠들지 못하고 새벽까지 글을 썼다.

2월 12일 목 맑음

어유포리 L 씨와 함께 홍천읍으로 나가 관리기라는 다목적용 농기계를 300만 원에 구입하였다. 밭갈이, 흙 고르기, 밭고랑 치기, 이랑에 비닐 씌우기 등 50여 가지 기능이 있다 하나 기계를 다루는 솜씨가 없는지라 단순한 기능만 선택하고 부속 장비 종류를 줄였다. 대신 퇴비 운반과 수확물 수송용 트레일러를 구입하였다.

2월 26일 목 오전에는 맑다가 오후에 가랑비

이른 아침 지붕개량을 할 인부 네 명이 자재를 싣고 왔다. 기와

처럼 압착한 짙은 갈색의 강철판은 일반적인 함석보다 배 이상 무거운데 과연 약한 우리집 기둥이 버텨낼지 걱정했지만 공사 책임자는 안전을 장담하였다. 현재의 지붕을 뜯어내지 않고 그 위에 목재로 반듯하게 틀 구조를 만들더니 강철판을 올려 씌웠다. 그러나 비 때문에 작업을 중단하였다.

과원 위의 비닐하우스를 아래쪽의 큰 밭으로 옮기기로 하였다. 새 터는 농로 옆이고 물이나 비료를 운반하기도 편하며 지면도 평탄하다. 어유포리 L 씨와 우리 부자가 조수로 열심히 일한 결과 세 시간 만에 작업을 마칠 수 있었다. 극구 사양하는 L 씨에게 어렵게 수고비를 주었다.

2월 28일 토 맑음

아침부터 시작된 지붕공사는 오후 7시에 끝났다. 빗물받이와 홈통까지 달고 나서 언덕 위로 올라가 내려다보았더니 납작하여 볼품없었던 우리 집이 한결 돋보인다. 이제는 우리 부부가 가파른 지붕에 올라가 페인트칠을 하지 않게 되었으니 다행이다. 특히 사랑채는 경사가 급하고 축대 위에 올라앉았기 때문에 아내는 내가 지붕을 도색할 때마다 미끄러질까봐 두려워하곤 했다.

3일간 인부들에게 점심과 새참을 제공하느라 아내는 지쳐버렸다. 아내와 아들은 서울로 돌아가는 차 안에서 깊은 잠에 빠졌다.

3월 10일 수 맑음

D대학에 근무하는 S교수가 축하 전화를 했기에 영문을 몰라 어리둥절하였다. 어제 신문을 읽지 못하고 시골로 왔는데, 내가 쓴 『국토와 민족생활사』가 2006년 독일 프랑크푸르트 도서전에 한국의 책 100권 중 하나로 선정되었다고 한다.

3월 19일 금 맑음

새벽에는 싸늘하지만 한낮의 기온은 20°C까지 올라간다. 봄은 어느 사이에 슬그머니 우리 곁에 찾아온 것이다. 대통령 탄핵으로 인해 학교가 시끄럽고, 광화문도 시끄럽고, 방송은 더 시끄럽다. 그래서 최근에는 교보문고에도 가지 않고 TV 뉴스도 보지 않는다.

시골로 오는 길에 아내가 어제 겪은 놀라운 경험을 들려줬다. 대학동기의 개인전에 참석했다가 함께 식당에서 모였단다. 옆 좌석에서 어떤 사내가 벌떡 일어나 '김일성 장군 찬가'를 불렀다고 한다. 누구 하나 제지하는 사람이 없었지만 그렇다고 반응을 보이는 사람도 없자 그는 노래를 중단하고 사라졌다 한다. 우리 국민들 모두가 사상적 대립에 지쳐버린 모양이다.

꽁꽁 얼었던 토양이 습기를 머금어 볕에 반짝인다. 한 삽을 떴더니 싱그러운 봄 냄새가 진하게 풍긴다. 동면했던 땅이 녹고 그 속에서 깊은 잠을 자던 모든 생명들이 기지개를 켜는 이 싱그러운 계절이 찾아온 것도 모른 채 자기 생각만 옳다고 악을 쓰는 인간들. 잠시라도 시커면 아스팔트로 덮인 도시를 벗어나 들판으로 나가보라고 권하고 싶다. 땅의 기운이 몸과 마음을 깨끗하게 씻겨줄 것이다. 자기가 밟고 선 땅이 누구 것인지는 생각할 필요가 없다. 자신이 밟고 선 그 순간은 그 공간이 자기 소유니까.

사랑채의 보수공사가 시작되었다. 사랑채에 쌓아두었던 책, 부엌과 광의 짐을 모두 밖으로 내놓아 집 안이 어수선하다.

3월 26일 금 맑음

10년 이상 어린 묘목을 심어 물을 주고, 어린나무들을 위협하는 잡초와 덩굴들을 제거하며 키운 나무들 반이 도로공사로 인해 사라지게 되었다. 10여 종의 나무들 가운데 메타세쿼이아·호두나무·밤나무 등은 2m 이상 크게 자랐고 주목·단풍나무·전나무·소나무·오엽송 등도 이제는 잡초의 위협을 덜 받을 만큼 컸다. 그런데 이 나무들 반이 사라지게 되었으니 한동안 우울한 마음을 진정시키기가 어려웠다. 그래도 오늘 또 묘목시장에 들러 왕벚나무·대추나무·앵두나무 묘목을 구입하였다. 수용당하지 않는 밭이나 밭 가장자리에 심기로 하였다.

3월 27일 토 맑음

봄은 아직도 강원도 두메 산골을 두려워하는가. 밤 기온은 영하로 떨어지고 서리가 내려 새벽에 나가보면 잔디밭에 하얀 서리가 덮였고 돌확에 담긴 물은 꽁꽁 얼었다. 성급한 마음으로 모종한 비닐하우스 안의 상추들도 추위를 견디지 못하고 얼어서 잎을 늘어뜨리고 있다.

여섯 종류의 호박씨·박씨·꽃씨·채종 들을 화분에 심고 물을 준 후 비닐하우스 안에 아치형으로 구부린 철사를 박았다. 그 위에 투명한 비닐을 씌워 작은 온상을 만든 후 화분들을 넣었다. 왕벚나무는 연못 위쪽, 앵두나무는 정원 가장자리에 심었다.

4월 2일 금 맑음

어제 내린 비가 깊이 스며들었다면 땅속의 서릿발도 녹았을 것이다. 양재동 묘목시장에 들러 메타세쿼이아 20주, 은행나무 2주, 주목 20주, 측백 10주를 샀다. 10~20cm에 불과하여 키우기가 어렵지만 저렴하기 때문에 반만 살려도 성공하는 셈이다. 두미리 이장 Y 씨에게 주문했던 사과나무와 자두나무 묘목을 각각 10주씩 받고 6만 원을 지불하였다. 우리 시골과 기후조건이 비슷한 제천에서 가져온 것이라 하므로 잘 자라기를 기대한다.

Y 씨가 가르쳐준 사과 및 자두나무 묘목을 심는 방법은 까다롭고 힘이 들었다. 일반적으로 밭의 토양은 30cm 내외의 두께만 쟁기로 갈아왔기 때문에 Y 씨의 지시대로 1m를 파는 작업은 매우 어려웠다. 50cm 깊이부터 삽날이 들어가지 않을 만큼 단단하여 스무 개의 깊은 구덩이를 파기까지 많은 땀을 흘렸다. 손바닥에는 물집이 잡혔다. 구덩이 속에 퇴비를 세 삽씩 붓고 가랑잎 썩은 것을 얹은 후 곱게 다듬은 흙을 덮고 과수를 심었다. 구덩이가 깊은 만큼 물도 많이 주어야 했다.

4월 3일 토 맑음

긴 겨울의 휴식기에 몸을 움직이지 않으면 일거리가 많은 봄에는 고통스러운 경험을 하게 된다. 어제 갑자기 스무 개나 되는 깊은 구덩이를 파고 나무를 심었던 게 무리였는지 온몸의 근육이 굳어 쉽게 잠을 잘 수 없었다.

새벽까지 베르베르의 소설 『개미』 세 권을 모두 읽었다. 10대 때부터 100번 이상 문장을 다듬었다는 이 소설은 치밀한 구성, 작가의 곤충에 대한 해박한 지식, 동양사상에 관한 깊은 이해로 내 관심을 끌었다.

13년간 큰 밭을 경작해온 K 노인이 어젯밤에 찾아왔다. 노령으로 더 이상 농사일을 하기가 힘들다며 그동안 자기 내외가 먹고살도록 배려해주어 고맙다고 하신다. 작년 여름 땡볕에서 김을 매다가 쓰러져 거동이 불편해지신 그 댁 할머니와 함께 도시로 나가 사는 자식들을 찾아가야겠다고 한다.

어유포리 L 씨에게 큰 밭의 농사를 지을 의사가 있는지 물었더니 이른 아침에 경운기를 가져다가 밭을 갈기 시작하였다. 농로에 편입된 200~300평을 제외한 2,500여 평 중 300평은 과원과 채전으로 이용 중이고 비닐하우스와 그 주위의 200여 평은 마늘·참깨 등을 심는 밭으로 쓸 예정이므로 적어도 2,000평 정도는 L 씨가 사용할 수 있다. 통작(通作) 거리가 10km나 되는 것이 다소 어렵기는 하지만 지대(地代) 없이 그가 원하는 기간을 사용하게 하였으니 기뻐하는 것은 당연할 것이다.

오래 전부터 추수한 벼를 저장하고 각종 농기구를 보관할 공간이 없어 애를 먹다가 철제 컨테이너 박스를 구입하기로 하였다. 그런데 농로 옆의 터는 경사지이기 때문에 미리 터를 다듬어야만 무거운 컨테이너를 놓을 수 있다. 높은 곳을 파서 낮은 곳으로 흙을 옮겨 쌓았으나 지면이 물러서 흙을 밟아주고 돌을 깔아 다지는 작업을 다섯 시간이나 계속하였다.

4월 4일 일 맑음

하룻밤을 충분히 쉬고 나면 웬만한 피로는 쉽게 풀렸으나 오늘은 상태가 심상치 않다. 설상가상으로 위장장애에다 오전에는 탈수 증세까지 일어났다. 최근 몇 년간 오늘처럼 무기력증을 느껴본 일이 없었다. 그래도 오후부터는 밭에서 키운 소나무 30주를 캐어 산으로 옮겼다. 나무에 물을 주기 위해 20리터들이 물통을 양손에 하나씩 들고 몇 차례 산을 오르내리고 났더니 진땀이 흐른다.

4월 10일 토 맑음

사랑채 수리작업이 끝났다. 집수리를 맡은 양 씨가 군에서 갓 제대한 아들을 데리고 와서 오늘로 작업을 마쳤다. 그는 본래 새 집을 짓는 중견 건축업자였는네 건축업계의 불황 때문에 일거리가 없어 우리의 사랑채 보수 같은 작은 공사도 맡지 않을 수 없다며 정부의 정책을 강도 높게 비판하였다. 그는 우리 사랑채가 전통적인 영서지방 건축양식으로 지은 건물이므로 가능한 한 원형을 훼손시키지 않았다고 한다. 남들이 허름한 집, 후진 집, 심지어 흉가라고 부르는 우리 집 사랑채가 오늘날에는 거의 사라진 전통 가옥이라니, 헐어버리고 큰 밭 양지바른 곳에 새집을 지어야겠다는 생각을 접을 수밖에 없게 되었다.

집 수리과정에서 우리는 아내 친구의 의견에 따라 천장의 종이를 뜯어내고 서까래가 드러나도록 하였으며 살이 부러진 문짝을 바꾸었다. PVC 파이프로 박았던 굴뚝을 옹기로 교체하고 굴뚝 위에는 아내가 만든 연가(煙家)를 올렸다. 그리고 말벌들이 구멍을 뚫고 들어가 집을 지었던 흙벽을 털어내고 황토를 새로 발랐다. 방구들도 새로 놓았다. 이번 보수공사에서 가장 의미 있는 일은 굴뚝의 교체였다. 왜냐하면 사랑채의 윗목, 즉 굴뚝 밑에서 여러 해 동안 아궁이 연기를 뒤집어쓴 채 박제가 된 오리와 원앙 시신 여러 구가 발견되었기 때문이다. 앞으로는 새들이 굴뚝 밑으로 떨어져 비명횡사하는 일이 일어나지 않을 것이다.

밭 일을 마치고 들어와 브로델(F. Braudel)의 『문명사』(A History of Civilization)를 읽던 중 나의 책 『국토와 민족생활사』를 영어로 번역할 사람을 찾았다는 연락을 받았다. 전문적인 학술용어 때문에 역자를 구하기 어려울 것으로 여겼는데……

4월 21일 수 맑음

적은 양이지만 일요일에 봄비가 내렸다. 새 생명이 움트는 소리가 들리는 듯한 환청에 마음이 들떠 피곤해하는 아내를 억지로 불

사랑채의 옹기 굴뚝과 연가(煙家). 사랑채를 수리하면서
종전의 PVC 연동을 옹기 토관으로 바꾸고 아내가 만든 연가를 굴뚝 위에 얹었다.
오리나 원앙의 추락사를 방지할 수 있게 되었다.

러내어 어젯밤에 시골로 왔다.

아침부터 골바람이 심하게 불더니 연못가 벚꽃들이 눈꽃처럼 날다가 연못으로 떨어져 수면을 덮었다. 우리가 부재중이었던 일주일 사이에 은밀하게 만개했다가 하루 만에 아름다운 꽃을 떨구다니, 벚나무는 참으로 의리 없는 식물이다. 그래도 연못가의 철쭉이 꽃망울을 터뜨릴 준비를 하고 있으니 다음주가 기다려진다.

산 입구의 두릅나무 순이 돋았다. 해마다 이 연두색 어린잎을 도둑질해가는 사람들이 있어 우리는 그들이 미처 발견하지 못한 것 너덧 개를 맛보았을 뿐이다. 금년에는 남의 손을 타지 않아 한 바구니나 수확하였다. 운 좋게도 나무 그늘 속에서 삼(蔘) 두 그루를 찾아 남의 눈에 띄지 않도록 옮겨심었다.

4월 23일 금 맑으나 황사

참외·수박·토마토 모종을 심었다. 토마토는 빨리 익고, 익으면 곧 떨어지기 때문에 주말에만 오는 우리가 수확하는 것은 반도 못 되니 아내는 심지 말라고 한다. 그러나 나는 토마토 줄기에서 풍기는 향을 즐기기 때문에 열매 맛을 보지 못해도 개의치 않는다.

사랑채 장판에 니스 칠을 하였다. 아내가 낮부터 아궁이에 장작을 넉넉히 넣었기 때문에 방바닥이 따뜻해서 니스는 바른 즉시 말라 네 차례나 덧칠을 하였다. 니스의 희석제인 시너 냄새가 독해서 머리가 아팠다.

4월 24일 토 맑음

사랑채 구들을 고칠 때 나온 흙을 화단으로 운반하여 쌓았다. 넓게 퍼진 붓꽃과 원추리를 캐어 화단 주위에 심었다.

골동품상에 주문했던 중국제 고가구가 도착하였다. 문갑은 사랑채의 윗목에 놓고 책장은 벽에 세웠다. 탁자와 두 개의 의자는 주방에 놓았다. 마루에는 창우헌(蒼宇軒)이라 쓴 현판을 걸었다. 이 현판은 한학의 대가인, 빙부님 제자가 써서 명장에게 각(刻)을 맡겨 제작했는데 초라한 우리 사랑채에는 어울리지 않을 만큼 과한 것이다.

몇 해 전 내 아파트를 찾아온 제자가 집을 기웃거리기에 무엇을 찾느냐고 물었더니 서재가 어디냐고 물은 적이 있었다. 나는 방, 부엌의 식탁, 마루 등 장소를 가리지 않고 아무 데서나 책을 읽고 글을 쓰므로 서재라는 별도의 공간을 마련할 생각이 없었다. 그러나 이제 아내가 사랑채를 내 공부방으로 꾸미고자 하니 여기서 글을 쓰지 않을 수 없게 되었다.

사랑채에 앉아 찻잔을 들고 밖을 내다보니 시간이 정지된 것 같은 느낌이 든다. 바람 한 점 없어 바로 밑의 연못은 거울처럼 잔잔하고 나뭇잎새 하나도 움직이지 않고 있다. 멀리 내려다 보이는 홍천강물도 움직이지 않는다.

6월 12일 토 맑음

생식 한 봉지를 두유에 타서 마셨다. 돌나물·돌미나리·잔대

싹·참나물 등 집 주변에서 채취한 들나물에 비닐하우스에서 재배한 상추를 섞은 샐러드도 한 접시를 먹었다. 나물은 아내가 새벽에 뜯어온 것이다. 향이 짙지만 약간의 풀냄새도 풍기기 때문에 감식초·올리브유·후춧가루 등을 섞어 만든 드레싱을 뿌렸다.

연필처럼 가느다란 오이가 손가락마디만큼 자랐으니 다음주에는 햇오이 맛을 볼 수 있을 것 같다.

해마다 6월부터는 잡초와 다툼이 시작되는데 결과적으로 이 싸움의 승자는 잡초 쪽이다. 밭으로 나갈 때는 잡초를 말끔히 정리하리라고 다짐하지만 목표의 6~7할을 마치면 다행이다. 여름 내내 잡초에게 희롱당하다가 가을이 다가오면 그 억세던 잡초들이 제 풀에 시들어야 내 고생은 끝나는 것이다.

오전 중에는 땅콩·고구마·옥수수·고추이랑의 김을 맸다. 오후에는 배를 솎아내고 한 나무에 15~20개의 모양이 좋은 열매만 선택하여 봉지를 씌웠다.

6월 18일 금 맑음

허리의 통증이 가라앉지 않아 몸을 사리다가도 잡초에 갇힌 작물 생각만 하면 호미를 들게 된다. 김을 매다가 문득 비닐하우스의 감자를 캘 시기가 지났다는 생각이 들었다. 감자 줄기는 말라버렸으나 구근은 다행하게도 말짱하다. 아내를 불렀더니 신명나게 감자를 캔다. 한 바구니 반을 수확했다. 봄에 세 개의 감자를 여러 조각으로 나눠 심었으니 20여 배나 되는 감자를 거둔 셈이다.

첫물 오이가 바나나만큼 크게 자랐다. 미끈한 오이 14개를 따서 그중 하나를 둘로 나누어 아내와 반씩 먹었다.

7월 1일 목 비

아내가 중국 징더전〔景德鎭〕으로 작품전시차 여행을 떠났기에 홀로 시골로 왔다. 오전 내내 비를 맞으며 논의 김을 맸다.

어제 오후까지도 멀쩡했던 고구마밭이 폐허로 변했다. 줄기가 끊어지거나 잎이 없어진 것은 그나마 다행이고 뿌리까지 뽑힌 것이 대부분이라 고구마 농사는 포기할 수밖에 없게 되었다. 젖은 흙에 뚜렷이 찍힌 발자국을 살펴보았는데 어미 고라니가 새끼를 데리고 와서 부드럽고 맛있는 먹이를 가르쳐준 것 같다.

7월 15일 목 비

장마전선의 북상으로 큰비가 내린다는 예보가 있었다. 우리 집 뒤의 도로공사장에서 토사가 밀려 내려올까 염려되어 시골로 왔다. 차에는 김치냉장고 · 토양 영양제 · 유기질 비료 등 무거운 짐을 가득 실었는데 길 사정이 좋지 않아 애를 먹었다. 엊그제 홍천 일대에 240mm의 집중호우가 내려 강변의 농토들이 물에 잠겼다고 하더니 강변도로는 홍수 때 밀려온 온갖 쓰레기와 진흙탕으로 덮여 있다. 강변의 나무들 상당수가 홍수가 지나간 방향으로 비스듬히 눕거나 뿌리채 뽑혔고 탁류에 끝까지 버틴 나무들은 형형색색의 비닐 조각이나 스티로폼 조각 등을 훈장처럼 매달았다.

강변의 어지러운 광경을 보면 심란하지만 그득히 흐르는 강물에서 피어오르는 물안개가 녹음이 짙은 숲 위로 올라가는 광경은 장관이다. 아내는 카메라를 가져오지 않은 것이 유감이라고 한다.

7월 16일 금 비

비닐하우스에서 키운 콩 모종을 밭에 심었다. 토양이 젖어 있어 손에 낀 장갑은 금세 진흙으로 범벅이 되어 맨손으로 작업을 마쳤다. 작은 화분에 갇혀 노랗게 시들었던 오이 모를 노지로 옮겨 심었다. 지금은 고사 직전의 상태이지만 다음주에는 생기를 되찾을 것이고 10월까지 싱싱한 오이를 키워낼 것이다.

갑자기 빗방울이 굵어져 비닐하우스 안으로 피하였다. 투명한 비닐막을 두드리는 굵은 빗방울소리가 귀를 멍멍하게 만든다.

비가 그칠 것 같지 않아 집까지 비를 맞으며 걸었다. ㅁ자형인 우리 집 마당은 사면의 지붕에서 떨어진 낙숫물이 고여 순식간에 발목까지 잠길 정도의 못이 되었다. 마당 가운데에 놓인 장항아리들이 둥둥 뜨기 시작한다. 배수구는 이 많은 양의 물을 처리하지 못하였다. 배수구 위의 콘크리트 바닥을 떼어 배수로를 넓혔더니 순식간에 마당의 물이 모두 빠져나갔다.

8월 6일 금 맑음

장마전선이 물러갔다. 두어 주일간 곰팡이가 필 정도로 습했던 대지가 뜨거운 볕을 쪼여 이글이글 타는 듯하다. 사람들은 강변 밤나무숲으로 숨고 고라니와 다람쥐도 숲 속에 틀어박혔다. 넓은 호박잎은 찜통에서 꺼낸 듯 축 늘어졌다. 새벽에 딴 붉은 고추를 검은 비닐 봉지에 넣어 볕에 내놓았다가 오후에 꺼냈더니 한증막에서 나온 사람처럼 흥건하게 땀을 흘린다.

오후가 되면 사람과 동식물이 모두 생기를 되찾는다. 그늘에서 숨을 헐떡이던 Y 씨네 늙은 수캐가 어슬렁거리며 다가와 내 곁에서 숨을 고르고, 강에서는 아이들의 맑은 웃음소리가 들린다.

8월 7일 토 맑음

이른 아침부터 논둑의 잡초를 깎기 시작하였다. 10시경 둘째 다랑이에 작업을 시작하였는데 얼떨결에 풀숲의 땅벌집을 건드렸다. 달려든 벌이 코와 입술에 침을 박고 달아나 예초기를 벗어놓고 찬물 목욕을 하였다. 처음에는 얼굴 아랫부분이 부어오르기에 대수롭지 않게 생각했는데 오른쪽 손과 발, 왼손과 왼발이 마비되기 시작하였다. 손가락과 발가락이 뒤틀리더니 다리 근육에 쥐가 났다. 보건소까지 7km를 운전하는 동안 근육마비 증세로 몇 차례나 위험한 고비를 넘겼다. 주사를 맞고 집으로 돌아와 약을 복용하자마자 깊은 잠으로 빠져들었다가 오후 4시에 잠에서 깨었다.

8월 29일 일 맑음

배추 모를 심었다. 2주 전에 파종한 무의 싹을 산비둘기들이 모두 따먹었기 때문에 지난주에 다시 심었더니 새싹들이 예쁘게 돋았다. 쪽파와 갓의 싹도 잘 자라고 있다. 진딧물 피해를 줄이기 위해 목초액과 잎살림을 네 번 섞어 진하게 뿌렸다.

오후 1시. 아내의 미술대학 동창이 10여 명이나 찾아왔다. 예술가들답게 재치 있고 멋을 아는 사람들이다.

9월 3일 금 맑음

용문의 고물상에서 머릿장과 정랑을 구입하였다. 머릿장은 우리 안방의 2층장과 빛깔과 형태가 거의 비슷하여 잘 어울리니 다행이다. 제주도 현무암으로 만든 정랑 역시 입구에 세웠더니 주변 경관과 잘 어울린다. 채소밭 김을 매다가 현기증을 느껴 중단하였다. 정랑을 세우느라 구덩이를 파고 무거운 돌을 드는 데 너무 힘을 쓴 것 같다.

9월 25일 토 맑음

배 수확. 노랗게 익은 배를 따는 아내의 표정은 무척 행복해 보였다. 까치가 파 먹은 것을 버리고도 120개를 땄으니 작년에 비해 수확량은 다섯 배가 넘는다. 실제로 배나무가 제 구실을 하기 시작한 것이다. 배는 큰 것이라 할지라도 전문적으로 과수 재배하는 농부의 것에 비해 크기가 3분의 2 정도이고 작은 것이 반 정도에 불과하므로 상품가치는 떨어질 것이다. 그래도 배 맛을 본 사람들 모두가 당도가 높고 맛이 부드럽다고 칭찬한다.

집 입구에 세운 우체통과 제주도 현무암으로 만든 정랑.
주변 경관과 잘 어울린다.

10월 2일 토 맑음

고라니의 침입으로 큰 피해를 입었기 때문에 별로 기대를 하지 않았던 고구마가 아내를 기쁘게 하였다. 낫으로 무성하게 자란 고구마 줄기를 걷어내자 옹기종기 빨간 머리를 드러낸 고구마들이 보였다. 호미로 캐기에는 고구마가 너무 깊이 박혀 있어 뿌리에서 20~30cm 바깥쪽에 삽날을 찍어 흙을 떠냈다. 그러자 일곱 혹은 열 개의 빨갛고 길쭉한 고구마들이 원통형으로 박혀 있는 모습이 드러났다. 금년 봄 해남의 고구마 종자를 구하여 집에서 순을 키워 심었더니 재래종에 비해 수확량이 증가한 것이다.

10월 9일 토 맑음

3일 전 아내가 미국으로 떠났기 때문에 홀로 시골에 왔다. 내 나이에 홀로 외딴집을 지키며 산다는 것이 수월하지 않겠다는 생각이 들어 일을 해도 신명이 나지 않는다.

아래 연못 주변의 잡초를 뽑다가 손님을 맞았다. 조교 J군이 대학원생 K양과 내 책을 영문으로 번역하는 K선생을 안내하고 찾아온 것이다. 잠시 후 내가 혼례식 주례를 선 제자 L군도 아내와 우람한 아기를 데리고 왔다.

밭으로 나가 풋고추·오이·방울토마토·상추 등을 땄다. 이들을 위해 남겨두었던 고구마와 토란을 캐게 하였다. 손님들 중에 고구마와 토란을 캐본 사람이 전혀 없기 때문에 이들에게는 좋은 경험이 될 것이다.

오후 6시경 잔디밭에 식탁을 차렸다. 숯불 바비큐는 어디에서나 맛볼 수 있겠지만 신선한 풋고추·당근·순무·래디시, 그리고 우리 집에서 담근 과일주는 아마도 특별하였을 것이다.

오늘 손님들이 수확한 것은 모두 가져가게 하였다. 귀경 차량이 많아 자정이 가까워 귀가하였다.

10월 15일 금 맑음

가을 가뭄이 오래 지속되어 김장배추가 제대로 크지 못하고 있다. 물을 길어다가 배추밭에 부어보지만 큰 기대는 하지 못하겠다. 그러나 어젯밤 여기서 불과 7km 떨어진 어유포리에는 두 차례나 우박이 떨어져 피해가 컸다니 배추가 성한 것만도 다행이다. 고춧대를 뽑고 싱싱한 것은 잎과 고추를 훑어 자루에 담았다. 울타리콩도 모두 땄다.

새벽 1시까지 S가 제출한 박사학위 논문을 수정하다가 울화가 치밀어 몇 차례나 읽다가 말았다. 남의 글을 무단으로 도용하고, 문맥이 통하지 않으며, 논리전개가 엉망인 글로 박사가 되겠다는 생각을 하다니!

10월 16일 토 맑음

L 씨가 벼 베는 기계를 가지고 왔다. 기계작업이 어려운 논 가장자리는 낫으로 베어놓았기 때문에 첫 다랑이 작업은 쉽게 마쳤다. 그러나 둘째 다랑이 작업 중 기계가 고장이 나 부득이 낫으로 작

업을 할 수밖에 없었다. 농약을 쓰지 않았기 때문인지 낮질을 할 때마다 메뚜기들이 어지럽게 달아난다. 오후 5시에 벼 베기를 마치고 7시에 귀로에 올랐다. 운전 중 주스 한 병과 커피 한 잔을 마셔도 갈증이 해소되지 않았다.

10월 23일 토 맑음

다섯 명의 제자가 찾아와 11시부터 탈곡을 시작하였다. 제자들이 노동을 한다기보다 전원에서 하루를 즐긴다고 생각을 갖도록 하기 위해 아내와 나는 많은 배려를 하였다.

점심 식탁에 아내는 우리 밭에서 재배한 래디시·상추·참나물 등으로 만든 샐러드와 아스파라거스를 올렸다. 숯불을 피워 고기를 굽고 금년에 캔 고구마를 올려놓았다. 그리고 외국에서 가져온 술과 집에서 담근 과일주도 준비하였다. 가장 인기가 좋았던 것은 어제 딴 배였다.

탈곡기에 벼를 터는 작업은 다소 위험하기 때문에 남에게 맡기지 않으려 했으나 P 군과 S 군이 하고 싶어하기에 맡겼다. 나는 볏단 묶는 작업을 했다. K 군과 Y 군은 볏단을 타작마당으로 운반하였다. 일을 분담하여 일사불란하게 움직인 결과 6시에 작업을 마쳤다. 한 포에 40kg인 메벼 10포, 찰벼 세 포를 운반하여 창고에 쌓았다.

11월 3일 수 비

열흘 전 수확한 햅쌀로 시루떡을 찌고 일부는 가래떡을 뽑아 탈곡을 도와준 S 군을 비롯한 대학원생들에게 전했다. 20kg이나 되는 양이라 S 군이 학과 교수, 학부생, 그리고 다른 과 교수들에게까지 떡을 돌렸기 때문에 내가 벼농사까지 짓는 농부교수라는 소문이 학교 내에 널리 퍼진 모양이다. 우리 가족과 찾아오는 손님을 대접할 수 있는 분량을 생산하는 소농이 너무 과분한 평을 들으니 쑥스럽다.

11월 5일 금 오전은 맑고 저녁에 비

2주 전부터 주방의 싱크대가 막히고 벽이 썩어 주방의 비닐 장판을 들어보았더니 물기가 배어나온다. 10여 년 전 집수리를 할 때 목수가 주방바닥을 통해 하수관을 잔디밭 한가운데로 뽑았다. 지름 15cm의 관이 오물로 막힌 것이 사고의 원인이다. 싱크대에서 맨홀까지 이어진 약 3m의 하수관을 파냈다. 새로운 하수관은 싱크대에서 바로 주방 밖으로 빼어 매설 후 1m 거리에 새로운 맨홀을 만들어 연결하였다. 앞으로 이 맨홀만 청소하면 하수 때문에 고생하는 일은 없을 것이다.

11월 26일 금 눈

잠결에 들려오는 잔잔한 소음에 새벽잠에서 깨었다. 고운 모래를 뿌리는 것 같은 부드러운 소리는 마른 잔디밭을 적시는 빗소리였다. 몇 해 전까지는 천둥소리를 타고 쏟아지는 폭우도 한번 잠들면 듣지 못한 채 깊이 잠들어 다음 날 아침 가득 불어난 강물을 보고 놀라곤 했다. 이제는 고요한 적막을 어루만지는 미세한 소리에도 잠을 깰 정도이니 내가 늙었음을 알겠다. 서너 해 전부터 이명증(耳鳴症)이 심해져 한낮에도 남의 말을 잘 알아듣지 못한다. 그런데도 잠결에 어슴푸레하게 들리는 자연의 소리는 느낄 수 있으니 기이한 일이 아닐 수 없다.

바깥마당에 둔 수레의 짐받이에 두엄간의 낙숫물이 가득 고였다. 겨울비답지 않게 강수량이 많다. 때때로 불어오는 찬바람이 옷소매 안으로 스며들어 몸이 으스스 떨리는데 연못 속의 잉어들은 신선한 빗물이 반가운지 수면 위로 뛰어오르며 황금색의 화려한 몸매를 뽐낸다.

비닐하우스의 상춧잎을 따서 봉지에 담았다. 아마도 이것이 금년 마지막으로 먹는 신선한 채소일 것 같다. 계곡 아래쪽 하늘이 어두워지더니 검은 구름이 흰 눈을 토해내기 시작한다. 추수가 끝난 황량한 밭에서 금년 첫 눈을 맞게 되었다.

12월 29일 수 맑음

수마트라 지진소식이 궁금하여 서울로 돌아와 어제까지 TV 앞에 붙어 있다시피 하였다. 강진은 아체 지역을 강타하고 거대한 쓰나미를 일으켰다. 태국의 휴양지 푸켓 일대는 물론 인도양을 건너 인도 동해안, 스리랑카, 방글라데시, 동아프리카의 소말리아까

474

지 피해를 입혔다고 한다. 바닷물이 십여 미터나 솟아올라 거꾸로 뒤집힌 폭포처럼 내륙으로 밀려들어 가옥과 전답을 휩쓸고, 바닷가의 선박을 육지 깊숙이 밀어붙였으며, 지나가던 열차까지 뒤집어놓은 광경은 처참하였다. 수십만 명이 사망하고 수백만 명의 이재민이 발생하였다니 연말을 장식한 이 끔찍한 재난에 놀라움을 금할 수 없다. 하늘은 어찌 가난한 지역 주민들만을 골라 이러한 재앙을 안기는가.

인도네시아는 환태평양 조산대와 알프스·히말라야 조산대라는 거대한 지진대가 교차하는 지역에 놓여 있다. 특히 수마트라 섬의 서쪽 해안에서 자바 섬에 이르는 대순다열도는 활화산들이 줄을 지어 늘어서 있는 지대이므로 지진과 해일이 잦다. 혹자는 "누가 그 위험한 곳에 살라더냐"라고 말할지도 모른다. 그러나 그 지역 사람들에게는 지진과 화산 폭발의 위험이 따르더라도 자신들의 고향이 낙원일 것이다. 피해지역은 공교롭게도 이슬람교·불교·힌두교를 믿는 가난한 사람들이 거주하는 땅이다. 비록 종교는 다르더라도 온 세계가 재난을 당한 사람들을 적극적으로 도와야 할 것이다.

2005년
도둑이 들어 사랑채 현판을 훔쳐갔다

"집에 도둑이 들어 마루 위에 걸어놓았던
현판을 훔쳐갔다. 문 앞에 '무단침입한 사람에게
고한다. 우리 집에는 가져갈 만한 귀중품이 없으니
출입을 삼가주기 바란다'라고 붙여놓았다.
내가 짓는 농사는 규모가 영세한지라
도난에 신경을 쓰지 않는다. 물론 언짢겠지만
그것도 일종의 보시라 여기니 마음이 편하다."

1월 15일 토 맑음

개화기 경상남도 가옥과 취락연구를 목적으로 3일 전 경상남도 답사를 시작했다. 13일 아침 합천군 봉산면 고개에서 실족하여 오른쪽 무릎 아래와 발목에 골절상을 입었다.

고대부터 신작로 개설 이전까지 합천에서 거창을 거쳐 육십령으로 이어지던 달고개〔月峴〕는 옛 주막·정자목·벼랑길 등이 거의 완벽하게 남아 있어 나를 흥분시켰다. 몇 장의 사진을 찍고 내려오던 중 낙엽으로 덮인 고갯길에 매설된 PVC 파이프에 걸려 넘어졌다. 순간 오른쪽 다리에서 둔탁한 소리가 들리는 듯하더니 갑자기 하늘이 노랗게 보이고 메스꺼운 느낌이 들었다. 잠시 눈을 감고 숨을 고른 후 발을 내려다보았더니 등산화의 앞부분이 90도 정도 옆으로 돌아가 있었다. 즉시 동행했던 아내와 아내의 제자인 K 선생을 불러 부목으로 댈 나뭇가지 두 개를 준비시킨 후 허리띠를 풀어 단단히 조였다. K 선생의 등에 업혀 고개를 내려와서 거창 읍내의 정형외과에서 수술을 받았다. 발목뼈는 완전히 절단되었다. 무릎뼈는 금이 갔기 때문에 무릎에서 발목에 이르는 정강이뼈 속에 티타늄 막대기를 박아 부러진 뼈가 완전히 치유될 때까지 견뎌야 한다는 결과가 나왔다.

부분 마취를 하였는데 발목과 무릎 아래의 살을 째는 수술 칼을 보았고 드릴로 뼈에 구멍을 뚫을 때 나는 노린 냄새도 맡았다. 의사와 두 명의 조수는 구슬땀을 흘리며 망치로 금속 막대기를 박은 후 수술 부위를 꿰매고 다리 밑에 받쳐놓은 딱딱한 막대와 내 다리를 붕대로 함께 묶었다. 이제 나는 평생 처음으로 병원이란 곳에 갇혀 지내게 되었다. 좁다란 침상에 누워 천장을 바라보는 것은 무방하나 좌우 어느 방향으로도 움직여서는 안 된다니 새해의 운세는 완전히 비틀어졌다.

병실로 돌아와 아내에게 "한동안 시골집에 갈 수 없게 되었으니 어쩌면 좋은가. 의사에게 언제쯤 걸을 수 있을지 물어보라"고 말했더니 아내는 어이없다는 표정을 지었다. 내가 입원실로 돌아올 때까지 아내는 어찌나 초조했던지 몹시 지쳐 보였다.

2월 4일 금 맑음

지루하던 병실생활을 끝내고 집으로 돌아왔다. 그러나 양쪽 겨드랑이에 목발을 끼고 집 안에서만 다녀야 하는 신세가 되었으니 여전히 갇힌 신세이다. 거울을 들여다보다가 추레하게 변한 내 모습을 보고 깜짝 놀랐다. 불과 두 달 사이에 흰머리가 부쩍 늘었다.

3월 4일 금 맑음

두 달간 비워둔 시골집 걱정으로 안절부절 못하는 내 모습을 보다 못한 아내가 아들과 함께 시골을 다녀왔다. 수도와 보일러에 이상이 없다니 다행이다. 그러나 겨울용으로 저장한 무·순무·당근을 그대로 묵혔고 곳간에 쌓아놓은 벼도 도정을 못해 채소와 쌀을 사다 먹고 있다. 이웃이 알면 웃을 일이다.

3월 18일 금 맑음

2개월 4일 만에 아내가 운전하는 차를 타고 시골을 다녀왔다. 계절을 잊고 갇혀 지내는 사이에 겨울이 훌쩍 달아나고 어느새 봄이 찾아왔다. 자동차 뒷자리에 비스듬히 기대어 열어놓은 차창으로 들어오는 봄바람을 맞으니 방구석에 갇혀 지낸 두 달 동안 쌓였던 가슴속의 찌꺼기가 말끔히 씻기는 것 같다.

부지런한 농부들은 벌써 논밭을 갈아놓았고 과수원의 전지(剪枝)도 이미 끝난 것 같다. 그러나 나는 퇴비조차 아직 내지 못하였으며 두 겨드랑이에 목발을 짚고서야 겨우 발걸음을 뗄 수 있기 때문에 과연 농사일을 할 수 있을지 걱정스럽다.

시골길은 지면이 고르지 못해 몇 차례나 넘어질 뻔한 고비를 넘기며 연못가를 서너 바퀴 돌았다. K 노인 내외와 Y 씨 등이 두 달 만에 나타난 내 모습을 보고 놀라 병문안을 왔다. 웬만한 일은 도와줄 것이니 몸조리 잘하라고 위로하는 이웃의 인정이 고맙다.

3월 24일 목 맑음

70여 일간 다리를 조였던 무거운 석고 붕대를 뜯어내고 가벼운 아크릴 소재로 다시 감쌌다. 이 상태로 또 한 달을 견뎌야 한다니 영영 불구가 되는 것은 아닌지 걱정스럽다. 뜨거운 물에 다리를 불린 후 피부에 달라붙은 오물과 때를 닦아내고 살펴보니 뼈와 가죽만 남았다.

3월 26일 토 흐림

성치 못한 몸으로 농사일을 하는 것은 무리인 것 같다. 육체노동에 익숙치 않은 아들에게 일을 맡겨봐도 기대하는 만큼의 성과도 없다. 그래도 아들은 퇴비를 밭으로 내고, 무 구덩이의 썩은 무를 모두 꺼내어 밭 가장자리에 쌓았다.

장 담그기를 마친 아내는 밭으로 나와 아들과 함께 마늘밭을 정리하였다. 불구가 된 나는 밭둑에 앉아 아내와 아들이 작업하는 모습을 안타깝게 지켜볼 수밖에 없었다.

4월 2일 토 맑음

근래 다리의 통증 때문에 잠을 설치는 밤이 잦았으나 다행히도 어젯밤에는 깊은 잠을 잘 수 있었다. 목발에 의지하여 대문을 넘다가 문득 연못가에서 들려오는 캐스터네츠 리듬을 들었다. 소리의 진원지를 찾으려고 두리번거리다가 연못가 버드나무 고사목에 붙어 있는 새 한 마리를 발견하였다.

흰 바탕에 검은색 깃털이 섞인 딱따구리가 나무 등걸을 단단한 부리로 열심히 쪼아대고 있었다. 나무 속에 숨은 벌레를 찾는 것인지 아니면 알을 까서 새끼를 키울 집을 지으려는지 모르겠으나 구멍은 제법 커 보였다. 몇 해 전까지 큼직한 수리부엉이가 머물다가 도로공사가 시작된 후 영원히 사라져 서운하던 차에 진객(珍客)이 찾아왔으니 기쁜 일이다.

집에서 300~400m에 불과한 밭까지 아내가 자동차로 데려다주었다. 목발을 잡고 걷는 모습이 불안해 보였기 때문이다. J 씨의 숙질이 밭을 다듬다가 찾아와 3개월간 격조했던 사연을 비로소 알게 되었다며 위로해준다. 목발을 밭둑에 걸쳐놓은 후 비료포대를 방석처럼 깔고 앉아 앉은뱅이걸음으로 움직이며 밭고랑과 이랑을 만들었다. 부자연스러운 자세로 일을 하기 때문에 성과도 적고 힘이 들지만 서너 시간 안에 작업을 마쳤다.

4월 10일 오전에 비 오후에는 맑음

어제부터 시작된 비는 오늘까지 계속 내렸다. 봄비치고는 제법 강수량이 많아 깊은 땅속에 박혀 있던 얼음까지 녹일 것 같다.

홍천강 협곡은 다른 지역에 비해 동장군이 늦게까지 위세를 떨치는 곳이다. 협곡을 병풍처럼 둘러막은 높은 산줄기에 가려 햇볕은 10시나 되어야 골짜기에 닿을 수 있다. 그 대신 앞을 가로막혔던 분풀이라도 하듯, 볕은 일단 산봉우리 위로 솟구치는 순간부터 뜨거운 열기를 강하게 퍼붓기 때문에 한낮에는 넓은 들보다 더욱 뜨겁다.

한편 겨울 추위는 서북쪽 산자락을 타고 게릴라처럼 일찍 내려온다. 초겨울부터 내리는 눈은 일찍부터 응달진 곳을 점거하여 야금야금 영토를 넓히다가 12월 말이 되면 음지와 양지를 가리지 않고 덮어버린다. 높은 봉우리가 흰 삿갓을 쓰는가 싶은데 어느 사이에 온 천지가 싸늘한 얼음 이불로 덮이고 강물까지 두꺼운 얼음장 밑으로 숨는다.

비가 그치기에 목발에 의지하여 밭으로 나갔다. 아들은 내가 혹시나 미끄러져 넘어질까봐 염려되는지 옆에서 걸었다. 지난주까지 단단하던 과원 옆 그늘의 토양이 흐물흐물하게 녹아 깊숙이 박힌 목발이 빠지지 않아 아들의 도움을 받아 뽑아내었다.

4월 22일 금 맑음

오늘 우리 집은 온통 북새통이다. 아내가 부른 조경업자 10여 명이 굴삭기와 트럭을 몰고 와 땅을 파고 정지(整地)작업을 한다. 이어서 큼직한 화강석으로 축대를 쌓았다. 중장비가 토해내는 굉음에 놀라 연못에서 놀던 청둥오리는 일찌감치 달아났고 나무 구멍을 파던 딱따구리와 새벽부터 전깃줄에 앉아 까불거리던 까치 떼들도 보이지 않는다. 사람을 두려워하지 않는 말벌조차 자취를 감추었으니 신기하다.

정원공사는 내가 부상을 당해 노동력을 상실한 기회를 이용하여 아내가 서둘러 시작한 것이다. 작년부터 정원을 만든답시고 삽으로 못을 파고 손으로 들어올릴 수 있는 한 가장 큰 돌들을 구해다가 못 주위에 축대를 쌓았다. 4개월 전 나의 골절상을 현장에서 목격하고 겁에 질린 아내가 다시는 힘든 일을 못하게 하려고 과감하게 일을 벌인 것이다. 조경에 문외한인 내가 수작업으로 꾸민다면 볼품없는 정원이 될 것은 자명한 일이다. 나는 아내의 결단을 존중하며 고맙게 생각한다.

10여 명의 일꾼이 안방과 사랑채에서 하루를 묵게 되니 사람 사는 집 같아 활기가 넘치지만 급수사정이 악화되어 곤란을 겪었다. 공사 중 이들이 너무 많은 물을 끌어 썼기 때문에 수원이 고갈되어 물탱크의 온수까지 말라버렸다.

4월 23일 토 맑음

일꾼들은 아침부터 열심히 일을 하고 있으나 만족스럽지 않은 일도 발생하였다. 다리가 불편한 나는 현장에 나가 간섭할 수 없고 아내는 그들을 위해 식사준비를 하느라 바빠 그들에게 모든 일을 맡긴 것이 탈이었다.

연못은 제법 멋을 부려 만들었다. 그러나 구덩이에서 나온 진흙탕으로 화단을 만들어 그 위에 심은 뗏장들이 중장비의 진동으로 지진을 당한 것처럼 흔들린다. 게다가 정성들여 키워온 주목·황금측백·소나무 묘목들이 일부는 흙에 묻혔고 나머지는 여기저기 흩어져 있다. 연못에 뿌리를 내렸던 수련들 역시 흔적도 없이 매몰되어 아내를 실망시켰다.

다행히도 오른쪽 둔덕은 큼직한 화강석으로 쌓은 축대가 볼 만하다. 타작마당에서 집으로 올라가는 돌계단도 자연스럽다. 다만 내가 키운 철쭉과 황금측백 등을 돌 틈에 심은 것이 마음에 들지 않는다. 측백은 좀더 자란 후 양지바른 길가에 나란히 심고 싶었다.

배수로는 그런대로 봐줄 만하다. 큰 연못의 수문 하나를 열자 작은 폭포처럼 흘러 순식간에 새로 판 연못을 가득 채운다. 넘치는 물은 매설한 관을 통하여 옆 개울로 빠져나간다.

4월 28일 목 맑음

아크릴제 보호대를 떼어내고 보조기라는 특수 신발을 신었다. 이 신발은 무릎 밑까지 올라오는 두꺼운 가죽장화인데 신의 좌우에 강철판까지 붙어 있어 무게가 만만치 않다. 게다가 다리에 땀이 차기 때문에 아주 불편하다. 그간 나를 보살펴온 고려대 안암병원의 주치의인 정형외과 P 교수 말로는 이 신을 3개월 동안 신어야 한단다. 7월 말까지 오른쪽 다리는 한증막에 갇히는 신세가 되어야 한다. 그러나 P 교수는 철저하기로 소문이 난 분이라 그의 지시를 잘 따라야 다리가 빨리 제 기능을 회복할 것이다. 다행인 것은 이 신발을 신고 일주일 정도만 지팡이를 짚으면 그 후에는 열심히 걷기 운동을 하고 조심스럽게 자동차 운전을 해도 무방하다는 사실이다. 그분을 믿고 또 희망을 가지자고 다짐해본다.

4월 29일 금 맑음

미처너(J. Michener)의 소설 『아! 폴란드』(*Poland*)를 읽느라 새벽까지 책상 앞에 앉아 있었다. 독일 · 러시아 · 오스트리아 등 강대국 틈새에 끼어 고생한 폴란드 사람들의 역사가 남의 이야기 같지 않다.

4월 30일 토 맑음

두릅나무 순이 많이 돋았다. 비록 지팡이 없이 걸어도 좋다는 의사의 허락을 얻었으나 험한 산길을 올라도 무방하다는 것은 아니었다. 두릅나무가 자라는 곳은 잔디밭 위 낮은 언덕이지만 지면이 고르지 못하고 잡목 뿌리와 덩굴식물들이 뒤엉킨 곳이라 여간 조심스럽지가 않다. 두꺼운 가죽장갑을 낀 손으로 두릅가지를 휘어잡고 순을 따는데 억센 가지가 장갑을 뚫고 손바닥을 찔러 약간 상처를 입었다. 몇 차례 넘어지기도 하였으나 반 바구니를 땄다.

5월 5일 목 낮에는 맑고 오후에 비

오전 중에는 무더웠으나 밭둑에 설치한 파라솔 그늘에서 휴식을 취하며 참깨와 땅콩을 심었다. 아직도 힘든 일을 하기에는 다리 힘이 달린다. 오후부터 가랑비가 내리기 시작하였다. 옥수수 두 이랑을 심은 후 고구마 순 세 이랑을 심었다. 비가 내리기 때문에 물을 주지 않아도 되니 다행이다.

5월 21일 토 맑음

과수 잎에 벌레들이 창궐하여 배나무·사과나무·자두나무·매화나무의 잎들이 듬성듬성 뜯겨 있고 성한 것들은 검은 반점으로 얼룩이 졌다. 잎이 다 자라기도 전에 낙엽이 지기 시작하더니 사탕알만한 작은 열매들이 떨어지고 있다. 꽃이 피기 직전과 꽃이 진 직후에 목초액을 살포했다면 피해를 다소 줄일 수 있었을 것이다. 그러나 무거운 농약통을 지고 움직일 수 없기 때문에 과일나무들의 자생력을 믿어볼 수밖에 없다.

5월 27일 금 맑음

우리의 임야 약 1,100평과 대지 8평이 도로용지로 수용된다는 통보를 받은 것은 작년 11월이었다. 상당수의 토지 소유자들이 보상비(국가공시지가)가 너무 적기 때문에 수용에 응하지 않고 버텨 왔다. 도로가 개통되면 교통이 편해지고 지역개발이 촉진되기 때문에 지역주민들은 기대가 컸겠지만, 나는 신작로가 우리 집 안채와 불과 2~3m까지 접근해오는 경우이기에 시가의 10%도 못 되는 수용비보다도 차량 통행시 발생하는 소음과 진동 때문에 10여 년간 누려온 아늑한 생활이 붕괴된다는 사실에 거부감을 가질 수밖에 없었다. 그러나 지역발전을 위한 사업에 적극적으로 협조하기로 마음을 정하고 1월 중순경 서류를 갖추어 춘천시에 제출하였다. 우리의 협조는 아마도 수용진도가 지지부진하여 어려움을 겪고 있던 공무원들을 고무시킨 모양이었다.

우리 부부는 담당 공무원들에게 도로의 위치를 우리 집에서 몇 미터 더 옮겨주든가 방음벽을 설치해달라고 서면으로 요구하였다. 예술가인 내 아내와 공부하며 글을 쓰는 내가 소음에 시달리지 않게 배려해달라는 요구에 어느 정도 수긍하는 듯하였다. 그러나 몇 달이 지나도록 확답이 없어 아내는 강원도청과 춘천시에 전자 메일로 민원을 보내 확답을 받아내었다.

어제부터 공사가 본격화하여 나무들이 벌채되고 대형 굴삭기들은 산을 허물기 시작하였다. 10여 년간 키워온 크고 작은 나무들이 일부는 톱에 잘려 나가고 어린 것들은 토사에 깔려 버렸다. 다리만 성했다면 나무들을 캐서 이식할 수 있었을 텐데.

K 노인 내외와 그 아들들, 사위가 총동원되어 모내기를 하였다. 금년에는 벼농사를 포기할까 했더니 K 노인이 논갈이를 해주고 L 씨가 모를 내주어 나는 작업이 끝날 때까지 논둑에 앉아 있었다.

6월 10일 금 맑음

큰 밭의 아래쪽 밤나무 옆에 관정을 팠다. 지하 90m까지 굴착하여 수맥을 찾았으며 수량은 풍부하고 수질도 양호하다는 판정을 받았다. 이 물은 주로 밭의 관개용수로 쓸 예정이므로 비닐하우스 옆 언덕에 5톤 용량의 물탱크를 설치하여 수도관을 연결하였다.

6월 11일 토 맑음

관정을 판 기사가 아내가 정성스럽게 차려준 점심밥을 맛있게 먹은 후 기분이 좋았던지 추가비용을 요구하지 않고 우리 집 상수도의 수원을 고쳐주겠다고 나섰다. 그는 우선 연못 옆에 묻은 물탱크를 파내더니 굴삭기로 지하의 암반을 살펴본 후 암반을 조금만 뚫으면 수원(水源)을 찾을 수 있다고 장담하였다. 그의 지시에 따라 나는 암반에 박을 금속 파이프와 지하에 매설할 수도관을 구입하였다. 그 사이에 기사는 굴삭기로 펌프와 수원 사이에 관을 매설할 1m 깊이의 도랑을 파놓았다.

화강암 암반에 뚫은 구멍에 파이프를 박자 지하수가 분수처럼 솟구쳤다. 기사는 재빠르게 수도관을 파이프와 연결한 후 도랑을 메웠다. 공사가 마무리되는 즉시 수도를 틀자 흙탕물이 콸콸 쏟아지기 시작하였다. 몇 시간 동안 흙물을 토해내면 맑은 물이 나올 것이라던 그의 장담대로 늦은 저녁부터는 깨끗한 물이 나왔다. 앞으로는 물 걱정을 전혀 하지 않아도 될 것이라니 그저 고마울 뿐이다. 지난 15년간 수도 때문에 겪은 고생을 면하게 되었으니 기쁘기 그지없다.

7월 6일 수 맑음

우리 연못에서 두 번째로 큰 황금색 비단잉어가 죽었다. 크고 미끈한 몸을 흔들며 수초 사이를 헤엄치다가 수면 위로 솟구쳐 오를 때 화려한 자태가 볼 만했던 놈이다. 아내는 시골에 도착하면 손자를 부르듯이 "잉어야, 잘 있었니"라고 했고 서울로 돌아올 때는 "얘들아, 나 서울 간다. 집 잘 보아라" 하고 당부해왔다. 그런데 열 마리 중 두 번째로 큰 잉어가 수면 위에 몸을 누인 자세로 떠 있으니 이상한 일이다.

연못으로 들어가 바구니로 잉어를 건져 살펴보니 아가미가 열렸다가 닫히기는 하나 호흡하는 모습이 애처로울 정도로 미약하다. 큰 함지박에 물을 채우고 잉어를 넣고 살펴보았더니 여기저기 비늘이 떨어지고 피부가 상했는데 특히 머리부분의 상처가 크다. 수리부엉이나 어떤 맹금의 공격을 받았던 것 같다. 불룩하게 부풀어 오른 배에 알이 든 것으로 추측했으나 막상 눌러보니 악취를 풍기는 오물이 쏟아진다. 아내는 소독약을 발라주고 항생제를 물에 풀어주었으나 잉어는 세 시간 만에 숨을 거두고 말았다.

70cm나 자란 잉어를 화선지로 여러 겹을 싸서 언덕 위에 묻어주고 들어와 연못을 내려다보았다. 이제 남은 것은 은색, 붉은색과 흰색, 검은색과 흰색, 금색과 검은색을 띤 물고기들만 남았다. 우리 내외는 저녁 내내 우울한 마음을 지울 수가 없었다.

7월 15일 금 맑음

새벽잠을 깬 아내가 흔들어 깨우며 우리 연못에 진객들이 찾아왔다고 한다. 어미 오리가 10여 마리의 새끼를 데리고 우리 연못에서 헤엄을 치는데 두 줄로 나란히 물살을 가르는 모습이 아름답기 그지없다고 한다. 그러나 막상 나가보니 오리 가족은 모두 사라졌다. 다만 사랑채 앞에 쌓은 모래 위에 새끼오리의 발자국이 수없이 찍혀 있고 마루 밑에는 오리 깃털이 널려 있다. 아마도 몇 주간 마루 밑이 압씨(鴨氏) 일가의 보금자리였던 것 같다. 아내는 새끼 오리들이 자라면 분명히 다시 찾아올 것이라 기대한다.

7월 22일 금 맑음

장마가 그친 후 가뭄이 지속되어 근래에 모종한 들깨가 거의 자라지 않는다. 그런데 잡초들은 억세게 잘도 큰다. 논둑의 풀들이 장대처럼 자라 벽을 이루었기 때문에 벼들이 잡초의 그늘에 가려버렸다. 새벽에 낫을 들고 나섰더니 아내도 따라 나왔다. 논둑에는 이미 칡덩굴과 한삼덩굴이 뒤엉켰고, 어떤 줄기는 벼 포기까지 휘감아 덮었다. 다리가 불편하여 논둑은 손도 대지 못하였는데 아내가 나를 대신하여 깨끗이 다듬었다.

8월 12일 금 비

새벽 4시경 세찬 폭우가 쏟아져 긴장했으나 다행히 연못 둑은 무사하다. 아침 7시경 비가 그쳐 다시 연못의 물 빼기 작업을 시작하였다. 그런데 수문 왼쪽에 묻은 지름 20cm의 PVC관 속에 삼베 비슷한 수생식물이 뒤엉켜 있는 것을 발견하였다. 이것만 제거하면 위기는 무사히 극복할 수 있겠기에 연못에 몸을 담근 채 긴 막대기로 계속 구멍 속을 파냈다. 마침내 수초의 뿌리를 찾아내어 한 시간 이상 잡아당기자 드디어 굵직한 것이 딸려 나왔다. 그 순간 물이 쾅 소리를 내며 관을 통해 힘차게 빠지기 시작하였다.

어제 오후, 그리고 오늘 오전에 차가운 연못에 몸을 담그고 힘든 일을 했더니 몸이 떨리고 신열이 났다. 더운물로 목욕을 한 후 이불을 쓰고 누워 휴식을 취했더니 오후에는 회복이 되었다.

8월 23일 화 비

8월에는 하도 비가 잦아 고추의 반 이상이 탄저병에 걸렸다. 잎이 떨어지고 까맣게 변색된 후 썩기 때문에 병든 것을 뽑아냈더니 고추밭이 흉하게 되었다. 일기불순 때문에 김장 채소는 아직도 파종을 못했다.

8월 24일 수 맑음

절기가 처서로 접어드니 하늘이 짙은 코발트 색조를 띤다. 가을의 징후가 나타나자 어제까지 젖어 있던 토양도 빠르게 마른다.

마늘을 뽑은 후 7월 초부터 방치했던 밭의 잡초를 뽑아내고 퇴비를 주었다. Y 씨에게 관리기 조작법을 배운 후 밭을 갈았다. 무두 이랑, 순무·당근·알타리무·래디시 한 이랑씩을 파종하고 배추 모 50여 개를 심었다.

8월 26일 금 오전에 비 오후에는 맑음

어제 홍천강 상류에 집중호우가 쏟아지더니 강물이 많이 불었다. 많은 습기를 머금은 토양은 더 이상 습기를 포용할 여력을 상실했는지 푹 젖은 스펀지처럼 물기를 토해내고 있다. 어느 곳을 밟아도 쿨럭거리는 진흙탕에서 물이 스며 나와 고무장화를 신지 않고는 다닐 수가 없다.

대문을 나서다가 하마터면 뱀에 물릴 뻔하였다. 마른땅을 찾아다니던 살모사가 대문간의 콘크리트 계단에 똬리를 틀고 앉아 해바라기를 하고 있었다. 내가 무심코 발을 내딛자 삼각형 대가리를 번쩍 들더니 입을 벌리고 공격 자세를 취하였다. 순간적으로 소름이 끼치고 머리카락이 곤두서는 느낌을 받았다. 얼떨결에 오른손에 들었던 삽날로 후려쳤더니 꼿꼿하던 자세를 흐늘흐늘 무너뜨리고 몇 차례 몸부림치다가 길게 뻗는다. 몸길이는 약 1m가 되고 목 부분을 가늘지만 배는 무엇을 삼켰는지 고무풍선처럼 탱탱하다. 죽은 뱀을 산에 묻어주고 내려오면서도 우울한 심사를 지울 수가 없었다. 만일 손에 연장을 들지 않았더라면 살생을 피할 수 있었을 것 아닌가.

집 주위를 돌아가며 명반을 뿌렸다. 진작 이 약을 살포해두었더라면 뱀이 집 주위에 접근하지 않았고 나도 살생을 피할 수 있었을 것이다.

9월 2일 금 맑다가 오후부터 비

주치의 P 교수가 오른쪽 다리의 보조장구를 벗겨주었다. 오클랜드(Auckland) 대학교의 Y 교수는 내가 신었던 신이 최초로 달에 착륙했던 미국 우주인 암스트롱(N. Armstrong)의 장화와 비슷하여 문부츠(Moon boots)라 부른다고 가르쳐주었다. 무거운 신을 벗어던져 홀가분하지만 8개월 만에 옛 신을 발에 꿰어보니 걸음이 부자연스럽고 골절되었던 부위에서 통증이 느껴진다. 주치의가 부지런히 움직여 다리 근육을 강화시키라 하니 가벼운 노동을 꾸준히 해야겠다.

관리기로 비닐하우스 안의 땅을 갈고 두 줄의 이랑에 검은 비닐을 깔았다. 비닐 표면에 15cm의 간격으로 구멍을 뚫고 양파 씨를 한 알씩 넣었다. 본래 양파는 따듯한 남부지방에서 재배하는 작물이라 강원도 북부에는 재배농가가 없다. 그러나 내년 봄에 꼭 양파 맛을 볼 수 있으리라고 확신한다.

9월 3일 토 맑음

자정까지 퍼붓던 비가 새벽에 그치고 따가운 볕이 내리쬐이자 골짜기를 무겁게 덮었던 구름이 솜털처럼 찢어지면서 황급히 동쪽으로 흩어지기 시작한다. 이른 아침, 조 박사 내외가 딸들을 데리고 찾아오겠다는 전화를 하였다.

아내는 정원에서 잡초를 캐고 나는 채전을 다듬었다. 무 싹은 산비둘기의 습격에 많이 손상되었기 때문에 빈자리에 다시 씨앗을 뿌려야 한다. 검정깨를 털고 있는데 아내가 조 박사 가족을 데리고 밭으로 왔다. 몇 해 사이에 몰라보게 자란 두 딸이 나를 잊지 않고 있으니 신통하다. 할아버지라 부르며 졸졸 따르는 큰아이에게 무 씨앗을 주었더니 앙증맞은 손으로 잘도 심는다.

10월 1일 토 맑음

가을에 비가 잦고 강수량이 많아 농사에 타격이 적지 않다. 일조량 부족으로 곡식이 제대로 영글지 않고 과일도 맛이 떨어진다.

어젯밤 강풍이 불고 많은 비가 쏟아지더니 배와 사과의 낙과가 적지 않다. 2주일 전 봉지를 벗겨낸 사과는 제대로 크지 않아 아기 주먹만한데 다행히 맛과 향은 좋은 편이다. 그러나 알이 굵고 색깔이 아름다운 과일은 까치들이 파먹었고 그 구멍 속에 말벌과 황금색 파리들이 들끓고 있다. 성한 과일을 골라 따려 하면 이 벌레들이 적반하장으로 공격을 해오니 기가 차다.

크고 작은 배 200여 개, 사과 30여 개를 따서 차에 싣고 이웃집에 10여 개씩을 나눠주었다. 시장의 과일보다 알이 작으나 맛은 뛰어나다고 하니 다행이다.

10월 8일 토 맑음

오전 내내 안마당에서 배수로 작업을 하였다. 안채와 사랑채 가장자리에 도랑을 파서 V형 관을 묻고 그 위에 철제망을 올렸다. 두 개의 물줄기가 모이는 자리에는 빗물이 고이도록 웅덩이를 파고 시멘트로 맨홀을 만들었다.

아내의 생일을 제대로 축하하지 못해 미안하게 생각하였는데 뜻밖에도 L 씨가 향기로운 선물을 가지고 찾아왔다. 동네 뒷산에서 직접 채취했다는 송이버섯인데 향이 깊고 신선하다.

10월 15일 토 맑음

어제 밤늦게까지 개화기 때 경상남도의 양안(量案)을 분석하였다. 합천군·산청군·진남군 등 세 군의 양안은 모두 80여 책이다. 세 개 군에서 가장 땅을 많이 소유한 지주가 약 10결(結) 정도이고 1결 이상의 지주는 10%에도 못 미쳤다. 학자들의 연구에 의하면 조선시대에는 대농(大農)의 규모가 1결 이상, 중농은 0.5∼1결이었으며 대부분의 농민이 남의 토지를 임차한 소작농 혹은 자작 겸 소작농이었다고 한다. 농경지를 비옥도에 따라 6등급으로 나눌 경우 1등전 1결의 실면적은 약 3,000평에 해당된다. 농업인구의 비율이 9할 이상에 달했던 그 당시 우리 조상들의 생활이 얼마나 곤궁했는지 짐작이 간다.

11월 12일 토 맑음

지난주에 메벼를 탈곡하여 비닐하우스에 널고 일주일간 건조시켰다가 어제 포대에 담았더니 여덟 포대를 가득 채웠다. 오늘은 아들과 함께 찰벼를 탈곡하여 비닐하우스에 널었는데 Y 씨가 좀도둑이 심하니 주의하라고 일러준다.

나라 경제가 흔들리자 좀도둑들이 시골까지 스며들어 돈이 될 만한 것은 모두 집어간다. 우리 집에도 도둑이 들어 사랑채 밖 마루 위에 걸어놓았던 창우헌이라는 현판을 훔쳐갔다. 도둑이 안채의 잠금장치를 파괴하고 침입하여 우리가 부재중인 며칠간 체류하면서 물건을 집어간 일이 있다. 주방의 출입문에 주먹만한 자물쇠를 걸어놓고 문 앞에 메모를 붙여놓았다. "무단침입한 사람에게 고한다. 우리 집에는 그대가 가져갈 만한 귀중품이 없으니 출입을 삼가주기 바란다." 그러나 좀도둑들이 이러한 경고문 따위를 두려워할 리가 없다는 것을 나도 짐작하고 있다.

L 씨가 사는 어유포리에서는 널어놓은 고추와 배추 수십 포기가 없어졌다 한다. 그 옆 마을에서는 길가에 널어놓은 벼를 흡입기로 빨아들여 훔쳐갔다고 한다. 따라서 큰 마을에서는 자경단을 조직하여 40~60대 농부들이 조를 짜서 밤새도록 순찰을 돌고 있다. 낮에 들에서 일한 지친 몸으로 얼마나 피곤하겠는가.

밭으로 나갈 때 우리 부부는 반드시 지갑을 주머니에 챙겨넣는다. 근래에는 농부들이 집을 비운 시기에 패물, 농산물을 판매한 돈, 심지어 가축까지 끌고 간다고 해서 인심이 흉흉하다. 길이 험한 우리 동네에도 근래에는 타지방 번호판을 단 자동차들이 적지 않게 출입한다. 그 차를 탄 사람들을 모두 의심하는 것은 옳지 않으나 좀도둑들이 모두 자동차를 몰고 다녀 기동성이 뛰어나다는 점을 간과할 수 없다. 들리는 소문에 의하면 수도권 거주자들 가운데 근래 일자리를 잃어 시골로 다니며 불로소득에 재미를 붙인 사람들이 있다고 한다. 또한 좀도둑 대부분이 과거에 시골에서 살아본 사람들이라는 소문에 상당한 근거가 있어 보인다. 늦가을 수확기의 농촌은 일손이 부족한데다가 주민의 대부분이 고령층이란 사실을 좀도둑들이 간파하고 있기 때문이다.

내가 짓는 농사는 규모가 영세한지라 도난에 신경을 쓰지 않는다. 물론 어떤 사람이 내 수확물을 걷어간다면 언짢겠지만 그것도 일종의 보시라 여기기로 하니 마음이 편하다. 그러나 지인들에게는 시골을 방문할 때 순박한 사람들로부터 의심을 살 만한 행동을 삼가라고 권고할 수밖에 없다.

11월 25일 금 맑음

지난주에 마늘을 심을 때는 지면이 얼어 애를 먹었는데 오늘은 날이 풀려 땅을 파기가 쉽다. 진흙땅인 정원에 모래 두 수레를 뿌린 후 퇴비를 펴고 뒤엎어 튤립 구근 100여 개를 심었다. 내년 봄에는 노란색 튤립꽃 50송이와 빨간색 튤립꽃 50송이가 정원을 화

눈이 내린 날 사랑채. 굴뚝에 연가를 올리기 전 사진이다.
잃어버린 창우헌 간판과 오리가 빠졌던 굴뚝 두 개가 보인다.

려하게 장식할 것이다.

화단 옆에서 매의 시신을 발견하였다. 지난주에는 큼직한 수리부엉이 시신을 발견한 아내가 C시의 환경과에 알려주었으나 반응이 시원치 않아 매장하고 말았다. 또 맹금 한 마리가 죽었으니 혹시 조류 인플루엔자에 감염된 것이 아닌가 염려스럽다.

지난주에 아내가 김장을 담은 항아리 위에 얼룽가리를 만들어 씌웠다. 땅에 묻은 항아리 위에 눈이 쌓이지 않게 되었다. 모양은 어설프기 그지없는데도 아내는 작년 것보다 훌륭하다며 과분한 평가를 내린다.

12월 3일 토 맑다가 밤부터 눈이 내림

짚가리를 쌓기 위해 타작마당에 널려 있던 짚을 큰 단으로 묶었다. 어제 오후에 3분의 1 정도의 작업을 끝냈고 오늘 나머지를 끝냈다. 그러나 짚가리 쌓기는 다음주로 미루었다. 짚단을 묶으면서 훑어낸 벼가 큰 바가지 하나가 넘어 우리 가족의 하루 양식으로 충분하다 여기고 챙겼더니 아내가 새 먹이로 남겨두라고 한다. 아내의 뜻에 따라 마른 논바닥에 벼를 뿌려놓았다.

사고를 당했던 어유포리 L 씨가 퇴원하였다는 소식을 들은 아내가 병문안을 가자 하기에 귀로에 들렀다. L 씨는 아내의 병간호에도 몰라보게 수척해졌다. 아내는 치료비에 보태라고 환자에게 금일봉을 건넸다. 함박눈을 만나 즐거운 마음으로 귀가하였다.

12월 27일 화 맑음

춘천의 기온이 영하 16°C까지 떨어졌다기에 서둘러 시골로 왔더니 주방의 수도가 얼어 있다. 다행히 욕실의 수도는 안전하여 물통 네 개를 채웠다. 금년에 처음으로 햅쌀 한 포를 도정하였다.

2006년
국토의 난개발은 재앙을 부른다

"오늘의 폭우의 대항은 내 땅과 곡식을 지키겠다는
의지의 투쟁이었다. 농작물을 잘 키워 수확한다 해도
금전적인 가치는 아주 적고 보잘것없겠지만
밭 갈고 씨를 심고 김을 매서 키운 것이기에
말 못하는 작물들에 대한 애정이 자식에
버금가니 소홀할 수 없다."

1월 14일 토 맑음

다리의 골절상을 당한 지 꼭 1년이 되는 날이다. 지난해는 내 일생에서 가장 괴롭고 고통스러웠던 시기였던 만큼, 다시는 그런 일을 당하지 않도록 조심하기로 마음을 다진다.

2월 1일 수 맑음

2월 6일부터 17일까지 오스트리아 · 헝가리 · 영국 등지를 여행할 예정이므로 시골집을 돌아보기 위해 어제 이곳으로 왔다. 어유포리 L 씨와 아랫집 K 영감님에게 우리의 부재중에 집을 살펴달라고 부탁하였다.

K 노인이 이제는 농사를 짓기가 너무 힘에 겨워 벼농사도 포기해야겠다고 한다. 그는 세 아들을 두었으나 노부모를 맡아 부양하겠다는 자식이 없어 고민에 빠졌으니 생계문제도 만만치 않은 것 같다. K 노인을 보면서 부모를 봉양하는 미풍양속이 시골에서조차 붕괴되는 우리 사회의 서글픈 단면을 실감하게 된다.

3월 10일 금 맑음

103세가 되신 빙부께서 우리 내외의 해외여행 중 병원에 입원하셨다. 우리 내외는 병실을 지키느라 시골집 생각을 할 틈이 없었다. 오늘 처남과 임무를 교대하고 시골에 와보니 골짝의 그늘에서 버티던 눈까지도 흙먼지를 뒤집어쓴 채 기력을 잃어 푸석푸석하다. 연못물은 완전히 녹아 미풍(微風)에도 잔물결이 인다. 철쭉 그늘 밑에 비단잉어 다섯 마리가 모여 있다가 인기척을 느끼고 수문 밑 깊은 물속으로 사라진다.

3월 18일 토 맑음

콩 · 참깨 · 옥수수 들의 잔해를 모아 큰 밭으로 옮겨놓았으니 밭 정리는 완전히 끝났다. 농업용 폐비닐을 모두 걷어 면사무소 옆의 수거장으로 옮겨놓고 귀로에 올랐다. 들판 여기저기에서 폐비닐을 태우는 검은 연기가 솟아오르고 독한 냄새가 코를 자극하지만 일부 농민들은 그 폐해를 모른다. K 노인이 폐비닐을 아궁이에 넣어 쇠죽을 끓이는 땔감으로 사용하기에 몇 차례 만류한 일이 있었다. P 씨는 아직도 폐비닐을 태우고 있다.

비닐하우스에 감자 두 이랑, 상추와 쑥갓 한 이랑을 심었다. 농협에서 배급받은 발효 퇴비 30포를 과원과 밭으로 운반하였다.

3월 31일 금 맑음

K 노인이 벼농사를 포기하였으므로 아래쪽 다섯 다랑이 가운데 세 다랑이에는 과수를 심었다. 사질(砂質) 토양인 강가의 두 다랑이에는 땅콩 · 참깨 · 옥수수 등을 심기로 하였다. 면사무소에 논의 일부를 밭으로 사용해도 무방한지를 문의했더니 관상수를 제외하면 아무런 문제가 없다고 하였다. 특히 관개용수가 부족한 산골의 한계농지의 경우는 오히려 농지전용(農地轉用)을 권장하는 것 같다. 쌀 소비가 줄어 재고미 보관에 골머리를 앓는 농정책임

자들의 고충이 짐작된다.

　논에 나무를 심으려면 배수로를 파야 한다. 아들과 함께 논둑을 허물고 배수로를 팠으나 삽으로 진흙땅을 파는 일이 결코 수월하지 않아 겨우 한 다랑이만 작업을 마쳤다.

4월 1일 토 흐린 후 비

　오후에 우리 연못으로 청둥오리 한 쌍이 날아와 앉았다. 아내는 전에 내가 구출해준 오리 부부이거나 또는 그들의 자손일 것이라고 하는데, 과연 그럴까.

4월 8일 토 황사

　새벽부터 황사가 몰려와 하늘을 누렇게 덮었다. 아내는 마스크를 쓰지 않으면 밖으로 나갈 수 없다고 한다.

　K 노인이 모판 스물다섯 개와 항아리 세 개를 주겠다기에 대금을 지불하려 했다. 16년이나 도조(賭租)도 받지 않고 농사를 짓게 해준 것이 고맙다며 사양하는 것을 아내가 설득하여 약간의 돈을 건넬 수 있었다. 거동이 불편한 노부인이 눈물을 글썽이는 모습을 보니 안쓰럽다.

　작년에 완공한 큰 밭 관정에서 물을 퍼올렸다. 윙 하며 모터가 울리자 밭 위쪽에 올려놓은 탱크로 물이 들어가는 소리가 웅장하게 들린다. 비닐하우스에 심은 양파와 감자에 물을 뿌렸다. 이 물은 나보다도 큰 밭을 사용하는 L 씨에게 큰 도움이 될 것이다. L 씨의 흐뭇해하는 표정을 보니 나도 만족스럽다. L 씨는 내가 K 노인에게서 얻어놓은 모판과 찰벼 종자를 가지고 갔다. 금년부터는 그가 메벼 스무 판과 찰벼 다섯 판을 키워주겠다고 한다.

4월 15일 토 맑음

도로용지로 수용된 면적이 약 1,100평으로 결정되어 경계선을 따라 메타세쿼이아 10여 주를 심었다. 5~6년만 지나면 이 나무들은 훌륭한 울타리가 될 것이다.

화단에는 늦가을에 심은 튤립의 싹들이 깔아놓은 짚을 헤치고 칼날 같은 녹색 잎을 내밀기 시작하였다. 아내의 표정을 보니 만족스러운 것 같다. 우리가 심은 100여 개의 구근 중 90% 이상 싹이 돋았다. 나머지도 곧 푸른 잎을 내밀 것이다.

비닐하우스에 심은 목화·호박·오이·토마토 등도 대부분 싹이 돋았다. 목화는 아내가 얻어온 씨앗을 심은 것이다. 목화꽃도 즐기고 목화가 영글면 실을 뽑아보겠다고 씨아와 물레까지 구해놓았다. 그러나 어느 정도의 목화를 수확하게 될지는 알 수 없다.

밭과 과수원에 발효퇴비 30포를 모두 뿌렸다. 배나무·사과나무·자두나무의 꽃망울이 곧 터질 텐데 이제야 퇴비를 주었으니 시비가 좀 늦었다. 애석하게도 작년에 화려한 꽃을 보여주었던 매화나무 한 그루가 말라 죽었다.

4월 21일 금 맑음

또 무단침입자가 다녀갔다. 아마도 우리가 도착하기 직전까지 머물다가 허둥지둥 달아난 듯하다. 싱크대에는 빈 컵라면 용기 세 개가 놓여 있고 빈 그릇들이 어수선하게 널렸다. 통조림 몇 개는 따놓고 먹을 틈이 없었던 것 같다. 이번의 침입자는 욕실 쪽에서 들어온 것 같다. 주방문에는 이미 큰 자물통을 달았고 마루와 창에는 이중으로 문을 달았기 때문에 비교적 수월한 욕실 쪽을 택했을 것이다.

4월 22일 토 맑음

아내의 미술대학 후배인 R 화백 내외가 방문하였다. 아내는 그들과 자주 만났으나 나는 30여 년 만의 해후라 낯선 사람을 만난 느낌이다. 양평군 남한강변에 화실이 있는 R 화백과 나는 전원생활에서 기쁨을 느낀다는 공통점이 있어 이내 어색한 분위기에서 벗어날 수 있었다.

R 화백 내외는 아내와 함께 야생화와 특이한 잡초들을 채집하였다. 회양목과 주목의 묘목, 목화 화분 몇 개를 선물로 주었다.

L 씨가 논과 밭을 트랙터로 갈아주었다. 경운기보다 심경(深耕)이고 흙도 부드럽게 갈려 이랑을 만들기가 수월하다. 옥수수 이랑 둘, 고추 이랑 셋, 고구마 이랑 셋을 만들었다.

작업을 마치고 집으로 돌아와보니 아침보다 벚꽃이 더 많이 피어 만발하였다. 아마도 낮 기온이 초여름처럼 높았기 때문인가 보다. 낮에는 희게 보이던 벚꽃이 오후에는 엷은 분홍색을 띠고 있다. 이 환상적인 꽃잔치를 나홀로 즐기는 것은 사치처럼 느껴진다. 그래서 이런 때에는 가까운 벗이 찾아오기를 바라게 된다.

4월 25일 화 맑음

4월부터 5월은 파종기이기 때문에 잠자는 시간도 아깝다. 다행히 중간시험기간이어서 일할 여유를 얻었다. 10시경 시골에 도착하자마자 둠벙 가장자리에 미나리를 심었다.

작년까지 논이었던 강변에 붙어 있는 가장 큰 다랑이에 퇴비를 뿌리고 이랑 여덟 개를 만들어 땅콩을 심었다. 지난주에 트랙터로 갈아놓은 땅이지만 가래로 이랑을 다듬는 작업은 힘이 들었다. 물 두 병을 비웠으나 많은 땀을 흘렸기에 귀로에는 갈증을 풀기 위해 과일 주스 두 병을 더 마셨다.

5월 5일 금 맑음

화려하던 벚꽃이 완전히 사라졌다. 일시에 피었다가 한꺼번에 지는 꽃이라 4월 말부터 5월 초 사이에 한 주라도 거르면 벚꽃 구경을 놓치기 쉽다. 오늘은 연못 주위의 철쭉과 지난 늦가을에 심은 튤립들이 화려한 꽃망울을 터뜨렸다. 특히 노란색 꽃 50송이와 빨간색 꽃 50송이가 핀 튤립은 초록색 잎과 좋은 대조를 보여 이 꽃을 처음 보는 L 씨를 놀라게 하였다.

밭의 배수로 작업을 마치고 돌아가려는 L 씨를 불러들여 점심을 같이 먹었다. 수줍게 이 꽃의 이름이 무엇이며 가을에 씨를 받아 갔으면 좋겠다고 하기에 구근을 나눠주기로 약속하였다.

오후에는 쇠스랑으로 텃밭을 갈았다. 아내와 친척 아주머니는 이 밭에 상추와 파를 모종하였다. 지난주에는 그늘이 지어 벼가 잘 자라지 않던 첫째 다랑이에 발효 돈분(豚糞) 네 수레를 붓고 갈 아엎어두었다. 이 자리에 토란을 심었다.

5월 6일 토 비

어젯밤부터 시작된 비가 저녁 6시까지 줄기차게 쏟아졌다. 거의 열흘 만에 단비가 내려 반가웠다. 강우량이 많아지면서 남부지방 에는 호우경보, 중부지방에는 호우주의보가 발령되니 비 피해가 염려되었다. 특히 묘목을 심은 아랫논이 침수될 가능성이 높아 종 일 배수로를 팠다.

새로 만든 미나리꽝과 3주 후에 모내기할 논둑도 붕괴 조짐을 보인다. 넓게 편 비닐로 덮고 흙을 퍼서 물이 새지 않도록 다졌다. 오후에는 논에 물이 많이 고여 모심기에 충분할 정도가 되었다.

5월 12일 금 흐린 후 가랑비

시골로 가는 길에 R 화백의 화실에 들렀다. 그의 화실은 남한강 변의 암벽을 등지고 남쪽으로 넓은 남한강 상류가 내려다보이는 터에 자리 잡아 풍치 있다. 이토록 훌륭한 터를 소유한 R 화백이 홍천강변의 우리 집에 매료된 점은 이해하기 어렵다. 그는 남한강이 홍천강보다 오염되었고, 자기 집에서 강으로 내려가는 통로가 없어 강물을 바라보는 것으로 만족할 수밖에 없단다. 반면, 우리 시골은 모래와 자갈이 덮인 강변을 걸을 수 있기 때문에 비교가 되지 않는다고 한다. 우리 내외는 R 화백이 이웃이 되기를 바라지만 그가 용단을 내리기는 쉽지 않을 것 같다.

집에 도착하는 즉시 고추 모를 심었다.

5월 13일 토 소나기

멀칭용 비닐 속에 동면에서 깨어난 게으른 개구리 한 마리가 탈출구를 찾지 못해 발버둥치는 모습이 보인다. 소나기가 그친 후 뜨거운 볕을 받아 피부가 상했을 것이고 산소 부족으로 숨 쉬기도 어려웠을 것이다. 비닐에 구멍을 뚫어 허우적거리는 개구리를 꺼내주니 잠시 어기뚱대다가 숲 속으로 뛴다. 농부들은 잡초로부터 농작물을 보호하고 토양의 수분 증발을 막기 위하여 농업용 비닐로 밭이랑을 씌우지만 아마도 개구리를 비롯한 많은 생물들이 비닐 속에 갇혀 목숨을 잃을 가능성이 높을 것 같다.

5월 19일 금 맑음

최근에는 빙부님의 건강상태가 많이 악화되었다. 시골 나들이를 나설 때마다 불안하기에 오늘도 집을 나서기 전 이웃 의사를 불러 진찰를 받으시게 하였다. 의사는 빙부님이 저혈압이기는 하나 위급한 상태는 아니라고 안심시키기에 당일로 왕복하기로 하고 집을 나섰다.

고추 · 토마토 · 호박 모종을 밭둑에 내려놓고 작업복으로 갈아
입었다. 집으로 전화를 해본 아내가 아버님 용태가 심상치 않은
것 같다는 간병인의 말을 들었다고 하였다. 즉시 귀로에 올랐으나
우리 내외가 도착하기 전에 운명하셔서 임종을 지키지 못하였다.
시골 생활에 매여 자식의 도리를 다하지 못한 것은 천추의 한이
될 것이다.

1904년 초에 태어나 103년을 사셨으니 남들은 천수를 누리셨다
고 할 것이다. 빙부께서는 젊어서 외국 유학을 하고 불문학 제1세
대로 많은 제자들을 길러 내셨다. 『비정통사상』『의욕의 장원』 등
의 저서와 사르트르의 『존재와 무』, 몽테뉴의 『수상록』 등의 번역
서를 출간하여 학문적 업적을 쌓았으니 인생을 보람 있게 사신 어
른이다. 더욱이 일제시대, 6 · 25동란 등의 어려운 시기에 네 명의
자녀를 모두 고등교육까지 시키고 친자들은 물론 손자 손녀, 사위
들을 합쳐 10여 명의 교수를 거느리셨으니 복이 많은 어른이라고
주변에서는 칭송해왔다. 그분의 막내딸인 내 아내는 임종을 지키
지 못한 죄책감 때문에 몹시 서러워하고, 20여 년 전 양친을 여읜
나는 친부처럼 모셨던 분을 잃은 슬픔을 억제하기 어렵다.

결혼 후에 알게 된 사실이지만 우리 내외는 빙부께서 쓰신 글에
서 출제된 여덟 문항이나 되는 대학입시 국어문제 때문에 애를 먹
은 일이 있다. 지금도 기억나는 것은 오묘(奧妙) · 범주(範疇) · 울
창(鬱蒼) 등 네 개의 한자용어를 써야 하는 문제에서 두 문제를 놓

쳤던 일이다. 대학시절에는『사상계』에 실린 빙부님의 글을 종종 읽으면서 참으로 어려운 글을 쓰시는 분이라고 생각한 적이 있다. 그러므로 이 어른의 막내 사위가 되어서는 만사에 조심하고 공부에 게으르지 않도록 노력하였다.

유학시절, 빙부께서는 강보에 싸인 나의 두 아들을 키워주셨으며, 귀국 후에 글을 쓰면 빠짐없이 읽어주셨다. 특히『영남대로』를 출간하였을 때는 막내 사위가 비로소 학자가 되었다고 기뻐하셨다. 90대 초반까지 전국 각지를 유람하고, 일기를 쓰셨으며,『타임』지를 정기구독하는 등 지식인의 참 모습을 보이셨기에 빙부님은 내 학문생활의 모범이었다. 언젠가는 우리 곁을 떠날 것이고, 그 시기가 점차 가까워지고 있음을 알고 있었으나 부재중에 임종을 하시니 송구스럽기 그지없다. 이제 이 어른이 떠나니 그분이 계셨던 자리가 더욱 깊고 넓게 인식된다.

5월 26일 금 맑음

빙부님을 유택(幽宅)에 모신 후에도 며칠간 분주하게 지내다가 오늘은 빙부님 장의(葬儀)차 미국에서 귀국한 처남을 모시고 시골로 왔다. 내 강의를 수강하는 철학과의 J 군도 동반하였다. 상례(喪禮) 중 L 씨는 모를 심기 위해 우리 논을 반듯하게 삶았고 모판까지 운반해놓았다.

5월 27일 토 가랑비

C 선생이 고교 1학년생 여덟 명에게 농촌체험을 시켜주기 위해 찾아왔다. 새벽부터 가랑비가 내려 길 사정이 좋지 않은데도 귀한 손님들이 모내기를 돕겠다고 찾아왔으니 고마운 일이다.

사랑방 아궁이에 장작을 넣고 방을 따듯하게 해놓았더니 대도시에서 자란 아이들은 아랫목으로 몰려들어 자리다툼을 벌인다. 아내는 장례 동안 지친 몸에 발까지 다쳤으면서도 열네 명의 식사를 준비하느라고 분주하다. 모두들 시골음식을 가리지 않고 잘 먹으니 고맙다. 넉넉하게 차렸다고 생각한 음식이 모자라 아내는 굶고 말았으니 어이가 없다.

비가 그치지 않아 면 소재지의 농자재상에서 일회용 비옷을 구해와 나눠주었다. 비가 내린 덕에 논에는 물이 고였는데 이는 모내기 작업에 도움이 된다. 오후 1시경 작은 다랑이 두 개에 모내기를 마쳤다.

돼지고기 구이, 김치찌개, 우리 밭에서 재배한 상추와 쑥갓, 그리고 돌미나리와 돌나물 무침 등으로 점심상을 차렸다. 아이들은 두 솥의 밥을 먹어치우고도 모자라는지 더 달라고 한다. 먹성이 좋은 아이들이라 아내는 다시 밥을 안치고도 또 굶게 생겼으니 참으로 인정머리 없는 녀석들이다. 예로부터 아들만 가진 어머니들은 굶기를 밥 먹듯이 한다더니 틀린 말이 아닌 것 같다. 그러나 아내는 아이들이 밉지 않은지 미소만 짓는다.

아이들은 오후 작업에 관심이 없는 듯하다. 처남·J 군·L 씨와

C 선생이 데리고 온 고교생들과 모내기.
다락논 아래쪽에 흐르는 물이 홍천강이다.

내가 논에서 작업을 시작한 지 30여 분이 지나서야 C 선생의 설득을 받은 아이들이 논으로 내려온다. 그러나 세 아이는 사랑방에서 뒹구느라 나오지 않았다. 어디나 꾀돌이는 있는 법이다.

6월 2일 금 맑음

마늘종이 길게 자랐다. 그대로 두면 알이 굵어지지 않는다고 하니 뽑기는 해야겠는데 요령이 부족한 탓으로 중간부분에서 끊어진다. 그에 비해 아내는 부드러운 밑부분이 잘리지 않게 잘도 뽑는다. 이 작업은 아내에게 맡겨놓고 나는 비닐하우스에 심은 양파를 걷었다. 큰 것은 어른 주먹만하고 작은 것도 골프공 정도로 자랐기에 수확량은 제법 된다.

아내가 마늘종을 볶아 저녁상을 차렸다. 아내는 오늘 수확한 양파처럼 달콤한 것을 먹어본 적이 없다고 감탄하였다.

6월 3일 토 맑음

우렁이 500g을 얻어다가 세 다랑이의 논에 넣었다. 매년 논의 잡초를 뽑느라 애를 먹었는데 이 우렁이들이 자라서 알을 낳고, 그 알들이 부화하여 큰 우렁이로 자라 논의 잡초를 깨끗이 먹어치운다니 앞으로는 논의 김을 매지 않아도 될 것 같다. 더구나 우렁이들이 잡초를 먹고 배설하는 것이 토양을 비옥하고 미질을 좋게 해준다고 하니 기대해봄직하다.

그러나 우렁이를 이용한 유기농법의 첫 단계로 들어서게 되었다고 기뻐한 것도 몇 시간 만에 끝나고 말았다. 오후가 되자 왜가리와 청둥오리들이 날아와 논바닥을 헤집고 다니기 시작하니 동작이 굼뜬 우렁이들이 어디로 갈 것인가.

6월 10일 토 비

자정부터 하늘을 산산조각낼 듯이 날카로운 번갯불이 번쩍이고 산이라도 무너뜨릴 것처럼 천둥이 치더니 종일 비가 쏟아졌다. 비옷을 입고 논으로 내려가보니 2주일 전에 심은 모가 약간 자라기는 했으나 잎이 마르고 어떤 것들은 죽어서 물 위에 떠 있다. K 노인이 벼멸구가 어린잎을 먹기 때문이라며 박멸탄이라는 농약을 살포하라고 권한다. 왜가리의 먹이가 되지 않고 살아남은 우렁이들이 낳은 분홍색 알들이 벼포기와 논둑 풀에 붙어 있는 것을 본 이상 도저히 농약을 뿌릴 수는 없다. 다행히도 배수로에 남겨놓은 모판이 있어 종일토록 빈자리에 모를 다시 심었다. 허리가 아픈 것은 물론 손마디까지 저리다.

6월 17일 토 맑음

오늘은 우리 내외의 결혼기념일이다. 샴페인 한 잔씩 놓고 자축하였다. 아내는 오늘 하루만이라도 편히 쉬라고 당부한다. 그래도 나는 끌로 다듬은 기둥과 장대를 논으로 운반하여 어제 마치지 못한 논둑 보수작업을 계속하였다.

어제 끝마친 미나리꽝의 둑은 길이가 짧아 수월했으나 그 밑의 논둑 두 개는 2~4배 더 긴데다가 폭이 좁아 웬만큼 보수해서는 집중호우를 견디지 못한다. 엊그제 내린 100mm 미만의 비에도 견디지 못했으니 자연의 힘을 두려워하지 않을 수 없다.

그런데 이해할 수 없는 것은 지금까지 수년간 멀쩡했던 논둑이 갑자기 무너진 점이다. 밑둥을 날카롭게 깎은 기둥을 해머로 때려 논둑 밑에 박은 후 기둥과 기둥 사이에 긴 나무를 포개 쌓으면서 빈틈을 모래자루와 흙으로 메웠다. 둘째 둑과 셋째 둑의 보수작업을 마친 후에는 완전히 탈진상태라 휘청거리며 집으로 들어가 누워버렸다. 하도 땀을 많이 쏟아 얼음물을 연거푸 다섯 잔이나 마셔 갈증을 삭였다.

6월 22일 목 비

지난주에 논둑을 다듬었으나 물이 새어 논바닥이 말랐고 보수한 둑 아래에는 다시 무너진 흙이 쌓였다. 게다가 논물의 감소로 인해 마땅히 숨을 곳을 찾지 못한 우렁이들이 왜가리들에게 먹혀 빈 껍질들이 여기저기 흩어져 있다. 금년처럼 벼농사가 힘든 줄 알았더라면 남들처럼 폐농을 하든가 아니면 논 전체를 밭으로 전용했을 것을 7할 정도만 밭으로 가꾼 것이 후회되었다.

공산품을 수출하지 않으면 4,500만이나 되는 많은 인구를 먹여 살릴 수 없는 처지라 정부는 무역시장을 개방할 수밖에 없었을 것이다. 우리나라 인구의 1할도 못 되는 농민들이 아무리 호소하고 때로는 떼를 써도 9할 이상의 국민이 무관심하니 정부는 안심하고 외국농산물 수입을 자유화하였다. 그러므로 정부는 이제 농토를 방치한다고 해서 토지소유자를 당당하게 처벌하기도 어렵게 되었다. 우리 동네에도 잡초와 잡목이 우거진 비탈 논들이 골짜기마다 박혀 있다.

6월 28일 수 맑음

과일 봉지 씌우기를 마쳤다. 벌써 벌레들이 들끓어 효과도 없는 목초액을 살포하였다.

서너 시간 작업을 했을 뿐인데 땀을 너무 많이 흘려 탈수증상이 나타났다. 물론 작업을 하는 사이에 레모네이드 한 병, 커피 두 잔, 주스 한 병을 마셨으나 갈증이 쉽게 가시지 않았다. 시원한 샘물을 두 바가지 마신 탓으로 식욕도 떨어지고 잠이 오지 않는다. 움베르토 에코의 소설 『장미의 이름』과 『바우돌리노』를 읽다가 날밤을 새웠다. 에코 소설의 치밀한 구성, 어휘 구사능력, 추리력, 그리고 군더더기 없는 문장에 감탄하면서 책을 읽다보니 날이 밝았다. 군복무시절 사이공의 미군 도서관에서 빌려 읽었던 모라비아(A. Moravia)의 단편집과 과레스키(G. Guareschi)의 작품 외에는 이탈리아의 현대문학을 접해보지 못했기 때문에 에코의 작품은 40년 전의 감성을 회복시켜주는 듯하였다.

7월 2일 일 맑음

강변에서 만난 이장이 우리를 반긴다. 몇 해 전 우리 집에 왔던 손님들이 통곡(通谷)이란 지명의 어감이 좋지 않다고 하기에 아내가 반장에게 마을 이름을 바꾸는 것이 어떻겠느냐고 말한 적이 있다. 그런데 최근 주민회의에서 우리의 의견이 반영되었다고 하며 이장은 우리 내외에게 작명을 부탁했다. 전에도 우리가 새로 포장한 둑방길이 너무 황량하니 벚나무와 단풍나무를 심으면 좋을 것 같다고 건의했더니 이듬해 봄, 길 양쪽에 벚나무를 심었다. 그 나무들이 많이 자라 금년 봄에는 꽃이 피었다. 아마도 몇 해가 더 지나면 몇백 미터의 벚꽃 터널이 될 것이다.

16년 사이에 홍천강변도 많이 변하였다. 우선 춘천으로 가는 도로가 산뜻하게 포장되었고 양평군 단월면 방향으로 신작로가 뚫렸다. 길도 없던 홍천강변을 따라 콘크리트로 포장된 농로가 열렸다. 큰물이 질 때마다 마음대로 길을 바꿔 흐르던 홍천강이 강변의 축대건설로 정해진 공간 안에 갇혀 얌전히 흐르게 되었다.

1990년경에는 비록 허름하기는 했어도 홍천군 서면 소재지인 반곡에 많은 집들이 있었는데 낡은 건물들이 하나둘씩 무너지고 사라져 한적한 마을로 변했다. 큰 마을에서조차 뛰노는 아이들의 모습을 찾아보기 어려워지고 과거의 집터들은 밭으로 바뀌었다. 반곡다리 오른쪽 골짜기 양지바른 언덕에 자리 잡고 있던 망단이 마을은 둑방길이 조성된 후 강변으로 일부가 이동하여 민박업소로 변했다. 또한 모래로 덮였던 논골 입구의 황무지에는 민박집과 펜션 10여 채가 새로 들어앉았다.

아내는 이러한 변화상을 글로 쓰고 사진도 찍어두라고 수차 권고했으나 나는 귀담아 듣지 않았다. 오늘 이장을 만난 후 아내의 의견을 따르지 않은 것을 후회하게 되었으나 이미 지난 일이다.

9시 뉴스에 정부의 개각(改閣) 내용이 발표되는 것을 보고 '개각〔犬脚〕 같다는 느낌이 들었다. 왜 우리의 정치가들은 훌륭한 인재들을 찾지 않고 자기 주변의 아첨꾼들에게만 중책을 맡기는가. 또한 왜 그자들은 자신은 적임자가 아니라고 사양하지 못하는가. 『사서』(史書)를 보면 나라가 부강하고 도리가 잘 지켜지고 백성이 편안한 삶을 살았던 시대에는 지배자가 스스로 능력 있는 인물을 찾아 나섰다. 능력 있는 자들은 자신보다 덕이 있고 유능하지만 숨어 지내는 인물을 천거할 줄 알았다.

오늘 교육부 장관으로 임명된 K모는 말은 빠르나 생각이 깊지 못해 몇 차례 국민들을 격분시켰던 인물이다. 지난 5월 지방선거에서 여당이 참패한 데는 K모도 한몫을 하였다고 해서 여당 일각에서도 기피인물로 지적한 바 있다. 야당은 그의 덕을 보았다고 칭송했다는 우스갯소리까지 들린 바 있다.

7월 3일 월 맑음

밤새도록 논에 물을 댔으나 물이 새어 충분하지가 않다. 물이 새는 곳을 진흙으로 틀어막고 삽으로 다져보지만 금년 벼농사는 기대하기 틀렸다. 아래 다랑이의 참깨는 50cm도 못 자랐으면서 건방지게(!) 꽃망울을 터뜨렸다. 적어도 70cm 이상 키가 커야 대가 굵고 곁가지도 퍼져 많은 열매를 맺는다. 사실 참깨의 왜소증은 거름을 충분하게 주지 않은 내게도 책임이 있다.

옥수수는 다행히도 내 키만큼 자랐고 큼직한 열매를 품고 있다. 다만 고랑은 물론 옥수수뿌리 위로 키 작은 잡초가 무성하고 폐전 상태인 이웃 밭에서 불려온 환삼덩굴이 옥수수를 휘감고 있어 걱정이다. 두 시간에 걸쳐 잡초를 걷어내느라 지쳤다.

튤립꽃이 진 것은 지난달인데 잎까지 시들었다. 삽으로 땅을 파서 구근을 골라냈더니 일부는 썩었다. 성한 것의 반 정도는 작년 가을에 심었던 것보다 알이 작다. 망태에 넣어 그늘에 걸어놓고 20여 알을 L 씨에게 나눠주었다.

7월 10일 월 비

태풍 에위니아(Ewiniar)가 서해안을 따라 북상 중인데 태풍의 규모는 직경 약 300km에 달한다. 한반도 전역은 태풍의 위험반원(危險半圓) 안에 들어가게 되므로 막대한 피해가 예상된다. 그저께 시골에서 서울로 돌아가 아직도 피로가 덜 풀렸지만 다시 시골로 왔다.

어젯밤, 글을 쓴답시고 잠을 덜 잔 탓인지 눈꺼풀이 감긴다. 커피를 진하게 타서 한 잔 마신 후 비옷을 입고 삽을 둘러메고 밭으로 나가 보니 고추와 옥수수 대부분이 옆으로 누웠다. 바람이 다소 불기는 했으나 그리 강한 편은 아니었는데 태풍에 겁을 먹고 미리 누웠는가. 고추밭에는 지주목을 연결하는 선을 단단하게 매어 고추가 쓰러지지 않도록 대비하고 옥수수는 북을 높여 바로 세웠다.

비가 세차게 쏟아지기 시작하였다. 논으로 들어가는 물구멍을 막고 무넘기 도랑에 비닐을 덮어 토양유실에 대비하였다.

9시 뉴스에 200~300mm의 폭우가 쏟아진 호남·충남 일대의 피해상황이 보도되었다. 그러나 밤 11시경 태풍이 충남 홍성 부근에서 소멸되었다고 한다. 며칠간의 소란이 이렇게 끝나니 다행스럽기는 하나 허무하다.

7월 16일 일 폭우

내 평생에 오늘처럼 무서운 폭우에 시달려본 경험은 없다. 물론 젊은 시절 내설악 등반 중 이틀 간격으로 두 개의 태풍을 만난 적은 있다. 그러나 그것은 휴가 중의 경험이었지만 오늘은 내 땅과 곡식을 지키겠다는 의지의 투쟁이었기 때문에 다른 의미를 가진다. 농작물을 잘 키워 수확한다 해도 금전적인 가치는 100만 원 정도에도 못 미칠 것이다. 하지만 밭 갈고 씨를 심고 김을 매서 키운 것이기에 말 못하는 작물들에 대한 애정이 자식에 버금가니 소홀할 수 없다.

새벽부터 내린 비는 처음에는 부드러운 물의 장막 같았고 그 소리는 아름다운 음률이었다. 그러나 잠시 후 이 장막은 전쟁터의 포탄 장막 같은 위력을 발휘하기 시작하였다. 나는 6·25동란을 겪었고 60년대 중반에는 월남전쟁터에서 18개월을 살았기 때문에 어느 정도 담력을 가지고 있다고 자부해왔다. 그러나 지붕에 매달린 빗물받이 홈통이 토해내는 허연 거품이 섞인 물과 집 뒤의 공사장에서 쏟아지는 흙탕물이 중정(中庭)에 가득 차는 것을 본 순간 소름이 끼쳤다. 건기에는 마르고 비가 올 때만 물이 졸졸 흐르던 집 옆의 도랑은 누런 탁류로 가득 차서 굉음을 토해내고 있다. 작은 개울은 이 물을 능히 감당하지 못하여 탁류가 연못으로 넘어 들어가고 또 연못물은 둑 위로 넘실거린다.

논둑은 이제 감당할 수 없을 만큼 무너져 전에 박아놓았던 말뚝이 모두 넘어졌고 논바닥도 포락(浦落)되었다. 이미 넘친 개울물이 논을 점거하여 윗다랑이에서 아랫다랑이로 물이 폭포처럼 쏟아진다. 개울에는 점점 토사가 쌓이는데 어른 머리통만한 돌까지 굴러내려 괭이로 긁어내다가 손으로 끄집어내보지만 헛일이다. 갑자기 1m 폭의 농로 한 모퉁이가 급류에 파먹히는가 했더니 순식간에 여기저기가 연속적으로 무너져 쓸려나간다. 우의도 벗어던지고 무너지는 둑을 지키려고 안간힘을 써보았으나 역부족이다. 온몸은 비와 땀에 젖었다. 양손에는 상처가 나서 피가 흐르고 쓰리다.

문득 이러한 포락현상이 왜 16년 만에 갑자기 발생하였는지 의심스러워 집 뒤로 올라가보았다. 거대한 중장비가 굉음을 지르며 우리 집 방향으로 배수로를 뚫고 있다. 이 괴물 같은 쇳덩어리가 밀어놓은 진흙이 넓은 면적을 덮고 있어 접근이 불가능하다. 중장비 운전자를 불러 작업을 중단시키고 건설현장 사무소에 연락했더니 공사 책임자가 달려왔다. 그는 설계에 따라 공사를 했기 때문에 잘못이 없다는 변명만 늘어놓는다.

그런데 이상한 점은 K 노인이 우리를 따라다니며 참견하는 것이다. 어쩔 도리가 없어 공사 책임자를 데리고 논밭을 보여준 후에 원상복구 작업을 한 후 배상을 하지 않으면 내 방식대로 대책을 세울 것이라고 은근히 압력을 넣었다. 그리고 도로 공사로 편입된 임야가 본래 내 소유였는데 그곳에서 쏟아진 토사로 내가 피해를 입는다는 것은 도저히 참을 수 없다고 했다. 그는 비로소 K 노인의 항의로 물길을 돌릴 수밖에 없었다고 실토한다. 사무실로 돌아간 그는 현장소장으로부터 내 신분을 알게 된 듯 사과하고 원상복구를 약속하였다.

7월 17일 월 비

비는 쉬지 않고 쏟아졌다. 기상전문가들은 게릴라식 폭우니 뭐니 하고 새로운 말들을 만들어낸다. 이는 하늘이 자제력을 잃고 쏟아내는 것이니 방정맞은 용어 대신 적절한 용례를 찾아야 할 것이다.

오늘 한반도는 온통 물에 흠뻑 젖었다. 아니 익사할 뻔했다고 함이 옳을 것 같다. 영서지방에는 한밤중에도 폭우가 쏟아져 나무가 젖고 뿌리까지 불어 대지는 비에 젖은 흙과 돌을 품을 능력을 상실하였다. 그래서 대지는 죽처럼 풀어져 흙과 돌을 토해내고 토석은 사람이 잠자는 집과 도로를, 그리고 달리는 차를 덮쳤다. 벼가 자라는 논, 고추가 익어가는 밭으로 흙더미가 쏟아지는가 하면 부드러운 흙은 강에 빼앗기고 앙상한 돌덩이만 남았다. 인제군

520mm, 홍천군과 횡성군 400mm 내외, 춘천시 약 300mm의 강우기록을 세웠다.

홍천강물이 역류하고 구만천 상류의 물이 넘쳐 어유포리와 팔봉리 앞의 서논들이 침수되었다. L 씨가 오이를 심은 우리 큰 밭 아래도 침수되어 강변의 밤나무 고목 중간부분까지 물이 찼다. 마을의 땅콩밭과 참깨밭에도 네댓 시간 동안 물이 들어왔다가 빠졌다. 토박이 노인들도 수십 년 전에 이런 수해를 한 번 겪은 적이 있었다고 하니 이번 홍수는 노한 하늘이 홍천강을 통해 내린 벌이 아닐까. 이 북새통에도 연휴를 즐기겠다고 강변에 천막을 쳤던 사람들은 불어난 강물에 쫓겨 민박집으로 들어갔다. 물이 빠지기 전까지 2~3일 동안 그들은 옴짝달싹 못하고 갇혔다.

이 세상에 물보다 더 무서운 것이 있는가. 아니 물보다 더 위대한 것이 있는가. 물은 부드럽다. 물은 형태가 없어 자신을 수용하는 공간의 형태대로 모양을 갖추는 여유가 있다. 열을 가하면 흔적도 없이 기화하지만 기온이 낮으면 돌처럼 굳는다. 이처럼 하늘과 땅과 강, 그리고 바다로 자유롭게 움직일 수 있고 모습도 바꿀 수 있는 존재는 물이 유일하다.

물은 지구의 70% 이상을 덮고 있으며 지구상에 존재하는 모든 생물의 몸은 반 이상이 물이다. 즉 물이 없는 곳에는 생명체가 살 수 없다. 그중에도 가장 물을 많이 사용하고 물 없이는 견디지 못하는 존재가 인간이다. 그럼에도 우리는 물의 고마움도, 두려움도 모르고 산다.

수해를 입었다고 물을, 그리고 강을 원망해서는 안 된다. 홍천 강은 몇십 년 만에 자신의 물길을 한 번 방문하고 지나갔다. 이 강변의 땅은 본래 홍천강이 주인이고 나는 법적으로 그것을 사용할 수 있는 권리를 보장받았을 뿐이다.

7월 19일 수 흐리고 약간의 비

논밭에 들어갈 수가 없어 책상 앞에 앉았으나 글이 써지지 않는다. 내년 2월 퇴임을 앞두고 마지막으로 써야 할 논문의 작업이 지지부진한 것이 음울한 날씨 때문인지 아니면 지적 능력의 감퇴 때문인지 알 수가 없다.

밤 9시 수해보도에 나온 평창군과 인제군의 피해가 상상을 초월하여 그 참상이 눈물겹다. 대통령이 수해현장 몇 군데를 시찰했다고 한다. 방문지역은 피해가 적어 안전하게 답사할 수 있는 곳이었으니 충실한 사태파악은 기대하기 어려울 것 같다.

문득 2004년 2월 신행정수도사업단에서 했던 특강내용을 회상하게 되었다. 사업단으로부터 몇 차례 강의 초빙을 받았으나 고사했는데 그쪽에서 간청을 하고 주변의 권고도 있어 30여 명의 박사 연구원을 상대로 50분간 강연을 하였다. 그런데 뜻밖에도 질문이 쏟아져 90분이나 응대를 하게 되었다. 그것은 질의 응답이 아니라 1 대 30의 토론이나 다름없었다.

그들이 정해준 강연 주제는 '택리지'(擇里志)였다. 아마도 『진단학보』와 『한국사 시민강좌』에 게재했던 논문을 보고 나를 특별

강사로 지명했던 것 같다. 그들은 『택리지』의 「복거총론」(卜居總論)에서 강조한 취락의 입지 패러다임과 신행정수도의 입지가 이상적으로 잘 부합된다는 긍정적인 평가를 기대했던 모양이다. 이는 풍수 전문가를 초빙하여 국도풍수(國都風水) 강의를 들어야 마땅한 일이었다.

그들은 끈질기게 국토균형개발정책을 합리화하고자 하였다. 나는 새로운 행정도시 건설에 앞서 균형개발보다는 재해예방대책 수립과 재해지역 복구가 더 시급하다고 주장하였다. 즉 전시효과를 노리고 시행하는 신행정수도나 혁신도시 개발보다 최근 10년간 극심한 재해를 입어 피폐해진 지역과 소외된 지역의 복구 및 개발이야말로 더 시급하고 가치 있는 국토균형개발사업이라고 하였다. 그들 중 대부분은 복구되지 않은 재해지역이 있다는 사실조차 모르고 있어 딱했다. 나는 강릉·삼척·동해, 그리고 경남과 전남 일대 산간지역을 열거하였다. 복구작업이란 것도 도로변의 응급조치 수준에 불과하니 직접 답사를 해보라고 권고하였다.

근래 기상이변이 잦아 한 시간에 200mm, 하루에 800mm의 폭우가 쏟아지는 기록이 수립되었다. 단 하루 만에 1년 강수량의 3분의 2가 내리는 것은 확실히 변고이다. 강수일수가 줄어드는 대신 한번 쏟아지면 하천이 감당하기에 벅찬 물이 대지를 익사시킨다. 오보와 지각보도를 밥 먹듯이 한다고 해서 국민들로부터 집중공격을 받는 기상청도 하늘의 심사를 예측하기가 쉽지 않을 것이다.

댐을 쌓고 도시를 건설하고 도로를 닦는 토목 전문가들은 과거의 수치를 근거로 작성한 기상 모델만 믿고 공사를 벌이며 최근의 기상이변을 간과하고 있다. 그러므로 피해를 입은 사람들은 최근의 재해를 천재(天災)가 아닌 인재(人災)라고 주장한다. 산이 무너져 집과 사람이 묻히고 물이 불어 농작물과 귀중한 생명이 쓸려 내려갈 때 주민들의 가슴은 멍들고 찢기고 썩어간다. 그러나 태만하고 신중하지 못한 관리들은 책임을 모면할 궁리만 한다. 수해지역 복구는 대부분 주요 도로 주변에서만 이루어질 뿐 뭇 사람의 시선이 미치지 않는 곳은 수년 간 방치된다. 왜냐하면 주요 도로는 국민의 9할을 차지하는 도시 사람들이 관광·피서를 다니는 통로라서 선전효과가 크기 때문이다.

정권이 바뀔 때마다 위정자들은 전임자들이 완성한 사업이나 수행 중이던 사업을 계승하려 들지 않고 자기 자신의 사업계획 실천에만 열을 올린다. 이 때문에 도시화·산업화가 시작된 이래 우리 국토는 멀쩡한 곳을 찾아보기 어렵게 되었다. 언덕을 깎아 늪지를 메우고, 산을 허물어 돌을 캐고, 시멘트로 메우고, 강을 막아 물을 가두며 전답을 밀어붙이고, 산에 구멍을 뚫어 도로 만들기를 40여 년간 해오는 동안 우리 국토는 만신창이가 되었다.

물론 이러한 건설사업에 힘입어 오늘날 우리는 잘 먹고 잘 입고 편안하게 살고 있다. 웬만한 가정이면 자동차에 가족을 태우고 전국을 유람할 수 있게 되었으니 단군 이래 우리 민족은 더없는 호강을 누리고 있다. 하지만 이럴 때일수록 우리는 자제하고 더 이상 국토를 망가뜨리지 않도록 조심해야 한다. 환경운동가들이 자연을 보호하자고 목청을 높이지만 어떻게 인간이 감히 자연을 보호할 수 있겠는가. 자연은 보호대상이 아니라 우리가 경외심을 가지고 대해야 하는 위대한 존재이므로 자연 앞에서 죄를 짓지 않도록 경건한 마음을 가져야 한다. 이런 연후에 우리는 산야를 밀어붙여 평탄한 공간을 마련하고, 함부로 유토피아를 건설하겠다는 위정자들을 타이르고 견제할 수 있다.

7월 21일 금 흐린 후 비

폭우를 피해 탈출하듯이 빠져나온 지 7일 만에 다시 시골로 왔다. 홍천강의 수량은 많이 줄었으나 홍수의 흔적은 강변 도처에 남아 있다. 급류에 휩쓸린 강변의 잡목과 소나무들이 뿌리째 뽑혀 누웠고 무성하던 잡초들은 진흙과 엉겨 붙었다. 강변 언덕의 민박집 주인들은 마당에 쌓인 진흙을 긁어내느라 구슬땀을 흘리고 있다. 수확을 앞둔 솔밭집 앞의 참깨밭은 흔적도 없이 사라지고 16년 전의 황무지로 환원되었다.

우리 집도 난장판이다. 안채 문을 열었더니 악취가 가득하고 주방 바닥에는 오물이 흥건하다. 내가 부재중인 사이에 인근 송전탑에 벼락이 떨어져 전기가 끊겼다고 한다. 이웃집들은 TV와 냉장고가 고장났다고 하는데 다행히 우리 집은 누전 차단기만 내려갔을 뿐이다. 상한 식품을 모두 버리고 냉장고를 소독약으로 닦아내고 주방을 청소한 후 모든 문을 열어 환기를 시켰다. 누전 차단기를 올렸더니 냉장고와 보일러는 이상이 없다.

집 옆의 개울은 염려했던 대로 폐허나 다름없다. 이웃 J 씨가 쌓은 수 톤짜리 축대 거석들이 무너져 개울을 가로막았기 때문에 곳곳에 깊은 웅덩이가 생겼다. 도로 공사장에서 쏟아진 탁류가 농로를 뚫고 논으로 휩쓸려 둘째와 셋째 다랑이 일부가 매몰되었다. 실개천이 홍천강과 만나는 끝자락에는 약 2m 높이의 폭포가 생겨 누런 흙물을 쏟아내고 있다.

참깨밭과 땅콩밭에는 홍천강이 운반해온 쓰레기들이 수북하게 쌓였다. 우리 땅콩밭보다 1~2m가량 지대가 낮은 옆의 밭에서 잘 자라던 고추와 들깨가 흔적도 없이 사라졌다. 이 밭을 가꿨던 강 건넛마을 노파는 넋을 잃고 앉아 있다.

오후부터 또 비가 쏟아진다. 사랑채 마루에 앉아 비 피해도 잊은 채 지붕을 두드리는 빠른 템포의 빗소리와 일정한 간격을 두고 마당에 파인 구멍 안으로 떨어지는 낙숫물 소리를 즐겼다. 내 사랑채를 청우루(聽雨樓)라 부르고 싶어진다.

7월 22일 토 맑음

얼마 만에 보는 청명한 하늘인가. 나는 먹장구름에 갇혔던 하늘이 다시 맑아지지 않으면 어쩌나 하는 두려움에 빠진 적이 평생 두 번 있다. 아주 어린 시절, 며칠 동안 줄기차게 쏟아진 비 때문에 밖에 나가 동무들과 놀지도 못했고 찾아오는 동무도 없어 어두운 낮이 두려웠다. 그러나 어느 날 창문을 열었더니 찢어진 구름 조각들이 바쁘게 달아나고 밝은 빛이 방으로 들어왔다.

철이 들어서 겪은 암울한 경험은 유년시절과는 의미가 다른 것이었다. 대학 2학년 초부터 1981년까지 온 국민은 입을 다물고 시키는 일만 열심히 하도록 강요당하며 살아야 했다. 나 같은 소시민조차, 지명수배 중이던 운동권의 누구를 닮았다고 하여 파출소에 연행되어 모욕적인 처우를 받은 적이 있다. 학생들을 가르치며 정부를 비판하는 말을 했다 하여 경고를 받기도 하였다. 70년대 중반에 유학을 떠나면서 과연 이 암울한 구름이 걷히고 맑은 하늘을 다시 볼 수 있을까 생각했는데 하늘은 무심하지 않았다.

이른 아침 강한 볕을 쏟아내는 맑은 하늘을 바라보니 힘이 솟았다. 며칠간 땀을 흘리면 폭우가 할퀴고 지나간 상처를 어느 정도 회복시킬 수 있을 것이다. 다행히도 시원한 강바람까지 불어 온종일 논밭에서 배수로를 파고 무너진 둑을 쌓고, 쓰러진 작물들을 보살펴도 피곤한 줄을 몰랐다.

저녁 뉴스에 H당 간부들이 온 나라가 수해복구로 땀을 흘리는 것도 아랑곳하지 않고 강원도 정선에서 골프를 즐겼다는 보도가 나온다. 참으로 어이가 없다. 골프 파문에 휘말려 L 씨가 총리직에서 밀려난 것이 엊그제인데 정치한다는 자들은 어째 이토록 철이 없는지 한심한 생각이 든다.

7월 23일 일 대체로 맑았으나 한차례 소나기

한 달 반이나 지속된 지긋지긋한 장마가 끝났다고 기상청에서는 자신 있게 보도를 내보냈다. 그동안 기상청 사람들은 시민들의 비난과 조롱을 용케도 견뎌왔을 것이다. 장마기간이 예년에 비해 두 배나 길었다. 강수량도 전국 평균 730mm였으며, 1,000mm 이상을 기록한 곳도 적지 않았기에 기상청의 발표는 반가운 소식이다. 몸에서는 늘 끈끈한 진액이 흐르는 느낌이 들었고 이부자리도 축축하여 편안한 잠을 이루기도 어려웠기 때문이다.

모처럼 나타난 맑은 하늘 탓인지 휴가를 미루었던 사람들이 한꺼번에 서울을 빠져나왔는가 보다. 나도 그들 틈바구니에 갇혀 다섯 시간이나 허우적대다가 겨우 시골에 도착하였다. 어제까지도 폭우가 쏟아져 홍천강변은 또 한 차례 물난리를 겪었기 때문에 반곡다리에서 집까지 들어오는 데 한 시간 이상 걸렸다.

논과 밭의 토양은 수분이 과포화 상태라서 들어설 수가 없다. 가물 때는 돌덩이 같은 토양이 흐물거리는 죽탕이 되어 건드리기만 해도 흙물을 주스처럼 토해낸다. 고추·참깨·옥수수 등 작물들은 흙탕 속에서 자세를 바로잡지 못하고 옆으로 기우는데 잡초들만은 꼿꼿하게 서서 인간의 보살핌을 받는 식물들을 비웃는다.

8월 8일 화 맑음

절기상 입추라지만 한낮 기온은 34°C까지 오르고 불볕이 대지를 뜨겁게 달군다. 온갖 초목들이 잎을 늘어뜨린 모습이 꼭 이웃집 늙은 수캐가 그늘에 앉아 혓바닥을 길게 내놓고 헐떡거리는 모습을 연상시킨다.

목초액과 잎살림 등 유기농약을 섞어 고추·토마토·오이에 뿌렸다. 그러나 이미 오스트리아산 종자로 키운 토마토 네 종류는 반 이상이 바이러스에 감염되어 시들었다. 장맛비가 주원인이었을 것이다. 밭둑의 잡초를 깎은 후 집으로 들어오다가 보니 동쪽 하늘에 보름달이 떠오르고 있는데 마치 열기에 덴 감처럼 벌겋다.

저녁 뉴스에 우리나라 기독교 신자들이 아프가니스탄으로 몰려가 선교활동을 겸한 국제행사를 벌일 예정이었단다. 수백 년간 이슬람교도들은 서구의 기독교도들과 끊임없는 투쟁을 벌여왔다. 16세기 이후로는 동방진출권을 놓고 서구와 대립해오다가 패배하여 정치적으로 고난을 겪었다. 오늘날 서남아시아와 북아프리카의 일부 이슬람 국가들은 세계를 움직이는 에너지원인 석유를 보유하여 정치적인 입지를 강화할 토대를 구축했다. 그러나 불행하게도 미국과 서부 유럽의 경제적 간섭을 받아 이 자원을 제대로 활용하지 못하는 실정이다. 설상가상으로 미국과 서구 열강들의 비호를 받는 유대인이 2천여 년간 포기했던 이스라엘 땅에 자신들의 나라를 세우면서 이슬람 세계와 기독교 세계 간 갈등의 골은 더욱 깊어지고 있다.

아프가니스탄은 석유도 나지 않는 가난한 나라이지만 전략적인 요지이기 때문에 고대부터 대륙 세력과 해양 세력의 각축장이 되어왔다. 최근에는 영국에 이어 러시아와 미국의 군사개입을 받는 불행한 나라이다. 그러므로 이 나라 사람들의 외국인에 대한 적대감은 상상을 초월하는데, 특히 기독교에 대한 반감이 심하다. 주민의 90% 이상이 이슬람교도인 이 나라에 우리나라 기독교인들이 찾아가서 찬송가를 부르고 예수를 찬미하여 무엇을 얻겠다는 것인가.

50여 년 전 고등학생 시절의 기억이 떠오른다. 어떤 분이 기독교 신자도 아닌 나를 인천의 유서 깊은 교회에서 노래를 부르게 하셨다. 그 후 그분의 추천으로 나는 도봉산 밑의 캠핑장에서 열리는 고교생수련회에 참석하게 되었다. 전국 각지에서 모인 남녀 200명의 수련회는 흥미롭고 유익하였다. 그러나 마지막 날 밤의 행사에 실망한 나는 개신교 신자가 되기를 포기하고 말았다.

남녀 각각 50명씩으로 구성된 두 팀이 도봉산 야간 등반을 하게 되었다. 갑자기 우박이 쏟아져 우리 팀은 길을 잃고 산속을 헤매다가 새벽 2시경 다행히도 목적지인 망월암에 도착할 수 있었다. 대여섯 시간 추위에 떨며 고생하다가 목적지에 도착하였으므로 모두들 안도했다. 하지만 한 친구 입에서 나오기 시작한 찬송가가 200여 명의 입으로 전파된 것은 예상 밖의 일이었다. 적막에 잠겼던 골짜기의 암자는 우렁찬 찬송가에 떠나갈 듯하였다.

잠시 후 회색 승복을 입은 스님이 등불을 들고 나와 점잖게 타일렀다. "여러분, 이곳은 부처님의 도량이니 조용히 해주세요. 그리고 지금이 몇 시입니까." 그런데 갑자기 어떤 친구가 소리를 질렀다. "사탄아, 물러가라!" 스님은 응대하였다 "여기가 내 집인데 어디로 물러갑니까."

나는 우리 기독교 신자들이 알라신을 모시는 나라에 찾아가서 "사탄아, 물러가라"고 외칠까 두렵다. 남의 집, 남의 나라를 찾을 때는 예절을 지켜야 한다. 왜 우리 기독교 신자들은 하필이면 강대국에 시달린 나머지 지친, 가난을 오직 신앙의 힘으로 이겨내는 사람들을 찾아가 그들에게 신앙을 바꾸라고 간섭하려 드는가.

8월 12일 토 맑음

모레부터 2주간 실크로드의 서쪽인 중앙아시아로 떠나기 때문에 어제부터 시골집에 머물며 논밭을 돌보았다. 익은 고추를 따서 비닐하우스에 널었고 잡초를 베었으며 무·배추·순무·당근을 파종하였다.

그러나 계획했던 일을 7할 정도 마치는 데 그쳤다. 2주일간 논밭을 돌보지 못하는 것이 안타깝지만 인생살이란 늘 깨끗이 마무리 짓지 못한 채 사는 것이 아니겠는가.

9월 22일 금 맑음

태풍 산산(Shanshan)이 지나간 후 며칠간 티 하나 없는 코발트 빛 하늘을 보게 되니 즐겁다. 금년은 윤달이 끼어 예년보다 추석도 늦다. 벌써 벼를 벤 논이 많고, 밤송이가 벌어져 바람이 불면 갈색의 밤톨들이 떨어진다. 그러나 추석은 아직 보름이나 남았다.

한낮에 따가운 가을볕의 유혹에 속은 작물들이 아직도 열매를 맺고 있으나 제대로 영글지는 못하니 안타깝다. 호박은 첫서리만 맞으면 시들 것이고 오이는 중간부분이 가늘고 양쪽 끝은 뭉툭하여 ㄱ자 모양으로 굽는다. 고추 역시 빨갛게 익지 못한다.

모든 동식물은 적절한 시기에 나야 건강하고 아름답다. 젊은 부모 사이에서 태어나는 아이는 건강하지만 늙은이와 젊은 여인 사이에서 나온 자식은 시원치 않다던 어른들의 말씀이 생각난다.

9월 23일 토 맑음

내 65회 생일을 시골집에서 맞았다. 아내는 미역국을 끓이고 갈비찜과 잡채도 만들었다. 미국에 사는 작은 처남께서 보내주신 생일 케이크와 포도주, 야생국화를 꽂은 병도 식탁을 장식하였다.

문득 내 나이가 우리 사회가 인정하는 노년에 접어들었음을 상기하였다. 9월생이라 덤으로 여섯 달 더 교수직을 유지할 수 있었으니 운이 좋기는 하나 심리적으로는 오늘로 사회활동의 정년을 맞았다는 느낌을 지울 수 없다. 이제부터 지하철을 무료로 승차할 수 있고 노약자 좌석에 앉을 수도 있다. 그러나 무임승차나 노약자 좌석이용에 익숙해지려면 상당한 시일이 필요할 것 같다.

초·중등학교 평교사로 정년을 맞은 친구들의 말에 의하면 50대 이상의 교사들은 일반적으로 학생들은 물론 학부모들로부터 홀대받는다고 한다. 나는 나이 때문에 언짢은 일을 당하지 않고 정년을 맞게 되었으니 후배교수와 학생들에게 감사해야 할 것 같다.

일반적으로 노인은 용모가 추하고 몸에서 냄새가 나며 복장이 불결하고 경제적인 여유가 없어 궁상맞은 존재로 인식되고 있다. 주름진 피부와 뒤틀린 팔다리, 초점 없는 눈동자, 윤기를 잃은 모발, 틈새가 벌어진 치아 등은 오랜 세월을 살아오는 동안 삭아버린 인간 육신의 특징을 상징적으로 나타낸다. 50대 중반일 때 어느 날 제자가 찍어준 사진에서, 내 얼굴의 윤곽이 흐릿한 데 비해 30대 초반의 제자 얼굴은 뚜렷한 것을 보고 적잖게 놀란 적이 있다. 그 이후로 내 모습을 사진 속에 담지 않으려 해왔다.

나이를 먹으면 인간은 지혜롭고 너그러워진다고들 한다. 그러나 모임에 나가보면 은퇴한 사람들이 앞자리를 차지하여 자기에게 발언할 기회가 오기를 초조하게 기다리는 모습을 자주 목격한다. 일단 말할 기회를 얻으면 좀처럼 그치지 않고 장광설을 늘어놓기 때문에 젊은 축들은 지루함을 느끼고 노추(老醜)라고 빈정댄다. 혹시 섭섭한 일을 당하면 좀처럼 노여움을 풀지 못하기 때문에 젊은이들로부터 기피당한다. 그러므로 나이를 먹으면 말을 적게 할 것이며, 부득이한 경우에는 생각을 정리하여 짧게 말해야 지혜롭다는 평을 들을 것이며, 불필요한 논쟁에 휩쓸리지 말아야 너그럽다는 말을 들을 것이다. 또한 체면유지에 필요한 수준의 경제력을 갖춰야 옹졸하지 않을 수 있다.

내 비록 시골에 묻혀 산다 할지라도 항상 몸을 청결히 하고 치아를 잘 관리하고, 의복을 단정하게 입도록 노력할 것이다. 그리고 생각을 깊게, 몸가짐은 신중히, 말은 적게 하는 생활신조를 지키고자 노력할 것이다. 물론 모든 것이 어렵겠지만 진정한 노년으로 들어서는 날을 맞이하여 이러한 결심을 해본다.

9월 29일 금 맑음

어쩌다가 한 번씩 찾아오는 J 씨가 자기 소유지 측량을 하는 데 참석하여 내 토지와의 경계를 확인하라고 요청해왔다. 오늘의 측지법은 일제시대에 일본 동경을 기점으로 작성된 삼각망이 아니라 인천을 기점으로 한 GPS 기법에 따른 것이므로 기준점의 위치가 종전과 차이가 있다. 그러므로 J 씨의 토지가 우리 연못과 집터 안쪽으로 파고들어오는 대신 우리 땅은 동쪽으로 약간 밀리게 됨을 확인하였다. 그런데 나와 이웃하는 L 씨가 나타나 J 씨 소유지와 내 소유지의 기준점이 바로 자신의 소유지 경계점이라고 주장했다. 지적도상 1.2cm 간격이 있으므로 실제로는 10m의 동쪽 지점까지 내 소유지이니 측량을 하여 확인해보라고 일러주었다.

20여 년 전 마을 사람들은 농로와 각 가정의 진입로를 닦을 때에 서로 양보하여 소유지를 따지지 않기로 하였단다. 그 후 신작로 건설이 시작되자 부재지주들이 나타나 작은 분쟁들이 일어나기 시작하였다. 이러한 분위기는 오랫동안 유지되어온 미풍양속에 큰 위협이 되어 마을의 토박이들은 각박해지는 인심에 깊은 우려를 나타내고 있다.

10월 13일 금 맑음

아내의 대학동창 두 사람이 찾아왔다. 두 사람이 모두 부유한 인물들이라 우리 집에서 묵어가는 데 불편해하지 않을까 염려했으나 쓸데없는 기우였다. 오히려 손님들은 어린 시절을 회상하며 즐거워한다.

손님들과 함께 땅콩을 수확하였다. 지난여름에 두 차례 침수되었는데도 작황은 평년 수준이다. 다만 땅콩줄기가 삭아 호미로 파내야 했기 때문에 작업이 다소 힘들었다.

10월 20일 금 맑음

S여대에서 퇴직하신 J 화백을 모시고 왔다. 지난주에 북한이 제1차 핵실험을 했고 이번 주말에 제2차 핵실험을 할지 모른다는 소문 때문에 방문을 망설였으셨단다. 시골에 도착한 후에는 우리 시골의 경치에 반하셨다고 한다. 그러나 이상건조로 인하여 홍천강 수위가 낮고, 지난여름의 긴 장마 때문에 단풍도 칙칙하여 볼품이 없으며, 집 뒤의 도로공사장에서는 암석을 깨는 착암기 소음까지 요란하여 송구스럽기 그지없다. 아내는 내년 봄에 꽃이 피면 이곳이 무릉도원이 되므로 그때 꼭 모시겠다고 하였다. J 화백은 그때 다시 올 것이지만 지금 이 경치만으로도 훌륭하다고 하신다.

J 화백은 잔디밭에 내놓은 의자에 앉아 쉬셨다. 수확기라서 잠시도 편히 쉴 틈이 없기 때문에 손님을 홀로 계시게 하는 것이 결례인 줄 알면서도 우리 내외는 밭일을 계속하였다. 그러나 J 화백은 그 시간에 우리 집을 스케치북에 담고 계셨으니 결코 무료하시지는 않았을 것이다. 귀로에 J 화백께서 우리에게 그림을 선물로 주셨다. 비록 소품이지만 더없이 귀한 선물이다.

우리 집 경치에 반하셨다는 J 화백은 나와 아내가 밭일을 하는 동안
잔디밭에서 우리 집을 수채화로 그리셨다.

10월 25일 수 흐림

21일과 22일에는 고요하고 아름다운 가을에 어울리지 않는 흉포한 바람이 불고 많은 비가 내렸다. 300mm에 달하는 폭우로 한계령을 비롯한 동해안 곳곳의 도로가 유실되었고 동해안에는 30~60m의 폭풍이 불어 전신주가 뽑히고 가옥의 지붕이 날아갔다고 한다. 홍천강 유역에도 70~100mm의 비가 왔다니 과연 농작물이 무사할지 모르겠다.

중간시험기간이라 농작물을 거둘 시간을 벌게 되어 다행스럽다. 10여 일 전에 마치지 못한 고구마 캐기를 끝내야 하고 들깨도 털어야 하며 벼 베기도 마쳐야 한다. 3일 전에 내린 비 때문에 토양이 부드러워 고구마 캐기가 수월하다. 두 시간 만에 작업을 마치고 수레에 실었더니 수레바퀴가 무게를 견디지 못하고 찌그러진다. 두 수레를 실어다가 비닐하우스 안에 펴놓았다.

외무부장관직을 사임한 B 씨가 UN 사무총장이 되었다고 한다. 이제는 우리 사회도 세계적인 인물을 키워냈으니 온 민족이 기뻐할 일이다. 그러나 이것으로 만족해서는 안 된다. 세계적인 학자·문인·화가·음악가도 키워내야 하는데 그러한 일은 국민 전체의 수준이 향상되어야 가능하다. 개천에서 용이 나기를 기다리지 말고 국민 모두가 좋은 책을 읽고 글을 쓰며 미술품을 애호하고 아름다운 음악을 사랑하는 전통이 수립되어야 비로소 뛰어난 학자와 예술가들이 나올 수 있다.

10월 27일 금 맑음

안개가 걷히기 전까지 첫째 다랑이의 벼 베기를 마쳤다. 10시경 어유포리의 L 씨가 찾아와 고맙게도 일을 거들어주어 두 시간 만에 둘째 다랑이도 작업을 마쳤다. 아내와 아들이 시외버스를 타고 온다기에 모곡으로 마중을 나갔다.

오후 2시부터 가장 큰 셋째 다랑이의 작업을 시작하였다. 능숙한 L 씨가 넓은 쪽을 맡고 나는 논의 중앙부, 그리고 일이 서툰 아들은 좁은 쪽을 맡았다. 아들이 낫으로 벼 한 포기씩을 베기에 대여섯 포기를 왼손으로 감아쥐고 밑을 자르라고 일러주었다. 4시경 일을 마치고 돌아가는 L 씨에게 감사의 뜻을 표했다.

11월 3일 금 맑음

탈곡한 벼의 티를 까부르는 데 사용할 풍구를 구입하였다. 작은 모터가 달려 있고 자동과 수동 겸용이라 편리할 것 같다.

잘 마른 벼를 단으로 묶어 아들과 함께 타작마당으로 옮기고 비에 젖지 않도록 깔개를 놓고 말가리 형태로 쌓았다. 음력 열 하루 맑은 달빛이 논바닥을 환하게 비춰주었기 때문에 볏단 운반에 도움이 되었다. 곡동(穀童)들이 젖지 않도록 방수포를 덮었다.

11월 10일 금 맑음

오전 10시경 도로공사 책임자와 감리단 사람들이 찾아와 임야 250평을 추가로 수용하고자 하니 동의해달라고 한다. 나는 일언지

풍구 작업. 도정한 벼의 검불과 잡티를 제거한다.
작은 모터가 달려 있고 자동과 수동 겸용이라 편리하다.

하에 거절하였다. 제1차 수용시에는 지역발전을 위해 기꺼이 응했다. 그런데 공사기간 2년 동안 대형 장비들이 좁은 농로로 다니면서 길을 망가뜨렸다. 발파작업 때문에 소음피해도 적지 않았다. 지난여름에는 막대한 양의 토사를 쏟아내어 벼·땅콩·참깨 농사를 망쳤음에도 아직 포락지의 복구작업도 해주지 않은 사람들이 무슨 염치로 다시 남의 땅을 수용하려 드느냐고 따졌다. 보상비도 시가의 50분의 1에 불과한데다가 10년 이상 가꿔온 나무들 때문에 응할 수 없다고 했더니 현장소장까지 달려와 사정을 한다.

공사현장을 답사해보니 산을 절개한 오른쪽 사면의 암석 구조상 대규모의 사태가 발생할 가능성이 높아 보인다. 공사 담당자들이 무너진 농로 복구, 수목 이식, 방음벽 설치 등을 약속하기에 그들의 요청을 받아들였다.

오후 3시에 대학원생 S군이 학부생 한 명을 데리고 왔다. 탈곡기와 풍구를 설치한 후 탈곡작업을 시작하였다. 쌓인 볏가리의 약 3분의 1을 처리하였다.

제자들을 위하여 해물을 넣은 토마토 수프를 만들고 그릴에 고기를 구웠다. 밭에서 뽑아온 순무와 당근을 내놓았고 숯불에 고구마를 구웠다. 새벽 2시까지 우리는 즐겁게 먹으며 담소하였다.

12월 28일 목 맑음

갑자기 한파가 와 지면이 단단하게 굳었다. 자동차 밖에서는 매서운 바람이 내달린다. 강모래를 휘감아 뽀얀 먼지를 일으키며 달린다. C 씨와 L 씨, 어유포리의 L 씨에게 새해 달력과 과일 한 상자씩 나눠주었다.

이틀 전 공사가 완료된 합배미를 돌아보았다. 상단의 논은 약 300평, 하단의 논은 약 250평인데 두 논 사이에 돌로 쌓은 축대 높이가 약 2m여서 두 다랑이 간의 농수로를 면밀하게 정비해야 할 것 같다. 지난여름, 물에 잠겼던 강변의 다랑이 지면이 50cm 정도 높아진 것은 다행이다. 도로공사용 차량들이 토석을 운반해다가 쌓았다. 한편에서는 여름에 무너졌던 농로와 개울을 다듬고 있으니 내년에는 수해를 입지 않을 것 같다.

인사차 개야리의 도로공사 현장소장을 찾아가다가 갑자기 뛰어드는 야생동물 때문에 적잖이 놀랐다. 차에 부딪쳐 튕겨나가는 것을 보고 하차했으나 동물은 이미 주변 숲 속으로 피신했는지 보이지 않는다. 도로가 완공되면 야생동물과 조류들의 피해가 늘어날 것이다. 우리 뒷산은 이미 도로에 끊겨 고립되었으며 강변으로는 대형 장비들이 빈번하게 오가고 있어 철새들이 머물지 않는다.

2007년
10년 가꾼 산의 절반이 사라지다

"도로공사가 막바지에 들어서니 20여 년간
볼 수 없었던 땅주인 여러 명이 나타나기 시작하였다.
나는 촌스러운 토지관에 젖은 반면 그들은
촌토도 양보하지 않겠다는 도시의 경제관으로
무장되어 있다. 오랫동안 사용해온 농로와 마을길에
부재지주들이 소유권을 주장하고 있어
인심이 각박해지고 있다."

1월 6일 토 맑음

새벽 3시에 잠에서 깨어나 밖으로 나와보니 눈이 그쳤다. 하늘에는 별이 총총하다. 달빛마저 밝아 눈으로 덮인 천지는 낮처럼 밝았다. 그러나 새벽공기는 싸늘하여 추녀 밑에 걸어놓은 온도계는 영하 11°C를 가리키고 있다.

반원통형의 비닐하우스는 눈이 두껍게 쌓여 있어 내부는 어두컴컴한데 눈의 무게 때문에 반원형 프레임이 조금 내려앉았다. 그대로 두면 무너질 것 같아 손바닥을 천장에 대고 가볍게 밀어 올렸더니 무거운 눈 덩어리가 바닥으로 떨어졌다. 눈을 모두 치워내자 비닐하우스 내부는 다시 밝아졌다. 폭설을 피해 들어왔던 작은 새 한 마리가 놀라 파닥거리는 모습이 보였다. 이 새는 여기 갇혀 어지간히 허둥댄 양 맥없이 주저앉았다. 주머니에서 과자를 꺼내 가루를 만들어주었더니 망설이다가 주워 먹었다. 굶어 죽을 뻔한 새를 밖으로 날려 보냈다.

1월 30일 화 맑음

빈에서 음악공부를 마치고 그곳에서 일자리를 구한 둘째 아들이 휴가를 얻어 엊그제 귀국하였다. 시골집을 보고 싶다기에 아내와 함께 나섰다. 다행히 날씨는 화창하다.

강물이 빠진 강변의 자갈밭에는 장갑차와 전차들이 가득 들어차 있고 위장 크림을 바른 군인들이 부지런히 움직이고 있다. 두툼한 방한복을 입은 채 식판을 들고 선 자세로 밥을 먹는 젊은이들을 보니 안쓰럽다. 또 한편으로는 대견해 보인다. 내 아들도 5년 전까지는 이들처럼 군복을 입고 있었다.

대통령이 "젊은이들이 군대에서 썩는다"고 하여 한동안 시끄러웠다. 나 자신은 물론 내 아들들도 하루 속히 답답한 군생활에서 벗어나고 싶어했으나 지금은 군복무를 무사히 마쳤다는 자부심이 있다. 훈련 중인 군인들을 보고 "그래도 믿을 만한 것은 군대뿐이다"라고 중얼거리는 아내의 말을 듣고 나와 아들은 빙그레 웃었다.

1월 31일 수 맑음

아들과 함께 산으로 올라가 여름 내내 무성히 자라 나무들을 친친 감은 칡덩굴을 걷었다. 아들은 3년 사이에 나무들이 많이 자랐다고 한다. 가지치기를 해주었으니 빨리 컸을 것이다.

3월 1일 목 맑음

지난주에 정년퇴임식을 치렀다. 연구실의 책을 모두 오피스텔로 옮겼으니 내 활동영역의 큰 부분 하나가 소멸되었다. 어떤 사람들은 퇴임을 앞두고 세상에서 자신이 잊히는 것을 슬퍼한다. 또 어떤 사람들은 퇴임식장에서 목이 메어 말도 제대로 못하고 눈물까지 쏟아낸다. 그러나 나는 슬픔은 물론 아쉬움도 느끼지 못하였다.

퇴임하는 교수들 면면을 보면 학·처장, 학회장, 사회적인 모임의 장 들을 한두 가지는 차지해보았고, 정계 또는 관직을 경험했던 인물들이 적지 않다. 그런 인작(人爵)을 누려본 사람일수록 퇴임의 허전함이 절실한 모양이다. 왜냐하면 학문을 하며 제자를 가르치라고 하늘이 내려준 천작(天爵)은 빛이 나지 않기 때문이다.

나처럼 단순하게 살아온 인간은 퇴직으로 교수라는 직(職)을 상실할지언정 학(學)이라는 업(業)을 포기할 수 없다. 그리고 17년간 배워온 농사일에 전념하면 새로운 생업을 얻게 되므로 주경야독의 새 삶을 살 수 있을 것이다.

큰아들 지한이의 생일을 축하해준 후 시골로 와서 논밭을 한 바퀴 돌아보았다. 지난 17년 동안 남의 흉내나 내는 식으로 농사를 지어왔으나 이제는 진심으로 땅을 사랑하고 더 많은 애정을 쏟으리라 다짐하였다.

3월 2일 금 가랑비

연못으로 내려가는 돌계단을 새로 만들었다. 전의 계단은 좁고 경사가 심하여 2년 전 골절상을 입었던 상태로 오르내리기가 벅차 계단의 폭을 넓히고 바닥도 평평하게 다듬어야 했다. 네 개의 계단을 일곱 개로 늘려야 하기 때문에 많은 양의 돌과 모래를 운반해왔다. 오후 4시에 작업을 마친 후 계단 위에 비닐을 덮어 시멘트가 빗물에 씻겨나가지 않도록 하였다.

3월 14일 수 맑음

봄기운이 충만하니 겨우내 언 땅속에 갇혔던 마을의 싹이 움트기 시작한다. 투명한 비닐막을 뚫어 꺼내주면 두어 시간 후 고개를 꼿꼿하게 세우니 신기하다. 아내와 함께 비닐하우스의 상추를 모종하였다.

도로공사장 인부들이 찾아와 뒷마당의 나무들을 모두 걷어내고 도로공사를 하겠다고 한다. 3m 높이의 향나무 생울타리는 이미 무자비하게 뽑혀 있다. 앵두나무 두 그루, 양살구나무 두 그루, 토종 오얏나무와 고욤나무 한 그루는 임의로 처리하지 못하고 이식할 장소를 묻기에 과원과 정원에 자리를 정해주었다. 비록 허술하기는 했으나 뒷마당을 둘러막고 있었던 나무들이 사라지니 우리 집이 휑하니 드러나 마치 내가 발가벗긴 것 같은 느낌이 든다.

3월 27일 화 흐림

반장인 C 씨댁 아주머니가 작고하셔서 이미 장례까지 치렀다는 소식을 듣고 우리 내외는 많이 놀랐다. 그 아주머니는 건강이 다소 좋지 않았으나 이처럼 갑자기 돌아가시리라고는 짐작하지 못했다. 우리는 최근 마을길 포장공사 때문에 강변으로 우회하였고 시골집을 찾지 않은 평일에 초상이 났던 것이다. 우리 내외는 비록 늦었으나 문상하고 양지 쪽에 조성된 묘를 찾아 분향하였다.

3월 28일 수 우박과 비 내리다 오후에 맑음

하늘이 깜깜해지기 시작하더니 천둥이 치고 번개가 일었다. 갑자기 지붕에서 콩을 볶듯 요란한 소리가 들리기에 밖을 내다보았더니 알사탕만한 우박이 튀어 마당에 수북하게 쌓였다. 우박은 한 시간 후에 그치고 비로 바뀌었다.

모종을 키우기 위해 화분에 고추·목화·옥수수 씨앗을 넣었다. 새해 농사가 시작되는 것이다.

4월 1일 일 황사

강한 바람을 타고 온 황사가 산·하늘·나무를 모두 누렇게 물들여놓았다. 황색만 볼 수 있는 색각(色覺) 이상자가 그려놓은 괴이한 풍경화를 보는 것 같다. 아내의 성화로 마스크를 쓰고 배수로 작업을 시작하였다.

마당 오른쪽 모서리에 70cm 깊이의 맨홀을 파고 안마당 가장자리에 배수로를 팠다. 플라스틱제 V형 관 열 개를 묻고 관 사이에 나사못을 박아 조였다. 관 위에는 무게가 5kg이 넘는 철망을 씌웠는데 V형 관의 폭이 좁아, 철망을 끼우는 작업은 철장을 사용하여 겨우 마쳤다.

4월 8일 일 맑음

잔디밭에 이끼가 생기기 시작하더니 그늘진 곳과 도랑 옆을 온통 차지해버렸다. 이끼가 퍼진 곳은 잔디들이 삭아서 없어지므로 갈퀴로 긁어 담아보지만 일주일만 지나면 다시 낀다. 어떤 지인이 '푸른들'이라는 독성이 적은 농약을 권하기에 살포하려 했더니 아내가 언짢아하여 포기하고 말았다.

작년에 논둑 붕괴사고를 당해보고 나서 합배미 작업의 필요성을 느꼈다. 여덟 다랑이 가운데 가장 위쪽은 이미 정원과 타작마당을 만들었으므로, 둘째 다랑이의 왼쪽에 둠벙을 파고 오른쪽에 밭을 만들기로 하였다. 논은 셋째 및 넷째 다랑이를 합쳐 논둑을 직선화하는데, 문제는 둘째 다랑이와 논 사이의 3~4m 높이 둑에 어떻게 돌로 축대를 쌓느냐는 것이다. 다행히 도로 공사장에서 나온 돌이 있어 논 아래의 둑 일부는 쌓았으나 위쪽은 큰 돌 두 트럭을 구입하였다.

합배미한 논의 왼쪽은 다소 넓고 오른쪽은 좁은 사변형인데 약 300평 너비이다. 논의 왼쪽에 농수로를 만들어 둠벙에서 내려오는 차가운 물의 냉기를 감소시키기 위해 구덩이로 모은 후 논 안으로 들여보내도록 하였다. 넘치는 물은 도랑 끝에 판 구덩이로 모은 후 땅에 묻은 배수관으로 빼도록 하였다.

오후 4시에 3m가 넘는 목조 장승 한 쌍이 도착하였다. 후배 교수들이 선물한 것인데 여주의 유명한 장인(匠人) 작품이라고 한다. 본래 나는 작은 석장승을 구하고 싶었는데 이처럼 거대한 장승이 왔으니 인력으로는 도저히 세울 수가 없다. 합배미 작업을 하던 굴삭기 운전사가 구덩이를 파서 장승을 세운 후 돌·생석회와 진흙을 넣고 물을 부어 땅을 다졌다.

4월 16일 월 맑음

7시부터 축대작업이 시작되었다. 돌이 부족하여 1m 정도는 돌로 쌓고 2m는 흙을 다져 경사를 완만하게 만들었다. 논둑은 1m 이상의 폭을 유지하도록 하였으므로 지난여름처럼 무너질 염려도 없고 수레를 끌 수도 있어 편할 듯하다. 축대 작업 중 중장비에 눌린 토양이 너무 굳어져 굴삭기로 긁어달라고 운전사에게 부탁하였다. 그런데 논바닥에 크고 작은 돌이 너무 많아 모를 심을 수 있을 것 같지 않다.

4월 19일 목 맑음

버지니아 주 총기사건 범인은 한국계 이민 1.5세대라 한다. 그의 부모가 내 아우와 가까운 마을에 산다니 놀랍다. 내가 유학하던 시절, 어떤 이가 한국계 로비스트 P모가 미국 정치인들에게 뇌물을 주었다고 내 앞에서 한국인을 조롱하는 발언을 했다. 나는 그에게, P모 씨는 북한에서 남하한 사람으로 한국에서 중고등학교 6년을 다녔을 뿐이며 미국으로 이민와서 대학을 졸업한 후 40여 년을 살았다. 그러므로 그의 그릇된 행동에 대한 책임은 그를 교육시킨 미국 사회에 있다고 일깨워준 적이 있다. 총기사고의 범인 역시 어린 나이에 미국으로 이민하여 20여 년을 살았으므로 한국 사회가 죄의식을 가질 일은 아니다.

4월 22일 일 맑음

경작지 면적을 약 400평에서 1,500평으로 늘리게 되었으므로 몸과 마음이 함께 바빠지게 생겼다. 퇴직 후 시간 여유가 많기 때문에 충분히 감당할 수 있으리라고 여겼으나 나이와 체력을 과신하였다.

높낮이가 다른 여러 개의 다랑이를 평탄하게 밀어 밭으로 바꿨더니 논바닥 깊숙이 숨어 있던 돌들이 지표면으로 모습을 드러내었다. 이 돌들을 골라내지 않으면 쟁기질이 불가능하므로 아침부터 손금이 보이지 않는 늦저녁까지 돌을 골라 밭 가장자리로 옮겨야 한다. 작은 돌은 고무래로 긁어모아 수레로 나를 수 있으나 큰 돌들 중에 어떤 것은 인력으로 운반할 수 없어 중장비를 빌려 처리할 수밖에 없다.

새로 조성한 밭의 낮은 땅심도 시급히 해결해야 할 문제이다. 재작년부터 밭으로 전용한 둘째 다랑이의 토양이 짙은 회색을 띠고 있었다. 미국의 중앙 대평원, 헝가리의 푸스타, 우크라이나 대평원과 같은 비옥한 흑토일 것이라고 지레짐작하여 퇴비를 약간 투입하고 작물을 심었다가 낭패를 본 경험이 있다. 논흙은 벼 그루터기 등이 썩어 유기질 함량이 다소 높으며 관개용수 자체에도 무기질 영양분이 섞여 있어 많은 양의 비료를 주지 않아도 벼가 자란다. 그러나 밭으로 바꾸면 몇 해 동안 지속적으로 퇴비를 넣어야 한다.

한 해 동안 만들어놓은 퇴비는 200여 평에 주기에도 부족한 양이어서 농협에서 서른 포의 발효퇴비를 구입하였다. 다섯 포는 과수원, 다섯 포는 새로 푼 논에 붓고, 스무 포는 밭으로 운반하였다.

4월 23일 월 맑음

밭의 돌을 완전히 골라내려면 꼬박 열흘 정도가 걸릴 듯하다. 트랙터로 밭을 갈아준 L 씨의 말에 의하면 밭의 상단부는 논흙을 걷어냈기 때문에 돌이 많은 생땅이 드러났다고 한다. 따라서 금년에는 흙이 부드럽고 돌도 덜 섞인 하단부에 작물을 심고 상단부는 묵혀두는 것이 좋겠다고 한다.

퇴비를 고르게 펴고 이랑을 다듬은 후 50~70m 길이로 땅콩 비닐을 덮었다. 아름다운 석양노을을 바라보며 L 씨와 휴식을 취하던 중 최근에 이사 온 이웃 사람이 걸어오는 시비에 휘말리게 되었다. 내 밭까지 찾아온 그에게 반갑게 인사를 나누고자 했으나 그는 인사도 받지 않고 거친 음성으로 자신의 소유지를 내가 침해하였다고 항의한다. 영문을 알 수 없어 그가 진정하기를 기다렸다가 내용을 파악해보았다. 작년에 포락된 개울을 보수하던 도로공사장 인부들이 작업 중 그의 소유지 경계에 박은 측량수준점의 말뚝을 매몰시켜버렸다는 것이다. 그 작업은 내가 지시한 것도 아니며 더구나 부재중에 이루어진 일이었다. 더구나 지적도상에는 경계선이 그려져 있으나 냇물은 그 선대로 흐르지 않고 그의 소유지와 내 소유지 사이를 들락날락하고 있다. 이러한 경우에는 경계선을 따지지 않고 지내는 것이 시골의 인심이다. 그와 다투고 싶은 생각이 없어 일이 잘못되었음을 사과하고 반드시 바로 잡아주겠다는 약속을 하였다.

도로공사가 막바지에 들어선 후 20여 년간 전혀 얼굴을 볼 수 없었던 땅주인 여러 명이 나타나기 시작하였다. 그중 몇 명은 나와 소유지를 접하고 있으니 앞으로 분쟁을 일으킬 가능성이 있다. 나는 거의 강원도 사람과 다름없는 촌스러운 토지관에 젖은 반면 그들은 촌토(寸土)도 양보하지 않겠다는 도시 사람의 경제관으로 무장되어 있으므로 내가 견딜 수 있는 방법은 그들의 주장을 끝까지 지켜본 후 대응하는 것뿐이라고 생각한다. 며칠 전 이장과 몇 명의 마을 토박이 주민으로부터 전해들은 바로는 오랫동안 이곳 주민들이 사용해온 농로와 마을 길에 대해 부재지주들이 소유권을 주장하고 있어 인심이 각박해지고 있다 한다.

5월 1일 화 맑음

어제 내린 비로 벚꽃이 완전히 지고 철쭉이 연못 둑을 화려하게 덮었다. 비닐 온실의 호박·버터넛·하미 멜론도 싹이 돋았다. 마늘잎은 초록빛 칼날을 곧추세우고 비닐 막을 가리기 시작하였다.

5월 2일 수 맑음

중장비가 허물어버리고 있는 산 능선부의 진달래나무들이 흙에 깔리는 것을 안타깝게 여기는 아내를 위해 함께 산으로 올라갔다. 이미 무성하던 진달래 군락이 사라진 후이지만 아내의 소망

새로 만든 연못가에 선 아내와 아들.
연못 둑 위에 만발한 철쭉이 아름답다.

대로 어린나무 몇 그루를 캐어 챙기고 더덕뿌리도 화단으로 옮겨 심었다.

지난주에 25톤 트럭이 우리 정원 앞 농로에 들어왔다가 지반이 가라앉아 몇 시간 동안 허우적거렸다. 오늘 이 길을 보수하기 위해 도로공사 직원들이 찾아왔다. 공사과장과 공무과장은 우리 정원의 만개한 철쭉과 튤립꽃을 보고 경탄하며 우리 내외가 정성들여 가꾸는 정원과 논밭을 보고 깊은 인상을 받았다고 한다. 오후부터 그들이 토석을 운반해다가 길에 깔고 중장비로 다듬어주었다. 아마도 꽃밭의 매력이 한몫했을 것이다.

5월 5일 토 맑음

양력으로는 봄에 해당되지만 절기상으로는 입하이다. 밭에서 일을 해보면 초여름처럼 볕이 뜨거워 여름이 성큼 다가왔음을 실감한다. 나도 어느새 색상이 화려한 도시형 달력보다 촌스럽지만 농사력(農事曆)이 명시된 농협 달력을 자주 보게 된다.

어제는 새로 만든 논둑에 구멍이 뚫려 물이 새는 것을 발견하고 보수하느라 애를 먹었기에 무척 피곤했다. 그러나 열강들이 중앙아시아를 놓고 벌이는 각축전을 다룬 책(*The Great Game*)을 읽다가 밤을 새웠다.

해가 뜨기 전이지만 문 밖은 짙은 안개에 갇혀 몇 걸음 앞이 보이지 않았다. 진한 커피 한 잔을 마시고 나왔더니 그 사이에 안개가 걷히기 시작하였다.

검은깨를 파종하고 있으려니 2주일 전 측량 말뚝 때문에 고성을 질러대던 이웃 영감이 멋쩍은 표정을 지으며 다가온다. 우리 논으로 들어가는 물을 끌어다가 허드렛물로 써야 하니 양해해달라고 한다. 그는 이미 물길을 돌려놓았으면서 사후에 양해를 구할 정도로 자기 본위적인 사람이다. 그리고 엉뚱하게도 3일 전 우리 정원 앞의 침하된 길을 보수할 때 중장비가 땅을 다졌기 때문에 지하수맥이 충격을 받아 자기 집의 수도가 나오지 않는다는 구실을 달았다. 참으로 어처구니없는 이유지만 논에 물을 가둬야 모내기를 할 수 있으니 일주일만 양보하겠다고 하였다.

고추 이랑 두 개를 만들면서 많은 땀을 쏟았더니 갈증이 심하고 약간의 한기증도 느껴졌다. 마침 아내가 칡을 달인 물에 꿀을 타서 가져왔기에 한 병을 모두 마셨다.

5월 6일 일 맑음

우리 타작마당에 봉고차를 주차한 낯선 남녀 네 명이 우리 산으로 올라간다. 왜 허락도 없이 남의 산으로 들어가느냐고 물으니 대답을 하지 못하고 우물쭈물하더니 집을 잘 가꾸었다는 둥, 빈집인 줄 알았더니 주인이 있다는 둥 허튼소리를 한다. 이들은 우리 집과 주위를 드나든 무리들 중 하나가 분명하다. 물증이 없으니 도난당한 수련·장뇌삼·두릅·산더덕, 그리고 현판과 집안에서 없어진 분실물들에 대해 추궁할 수는 없다.

매화나무에 녹두알만한 매실이 열렸는데 진딧물이 끼었다. 목초액을 뿌렸으니 다소 효과가 있을 것이다. 이웃들은 벌써 고추모를 심었으나 우리 것은 손가락 크기 정도 밖에 자라지 않았다. 거름기가 없기 때문이라기에 거름을 주고 물도 흠뻑 뿌렸다.

5월 10일 목 맑음

저녁때 아내가 신임반장 Y 씨의 말을 전해주었다. 이장을 비롯한 마을 주민 몇 명이 은근하게 우리 내외가 이곳으로 주민등록을 옮기기를 바라고 있다고 한다. 최근에 전입해온 사람들 대부분이 민박업을 하고 있어 농사를 짓는 그들과는 가치관과 사고방식의 차이로 인한 갈등을 겪는다고 암시를 한 모양이다. 다시 말해 그들이 십수 년간 지켜본 바에 의하면 나는 용납해줄 만한 농부 후보생인지라 정년퇴직을 은근히 기다려왔다는 것이다. 또 놀란 것은 그들이 내 나이를 60세 정도로 본다는 사실인데 66세라는 말을 듣고는 놀라더라고 한다. 1990년 전입 당시 '새로 온 젊은 사람'으로 불렸던 내가 이제 이 마을의 원로가 된 것이다.

5월 12일 토 가랑비

밤새도록 내린 비가 그치지 않았으나 모내기에는 지장이 없을 듯하다. 개야리까지 가서 모내기를 도와줄 60대 아주머니 세 분을 태우고 왔다. 모판은 이미 준비해놓았기 때문에 9시부터 모를 심기 시작하였다.

논흙은 부드럽지만 바닥에는 단단한 돌덩어리들이 박혀 있어 이것들을 꺼내 논둑으로 옮기며 일을 하기가 수월하지 않다. 성격이 활달한 이 아낙네들은 잡담을 하며 즐겁게 모를 심었다.

줄기차게 쏟아지는 비를 맞으면서도 오후 4시까지 모심기를 마쳐준 이 부인들에게 고마운 생각이 들었다. 물론 아내가 정성을 다해 점심 대접을 했고 새참도 차려주었다. 일을 마친 후 아내가 하얀 봉투에 수고비를 담아 전했더니 매우 감격해한다. 그중 대장 격인 부인은 내 아내에게 호감을 느껴 고추 모까지 나눠주었다.

5월 15일 화 맑음

고구마 순 두 이랑을 심었다. 아직도 두 이랑이 더 남아 새순이 나기를 기다려야 한다. 참깨는 90% 이상이 발아하여 공기구멍을 뚫어주었다. 늦은 밤에 케임브리지 대학에 유학 중인 K 군이 안부 전화를 했다. 곰곰 생각해보니 퇴직 후 학교를 잊고 지냈는데 오늘이 스승의 날이다.

5월 20일 일 맑음

이틀 전 폭우 때에 논으로 들어가는 수로가 터져 논물이 거의 다 빠져나갔다. 진흙을 퍼다가 수로 둑을 새로 쌓고 비닐을 덮어 단단하게 누른 후 넘치는 물이 흘러나가도록 중간부분을 조금 눌러놓았다. 몇 시간이 지나 논에 물이 가득 차더니 내가 만들어놓은 자리 위로 물이 얌전하게 흘러나간다. 앞으로는 수로가 붕괴하는 일은 없을 것 같다.

5월 21일 월 맑음

배나무와 자두나무에 콩알만한 열매들이 너무 많이 달려 솎아내었다. 사과나무 한 그루와 자두나무 한 그루는 말라 죽었다. 땅을 파보았더니 뿌리 밑이 온통 쥐구멍 투성이다.

오후 2시에 춘천시 직원과 측량기사들이 찾아와 새로 수용되는 도로용지를 측량했다. 이식한 나무에 표시를 해달라기에 옮겨 심을 장소까지 지정해주었다. 10년 이상 나무를 가꾸어온 산의 절반이 사라지니 몹시 우울하다.

5월 24일 목 비

평소 같으면 비 오는 날에는 가능하면 밭에 들어가지 않으나 오늘은 어쩔 수 없이 새벽부터 모종·파종·김매기를 하였다. 27일부터 모스크바의 과학원에서 열리는 학술회의 참석차 출국을 하기 때문이다.

6시부터 두 시간 동안 참깨밭을 다듬었다. 이어서 토마토·애호박·오이를 모종하였다. 10시경 L 씨가 우렁이를 가져다주어 논에 넣었다. 작년에는 논둑이 터지고 왜가리들이 잡아먹어 별로 효과가 없었으나 이제는 논의 물관리에 별 문제가 없으므로 우렁이들이 논의 잡초들을 잘 제거해줄 것이다.

6월 6일 수 맑음

8일간의 러시아 여행을 마치고 3일 전 귀국하였다. 어제 시골집으로 돌아와 편하게 깊은 잠을 자고 났더니 장거리 여행의 피로가 사라졌다. 그런데 나의 부재가 불과 12일에 지나지 않았는데 벼·호박·참깨 등 여러 가지 작물들의 발육상태가 시원치 않다. 우렁이들 역시 논 밖으로 나와 알을 깠다. 사람의 손에서 자란 것들은 역시 보호를 받아야만 제대로 큰다.

6월 10일 일 맑음

오가는 사람마다 노랗고 비실비실한 우리 논의 벼를 보고는 딱하다는 듯이 거름기가 모자란다고 한마디씩 한다. 새로 푼 논에 넣은 퇴비의 양이 너무 적었던 것 같다. 그들의 충고를 받아들이기로 하고 요소비료 반 포대를 구하여 고르게 뿌렸다.

모스크바로 떠나기 전, 마에 싹이 돋는 것을 보았는데 10여 일 사이에 덩굴이 10~30배 자랐다. 긴 철사를 구부려 땅에 박고 마 줄기가 올라가도록 성근 그물을 쳤다. 200여 평의 면적이라 그물을 치는 일도 쉽지는 않았다.

6월 17일 일 맑음

하미 멜론에 꽃이 피었다. 실크로드의 하미분지 특산인 이 멜론은 우리나라의 참외·수박과는 비교할 수 없을 만큼 당도가 높은 여름 과일이다. 1994년에 이 과일을 사먹고 그 씨앗을 깨끗하게 씻어 말린 후 필름 통에 넣었으나 귀국하여 짐을 풀어보니 어디론가 사라져버렸다. 그런데 작년여름, 아내가 실크로드 여행을 떠나게 되어 씨앗 수집을 부탁했더니 용케도 몇 알을 가져와 금년 4월 초에 비닐하우스 안에 심은 것이다.

해수면보다 지대가 낮은 하미 분지는 여름철 기온이 40°C가 넘고 일조량이 높아 과일농사가 잘되는 곳이다. 그러므로 노지보다 온도가 높은 비닐하우스에 멜론을 심고 수시로 물을 주어 현재까지 잘 키웠다.

7월 9일 월 낮에는 맑고 밤부터 비

지난주에 또 도둑이 들어 수련을 모두 뽑아갔다. 오늘 정원을 다듬던 아내가 도난을 면한 어린 수련 몇 개를 찾아내었다. 아마도 구근의 일부가 남아 있다가 새로 싹이 난 것 같다.

한낮의 기온이 32°C나 오르고 습도가 높아 조금만 움직여도 숨이 막힌다. 1개월이나 늦었으나 아내와 함께 과일 봉지를 씌웠다. 껍질에 얼룩이 진 것과 병든 것을 솎아냈더니 배나무 한 그루에 25개 정도가 남았다.

7월 18일 수 맑음

광판리의 농기계 정비공장에 맡겼던 예초기를 찾았다. 이곳에서 인상이 좋은 승려를 만나 그의 암자 구경을 하게 되었다. 참선암(參禪菴)이라는 그의 암자는 홍천강 중류 대표적 명승의 하나인 팔봉산 맞은편 잣방산 줄기 정상부의 고위 평탄면에 앉아 있다.

그는 좁은 골짜기로 나를 안내하더니 가파른 언덕을 타고 오른다. 비포장길의 경사가 하도 급하여 10년이 넘은 내 차로는 도저히 엄두를 낼 수가 없어 승려의 차에 편승하였다. 10분 정도를 올라갔더니 편마암 노두(露頭)가 성벽처럼 둘러싼 작은 분지가 나타난다. 암자는 오목한 분지 오른쪽에 동향으로 앉아 있고 입구에는 넓은 연못이 자리 잡고 있다. 과거에는 절이 있었다고 하나 최근까지 논·밭·과수원으로 이용되던 땅이다. 지금은 불교계에서 구입하여 사찰을 신축 중이다.

분지 오른쪽 언덕을 오르면 깎아지른 듯한 절벽 밑으로 홍천강의 감입곡류가 내려다보이고 바로 앞에는 팔봉산 정상부가 다가온다. 이러한 숨은 비경을 찾아낸 불승의 놀라운 안목에 경탄하지 않을 수 없다. 까틀막진 산꼭대기에 이처럼 아늑한 터가 있는 줄을 어느 누가 상상할 수 있겠는가.

암자에서 향기로운 차 한 잔을 놓고 대화를 나누었다. 나는 그가 이곳을 명소로 가꿀 수 있는 능력자로 확신하였다. 산 밑의 골짜기까지 데려다준 승려와 재회를 약속하며 명함을 전했다. 나는 그의 법명을 묻지 않은 결례를 범하였다.

7월 19일 목 비

양파를 수확한 후 3주간 돌보지 않은 사이에 비닐하우스는 도깨비 소굴이라 해도 무방할 정도로 잡초가 우거졌다. 예초기로 풀을 베다가 흙에 묻혔던 멜론 줄기가 눈에 띄어 호미로 헤쳤더니 우리나라의 복수박만한 열매 몇 개가 보인다. 황색과 녹색으로 얼룩진

홍천강변의 명승인 팔봉산. 팔봉산 기암절벽을 휘돌아
남쪽으로 내려오는 홍천강변이 반 바퀴를 돌아 반곡교에 도달하면
강폭이 넓어져 망상류(網狀流)를 이룬다.

과일들의 크기는 실크로드의 것에 비해 3분의 1 정도에 불과하지만 형태와 색깔은 거의 같다. 이 과일들이 제대로 익으면 씨를 받아두었다가 재배면적을 늘려볼 생각이다. 전문 농군인 L 씨에게 '실크로드 멜론'이라는 이름으로 시장에 내놓아보자고 했다. 문제는 맛이 어떠냐이다.

7월 20일 금 맑음

저녁 뉴스에 분당소재 S교회 신도 20여 명이 아프카니스탄의 반군들에게 납치되었다는 소식을 들었다. 이슬람의 순수성을 고집하는 골수분자들은 과거 100여 년간 러시아·영국·중국 등 강력한 외국군대와 싸워 그들을 물리쳤다. 최근에는 미국을 비롯한 서구 여러 나라 군대가 들어가 최신 무기를 가지고도 이기지 못하는 곳에 가서 기독교 전교를 시도했다는 것은 이해하기 어렵다. 그들은 세계적 불교문화 유산인 바미안 석굴의 불상까지 대표로 파괴한 광적인 집단이다. 중세기의 십자군원정 이래 이슬람교도들의 기독교에 대한 적대감은 우리가 짐작하기 어려울 정도로 강하다. 수년 전 실크로드의 오지를 여행하면서 나는 그 지역의 농민·상인·목축인을 상당수 접해보았다. 그들은 모두 교양 있고 나그네를 접대할 줄 아는 문명인들임을 확인할 수 있었으나 종교문제만은 예외였다. 그들은 신앙생활만은 누구에게도 간섭받기를 원치 않았다.

우리나라의 기독교는 본 바닥인 서양보다 더 극성이다. 그쪽에서는 기독교가 생활의 일부로 자리 잡았지만 우리나라 신자들처럼 자신들의 신앙심을 과시하지 않는다. 종교가 다른 사람을 대할 때도 점잖고 세련된 태도를 보이며 남의 신앙에 간섭하지 않는다.

우리나라의 기독교도인들 중에는 한국인 전부가 예수를 믿어야 평화로운 나라가 되고 온 세계가 기독교를 믿어야 낙원이 된다고 주장하는 사람이 많다. 6·25전란 후에 오랫동안 외국, 특히 미국의 원조를 받으며 성장해온 한국의 기독교가 이제 전 세계를 대상으로 활동하는 것이 국력신장에 기여하는 바가 적지 않을 것이다. 그러나 이슬람 지역이 아니고도 우리의 도움을 기다리는 사람들은 세계 도처에 널려 있을 것이다. 오늘날 우리나라의 몇몇 대형 교회는 기업화하여 재벌기업 못지않은 경제력을 과시하여 사회적으로 비난을 받고 있다. 이들에게 우리 국민들은 우리나라에도 봉사가 필요한 사람들과 지역이 도처에 있음을 일깨워주고 싶다. 우리 집안부터 보살핀 후에 남을 돌보라는 것이다.

납치된 사람들의 무사귀환을 기원한다.

7월 29일 일 비

H대학 건축과의 C 교수가 오늘은 우리 시골집의 손님이다. 그런데 모처럼 C 교수를 모신 날 천둥 번개를 동반한 집중호우가 쏟아졌다. 게다가 돌풍까지 몰아쳐 작물들이 쓰러지고 L 씨가 재배하는 오이덩굴들이 어지럽게 늘어졌다. 심지어 대추나무까지 비스듬히 바람 방향으로 누웠으니 돌풍의 위력이 짐작된다. C 교수

와 새벽 2시까지 잡담을 즐겼다. 그는 책 속에 묻혀 사는 사람답게 넓은 지식을 가진 인물인 동시에 아이디어맨이고 입담이 좋은 재사(才士)이다.

7월 30일 월 맑음

변덕스럽던 날씨가 활짝 개었다. 어제 쏟아진 비에 물기를 머금은 토사가 안채 뒤로 밀려들어오기에 도로공사 현장소장에게 신고하였더니 직원 두 명이 찾아왔다. C 교수가 옹벽설치와 배수로 건설의 필요성을 강조하니 직원들도 납득하였다.

C 교수는 연못가와 큰 밭을 돌아보았다. 연못가의 버드나무와 벚나무 고목을 베어내고 잔디밭 모서리의 잔디를 캐어 옮긴 후 그 자리에 항아리를 놓으라고 권하였다. 그리고 큰 밭에서 가장 좋은 집터 자리까지 알려주었다.

8월 4일 토 비

3일간 줄기차게 비가 내리고 낙뢰가 잦아 밭에 나가기도 겁난다. 특히 금속제 기구를 들고 다니는 것은 매우 위험하다. 비옷을 걸치고 낫으로 논둑의 풀을 베다가 현기증이 나 중단하였다.

금년에는 유난히 말벌 떼가 들끓는다. 안채 뒤를 살피다가 말벌집을 발견하였다. 축구공 반 정도 크기의 연회색 물체가 추녀 밑에 매달렸는데 밑부분의 구멍으로 벌들이 부지런히 드나들고 있다.

비옷을 입고 발에는 목이 긴 고무장화를 신었으며 손에는 가죽

말벌집. 축구공만큼 큰 이 벌집 속에는 수백 마리의 벌이 살고 있다.
말벌에 한번 쏘이면 퉁퉁 붓는 것도 모자라 피부 색까지 파랗게 변한다.

장갑을 끼었다. 머리에는 모기장으로 만든 그물망을 썼으니 사나운 벌들이 공격해도 두려울 것은 없다. 괭이로 추녀에 매달린 벌집을 떼어내는 즉시 발로 밟으니 폭삭 찌그러진다. 우리 집에 얹혀 사는 주제에 수시로 주인을 핍박했으니 벌을 받는 것은 당연하다.

8월 9일 목 비

월요일부터 내린 비는 내일까지 계속된다고 한다. 이미 홍천강 유역의 강수량이 200mm를 돌파하였는데 친구들이 찾아온다고 하여 이틀 전부터 걱정스러웠다. 해가 뜰 시간이 되어도 하늘은 깜깜하고 이따금 날카로운 칼로 찢은 듯 검은 장막이 갈라지는 순간 섬광이 쏟아진다. 날카로운 빛을 보았다고 느낀 순간 폭음이 지축을 흔들고 소용돌이 바람이 지나가며 나뭇가지들이 부러진다. 옥수수·콩 등 평소에 꼿꼿한 자세로 서 있던 작물들은 대부분 바람에 맞서려다가 땅바닥에 누워버렸다. 그러나 벼처럼 잎이 가는 작물, 고구마처럼 땅 위를 기는 줄기를 가진 작물들은 바람결을 따라 춤을 추면서도 잘 견딘다.

잠시 비가 그치는가 싶어 밭으로 나갔다가 날카로운 낫에 손을 베었다. 다친 곳을 손으로 꼭 누르고 집으로 들어오는데 또 비가 억수로 쏟아진다. 젖은 몸에서 떨어지는 빗물과 상처에서 흐르는 피가 섞여 마루에 얼룩이 졌다. 상처를 깨끗하게 씻은 후 담배가루를 얹고 붕대를 감아 지혈시켰다.

오후 2시에 반가운 친구 여섯 명이 도착하였다. 비에 젖은 옷을 갈아입도록 하고 보일러를 틀어 감기에 걸리지 않게 하였다.

여섯 명의 친구 가운데 셋은 우리 집에 처음 찾아온 사람들이다. 그중 Y군은 주요 일간지인 H일보 사장 출신이고 L군은 D일보 기자직을 사임한 후 금융계에서 활동했으며 K군은 사업가이다.

K군이 나를 따라 밭으로 나와 옥수수·들깻잎·토마토·오이·버터넛 등을 바구니 가득 땄다. 옥수수와 버터넛을 한 솥 가득 쪄냈으나 모두들 네댓 자루의 옥수수를 먹고도 모자란 듯하다. 친구들은 평소에 비해 저녁밥도 두 배나 먹었다고들 하였다. 손님들이 맛본 장은 아내가 봄에 담근 것이다. 공장제 식품에서 느낄 수 없는 독특한 맛을 지니고 있어 친구들은 소찬(素饌)을 마다하지 않았다.

8월 10일 금 비가 오락가락

거센 빗줄기가 가늘어져 가랑비로 바뀌는가 했더니 잠깐 볕이 나타났다가 또 폭우가 되어 쏟아졌다. 잠시 비가 그치기에 Y군과 함께 강변으로 나갔더니 노도(怒濤) 같은 탁류가 굉음을 내며 흐르고 있었다. 어제 친구들이 타고 들어온 강변길은 이미 흙탕물 속에 잠겼는데 우리 밭 끝의 밤나무 고목 앞 강변에서 S민박집 주인이 투망으로 고기를 잡고 있다. 10~30cm의 누치·빠가사리·종게·쏘가리 들이 한 그물에 10여 마리씩 걸려 몇 차례 그물질로 양동이가 가득 찬 것이 보인다.

강에서는 끊임없이 물안개가 피어올랐다. 온갖 쓰레기들을 몰아온 탁류에서 발생하는 안개가 깨끗한 우윳빛을 띠고 있으니 신기하다. Y 군은 탁류가 흘러가는 방향인 삼각봉 중턱에 띠처럼 걸린 안개층을 보며 서예를 하는 사람답게 감탄한다. 그리고 이처럼 경치가 좋고 조용한 곳에서 부대끼지 않고 살 수 있으니 얼마나 좋으냐고 부러워한다. 언론인으로 크게 성공하여 만인의 존경을 받는 인물이 이처럼 궁벽한 산골에 은거하는 나를 부러워하다니 어리둥절하다.

8월 14일 화 비

하느님께서 태만하셔서 하늘의 수문(水門)을 담당한 수하신(水下神)을 제대로 단속하시지 못한 것 같다. 그렇지 않고서야 어찌 6일간 줄곧 비가 쏟아지는가. 비뿐 아니라 돌풍까지 잦아 농작물 피해가 크다.

북한의 곡창지대인 황해도와 평안남도도 수해를 입어 금년 곡물 수확량이 크게 감소할 것이라고 한다. 8월 말 남한 대통령 일행이 평양을 방문하게 되면 상식을 무시하는 북한의 망나니식 외교술에 역량이 부족한 우리 정부의 관료들이 제대로 대응하지 못할까봐 두렵다.

9월 13일 목 맑음

벼가 고개를 숙이면서 우리 논에는 메뚜기 떼가 뛰기 시작하였다. 덩달아 꿩과 참새까지 방문이 잦다.

9월 26일 수 맑음

추석이 지나 벼가 많이 영글었다. 논의 물을 빼기 위해 윗 수문을 막고 수로의 둑을 허물었다. 이 상태로 일주일이 지나면 논바닥이 거의 마르고 벼 이삭도 잘 여물 것이다. 배를 따고 끝물 오이도 30여 개 땄다. 흰깨와 검정깨를 털었다.

밤에는 개화기에 작성된 경상남도 양안(量案) 중 합천(陝川)·산청(山清)·진남(鎮南) 3개군 자료를 분석하였다. 전답·임야·뽕밭·과원·대지·물레방앗간 등 모든 토지의 지번·면적·비척(肥瘠)에 따른 등급·소유자·경작자 등을 상세하게 기록한 자료를 보면 선조들의 지혜와 능력을 높이 평가하지 않을 수 없다. 남이 쓴 글을 읽고 지식을 쌓는 것도 좋겠지만 근래에는 이러한 기초자료의 분석을 통하여 우리 민족이 살아온 과정을 파악하는 데서 더 보람을 느낀다. 공부란 무엇이겠는가. 농사일을 하다보니, 참 진리는 일상생활과 일 안에서 찾는 것이라는 생각이 든다.

10월 5일 금 맑음

지난주부터 땅콩밭 위에 까치들이 떼를 지어 모여든다. 한 그루터기에서 적어도 스무 알 이상의 콩꼬투리가 나와야 하는데 까치에게 빼앗긴 양이 적지 않다. 땅콩을 캐서 80kg짜리 자루 하나와 40kg짜리 자루의 3분의 2를 채우는 데 그쳤으니 흉작이다.

새벽 기온이 갑자기 낮아진 탓인지 개구리들이 땅콩 비닐 밑에 구멍을 파고 동면에 들어갔다가 놀라 뛰어나온다. 통통하게 살이 오른 개구리들이 혹시나 날카로운 호미날에 찔려 상처를 입지 않을까 염려스러워 조심했건만 어떤 녀석이 괴씸하게도 내 얼굴에 오줌을 뿌리며 달아난다.

10월 18일 목 맑음

새벽 2시까지 경상남도 밀양군 신호적을 분석하였다. 늦은 시각까지 일을 했는데도 6시에 눈을 떴으며 머리는 맑고 깨끗하다. 아마도 남의 글을 읽지 않고 좋은 생각만 하였기 때문일 것이다.

어제 베어놓은 찰벼를 농로에 널었는데 벼 포기가 가볍게 느껴지는 것으로 보아 쭉정이가 많을 것 같다. 메벼는 작황이 다소 양호한 것 같다. 벼 베기는 오후 6시까지 계속하였다.

10월 19일 금 비 온 후 맑음

논 왼쪽의 벼는 아직도 줄기가 시퍼렇다. 그러나 기온이 떨어져 10여 일 기다려도 영글 것 같지 않기에 모두 베었다. 축대 아래쪽에는 들쥐들이 벼 포기에 집까지 지어 마음놓고 뜯어 먹어 붙어 있는 이삭이 거의 없는 벼 포기들이 적지 않다. 아마도 한 포대 정도의 벼는 쥐들이 이미 까먹었을 것이다. 그러나 벼농사에 해롭다는 멸구나 메뚜기 등의 곤충, 벼 낟알을 까먹는 들쥐와 참새, 그리고 꿩들은 인간이 벼농사를 짓기 전에도 벼와 식물을 먹이로 삼아왔을 것이다. 그러므로 인간이 그들을 쫓아내거나 죽이려드는 것은 굴러온 돌이 박힌 돌을 빼버리려는 것과 다를 바 없다.

11월 1일 목 맑음

가을걷이로 바쁜 하루였다. 콩은 일조량 부족으로 콩깍지 대부분이 쭉정이지만 우선 뽑아서 대여섯 포기를 묶어 밭고랑에 거꾸로 세웠다. 어제 갈은 밭에는 마늘을 심었다. 작년보다 두 이랑 많은 다섯 이랑을 심었는데 이 정도는 되어야 1년 소비량을 수확할 수 있다.

오후에 다섯 시간 동안 잘 마른 벼를 걷었다. 탈곡하기 편할 정도로 작게 묶은 후 작은 묶음 5~6개를 다시 큰 단으로 엮어 논둑에 세발가리로 쌓았다. 세발가리 열네 개 정도면 평년작인데 금년에는 두 개가 부족하다.

11월 8일 목 맑음

9시부터 탈곡작업을 시작하였다. 탈곡기 밑에 쌓인 벼의 양이 많아지면 수시로 풍구로 까불어 검불과 쭉정이를 가려내야 한다. 금년에는 유난히 쭉정이가 많이 쌓인다. 이런 잡티들을 가려내고 나니 찰벼 한 포 반, 메벼 여섯 포 반이 나왔다. 지금까지 벼농사를 지어왔으나 금년처럼 수확량이 적었던 적은 없었다. 역시 거름 부족이 이러한 결과를 초래하였다. 뿌린 대로 거둔다는 말은 잘못된 말이고 정확히 말하면 가꾼 만큼 거둔다고 해야 옳을 것이다.

그래도 이 정도의 수확량이면 우리 가족의 1년치 양식으로 충분하고 또 작년산 벼 두 포가 아직 남아 있어 찾아오는 손님들을 접대하는 데는 문제가 없다.

탈곡한 짚단은 디딜방앗간에 쌓기로 하였다. 그런데 작년에 남겨놓은 짚단 위에 100여 마리의 벌떼가 진을 치고 있어 안심하고 접근할 수가 없다. 2주일 전 내 목덜미에 침을 박았던 놈도 이 무리 중에 하나였을 것이다. 벌에 쏘인 후 일주일 동안 목이 붓고 가려워 고통을 겪었다. 언뜻 지난주 신문보도에 벌들이 전자파 때문에 방향감각을 잃고 제집을 찾지 못하고 방황한다는 기사를 본 것이 생각났다.

11월 13일 화 맑음

12년 동안 나를 태우고 시골을 다녀준 자동차를 버리고 새 차로 바꾸었다. 처음 두 해 동안 타고 다녔던 포니는 김유정역부터 반곡에 이르는 비포장 자갈길에서 골병이 들어 망가졌다. 두 번째 소나타는 골재 운반차량들이 닦아놓은 둑방길과 벼랑길을 다니느라 5년 만에 은퇴시키고 말았다. 세 번째로 고른 무쏘 지프는 차체가 튼튼하고 눈 쌓인 길에서도 미끄러지지 않고 잘 달렸으며 발효퇴비 열댓 포를 실어도 끄떡없었다. 무쏘는 학교 지하주차장에서 가장 낡은 차를 찾으면 바로 내 차라는 우스갯소리가 나돌 정도로 낡았다. 그러나 은퇴하는 날까지도 23만 km를 달리며 충실하게 제 역할을 다했기에 새 차를 샀어도 별로 기쁘지 않다.

11월 30일 금 맑음

콩 타작을 마친 후 밭이랑에 깔린 비닐을 걷어 자루에 담고 비닐하우스 안에 넣었다. 집을 나서서 인적이 끊긴 어두컴컴한 강변 길을 가다가 송아지만한 세 마리의 멧돼지를 만났다. 힘이 좋고 사납다는 이 짐승들은 내 차를 보고도 몇 초간 버티더니 경적을 듣고서야 비로소 슬금슬금 산으로 올라갔다.

문득 해양학자인 H 교수가 들려준 한마디 말이 떠올랐다. 이 세상에 어부와 백정이라는 직업이 존재하는 것은 참으로 바람직한 일이라고 그는 말했다. 인간 스스로 식량을 생산할 능력이 없던 원시시대에는 모든 사람들이 물고기를 잡고 짐승을 사냥할 수밖에 없었을 것이다. 그러나 인간이 농사를 짓기 시작하면서 넓은 숲이 사라져 짐승들은 몸을 숨길 장소까지 잃었다. 또한 원시시대에는 자신이 먹을 만큼만 물고기를 잡았으나 오늘날의 어부들은 돈을 벌기 위해 많은 고기를 잡기 때문에 어족의 씨가 마르고 있다. 그러므로 즐기기 위해 야생동물을 사냥하거나 낚시로 물고기를 잡는 것은 조물주에게 죄를 짓는 짓이니 고기는 도살업자가 잡은 것만 먹고 물고기는 어부로부터 구하여 먹는 것이 도리일 것이다. 최근 시골에는 밀렵꾼들이 적지 않게 출입하고 있다. 만일 총을 가진 자들의 눈에 띄었다면 세 마리의 멧돼지 중 적어도 한 마리는 목숨을 잃었을 것이다.

12월 19일 수 맑음

나는 젊은 학생들이 흔히 말하는, 이른바 보수골통에 속한다고 생각하지는 않는다. 나도 4·19 때는 청와대 입구 통의동에서 시위대에 참여했다가 총격을 받고 숨진 청년의 시신을 옮긴 적이 있다. 교사 시절에는 박정권의 철권통치를 비판하는 말을 했다 하여 경찰의 조사를 받은 적이 있다. 그때는 나도 자유롭게 말할 수 있는 세상이 그리웠다.

그러나 5년간의 유학생활 중 학교 밖의 세계를 잊고 공부에만 전념하면서 급변하는 세상을 두려워하고 피하고자 하였다. 따라서 개혁·혁신 등 '혁' 자가 들어간 낱말조차 싫어하게 되었다. 시골 생활을 시작하게 된 동기 중에 하나도 세상의 소음을 피하는 것이었다.

1990년대 후반 어느 날 한길사의 강남 사옥에서 『혼불』의 작가인 고(故) 최명희 선생을 만나게 되었다. 몇 분 동안 나를 응시하던 그녀가 나를 "순수해 보인다"고 했다. 한길사 김 사장은 "농사를 짓는 교수이기 때문"이라고 했던 것으로 기억한다. 그런데 내게는 최명희 선생이 오히려 순수한 영혼을 가진 인물로 보였다. 우리가 서로 상대방으로부터 느낀 순수함은 아마도 남보다 잡념을 덜 가지고 생활하는 데서 형성된 것이리라. 그러한 인상은 우리가 하는 일과도 밀접한 관계가 있겠지만 주변 환경과, 접촉하는 사람들과의 관계 역시 무시할 수 없을 것이다.

처음 시골 마을을 출입하기 시작했을 때 나는 시골 사람들에 대하여 어느 정도의 경외감을 갖고 있었다. 도시에서 나고 자란 나의 가치관과 사고방식은 농촌 사람들의 그것과 깊은 간격이 있었던 것 같다. 좋은 의미로 표현하자면 나는 세련된 도시인이지만,

시골 사람들 입장에서 보면 영악하고 빼질빼질한 인간이었을 것이다. 도시 사람들은 시골 사람들을 투박하고 거칠어 세련되지 못한 사람들이라 하지만 그들은 생각이 깊고 지혜롭다. 다만 시골은 인구가 적고 대화 내용이 단순하다. 그러므로 어눌할 수밖에 없어 말 잘하고 머리 회전이 빠른 도시 사람들을 두려워한다.

우연한 기회에 나는 밭갈이하는 농부가 쟁기를 끄는 황소와 대화하고 심지어 논밭의 작물과 야생동물과도 의사소통을 하는 것을 보았다. 물론 그러한 대화는 일방통행적이어서 어찌 보면 정신 나간 사람의 독백처럼 들리지만 그것은 분명 인간이 자연과 친밀해지는 방법임에 틀림없다.

우리 시골 사람들이 내게 마음의 문을 열어주기까지는 5∼6년이 걸린 것 같은데 내가 그들의 마음을 읽기까지는 아마도 10여 년이 걸린 듯하다. 다시 말하면 내가 그들만큼 감정이 순수하고 생각이 단순한 사람이 되기까지 상당한 시일이 걸린 것이며 최명희 선생은 아마도 촌사람화한 내 모습에서 친근감을 느꼈을 것이다.

시골 생활은 나를 더욱 세상사에서 멀어지게 만들었다. 변화가 없는 생활을 해오다보니 선거 때만 되면 세상을 바꾸겠다고 나서는 자들이 모두 사기꾼으로 보인다. 좌파정권 10년이 끝나가는 오늘, 대통령이 되겠다고 나선 인간이 100여 명에 달하더니 다행히 그 수가 열두 명으로 정리되기는 하였다. 그러나 그들 중 하나를 고르는 일은 역시 힘들고 괴로웠다.

12월 25일 화 맑음

아내가 정년퇴임 기념전시회를 무사히 마쳤다. 전시했던 작품들을 시골로 운반하여 사랑채와 안채에 들여놓았다. 아내의 작품들을 제대로 보존하고 관리하려면 특별전시실 하나를 만들어야할 것 같다.

2008년
산마루에 걸린 초승달

"토지를 생산활동의 기반으로
여기지 않는 사람들은 지형과 토성에
관심이 없어 거친 흙과 돌을 상관하지 않고
메워 평탄하게 다듬고 있다. 기하학적으로
정리된 토지는 그들에게 부를 가져다줄
단순한 공간에 불과하기 때문이다."

1월 24일 목 맑음

이번주 초에 이틀 동안 내린 눈이 두껍게 쌓여 아내의 작품을 싣고 온 소형 화물차가 언덕을 오르지 못하고 발버둥을 쳤다. 디딜방앗간에 쌓아둔 짚을 몇 아름 안아다가 깔고서야 겨우 앞마당까지 올라와 짐을 툇마루에 올려놓았다.

아내와 함께 작품이 담긴 상자들을 사랑방으로 옮겨 쌓았다. 방바닥이 냉골이라 신을 신지 않고서는 견딜 수 없는데 작업을 마치고 나니 온몸이 땀으로 푹 젖었다.

2월 4일 월 맑음

어제가 입춘이었지만 우리 시골은 아직도 북극 동장군의 점령 하에 놓여 있다. 싸늘한 바람이 피부를 따갑게 찌르고 잔디밭에는 눈이 두껍게 쌓였다.

작업실 앞의 매화나무 두 그루와 머루의 전지작업을 끝내고 주방으로 들어서자 아내가 따끈한 식혜 한 대접을 주었다. 고추장을 만들려고 끓인 식혜를 마시자 얼었던 몸이 따뜻해졌다.

밤늦게 아내는 식혜에 메줏가루 · 고춧가루 · 찹쌀 풀 · 단호박찜 등을 섞어 큰 주걱으로 잘 저었다. 이로써 우리 집 고유의 호박고추장이 탄생되었다. 맛은 몇 달 후 고추장이 익어야만 알 수 있을 것이다.

2월 5일 화 맑음

새벽 6시까지 장을 담갔기 때문에 볕이 환하게 방 안까지 스며들어서야 비로소 잠에서 깨었다.

과일나무 전지작업을 하였다. 어제는 음지에 쌓인 눈을 보고 봄 처녀가 찾아오려면 아직 멀었다고 생각했는데 전지작업을 하던 중 나뭇가지마다 물이 올라 생기를 띠고 있음을 확인하였다. 봄은 모르는 사이에 이미 곁에 다가온 것이다.

현재 내가 살고 있는 집이 음습한 서향이라 만일 양지바른 과수원에 새집을 지으면 적어도 보름 정도 빠르게 봄맞이를 할 수 있을 것 같다. 현재의 집을 헐어버리면 그 터는 어찌하면 좋을까. 아내는 정자를 지어 여천정(如泉亭)이란 현판을 달자고 한다. 아내의 호를 따 백하정(白下亭)이라 해도 좋을 것 같다.

2월 15일 금 맑음

임대한 화물차에 아내 연구실 짐을 모두 싣고 청주를 떠나 시골로 왔다. 이로써 아내는 40년에 가까운 교직생활을 마치게 되었다. 아내의 작업도구는 작업실로, 작품과 서적은 사랑채로 옮겼다.

3월 4일 화 눈

춘설이 분분한 오늘, 입원한 지 2주일 만에 퇴원하였다. 3년 전 골절상을 입고 무릎 바로 밑에서 발목까지 쇠막대기를 박고 지내다가 그것을 모두 제거한 것이다. 비록 피가 통하지 않는 이물질

사랑채 앞 겨울 풍경.
매년 겨울이면 발목이 잠길 정도로 많은 눈이 안마당에 내린다.

이었으나 한동안 내 몸을 지탱시켜준 것들을 뽑아냈기 때문인지 허전한 느낌이 들기도 한다. 그러나 약품냄새와 환자냄새가 밴 병원의 탁한 공기에서 벗어난 것은 기쁜 일이다. 좁은 방에 갇혀 지내다가 넓은 세상으로 나오니 살 것 같다.

함박눈을 맞으며 귀가하였다. 어찌된 일인지 입원 전 책상 위에 펴놓았던 책들이 낯설게 느껴진다. 처음으로 받았던 전신마취에서 깨어난 후부터 기억력 감퇴의 징후가 발견되니 염려스럽다.

3월 26일 수 맑음

서쪽 하늘에 떠 있는 반달이 마당을 환하게 비추고 있다. 가볍게 체조를 하고 들어와 중국사 책을 읽었다.

아침부터 중장비의 굉음이 골짜기에 울리기에 밖으로 나가보니 우리 논의 좌우로 대형 트럭들이 토석을 싣고 와 쏟아붓고 있다. 오른쪽 논은 이미 2m 이상 높아졌고 왼쪽의 잣나무 숲이 있던 자리와 그 밑의 낮은 땅에도 토석이 쌓이고 있다. 마침 공사현장에 나와 있던 마을 반장이 왼쪽의 토지는 우리 논과 같은 높이로 복토(覆土)를 할 예정이라고 한다. 좌우에서 지면을 높이면 그 사이에 낀 우리 땅은 깊은 골짜기가 되어 여름 홍수 때 반 이상이 침수될 것이 분명하다. 즉시 면사무소에 문의했더니 우리도 복토 허가 신청을 하라고 권한다. 복토 작업을 지휘하고 있는 도로건설 책임자를 만나 항의했더니 우리 토지도 같은 높이로 매립할 수밖에 없지 않겠느냐고 한다.

3월 27일 목 맑음

면사무소의 농지과장·부면장·면장을 만나 우리 마을에서 벌어지고 있는 농지의 형질변경 사태를 설명했다. 내 사정을 이해하지만 법적으로는 막을 방법이 없다고 한다. 지대가 낮아 수해의 우려가 많은 한계농지를 안정한 고도까지 높이는 작업은 일반화된 일이란다. 나에게도 복토를 권하고 서류까지 갖춰준다.

우리 토지 왼쪽은 개신교 목사와 중소업체 사장이 소유하고 있으니 그들이 농사를 지을 리 없다. 소문에 의하면 목사는 교회 아니면 수련원을 지을 것이라 하고 기업체 사장은 별장을 건설할 것 같다고 한다. 오른쪽의 토지는 작년부터 주인이 나타나 농사를 짓고 있으나 복토가 끝나면 매도할 것이라고 한다. 토지를 생산활동의 기반으로 여기지 않는 사람들은 지형과 토성(土性)에 관심이 없어 거친 흙과 돌을 상관하지 않고 메워 평탄하게 다듬고 있다. 기하학적으로 정리된 토지는 그들에게 부(富)를 가져다줄 단순한 공간에 불과하기 때문이다.

면사무소에서 발급해준 서류를 도로건설사무소에 제출하고 나오면서 우울한 심경을 떨칠 수가 없었다. 조만간 지금까지 친근했던 토지의 모습이 완전히 사라지고 생경한 경관이 나를 기다리고 있을 것이다. 몇 해 전까지 우리 마을은 '논골'이라는 지명에 걸맞을 만큼 C 씨네 집 앞의 1,500평, 우리 집 앞의 약 1,000평 그리고 J 씨네 집 앞의 1,000여 평에 벼가 자랐다. 이제는 C 씨 논 150여 평, 우리 논 300여 평, J 씨네 집 앞의 100여 평이 남았을 뿐이다.

논골이라는 지명은 이제 화석화(化石化)하여 지도상에만 존재하게 되었다.

3월 30일 일 흐린 후 가랑비

어제에 이어 오늘도 비가 내렸다. 금년 봄에는 비가 잦고 온난하여 서울에는 지난주부터 목련·앵두꽃·개나리꽃 등이 만발하였으나 우리 시골은 아직도 꽃소식이 없다. 겨우 진달래의 꽃망울이 보일 정도이다. 마늘밭과 비닐하우스를 돌아보았다. 비닐 속에서 마늘싹이 텄으나 잡초와 섞여 질식 상태에 놓여 있다. 구멍을 뚫고 연약한 마늘싹을 끄집어낸 후 주위를 흙으로 덮어 꼭꼭 눌러주었다. 보조기를 신은 오른쪽 다리의 통증이 심한데다가 비까지 쏟아져 한 이랑 반 정도만 마치고 들어왔다.

새벽 2시까지 『개화기 경상남도 주거생활사』 집필작업을 위한 연구로 산청군 양안(量案) 제5권의 분석 작업을 마쳤다.

3월 31일 월 가랑비

연못 옆 땅의 소유자가 자기 땅에 축대를 쌓겠다며 공사를 시작하였다. 최근 측량기법이 바뀌어 모든 지적(地籍)이 동북 쪽으로 약 2m씩 밀리는 바람에 우리 내외가 가꾸어온 철축 10여 그루, 벚나무 세 그루, 은행나무와 목련 한 그루를 이식하지 않을 수 없게되었다. 다행히 며칠간 비가 내려 토양이 젖어 있기 때문에 옮겨 심은 나무들이 잘 자랄 것 같다.

축대공사와 더불어 연못가의 썩은 고목 몇 그루를 함께 베어냈더니 휑뎅그렁하다. 그러나 볕이 잘 들고 멀리 홍천강이 내려다보여 전망이 좋아졌으며 음습하던 분위기가 한결 밝아졌다.

비 올 때마다 막혀 오랫동안 애를 먹었던 수문 보수도 마쳤다. 굴삭기로 수문 앞의 둑을 파낸 후 삭은 관을 바꾸고 둑을 다졌다. 집주변의 공사를 마치고 나니 시원하기는 한데 공사대금 170만 원을 지불하는 것은 부담스럽다. 퇴직 후 소득이 40%로 줄었다는 사실을 비로소 절감하게 되었다.

4월 12일 토 맑음

논의 왼쪽, 즉 옛 잣나무 숲에 쌓인 토석의 양이 지나치게 많아 소유자에게 전화로 복토의 높이를 어느 정도로 할 것인지 물었더니 농로와 수평이 되게 하겠단다. 그렇다면 우리 농지보다 5~6m 높아져, 비가 내리면 토사로 매몰될 가능성이 높다. 땅 주인에게 인접한 농지를 고려하여 지형을 변경하는 것이 도리가 아니겠냐고 설득했으나 말솜씨가 좋은 목사를 감당하기에는 내 능력이 부쳤다. 청산유수 같은 그의 언변에 휘말릴 것 같아 20여 년간 목격해 온 홍천강의 수리적 특성을 과학적으로 설명했더니 그는 오히려 내가 자기를 겁박(劫迫)하려 든다고 윽박질렀다. 농지 파괴시에 발생할 문제에 대비하여 공사현장 책임자와 논의할 필요가 있을 것 같다. 그런데 다행히도 누군가가 민원을 제기하여 면 직원과 이장이 현장답사를 하였다니 더 이상 애를 태울 필요가 없어졌다.

4월 18일 금 맑음

백내장 수술을 받고 일주일간 집 안에만 머물렀던 아내가 답답하다고 해서 저녁나절 시골로 왔다. 일주일 사이에 매축(埋築) 작업이 많이 진척되어 우리 땅과 이웃 사람의 것을 구분하기 어렵게 되었다. 그런데 인력으로는 도저히 움직일 수 없는 큰 돌들이 섞여 있어 걱정을 했더니 공사과장은 큰 돌은 밑에 깔고 표토(表土)는 돌이 덜 섞인 것으로 덮겠다고 한다.

4월 19일 토 맑음

20여 일간 비 한 방울 내리지 않고 한낮의 기온은 25°C를 오르내린다. 예년 같으면 밭갈이를 시작할 때인데 금년에는 벌써 파종하는 농부들이 보인다.

산업혁명 이래 인간이 땅속 깊이 묻혀 있는 화석 에너지를 채굴하여 남용함에 따라 대기 중의 일산화탄소량이 증가하였다. 이로 인하여 지구의 기온도 꾸준히 상승하기 시작하였다. 20세기 후반까지 기온상승과 기상이변으로 극지방의 대륙빙하와 고산지대의 만년설의 용해로 인한 해수면 상승을 예보하는 학자들의 경고를 귀담아 듣는 사람은 많지 않았다. 그러나 오늘날에는 농부들도 지구온난화에 대한 이해가 전보다 높다. 20여 년의 경험을 통해 보건대 우리 연못가의 벚꽃 개화일은 1990년에는 4월 말이었는데 최근에는 4월 20일로 일주일에서 열흘 빨라졌다. 따라서 일반 작물의 파종기 역시 빨라지고 농사 유형도 바뀌고 있다.

4월 24일 목 맑음

비닐하우스 안에서 죽은 산비둘기 한 마리를 발견하였다. 문틈으로 들어왔다가 나갈 길을 찾지 못해 얼마나 발버둥쳤는지 깃털이 많이 빠져 있다. 아마도 극심한 폐쇄공포증에 빠졌던 것 같다. 시신을 밭둑에 묻어주었다.

산청군 양안 열여덟 권의 분석을 마쳤다. 분석 결과는 두꺼운 노트 두 권 분량이다.

4월 30일 수 맑음

비닐하우스 안에 심은 양파와 감자 순이 많이 자랐다. 화분에 심은 호박은 싹이 돋았으나 보한이가 보내준 오스트리아산 토마토는 아직 싹이 틀 기미를 보이지 않는다. 좀더 일찍 토마토 맛을 볼 욕심으로 종묘상에서 사온 모종을 심었다.

광화문 쪽에 나가본 지가 두세 달이나 되어 도심에서 무슨 일이 일어나고 있는지 모르고 지냈다. 그런데 저녁 뉴스를 들으니 미국산 쇠고기 수입을 반대하는 시위가 대단한 모양이다. 미국산 쇠고기를 광우병과 관련지어 과장되게 보도한 방송사의 경박한 태도는 마땅히 비판받아야 한다. 하지만 국민들에게 값싼 쇠고기를 많이 먹이기 위해 미국과 무역협정을 서둘렀다는 대통령의 발언도 신중하지 못하였다. 농수산부 장관의 어리석은 장광설은 모닥불에 기름을 끼얹는 꼴이 되었다.

시민들의 태도 역시 신중했다고 보기는 어렵다. 마치 미국산 고기를 먹으면 뇌에 구멍이 뚫릴 것처럼 선동하는 무리들에게 속아 도심의 기능을 마비시킨 행동은 현명하지 못하다. 왜 우리 시민들은 참고 기다릴 줄 모르는가. 쇠고기 먹기가 겁나면 당분간 고기를 먹지 않고 건강에 좋다는 채식을 하면 어떨까.

5월 8일 목 맑음

우리 가족과 처형, 작은 처남이 시골 나들이에 동행하였다. 뒷좌석에서는 처형과 처남이 한반도 대운하를 주제로 열띤 토론을 벌이는데 찬성파인 처형이 반대파인 처남에게 논리적으로 밀렸다. 영문학 전공자가 아무래도 공학도를 당해낼 수 없을 것이다.

지난주에 복토작업이 끝난 밭은 농사를 짓기에 부적합해 보인다. 괭이와 호미로 흙속에 박힌 돌을 캐어 밭 가장자리로 날랐다. 세 시간의 작업으로 겨우 밭이랑 하나를 다듬어놓았다.

5월 10일 토 맑음

Y 씨가 논갈이를 끝낸 후 자갈밭 3분의 1을 갈아주었다. 소형 트랙터가 움직이자 흙속의 큼직한 돌들이 튀어 올라 기계가 고장나지 않을까 심히 염려스러웠다. 트랙터 뒤를 따라가며 흙 위로 머리를 내민 돌을 골라내보지만 그 양이 하도 많아 한숨이 나왔다. 아들과 함께 대여섯 시간이나 돌을 골랐어도 40m 길이의 이랑 다섯 개 밖에 정리하지 못하였다.

이웃에 사는 P 씨는 마사(磨沙)가 진흙보다 농사가 더 잘된다고 위로하지만 거름기가 없는 돌투성이 땅에서 무슨 작물이 제대로 자랄 것인가.

5월 15일 목 맑음

봄 가뭄이 심각하다. 지난 주말부터 연못의 수문을 열었는데도 논에는 아직 물이 부족하여 써레질을 하지 못하였다. L 씨가 가져온 모판도 당분간은 농수로에 담가놓을 수밖에 없다. 주말에 비가 온다는 예보가 있었으나 신뢰할 수 없어 개울을 막아 물길을 돌린 후 수구(水口) 끝에 지름 2.5인치짜리 호스를 끼웠다. 둠벙의 둑을 50cm 정도 파서 호스를 깐 후 이를 논바닥까지 끌어당겨놓았다. 호스 안으로 물이 들어가기 시작하자 납작하던 호스가 원통처럼 팽팽해지더니 드디어 논바닥이 젖기 시작하였다.

마사로 복토한 밭 800평과 과수원 및 주변 밭에 사용하려고 50포의 발효퇴비를 지난주에 밭둑 밑에 쌓아두었는데 그중 20여 포를 도난당했다. J 씨네는 100여 포 가운데 반을 잃었다니 누군가가 트럭을 가지고 와서 서너 집의 퇴비를 훔쳐 간 것 같다. 거름도 둑까지 생기는 것을 보니 시골 인심도 전 같지 않다.

5월 21일 수 맑음

일요일에 약 20mm의 비가 내려 써레질을 마쳤다. 우리 동네에는 단비가 내렸으나 산 너머 이웃 마을에는 우박이 떨어져 담배·고추 등의 농작물이 피해를 입었다. 참으로 하늘의 조화는 인간의 능력으로 파악하기 어려운 것 같다.

새로 구입한 잔디 깎는 기계를 조립하여 웃자란 잔디를 다듬었더니 여섯 통이나 되는 퇴비감이 나왔다. 전에 사용했던 기계는 깎인 풀을 흩어버리도록 만들어졌으나 새 기계는 모음 통이 달려 있어 편리한 점이 많다.

5월 28일 수 비

어제 쌓인 피로가 덜 풀려 늦잠을 잤다. 새벽에 비가 많이 내린 것도 모른 채 숙면을 했다.

종일 이슬비가 내렸으나 밭에서 돌을 골라내고 퇴비를 뿌려 콩과 옥수수 파종을 준비하였다. 비가 내림에도 작업 중 하도 땀이 흘러 윗옷을 벗고 알몸으로 작업을 했다. 이러니 가랑비가 땀을 씻어주고 시원한 강바람 또한 땀을 식혀준다. 인적이 없는 밭 한가운데에 나 홀로 서서 일을 하는지라 맨몸을 드러내고도 부끄러워할 필요가 없어 좋다.

땅콩싹이 모두 돋았다. 띄엄띄엄 빈 구멍이 눈에 띄니 이는 야생 조류의 짓이 분명하다. 산비둘기 짓인가 했더니 밭 주위를 어슬렁거리는 흉측한 까마귀들이 보인다. 이웃 P 씨 말에 의하면 까마귀들도 콩의 떡잎을 쪼아 먹는다고 한다. 상식적으로 까마귀는 썩은 동물의 살을 뜯어 먹는 새로 알려져 있는데 이놈들까지 농작물을 해친다면 산비둘기와 까치 외에 또 하나의 도둑이 늘어난 것이다. 까마귀는 P 씨가 C시에서 썩은 닭과 음식물 찌꺼기를 개 먹이로 실어오면서 불러들인 것이니 그에게도 책임이 있다. 그런데 정작 그는 까마귀가 갑자기 늘어난 이유를 모르겠다고 한다.

참깨와 검은깨에 싹이 자랐다. 어린싹들이 비닐에 갇혀 타죽는 것을 방지하기 위해 낫으로 작은 구멍을 뚫어주었다.

6월 14일 토 맑음

며칠 전에 내린 비에 찰기가 없는 마사가 쓸려가며 어린 작물을 덮쳤다. 경사도가 5° 미만이라 거의 평지나 다름없는 밭인데도 윗이랑이 터지면서 아래 고랑을 메웠다. 이런 현상이 연쇄반응을 일으켜 포상침식(布狀侵蝕)이 발생한 것이다. 매몰된 고랑을 파서 이랑을 복구한 후 고랑에 짚을 깔았다.

봄에 배꽃이 만발했으나 정작 과일은 별로 열리지 않았다. 말벌이 기승을 부리면서 꿀벌들이 수난을 당한 것이 원인인 듯하다.

6월 15일 일 맑음

어제 오후 텃밭에 모종을 했을 때는 몸살에 걸린 듯 맥을 못 추었던 작물들이 하룻밤을 쉬고 나자 생기를 되찾았다. 식물도 숙면을 취하면 건강해지는 것 같다. 새 환경에 적응하는 능력이 놀랄 만큼 빠르다.

작년 가을 이웃과의 경계선 조정시 허물었던, 샘으로 내려가는 계단을 다시 쌓게 되었다. 강에서 돌·모래·자갈을 운반해왔다. 전보다 계단의 폭을 넓히고 높이는 낮추기로 하였더니 일거리가 많아졌다. 우선 삽으로 땅을 파서 계단모양으로 다듬고 망치로 흙바닥을 다졌다. 회반죽을 듬뿍 떠서 편 후 크고 넓적한 돌을 놓고 계단 벽에는 두툼하고 무거운 돌을 쌓았다. 이런 방법으로 다섯 개의 계단을 만들었다. 우리가 더 나이를 먹어 다리에 힘이 빠지면 오르내리기 편하도록 폭을 넓힌 것이다.

잔디밭 아래 화단에 심은 불두화(佛頭花)나무에 수백 개의 이상한 물체가 매달린 것을 발견하였다. 흰 실을 여러 가닥으로 꼬아 만든 꽃처럼 생겨 식물로 여겼다. 며칠 사이에 불두화 나뭇잎들이 조각조각 삭아들어 이 물체들의 존재가 궁금하였다. 막대기를 주워 건드렸더니 식물처럼 보이던 것이 꼼지락거리며 몸을 움츠렸다. 놀랍게도 이것들은 불두화나무를 갉아 먹는 벌레들이었다. 분무기에 물과 목초액을 20 대 1로 섞어 뿌렸더니 벌레들 일부가 땅바닥으로 떨어졌다.

6월 20일 금 맑음

며칠 사이에 텃밭 작물들의 대가 굵어지고 키도 자랐다. 토마토에는 열매가 주렁주렁 달렸고 아삭이고추도 큼직하게 열렸다. 그런데 고약하게도 고춧잎에 수액을 빨아먹는 노린재들이 바글바글하다. 고약한 냄새까지 풍기는 이 벌레를 방치하면 고추가 몇 주 내에 모두 말라 죽게 생겼다. 목초액을 진하게 타서 두 차례 뿌렸다.

6월 21일 토 맑음

아래 정원 앞에 약 10m, 집 뒤쪽 방음벽으로부터 도로 절개면을 따라 위쪽으로 약 30m까지 울타리를 설치하고 250만 원을 지불하였다. 몇 해 전부터 학교에서 운동장의 돌담을 허물고 운동장이 들여다보이는 철사로 엮은 울타리로 바꾸더니 최근에는 이런 것들이 전원주택에서도 유행하고 있다. 도적이 마음만 먹으면 얼마든지 넘을 수 있고, 울타리 좌우에 있는 생울타리 사이로는 동네 개들이 수시로 출입하는 터라 사실상 이 철제 울타리는 상징에 불과하다. 그러나 잡인들이 제집인양 우리 타작마당에 차를 세우고 집안팎을 뒤지는 일은 없을 것으로 기대한다.

6월 26일 목 맑음

노지감자를 캐러 밭으로 나가는데 이웃의 E 씨가 불러 세웠다. 그는 모 지방 방송국을 퇴직한 후 이곳에 집을 짓고 가끔 찾아온다. 우리 집으로 들어가는 진입로가 자기의 소유인데 내가 무단 점유했다고 마을을 다니며 불평을 한다는 소문을 들어왔는데, 아마도 오늘은 대단한 결심을 한 듯 길을 폐쇄하겠다고 통고를 하였다. 이 진입로를 비롯한 농로들은 내가 들어오기 이전부터 마을 사람들이 닦아놓은 것인 바, 시골에서는 일반적으로 오랫동안 주민들이 사용해온 길은 사유지일지라도 소유권을 내세워 폐쇄하지 않는 것이 하나의 관행이다.

만일 E 씨가 계속하여 나를 압박한다면 나 역시 마을을 관통하는 농로와 이 농로에서 강으로 내려가는 길을 막을 수밖에 없다. 그런 경우에 E 씨는 진출입로가 막힌 집안에 갇히게 된다. 건축학 용어로 이러한 대지를 맹지(盲地)라 하여 건축허가도 받을 수 없는 땅으로 분류한다. 반장과 이장으로부터 그의 집이 내 소유 전답에 포위되어 있으며 지금까지 내 땅에 놓인 길로 다닌 것을 고맙게 여겨야지 계속 소란을 피우면 하늘로 날아다닐 작정이냐고 핀잔을 들었던 모양이다. 오래 전부터 측량을 해서 진입로 부분을 양도할 것을 제의했으나 응답이 없던 그가 오늘에서야 정색을 하고 나선 것을 보면 급경사에 쓸모없는 북향 임야를 고가로 팔 심산인 것 같다.

6월 27일 금 맑음

정원·잔디밭·뒷마당의 잡초를 베고 잔디밭도 다듬었다. 정원에는 봄에 구근을 심은 흰색과 노란색 나리꽃들이 피어 아름다운 자태를 뽐내고 있다.

6월 28일 토 비

참깨가 10∼20cm 정도 자라더니 성장을 멈추었다. 그 꼴에 벌써 꽃을 피우고 어떤 것은 열매까지 맺기 시작하니 금년의 참깨 농사는 기대할 것이 없다. 메마른 토양이라 어쩔 도리가 없다.

7월 3일 목 흐림

지난주에 준 요소비료 효과가 있었는지 벼잎이 많이 자랐고 초록색이 짙어졌다. 경우에 따라 화학비료는 마치 중환자용 영양제 역할도 하는 것 같다.

7월 10일 목 맑음

무덥지만 강에서 시원한 바람이 불어와 일을 할 만하다. 얼린 물병 두 개를 논둑에 놓고 다시 한 번 논김을 맸다. 벼 포기를 둘러싸고 있는 잡초들은 손으로 뽑을 수밖에 없는데 잡초의 뿌리가 진흙 속에 깊이 박혀 있어 옷소매를 걷어붙여야 한다. 벼 잎에 피부가 쓸려 쓰라리고 때로는 거머리들이 달려들어 소름이 끼친다. 개구리를 잡아먹으려고 논에 숨어 있던 뱀을 만났을 때는 모골이 송연하였다.

해거름 녘에 다시 논으로 내려갔다가 왕잠자리 몇 마리를 목격하였다. 몸통이 푸른색·노란색 무늬인 이 잠자리들은 고추잠자리보다 체구가 2~3배 크다. 어린 시절 잠자리 수컷을 잡아서 몸에 진흙을 발라 암컷처럼 위장시키고 놀았다. 허리를 실로 묶어 빙빙 돌리면 암컷인 줄 착각하고 다른 숫잠자리가 달려들었다가 붙잡혀 장난감이 되곤 했다. 이러한 잠자리들이 근래에는 거의 멸종된 것으로 생각했는데 뜻밖에도 새로 파놓은 둠벙과 농수로에 나타나 60여 년 전의 어린 시절을 회상하게 만들었다.

7월 14일 월 맑음

작고하신 은사의 사모님께서 몇 개월째 입원 중이시라는 소식을 접하게 되니 송구스럽기 그지없다. 시골에서 따온 신선한 참외·옥수수·버터넛을 챙겨 찾아뵈었다. 건강하던 어른께서 몇 달 사이에 많이 쇠약해지고 거동도 불편하시니 걱정이다.

7월 22일 화 맑음

제자 K 군 내외가 찾아왔다. 몇 해 만에 보는 제자의 머리숱이 성글고 흰 터럭까지 보이니 그나 나나 많이 늙었다는 생각이 든다. 학부 고학년이었을 때에 그의 장래성을 내다보고 학자로 키우고 싶었으나 어찌된 일인지 그는 유학의 기회를 포기하여 나를 안타깝게 하였다. 그러나 지금은 여행전문가로 활동하고 있으며 조만간 저서를 출간하게 되었다니 기쁘다.

K 군에게 우리 밭을 구경시킨 후 토마토·오이·호박·가지 등을 따서 주었다. 안타깝게도 옥수수는 엊그제 수확을 한 터라 영근 것이 없었다. 나는 제자 내외가 하룻밤 묵어가기를 청했으나 그는 떠났다.

7월 23일 수 흐린 후 비

고구마 밭을 고라니가 망쳐놓았다. 잘 자라던 잎을 훑어 먹은 것은 그나마 다행이고 아예 뿌리째 뽑아버린 것도 있다. 여기저기 흘려놓은 배설물을 보니 두세 마리가 포식을 한 것 같다.

강낭콩을 땄다. 7월에 들어 비가 잦기 때문에 일부는 콩꼬투리가 썩고 싹까지 돋았으나 콩알은 굵고 통통하니 만족스럽다.

8월 3일 일 맑음

금요일과 토요일에도 많은 비가 내려 홍천강이 또 불었다. 강변 길이 탁류에 잠겼으며 세차게 흐르는 물소리가 밭에서도 들린다.

오늘은 아내의 대학후배인 A 선생이 우리와 동행하였다. 전에도 몇 번 우리 집에 왔던 손님이다. 그는 식성이 무척 까다로운데 근래 더욱 심해져 당분이 들어 있는 음료·음식·공장제 식품 들을 모두 거부한다. 자연 식품이 많은 우리 집이지만 그래도 아내가 몹시 어려워한다. 안방에 잠자리를 마련해주었더니 A 선생은 냉장고에서 나오는 전자파가 해롭다고 마루에서 잠을 잤다.

평생을 독신으로 지낸 사람들은 남녀를 불문하고 괴팍한 경우가 많다. 물론 독신자들은 자기를 돌볼 사람은 자신뿐이기 때문에 보통 사람들과 다른 사고방식과 생활방식을 가질 수밖에 없을 것이다. 그러나 인간은 가족 및 이웃과 부대끼며 사는 가운데 정서적으로 성숙해지고 너그러워지는 법이다. 그러므로 우리 내외는 제자들에게 인생의 반려자를 구하고 가능하면 자녀를 낳아 키우면서 살라 권한다.

8월 6일 수 맑음

어제 저녁 늦게 밭일을 마치고 들어오다가 너무 어두워서 나무 등걸에 걸려 넘어져 나뒹굴었다. 순간적으로 3년 전 골절되었던 다리의 상처가 걱정되었으나 다행히 다리는 무사한데 오른팔이 저리고 엄지손가락에 감각이 없어졌다. 손등이 부어 물건을 들기도 힘들어 밤새도록 걱정하다가 오늘 한의원에 들러 침을 맞았다.

윗옷을 벗기고 어깨부터 손가락에 이르기까지 10여 개의 침을 꽂으면서 한의사는 헬스클럽에서 육체미 운동을 하느냐고 물었다. 20여 년 농사를 짓다보니 어깨와 팔 근육만 발달하였다고 하니 젊은 의사는 미소를 지었다. 나를 농부로 여기지 않는 듯했다.

8월 9일 토 맑음

방으로 들어온 벌레가 다리를 물어 새벽 1시 반에 잠에서 깨었다. 다시 잠자리에 들지 않고 1900년대 초 밀양군의 신호적 자료를 분석하다보니 날이 밝았다.

텃밭의 토마토 20여 그루가 거의 다 말라 죽었다. 가뭄 탓이 아니라 바이러스에 감염된 것 같아 모두 뽑고 갈아엎었다. 옥수수밭에 까치 떼가 몰려와 영근 열매를 쪼아 먹고 있어 서둘러 한 바구니를 땄다.

무더위를 견딜 수 없어 집으로 들어왔다. 바깥의 온도계는 37°C를 가리키고 집안 벽에 걸린 것도 34°C까지 올랐다.

8월 10일 일 맑음

어젯밤 천둥이 치고 벼락이 골짜기를 때리더니 한 시간 동안 소나기가 쏟아졌다. 이 비로 뜨겁게 달았던 골짜기의 열기가 사라져 편안히 잠을 이룰 수 있었다.

북경올림픽에 출전한 우리 젊은이가 수영경기에서 금메달을 받았다는 뉴스를 들으니 어제의 피로가 말끔히 씻긴 느낌이 든다.

어린 시절 인천 앞바다의 갯골에서 익힌 솜씨로 대학시절 한강을 건너다가 우연히 K대 수영팀과 친해지게 되었다. 그들 중 한 명은 당시 평형종목의 국가대표 선수였다. 그의 소개로 나는 S대 수영팀에 들어가게 되었고 선수권 대회에도 출전하는 기회를 얻었다. 물론 체계적인 훈련을 받지 못하여 결과는 신통하지 못했으나 40세가 될 때까지 수영은 내 생활에서 중요한 부분을 차지했다. 테니스·스키·스케이팅과 함께 선진국 사람들이나 하는 종목으로 여겼던 분야에서 우리 청년이 세계 챔피언으로 등극했다는 소식은 경하할 일이다.

8월 16일 토 흐림

몇 해 전부터 아내는 내게 회고록을 써보라고 권했으나 기록할 만한 일도 별로 없고 글을 쓸 만한 문재(文才)도 없어 시도하지 않았다. 아내는 우리 큰아이가 중학교 다닐 때 빙부께서 사주신 알퐁스 도데(A. Daudet)의 자전적 소설 『꼬마 철학자』를 읽어보라고 권하기에 미적거리다가 오늘 저녁 두 차례나 읽었다. 그러나 감히 내가 살아온 이야기를 써낼 자신은 없다.

8월 20일 수 맑음

며칠 집을 비운 사이에 우리 집 주변에서 기록할 만한 변화가 있었다. 우선 안채 뒤쪽에 하단부의 콘크리트 벽 위로 금속판을 올린 방음벽이 완성되었다. 길가에 널려 있던 공사자재들은 말끔히 치워졌다. 아마도 도로 개통식을 한 모양이다.

텃밭에 심은 배추들이 모두 뜯겨 사라졌다. 여기저기 떨어져 있는 짐승의 배설물로 보아 고라니가 다녀간 것 같다. 전에는 고라니들이 집에서 약 200m 떨어진 큰 밭에만 침입했는데 바로 집 앞의 텃밭까지 올라온다는 것은 우려할 만한 일이다. 앞으로 논도 무사하지 않을 것 같다.

8월 27일 수 맑음

갑자기 일기가 바뀌어 캘리포니아의 인디언 서머처럼 푸르고 맑은 하늘이 나타났다. 밭을 돌보기에 더없이 좋은 날이다.

고라니의 피해로 망친 이랑에 종묘상에서 구입한 배추 모를 심었다. 배추밭 주위에 지주를 박고 그물을 둘러쳤다.

열흘 전에 심은 무가 발아하지 않는 것은 이해할 수 없다. 종묘상 주인에게 불량씨앗을 팔았다고 항의하던 노인이 생각났다. 몇 해 전 IMF 사태 당시 우리나라의 대표적인 종묘회사 여러 개가 외국인에게 팔려나갔다. 그 이후 씨앗 가격이 급등한 것은 물론 씨앗의 제조를 외국회사들이 독점하게 되었다. 그런데 대부분의 씨앗이 발아상태가 나빠 화분 하나에 씨앗 하나씩을 넣었다가는 듬성듬성 싹이 돋는 통에 낭패를 보기 십상이다.

우리 위정자들은 배포가 커서 규모가 큰 사업에만 골몰할 뿐이고 작은 일에는 관심이 없다. 우리나라는 유라시아 대륙 동쪽 끝에 돌출한 반도에 자리를 잡고 있어 대륙과 해양의 영향을 받는 독특한 환경이기 때문에 식물의 종류가 매우 다양하면서도 생명력이 강하다. 그러므로 서양인들은 일찍이 우리나라의 식물자원에 깊은 관심을 가지고 많은 종류를 채집해다가 개량하여 자신의 것으로 삼았다. 우리는 그들에게 적지 않은 사용료를 지불하고 있다. 작은 씨앗 몇 개를 수집해다가 연구 개량하여 영구적으로 이득을 취하는 그들을 보고도 우리의 관료와 지식인들은 느끼는 바가 별로 없는 것 같다.

몇 해 전 우리 나라의 어느 지방정부가 프랑스에서 특산식물 전시회를 가졌다. 행사가 끝날 즈음 프랑스 정부가 전시했던 식물들을 기증받고자 했을 때 그 지방 도백(道伯)은 망설임 없이 응하였다. 아마도 전시품 수송비를 절약하고 감사장을 받는 효과가 있었을 것이다. 그는 몇 년 혹은 몇십 년 후 우리가 그 식물들 중에 개량된 것을 수입하는 데 막대한 비용을 지불하게 되리라고는 전혀 예측하지 못했을 것이다.

1970년대 말 미국 동부의 어느 농촌에서 담배와 목화를 재배하는 농부를 만나 놀랐던 일이 기억난다. 동양인의 방문이 드문 농촌에 한국인이 찾아왔다는 소문을 들은 농부가 나를 자기의 밭으로 안내하였다. 우리나라와 기후 및 토양조건이 비슷한 고장이라 집중호우가 내리면 거친 토사가 밭을 뒤덮는 일이 잦아 우리나라에서 잡초 씨앗을 수입하여 뿌렸다는데 그 풀은 쇠뜨기였다. 미국 농부는 내게 풀이름과 그 의미를 묻는데, 쇠뜨기가 어떤 의미인지는 정확히 알 수 없으나 소(쇠)가 뜯는 풀일지도 모른다고 말하였다. 그는 쇠뜨기를 소들이 잘 먹기 때문에 그곳에 소를 방목하고 있으며 몇 해 후에는 토양이 비옥해질 것으로 기대했다.

콩 역시 그 지방 농민들을 감동시킨 작물이었다. 담배·목화·옥수수 등을 장기간 연작한 그곳 토양은 땅심을 잃었다. 그런데 콩이 도입되면서 토양이 살아남과 동시에 많은 소득을 올리게 되어 콩을 '기적의 농산물'이라 칭하고 있었다. 제2차 세계대전 이전까지 한국은 만주와 함께 세계의 2대 콩 생산 국가였다. 그런데 오늘날 우리는 소비량의 95%를 미국에서 수입하고 있다. 키위 역시 우리나라 산야에서 흔히 볼 수 있는 다래를 뉴질랜드 사람이 중국 복건성(福建省)에서 도입하여 개량한 것이다.

하나의 빗방울이 모여 강이 되고 강물이 바다로 흘러 대양을 이룬다. 잡초이건 농작물이건 토종식물을 보호하고 가꾸는 일은 아마 가장 쉬우면서도 귀중한 애국의 길일 것이다.

8월 28일 목 맑음

대학선배들이 찾아오신다기에 어제부터 준비를 해두었다. 잔디를 깎고 밭둑의 풀을 베고 침구를 볕에 말렸으며 집 안 청소도 마쳤다. 아내가 유럽 여행 중이라 음식 장만도 내 몫이다.

면사무소까지 마중을 나가 다섯 분의 선배를 안내하였다. 우선 두미교로 개명한 구곡 1교에 정차하여 홍천강 계곡의 경치를 본 손님들은 경탄을 금하지 못했다. 2주일 전 큰물이 지나갔기 때문에 강물은 맑고 깨끗하며 수량도 비교적 풍부하여 강변을 산책하던 손님들은 수려한 경관에 매료되었다. 더욱 다행인 점은 내가 농사 핑계로 학회일에서 손을 뗐다는 오해가 다소 풀릴 것 같은 예감이 드는 것이다. 내 농지를 돌아본 손님들은 넓은 면적에 심은 작물을 보고 느낀 바가 있을 것이다.

손님들이 내가 준비한 음식과 아내가 담근 송엽주(松葉酒)를 반주 삼아 맛있게 드시니 고마웠다. 선배 한 분은 장항아리까지 유심히 살폈으며 고추장에서 순 시골맛을 느낄 수 있다고 하셨다.

나는 선배들이 하룻밤 정도는 묵어가실 것으로 기대하였으나 건강이 좋지 않은 분이 있어 오후 5시경 모두 떠났다. 참으로 섭섭하였다.

9월 4일 목 맑음

유럽 여행을 마치고 돌아온 아내는 거의 한 달 만의 시골 나들이에 다소 흥분하였다. 예술가답게 색조에 대한 감각이 남다른 아내는 검푸르던 숲에서 황색 톤이 느껴진다고 한다. 한 달 사이에 계절이 바뀌어 가을 문턱에 들어선 것이다.

집에 도착하여 큰 자물통을 열었으나 안쪽 빗장이 잠겨 문을 열 수가 없다. 집 뒤로 돌아가 울타리를 넘어 들어가보았더니 무단

홍천강변의 우리 마을이다. 우리 집은 둥글게 솟은 숲 언덕의
왼쪽 끝에 숨어 있고 그 아래쪽 경사면에 논과 밭이 있다.

침입자의 흔적이 남아 있다. 사랑채 방문을 뜯어내고 휘저은 흔적이 보였고 안채의 함도 뒤집어놓았다. 거실에 놓여 있던 고려시대 토기 한 점과 벽에 걸려 있던 오스트레일리아제 부메랑 두 개, 그리고 주방에서 독일제 칼이 없어졌다. 그밖에 또 무엇을 도난당했는지는 면밀하게 살펴보아야 할 것 같다. 어차피 집을 비워놓고 다니는 처지에 도난품에 미련을 두지 않기로 하니 마음이 편하다.

비닐하우스 안은 발을 들여놓기가 겁날 정도로 잡초가 무성하고 배나무와 사과나무 주위에도 잡초 투성이다. 예초기로 풀을 베어내고 과일들을 살펴보았다. 사과들이 빨갛게 익었으나 30% 정도는 벌써 까치가 파먹었고 상처 난 자리에 말벌들이 진을 치고 있다가 내게 달려든다.

9월 25일 목 비

밤부터 가랑비가 내리기 시작하더니 새벽에는 빗방울이 굵어져 낙숫물이 요란하게 쏟아졌다. 농기구 수리소에 맡겨놓은 예초기를 찾아다가 밤나무 밑의 잡초를 깎기 시작하였다. 그러다 뜻밖에도 하복부에 통증이 느껴져 살펴보았더니 반바지 틈으로 벌들이 들어와 침을 박았다. 예초기로 벌집을 건드린 줄도 모르고 작업을 하다가 팔·손·정수리·목 등을 공격당하여 정신을 차릴 수 없었다. 예초기를 벗어놓고 집으로 도망쳤으나 벌 떼가 끝까지 쫓아와 황급하게 물통 속에 머리를 넣고 피할 수밖에 없었다.

황급히 옷을 갈아입고 보건소로 달려가 두 차례나 주사를 맞고 약을 받아왔다. 벌침이 박힌 자리가 부어오르고 가려워 밤새 고통을 겪었다.

10월 4일 토 맑음

까치 때문에 과일 농사를 망쳤고 고라니 때문에 고구마 농사를 망쳐 지난주에는 우울했다. 그런데 오늘 땅콩 포기를 뽑아보니 작황이 좋은 편이다. 모든 작물이 다 잘된다면 얼마나 좋으랴마는 여러 작물을 재배하여 실패한 것과 성공한 것을 합쳐 평균 이상이면 만족하는 것이 순리일 것이다.

10월 12일 일 맑음

17일 대구의 계명대학에서 열리는 4개 시도 사학회에서 발표할 기조강연문을 메일로 보냈다. 나와 전공분야가 다른 학회의 초청이어서 마음이 쓰인다. 밭일도 손에 잡히지 않아 책상에 앉아 강연 원고를 다듬었다.

10월 23일 목 비

'강을 통해서 본 역사'라는 주제의 강연을 끝낸 후 밀양·부산·울산 일대를 이틀간 답사하고 돌아왔다. 어제부터 허리와 엉치부분에 통증이 느껴진다. 한방의를 찾아 침을 맞으니 통증이 가라앉기에 오늘 시골로 왔다.

날씨가 좋으면 벼를 벨 생각이었으나 비 때문에 포기하였다. 논바닥에 다시 빗물이 고이니 내일 벼를 벨 수 있을지 모르겠다. 그러나 오늘의 비는 김장배추와 무에 큰 도움이 될 것이다. 특히 오랜 가뭄으로 저수지의 바닥까지 드러난 영남지방에 많은 비가 내렸다니 어느 정도 해갈은 되었을 것이다.

10월 24일 금 흐림

찰벼를 베어 묶은 짚으로 단단하게 묶었다. 벼를 벤 자리는 어제 내린 빗물이 고여 있어 고추밭의 지주로 썼던 쇠막대기를 X자형으로 박은 후 그 위에 긴 막대를 걸쳐놓고 볏단을 걸었다. 통풍만 잘되면 3~4일 후 탈곡이 가능하다.

오후 3시경 뜻밖에도 2주일 전에 다녀간 K 군이 또 찾아왔기에 땅콩과 토란을 나눠주었다. 벼 베기를 돕겠다고 하지만 농사일에 익숙하지 않은 그가 다칠까봐 염려스러웠다. 그러나 K 군의 방문은 반갑고 고마웠다. H출판사 K 사장의 전화를 받으라고 아내가 부르기에 잠시 작업을 멈추었다.

다시 논으로 내려와 K 군에게 벼 베는 요령을 가르쳐주었다. 왼손으로 대여섯 포기를 휘감아 쥐고 밑둥을 단숨에 베는 시범을 보여준 것이다. 그는 내 모습을 카메라에 담더니 우리 마을 사진을 찍고 오겠다고 나간 후 어두워질 때까지 돌아오지 않았다. 벼 베기를 마치지 못하고 귀로에 올랐다. 혹시나 K 군이 되돌아왔다가 실망할까 염려했으나 다행히도 서울로 돌아가는 중이라고 한다.

아내가 전하는 말에 의하면 K 군은 내가 전화를 받으러 들어갔을 때 매우 부러워했다고 한다. 대학교수들은 대부분 원고를 들고 출판사를 찾아다니며 책을 만들어달라고 구걸하다시피 한단다. 더구나 퇴직자의 글은 받아주지도 않는다고 했다는 것이다. K 군이 등산 관계 잡지의 편집을 해본 경험이 있으니 출판업계의 사정을 잘 알 것이다. 타고난 문장력도 없는 나는 글을 쓰기 위해 문헌을 수집하고 현지답사를 통하여 얻은 정보를 정리한 후 잠자리에 누워 머릿속으로 내용을 엮어야 비로소 글을 쓸 수 있다. 써놓은 글도 여러 번 고쳐 마무리를 짓는다. 막상 인쇄된 글을 받으면 마음에 들지 않는 부분이 종종 발견된다. 나는 글을 써서 돈을 벌겠다는 생각을 해본 일이 없다. 그러나 내 글이 한 권의 책으로 엮이었을 때 느끼는 행복은 무엇과도 바꿀 수 없기에 책을 만들어주는 출판사에 늘 감사하고 있다.

10월 28일 화 맑음

가을인가 싶더니 일주일 사이에 겨울이 성큼 다가왔다. 설악산에 눈이 내렸고 우리 시골에도 서리가 내려 가을걷이를 서두르지 않을 수 없다. 일본에서 연주를 끝낸 둘째 아들이 빈으로 돌아가기 전 며칠간의 여유를 얻어 귀국하였다. 아내에게 모자 간의 정을 나눌 시간을 갖게 하고 나 홀로 시골로 왔다.

기온은 낮으나 일하기에는 더없이 좋은 날이다. 논에는 아직 3분의 2 정도의 벼가 남아 있어 내일까지 열심히 해야 일을 마칠 수 있을 것 같다. 갑자기 강바람이 올라와 논을 스치고 지나니 벼가 고개를 숙이며 노란 파도를 일으킨다. 고개 숙인 벼와 숙였던 고개를 쳐드는 벼 사이에 진 골의 음영이 만드는 색조의 조화는 농부만이 볼 수 있는 한 폭의 그림이다. 벼가 파도칠 때 이삭들이 서로 비벼대는 마찰음 역시 한 소절의 아름다운 음악이다. 벼 이삭이 연주하는 음률은 바람의 강도에 따라 때로는 높게, 때로는 낮게 들리고 바람의 속도에 따라 강하게 또는 약하게 들린다. 벼농사를 10년 이상 해오면서도 잘 익은 벼가 연주하는 자연의 음악을 처음으로 즐길 기회를 얻었으니 오늘은 행복한 날이다.

10월 29일 수 맑음

강 안개가 걷히기 전 뜨거운 커피를 담은 보온병과 간식거리를 들고 논으로 나왔다. 어제 오후에는 아름다운 음률을 들려주던 벼들이 오늘은 짙은 안개와 찬 서리에 짓눌려 초라하게 고개를 숙이고 침묵을 지킨다. 벼 포기를 잡는 순간 젖은 면장갑을 통하여 전해지는 냉기에 온몸이 으스스 떨린다. 무거운 정적 속에서 낫에 벼가 잘리는 소리가 크게 들린다. 지난주까지 활기차게 날던 메뚜기도 거의 사라졌다.

논의 중간부분에 듬성듬성 꺼진 곳을 살펴보았더니 고라니의 배설물이 흩어져 있다. 밤이면 강을 건너와 벼 포기 속에 숨어 배를 채우고 사라지는 이 짐승은 토끼·다람쥐와 더불어 내가 사랑하는 놈이다. 비록 고구마·배추·무·농사를 망쳐놓기는 하지만 콩밭에 숨었다가 내 발소리에 놀라 달아나는 모습은 아름답기 그지없다. 그리고 우리 논의 벼도 얌전하게 뜯어먹었을 뿐 넓은 면적을 망가뜨리지는 않았다. 멧돼지란 놈은 떼로 몰려온다. 몸에 붙은 진드기를 떼어내기 위해 까끌까끌한 벼 포기를 뭉개놓고 그 위에서 뒹굴고 벼까지 뜯어먹기 때문에 그놈들이 다녀간 논은 폐허나 다름없다.

젖은 장갑을 세 켤레나 바꿔 끼고 작업을 했으나 오늘도 벼 베기를 마치지 못했다. 베어낸 벼를 말리기 위해 마른 땅에 널어놓는 데 시간을 빼앗긴 것이다.

10월 30일 목 맑음

어제 아침보다 기온이 더 떨어져 겉옷을 입었다. 감기 증세까지 느껴져 보온병에 따뜻한 물을 담아 수시로 마셨다.

점심도 거른 채 열심히 일을 하여 오후 3시에 벼 베기를 마쳤다. 다리와 허리, 심지어 벼 포기를 쥐었던 왼손 엄지손가락과 낫을 쥐었던 오른손까지 모두 뻐근하다. 지난주에 벤 찰벼는 완전히 말랐기 때문에 단으로 묶어서 젖지 않도록 덮개를 씌웠다.

11월 11일 화 맑음

어제 오후부터 탈곡을 시작하여 오후 5시에 마쳤다. 그러나 잡티와 검불을 털어내는 데 또 한 시간이 걸려 야외 등까지 켜고 작업하였다. 탈곡한 벼는 메벼 열 포, 찰벼 두 포 반이다. 쭉정이가 적어 벼 포대가 작년 것보다 무겁게 느껴지니 풍작인 셈이다.

몇 해 만에 처음 우리 내외와 두 아들이 힘을 합쳐 농사를 마무리 지었다. 넉넉한 양식을 내려주신 창조주에게 감사드린다.

11월 26일 수 맑음

마을 이장이 면사무소와 시청을 찾아다니며 몇 년에 걸쳐 노력한 결과, 신작로에서 우리 집 앞을 지나 반장네 집에 이르는 약 2km의 농로를 콘크리트로 포장해준다는 허락을 받아낸 일이 있다. 이 소식에 나는 물론 마을의 주민들이 기쁜 마음으로 환영하였는데 뜻밖에 몇몇이 계획에 동의하지 않아 두 해를 넘겨버렸다. 최근 전입하여 집을 지은 G 씨와 내 이웃의 E 씨가 자신들의 토지가 도로용지로 편입되는 데 동의하지 않았던 것이다.

만일 포장도로가 생긴다면 도로에 편입되는 땅의 소유자는 토지소유권을 주장할 수 없다고 한다. 여기에 이해관계가 걸린 지주가 10여 명이 된단다. 나는 200여 평이나 되는 땅을 내놓게 되어 가장 피해가 크다는 점을 이장과 반장은 알고 있다. 나는 선뜻 도로포장에 동의했으나 G 씨와 E 씨는 반대를 했다. 지난주에 G 씨가 우리 논을 대각선으로 끊어 자기의 축사 밑과 연결하는 선으로 길을 내면 동의하겠다고 했다 한다. 불과 2년 전 300만 원을 들여 만든 논을 헐어 길을 내라는 것은 도저히 용납할 수 없다.

12월 9일 화 맑음

몇 해 전 집수리를 하면서 남겨놓았던 문짝을 비롯하여 상자나 부서진 가구 등이 안채 뒤쪽에 쌓여 있다. 논밭에 매여 사느라 이 잡동사니들을 방치해두었다. 마침 가을걷이도 끝냈고 아들의 일손도 빌릴 수 있어 나무조각과 섬유질을 밭으로 운반하여 태웠다. 유리와 금속조각은 쓰레기봉투에 담아 차에 실었다. 밭에서 걷은 폐비닐과 함께 쓰레기 수집장으로 운반하고 나니 후련하다.

12월 18일 목 맑음

어유포리 L 씨가 들기름 두 병을 짜서 가지고 왔다. 내가 들깨 농사를 망친 줄을 알기 때문인가 보다.

12월 24일 수 싸락 눈

어제 저녁 빙판이 진 소리산고개를 넘어 시골에 왔다. 동이 틀 때까지 경상남도 가호안을 분석하였더니 피로가 몰려와 책상에 엎드린 채 서너 시간을 잤다. 농번기가 끝난 후 하루를 거꾸로 사는 나쁜 버릇이 생겨 아내가 많은 불편을 겪고 있다.

몇 년째 두엄간 옆에 쌓여 있던 통나무들을 잘라 안채 뒤쪽으로 옮겼다. 일부는 썩어서 화력이 약하지만 사랑채 땔감으로 쓸 만하다.

12월 26일 금 맑음

한파가 찾아와 두툼한 외투를 걸친 후 털모자를 쓰고 아파트를 나섰다. 낯선 젊은 여인이 불러 세우더니 "아저씨, 우리 집 청소

좀 해주세요"라고 한다. 102호로 이사를 온다는 이 여성에게는 물통 세 개와 음식물찌꺼기가 든 통을 든 내 꼬락서니가 이 건물의 청소부쯤으로 보였던 것 같다. 그러나 털가죽 코트에 러시아산 모피 털모자를 쓴 청소부는 그리 흔하지 않을 것이며 갓 이사를 오는 사람이 처음 보는 사람에게 청소를 해달라고 요구하는 것은 예의에 어긋나는 일일 것이다. 나는 시치미를 떼고 이 당돌한 여성에게 청소를 해주겠지만 나를 고용하려면 인건비를 많이 지불해야 할 것이라고 했더니 당황한 표정을 지으며 사과를 한다. 아마도 이 꺼벙한 늙은이가 보통이 아니라고 느꼈던 모양이다.

이러한 일은 전에도 몇 번 겪은 바 있다. 주차장에서 차를 닦다가 자기네 차도 세차해달라는 젊은이도 보았다. 작업복 차림으로 나서는 우리 부부를 보고 "흥! 노동하러 가는구먼" 하고 빈정대는 졸부의 늙은 마누라도 만난 적이 있다. 자기 일을 스스로 하려 들지 않고 돈 몇 푼 주고 남을 부리려 드는 사람과, 땀 흘려 일하는 사람을 천하게 여기는 풍조는 결코 바람직하지 않다.

2009년
신음하는 대지

"면사무소에 들러 전입신고를 마쳤다. 오래도록
마을 사람들이 권해온 일을 이제야 마쳤으니
그들도 환영할 것이다. 서울특별시 서초구에서
강원도 춘천시 남산면으로 바뀐 주민등록증과
운전면허증을 들고 강원도 도민으로서
부끄럽지 않게 살리라고 다짐해보았다."

1월 15일 목 맑음

마을 입구의 기와집에 사는 P 씨 부인을 만나 새해 인사를 나누었다. 그녀가 아내를 초청하여 거절하지 못하고 거실로 들어가 한 시간가량 머물렀다. 주민 수가 적기도 하지만 눈이 잦고 기온이 낮은 겨울철에는 사람이 그리운 곳이기 때문에 바로 일어서지 못한 것이다.

아내가 P 씨 부인에게 밭에 죽은 닭을 묻으면 토양과 물이 오염되니 더 이상 묻지 않는 것이 어떠냐고 건의했으나 효과가 없었던 모양이다. 지난봄 P 씨가 죽은 닭을 트럭으로 실어다가 땅에 묻고 그 위에 흙을 덮기에 아내와 똑같은 주의를 준 바가 있었다. 그러나 P 씨는 닭이 썩으면 토양을 비옥하게 만들어 농사가 잘될 것이라고 주장할 뿐 환경오염에 대해서는 관심이 없는 듯했다.

1월 16일 금 눈

자정부터 눈이 내리기 시작하더니 하루 종일 함박눈이 쏟아졌다. 마당에는 이미 3cm 이상 눈이 쌓였다. 사위가 하도 적막하여 살며시 지면에 내려앉는 눈송이의 사락거리는 착지음이 들리는 듯하다. 내린 눈이 얼면 3월 초까지 자동차의 출입이 곤란해지기에 눈을 치우기 시작하였다. 나는 눈삽으로 밀고 아내는 싸리비로 쓸었다.

2월 13일 금 맑음

들끓는 여론에 굴복한 정부가 한반도 대운하계획을 4대강 개발 사업으로 전환한다는 소식을 들었으나 별로 관심을 두지 않고 지내왔다. 그런데 문화관광부 공무원에게서 전화가 왔다. 나를 4대강 개발사업의 일환으로 실시할 문화재 발굴조사의 자문위원으로 위촉하고 싶다는 것이다. 대규모 토목사업에 앞서 유형·무형문화재 조사를 한다는 것은 중요하고도 의미 있는 일이기에 진지하게 고려해볼 일이다.

그러나 그 같은 계획은 적어도 10여 명의 전문가가 참여하여 철저하게 조사하고 성실하고 부지런하게 연구해야 할 일이다. 자문위원 구성과 조직을 문의했더니 장관과 친분 있는 S모라는 아마추어 여행작가와 내가 전부라고 하였다. 그는 대중운동가이자 소영웅주의자로 남의 의견에 귀를 기울이지 않는 인물로 알려져 있다. 나는 5~10명의 각 분야 학자로 구성되지 않는 한 참여할 수 없다고 거절하였다.

국가적인 대사업을 수행하려는 정부가 자문위원을 이처럼 허술하게 임명한다면 그 사업계획이 신뢰를 잃게 될 것이다. 적어도 책임질 만한 고위관리가 정중하게 자문위원을 위촉함이 마땅하거늘 말단 직원이 전화로 의사를 묻는 것은 4대강 사업에 성의가 없다는 뜻이 아니겠는가.

2월 24일 화 황사

2월 16일부터 5일간 앙코르와트와 톤레사프 호수 일대를 여행하고 돌아왔다. 서울의 기온은 영하 10°C를 오르내리는 혹한이 었는데 캄보디아는 35°C의 찜통더위였다. 극심한 기온 차이로 출발 전날과 귀국 후 며칠간 불편을 겪었다. 우리가 외국에 머무는 동안 한국 가톨릭교의 어른이었던 추기경께서 서거하셨다. 우리 큰 처남께서는 수술을 받으셨다. 큰 처남의 병문안을 다녀온 후 우리 내외는 둘째 아들과 약혼녀를 데리고 시골 나들이에 나섰다. 다음 달이면 며느리가 될 사람에게 우리 시골을 보여주기 위해서이다.

내가 마늘밭을 보살피는 동안 아내는 화단을 돌보았고 아들은 약혼녀와 함께 우리 논밭과 강변을 산책하였다. 우리 내외는 아들과 며느리가 미래에 전원생활을 즐기게 되기를 바라지만 어린 나이에 유학을 떠나 10년 이상 외국에서 살아온 며느리가 농촌생활에 적응하기는 어려울 것 같다.

3월 2일 월 맑음

양평군 단월면의 높은 고개를 넘으면 경관이 수려한 협곡이 나타나는데 이 골짜기에는 이름난 산음리 삼림욕장이 있다. 우리 내외는 최근 이 협곡을 통과하는 길을 자주 이용한다. 오늘은 마침 마을에서 고로쇠나무 수액 시음 및 판매를 하고 있어 두 병을 구입하였다. 판매장에서 마을 이장과 통성명을 하던 중 그의 부친이 우리 집의 옛 주인인 Y 씨의 선친이 열었던 서당을 다녔다며 반가워하였다. Y 씨의 선친은 독립운동가들과 친분이 있어 독립운동자금을 모금한 임시정부 요원들이 은밀하게 왕래하였다는 말도 들었다. Y 씨와 그의 자제들이 예의 바르고 성실했던 데는 조부의 가르침이 바탕이 되었을 것으로 생각된다.

오늘이 말〔馬〕날이어서 장 담그기에 가장 좋다며 아내가 서둘러 준비를 하였다. 원래 우리는 길일(吉日)이니 뭐니를 따지지 않고 살아왔으나 촌 늙은이가 되면서부터 좋은 날을 구태여 피할 이유가 없다는 생각을 갖게 되었다. 아내는 오래 전부터 간장·고추장·된장을 담가왔다. 손수 장 담그기를 하지 않는 내 제수나 형수는 물론 아내의 친구들조차 외국유학을 한 교수가 설마 장을 담글 줄이나 알겠느냐고 의심하지만 내가 증인이다.

아내의 지시에 따라 항아리를 깨끗이 씻어 큰 찜통에서 펄펄 끓는 뜨거운 김을 쐬어 소독하였다. 아내는 25리터의 소금물에 신선한 날계란을 넣더니 계란의 윗부분이 500원짜리 동전 크기만큼 수면 위로 떠오르자 메주를 소금물에 담갔다. 이어서 숯덩어리를 띄우고 대추와 붉은 고추까지 넣었다.

3월 14일 토 황사

맑은 하늘이 황사 때문에 누렇게 얼룩졌다. 서쪽에서 몰려오는 누런 구름이 파란 하늘을 덮기 시작한다. 싸늘한 바람이 몰려와 개화하려던 매화들이 움츠러들었다. 병충해 방제작업을 하기에

장항아리. 아내는 오래 전부터 간장 · 고추장 · 된장을 손수 담가왔다.
뚜껑은 아내가 만든 도자기 작품이다.

딱 좋은 시기라서 과일나무에 목초액을 뿌렸다.

농협에서 발효퇴비 오십 포가 나왔다. 열두 포는 과수원으로, 열 포는 논으로, 나머지 스물여덟 포는 타작마당으로 옮겨놓았다. 30~40kg이나 되는 비료 자루를 운반하고 나니 겨울 동안 늘어졌던 팔다리와 어깨의 근육이 긴장하여 피곤하다.

3월 20일 금 맑음

양재동 묘목시장에서 감나무 한 그루와 매화나무 여섯 그루를 샀다. 지금까지 여러 차례 실패를 했지만 우리 집에서 감나무를 살려보겠다는 아내의 의지는 꺾을 수 없다. 마침 집 뒤에 방음벽이 설치되어 찬바람을 막을 수 있게 되었으므로 감나무 심을 장소를 정했다.

매화나무 여섯 주를 과수원의 대추나무 옆에 심었다. 7년 전에 심은 매화나무 중 하나는 두더지들이 뿌리를 갉아 먹어 말라 죽었다. 다른 한 그루는 잘 자라서 3년 전부터 한 되 이상의 열매를 안겨주고 있다.

3월 21일 토 맑음

아래 밭 가장자리에 층층나무와 산초나무 등을 심었다. 이 식물들은 집 주변에 지천으로 널려 있어 나는 크게 자라는 교목을 심고 싶으나 아내의 뜻에 따르기로 하였다.

오래 지속된 봄 가뭄으로 대지가 바짝 말랐다. 논과 밭둑의 잡초를 태우다가 산불로 번지는 사고가 잦기 때문에 공무원들이 수시로 순찰을 돌며 감시와 계몽을 하고 있다. 밭모퉁이에 길이와 폭 각각 4m, 깊이 1m의 구덩이를 파서 잡초를 집어넣으니 화재 예방책으로도 좋을 뿐더러 2년 정도 썩으면 퇴비로 쓸 수 있겠다.

과일나무에 퇴비를 주고 난 후 또다시 목초액을 살포하였다. 과수원 주위와 창고 옆의 배수로 정비작업을 마치고 귀로에 올랐다.

3월 30일 월 맑음

이틀 전 둘째 아들을 장가보내고 나니 꼭지가 떨어진 것처럼 마음이 허전하다. 조카의 혼례에 참가하고자 미국에서 온 아우가 시골집을 보고 싶다기에 오랜만에 형제가 나들이 길에 나섰다.

단월, 소리산 협곡, 모곡을 경유하여 홍천강변에 이르기까지 아우는 아름다운 풍경에 도취하였다. 아우가 살고 있는 버지니아 주 역시 애팔래치아 동쪽 산록을 끼고 있어 아름답기 그지없지만 고국의 산천만 못하다고 한다.

집 안팎과 전답을 돌아본 아우는 건축업자답게 정비해야 할 곳을 지적해주었다. 아우의 의견대로 한다면 논밭과 과수원 일대는 남의 주목을 끌 만한 명소로 탈바꿈할 것이 분명하다. 그러나 30년 이상을 외국에서 살아온 아우의 조경감각에는 미국적 요소가 깔려 있다는 느낌이 든다. 내 나이에 대규모의 경관개조사업을 벌이는 것은 무리이므로 비록 거칠고 촌스럽지만 있는 그대로 사는 것이 현명할 것 같다.

아우는 밥을 한 그릇 반이나 먹었다. 형수가 담근 장맛을 보고 비로소 30년 이상을 잊고 살았던 고향의 옛 맛을 느꼈다고 한다. 미국을 대표하는 음식인 햄버거는 누구나 먹을 수 있지만 미식가의 입맛을 만족시키기에는 너무도 부족함이 많은, 성의가 담기지 않은 음식일 것이다. 그러므로 막된 음식으로 끼니를 때우기 일쑤인 미국의 한국인들이 시골의 토속적인 음식에서 오랫동안 망각했던 미각을 되찾게 되는 모양이다.

3월 31일 화 안개 걷힌 후 맑음

농무(濃霧)가 골짜기를 가두어놓고 물러가지 않을 듯이 버티더니 정오가 가까워지자 서서히 흩어졌다. 벼 도정을 마치는 동안 아우는 연못가의 철쭉나무 전지를 과감하게 해치웠다. 나도 해마다 전지작업을 시행해왔으나 꽃가지를 자르는 게 애처로워 가느다란 가지만 쳤는데 아우는 이발기계로 밀 듯이 돌출한 가지는 모두 베어버렸다. 그 결과 둑 밑이 훤하게 트였다.

안채 주위에 걷어놓았던 잡초, 타작마당과 잔디밭에 긁어모았던 낙엽을 모두 아래 밭의 구덩이로 운반하였다. 우리 형제가 부지런히 움직인 효과가 있어 집 주위가 깔끔하게 정돈되었다.

반장인 Y 씨가 찾아와 이장·농지위원·반장 들이 나를 농업경영인으로 추천하였다고 전해주었다. 그가 알려준 연락처로 전화하여 도청의 담당자에게 영농계획신고를 마쳤다. 퇴직 후 K대학 명예교수라는 직(職)은 유지할 수 있었으나 업(業)은 상실하였기에 한동안 마음 한구석이 허전하였다. 이제는 정식으로 농업인이 되었으니 이는 하늘이 베푼 영광임에 틀림없다.

4월 4일 토 맑음

아내의 작업실 앞에 서 있는 홍매화나무에 꽃이 만발하였다. 앞산 그늘 때문에 볕을 충분히 받지 못하여 꽃술이 탐스럽지는 못해도 앙상한 가지에 달린 작은 꽃잎은 아름답기 그지없다. 그런데 홍매화보다 그늘이 덜 지는 흰 매화는 아직도 피지 않았다. 식물도 게으름을 피우는 모양이다.

우리 논과 아래 밭 왼쪽의 경계선을 따라 너비와 깊이가 50cm 이상 되는 긴 도랑이 파였다. 이 도랑은 대각선으로 꺾여 강에서 밭으로 올라오도록 닦아놓은 진입로까지 연장되었다. Y 씨가 전해주는 바에 의하면 소유인인 목사가 경계를 명확히 하기 위해 도랑을 만들었다고 한다. 이곳이 푸석푸석한 마사로 매축되었다는 사실을 간과한 것이다. 만일 집중호우라도 쏟아지면 이 도랑은 침식되어 깊은 골이 될 것이며 대각선으로 꺾였던 부분은 수직 방향의 급류에 깎여 고립될 것이 분명하다. 밭에서 골라낸 돌을 운반하여 잔 것은 도랑 바닥에 깔고 큰 것은 가장자리에 쌓아 침식에 대비해야 할 것 같다.

퇴비를 넉넉히 붓고 삽으로 땅을 파 뒤집었다. 싱그러운 흙냄새를 맡으며 짧은 이랑 두 개를 다듬어 감자를 심었다. 금년 농사의 시작을 의미하는 작업이다.

4월 5일 일 맑음

텃밭 왼쪽의 둠벙 옆 습한 땅을 갈아엎어 토란을 심었다. 이웃 사람들은 편한 기계를 두고 삽으로 힘들여 땅을 판다고 놀리지만 봄을 맞아 처음으로 하는 밭갈이는 기계를 사용하지 않고 팔다리를 사용하고 싶은 이유가 있다. 땅에 삽날을 깊이 박은 후 흙을 뒤집을 때 팔다리와 허리에 전해지는 쾌감과, 겨울 동안 두꺼운 눈 속에 갇혀 축적된 지기(地氣)가 밴 흙냄새를 느끼려면 이 방법이 가장 좋다. 관리기를 사용하면 작업은 수월하지만 기계가 풍기는 매연 때문에 싱그러운 흙냄새를 맡을 수 없고 부드러운 토양의 감촉도 느끼지 못한다. 동면에서 깨어나지 않은 게으른 개구리가 상처를 입을 가능성도 높다.

라디오에서는 종일 북한은 인공위성이라고 주장하는 미사일 발사소식을 전하고 있다. 온 나라, 아니 온 세계가 북한의 미사일 발사로 시끄러운데 특히 일본인들의 호들갑은 유난스럽다. 어떤 정보분석 전문가는 북한의 미사일 발사비용이 최소한 3억 달러이고 개발 및 제작비로 수십억 달러가 쓰였을 것이라고 한다. 그것이 사실이라면 농업개발을 촉진하여 수백만의 굶주린 백성을 살릴 수 있는 국가재정을 그릇된 일에 남용한 북한 지배층 인간들을 하늘이 벌해야 마땅할 것이다.

4월 10일 금 맑음

면사무소에 들러 전입신고를 마쳤다. 오래도록 마을 사람들이 권해온 일을 이제야 마쳤으니 그들도 환영할 것이다. 서울특별시 서초구에서 강원도 춘천시 남산면으로 바뀐 주민등록증과 운전면허증을 받아들고 강원도 도민으로서 부끄럽지 않게 살리라고 다짐해보았다.

4월 11일 토 맑음

복토를 한 밭의 돌을 인력으로 골라내는 데는 한계가 있다는 L 씨의 권고에 따라 중장비를 빌려 돌 고르기 작업을 시작하였다. 굴삭기 운전자는 어제부터 흙을 들춰가며 돌을 골라 밭 가장자리로 옮겨놓는데 몇 톤이 넘는 큰 돌도 적지 않았다. 그가 고를 수 있는 돌은 몇십 kg 이상 되는 큰 돌뿐이라 작은 돌들은 호미로 캐야 할 것 같다.

아내는 밭에서 나온 돌로 탑을 쌓고 싶어했으나 내가 망설이는 사이에 작업자가 돌을 모두 개울가에 쏟아버렸다. 아내의 실망한 모습을 보기 민망하여 낮 동안 아내의 시선을 피하였다.

4월 17일 금 맑음

큰 밭을 경작해온 L 씨가 최근 2~3년간 건강이 악화되어 금년부터 농사를 포기하게 되었다. 통작(通作) 거리가 10km 정도 되는 점도 그에게는 무리였을 것이다. 이로써 그로부터 모를 얻을 수 없게 되었기 때문에 벼농사에 차질이 생겼다. 건답직파(乾畓直播)를 시도할지 아니면 아내의 생각대로 연을 심을지 결정을 내려야 할 것 같다.

연못가에 작은 개만한 너구리 한 마리가 서성거리고 있다. 털이 많이 빠졌고 수척해 보이기에 먹을 것을 던져주었다. 이 짐승은 던져준 먹이도 놓아둔 채 산으로 숨는데 그 몰골이 측은하다. 아마도 병에 걸린 것 같다. 신작로가 개통된 후 야생동물들이 고통을 겪는 것이다.

4월 18일 토 맑음

두 바구니의 두릅을 땄다. 봄의 향취를 풍기는 이 관목의 새순은 맛이 뛰어나 고급 식품으로 평가받지만 채집은 쉽지 않다. 나무의 성장점 끝에 달린 순을 따려면 두꺼운 장갑을 끼고서도 손과 팔을 찔릴 각오를 해야 한다. 특히 순이 큰 것은 높이가 2m도 넘는 데에 붙어 있어 톱으로 중간부분을 잘라야 한다. 인간에게 순을 뺏기지 않으려고 날카로운 가시로 무장한 이 식물과의 싸움은 치열할 수밖에 없다.

큰 밭의 경작을 포기한 L 씨가 인삼 심을 밭을 구한다는 B 씨를 데리고 찾아왔다. 체구가 건장하고 인상이 좋은 B 씨는 인근 마을에서 대농으로 알려진 인물이란다. 인삼농사를 짓기 위해 2년째 K 대학교 농과대학에서 교육까지 받았단다. 그와 7년간 임대계약을 맺기로 하였는데, 앞으로 내게 모를 공급해주겠다니 벼농사를 계속할 수 있을 것 같다.

관리기로 아래 밭을 갈았다. 강낭콩 세 이랑을 심는 데 그쳤으나 다음주부터 각종 작물을 파종할 준비는 마친 셈이다.

4월 24일 금 비

왕매실나무 16주를 아래 밭의 남쪽과 서쪽에 약 3m 간격으로 심었다. 마사와 자갈로 덮인 척박한 토양에서 제대로 자랄 수 있을지 걱정스럽다. 다행히 살아준다면 꽃구경도 즐기고 매실도 넉넉히 딸 수 있으니 잘 가꿔야겠다. 느티나무는 강변과 접하는 밭의 오른쪽 끝에 심었다. 이 나무가 크면 왼쪽에 심은 단풍나무와 좋은 대조를 이룰 것 같다. 나무 심기를 마치자 제법 많은 비가 내렸다. 오전에 심은 나무의 성장에 도움이 될 단비이다.

4월 26일 일 낮에는 맑고 저녁에 비

어제 종일 비가 내려 계속 방에서 책을 읽었다. 아래 밭 끝부분에 퇴비를 뿌리다가 손님을 맞았다. 처남의 둘째 처제와 막내 처제 내외는 전부터 우리 집을 방문하고 싶어하던 분들이다.

손님들은 나를 돕겠다고 호미와 고무래를 잡고 나섰다. 농사 경험도 없는 사람들이 돌투성이 밭을 일구는 것은 결코 쉬운 일이 아니었다. 그러나 그들은 열심히 나를 도와 옥수수 세 이랑과 야콘 한 이랑을 심었다. 이 옥수수가 영글 때 이분들이 다시 찾아주셨으면 좋겠다.

손님들은 상추·돌나물·돌미나리 등을 따가지고 일찍 상경하였다. 그분들을 배웅한 후 아래 밭에 야콘을 더 심었다. 친구 C 군이 키운 모를 얻어온 것인데 열대성 작물이 냉한 강원도 산골에서도 잘 될지는 자신이 없다. 오후에는 포삼(圃蔘)·토마토·오이맛고추·파 등을 심느라 바삐 움직였다. 산 위로 올라가 부엽토가 쌓인 장소를 골라 어린 삼을 심으면서 우리 내외는 이 삼들 역시 남 좋은 일을 하는 것이라는 생각을 지울 수가 없었다. 그러나 도둑들이 5~6년만 참고 기다려주면 삼의 씨앗이 널리 퍼질 것인즉 그 이후에는 기꺼이 나눠줄 용의가 있다.

문화재청으로부터 문화재위원 위촉통보를 받고 어리둥절하였다. 이 나이에 과연 그 제의를 받아들여도 좋을지 확신이 서지 않아 망설였더니 아내가 적극적으로 권하여 동의하기로 하였다.

5월 2일 토 비

어제 저녁 늦게 도착하여 밭을 돌아보았더니 지난주에 심은 야콘들이 서리를 맞아 몇 개는 죽었고 나머지 것들도 냉기를 쏘여 많이 시들었다. 더구나 새벽부터 비가 내려 기온이 낮기 때문에 야콘들이 다시 피해를 입을 것 같다.

연못의 수문을 열어 물을 빼서 논으로 넣었다. 논바닥에 물이 흥건하게 고인 후에 다시 수문을 닫았지만 비가 계속 내려 논에 고인 물은 줄지 않았다. 수로의 흙을 퍼내는 동안 사방에서 몰려든 개구리들이 우리 논을 저희들의 합창공연장으로 만들어버렸다. 물이 있어야 이러한 미물들이 모이고 생태계가 활력을 얻는다.

5월 3일 일 오전에 비 내리고 오후에 맑음

2주일 전에 갈아놓은 텃밭의 토양이 두 차례 비를 맞은 후 다시 다져졌다. 괭이로 고랑의 흙을 긁어 이랑을 만들고 멀칭용 비닐을 덮기까지 여섯 시간이나 걸렸다. 잘 다듬어진 밭이랑과 고랑이 조화를 이루어 아름답기까지 하다. 나는 밭갈이에 이어 파종에 이르는 농경작업을 농부가 대지라는 캔버스에 창작하는 예술작품으로 생각한다.

반달이 하도 곱기에 밖으로 나왔더니 왁자한 개구리들의 노랫소리가 한창이다. 이 녀석들의 사랑노래는 무질서한 게 흠이다. 인기척에 요란하던 노랫소리가 뚝 그치고, 협곡은 정적에 빠졌다.

5월 4일 월 맑음

비가 그친 후 하늘은 맑고 공기는 달다. 과일나무에 냄새나는 거름을 주면서 깨끗한 공기를 더럽히는 일이 불경스럽게 느껴질 정도이다.

5월 8일 금 맑음

텃밭에 방울토마토·아삭이고추·피망을 모종하였다. 방울토마토는 영어 명칭인 체리토마토보다 우리식 이름이 더 잘 어울린다. 아삭이고추 역시 씹히는 느낌으로 붙인 이름이라 정겹다. 외래종 채소나 과일의 이름을 지을 때 좀더 정성을 들여 작명을 할 필요가 있겠다. 바람직한 이름으로 감자·땅콩·수박 등을 들 수 있지만 자몽(grape fruit)이라는 왜식 명칭을 쓰는 것은 유감스럽다. 차라리 왕귤이라고 부르면 어떨까 한다.

5월 11일 월 비

새벽에 시작한 비는 종일 그치지 않았다. 다행히도 빗줄기는 봄비답게 부드러워 어린싹들이 상하지 않고 깨끗이 먼지를 씻어낼 수 있으며 토양침식 없이 깊은 땅속까지 스며들 수 있다.

5월 23일 토 맑음

밤늦도록 책을 읽다가 늦잠을 자고 말았다. 머리맡에 놓인 라디오에서 전 대통령 노(盧) 씨의 사망소식을 보도하였다. 사망원인이 투신자살이라니 놀라운 일이 아닐 수 없다. 퇴임과 동시에 가족들에 이어 본인까지 검찰에 소환되어 조사를 받으며 권력무상을 절감하였을 것이다. 은퇴 후 역대 대통령들이 하나같이 서울에 미련을 두고 붙박으며 안간힘을 쓰던 것과 달리 그는 훌훌 털고 고향으로 내려감으로써 많은 박수를 받았다.

그는 입지전적(立志傳的) 인물이었다. 상업고등학교 졸업이라는 학력으로 그 어렵다는 사법고시를 통과하고 법관이 되었다. 그리고 민권변호사로 기초를 다진 후 정계에 입문하여 5~6공화국 청문회 때에는 천부적 언변과 논리적 사고력으로 주목을 받았다. 또 어려운 처지를 극복하고 대통령이 되었다.

그는 취임과 동시에 크나큰 민심의 벽에 부딪쳤다. 혹자는 그의 학력과 인맥을, 어떤 사람들은 그의 친인척의 사상적 배경을 문제 삼았다. 임기 후반부터는 주변 사람들이 저지른 각종 비리 때문에 시달렸다. 그는 영민하고 재기가 넘치며 솔직하고 과단성이 있는 인물이었다. 그러나 그는 서툴고 참을성이 부족하며 너그럽지 못한 단점도 지니고 있어 한없이 매력적이면서도 세련되지 못한 느낌을 주었다. 그러므로 서슴없이 쏟아져나오는 상스럽고 거침없는 표현에 점잖은 시민들은 실망하였다. 생각이 남보다 앞서는 것은 장점이지만 말이 빠른 것은 용납되지 않는 것이 우리 사회의 특징이라는 사실을 그는 간과했던 것 같다.

그의 5년 재임 동안 이룬 업적 중 사회복지분야는 역사에 길이 남을 것이다. 신행정수도를 비롯한 전국 각지의 혁신도시·기업도시 등의 건설계획은 후임자들에게 남긴 어려운 숙제이다. 국방 문제와 조세제도는 너무 서둘렀다는 비판을 받을 것이다.

아침을 먹기에 앞서 아내는 시대의 풍운아였던 고 노무현의 명복을 비는 기도를 올렸다. 4,500만이 사는 나라를 이끌었던 인물이 이처럼 스스로 목숨을 끊는다면 우리의 어린아이들이 받는 충격은 얼마나 클 것인지를 왜 그는 헤아리지를 못하였는가. 그러므로 대통령은 아무나 해서는 안 되는 것이다.

과거에 국민을 고통 속에 몰아넣고도 홀로 애국을 외치던 사람, 국민의 재산을 훔쳐 제 것으로 삼는 사람, 국가를 경영할 역량도 없이 높은 의자를 탐한 사람들을 대통령으로 뽑을 수밖에 없었던 우리 국민들은 참으로 복도 없다. 이제 자살한 대통령까지 나왔으니 우리는 더욱 서글픈 신세가 되었다. 우리는 모든 가정에서, 학교에서, 그리고 사회에서 진정한 인재를 키울 때가 되었다. 대통령감을 키우고 대통령 참모감도 키워야 한다.

날이 어두워질 때까지 밭일을 하며 우울한 심사를 달랬다. 아니, 땀을 흘리며 일하느라 만사를 잊고 지냈다.

5월 24일 일 맑음

3년 전 어유포리의 L 씨가 중고품인 이앙기를 내게 물려주었으나 사용 중 고장이 나서 마당 한구석에 방치해둔 일이 있다. 그런데 반장인 Y 씨와 C 씨가 이 고물도 고치면 사용이 가능하다며 정비공장에 맡겼다. 다행히 이앙기를 수리하여 논둑까지 운반해왔다.

기계로 모를 심기에는 물이 조금 많다고 해서 논물을 뺐다. 오전에 B 씨가 가져다준 모판은 모두 스물여덟 개인데 C 씨의 말로는 대여섯 판 정도는 남을 것이라고 하였다. 과거에 파주에서 이 기계를 사용해본 경험이 있다는 C 씨는 한 시간 만에 모심기를 마쳤다. 내년에는 기계사용법을 가르쳐주겠다고 약속하였다.

세 명이 7~8시간 걸릴 것을 한 사람이 한 시간 만에 끝마칠 수 있으니 기계의 편리성을 인정하지 않을 수 없다. 그러나 줄과 줄의 간격이 들쭉날쭉하고 모가 흙에 박히지 않고 물에 뜬 것이 있다. 모서리와 가장자리는 심어지지 않았다. 역시 기계 일은 거칠기 때문에 일일이 손을 볼 수밖에 없었다. 마무리 작업을 하는 데 네 시간이 걸렸다.

6월 5일 금 맑음

식물의 성장속도는 놀랄 만큼 빨라 경탄을 금할 수 없다. 며칠 사이에 오이와 호박의 떡잎이 떨어지고 덩굴은 내 키를 넘어섰으며 몇 개의 꽃을 피웠다. 토마토에도 꽃이 피었고 피망에는 두루뭉술하게 못생긴 열매가 달렸다.

6월 6일 토 맑음

이른 아침 채포와 과원에 농약 '청달래'와 '진달래'를 혼합하여 살포하였다. 이 농약을 제조한 연구진에 의하면 벌레들이 잠을 깨기 전에 약을 쳐야 효과가 좋다고 하는데 일리가 있는 말이다. 그리고 맹독성 농약에 비해 약효가 떨어지기 때문에 3일 간격으로 살포하라고 권하니 어지간히 부지런하지 않으면 시행이 불가능할 것 같다.

세 그루의 매화나무에서 매실 반 바구니를 땄다. 아내는 이를 깨끗하게 씻어 물기를 뺀 후 황설탕과 섞어서 유리병에 담아 밀봉하였다. 매실이 발효된 후 그 즙을 물에 타서 마시면 밭일을 마친 후 피로회복에 매우 좋다.

6월 12일 금 맑음

며칠간 시골집을 홀로 지켰던 아내는 얼마나 외로웠던지 목이 더 길어진 것 같다. 평소에는 혼자서 지내는 데 무슨 문제가 있겠느냐고 장담하더니 아들을 데리고 온 나를 보자 기쁜 표정이 넘친다.

6월 14일 일 낮에는 맑고 밤에는 비

토종 앵두나무 두 그루에서 빨간 앵두 두 바가지를 땄다. 과일이 드물던 내 소년시절에는 이 작은 열매가 귀한 대접을 받았다. 근래에는 사과·배·감·수박·귤·바나나·키위 등 국내산 및 수입 과일을 연중 맛볼 수 있기 때문인지 토종 앵두는 천덕꾸러기가 되었다. 젊은 사람들 중에는 서양의 체리는 알아도 앵두는 생소하게 보는 이가 적지 않다.

우리 앵두는 옛 주인이 안채 뒤에 심은 것들이다. 응달에서 볕을 제대로 받지 못하여 곁가지가 말라 부러지는 등 불리한 조건하에서 명을 유지하고 있었다. 그런데 이 앵두나무가 자라는 곳이 신작로 용지로 편입되어 부득이 두 그루는 정원으로, 한 그루는 양지바른 과수원으로 옮겨 심었다. 과수원의 것은 사방으로 가지를 뻗어 한 해 사이에 몰라보게 자라더니 수백 개의 열매를 내게 선물했다.

아내는 앵두를 깨끗이 씻어 물기를 뺀 후 설탕을 약간 섞어 유리병에 담아 밀봉하였다. 2~3개월이 지나면 발효가 끝나 빨간 과즙을 걸러내게 된다. 우리 가족은 땀을 많이 흘려 식욕이 떨어지는 여름에 음료수로 이용한다.

6월 15일 월 맑음

작년에 이어 금년에도 배나무의 결실이 좋지 못하다. 봄에는 퇴비를 주었고 과일나무 주위의 잡초도 뽑았으며 전지작업도 열심히 했다. 이른 봄 화사한 꽃으로 치장을 하면서도 배나무들이 열매를 만드는 데는 게으르다. 이웃 사람들은 농약 때문에 꿀벌들이 피해를 입어 꽃가루받이가 안 되기 때문이라고 하지만 나는 C 씨네 호두나무와 관계가 있다고 생각한다. 내가 과원을 만든 지 3년이 지난 후 C 씨가 자기 땅 주위에 호두나무를 심었다. 이 나무들은 성장이 빠른 교목으로 3～4년 만에 키 큰 나무가 되어 넓은 그늘을 만들어버렸다. 그 결과 우리 배나무들은 충분히 볕을 쪼이지 못하게 되었다.

감자와 마늘을 수확하였다. 감자 알이 굵어 두 바구니가 넘으니 2주일 전 비닐하우스에서 캔 것까지 합치면 이웃에 나눠주고도 남을 정도이다. 마늘은 10여 년 만에 최고의 수확을 올렸다. 더구나 여섯 접은 어디에 내놓아도 손색이 없을 정도로 알이 굵고 단단하며 나머지 여섯 접은 예년의 상품 수준이다. 지나가는 사람마다 농약과 화학비료를 전혀 사용하지 않고 이처럼 좋은 작물을 생산한 것을 축하하였다.

오후 내내 마늘을 엮어서 사랑채 벽에 걸었다. 직사광선을 피할 수 있는 그늘이면서 통풍이 잘되는 곳은 사랑채뿐이다.

6월 19일 금 새벽에 비 내린 후 맑음

동해안 북부지방 여행을 마치고 저녁 늦게 귀가하였다. 우리는 고성군 현내면에 은거하고 있는 서예가 남전(南田)의 작업실을 방문했다.

마늘 수확. 10여 년 만에 최고 수확을 올렸다.
열두 접의 마늘을 거두어 50개씩 엮어 사랑채 벽에 걸었다.

중·고교 동창인 남전은 화가로 대성하리라고 기대했던 인재이다. 농대를 졸업한 후 공직에 있다가 은퇴하였으며 학창시절부터 꾸준히 동양고전과 서예를 공부하여 대가가 된 사람이다. 미대를 졸업한 아내는 남전의 작품에 매료되어 그의 서실(書室)을 보고 싶어했기에 갔다온 것이다. 죽림(竹林) 속에 들어앉은 그의 집, 각종 수목과 화초들이 자연 그대로 자라는 정원, 공작을 비롯한 가금류, 집 앞의 연지(蓮池)를 돌아보고 경탄을 금치 못하였다. 조경에도 조예가 깊은 그는 작물재배에만 매달리고 있는 나와는 차원이 달랐다.

20여 년 만에 다시 찾은 설악산은 많이 정돈되었으나 외설악 일대의 자연이 너무 개조되어 낯선 느낌이 들었다. 내외설악을 여러 차례 넘나들며 산 아래 촌락들까지 다녀보았음에도 과거에 마음속에 담아두었던 기억으로는 길조차 찾을 수가 없었다. 이런 때에 가장 편한 방법은 마음 가는 대로 따라가는 것이기 때문에 숲과 개울이 아름다운 계곡으로 들어섰더니 구룡령 방향이었다.

1,013m나 되는 이 고개의 오르막길과 내리막길은 구절양장(九折羊腸)의 골짜기에 걸려 있어 우리는 여러 차례 차에서 내려 쉬면서 경치를 즐겼다.

최근 우리 내외는 집 뒤를 관통하는 신작로 건설 이후 갑자기 밀어닥친 자연 및 사회적 변화로 인한 충격을 극복하느라 심신이 지쳐 있다. 그러므로 20년 전처럼 개발의 가능성이 없어 보이는 곳을 찾아 새로 둥지를 틀고 싶은 생각을 하게 되었다. 무참하게 잘리고 깎여 속살을 드러낸 산과 거친 흙으로 덮인 전답을 볼 때 느끼게 되는 쓸쓸함, 숲이 사라진 후 몸을 숨길 장소를 잃고 우왕 좌왕하는 야생동물들, 밀렵꾼의 총질에 놀라 달아나는 철새들을 보아야 하는 안타까움은 날로 깊어지고 있다. 더구나 토양이 거칠어지건 말건 토석으로 메우고, 새로 조성된 황무지를 돈으로 덮은 공간으로 보는 도시적인 가치관의 유입으로 인해 야기되는 각박한 인심이 두렵다.

2000년대 이전 우리 마을에는 경운기조차 없어 사람 외에 소리를 내는 것이라고는 황소 두 마리, 개 몇 마리, 닭 20여 마리가 전부였다. 그들조차 분수를 지켜 아무 때나 짖어대거나 울거나 노래하지 않았다. 주책없는 청둥오리가 가끔 목청을 높이기는 하나 밤에는 밤눈이 밝은 야생동물조차 조심스럽게 나다닐 정도로 홍천강 협곡은 고요한 적막강산이었다.

그런데 동력 경운기에 이어 트랙터가 논밭을 갈아엎게 되었으며 최근에는 대형 화물차와 승용차들이 좁은 농로를 마다하지 않고 드나들고 있다. 안채 뒤에 방음벽을 설치했으나 안채와의 거리가 3m에 불과하여 대형차량들이 바람을 가르는 날카로운 소리와 육중한 차체에 눌려 신음하는 대지의 몸부림에 적막했던 과거의 평화는 깨지고 말았다.

구룡령 밑의 심산유곡 역시 우리 시골과 별로 다를 바가 없었다. 우리의 좁은 국토는 어디를 가나 중장비에 깎여 상처를 입고 기름 냄새에 찌들어 있으며, 인간의 지나친 욕망에 삭아들고 있다. 문득 김영동이 지은 국악가요의 가사가 떠오른다.

어디로 갈 거나
어디로 갈 거나
내 님을 찾아서 어디로 갈 거나
이 강을 건너도 내 쉴 곳은 아니요,
저 산을 넘어도 머물 곳은 없어라

이 세상에 누구에게나 꼭 맞는 이상향은 없다. 이중환도 완전한 복거(卜居)는 존재하지 않으므로 지리·산수·생리·인심 등의 네 가지 요소 중 미비한 점이 비교적 적은 곳을 택하여 이상향으로 삼도록 권한 바 있다. 최근 산수리가 외부의 충격을 받아 부분적으로 삭아들고 있기는 하나 20년간 정이 든 곳이다. 그러한 충격은 우리나라 어느 곳이나 가해지고 있음을 확인한 이상 이곳을 떠나 새로운 이상향을 탐색하고자 발버둥 칠 이유는 없을 것 같다. 처음 산수리 논골에 들어왔을 때만 해도 나는 체력적으로 쉽게 지치지 않는 40대 후반의 나이였으나 이제는 칠십을 코앞에 바라보는 나이가 되었다. 그러므로 차라리 이 터전을 잘 가꾸고 보전하는 것이 오히려 옳은 일이라 여겼다.

구룡령 고개 밑의 산촌에서 구해온 마가목 세 그루를 아래 밭둑에 심으며 우리 내외는 힘이 다할 때까지 이곳을 떠나지 말자고 다짐하였다. 우리의 귀환을 환영하는 비는 밤새도록 조용히 내렸다. 낙숫물소리만 아니라면 비가 내리는 것조차 모를 정도로 오늘 밤은 고요하다.

6월 24일 수 맑음

장마전선이 오가사와라 기단에 막혀 한반도로 올라오지 못하고 있다. 나흘 전에 비가 내렸지만 배수가 너무 잘되는 아래 밭은 벌써 말라버렸다. 둠벙의 물을 양동이로 퍼 날라다가 콩 모종을 하였다. 아내는 경북 영덕의 기온이 35.5°C나 올랐고 우리 집의 온도계 수은주도 33°C나 되니 일손을 놓으라고 성화이다.

오늘은 백범(白凡) 선생의 서거 60주년 기일이다. 대통령은 일본 총리와 예정된 회담 때문에 불참할 수밖에 없다 치고 총리조차 연설문을 대독시키는 꼴을 보니 개탄할 수밖에 없다.

7월 2일 목 맑음

회의 참석차 서울을 다녀오느라 일이 밀렸다. 말라 죽은 토마토를 뽑아 치우고 해바라기 모종을 심었다. 절기상 다소 늦었으나 미국에 사는 동생이 보내준 해바라기는 키가 작은 것, 중간 크기의 것, 2m 정도까지 자라는 것 세 가지이다. 여름 내내 큼직한 꽃을 볼 수 있고 가을이면 고소한 씨를 수확할 수 있어 한 이랑을 심었다.

북아메리카 서남부, 즉 멕시코 북서부와 미국 서남부가 원산지인 해바라기는 유럽으로 전해져 오늘날 중요한 농산물의 지위를 확보하였다. 여름철 프랑스의 루아르 강 유역 평야, 독일의 라인 강 협곡, 이탈리아의 롬바르디아 평원, 우크라이나의 대평원 등지를 여행해본 사람들은 들판을 덮고 있는 노란 해바라기 꽃에 경탄을 금하지 못했던 기억이 있을 것이다. 그곳 사람들은 해바라기 씨를 볶아서 먹기도 하지만 식용유나 식물성 마가린 제조를 목적으로 재배한다. 내 동생도 우리 밭 하나를 해바라기로 덮어보라고 권했으나 재배에 적합한지는 두고 볼 일이다.

7월 3일 금 맑음

텃밭의 김을 맨 후 파 모종을 하던 중 큰아들이 곧 김유정역에 도착할 예정이라 하여 마중을 나갔다. 반년 만에 주변을 지나면서 살펴보니 광판리와 김유정역 사이에 도로공사가 한창이다. 곡선 도로를 직선화하는 데 그치지 않고 노폭 확장, 교량 건설, 그리고 터널 굴착까지 진행 중이다. 아마도 광판의 넓은 들에 건설된다는 기업도시와 춘천시를 연결하는 산업도로를 만드는 것 같다. 이 도로가 완공되면 춘천 시가지가 남서쪽으로 확대 발전할 것이다. 우리나라의 도청소재지 가운데 가장 늦게 고속도로가 개통된 곳이 춘천시이다. 변변한 산업체 하나 입지하지 못하여 혹자는 "전라도 사람들이 중앙 정부로부터 푸대접을 받았다고 불평하지만 그래도 무대접인 강원도보다는 나은 것 아니냐"며 자조하고 있다.

춘천시민의 입장에서 볼 때 기업도시의 유치는 지역경제 활성화에 기여할 것이다. 하지만 정작 광판과 어유포리 등지의 주민들

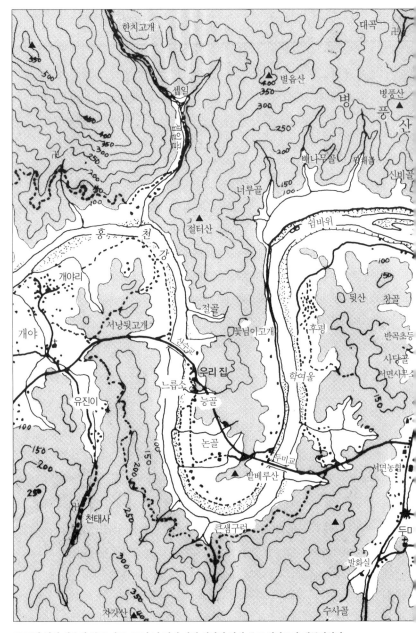

2009년 말의 산수리 부근 지도. 20여 년 전에 비해 취락이 많이 줄고 신작로가 개통되었다.

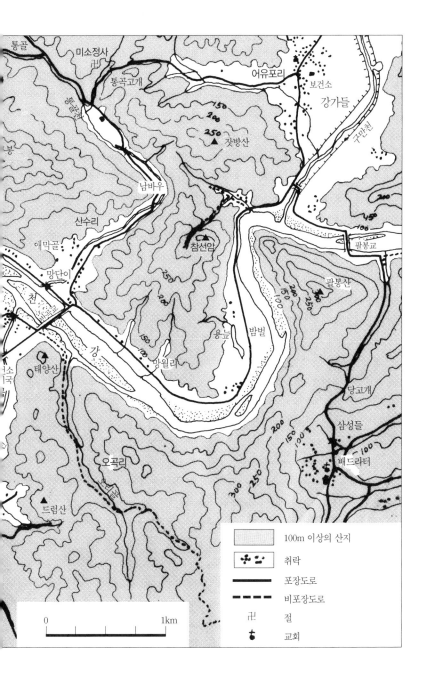

	100m 이상의 산지
❀ ❀	취락
▬▬▬	포장도로
▬ ▬ ▬	비포장도로
卍	절
♣	교회

0   1km

통골
미소정사 卍
통곡고개
어유포리
보건소
강가들
구만천
잣방산
남바우
산수리
애막골
참선암
팔봉교
망단이
팔봉산
천
당고개
용늪
밤벌
강
망월리
삼성들
태양산
배드라터
오곡리
드림산

은 대를 이어 농사를 짓고 살아온 터전을 잃게 될까봐 두려워하고 있다. 만일 기업도시가 들어선다면 10여 km 하류의 우리 마을도 영향을 받을 것이다.

오후 3시부터 과원의 풀을 베었다. 비 오듯 흐르는 땀을 닦으랴, 보안경에 낀 습기를 닦으랴 두 시간 동안 참으로 고된 작업을 하였다. 열매도 맺지 않은 배나무밭은 다듬느라 애쓴 보람이 없다. 낫을 들고 밭으로 나왔던 아들이 땀으로 젖은 수건을 짜는 내 모습을 보고 놀란 눈치이다.

7월 4일 토 맑음

사용료 10만 원을 주고 P 씨의 트랙터를 빌렸다. P 씨가 모는 트랙터가 땅을 훑고 지나면 땅속에 박혔던 돌들이 튀어나온다. 아들과 내가 호미로 돌을 파서 트랙터의 바가지에 담으면 P 씨가 트랙터로 돌들을 밭 가장자리에 옮겨다 쌓았다. 아마도 트랙터로 50여 차례 날랐을 것이다. 약 300평의 밭에서 골라낸 돌의 양은 왕릉의 봉분만하다. 이 작업을 마치기까지 우리 부자는 젖은 장갑 세 켤레를 바꿔 끼었다. 아홉 시간에 걸친 중노동으로 손등이 퉁퉁 부었고 팔과 허리도 뻐근하다. 땀에 젖은 몸을 씻을 때 돌과 흙에 닿은 피부가 아렸다.

저녁 뉴스에 북한이 일곱 발의 미사일을 발사했다는 보도가 있었다. 포탄 한 발의 가격이 수천만 달러에 달하므로 북한은 오늘 수억 달러를 하늘로 날린 꼴이다. 그 돈으로 북한 사람 전체가 한

해 동안 먹을 식량을 구입할 수 있을 것이다. 처자식을 굶기는 자는 애비 자격이 없는 것과 마찬가지로 백성을 굶기는 자는 국가의 수장(首長) 자격이 없다. 북한의 김아무개와 그 주변의 권력층은 "밥은 백성에게 하늘"이라고 한 고대 중국의 정치지도자들을 본받아야 한다. 내가 군 생활을 할 때 최전방 초소에서는 북한 병사들이 확성기에 대고 "국방군 동무들! 우린 오늘 이밥에 고기 국 먹어서!"라고 이북 사투리로 외치는 소리를 들을 수 있었다. 실제로 당시의 우리나라 사정이 북한보다 우위에 있지 못하였다. 우리들은 찌그러진 알루미늄 그릇에 시커먼 보리밥과 그 위에 얹힌 시래기와 도루묵 가시가 범벅이 된 반찬을 눈 감은 채 씹어 삼켰으니 인민군 병사의 허세에 의연하기가 쉽지 않았다.

우리 세대들은 광복 후의 혼란기와 6·25전쟁 전후의 혼란기에 어린 자식들을 굶기지 않으려고 고통을 감내하신 부모 세대에게 감사해야 한다. 우리의 자식들은 오늘날의 풍요로운 삶을 안겨준 우리 세대의 노력을 잊어서는 안 된다. 어떤 정치인들은 오늘의 경제적 성과가 자신들의 지도력 없이는 불가능하였다고 스스로 공을 앞세우지만 평범한 사람들의 노력이 없었다면 그자들은 결코 존재하지 못했을 것이다.

7월 9일 목 폭우

천군만마가 질주하는 듯한 묵직한 소리에 놀라 새벽잠에서 깼다. 본래 깊이 잠들면 쉽게 눈을 뜨지 않는 습관이 있다. 그러나

6·25전쟁 초기에 북한군이 몰고 왔던 탱크 소리와 월남전 참전시 공산군 게릴라들이 쏘아대는 로켓포 소리에 몇 차례 놀랐던 기억이 지금까지 남아 있어 폭우가 쏟아지기 직전에 울리는 하늘의 예고에 종종 깨곤 한다.

과연 새벽부터 퍼붓는 비는 예삿일이 아닌 것 같아 우의를 걸친 후 삽을 들고 논으로 내려갔다. 연못의 수문에서 쏟아지는 물은 작은 개울이 감당하지 못할 정도이다. 개울을 막아 둠벙으로 물길을 돌린 배수관이 소방 호스처럼 긴 물줄기를 토해내고 있다.

농수로 옆의 둑도 물에 잠겨 수로와 논둑이 구별되지 않았으며 논의 수위도 평소보다 높아 벼 잎의 윗부분만이 수면 위로 떠 있다. 마치 물에 빠진 짐승이 코만 겨우 수면 위로 내놓고 발버둥치는 것 같다. 농로 밑에 매설한 배수로가 폭우를 감당하지 못하여 넘친 물이 논둑을 타고 넘을 기세인지라 급히 농로 쪽을 파서 임시 배수로를 열었다. 약 반 시간 동안 지켜보니 그득했던 논물이 줄어들어 수위가 안정되었다.

빗줄기는 더욱 강해졌다. 바람을 타고 내리는 비는 토양과 식물에 주는 충격이 완화되는데 오늘의 비는 직각으로 떨어지기에 텃밭의 작물들은 흙투성이가 되었다. 덩굴작물들은 연약한 잎이 찢기고 가지도 늘어졌다. 강한 빗방울에 두들겨 맞은 파·쪽파·상추·참외·수박 등은 꼿꼿한 자세를 포기하고 아예 땅에 누워버렸다. 높은 위치에 있는 텃밭조차 물에 잠겼다. 둠벙 쪽으로 배수로를 팠으나 그곳 수위도 만만치 않아 그 반대쪽인 논의 왼쪽으로 새로운 도랑을 쳤다. 어제 심은 피망과 토마토의 일부는 젖은 토양의 보호를 받지 못해 옆으로 쓰러졌다.

과수원 역시 사태가 심각하다. 뿌리를 깊게 내린 나무들은 바른 자세로 서 있으나 대추나무들은 흠뻑 젖은 흙에 밀려 비스듬히 기울었다. 그러나 흙이 마른 후에야 지주목을 세울 수 있어 며칠 더 기다리기로 하였다.

강에서는 폭격기 편대가 지나는 듯한 굉음이 진동하였다. 백로들조차 성난 물결에 놀라 강변의 높은 나뭇가지 속에 숨어 비를 맞으며 죽은 듯이 앉아 있다. 밭 아래쪽의 강변길은 벌써 물에 잠겼다. 넘친 물이 우리 밭으로 올라오는 길 위로 슬금슬금 다가오면서 상류에서 훑어온 온갖 잡동사니들을 쌓았다.

다행히 빗줄기가 가늘어지기에 집으로 들어왔다. 새벽부터 오후 4시까지 논과 밭, 그리고 과수원으로 오르락내리락하며 폭우와 씨름했더니 전신이 노곤하다. 늦은 점심을 먹고 누웠다가 밤 10시에 잠이 깨었다. 손전등을 들고 논밭을 돌아보았더니 텃밭의 물이 빠졌고 둠벙도 많이 얕아졌다. 자정 뉴스는 오늘 홍천의 강수량이 240mm였다고 보도하였다. 마당에 내놓은 양동이에 가득 찬 물을 두 번이나 비운 점을 고려해볼 때 이 협곡에는 홍천읍보다 더 많은 비가 내렸을 것으로 보인다.

무서운 하루였다. 그런데 놀랍게도 뿌연 구름 속에서 둥글고 맑은 달이 모습을 드러내니 하늘의 변신에 놀라움을 금할 수 없다.

7월 10일 금 흐린 후 맑아짐

강변을 완전히 점거했던 물이 조금씩 빠져 낮에는 강변의 비포장길이 모습을 드러내었다. 약간 높은 자리는 강한 물길에 쓸려 거친 자갈들이 노출되었고 낮은 자리는 고운 흙 앙금이 쌓여 발이 빠지면 신을 잃기 십상이다. 강변의 잡목들은 길게 모로 누웠다. 푸른 잎은 누런 흙을 뒤집어써서 얼룩이 졌고 가지마다 지저분한 쓰레기 조각들을 걸치고 있다.

물에 잠겼던 텃밭의 작물들은 뙤약볕에 노출되어 몰골이 초라하다. 이 상태에서는 병충해에 걸리기 쉽기 때문에 농약 '청달래'와 '진달래' 용액을 물에 타서 채소·고추·참깨·오이·벼 등에 뿌렸다. 상추·쑥갓·파 등은 뿌리가 썩어 구제를 포기하였다. 수박 역시 포기할 수밖에 없을 것 같다.

7월 11일 토 맑음

미국의 동생이 보내준 아스파라거스 씨앗을 화분에 심은 지 40여 일이 지나자 실같이 가는 줄기가 10~15cm 정도 자랐다. 화분을 모두 밭으로 옮겨놓고 약 200여 그루를 심었다. 잡초의 침입을 막기 위해 멀칭용 비닐을 덮었으나 꽃을 가꾸듯 수시로 보살펴야 한단다. 3년을 기다리면 봄철에 손가락 정도로 굵은, 약 20cm의 순을 따먹을 수 있다니 기대된다. 아내와 나는 이 연녹색 아스파라거스 순의 향과 맛을 즐기기 때문에 정성을 다하여 키울 것이다.

7월 23일 목 맑음

단월면의 양식장에서 미꾸라지 1kg을 구입하여 정원의 작은 못과 둠벙, 그리고 논에 나누어 풀어놓았다. 장구벌레 등 해충을 퇴치하는 효과를 얻을 것이다. 또 어린 시절 둠벙과 논도랑에서 삼태기로 물고기를 잡던 옛 추억을 찾아오는 제자의 아이들에게도 나눠줄 수 있을 것이다.

자두나무에 농약 살포를 자주하지 못하여 벌레 먹은 열매가 적지 않다. 성한 것만 골라서 잼을 만들었다. 새콤한 맛이 일품이다.

7월 25일 토 맑음

강안개가 걷히기 전 아래 밭과 논둑의 잡초를 깎았다. 장마 기간 동안 웃자란 잡초를 쳐냈더니 큼직한 호박·단호박·참외·스위트콘(sweet corn) 등이 모습을 드러냈다. 그런데 단호박과 참외들은 이미 쥐와 까치들이 맛을 보아 내 차례까지 올 것 같지 않다.

둘째 아들이 외국에서 가져다준 옥수수의 한 종류인 스위트콘은 열매가 어린아이 팔뚝만큼 크고 알도 굵으며 짙은 노란색을 띤다. 쪄서 맛을 보았더니 마치 설탕물에 삶은 것처럼 너무 달다.

7월 28일 화 흐린 후 비

최근에 개통된 경춘고속도로를 타고 시골로 왔다. H건설 창업주인 고(故) J회장의 생존시에 계획했던 공사가 20여 년 가까운 시일이 지나서 완공된 것이다. 이를 보면 우리 사회가 순박한 강원도의 민심을 너무도 존중할 줄 모른다고 해도 지나친 말이 아닐 것이다. 조선시대에도 조정에서 가장 순종적이고 다루기 쉬운 사람들은 강원도민과 황해도민이었다는 말이 있다.

오늘은 아내와 큰아들, 그리고 조카딸이 동행하였다. 미국에서 태어나고 자란 조카딸은 한국적 생활양식, 특히 시골의 생활에 대한 경험이 전혀 없는데 동생이 딸에게 권하여 나를 따라온 것이다.

내가 밭에 남겨두었던 강낭콩을 따는 동안 아내는 자두를 땄다. 아내는 조카딸을 위하여 강낭콩을 넣고 밥을 지었다. 조카딸은 가공, 또는 반가공식품을 먹고 자랐지만 우리 논밭에서 나온 자연식품으로 차린 밥상을 받고 즐겁게 잘 먹었다.

8월 3일 월 흐림

마늘밭의 덮개를 벗겼더니 잡초들이 잘 썩었다. 그 위에 퇴비를 뿌린 후 관리기로 땅을 갈아보려 했으나 쟁기 날이 깊이 박히지 않았다. 기아를 변속하여 조금이라도 더 깊이 갈아보려 하지만 자주 발동이 꺼져 짜증이 나고 온몸은 땀으로 범벅이 되었다. 이웃들이 흠뻑 젖은 내 모습을 보고 안쓰러워했지만 밭갈이를 마쳤다. 갈아놓은 밭을 다섯 이랑으로 나누고 멀칭용 비닐을 씌웠다. 2주 후에 배추·무·순무의 씨앗을 심어 모종할 것이다.

일을 마치고 들어서는 나에게 아내는 점심도 거른 채 일만 한다고 나무랐다. 무리하게 일하다가 일사병에 쓰러지기 쉬우니 제발 쉬라고 하며 시계를 가리키는데 오후 4시였다. 밭에서 느꼈던 현기증의 원인이 바로 시장기 때문이었음을 이제야 알겠다.

8월 4일 화 맑음

구름 한 점 없는 파란 하늘에서 아침부터 뜨거운 볕이 쏟아졌다. 무더운 날씨가 사람을 지치게 만들지만 곡식을 살찌게 하므로 농부들은 무더위를 탓하지 않는다. 밭에 내려가 옥수수·아삭이고추·오이·호박 들을 따가지고 들어왔다. 오늘은 우리 집에 귀한 손님들이 오시기 때문에 준비한 것이다.

팔봉산 유원지 입구로 마중을 나가 중학교 선배이신 R교수와 나와 같은 학교에서 근무했던 M교수 두 분을 모시고 왔다. 33°C의 찌는 듯한 더위도 마다 않고 이곳까지 찾아준 두 분이 고맙다. 아내는 더운 날의 보양식이라는 영계백숙을 상에 올렸다. 찹쌀·마늘·약밤·대추·엄나무가지 등 닭의 뱃속에 넣은 재료는 모두 우리 전야에서 나온 것들이다. 손님들은 사랑방에 앉아 홍천강을 내려다보며 점심을 드셨다.

식후에 손님과 밭을 거쳐 강변으로 산책을 나갔다. 그러나 땡볕에 달궈진 모래밭의 열기는 화로처럼 뜨거워 오래 머물 수 없었다. 게다가 행락객들이 버리고 간 쓰레기들이 널려 있어 언짢았다.

8월 10일 월 맑음

아침나절 논에 이삭거름을 주던 중 미끄러져 벼 포기를 밟을 뻔하였다. 벼가 상하지 않도록 조심한답시고 자세를 고치다가 미끄러져 온몸이 뻘 속에 빠졌다. 11시경 옛 제자인 C 박사가 찾아오기로 되어 있어 서둘러 옷을 갈아입고 팔봉산 입구로 나갔다.

나는 C 박사의 가족이 올 것으로 기대했으나 집안 사정으로 홀로 찾아왔다. 바쁜 사람이라 그는 점심을 먹은 후 논밭을 거쳐 강변을 돌아보고 서울로 돌아갔다.

아내가 밭은기침을 하더니 목이 아프다고 하였다. 손님맞이에 작업실 페인트 작업 등 과로가 겹쳐 몸살이 난 모양이라 보건소로 달려가 약을 받아왔다. 아내는 깊은 잠에 빠져서도 앓는 소리를 내고 있다. 우리는 죽는 날까지 중병에 시달리지 않고 활동하다가 조용히 임종을 맞을 수 있기를 빌 뿐이다.

8월 13일 목 맑음

태풍이 지나면서 뿌린 비로 홍천강물은 많이 불었다. 그러나 비가 내린 지 이틀이 지났으므로 수위가 어제보다 낮고 물도 많이 맑아졌다. 낮에는 10여 명이 탄 원색의 고무보트들이 빠른 물살을 타고 하류 쪽으로 내려갔다.

텃밭에 쪽파 종자를 심던 중 제자들의 방문을 받았다. 한 명을 제외하면 모두들 10여 년 만에 보는 얼굴들이라 반갑다. 이들 중 하나는 정확한 이름이 생각나지 않아 민망하였다.

제자들을 위해 상추 · 오이 · 고추 들을 따고 잔디밭에 내놓은 바비큐 틀에 숯불을 피웠다. 푸짐한 저녁을 즐기고 이들은 밤 10시에 서울로 돌아갔다. 너무 늦은 시각이라 귀경길이 염려스러웠다.

8월 21일 금 맑음

조금만 움직여도 땀이 쏟아지는 것을 보면 몸에 고장이 난 듯하지만 아픈 곳은 없다. 아마도 삼복더위에 일을 하느라 과도하게 땀을 흘렸고 갈증이 날 때마다 얼음물을 3~4리터씩 마셔 몸의 균형이 깨진 것 같다. 어젯밤에도 식은땀을 흘려 잠을 설쳤다.

2주일 전에 깎은 텃밭과 논둑, 그리고 아래 밭둑에 잡초가 자라 장화를 신지 않으면 풀잎에 스친 피부가 상할 정도가 되었다. 과수원까지 깎으려면 대여섯 시간이 걸릴 것 같은데 기력이 딸려 등에 졌던 예초기를 내려놓고 말았다. 힘든 일은 포기하고 참깨를 털었다. 그리고 영근 옥수수 두 바구니를 땄다.

8월 22일 토 맑음

아내는 당분간 힘든 일을 해서는 안 된다면서 P 씨 부인에게 부탁하여 과원 · 텃밭 · 논둑, 그리고 아래 밭 주위의 잡초를 베어줄 사람을 데리고 왔다. 나는 그에게 풀 깎을 장소를 안내하였다.

텃밭에 심은 당근 이랑의 김을 매고 이어서 돌산갓 한 이랑을 파종하였다. 래디시와 알타리무의 발아상태가 좋지 않아 다시 파종하였다.

8월 24일 월 맑음

20만 원을 깨끗한 봉투에 넣어 준비해두었으나 잡초를 깎기로 한 그날 그 사람은 오지 않았다. 작업량이 너무 많다고 생각되었는지 아니면 날씨가 무더워 포기했는지 알 수가 없다.

나도 집필에 참여한 『담론과 성찰』이 출간되었다고 한길사 편집부의 P 선생이 전화를 하였다. 내가 쓴 글은 20여 년간의 시골 생활 체험을 정리한 「홍천강변에서 20년」이다.

8월 25일 화 맑음

지난주와 다르게 새벽 공기가 차다. 가을이 성큼 다가온 것이다. 아내와 함께 김장용 모종을 심었다. 무 두 이랑, 순무 한 이랑, 배추 한 이랑이다. 상토(床土)로 채운 작은 컵 크기의 플라스틱 화분에 씨앗을 한 알씩 넣고 2주일간 키웠다. 더러는 말라 죽었으나 채소싹들이 손가락만큼 자랐기에 오후에 심은 것이다.

아래 밭의 잡초를 베다가 갑자기 뛰어나온 고라니 때문에 놀랐다. 우거진 잡초 속에 몸을 감추고 콩잎을 따먹던 녀석이 예초기의 모터 소리에 놀라 나왔나 보다. 날렵하게 모둠발질을 하며 정신없이 달리다가 한 차례 나동그라지더니 갈대밭으로 들어갔다.

9월 5일 토 맑음

참깨와 흑임자를 털었다. 참깨는 큰 대야로 하나 가득이나 파종한 면적에 비해 소출이 시원치 않다. 단 한 이랑만 심은 흑임자는 평년작 이상을 거두었다. 참깨와 같은 날 심었지만 성장이 더딘 대신 장마가 끝난 8월 하순에야 씨가 여물기 때문에 따가운 초가을 볕을 받아 참깨보다 작황이 좋다.

9월 10일 목 맑음

임진강에서 실종되었던 여섯 사람의 시신이 모두 발견되었다. 7일 새벽, 예고 없이 댐의 물을 방류하여 무고한 시민들의 목숨을 빼앗아간 북한 책임자는 하늘의 벌을 받아 마땅할 인간들이다.

이 사고를 계기로 강에 들어가 야영하는 것을 규제하는 법을 만들어야 한다고 생각한다. 홍천강에서 20년간 지켜본 결과, 수량이 줄어 백사장이 드러나면 너도나도 차를 몰고 들어가 물가에 주차하고 그곳에서 야영한다.

흐르는 물은 멀리서 바라볼 때 가장 아름답다. 그러나 꼭 만져보고 싶다면 신을 벗어놓고 모래밭을 걸어서 들어갔다가 되돌아 나올 수는 있을 것이다. 이러한 나들이객들은 모래밭이나 강물을 더럽힐 가능성이 매우 낮다. 그러나 차량으로 출입하는 사람은 짐을 싣고 와 먹고 마신 후 많은 쓰레기를 남길 수밖에 없다. 더구나 강은 언제 갑자기 불어날지 예측하기 어렵기 때문에 인명피해가 잦다. 강으로 놀러가고자 하는 사람은 모름지기 물에 대한 공부부터 해야 할 것이다.

9월 11일 금 맑음

어제 물을 충분하게 뿌린 효과가 있어 관리기로 비닐하우스 안의 땅을 비교적 쉽게 갈 수 있었다. 고무래로 네 개의 이랑을 만들고 멀칭용 비닐을 씌웠다. 노지밭에 비닐을 씌우는 주 목적은 잡초로부터 작물을 보호하는 것이다. 비닐하우스의 비닐은 추운 겨울에 작물의 동사를 막고 땅속의 습기가 사라지는 것을 방지하는 용도이다.

낮에는 너무 더워서 비닐하우스 작업을 할 수가 없다. 오후 4시가 지난 후부터 비닐하우스에 양파를 심기 시작하였다. 우선 꽃삽으로 지름 3~4cm의 구멍을 5~6cm 간격으로 뚫고 한 구멍에 씨앗을 두 알씩 심었다. 겨울에는 잎이 얼 테지만 봄이 되면 구근에서 새싹이 나올 것이다.

9월 19일 토 맑음

채소밭에 물을 주었다. 가을 채소는 얼마나 자주, 그리고 얼마나 많은 물을 주느냐에 따라 작황이 달라지는데 특히 배추가 그러하다. 내가 배추농사를 제대로 짓게 되기까지 10여 년의 시행착오가 있었던 것은 물주기를 게을리한 탓이다. 처음 몇 해 동안 내가 키운 배추는 못 먹은 짐승처럼 작고 질기고 뻣뻣했다.

밤에는 아내를 도와 작업실 도색작업을 하였다. 7~8년 전에 칠을 한 벽과 천장에 때가 묻고 얼룩이 져 흉하기 그지없었기에 아내가 낮 동안 청소를 한 후 페인트칠을 한 것이다.

9월 20일 일 맑음

안마당과 바깥마당의 잔디를 깎았다. 다음주에 아내의 제자들이 찾아온다기에 집 안팎을 정돈하기로 하였다. 큰밭 가장자리의 밤나무 밑에는 최근 행락객들이 버리고 간 쓰레기들이 널려 있어 볼썽사납기 그지없다. 손님들이 혹시라도 밤을 줍겠다고 하면 곤란하므로 쓰레기들을 걷어치웠다.

9월 26일 토 맑음

이른 아침에 진한 커피 한 잔을 마시고 논으로 내려갔다. 용수로의 물길을 돌려놓고 논물을 빼기 위해 도랑을 쳤다. 벼가 노랗게 익었기에 벼 이삭이 논에서 건조되도록 하기 위함이다. 괭이로 논바닥을 긁는 소리에 메뚜기들이 화들짝 놀라 달아나기 시작한다. 메뚜기들의 날개짓소리가 파문을 일으켜 논 구석까지 퍼졌다.

아내의 제자들을 마중하려고 김유정역까지 나갔다. 두 명의 여제자가 각각 다섯 살짜리 아들을 데리고 나타났다. 나는 독신을 고집하는 제자들에게 "아이들을 거느린 젊은 엄마들이 여성 중 가장 아름답다"고 말해왔는데 이들 역시 예외가 아니었다. 손님들을 데리고 집에 도착해보니 이미 다섯 명의 손님이 와 있었다. 두 아이를 포함하여 아홉 사람이 모여 왁자하게 웃어대니 오랜만에 우리 집에 활기가 넘쳤다.

손님들을 데리고 밭으로 나가 아삭이고추·피망·오이·애호박·래디시 들을 따왔다. 잔디밭에 내놓은 원탁에 점심상을 차리고 오랜만에 숯불을 피워 바비큐 파티를 열었다.

오후 2시부터 땅콩 수확을 시작하였다. 손님들 대부분은 땅콩 밭을 처음 보기 때문에 줄기를 잡아당길 때마다 20여 개 이상의 콩꼬투리가 딸려나오는 것을 보고 탄성을 질렀다. 두 아이들의 해 맑은 웃음소리는 일을 하는 어른들에게 더할 나위 없는 노동요였 다. 콩꼬투리는 작년보다 굵고 쭉정이도 별로 없다.

많은 일손 덕에 어둡기 전 작업을 마쳤다. 80kg의 대형 자루 하 나와 50kg의 중형 자루 둘을 가득 채웠으니 풍작인 셈이다. 집으 로 올라오는 길에 토란 한 줄기를 캤다. 큰 것은 계란만하고 작은 것도 메추리알 정도이다. 다섯 명의 손님은 귀가하고 두 명의 모 자는 우리 집에 머물기로 하였다. 손님들에게 수확물을 한 주머니 씩 나눠주었다.

9월 27일 일 흐림

비닐하우스에 심은 양파에 싹이 돋기 시작하였다. 실처럼 가늘 지만 통통한 양파잎이 예쁘기도 하다. 앞으로는 자주 물을 주어 겨울이 오기 전에 땅속 줄기가 자라도록 보살펴야 한다.

어제 땅콩을 캔 자리에서 장끼 한 마리가 통소 소리를 내며 날 아오른다. 이어서 까투리도 날개를 퍼덕이며 달아난다. 이들은 얼 마나 놀랐는지 아름다운 깃털 하나를 떨어뜨리고 사라졌다. 우리 가 흘린 콩알로 이 아름다운 새들이 성찬을 즐기고 있으니 기쁘기 그지없다. 속히 자리를 비워 그들이 마음 놓고 즐기도록 해주는

땅콩 수확. 땅콩은 줄기를 잡아당길 때마다 20여 개 이상의 꼬투리가 딸려 나온다.
이날은 아내의 제자들이 와서 거들어주었다.

게 도리일 것 같다.

손님들이 놀라운 발견을 하였다. 옹달우물로 내려가는 계단 옆에 아내가 정년퇴직 기념 작품전에 내놓았던 연가를 설치해두었는데, 그 안에서 박새가 알을 낳아 새끼를 키워 데리고 떠난 것이다. 작년까지는 안채의 지붕 밑에 박새 두 쌍이 해마다 집을 짓고 새끼를 키웠다. 금년에는 말벌들이 극성을 부린 탓인지 집안에는 전혀 들어오지 않고 사랑채 앞에 둥지를 틀었다. 다행스럽고 기쁜 일이다.

우리 내외는 벌을 쫓아내려고 모기향을 피우거나 모기약을 뿌리는 등 별 수단을 다 써보았으나 실패하였다. 집의 앞뒤는 물론, 생울타리와 빈 그릇, 심지어 고무장화 속에까지 들어가 집을 지었다. 그래서 출입문을 여닫을 때는 머리 위를 살피고 신을 신을 때는 장화 속을 털어야 안심할 수 있다. 그런데 파리를 잡으려고 주방 천장에 매달아놓은 끈끈이 테이프에 말벌 몇 마리가 붙어 있는 것을 본 아내가 추녀 및 여러 곳에 끈끈이를 달아놓자 며칠 사이에 사나운 말벌들이 그곳에 달라붙었다. 최근에는 말벌 수효가 급감하였다. 내년에는 이른 봄부터 이 방법을 써서 우리의 안전을 도모하는 동시에 작은 새들도 벌의 공포에서 벗어나도록 해야겠다.

9월 30일 수 맑음

모종한 무들이 자라면서 몸체 대부분이 노출되고 겨우 뿌리 부분만 땅속에 박혀 있다. 김을 매려고 건드리면 뿌리가 흔들려 자칫 뽑힐 위험성이 있어 흙을 듬뿍 파서 북을 주었다. 딴 곳에서 키워다가 모종을 했기 때문에 밭의 토양이 이들을 용납하기를 거부하는 모양이라는 아내의 말이 그럴 듯하게 들린다.

요즈음 시골은 수확기를 맞아 모두들 분주하게 일하고 있다. 강아지에게도 일을 거들라고 하고 싶을 정도이다. 모두들 들에 나가고 집이 비어 있는 터에 좀도둑의 침입이 잦은 모양이다. 어느 곳에서나 마을 입구에는 농축산물 도둑맞지 않도록 외지 차량을 잘 살피라는 내용의 현수막을 볼 수 있다. 지난주에 수확한 땅콩을 비닐하우스에 널어놓았으나 무사한 것을 보면 우리 마을에는 아직 도둑이 들지 않은 모양이다.

10월 5일 월 맑음

오랜만에 꿈도 꾸지 않고 단잠을 잤다. 밭의 돌을 골라내면서 60cm 폭으로 밭이랑을 다듬는 일을 하면서도 피로를 느끼지 않은 것은 아마도 푹 잤기 때문일 것이다. 9월 말에 이어 여덟 이랑의 밭을 정리하였다. 작은 처남의 처제가 금년 들어 세 번째로 방문하여 아내와 함께 정돈된 이랑에 더덕 씨앗을 뿌려주었다. 이로써 약 300평의 더덕밭이 완성되었다. 내년에 어느 정도 발아할지는 두고 볼 일이지만 3년 후 더덕 향에 취할 꿈을 꾸어본다.

손님들에게 땅콩을 선물로 나눠드리고 필요한 만큼 토란을 캐 가라고 권했다. 그러나 주인이 직접 나눠주지 않으니 한 성격이 깔끔한 손님은 서너 뿌리만 캐고 말았기에 내가 직접 캐서 토란과 토란대를 묶어 차에 실어드렸다.

10월 13일 화 낮에는 맑고 밤에 비가 옴

8시부터 벼 베기를 시작하였다. 어제보다는 논바닥이 좀 말랐으나 논의 4분의 1은 발이 푹푹 빠지는 진구렁이다. 젖은 땅의 벼를 벤 후 논바닥에 X자형으로 지주를 박고 그 위에 가로로 막대를 걸어 볏단을 널기로 하였다. 오늘까지 100평 정도의 벼를 베었다. 나머지는 논바닥이 질지 않기 때문에 작업이 수월할 것이다.

10월 17일 토 오전에 비 오후는 흐림

잘 마른 벼를 어제 타작마당으로 옮겨놓은 것은 천만다행이다. 새벽부터 천둥이 치고 번개가 일더니 낮까지 줄기차게 비가 쏟아졌다. 어제 베어 논바닥에 깔아놓은 벼들은 빗물에 잠겨버렸다. 40~60mm의 비는 기상청도 예측하지 못했던 강수량인 모양이다. 물에 잠긴 벼를 걷어 마른 돌밭에 널었다.

10월 20일 화 맑음

어제도 흙이 섞인 비가 내렸다. 최근 2~3일 간격으로 비가 쏟아져 벼 베기에 지장이 크다. C 씨와 Y 씨는 콤바인을 빌려 수월하게 벼를 수확하였으나 나는 10여 일이 지나도 이 지루한 작업을 마치지 못하였다. 그러나 이번에는 벼 베기를 꼭 마칠 것이다.

벼 수확. 벼 4~6포기를 왼손으로 모아 쥐고 밑둥을 낫으로 자른다.
베어낸 벼는 논바닥에 X자형으로 펴서 널어놓는다.

10월 21일 수 맑음

오전 중 벼 베기를 끝냈다. 아내는 허리와 팔이 아프다면서도 열심히 거들었다. "나도 이제 농부 마누라답소?"라는 우스갯소리에 미안한 생각을 지울 수가 없었다. 작품제작에 매진해야 할 예술가를 논바닥으로 불러들여서는 안 된다는 생각을 하면서도 힘들 때 거들어주었으면 하는 생각이 없던 것은 아니다. 물론 나도 힘이 들 때면 농사일을 걷어치우고 이따금 정원이나 돌보는 여유 있는 생활을 하고 싶어진다. 그러나 한 해의 농사를 끝내며 수확물을 창고에 쌓을 때 어깨에 전해지는 뿌듯한 느낌 때문에 손을 떼지 못하고 있다.

10월 25일 일 맑음

오늘은 11시까지 계곡이 짙은 안개 속에 갇혀 있었다. 볕이 나는 즉시 탈곡한 벼를 볕에 널었더니 젖었던 벼들이 마르면서 노란색으로 변하였다. 아들은 부지런히 볏단을 옮겨다가 타작마당에 쌓았다. 날이 어두워 작업을 마치지 못하여 비에 젖지 않도록 천막을 씌워놓았다.

10월 30일 금 흐리다가 오후에 비

비가 올 것이라는 예보 때문에 아침 일찍 작업을 시작하여 11시 경 탈곡을 마쳤다. 오늘 여덟 자루의 벼를 창고로 운반하였으니 금년의 소출은 열다섯 포이다. 근래 신기록이다. 만일 고라니가 뜯어먹지 않았다면 열여섯 포 이상 걷었을 것이다. 풍년은 벼 자루를 어깨에 둘러메었을 때 느낄 수 있다. 우선 흉작일 때는 쿨렁쿨렁하지만 풍작일 때는 벼 포대가 무겁게 느껴지며 팽팽하다.

탈곡기와 풍구에 연결했던 전선을 거두어 묶고 각종 기구들을 창고로 옮기던 중 비를 만났다. 비가 그치면 기온이 뚝 떨어질 것이라기에 서둘러 무를 뽑았다. 비닐하우스 구석에 구덩이를 파서 저장용 무를 넣었다. 지나던 사람들이 무농사를 잘 지었다고 칭찬하였다. 무도 크고 잘생겼지만 순무는 지름이 20cm나 되는 큼직한 것들도 있다. 당근 역시 예년과 달리 굵고 잘생겼다. 게다가 식품점의 당근에 비해 향도 강해서 아내도 놀란다.

금년에는 하도 비가 잦아 벼 수확에 무척 애를 먹었다. 힘든 일을 마치고서도 어젯밤에는 네 시간 밖에 자지 못하였다. 그런데 오늘에야 누적된 피로가 몰려와 몸을 가누기 힘들다.

11월 7일 토 흐리다가 밤부터 비

어제 미리 갈아놓은 밭에 마늘 네 이랑을 심었다. 아직은 땅이 얼지 않았으므로 이번 마늘농사는 예년보다 열흘 이상 빠른 편이다. 마늘 이랑에 멀칭용 비닐을 덮고 가장자리를 흙으로 꼭꼭 눌러놓았다.

먹을 것이 부족했던 어린 시절 허기를 달래주었던 뚱딴지를 캤다. 돼지감자라고도 부르는 이 땅속의 못생긴 열매는 한 포기에서 거의 반 바구니나 되는 엄청난 양을 키워내는 놀라운 식물이다.

그러나 내가 이런 것을 어떻게 먹었을까 할 생각이 들 정도로 맛이 없었다.

11월 13일 금 비

비가 그치면 강추위가 다가올 것이라는 일기예보를 듣는 즉시 늦은 저녁에 시골로 왔다. 어둡기 전 배추를 뽑겠다고 서둘렀지만 시골에 도착했을 때는 이미 밤이 되었다. 낮이 짧은 시기이므로 저녁 7시가 한밤중처럼 어둡다. 더구나 비가 내렸다.

아내가 든 손전등 불빛을 이용하여 배추를 뽑아 수레에 실었다. 그리고 무구덩이에서 큼직한 무를 꺼내어 집으로 운반하였다. 텃밭에서 쪽파와 파를, 둠벙에서 미나리를 뽑을 때도 손전등을 사용했으나 적지 않은 양의 잡초까지 따라왔다.

최근 아내의 손에 염증이 심하여 김장을 담그는 일은 내 몫이다. 배추를 다듬은 후 반으로 잘라놓고 소금을 뿌려 절였다.

11월 18일 수 맑음

새벽 6시에 500년 만에 한 번 볼 수 있는 유성우(流星雨)가 나타날 것이라기에 꼭 보아야겠다고 마음 먹었다. 9시부터 자기 시작했더니 12시경에 깨었다. 다시 잠이 들면 하늘의 장관을 놓칠 것 같아 소설책 한 권을 읽고 글을 쓰다가 5시경 아내를 깨웠다.

커피 한 잔을 마시고 밖으로 나왔더니 음력 10월 초하루라 달은 뜨지 않았다. 별들이 유난히 밝아 험한 길을 걷는 데는 어려움을 못 느꼈다. 게다가 공기가 맑고 깨끗하여 별들이 전에 비해 크고 맑게 보였다.

별이 비처럼 쏟아질 것이라던 예보와 달리 우리는 네댓 개의 별 똥밖에 보지 못하였다. 어두운 밤하늘을 날카롭게 찢으며 떨어지는 섬광은 순식간에 사라져 아쉬웠다. 차가운 밤공기에 감기 걸릴까 염려되어 20여 분 만에 따뜻한 방으로 들어왔다. 아침 뉴스를 들어보니 유성우는 동쪽 하늘에 나타났다고 한다. 우리는 남쪽 하늘만 바라보고 있었기에 세기의 장관을 놓치고 말았다.

11월 19일 목 맑음

갑자기 찾아온 추위에 대지는 굳게 얼어붙었다. 볕이 나도 바깥 공기는 싸늘하고 강바람도 거칠다.

넓은 깔개를 펴놓고 콩 타작을 시작하였다. 두 시간 이상 쇠막대기로 콩을 두드렸더니 땀이 나고 팔이 뻐근하다. 수북하게 쌓인 콩깍지와 잡티들을 키에 담아 바람이 부는 방향에 서서 까불리는데 바람의 덕을 톡톡히 보았다. 알이 굵고 통통한 흰콩 두 말과 검은콩 두 바가지를 수확하였다.

12월 4일 금 맑음

어제 저녁에 콩을 깨끗이 씻어 물을 충분히 부었으나 딱딱한 콩이 어찌나 물을 많이 빨아먹는지 네 번이나 물을 더 부었다. 자정경에는 불어난 콩이 넘쳐 큼직한 함지박 두 개에 나눠 담았다.

오랫동안 사용하지 않아 녹이 슨, 사랑채 부엌의 무쇠솥 두 개를 철솔로 긁고 수세미로 닦았다. 검은 땟국을 퍼내고 솥을 행군 물이 맑아질 때까지 대여섯 차례 씻었다.

장작을 패서 오랜만에 아궁이에 불을 지폈다. 네 시간 동안 불을 때서 콩이 흐물흐물해질 때까지 푹 삶았다. 구수한 냄새가 온 집안에 퍼졌다. 끈끈한 진이 나올 때까지 삶으라는 아내의 지시를 따랐다.

푹 익은 콩을 나무절구에 넣고 찧었다. 힘 들이지 않아도 잘 익은 콩은 부드럽게 떡처럼 뭉쳐졌다. 콩 덩어리를 부직포로 싼 후 둥글납작하게 잘 누르고 다듬어 안방에 깔아놓은 돗자리 위에 널어놓았다. 꼬박 열두 시간 동안 메주 만들기 작업을 마쳤다.

요즈음에는 농가에서조차 직접 메주를 쑤는 가정이 많지 않으니 도시는 말할 나위도 없다. 오늘 손 병이 난 아내를 도와 메주를 만들면서 우리 어머니들이 얼마나 힘겨운 삶을 사셨는지 느낄 수 있었다.

12월 5일 토 눈

새벽부터 강풍이 불고 비가 내리더니 기온이 내려가면서 눈으로 바뀌었다. 집안과 잔디밭에 널린 낙엽을 모아 두엄간에 쌓았다.

함박눈이 강풍 때문에 땅에 수직으로 내려오지 못하고 수평으로 날리고 있다. 바로 지면에 닿는다면 소복하게 쌓이기에 충분하건만 나는 도중 눈송이가 부서져 땅바닥에 눈이 보이지 않는다.

그래도 앞산 봉우리는 벌써 흰 고깔을 썼다.

눈발 사이로 얼핏 바람을 타고 펄럭이는 시커먼 띠가 보이는데 흉측하기 그지없다. 급히 내려가보니 밭이랑에 깔았던 비닐과 고랑을 덮었던 검은 카펫들이다. 광풍에 얽힌 비닐과 카펫은 풀기가 쉽지 않아 비닐부터 잘라서 폐비닐 자루에 넣고 카펫은 둥글게 말아서 끈으로 묶었다. 바람의 자극을 받아 밭 정리를 끝낸 후 빈 들판에 서서 잠시 한 해를 되돌아보았다.

12월 18일 금 맑음

새벽 기온이 영하 15°C로 떨어졌다. 샘물이 흘러드는 앞쪽을 제외하고 연못 전체가 얼어붙었다. 홍천강이 결빙하여 여울목은 빙판이 울퉁불퉁하지만 소담(沼潭)은 거울처럼 깨끗하게 얼었다. 물밑에서 움직이는 팔뚝만한 물고기가 보였다.

떡메와 철장을 둘러맨 청년들이 나타나더니 힘차게 얼음장을 두들겨 패더니 철장으로 얼음에 구멍을 뚫은 다음 꼬챙이로 큼직한 물고기를 찍어 올렸다. 은빛 몸부림을 치던 물고기가 영하 10°C의 강추위에 노출되자 즉시 뻣뻣하게 얼어버렸다. 해마다 볼 수 있는 이 고장의 겨울철 고기잡이 모습이다.

12월 26일 토 맑음

보일러실의 온수 탱크 위에 얹어놓았던 메주상자를 방으로 옮겨놓았다. 두꺼운 담요로 싸서 따뜻한 곳에 두었기에 메주가 잘

떴다. 상자 중 하나는 손잡이 구멍이 뚫린 것이 있어 쥐들이 들어가 포식하고 똥오줌까지 싸놓았다. 결국 세 덩어리의 메주는 두엄간으로 넣을 수밖에 없었다. 온전한 메주는 짚으로 엮어 안방 천장에 박은 못에 걸어놓았다.

온 방안에 퀴퀴한 메주 냄새가 배더니 거실과 욕실로 퍼졌다. 이번 겨울은 이대로 견딜 수밖에 없다. 봄이 오면 메주를 추녀 밑의 볕이 잘 드는 곳으로 옮기고 환기를 시켜 곰팡내를 빼야겠다.

협곡생활 20년을 되돌아보면서

홍천강 중류의 협곡에 첫 발을 들여놓은 지 20년이 지났다. "10년 이면 강산이 변한다"는 속담처럼 20년이 지나는 동안 이 궁벽했던 골짜기도 참으로 많이 변하였다. 230여 년 전 다산(茶山)은 짧게 잡아도 열흘 이상의 여정으로 북한강 상류여행을 마쳤다. 그에 비해 나는 자동차라는 문명의 이기 덕분에 1990년대 초에는 왕복 열 시간으로, 2000년대 초에는 여섯 시간으로, 그리고 오늘날에는 네 시간으로 일정을 단축할 수 있게 되었다.

20년 전 이 골짜기에서 외부로 빠지는 길은 춘천시와 홍천읍, 그리고 홍천군 서면의 모곡을 거쳐 양평으로 통하는 비포장도로 뿐이었다. 그나마 우리 집에서 큰길까지 나가는 3~4km 거리는 차량 출입이 불가능한 상태여서 지도상에도 표시되지 않았다. 다시 말하면 홍천군 서면 반곡에서 우리 집이 있는 논골 사이는 '길 없는 길'이라 해도 틀린 말이 아니었다.

1990년대 초반부터 갈수기까지는 골재 운반 차량들이 다져놓은 강변의 자갈밭으로 자동차를 타고 집에까지 들어갈 수 있게 되었고, 1990년대 중반에는 춘천 방향과 양평군 단월 방향 도로의 정비와 포장에 이어 홍천강변 둑방길과 벼랑길이 콘크리트로 포장되었다. 2008년 가을, 우리 집 뒤로 양평에서 춘천 간의 신작로가 개통됨으로써 나의 나들이 길도 한결 편해졌다. 이러한 도로정비 사업으로 주민들의 생활이 편해졌고 지역발전에도 도움이 적지 않았다는 사실을 부정하고 싶지는 않다. 그러나 길 다듬기가 몰고 온 부정적인 영향도 무시할 수는 없다.

우리 조상님들은 길이 인간생활을 편리하게 해준다는 점을 인정하면서도 미풍양속을 해치는 부도덕한 요소들을 몰고 오며 질병을 퍼뜨리는 매개체라 하였다. 그러므로 그들은 땅 위의 길이든 물길이든 길가에 집을 지으려 하지 않았다. 어떤 의미에서 나 역시 조상님들의 고루한 생각을 지지하는 편에 속한다.

산업화 이전의 우리 산천은 옛 시인의 말처럼 의구(依舊)하였으나 중장비로 무장한 인간의 힘이 막강해진 오늘날에는 자연의 위대성이 맥을 못 추게 되었다. 선인들은 자연이 베푸는 방향을 따라 작고 소박한 길을 열었으나 오늘날의 후손들은 책상에 펴놓은 지도상에 자를 대고 용감하게 직선을 그어놓는다. 그 선상에 놓인 지형적 장애를 만나면 산을 깎고 허물거나 굴을 뚫으며, 여기서 나온 토석으로는 낮은 골을 메워 곧고 넓고 평탄한 길을 만든다.

20년 전 강바닥에 서서 협곡을 둘러싼 봉우리를 올려다보며 자연의 위대성을 느끼던 나와 달리, 오늘날 자동차로 신작로를 달리는 사람들은 강 위에 높게 걸린 다리 위에서 협곡을 내려다보며 자연을 정복하는 인간의 능력에서 위대성을 확인한다. 이처럼 편리한 길이 열리게 됨에 따라 최근까지 마을 사람들이 왕래하던 꽃넘이고개 같은 샛길들은 초목에 점유되어 사라졌다. 반곡에서 모곡 간의 자동차길 까지 폐허화하고 있다.

지난 11월, 20년 전 내가 집과 전토를 선택한 장소인 협곡의 남쪽 가파른 벼랑을 깎고 다듬어 만든 옛 길에 올라보았다. 험준한 산비탈을 깎아내고 대형 건물을 짓는 공사가 진행되고 있었다. 험준한 산허리를 무리하게 절단한 결과 홍수기에 도로가 유실된 곳과 토사로 매몰된 곳이 적지 않았다. 판판한 도로가 없던 이 산길은 좌우로 울창한 숲을 이뤄 산짐승들이 놀았고 화가들이 풍경을 화폭에 담는 모습을 볼 수 있었던 곳이다. 이 고갯길을 비롯하여 널미재 · 한우재 · 말고개 등을 넘던 천산월령(穿山越嶺)의 낭만적인 여로가 인간의 자만심 때문에 붕괴되고 있다.

자연파괴는 강변에서도 자행되고 있다. 혹자는 파괴 행위를 자연개조라 강변하나 구릉지의 자연적인 기복과 강변의 아름다운 굴곡은 중장비에 의해 평탄화 · 직선화되고 있다. 논골 · 능골 · 첫째골 · 두째골 등 고래실들이 들어앉았던 골은 대형차들이 쏟아부은 토석으로 옆의 구릉과 비슷하게 높아졌으며 강변과 맞닿는 모서리에는 돌축대가 쌓였다. 수천만 년 동안 조물주가 깎고 쌓고 다듬어온 자연경관이 서구적 가치관과 공간관에 젖은 인간에 의하여 단 며칠 사이에 인공의 단구(段丘)로 개조되는 것이다.

장기간 관찰해본 결과 농사짓는 사람들은 자신의 땀이 배고 손때가 묻은 농토를 깎고 메울 생각을 감히 하지 않는다. 또 그 땅을 기하학적 평면으로 성형수술을 하면 경제적 가치가 높아진다는 사실을 거의 모르고 있다. 특히 산골 농민들은 직선과 직선으로 연결된 방형(方形)의 기하학적 평면이 주는 이질적 경관에 익숙하지 않다. 또한 다섯 마지기의 다락논에서 거둔 벼를 수매하여 얻은 금쪽 같은 돈을 선뜻 농토의 수술비로 바칠 만큼 담대하지도 못하다.

그러나 직선으로 구획된 시가지, 육면체의 고층 아파트 등 기하학적 구조 속에서 살아온 도시 사람들은 울퉁불퉁하고 삐뚤삐뚤한 산골의 토지경관을 야만적인 것으로 간주한다. 그리하여 그것을 개조하지 못하는 산골 사람들을 무능하고 어리석다고 여긴다. 또한 몇백만 원의 현금을 푼돈으로 여기는 도시 사람들은 시골 사람들의 배포 없음을 비웃듯이 농토의 개조작업을 거리낌 없이 해치운다. 이러한 땅은 땅심이 없어 수년간 유기질 퇴비를 부어야 비로소 작물을 키울 수 있다. 대부분의 개조된 땅은 방치되어 한두 해가 지나면 잡초와 관목들이 자리를 잡아 도깨비소굴처럼 을씨년스럽게 보인다.

간혹 비료를 뿌리고 호미로 깔짝거린 후 씨앗을 뿌리는 사람들이 있어 새로운 이웃이 생기는가 하여 희망을 가져보지만 여름이 가고 가을이 가고 또 해가 바뀌어도 그들 대부분은 다시 나타나지 않는다. 그들이 뿌린 작물은 일반적으로 더덕이나 도라지이다. 봄에는 여린 싹들이 예쁘게 돋지만 주인의 보살핌을 받지 못한 작물들은 억세고 큰 잡초에 갇혀 볕을 보지 못하고 양분까지 빼앗겨 녹아버리고 만다.

도로사정이 좋아지고 도로변의 토지가 개발되는 것이 누대(累代)를 살아온 주민들에게 도움이 되었는지 나는 확신할 수 없다. 처음 이 협곡을 찾아왔을 때 면소재지인 반곡은 물론 망단이 · 통곡 1리 · 뒤뜰 · 논골 등 모든 마을에서 적지 않은 빈집들을 발견하고 이촌향도(離村向都) 현상의 조짐을 확인하였다. 그래도 당시에는 반곡초등학교의 재학생 수가 400명을 넘어 아이들의 맑은 음성을 들을 수 있었다. 그런데 춘천 · 홍천 · 단월 방향의 도로가 포장되고 교통량이 증가한 1990년대 말부터 지가가 상승하자 인구가 빠른 속도로 격감하여 오늘날 재학생 수는 40명으로 떨어졌다.

이른 아침이면 골짜기 마을에서 대여섯 명의 아이가 몰려나와 큰아이를 따라 학교로 가는 모습이 보이더니 근래에는 외톨이로 등교하는 아이들이 대부분이고 아이의 모습이 보이지 않는 곳도 있다. 어느 날 오후에 나는 반곡초등학교 앞을 지나다가 맥없이 땅만 보고 걸으며 길바닥에 놓인 돌멩이를 걷어차는 10세 가량의 사내아이를 차에 태워 집까지 데려다준 적이 있다. 소년에게 왜 그리 힘이 없느냐고 묻자 그 아이는 울먹울먹하며 마을에 같이 놀 친구가 없어 집에 가고 싶지 않다고 하였다. 10여 호 남짓한 산골마을에서 소년은 유일한 어린아이였던 것이다.

오늘날 우리 마을은 물론 인근의 큰 마을에 40세 미만의 젊은

층은 거의 보이지 않는다. 그러므로 초중등학교에 빈 교실이 늘고 있다. 근래에 우리 집에서 8~9km 떨어진 광판에 기업도시가 입지한다는 소문이 돌고 또 최근에는 경춘고속도로와 연결되는 도로공사가 진행되자 이곳의 인심도 전과는 많이 달라졌다. 토지가격이 높아지자 일찌감치 도시로 나간 자식들이 전과 달리 자주 늙은 부모를 찾아와 눈도장을 찍는가 하면, 못 배우고 영악하지 못하여 부모를 모시며 고향을 지켜온 형제에게 물려받은 토지를 나눠달라고 압력을 가하고 있다는 소문도 들린다. 또한 과거에는 길 사정이 나빠 방치되다시피 했던 산골짜기와 강변의 진구렁에는 큼직하고 화려한 별장과 펜션들이 들어앉아 위용을 뽐내고 있다.

다시 말하면 근래 십수 년 사이에 이 궁벽한 산골에도 도시화의 파도로 빠져나간 토박이들의 숫자를 도시물을 먹은 사람들이 벌충해주고 있는 것이다. 그러므로 마을을 한 바퀴 돌면 순박하고 어눌한 영서지방 사투리 외에도 서울·경기 방언이나 남도 방언 등 전국 각지의 말소리를 쉽게 감지할 수 있다.

『택리지』에서는 사대부가 복거(卜居)를 찾는 데는 지리(地理)·생리(生利)·인심(人心)·산수(山水)의 네 가지 요소를 보라고 가르친다. 이중환의 관점에서 볼 때 홍천강변 협곡지대의 지리와 생리는 썩 좋은 편이 못 되나 인심과 산수조건이 양호하다고 할 수 있다. 농업기술이 발달하지 못했던 조선시대에 넓고 비옥한 들이 적고 기후가 한랭하여 겨울이 길고 봄가을이 짧은 이 골짜기는 농산물이 풍족하게 생산되는 곳이 아니었을 것이다. 상업이 발달하지 못하여 어염을 비롯한 생필품도 험한 물길을 올라오는 쪽배의 수부들에게서 구할 수밖에 없었을 것이다. 그러나 생활이 곤궁할지라도 이 산골 사람들은 좁은 골짜기에 다락논을 일궈 조상 제사에 올릴 벼를 심었다. 비탈밭에는 옥시기(옥수수의 영서지방 방언)를 심어 양식에 보태었다. 산에는 재목으로 쓸 나무와 땔감, 그리고 산채가 풍부하였다.

농토는 좁았으나 양장구곡의 홍천강 유로와 조화를 이룬 절경은 이곳 주민들이 씩씩한 기상과 맑은 심성을 갖도록 도와주었을 것이다. 또한 외부 세상에 노출되지 않는 지형조건으로 인하여 대처(大處)의 영악한 풍속이 침투하지 못하고 큰 난리와 소요를 피할 수 있는 피병피세지(避兵避世地)에서 주민들은 자녀들을 때 묻지 않고 순박한 인물로 키울 수 있었을 것이다.

오늘날 이곳은 교육문화적으로 낙후된 지역으로 평가받고 있으나 과거에는 마을마다 서숙(書塾)이 있어 아동들에게 예절과 전통 학문을 가르쳤다. 어유포리에는 궁벽한 산골답지 않게 서원(書院)도 있었다. 그러므로 이 일대에는 상당수의 반촌(班村)들이 골짜기마다 들어앉아 인재를 양성했음을 확인할 수 있다.

나는 20년 전 현대식 개발과 도시화의 파고를 겪지 않을 곳, 아니면 가장 늦게 그러한 변화를 겪게 될 후보지를 물색하다가 이 홍천강변의 궁벽한 터를 발견하였다. 채 20년을 채우지 못하고 나의 꿈이 깨져 밤마다 정적을 깨며 질주하는 자동차소리에 시달리게 되었다. 그러나 17년간 누린 고요한 행복만으로도 나는 대자연과 토박이 주민들의 은혜를 입었다고 생각한다. 신작로 건설 중에 겪은 인재(人災)와 새로운 이웃과의 작은 갈등으로 인한 심적인 불편을 면하기 위해 새로운 터전을 물색해보았으나 우리나라 어느 곳도 개발의 풍파 앞에 안전하지 못하였다. 또 내 나이가 새로운 곳에 적응하기에는 너무 많음을 인식하지 않을 수 없었다. 더욱이 산수리만큼 신참자에게 너그럽고 친절한 공동체가 있을 것 같지 않았다. 그러므로 우리 내외는 이곳에 뿌리를 박기로 하고 주소를 이전하여 강원도민이 되었으며 농업인 자격을 얻었다. 정년퇴직과 동시에 일시적으로 업(業)을 잃었다가 농업인이라는 명예로운 업을 얻었을 때의 기쁨은 평생토록 간직하고 싶다. 그리고 최근에는 지역농협의 조합원 자격까지 얻어 착실하게 농촌생활을 하게 되었다.

나는 오늘날까지 수확물을 팔아 돈을 번 일이 없고 앞으로도 자급자족에 만족하며 살 생각이다. 농촌체험기를 정리하기에 앞서 고교생시절에 읽었던 『월든』(*Walden and Resistance to Civil Government*)의 영문판을 구입하여 정독하고, 디포(D. Defoe)의 『로빈슨 크루소』도 읽었다. 이 책들을 읽으면서 나는 소로(H.D. Thoreau)나 로빈슨 크루소에 비하면 행복한 생활을 하였다고 생각하게 되었다. 전자는 대농장 지주, 해방노예, 가난한 이민자 등 저자와 가깝게 지낼 만한 이웃이 없는 곳에서 외로운 생활을 하였다. 후자는 식인 풍습을 가진 야만인들 틈에서 생존을 위한 투쟁을 할 수밖에 없었다. 그래서 전자는 2년 2개월 만에 숲속의 생활을 접었으며 후자는 고도(孤島)를 탈출하였을 것이다. 그들과 달리 내가 자리 잡은 곳은 극빈자나 부자가 없는 평범하고 평화로운 문명적 공동체였으므로 20년간 큰 불편없이 지낼 수 있었다.

벼·땅콩·콩·옥수수·고구마·고추·호박·오이·마늘·양파·무·배추·토란·도라지·더덕·참외와 기타 채소류 등 다양한 작물을 재배한다. 대추·사과·배·매실 등의 유실수도 심어 가꾸지만 거의 대부분 집에서 소비하고 친인척들에게 나눠주거나 수확기에는 제자들을 불러 캐가도록 하고 있다. 따라서 농사일은 나 같은 서생에게 경제적으로 거의 실속이 없는 일이다.

그러나 기본적인 식량을 자급하고, 찾아오는 손님들을 충분히 먹일 수 있다. 뿐만 아니라 주경야독을 통하여 체력을 강화하고 건강을 유지하며 글을 쓸 수 있으므로 경제적인 소득보다 더 귀한 것을 얻을 수 있었다. 강도 높은 노동을 통하여 체력을 유지하지 못했다면 나는 밤 시간을 이용한 독서와, 논문 및 저서의 집필을 하지 못했을 것이다. 이곳은 TV 시청이 불가능하고 라디오조차 잡음이 심하여 가능한 한 바깥세상 소식에 귀를 막고 사는 곳이다. 낮에는 잡념 없이 들일에 몰두하고 밤에는 작은 방에 놓은 느티나무 책상에 앉아 공부에 전념할 수 있었던 것은 이 골짜기의 아늑하고 고요한 밤의 분위기 덕이었다.

내 경험으로 볼 때 학문하는 자의 상상력과 그것을 정리하는 능력은 40대 중반부터 50대 중반까지가 절정기이고 그 이후로는 감퇴하는 것 같다. 나는 이 골짜기에 들어옴으로써 그 기간을 다소 연장하는 행운을 얻어 퇴임 직전까지 논문을 썼고 지금도 몇 가지의 연구과제를 수행 중이다. 나는 학창시절부터 좋은 성적에 목을 매는 모범생과는 거리가 먼 몽상가였다. 때문에 틀이 짜인 철저한 훈련에는 잘 적응하지 못하고 진기한 것을 찾아다니며 잡다한 경험 쌓기를 즐겼다. 그런데 그러한 체험이 나이가 든 후에는 하나 둘씩 정리되기 시작하였다. 하루 일을 끝내고 자리에 누우면 과거의 경험들이 머리에 떠올라 그것들을 소재로 그림을 그리면서 얘깃거리를 다듬는다. 이러한 과정들이 반복되는 가운데 내용이 정리되어 하나의 글이 되었다.

정년퇴임 후 한동안 넓은 활동영역을 잃었다는 허탈감에 빠졌다. 여러 선배들이 퇴임식장에서 목이 메어 이임인사를 제대로 마치지 못하는 모습을 보았다. 그들로부터 정년후유증을 어떻게 극복하느냐는 질문을 받기도 하였다. 나는 퇴임과 동시에 경작 면적을 세 배로 늘리고 더 많은 시간을 들에서 보냄으로써 빠른 시일 내에 어려움을 극복할 수 있었다. 퇴계 · 반계 · 다산 등의 선현(先賢)들을 본받아 주경야독하는 것보다 더 바람직한 삶이 없다는 사실을 깨달은 것이다.

정년에 임박하여 골프클럽과 스포츠클럽에서 회원권을 구입하라는 권유를 받았고 지인들의 초청도 있었다. 젊은 시절에는 수영과 등산을 즐겼으나 40대에 이르러 중단하였다. 음악회 · 연극 · 영화 관람 · 그림 그리기도 50대 이후로는 즐길 여유가 없었다. 그러므로 어찌 보면 나는 몰취미한 인간으로 평가되기 십상인데 재작년 외국의 학술대회장에서 사귄 학자들 중 상당수가 원예를 최상의 취미로 여기는 것을 보고 나도 자부심을 갖게 되었다. 그들은 100평 혹은 수천 평의 농토를 가꾸는 준농민들이었다.

원예를 사랑하는 사람들은 대부분 농산물을 판매하여 경제적 이득을 취하지 않는다. 그들은 화학비료보다 유기질비료로 작물을 재배하고, 작물을 보호한다는 명목으로 제초제를 뿌리거나, 해충을 잡기 위해 맹독성 농약을 치지 않는다. 그들의 밭에는 잡초와 온갖 곤충, 그리고 여러 종류의 새들과 짐승들이 서식하고 있다. 그러므로 하나의 정원은 작은 생태계를 이룬다. 나의 논밭도 예외가 아니어서 수백 종의 식물·곤충·조류·양서류·파충류 등이 서식한다. 고라니·멧돼지·너구리·산토끼·다람쥐·족제비·두더지·고슴도치 등이 방문한다. 다만 최근 신작로가 개통되고 가로등이 설치됨으로써 청둥오리·원앙·수리부엉이·후투티 등 철새들의 방문이 뜸하다. 멧돼지·산토끼·족제비 등이 신작로 개통 이후 종적을 감추기는 하였으나 우리 집 주위와 논밭은 여전히 각종 나비·벌·잠자리·개구리·두꺼비·두더지·지렁이·박새·박쥐의 천국이다. 이들 가운데 장수말벌과 등에 따위는 우리 가족들을 공격하고 진딧물과 몇 가지 벌레들은 농작물에 피해를 주지만 내 힘으로는 그들을 완전히 퇴치할 수도 없고 그럴 생각도 없다. 결국 그들은 나와 함께 독립된 생태계의 일원으로 존재하는 것이다.

우리 내외의 20년 산골생활의 흔적은 우리의 모습과 말투 속에 배어 있다. 20년 전 아내는 작고 보들보들한 손으로 아름다운 작품을 제작했다. 오늘날 그녀의 손은 흙에 닳아서 사포처럼 꺼슬꺼슬하며 마디가 굵어진 손가락은 관절염 증세로 굽었다. 게다가 손등에는 주름이 져 쭈글쭈글하다. 나 역시 손바닥에는 두툼한 굳은살이 박혔고 손등에는 주름이 진데다가 손톱에는 비누로도 잘 닦이지 않는 얼룩이 남아 있다. 때때로 학문하는 사람들을 만나 악수를 하다보면 내 손에서 느껴지는 거친 느낌에 놀라는 표정을 읽을 수 있다. 늘 땅을 파고 무거운 짐을 나르는 팔뚝에는 노동의 흔적이 배어 있다.

한번은 모 기관의 초청을 받아 출석하였을 때 건물 입구에서 제지를 당했는데 이는 볕에 그을리고 투박한 몰골의 사나이가 과연 그 모임에 걸맞는 인물인지 의심을 받았기 때문이었다. 뿐만 아니라 내 말투에도 어느 사이에 영서지방의 억양이 배었다. 자연을 벗 삼고 지내는 동안 어눌해졌기 때문에 바깥 나들이는 가능한 한 삼가고 있다.

산골생활 20년의 체험을 장황하게 끄적거렸으나 이로써 나의 기록이 끝나는 것은 아니다. 내 기력이 다할 때까지 땅과 함께하는 생활은 계속될 것이며 나는 하루하루 진정한 촌사람으로 변해갈 것이다.

최영준 崔永俊

서울대학교 사범대학 지리과와 미국 루이지애나 주립대학교 대학원을 졸업(지리학 PH. D.)하였다. 고려대학교 사범대학 지리교육학과 교수를 지냈다. 지금은 고려대학교 명예교수이며 문화재위원이다. 20년 전부터 주중에는 대학에서 강의를 하고, 주말이면 홍천강 협곡에서 농사를 지어왔다. 그가 공부하는 지리학이란 학문이 땅과 땅 위에 인간이 창조해놓은 문화유산을 연구하는 것이기에 손으로 흙을 만질 때 느껴지는 감촉을 즐기고, 밭갈이를 할 때 풍기는 흙의 향기를 사랑한다. 정년 퇴임을 한 지금은 대부분의 시간을 시골집에서 보내면서 낮에는 농사를 짓고, 밤에는 지리학에 관한 논문 및 저서를 저술한다.

지은 책으로 한길사에서 펴낸 『국토와 민족생활사』 『한국의 짚가리』 『담론과 성찰 1』(공저)이 있다. 이밖에 『영남대로』가 있고, 공저인 『용인의 역사지리』 『경기지역의 향토문화』 『경상남도의 향토문화』가 있다. 옮긴 책으로 『문화지리학 원론』(공역)이 있다. 주요 논문으로 「풍수와 택리지」 「무카디마를 통해 본 이븐 할둔의 지리학」 「천수만 지역의 어업환경 변화와 어촌」 「18~19세기 서울의 지역분화」 등이 있다.